Passions captives

Fern Michaels

Passions captives

Traduit de l'américain
par Christine Marie

Éditions J'ai lu

Titre original :

CAPTIVE PASSIONS
Ballantine Books, a division of Random House, Inc.

PROLOGUE

Java, an 1623

Chargée des effluves de lauriers-roses et de girofles, la brise marine se coulait à travers les tentures de soie rose sombre et beige d'une chambre à peine éclairée. Les chandelles, dans des bougeoirs en cuivre, jetaient leur ombre vacillante sur le grand lit bas. Seul le froissement du dessus-de-lit en satin rompait le silence de l'étouffante atmosphère d'une nuit tropicale.

Gretchen promena ses mains fines sur la peau dorée de l'homme couché près d'elle.

— Prends-moi, Regan, haleta la jeune femme, en griffant le torse de son amant.

Regan l'attira violemment contre lui. Elle gémit et enfonça ses ongles dans le dos musclé. Gretchen était devenue un animal sauvage en proie aux tourments du désir.

— Sois maudit, Regan, fit-elle, pantelante, tandis qu'elle luttait pour se libérer de son étreinte. Cesse de jouer avec moi ! Ne me fais plus attendre !

En guise de réponse, l'homme glissa ses mains vers l'entrecuisse de la jeune femme. Se plaquant lourdement contre son corps tendu, il l'écrasa de tout son poids. Gretchen repoussa son amant en poussant un cri aigu.

Épuisée, à bout de souffle, elle gisait étendue.

— Je t'ai vu tenir meilleur rôle, Regan. J'ai eu dans mon lit des gamins qui te valaient de loin. Où est donc ce savoir-faire dont te créditent les femmes de Java ? se moqua-t-elle avec méchanceté.

Regan van der Rhys, appuyé sur le coude, regarda

la jeune femme aux yeux couleur noisette, que soulignait sa magnifique chevelure blonde, aussi douce et brillante que les coussins de satin. Elle ressemblait à une tigresse aux aguets.

— Les Javanaises ne réclament pas ces... ces petites cruautés que tu aimes infliger. Il y a d'autres façons de donner du plaisir, répondit-il d'un ton dégagé.

Gretchen en fut vexée. Ses remarques acerbes ne l'avaient pas atteint, cet homme était tellement sûr de son charme et de ses prouesses. Son attitude impassible et froide la mettait chaque fois en colère. C'était bien la preuve de la légèreté de ses sentiments envers elle. Et la jeune femme fut profondément blessée de représenter si peu pour lui.

— Bah ! Vous, les hommes, vous êtes tous les mêmes ! Pourvu que vous y preniez votre plaisir. Devons-nous sans cesse jouer à vos jeux ? lança-t-elle avec, sur ses lèvres rougies par les baisers, un sourire aguichant. Les femmes de Java ne connaissent rien aux délices de la sensualité. Où est leur désir ? Elles s'agitent comme des limaces au fond du lit, avec des hommes comme toi... qui viennent ensuite voir des femmes comme moi, pour satisfaire leurs véritables envies. Pourquoi mentir, Regan ?

— Une chienne en chaleur, marmonna froidement Regan, dont le séduisant visage était devenu dur et mystérieux.

— Le suis-je vraiment ? Combien de fois, Monsieur van der Rhys, m'avez-vous fait l'amour, quand nous finissions par être tous deux couverts d'écorchures ? demanda-t-elle d'un air narquois. C'est toi qui me cherches ! Je suis l'unique remède pour ce qui t'anime ! Cette fièvre intérieure, cette pulsion insaisissable ! Tu viens à moi pour l'exorciser. Et cela ne me gêne pas. Avoue, fit Gretchen d'une voix cajoleuse, tandis qu'elle se caressait les seins, que ferais-tu sans moi ?

Elle effleura le corps nu de son amant. Les yeux mi-clos, Regan posa rageusement sa main sur les hanches de la jeune femme et tortura leur douce chair.

Gretchen respira profondément et se contorsionna

avec volupté. Poussant Regan contre le tas de coussins, elle se mit à califourchon sur lui. Elle glissa une main dans la chevelure de son amant et lui secoua la tête.

— Aime-moi, Regan, aime-moi !

Il la pressa contre lui avec sauvagerie.

Pris d'un désir brûlant, leurs corps tentèrent d'apaiser leur feu.

Gretchen observa Regan tandis qu'il s'habillait. Les mouvements souples et posés de cet homme lui plaisaient. Il avait une forte carrure, des bras musclés et une tête léonine. Son vif regard bleu, parfois distant, pouvait aussitôt après étinceler comme celui du lynx. Quelques mèches de cheveux blonds tombaient sur son front. Et sa grâce athlétique faisait frémir Gretchen.

Comme il finissait de boutonner sa chemise en lin, Regan se tourna vers la jeune femme, le visage impassible.

— A quoi penses-tu, Regan ? Je n'arrive jamais à percer ce masque.

— Je me demandais ce que tu allais bien pouvoir faire pour te divertir, Gretchen. Nous ne nous verrons pas aussi fréquemment après l'arrivée d'un certain bateau en provenance d'Espagne.

— Et pourquoi ? fit la jeune femme avec une moue interrogative, mais son air sombre trahissait sa fausse indifférence.

— Ma fiancée se trouve à bord, répondit simplement Regan, amusé par la douleur qui traversa le regard de Gretchen.

— Ton humour est de mauvais goût, Regan. Je n'apprécie guère !

— C'est la vérité. La noce aura lieu peu après l'arrivée de Señorita Cordez.

Regan lui adressa un sourire malicieux, mais quelque peu embarrassé. N'y détectant aucune plaisanterie, Gretchen s'affola. Il ne mentait pas !

— Cordez ? Une Espagnole ? Un Hollandais qui épouse une Espagnole ! lança-t-elle dans un rire strident. Ne me taquine pas, Regan.

Celui-ci s'aperçut que Gretchen était au bord de la crise de nerfs, mais il n'en fit pas cas. Il avait décidé de le lui annoncer ce soir-là, espérant que sa maîtresse ne ferait rien, ou ne dirait rien, qui offenserait Señorita Cordez lorsque cette dernière serait là. Gretchen aurait alors surmonté le choc et essaierait au moins de se comporter comme une dame. Car les nouveaux mariés et la jeune femme ne tarderaient pas à se rencontrer en société, un cercle plutôt restreint à Batavia.

Gretchen Lindenreich était veuve. Son mari, un capitaine de navire allemand, l'avait amenée à Java en 1606, quand elle avait 20 ans. Le capitaine Peter Lindenreich naviguait pour une compagnie marchande de Hambourg, qui l'avait incité à emmener son épouse immorale hors de Saxe. Là où son attitude déconcertante et diabolique ne nuirait pas à l'établissement commercial. Lindenreich avait volontiers accepté. Il avait même fait plus. Renonçant à son grade de capitaine, il avait pris un emploi nouveau et sédentaire au sein de la Compagnie Hollandaise des Indes Orientales, qui venait d'être créée. Lindenreich avait en fait des amis de longue date en Hollande. Il fut ravi d'être envoyé aux îles de la Sonde car lui aussi souhaitait éloigner son impétueuse femme des tentations de la bourgeoisie de Hambourg. Il croyait qu'elle s'assagirait loin de tout et qu'elle lui donnerait peut-être le bonheur d'être père sur ses vieux jours.

Gretchen dut suivre son époux. L'abandon de sa charge de capitaine signifia pour ce dernier une perte de revenus. Un capitaine recevait une prime conséquente sur les bénéfices d'une cargaison convoyée. Mais en tant qu'employé de la Compagnie Hollandaise, Peter gagnait à peine l'équivalent de son ancien salaire annuel, avec une promesse de pension. Autant qu'il put se le permettre, il combla sa femme de tous les biens que le riche commerce des Indes procurait. Cinq années plus tard, Peter Lindenreich mourut pauvre et sans enfants. Il ne sut jamais que sa femme se rendit trois fois chez une vieille indigène, qui, grâce à des herbes et à la sorcellerie, la fit avorter.

Bien que veuve, Gretchen ne put quitter Java. Pour toucher la pension de son mari, elle devait rester sur l'île. En fait, cette contrainte n'en fut pas une. Elle avait entre-temps rencontré Regan van der Rhys et avait l'intention de l'épouser, dès qu'il serait libre.

Car, malheureusement pour la jeune femme, Regan avait jeté son dévolu sur la benjamine des filles d'un chef de tribu. Arrivé dans les îles en 1607, il s'était marié environ trois ans plus tard. La beauté noire de Tita et ses manières douces et sages l'avaient séduit. De plus, leur union fut un coup diplomatique pour les Hollandais. Ils rivalisaient avec les Espagnols, leurs prédécesseurs, pour le commerce aux îles de la Sonde — une seule couronne gouvernait alors les Portugais et les Espagnols, celle de Philippe III d'Espagne. Par ailleurs, ce mariage fut tout à l'honneur de Vincent van der Rhys, le père de Regan, administrateur appointé de la Compagnie Hollandaise depuis sa venue à Java en 1603.

— Je ne plaisante pas, Gretchen. C'est un contrat que j'entends respecter. Señorita Cordez sera ma femme !

— Je t'ai déjà laissé épouser cette Javanaise sans m'en mêler. Si cette sainte nitouche vivait encore, elle serait grosse et n'aurait plus de dents !

Gretchen hoqueta de frayeur quand elle vit Regan se raidir. Les mots lui avaient échappé et elle comprit qu'elle devait en assumer les conséquences. Elle ferma les yeux, des frissons lui coururent dans le dos. Elle souhaita presque qu'il la frappe, plutôt que cette colère glaciale...

— Peu importe son physique, elle serait restée une épouse bonne et fidèle, une tendre mère pour mon fils, dit Regan en pénétrant du regard la jeune femme. Aujourd'hui encore, dans ma mémoire, elle est jeune et belle. Quel âge as-tu, ma chère ? Trente-six ? Trente-sept ans ? Dans peu de temps, tu seras une vieille sorcière édentée.

— Je ne suis pas si âgée, Regan, tu le sais bien. Je suis plus jeune que toi.

Regan mit sèchement fin à ses paroles en lui tournant le dos. Piquée au vif, Gretchen reprit son attaque.

— Mais où as-tu donc rencontré cette Espagnole ? Sur un bateau de pirates ? Ou dans une prison espagnole ? Dans un bordel de Lisbonne ou de Cadix ?

— Non, répondit-il sans se retourner, mon père a organisé cette union il y a un peu plus de trois ans, juste avant mon retour. Je n'ai jamais vu cette femme.

— Maintenant, je sais que tu mens ! Aucun père ne négocierait un contrat de mariage pour un fils adulte, encore moins pour un fils veuf ! Me prends-tu vraiment pour une idiote ?

— Crois ce que tu veux ! C'était une condition pour ma libération d'Espagne... dont tu n'as sans doute rien su ! lança Regan, la mine contrariée par la pensée de ce mariage non désiré.

— J'ai du mal à croire que ton père ait eu l'audace d'arranger cette affaire, poursuivit Gretchen avec colère. Je ne vais pas rester là sans rien faire ! Quand tu as épousé Tita, Peter vivait encore. Aujourd'hui, nous sommes tous deux libres. Pendant ces trois dernières années, nous avons fait ce que nous avons voulu. Tu m'as laissée croire que l'on finirait par se marier...

— Se marier ? l'interrompit froidement Regan. Il n'en a jamais été question. Et bien que mon père soit mort depuis plus d'un an, je ne trahirai pas son honneur. Lorsque Señorita Cordez arrivera à Batavia, je l'épouserai. (Il avait haussé le ton.) Tu assisteras à la noce, n'est-ce pas ? ajouta-t-il pour la narguer, tout en coulant un regard sur son corps alangui.

— Je te tuerai ! cria Gretchen en sautant du lit, sans se soucier qu'elle était nue.

La jeune femme lui martela le torse de ses poings serrés. Ses seins lourds se soulevèrent de façon outrageante. Regan l'empoigna avec rudesse et l'embrassa sauvagement. Gretchen sentit sa colère se dissiper, un regain de désir la fit gémir. Mais son amant la poussa dans les coussins, sur lesquels elle s'étala ridiculement.

— Chienne en chaleur ! gronda Regan.

Retrouvant son esprit, Gretchen s'étira et écarta légèrement les jambes. Elle n'avait jamais rencontré un homme capable d'une telle brutalité. Cela la surprenait toujours un peu car elle savait qu'il était différent avec les Javanaises. C'était seulement avec elle, Gretchen, et elle adorait cela ! La jeune femme frissonna d'émotion.

— Nous verrons, Monsieur van der Rhys, dit Gretchen avec un sourire vorace, si vous ne revenez pas vers moi, après quelques nuits passées en compagnie de l'Espagnole ! Je sais qu'elles récitent un rosaire pendant qu'elles font l'amour.

Gretchen ondula sur le dessus-de-lit de satin, les bras étirés au-dessus de la tête. Regan lui jeta une bourse de pièces d'or. Gretchen cracha sur l'objet.

— Il n'y a pas assez d'or pour m'acheter, Regan. Tu payes seulement tes dettes avec cette somme ! Apporte-moi son livre de prières, cela me suffira ! lâcha Gretchen en riant, alors que Regan quittait calmement la pièce.

Gretchen se tourna sur le ventre, la bourse d'or serrée entre ses mains. Cet homme lui appartenait et une catin espagnole n'allait pas le lui enlever ! Il fallait qu'elle discute avec Chaezar. Connaissait-il la fiancée de Regan ? Probablement pas. Chaezar lui racontait tout. Quand celui-ci avait découvert quelle bonne élève Gretchen s'avérait être dans le maniement du fouet, elle avait pu lui soutirer toute sorte de renseignements — des confidences qu'il oubliait aussitôt dans les élans de son désir.

Chaezar lui rendrait service, comme il l'avait fait auparavant. A ce souvenir, Gretchen se rembrunit. Si jamais Regan découvrait... il la tuerait !

Mais en premier lieu, il la ferait souffrir, elle le savait.

Regan enfourcha son cheval et quitta la cour pavée. Il était inquiet. Gretchen avait accepté l'or et cédé trop facilement. Elle allait agir avec égoïsme et fourberie.

Et gare aux retombées ! Il se sentit presque navré pour Señorita Cordez. Señorita Cordez... Il ne connaissait même pas son prénom. Les termes du contrat de mariage lui revinrent en tête : « ...que Regan van der Rhys, veuf de son état, devra prendre pour épouse, à ma mort ou lorsqu'elle atteindra sa vingtième année, ma fille aînée. »

Ce contrat avait intrigué Regan depuis son retour à Batavia. Pourquoi Don Antonio Cordez y Savar, de Cadix, souhaitait tant marier sa fille à un Hollandais, un inconnu et protestant de surcroît ? Et pourquoi était-ce la condition pour obtenir la relaxe de Regan des geôles espagnoles ? La fille ne pouvait être qu'une harpie, à la face variolée, supposait Regan.

Ce mariage, Regan en voulait encore moins que Gretchen pour autant que cela fût possible. De plus, les Espagnoles ne l'avaient jamais vraiment attiré. Il se rappela les paroles piquantes de Gretchen. Lui aussi avait entendu parler de la piété des femmes espagnoles. Elles portaient autour du cou un chapelet et priaient constamment Dieu de les aider dans leur « devoir » de femme. Cette Espagnole leur ressemblerait-elle ? Dans ce cas, autant qu'elle soit laide, comme il l'imaginait. Son père avait peut-être cherché à se débarrasser d'elle...

Menant sa monture au petit galop vers la maison, Regan se mit à rêvasser des femmes de Java qu'il trouvait si jolies. Leurs airs avenants, la fraîche senteur de la mer qui flottait autour d'elles, comme une aura... Elles recherchaient les faveurs du jeune homme et en vérité, le remerciaient de les avoir « honorées ». Il savait qu'elles croyaient que dormir avec un homme blanc était de bon augure ; néanmoins, ces femmes étaient si simples... si reposantes...

Comme Tita...

Regan décida de garder loin de son lit cette Espagnole si elle ne lui plaisait pas. Il l'enfermerait dans une chapelle et l'oublierait. Il devait d'ailleurs en faire construire une sur-le-champ !

Señorita Cordez était sûrement très différente de

Gretchen, personnage enflammé et violent, qui voulait depuis longtemps devenir sa femme. Comme s'il allait l'épouser un jour! Elle lui plaisait et l'amusait, mais il ne la prendrait jamais pour femme. Il avait besoin d'elle quand il n'arrivait plus à contenir son désespoir et sa haine. Gretchen avait le don de l'apaiser, elle pouvait aussi se mettre dans des colères bien à elle! Regan rit de lui-même. Instinctivement, à l'approche de la demeure, son cheval accéléra l'allure.

Regan se dit qu'il devrait envoyer Señorita Cordez chez Chaezar Alvarez. Chez ce satané Espagnol!

Chaezar Alvarez, représentant de la couronne hispano-portugaise aux Indes, occupait la même fonction que Vincent van der Rhys à la Compagnie Hollandaise des Indes Orientales. Regan avait désormais succédé à son père. Installés à Batavia, les deux hommes étaient responsables du commerce de leur pays dans ce vaste archipel appelé les îles de la Sonde: Sumatra, les Célèbes, Bornéo, Timor, la Nouvelle-Guinée, Bali et des milliers de petites îles comme Java. Les deux hommes avaient de lourdes responsabilités: dresser les cartes de route des navires, entreposer les cargaisons, inventorier chaque mètre de soie ou chaque livre d'épices... et entretenir des relations diplomatiques avec les nombreux sultans et chefs indigènes.

Il y avait une vingtaine d'années, avant l'arrivée de Vincent van der Rhys à Java, les Hollandais ne jouissaient pas d'une position favorable par rapport aux Espagnols et aux Portugais. Leur attitude était trop mercantile et trop agressive pour convenir aux manières aimables des autochtones. A l'inverse, les marchands espagnols, instruits par plus d'un siècle de découverte du monde, prenaient le temps d'apporter des cadeaux et de nouer des amitiés avec les tribus des îles. Mais les Hollandais étaient déterminés à battre les Espagnols et les Portugais sur leur terrain. Le père de Regan avait travaillé pendant quelques années à Amsterdam pour la Compagnie Hollandaise des Indes Orientales. Employé de haute compétence, il avait été envoyé aux îles pour y diriger le commerce de cette société. Homme très populaire et large d'esprit, il avait parfaitement réussi dans sa tâche.

Les premiers temps de sa vie à Java furent pourtant marqués par la solitude. Son seul enfant, Regan, était resté chez une tante à Amsterdam pour parfaire son éducation. Et sa femme Maureen, une Irlandaise, mourut de maladie au cours de la traversée. Le Hollandais, homme d'âge moyen, se consacra alors totalement à son travail. Et après quelques années, ses compatriotes dominèrent enfin et sans conteste le commerce aux îles de la Sonde.

Le jeune Regan vint à Batavia quatre ans après son père. Alors âgé de dix-sept ans, il se mit à apprendre l'art des affaires. A cette même époque, un séduisant Espagnol, à peine plus vieux que Regan, arriva dans cette ville : Chaezar Alvarez, personnage sophistiqué et rusé, fils d'un noble appauvri de Málaga.

Celui-ci ne reçut jamais la sympathie de Regan. Mais les Européens étant peu nombreux à Batavia, les membres de la petite colonie marchande — employés des deux royaumes, capitaines de navire, commerçants, et leurs épouses — devaient quand même se retrouver pour créer une vie sociale, dans ce paradis si loin de leur patrie.

Si Regan éprouvait un certain mépris pour la grandeur affectée et la doucereuse complaisance des Espagnols, son aversion envers Chaezar Alvarez venait surtout de son infâme participation à la ruine de Vincent van der Rhys...

En 1615, Regan embarqua avec son fils de quatre ans et sa femme Tita, pour la Hollande. Ce voyage avait quelques raisons professionnelles pour le compte de son père, mais Regan voulait aussi que ce soit un voyage d'amour et de découvertes pour Tita et leur fils. Ils n'arrivèrent jamais. Avant même que le navire, *Le Tita*, commandé par un vieil ami de Vincent van der Rhys, n'atteigne Cape Town pour se réapprovisionner, des pirates espagnols attaquèrent. Une estocade tua Tita sous les yeux de Regan. Quand celui-ci vit son fils pour la dernière fois — avant d'être assommé d'un coup de crosse —, le bambin joufflu s'accrochait au timon et hurlait, tandis qu'un barbare coiffé d'un foulard le hissait sur ses épaules tachées de sang. Regan n'oublierait jamais ces scènes. Tout comme persistait dans son esprit l'énigme de sa grâce. Il fut mis dans une chaloupe, avec des provisions et de l'eau, alors que les pirates sans pitié jetèrent par-dessus bord tous les autres passagers, morts ou blessés. Un jour peut-être, il saurait pourquoi il avait été le seul survivant.

Deux jours plus tard, ou trois — sa mémoire du temps s'était effilochée après huit longues années — un navire marchand espagnol, en route pour Cadix, repéra Regan. Sa bonne fortune fut de courte durée, car on le fit prisonnier dès qu'il monta à bord. Accusé d'être un des membres d'équipage d'un corsaire hollandais, qui avait peu de temps auparavant attaqué des vaisseaux espagnols et portugais près de la côte africaine, il fut enfermé dans les cales et emmené en Espagne. Il resta presque six ans dans un cachot de Séville, sans subir de procès.

Cinq années durant, Vincent van der Rhys, accablé de douleur, pensa que son fils avait été massacré avec Tita et son petit-fils. Mais un jour, un navire de commerce en provenance de Rotterdam arriva à Batavia avec des informations. Un Hollandais, dont la description correspondait à Regan, était détenu dans une des sordides prisons de Philippe III, à Séville ou à Cadix.

Quoique vague, cette nouvelle ranima le vieux van der Rhys. Un de ses capitaines, qui ancra à Cadix sous prétexte de réparations et de réapprovisionnement, enquêta avec prudence et découvrit qu'un « Canderri », comme disait son contact, était dans une geôle de Séville. L'homme devait avoir vingt-huit ou vingt-neuf ans et était blond.

Apprenant cet autre renseignement, Vincent van der Rhys se rendit aux bureaux de la couronne d'Espagne. Cette visite pourtant lui déplaisait.

Chaezar Alvarez affirma au vieil Hollandais qu'il ferait tout son possible et qu'il était très heureux de savoir que son fils vivait encore. Mais il lui expliqua qu'il y aurait des dépenses... des portes à ouvrir... lui confiant que le commerce espagnol avait été durement touché ces dernières années par la compétence et l'obstination des Hollandais, Chaezar dit à son rival qu'il accepterait volontiers quelques parts de leur marché, ou de leurs bénéfices. Il pourrait ainsi rehausser sa position vis-à-vis de ses supérieurs en Espagne, peut-être même obtenir une promotion, ou un retour dans sa patrie...

L'Espagnol reçut des centaines de milliers de souverains d'or et conquit une partie du commerce hollandais. En réalité, van der Rhys retardait ses navires, qui arrivaient dans les îles après le passage des marchands espagnols et portugais. Par la suite, Chaezar envoya une lettre à son parrain, Don Antonio Cordez, à Cadix, dans l'espoir que le vieil homme, constructeur de navires et noble du royaume, pourrait influencer Philippe III...

A présent, quatre ans après, Regan avait renfloué les pertes financières de son père, grâce à sa fortune personnelle, et redonné à la Compagnie Hollandaise sa place maîtresse aux Indes, tout en dissimulant les négociations secrètes entre Alvarez et son père. Mais la tension avait été trop forte pour ce dernier. Son fils retrouvé, son honneur et son nom restés saufs, Vincent van der Rhys avait quitté ce monde.

— Alvarez ! marmonna Regan comme un juron, tandis qu'il franchissait la porte principale de sa demeure.

Il savait que Gretchen avait pris du bon temps avec ce filou, pendant que lui croupissait dans cette prison espagnole ! Alvarez... Il serra les dents à la pensée de ce porc d'Espagnol.

1

La rutilante frégate à trois mâts semblait bondir d'entrain face aux alizés. Avec grâce et habileté, la splendeur de la Compagnie de Construction Navale Cordez démontrait sa prouesse lors de ce premier voyage, à l'heureuse satisfaction de sa propriétaire, la jeune et fougueuse Sirena Cordez. *La Rana*, d'après le nom grec de la déesse de la mer, arborait des ponts neufs, scrupuleusement briqués, et une dunette dont le polissage n'avait pas encore été terni par les embruns salés.

Sirena allait et venait sur le pont, ses yeux vert émeraude levés vers les voiles.

— Si *je* commandais *La Rana*, je la dirigerais de deux quarts dans le vent. La voile tirerait pleinement ! Qu'en pensez-vous, Oncle Juan ? demanda la jeune femme en se tournant vers son parent, un élégant aristocrate espagnol, de forte stature et aux cheveux grisonnants.

Celui-ci savait que son impétueuse nièce n'avait pas besoin de son avis ; elle était meilleur marin qu'il ne l'avait jamais été. En dehors de son amour et de son respect pour lui, elle faisait appel à l'expérience de son âge mûr.

— Ce que j'en pense ? Eh bien, tu ferais mieux de laisser le capitaine conduire ce bateau. Il s'est plaint à moi de ta façon d'interférer ses ordres. Je ne tiens pas à avoir un capitaine mutin sur les bras, Sirena.

— De grâce, mon Oncle, dit Sirena en riant, le menton pointé en avant. Si je ne m'étais pas occupée de certains problèmes, nous aurions perdu du temps ! Ne vous ai-je pas dit qu'il valait mieux sacrifier la cargaison pour aller plus vite ? Je suis sûre que nous allons établir un nouveau record de vitesse de traversée entre l'Espagne et Java.

— Sirena, fit Don Juan Cordez d'une voix clémente, il ne t'est jamais venu à l'esprit que les cales vides de marchandises étaient la raison des mauvaises humeurs du capitaine Lopez ? C'est un homme d'affaires, le badinage ne l'intéresse pas. Tu as insisté pour que ta *Rana* transporte peu de chargement. Pour lui, les profits de ce voyage se trouvent réduits de moitié.

— Il a reçu une compensation, répondit vivement sa nièce d'un air boudeur. Ce navire m'appartient ! Le capitaine n'est qu'un assoiffé de rhum ! Je ne comprendrai jamais pourquoi vous l'avez nommé commandant de mon bateau. Et ses matelots de troisième classe ! La lie du peuple ! De pauvres diables, trouvés dans les plus sordides ports de la terre et enrôlés de force. Ils malmènent mon bateau ! cria-t-elle en frappant du pied. *La Rana* est à moi, et j'ai l'intention de la mener au port en un seul morceau, dussé-je jeter l'équipage à la mer !

Juan Cordez observa la jeune femme avec autant d'amour que de crainte dans son regard. Les grands yeux verts de Sirena avaient brillé terriblement quand elle avait parlé de *La Rana* ; sa noire chevelure rebelle ondoyait autour d'elle.

— Ton père n'a pas été avisé de t'emmener avec lui dans ses voyages en mer. Et de t'enseigner l'art du sabre d'abordage et de la rapière ! dit l'oncle, qui hésita, écartant les bras en signe de désespoir. Sirena, tu devrais penser à te marier et à avoir des enfants. Tu as dix-huit ans passés, tu devrais être en train de t'installer... Je veux seulement ton bien, mon enfant, ajouta-t-il en secouant la tête avec tristesse.

— Comme vous le savez, Oncle Juan, les nonnes du couvent adoraient Isabel mais désespéraient de moi, lui rappela Sirena avec un sourire. Et Père sentit qu'il était le seul être à pouvoir canaliser ma vitalité d'enfant.

— Et maintenant, tu vas encore me parler de de Silva, le maître d'armes de ton père, ce vieux sage qui te portait un intérêt maternel, veillant à tes études de géographie, de science, de hollandais, d'anglais, de français et de latin, restant près de toi quand tu étais malade, et qui t'a enseigné, poursuivit Juan en lui lançant un regard désapprobateur, le maniement du sabre, de l'épée...

Avec l'élégance d'un félin, Sirena virevolta et, rapide comme l'éclair, elle se saisit de l'épée de son oncle. Elle pressa fermement la pointe contre son torse. La tête rejetée en arrière, dévoilant son long cou gracieux, les cheveux volant dans son dos, elle se mit à rire — cela tinta comme des notes argentines dansant sur les vagues.

— De Silva était un satané professeur, le meilleur de toute l'Espagne, et c'est aussi votre avis, Oncle Juan !

Cordez fit semblant d'être choqué et afficha un air de reproche.

— Et de Silva ne t'a pas appris que cela. Tu parles aussi mal que lui. Suis-je condamné à te voir devenir une vieille fille hargneuse, qui par défaut d'une nature tranquille et d'un langage châtié perd ses chances de trouver un époux et d'être mère ?

— Pourquoi me réprimandez-vous ainsi, mon Oncle ? Seriez-vous peut-être jaloux de mes talents ? le taquina gentiment Sirena.

La jeune femme s'adoucit et regarda affectueusement cet homme qui s'était occupé de sa sœur et d'elle à la mort de Don Antonio, survenue un an plus tôt.

— Il est vrai, Sirena, que tu as des dons que peu d'hommes possèdent. Mais ce sport ne convient pas à une demoiselle.

— Alors, je suis la première ! Je vous en prie, Oncle Juan, je connais ce discours. Je suis une femme et bien que j'aie effectivement quelque talent dans l'art de l'escrime, je me surestime moi-même. Je serais impuissante face à un homme déterminé à me faire du mal, soupira Sirena avec dépit. Quant au mariage, je devrai rencontrer un homme que je puisse préférer à mon navire. Je n'ai qu'à regarder Isabel. Comme elle redoute cette union ridicule que notre père a arrangée avant de mourir. Elle ne souhaite que rejoindre un couvent. Isabel a une véritable vocation pour les ordres et vous le savez, mon Oncle. Lorsque nous arriverons à Java, vous pourrez parler au Señor van der Rhys et lui dire qu'Isabel veut être laissée à ses prières. Dites-moi que vous lui parlerez, fit la jeune femme en lui prenant le bras. Essayez de l'acheter, ou n'importe quoi !

— Mon enfant, tu parles de l'honneur de notre famille ! Ta sœur a été promise à Regan van der Rhys ! Isabel n'a pas ta verve et ton ressort. Mais elle a une force que tu n'auras jamais. Elle accepte la vie et la supporte.

— Vous pensez probablement que ma sœur m'obsède. Mais il n'en est rien, je vous l'assure. Je la connais mieux que vous, je l'aime et cela me rend triste de savoir qu'elle ne peut réaliser son vœu le plus cher, être une servante de Dieu.

— Ta défense en faveur d'Isabel est des plus admirables, mais tout à fait inutile.

Sirena leva vers son oncle des yeux embués de larmes.

— Je ne comprendrai jamais pourquoi Père l'a promise à un inconnu, et en plus, un Hollandais protestant.

— Les raisons de Don Antonio me sont aussi confuses, ma chère enfant. Je sais cependant que la mère de Regan était catholique. Un jour peut-être, nous aurons l'explication. Quoique, le père van der Rhys étant décédé, il me porte peu à croire que nous le saurons.

— Ce van der Rhys, avec la Compagnie Hollandaise des Indes Orientales, est un rival de la couronne d'Espagne ! Comment Père a-t-il pu concevoir une telle chose ?

— Tu fais passer ton père pour un criminel, Sirena. Et je ne veux pas de cela ! Sirena, ton père n'était pas seulement un grand d'Espagne, il était avant tout un homme d'affaires... et sain d'esprit. Toi, plus que quiconque, sais à quel point il a réussi. C'est à toi qu'il a légué l'ensemble de sa fortune, ses chantiers de construction et ses navires. Ton père a dû raisonner ainsi, je suppose : il a deux filles, l'une a un comportement foncièrement autonome, la religion a rendu l'autre docile. Il avait peu d'espoir d'assurer *ton* avenir avec un mariage ; tu choisiras, quand tu le décideras et si tu le veux, l'homme que tu épouseras. C'est pourquoi il t'a laissé sa fortune. Quant à Isabel, il savait qu'il pouvait la marier. Et il ne croyait pas qu'une vie de couvent rendrait heureuse sa fille aînée, contrairement à ce que tu sembles penser. La faveur que ton père accorda à Chaezar Alvarez lui donna l'opportunité d'arranger un riche mariage pour Isabel, et de l'envoyer loin de notre Espagne inquisitrice, avec ses cloîtres et ses robes noires !

D'ordinaire homme renfermé, Don Juan Cordez avait palabré sans cacher sa colère. Sirena voulait rester en bons termes avec son oncle. D'ailleurs, une profonde tendresse les unissait. De plus, elle le considérait comme un homme qui avait de fortes convictions et un sens profond du devoir. En ce moment, son devoir était de marier Isabel à Monsieur van der Rhys. Et il lui en coûtait de ne pouvoir sans doute jamais arranger un mariage pour son autre nièce — le caractère fougueux et indépendant de cette dernière l'en empêchait.

La jeune femme se hissa sur la pointe des pieds et embrassa son oncle sur la joue. Puis elle se sauva vers l'arrière du bateau, où elle partageait un logement avec sa sœur.

La lueur incandescente du coucher de soleil reflétait à travers la fenêtre à meneaux de la dunette une mer calme et azurée. Isabel lisait un livre de prières à la lumière tombante. Lorsque Sirena entra, elle posa ses fines mains sur ses genoux et leva vers elle son doux regard noisette.

La tranquillité d'Isabel exaspéra sa sœur. La cadette aurait voulu la trouver épuisée par les pleurs, les yeux rougis et gonflés. L'Oncle Juan ne s'était pas trompé en parlant de la force intérieure de cette jeune fille de vingt ans. A cet instant, Sirena se dit que cette histoire de vocation avortée la contrariait plus que sa sœur. Elle était effectivement convaincue que le destin d'Isabel avait toujours été d'entrer dans les ordres.

Lorsque leur mère mourut à la naissance de Sirena, Don Antonio, n'ayant pas de proche parente pour élever ses enfants, plaça sa fille d'un an, Isabel, chez les sœurs. Une de ses jeunes servantes s'occupa de Sirena, avant que le bébé ne soit à son tour confié aux religieuses quelques mois plus tard. Dès le début, Isabel s'adapta à la vie stricte et paisible du couvent. Mais Sirena, atteignant l'âge de marcher, se mit à faire des sottises. Vers sa dixième année, elle était devenue incorrigible. A la grande stupéfaction des religieuses, elle exigea de savoir pourquoi les filles devaient choisir entre la vie au couvent et la vie de famille, alors que les garçons pouvaient se décider pour des métiers excitants, tels que soldat, explorateur ou navigateur. Pour toute réponse aux questions insistantes de Sirena, la mère supérieure fit parvenir une lettre à Don Antonio Cordez, où elle le priait de venir chercher son enfant trop curieuse.

Cordez tenta d'amadouer la mère supérieure et la supplia de révoquer sa décision. Néanmoins, la religieuse ne céda point. Le père regarda avec circonspection son exubérante fille, assise dans le salon des visiteurs, et singulièrement calme. Le riche constructeur de navires sentit alors poindre en lui un nouveau sentiment. La fibre paternelle...

Hormis ses chantiers navals, Don Antonio possédait une flottille de vaisseaux marchands qui naviguaient entre l'Afrique de l'Ouest et Cadix. Sur un des bateaux devenu résidence secondaire des Cordez, Isabel venait passer les étés avec sa sœur. Elle semblait s'enthousiasmer pour ces excursions le long de la côte atlantique et en Méditerranée. Mais sa conduite toujours bienséante poussait parfois Sirena à lui tirer les cheveux et à la tourmenter impitoyablement. Isabel la supportait. « Je prierai pour toi, Sirena », lui disait-elle.

— Qu'a donc fait le capitaine Lopez, Sirena ? demanda Isabel d'une voix posée et douce, comme l'était tout son être.

— Rien. Si tu tiens à savoir, c'est toi qui m'exaspères ! Pourquoi ne te révoltes-tu pas ? Tu ne veux pas de ce mariage mais tu t'y es résignée ! Si seulement tu tapais du poing ou hurlais, je suis sûre qu'Oncle Juan t'écouterait. Mais non, tu restes assise ici, pendant que j'intercède en ta faveur auprès de lui, s'emporta Sirena, qui se mit à genoux et enfouit la tête dans les jupes de son aînée. Isabel, je ne veux pas que tu sois perdue dans un monde inconnu, à la merci des lubies d'un barbare du Nord !

— Tu es stupide ! répondit Isabel en lui caressant les cheveux. Ne te tourmente pas ainsi. Nous n'avons aucune raison de penser que Señor — heu, Monsieur van der Rhys est un tyran. Et puis, même sans ce mariage, nous n'aurions pas continué à nous voir longtemps. Je voulais rejoindre un ordre monastique. Sirena, il est temps de laisser notre enfance derrière nous !

Sa jeune sœur se releva subitement. Elle ressemblait à une lionne en furie.

— C'est donc ce que tu crois ? s'emporta Sirena. Que je veux continuer à vivre dans l'univers de notre enfance ? Que nous restions accrochées l'une à l'autre, comme deux siamoises ? Isabel, tu ferais mieux de m'écouter correctement ! Cela te servirait ! Jamais je ne te reprocherai ta façon de mener ta vie, tant que tu l'as choisie ! Si tu veux entrer dans les ordres, fais-le ! Si tu veux devenir une catin, eh bien, sois-le ! Ce que je désapprouve, c'est que tu ne décides pas de ta vie. Tu ne peux pas me duper, Isabel. Je t'entends pleurer la nuit. Je vois le dégoût dans tes yeux quand un des marins te regarde comme un homme regarde une belle femme. Espères-tu vraiment me faire croire que tu es assez forte pour partager la couche d'un homme et le laisser, nuit après nuit, s'amuser de toi, sans en devenir folle ?

— Je ne hais pas... les hommes, Sirena. J'aime Oncle Juan.

— Je le crois, Isabel, poursuivit Sirena d'une voix plus douce. (Il lui était insupportable de blesser sa sœur ainsi, mais elle le devait.) Comme je crois que tu as déjà donné ton corps et ton âme à Dieu ! D'une façon que seul quelqu'un qui cherche la voie du Seigneur peut comprendre. Je t'en prie, Isabel, va voir Oncle Juan et fais-lui comprendre. Si Dieu t'a véritablement appelée à Lui. Il veut peut-être que tu t'opposes à ce mariage et Il t'accordera l'intervention divine.

— Chère Sirena, je sais que j'ai entendu son appel. Tu as dit la vérité. Et ma fidélité envers lui est si forte, soupira Isabel en souriant avec contentement, que je sais qu'Il interviendra, d'une manière ou d'une autre... et que ce mariage n'aura jamais lieu.

Isabel avait parlé calmement, le visage illuminé par une foi intérieure. La joie brilla dans le regard de Sirena. Ainsi... Isabel n'avait pas cédé au caprice de leur père. Elle espérait échapper à cette future union.

Sirena étreignit sa sœur avec fougue, sans savoir encore que les paroles d'Isabel allaient la hanter à tout jamais.

Du haut des mâts retentit un cri.

— Navire en vue ! Navire en vue !

— Par où arrive-t-il ? hurla le capitaine.

Sirena, les joues empourprées par l'excitation, quitta Isabel et monta en courant sur le pont.

— De l'arrière, Capitaine !

— Quel pavillon bat-il ?

— Aucun, Capitaine.

Sirena se tourna vers la poupe du bateau et se protégea les yeux d'une main sur le front. Un brigantin les approchait par le nord. La lumière de feu du crépuscule lui donnait une apparence fantomatique. Un frisson parcourut Sirena quand elle évalua la distance les séparant.

— Je n'aime pas son allure, dit Sirena à son oncle qu'elle avait rejoint. Capitaine Lopez ! Lâchez les voiles et en avant toute ! Ils gagnent sur nous, je les vois !

Le capitaine lui jeta un regard de désapprobation et ignora son ordre.

— Brassez les vergues. Soyez alertes, marins. A la cape !

— Comment osez-vous ? rugit Sirena. Ce navire est à moi ! Ne voyez-vous pas que l'autre navigue sans pavillon ? Faites ce que j'ai dit ! En avant toute !

— Señor Cordez, renvoyez Señorita Cordez dans ses quartiers, ou bien je ne me tiens pas responsable des actes de mes hommes, prévint le capitaine.

Il avait la voix pâteuse et Sirena pensa avec colère qu'il avait bu.

— Tu as entendu le capitaine, Sirena. Descends rejoindre Isabel, la pria son oncle.

— Non ! *La Rana* m'appartient ! Isabel va bien, répondit la jeune femme en se tournant vers le capitaine. Je ne vous préviendrai pas une fois de plus, Capitaine Lopez. Filons à toute vitesse !

— Pavillon de détresse au mât de misaine ! s'écria le jeune mousse, Caleb, qui avait grimpé dans le gréement pour observer le vaisseau.

— C'est une ruse, croyez-moi, dit Sirena à Don Cordez, presque suppliante. Il ne semble pas être en détresse. Sa vitesse est trop grande. Ils gagnent sur nous à chaque instant. Et ce fou de capitaine ne m'écoutera pas !

— Sirena, j'insiste pour que tu ailles auprès de ta sœur.

La jeune femme fut frappée par le ton déterminé de son oncle. Prestement, mais l'air maussade, elle enjamba un cordage et partit vers la dunette.

Assise, les mains jointes, Isabel priait en silence. Elle regarda sa sœur.

— Quels sont ces cris ? Quelque chose ne va pas ?

Sirena se força à sourire pour effacer l'angoisse d'Isabel, que trahissait son visage d'enfant.

— Tout se passe bien, répondit Sirena en passant sa main dans la soyeuse chevelure ébène de sa sœur. Tu peux continuer tes prières.

Pendant un long moment, Sirena s'obligea à rester sur son lit, écoutant attentivement les bruits qui provenaient du pont. Elle sentit sous ses pieds *La Rana* ralentir, partir presque à la dérive. Elle entendit l'agitation de l'équipage et les cris coléreux du capitaine Lopez, puis le choc sourd d'un navire accostant *La Rana*.

Isabel interrogea sa sœur d'un regard effrayé.

— Ne sors pas d'ici ! dit Sirena, qui perdit patience.

La jeune femme s'empara d'une rapière pendue près de son lit. Elle trébucha, gênée par ses longues jupes. D'un coup d'épée, elle déchira le bas de sa robe et la fendit jusqu'aux genoux pour être libre de ses mouvements.

Sans faire de bruit, elle ferma la porte derrière elle avant de monter vers le pont. La colère lui comprimait la poitrine. Malheur ! Elle avait vu juste ! N'était-elle pas la fille de son père ? Et ce misérable capitaine avait passé outre à ses ordres et laissé assaillir *La Rana*. Sirena, dévorée par une rage terrible, n'avait pas peur. Si son père eût été à bord, il aurait deviné le stratagème. Elle devait désormais agir. Elle s'arrêta, respirant à peine, à l'écoute des bruits sur l'entrepont.

Puis la jeune femme avança furtivement pour voir ce qui se passait, quand son cœur battit à tout rompre. L'autre navire était amarré à sa *Rana* ! Et que voyait-elle dans le gréement ?... Le reflet d'un canon d'arme ! Mon Dieu ! Son père lui avait parlé des maraudeurs des mers, ces bateaux où des arquebusiers se perchaient dans les mâts et mitraillaient de leurs tirs l'équipage des vaisseaux tombés entre leurs mains, visant tout d'abord le capitaine.

Bien qu'elle n'ait jamais assisté à une telle scène, Sirena comprit instinctivement qu'ils étaient dans cette situation. Les voiles carrées masquaient les tireurs. L'équipage se trouvait à leur merci.

La jeune femme aperçut le capitaine du navire ennemi. L'homme, bien bâti, se tenait debout sur le pont, le torse nu couvert d'une épaisse toison brune. Il joignit les mains en porte-voix.

— Avez-vous un docteur à bord ? J'ai des blessés ! Au lever du soleil, des pirates nous ont attaqués ! cria-t-il.

Sirena remarqua avec surprise que l'homme parlait anglais. La langue maudite de ces vieux adversaires de la couronne hispanique et complices des Hollandais durant leur guerre d'indépendance contre l'Espagne.

Voyant que Lopez ne le comprenait pas, l'homme se mit à parler dans un espagnol quelque peu confus.

— Nous n'avons personne ! répondit le capitaine de *La Rana*. Combien avez-vous de blessés ? Pouvez-vous rejoindre un port ?

Sirena s'aperçut que Lopez vacillait sur ses jambes et devina qu'il avait dû encore s'enivrer.

De l'endroit où elle se trouvait, elle pouvait voir les membres d'équipage du brigantin. Ils s'étaient rassemblés derrière leur capitaine et arboraient un sourire diabolique. A bâbord du navire jaillissaient des canons. Que voulaient ces hommes ? N'avaient-ils pas vu à quelle hauteur *La Rana* prenait les vagues ? Ils auraient dû en déduire qu'elle ne transportait guère plus que le nécessaire pour son voyage.

Le regard de Sirena s'embrasa de colère quand soudain les marins du brigantin lancèrent des grappins à travers le bastingage du pont de *La Rana*. Ce fut un chaos immédiat.

Un coup de canon adverse fit tanguer *La Rana*, tandis que son équipage s'affairait à couper avec des hachettes les cordes qui retenaient les crochets pris dans le bastingage. Puis les pirates se ruèrent pour grimper à bord de la frégate. Sirena regarda en direction des mâts ennemis et se rendit compte que sa supposition était malheureusement juste. Des hommes étaient portés dans la mâture, leurs fusils à pierre pointés sur le pont de la frégate. L'ennemi l'emportait en nombre et en tactique sur *La Rana*, qui allait en quelques minutes être totalement désarmée.

Sirena fut prise de panique et oublia toute raison. Elle ne pouvait permettre cela ! Elle devait lutter pour son navire, pour sa vie !

L'épée à la main, la jeune rebelle sortit sur le pont. Après avoir jeté un coup d'œil autour d'elle, Sirena courut au secours de son oncle. Il se défendait mais n'était pas de taille contre son adversaire, si agile à manier méchamment le sabre.

S'avançant d'un pas décidé, elle surprit l'homme et lui assena un violent coup d'épée sur le bras. L'ennemi perdit l'avantage et Juan lui transperça la poitrine. Le sang jaillit de la blessure et coula de la bouche grande ouverte de la victime.

Sirena détourna les yeux de ce spectacle. Elle observa les alentours. Où était son équipage ? Caché dans l'entrepont, certainement.

— Tous à vos armes pour repousser les assaillants ! cria-t-elle d'une voix qui résonna brutalement. Combattez jusqu'au dernier misérable !

Dans la lueur du crépuscule, sous le nez d'un des pirates, jaillit alors son épée ; sa fougueuse chevelure noire virevolta dans son dos. Surpris par l'attaque d'une femme résolue à le couper en deux, le forban fut stoppé dans sa marche.

— Vous avez osé attaquer ma *Rana* ! Je vous tuerai !

Feintant avec souplesse sur la droite, Sirena porta une estocade qui taillada le bras de l'homme. Mue par la frénésie de défendre son navire, elle parait chaque coup adverse. Une furieuse sauvagerie l'animait. Sirena oublia les codes de politesse de l'escrime : elle s'était transformée en une diablesse, qui luttait pour sa vie et pour son bien. Sa dernière attaque fut fatale au pirate. Quand elle vit son bras rouler au sol, elle s'en sentit presque exaltée. Était-elle devenue folle ? Qui était cette Sirena Cordez qui riait avec cruauté de sa victime pétrifiée ?

— Ramasse ton bras, sale chien ! lui dit-elle.

L'homme hurlait. Sirena s'empara de son sabre tombé près du membre sectionné, puis, les deux armes en main, elle pivota sur elle-même pour chercher Caleb du regard. Elle venait juste d'entendre sa voix. Quelques mois plus tôt, le moussaillon avait quitté un bâtiment anglais à Cadix et s'était engagé à bord des navires marchands de Cordez. Sirena s'était prise d'affection pour le jeune garçon.

En moins d'une seconde, la jeune femme se retrouva dos à dos avec Caleb et faisait face à un nouvel adversaire. D'un foudroyant coup de botte, elle épingla le pirate contre le bastingage. Sans plus de façons, elle essuya la lame rougie du sabre sur sa robe déchirée.

Caleb se battait avec plus de vaillance qu'on en pouvait espérer d'un enfant de douze ans. Mais son ennemi l'emportait physiquement. Campée sur ses pieds, la tête rejetée en arrière, Sirena cria d'une voix puissante pour être entendue par-dessus le vacarme du combat.

— Caleb, prends la barre ! S'ils nous envoient un second coup de canon, nous serons réduits en mille morceaux ! Je m'occupe de ton homme !

Elle attaqua aussitôt le pirate avec son épée.

— Vous n'aviez pas le droit de prendre d'assaut mon navire, hurla-t-elle. Vous allez donc mourir par ma main ! Je ne demande aucun quartier, ni même n'en ferai !

— Je vais t'arracher le cœur et l'accrocher à la voile de misaine, proféra le bandit des mers. Mais d'abord, je vais m'amuser avec toi, et mes hommes aussi.

Pour toute réponse, Sirena leva son sabre.

Touché au bras, l'homme fut déséquilibré. Il tenta maladroitement de se ressaisir, mais Sirena fut plus rapide que lui. En un quart de seconde, elle lui porta deux bottes qui le firent reculer. Une furieuse estocade, et il se retrouva coincé contre le mât, le visage tremblant de peur.

Dans un dernier effort, il attaqua la jeune femme, qui plongea vers lui et enfonça son arme dans sa poitrine. A cet instant, elle ressentit un picotement au bras gauche. Surprise, elle remarqua qu'une tache rouge colorait la manche de sa robe en lambeaux. Hoquetant de douleur, Sirena se tourna et vit son oncle s'écrouler sur le pont. Les marins de *La Rana* gisaient par terre, comme un troupeau de bétail massacré. Des rigoles de sang coulaient de toute part.

— Quartier ! Quartier ! crièrent les survivants.

Ils reculèrent en silence, tandis que les pirates se frayaient un chemin parmi les corps, avant de s'arrêter devant les hommes rassemblés. Ils attendirent les ordres de leur capitaine.

— Jetez-moi cette viande qui empeste par-dessus bord ! hurla-t-il.

Son équipage se mit aussitôt à la tâche, en débitant d'obscènes plaisanteries. Le bruit des corps des morts ou des blessés heurtant l'eau résonna ignoblement aux oreilles de Sirena. Retenant ses larmes, elle resta silencieuse près de la dunette. D'une main, elle soutenait son bras mutilé.

— N'épargnez qu'une *seule* personne, gronda de joie le capitaine en lorgnant Sirena. La mignonne là-bas, à l'arrière ! J'ai quelques idées à son sujet, pour plus tard. Mais attachez-la. Cette jeune femme est trop douée avec une arme dans les mains !

— Prions Dieu qu'ils ne trouvent pas Isabel ! Pas vivante... murmura Sirena, alors que deux des brutes marchaient vers elle.

Le capitaine des pirates donna ordre à son équipage de vider les cales. En moins d'une demi-heure, les biens de valeur furent transportés sur le brigantin, excepté l'eau et les provisions. A l'évidence, ils n'avaient pas l'intention de détruire le navire... mon navire, se dit Sirena, debout près du mât de misaine, les mains liées.

Elle commençait à accuser le choc de l'attaque du bateau. A présent, elle tremblait sans parvenir à se maîtriser, obsédée par le sort de sa sœur. La disparition de son oncle, qui l'avait protégée ces dernières années, l'affligeait profondément. Mais il était mort en homme vaillant. Et elle en était heureuse. Sirena repensa ensuite à sa conduite pour défendre son bâtiment. Était-elle vraiment devenue cet animal violent, qui poussait des cris stridents ? Avait-elle pu être aussi impitoyable, aussi cruelle ? En vérité, elle n'avait pas eu le choix pour protéger son bateau et sa famille. On lui avait appris à se défendre et ç'aurait été une idiotie de ne pas intervenir. Elle s'était comportée comme une tigresse avec ses petits, mais ôter la vie à des êtres humains l'avait écœurée...

Un cri rauque déchira soudain les airs lorsqu'un pirate amena Isabel sur le pont.

— Regardez ! Voilà la récompense ! Et elle *prie* ! Qu'en pensez-vous, camarades, qu'elle prie pour son salut ou pour...

— Espèce de hyène ! vociféra Sirena, en le fusillant du regard. Laissez-la tranquille ! Elle est promise à Dieu, elle va rentrer dans un couvent !

Des rires gras accueillirent ses paroles.

— Un couvent ! Quand nous serons passés par là, aucun couvent n'en voudra !

— Emmenez-la en dessous, et que les hommes se régalent. Écoutez bien maintenant, la traversée va être longue. *Cette* jeune fille est à moi ! expliqua le capitaine, en attirant Sirena contre lui. Lorsque j'en aurai terminé avec elle, elle sera à vous !

— Isabel ! Isabel ! hurla Sirena, que la peur avait saisie au ventre.

Isabel, sa douce sœur, cette pure créature de Dieu, était en train de se débattre pour échapper au monstre qui la souillait par ses vicieuses caresses, indifférent à ses cris et ses supplications.

Souriant ironiquement, le capitaine délia les mains de Sirena. Il entraîna la jeune femme à travers le pont rouge de sang et la jeta à terre, près de sa sœur. Sirena tenta de se relever et voulut lancer à son cerbère un coup de pied à l'entrejambe. Elle s'entendit hurler d'obscènes jurons, qui se mêlaient à des sanglots brisés, demandant pitié pour elles deux. Elle avait du mal à lutter contre la force brutale du capitaine. Les doigts recourbés comme des serres, elle le griffa avec violence au visage.

Il se mit à califourchon sur la jeune femme, la couchant de tout son poids sur le pont. Elle se contorsionna pour essayer de lui échapper. Soudain, sa main rencontra le couteau accroché à la ceinture du pirate. Saisissant le manche, elle le sortit prestement, prise d'une envie de meurtre. Mais malgré sa stature, l'homme était un habile combattant. Il esquiva adroitement le coup de couteau et contra l'attaque de Sirena en la frappant sur la tempe. La jeune femme en resta étourdie. Sur la face aux traits grossiers du bandit, une méchante grimace avait remplacé son air narquois.

Le capitaine appela un de ses hommes, qui s'agenouilla près de Sirena et lui maintint les bras au-dessus de la tête. Il reprit son couteau et déchira les vêtements de la jeune femme. Elle se raidit au contact de ses mains qui frôlaient sa peau. Elle ne pouvait plus bouger. Des râles de désespoir s'échappèrent de sa gorge.

Sirena souffrait du coup reçu à la tête. Son bras meurtri était lourd et paralysé. Secouant la tête, elle s'empêcha de sombrer dans les ténèbres. Elle voulait rester alerte pour tenter de fuir.

La jeune femme était nue, exposée aux regards paillards des hommes. Le capitaine lui écarta les jambes et s'affala sur elle. Oublieux de sa virginité, il plongea violemment en elle, se réjouissant de ses cris de douleur. Encore et encore, il abusa de ce corps insoumis.

Au paroxysme de son supplice, Sirena hurlait comme un animal blessé. Isabel lui faisait écho, victime elle aussi d'une brute inhumaine. Les pirates n'avaient pas suivi l'ordre du capitaine de descendre la jeune femme. Ils la violaient à côté de sa sœur !

Sirena faiblissait parfois. Elle s'évanouit momentanément. Retrouvant quelque peu ses esprits, elle chercha à apercevoir Isabel. Entendre ses supplications fut une sorte de soulagement. Sa sœur vivait ! Dieu merci, elle était en vie !

Mais un autre homme vint s'installer sur Sirena, lui masquant la vue. Traumatisée et humiliée au plus profond d'elle-même, elle était presque dans un état second. Elle entrevit la silhouette au-dessus d'elle dans un voile nébuleux. Un cri effrayant la réveilla. Un pirate, avec un crochet à la place d'une main, venait de se jeter sur Isabel. Tandis qu'il la violentait, il fit glisser son crochet de sa gorge à son bas-ventre, éraflant sa douce peau. Un filet de sang suinta de la chair lacérée. L'homme eut un rire sadique, la vision de sa victime sanguinolente exacerba son désir.

Sirena s'évanouit de nouveau. Longtemps après, elle revint brutalement à la réalité. Elle vit aussitôt qu'Isabel avait disparu — ses cris terrifiés venaient d'en dessous. Le calvaire des deux sœurs dura encore. A un moment, Sirena se rendit compte que les hurlements d'Isabel avaient cessé.

Leur désir assouvi, les hommes laissèrent Sirena sur le pont. Elle était nue et grelottait, soumise à l'air vif de la nuit. Elle fixait d'un air hagard les étoiles. Cherchant des yeux quelque chose pour se couvrir, elle se redressa péniblement. Le jeune Caleb lui apporta une chemise sale et déchirée. Sur son visage se lisait la compassion. Durant un instant, Sirena se sentit gênée pour lui. Il la voyait dans un état si lamentable. Mais le garçon avait la maturité pour comprendre et son embarras disparut.

Le calme régnait à bord du navire. Seuls quelques pirates saouls sifflotaient des airs dans les mâts. *La Rana*, toujours flanquée du brigantin, ressemblait à un vaisseau fantôme.

Sirena boutonna sa chemise qui lui arrivait à mi-cuisse et se dirigea d'un pas mal assuré vers l'écoutille pour descendre à l'entrepont.

— Isabel ! Je dois la voir ! murmura-t-elle.

Caleb la rattrapa par le bras et lui fit faire demi-tour.

— Ne regardez pas, je vous en supplie ! Ne regardez pas !

Inquiète, elle se libéra de son emprise. A ce moment-là, elle vit à travers l'écoutille deux hommes porter le corps mutilé de sa sœur.

— Isabel! s'écria-t-elle d'une voix déchirante, évacuant en même temps toute sa souffrance.

Elle s'avança pour voir le visage de sa sœur. Mais son regard ne parvint pas à se détacher de la blessure sanglante qui fendait son buste...

Les pirates sortirent sur le pont. Ils jurèrent et repoussèrent violemment Sirena, qui s'effondra. Saisie d'horreur, elle les observa hisser le corps d'Isabel et le lâcher dans les flots avides.

Caleb vint près d'elle et l'aida à se relever.

— Isabel ne vivait plus, Señorita. Je les ai entendus le dire quand ils montaient.

— Oh mon Dieu! Isabel! *Isabel!* sanglota la jeune femme, le cœur soulevé.

Elle s'appuya mollement contre le bastingage et vomit.

2

Depuis une semaine, *La Rana* était aux mains des pirates. Quelques-uns d'entre eux la conduisaient sous les ordres du capitaine Dick Blackheart — celui qui avait si cruellement abusé de Sirena. Dans le sillage de la frégate naviguait le brigantin.

Ce soir-là, Sirena était dans la cale et remerciait le ciel de la tempête qui faisait rage au-dehors. Tous les hommes étant requis sur le pont, elle ne subirait pas de nouveau leurs assauts.

— Mon Dieu, gémit-elle, combien de temps vais-je encore endurer cela ?

Sirena se tourna lentement sur le côté et regarda son bras gauche. Du pus suintait de la blessure. L'inquiétude la gagna, car elle risquait de perdre son bras. Pour la première fois depuis la sordide disparition d'Isabel, Sirena ressentit une émotion.

La jeune femme essaya de se lever, soutenant prudemment son membre qui l'élançait. Mais le roulis de *La Rana* la fit tomber à genoux. Son bras heurtant un sac de riz, elle se tordit de douleur. Sa tête devint lourde, son regard se troubla. La fièvre devait sûrement la dévorer. Soudain, on ouvrit le dessus de l'écoutille.

— Oh non, mon Dieu non, se lamenta Sirena. Cela ne va pas recommencer...

Malgré la confusion de son esprit, elle se souvenait encore de son dernier cauchemar. Elle était en train de nettoyer la table après le repas du soir. Le maître d'équipage maugréa contre elle parce qu'elle était lente et maladroite. Il balaya violemment la table du revers de la main et y installa la jeune femme. L'homme la viola sous les regards lubriques de ses compagnons, qui lui hurlaient leurs encouragements. Puis chacun à leur tour, ils la chevauchèrent dans la même folie. Quand leur divertissement fut terminé, les pirates la jetèrent par terre et l'accablèrent d'injures. Sans savoir comment, Sirena avait réussi à gagner la cale, où elle s'était endormie sur un tas de sacs crasseux.

La jeune femme entendit gratter à la porte. Apeurée, elle retint son souffle. On murmurait quelque chose. Elle rampa jusqu'à la porte et y colla son oreille.

— Señorita Cordez...

Sirena eut un hoquet de surprise.

— Caleb ! Comment es-tu venu ici ? Tu devrais être sur le pont. Ils vont te battre si jamais ils te trouvent. Monte ! Je ne veux pas te causer du tort et tu ne peux pas m'aider.

— Écoutez-moi, je vous en prie. J'ai quelques minutes. La tempête est si forte qu'ils ne s'apercevront pas de mon absence. J'ai trouvé un coffret contenant des poudres et des potions pour votre bras. J'essaierai de vous les faire passer demain matin, quand vous servirez le repas.

Sirena voulut ouvrir mais la serrure était verrouillée. Ils l'avaient donc enfermée !

— Il n'y a plus d'espoir, Caleb. Mon bras est enflé et infecté. Ces poudres n'y feront rien. Laisse-moi, lui dit Sirena, lasse. J'ai mal à la tête et sans doute de la fièvre.

— Señorita Cordez, si nous trouvons un moyen de nous échapper, vous pourrez y arriver ?

— Je ne crois pas, Caleb. C'en est terminé. Comment pourrais-je encore garder la tête haute après ce que j'ai subi ? Je n'ai qu'un souhait. Rejoindre Isabel et Oncle Juan. Mais toi, tu dois te sauver. Oublie-moi.

— Jamais, murmura le garçon, la voix étranglée par les larmes. Je ne vous quitterai pas. Avant de mourir, votre oncle m'a crié de veiller sur vous et votre sœur. J'ai manqué une fois à ma tâche (un sanglot lui noua la gorge) mais pas une seconde fois ! Je ne sais pas comment... mais il doit y avoir un moyen de fuir. Peut-être quand les hommes seront saouls.

Comme Sirena ne répondait pas, Caleb s'inquiéta.

— Señorita, vous m'entendez ? Tout va bien ?

— Oui ! finit-elle par dire d'un ton éteint.

Caleb soupira, soulagé. Il devait tenter quelque chose pour la secourir. Il n'avait encore jamais vu la jeune femme dans cet état. D'ordinaire, elle avait de l'énergie à revendre et une langue bien pendue. Mais à présent, toute force et volonté l'avaient abandonnée. Le moussaillon secoua la tête. Que pouvait-il faire ? Señorita Cordez connaissait son navire comme sa poche et la mer lui était familière. Elle était capable de gouverner *La Rana*. Mais il fallait qu'elle guérisse et retrouve sa vitalité pour qu'ils réussissent leur fuite. Et lui, Caleb, devait trouver la solution miracle.

— J'entends des pas, la prévint Caleb en bondissant sur ses pieds. Je reviens dès que je peux.

La jeune femme était abattue, désespérée, et voulait se jeter à l'eau.

— Si vous êtes *mon protecteur*, alors, mon Dieu, laissez-moi mourir en paix !

Elle tomba de fatigue, vaincue par la fièvre.

Il faisait à peine jour quand Sirena sentit qu'on la soulevait. Elle plissa des yeux avant de reconnaître le capitaine Blackheart.

— Debout, ma jolie. Va préparer le repas, et en vitesse, crois-moi ! Mon équipage s'est plaint de toi.

Cet homme la répugnait. Il avait des traits épais que renforçait une barbe fournie. Son haleine était nauséabonde. Sirena tourna la tête. Mais le pirate l'empoigna par son bras blessé et la tira jusqu'à l'échelle de sortie. Il la gifla violemment comme elle hurlait de douleur.

— Pas de comédie, Señorita. Tes cris ne changeront rien. Mes hommes ne sont pas près d'oublier que tu as tué plusieurs de leurs camarades.

Serrant les dents, Sirena grimpa l'échelle d'un pas chancelant. L'unique chemise qu'elle portait offrait au capitaine le spectacle de ses longues jambes brunes.

Le capitaine la poussa dans la cuisine. La jeune femme secoua la tête, comme si elle cherchait à sortir de sa torpeur. Puis elle s'écroula.

— Je ne peux pas, gémit-elle. Je n'ai pas la force de me tenir debout. Faites de moi ce que vous voulez, cela m'est égal !

— Tu vas changer d'avis si je dis à mes amis que tu te sens seule ! Ils vont se ruer pour venir te tenir compagnie. Et maintenant, au travail ! gronda le capitaine en claquant la porte derrière lui, tandis qu'il quittait la pièce.

— Je vous en supplie, ne faites pas ça... sanglota Sirena, trop faible pour avoir remarqué le départ de son geôlier. Je ne pourrais pas le supporter une fois de plus, non !

Caleb pénétra sans bruit dans la cuisine et s'agenouilla près de la jeune femme en larmes. Il sortit rapidement les paquets de poudre qu'il avait récupérés et répandit une partie du contenu sur la blessure. Puis il porta gentiment une flasque aux lèvres de Sirena. Le liquide ambré tomba goutte à goutte dans sa gorge. Elle eut brusquement des haut-le-cœur.

Le jeune garçon craignit d'avoir exagéré. Mais elle était si malade, que quoi qu'il fasse, elle allait probablement mourir.

— Je te croyais occupé ! tempêta soudain Blackheart en faisant irruption dans la cuisine. Qu'as-tu donc là ? Réponds-moi, misérable !

— Des remèdes, répliqua Caleb avec assurance.

— Des remèdes, n'est-ce pas ? Et où les as-tu dénichés ? Dans ma cabine, je parie !

Le capitaine était rouge de colère.

— Dans celle de la demoiselle. Cela lui appartient, tout comme ce navire ! lui lança Caleb en se relevant. Elle est malade et quelqu'un doit lui venir en aide, ou bien elle va mourir.

Sirena, qui les entendait vaguement, revint peu à peu au monde des vivants.

— Laissez cet enfant, Capitaine. Il a seulement voulu m'aider. Je vous en prie, l'implora-t-elle en s'agrippant au bas de son pantalon. S'il vous plaît...

Dick Blackheart regarda la jeune femme. Comme elle le suppliait si humblement, recroquevillée par terre, les yeux brillants de larmes... Mais il avait perdu quelques-uns de ses meilleurs hommes par sa faute.

Il la repoussa du pied et saisit Caleb par le cou.

— Tu vas recevoir dix coups de fouet, et elle cinq. Si elle survit, tu pourras la soigner. Si tu en es capable ! fit le barbare en partant d'un rire cruel. La demoiselle d'abord ! Nous l'attacherons au mât de misaine. Mais c'est toi qui la déshabilleras !

— Non !

— Tu le feras, ou on te jette par-dessus bord. Et que lui arrivera-t-il ? Que deviendra-t-elle sans tes bons soins ?

— Fais ce qu'il te dit, Caleb. C'est un ordre. Dépêche-toi, murmura Sirena.

L'orage avait cessé et l'air était frais. Les doigts tremblants, le moussaillon ôta la chemise et attacha Sirena solidement au mât, de peur qu'elle ne s'écroule sur le pont.

— N'ayez pas peur, Señorita, cria Blackheart. Je suis maître dans l'art du fouet. J'ose même affirmer qu'il n'y aura pas de cicatrices sur votre joli dos.

Le capitaine envoya un des pirates chercher son fouet. Pendant ce temps, il étudia la blessure de Sirena. Le garçon avait raison, elle allait mourir dans deux ou trois jours sans doute. Et jeter ce beau petit morceau à la mer le désolait.

La mèche cingla sèchement cinq fois sur la jeune femme qui se contorsionna sous la force des coups. Jamais elle ne laissa échapper un cri. Silencieusement, Caleb pria Dieu qu'il lui donne le même courage.

Sirena revêtit le vêtement, qui la brûlait. Elle regarda avec une profonde souffrance l'enfant subir cette injuste flagellation. L'adresse du capitaine l'étonna pourtant. Ses coups laissaient des marques rouges, mais ne lacéraient pas la peau. Caleb ne garderait aucune cicatrice.

Le garçon tourna la tête et Sirena découvrit sur son visage une expression de bravoure et de détermination. Il possédait déjà, malgré son jeune âge, un caractère d'homme. Ses lèvres pourtant tremblaient de peur. Mais quel était donc ce Dieu qui protégeait ces porcs, ces barbares ?

— Vous n'êtes pas mon Dieu, marmonna Sirena. Ni celui d'Isabel ! Son Dieu était bon. A partir de maintenant, je n'ai aucun Dieu !

Alors que Blackheart allait donner le dernier coup de fouet, la jeune femme fut prise d'une fureur de vivre. Rassemblant ses dernières forces, elle se campa face au capitaine et le fixa d'un regard perçant.

— *Le jour viendra*, déclara Sirena sur un ton glacial, *où vous serez à ma merci ! Je vous châtierai pour ce que Caleb et moi avons enduré. Je vous trancherai le sexe et vous le ferai avaler, jusqu'à ce que mort s'ensuive. Et si vous mourez avant que j'assouvisse ma vengeance, je jure que périront tous les Hollandais d'ici à Cape Town.*

Furieux qu'elle s'attaque à sa virilité, Blackheart la frappa au visage.

— Tu es en plein délire ! s'écria-t-il. Mes hommes ont faim. File à la cuisine leur préparer à manger !

— Non ! hurla Sirena avec un air de défi.

— Il te faut peut-être quelques autres coups pour te faire changer d'idée.

— Je peux bien périr sous votre fouet, je ne ferai plus rien pour vous.

Il eut un rire ironique et tourna les talons.

Sirena détacha Caleb et le conduisit à la cuisine, où elle l'installa sur une chaise.

— Que c'était bon de vous entendre lui parler de cette façon ! dit le mousse en s'efforçant de sourire. Mais que va-t-il faire maintenant ?

— A vrai dire, le pire est fait, lui répondit Sirena dans un haussement d'épaules. Nous avons perdu, non ? Où pouvons-nous aller ? Pourtant... nous devrions bientôt nous approcher d'un port. Il y a déjà une semaine que nous avons été capturés. Est-ce que leur navire suit toujours *La Rana* ?

— Non. Quand le capitaine a remarqué que le temps allait se gâter, il a ordonné de mettre les voiles dehors et le brigantin est resté en arrière.

— Hum. Il n'aurait pas agi ainsi si nous étions loin d'un port. Il n'aurait pas pris le risque qu'un petit bâtiment comme *La Rana* navigue à découvert. Si nous devons entreprendre quelque chose, c'est maintenant.

Caleb respira difficilement, mais il essaya de parler.

— Je voulais vous le dire plus tôt, mais je n'en ai pas eu l'occasion. Le capitaine a trouvé des cartes dans les malles de Señorita Isabel. Je l'ai entendu discuter avec le premier maître.

— Dans les malles d'Isabel ? Oh si seulement j'avais toute ma tête ! fit Sirena en portant les mains à ses tempes. Mais je ne m'en souviens pas... Pauvre enfant, comment te sens-tu ? murmura-t-elle en le voyant grimacer de douleur.

— J'ai déjà été fouetté, lui répondit-il, la gorge serrée. Est-ce que les poudres ont calmé votre mal ?

— Un peu, mentit Sirena. Ma vue aussi est plus claire.

— Il faut inciser la blessure pour que le pus sorte. Je crois que je sais le faire... si vous pouvez supporter l'épreuve.

— Oui, j'y arriverai.

Exténuée, la jeune femme se coucha par terre. Caleb prit un couteau et d'un coup vif et précis il entailla le bras enflé.

— Il faut que j'appuie sur la plaie. Mais je vous préviens, vous allez souffrir le martyre.

— Vas-y, au lieu de bavarder !

A peine Caleb avait-il pressé qu'elle s'évanouit. A son réveil, son bras était proprement bandé avec une serviette.

— Tu as bien travaillé, Caleb. Écoute, la tempête ! Sa colère est pour nous aujourd'hui.

— J'ai vu pire. Et *La Rana* tient parfaitement la mer, n'est-ce pas Señorita ?

— Si seulement je pouvais être à la barre. Comme j'aime ce navire, Caleb. C'est la seule chose qui me reste. Comment ai-je pu laisser capturer *La Rana* ? Tout est ma faute, dit Sirena, les joues humides.

— Non, c'est cet ivrogne de capitaine Lopez. Et en réalité, votre oncle ne savait pas que cet homme était stupide. Señorita, pourquoi avez-vous parlé à Blackheart de *Hollandais* ?

— Pourquoi ? D'abord, parce que le brigantin a été construit en Hollande, j'y mettrais ma main à couper. Il a une ligne basse et étroite. Et ensuite, parce que les fusils à pierre sont une invention hollandaise !

— Cela ne veut rien dire, Señorita. Tout le monde peut avoir une arme comme celle-là. Leur bateau peut aussi être une prise, comme *La Rana*. Et Blackheart est anglais, pas hollandais.

— Peu m'importent tes remarques, Caleb. Aux Indes Orientales, il y a deux puissances, les Hollandais et les Espagnols. Ce brigantin était sous les ordres des Hollandais ! S'il naviguait pour l'Espagne, crois-tu qu'ils nous auraient attaqués ? Nous battions pavillon espagnol. Et même, dans ce cas, les pirates nous auraient épargnés. Ils n'auraient emporté que les biens précieux. Et tu le sais comme moi, le fait que le capitaine parle anglais ne prouve rien. Sauf qu'il est certainement un ami de la Hollande !

— Chut ! Quelqu'un vient ! dit précipitamment Caleb. Restez tranquille !

Dick Blackheart entra dans la cuisine, suivi de quelques-uns de ses acolytes.

— Je suis décidé à te montrer que je suis un homme charitable. Tu ne travailles pas aujourd'hui, ma jolie. Emmène-la dans la cale et enferme-la, dit le capitaine à son second. Et le mousse, dans ma cabine !

Sirena dormit paisiblement jusqu'au milieu de la nuit, quand l'orage la réveilla. Sa fièvre avait disparu.

Elle plia lentement son bras ; le mal semblait avoir

diminué. Les marques du fouet endolorissaient son dos, mais dans quelques jours elle serait guérie. Les seules cicatrices qu'elle en garderait étaient morales. Mais elles ne seraient pas aussi graves que l'affront subi le jour où Blackheart captura son navire... et que la peine ressentie à la mort de sa chère Isabel et de l'Oncle Juan.

Peu avant l'aube, Caleb vint chercher Sirena.

— Señorita, on m'a ordonné de vous emmener à la cuisine. Nous devons nous occuper du repas pour l'équipage. Les hommes n'ont pas mangé depuis hier à cause du mauvais temps. Dépêchons-nous.

Tandis qu'ils grimpaient l'échelle, le jeune garçon se retourna et dit à voix basse :

— J'ai un plan, mais je vous en parlerai dans le mess.

Sirena sourit. Ce petit louveteau des mers, avec son regard noir étincelant et sa tignasse brune, était devenu son protecteur. C'était encore un enfant, mais il avait déjà le sens des responsabilités. Elle remarqua à sa démarche que son dos devait le faire énormément souffrir.

La Rana poursuivait tranquillement sa route, maintenant que la tempête avait diminué. Sirena préparait des sandwichs au fromage avec du pain noir. Caleb faisait griller des tranches de porc salé sur le poêle de la cuisine.

— Señorita, j'ai pu voler des fioles de somnifères dans le coffret de médecine. Si nous mélangeons à la bière...

— Et ensuite, Caleb ? Réfléchis ! Si ces ivrognes se réveillent, ce sera terrible pour nous. On ne peut même pas se réfugier dans cette cuisine, il n'y a pas de serrure ! Ils nous tueront !... Pourtant, c'est peut-être une bonne idée. Hum ! Admettons que nous versions les somnifères dans la bière et que nous leur servions ce breuvage sur le pont. Eh bien, quand la drogue aura assommé les hommes, nous pourrons les jeter par-dessus bord... Il faut en reparler. Dis-moi, que te voulait ce sauvage de Blackheart pour te faire venir dans sa cabine ?

— Je ne sais pas... répondit Caleb, perplexe. Il m'a demandé d'où je venais et avec qui j'avais navigué. Je lui ai raconté la vérité.

— Tu as bien fait, Caleb. Mais dis-moi, comment as-tu réussi à dérober ces fioles ?

Le regard de Caleb s'illumina et il se lança dans son récit.

— Hier, quand il me posait des questions, le capitaine avait grand-soif de bière. Et il s'endormit bien vite, l'alcool a agi rapidement car il n'avait pas mangé. J'en ai profité pour prendre ces potions et les poudres pour votre blessure. Puis je suis allé dormir. Ce matin, Blackheart m'a réveillé pour que je vienne vous chercher.

— Ils arrivent. Restons à l'écart.

Caleb et Sirena se mirent dans un coin pour prendre leur petit déjeuner. Ils prêtèrent l'oreille à la conversation des pirates attablés. A cause du mauvais temps, ils s'étaient peut-être éloignés de leur route.

— Difficile à savoir, Hans, dit Blackheart à son second. Il faut vérifier avec les étoiles. Je parie qu'on ne s'est pas trop détournés de notre route !

Sirena crut comprendre, à sa plus grande joie, qu'ils approchaient d'un port. Elle retrouva le sourire.

— J'ai bien réfléchi, Caleb. As-tu suffisamment de drogue ?

— Suffisamment, je crois, pour endormir tout l'équipage pendant des jours.

— Très bien ! Nous en verserons dans le café, que nous leur porterons sur le pont. Le temps est calme, le soleil brille de nouveau. Il suffira de leur proposer de prendre le café dehors, les hommes seront contents de se détendre au bon air. Tu es sûr que le brigantin ne nous suit pas ?

— Oui. Pas vu depuis trois jours. Mais que va-t-on faire ensuite, Señorita ? Aucun de nous ne peut manœuvrer le bateau.

— On se fera conduire par les vents, le temps de soigner nos blessures tranquillement. Nous n'aurons pas de problème pour retrouver notre route.

Caleb l'observa avec scepticisme. Elle avait parlé d'un ton assuré, mais il avait remarqué un voile d'inquiétude dans ses yeux émeraude. Pensait-elle vraiment guérir son corps et son âme, ou bien manifestait-elle cette confiance par égard pour lui ? Comment expliquerait-elle ce qui s'était passé à bord de *La Rana* ? Quand on saurait qu'elle était souillée, elle devrait affronter la dérision. Et puis, le problème du moment était de savoir s'ils arriveraient à eux seuls à faire naviguer *La Rana*.

L'arrivée de Blackheart détourna le moussaillon de ses pensées. Le capitaine s'assit à table et demanda du café. Caleb lui remplit une tasse.

— Nous atteindrons un port dès demain, à la tombée de la nuit, annonça le pirate de sa grosse voix. Le garçon débarquera, mais toi, tu resteras à bord. Dans ma cabine. Mes hommes te laisseront tranquille à partir de maintenant.

— Vous voulez que je devienne votre putain ? lui demanda froidement Sirena en relevant la tête, ses boucles de cheveux noirs dansant autour d'elle.

— Une plutôt jolie avec ça ! répliqua le pirate.

Cette brute savait apprécier la beauté de la jeune femme. Son corps était sculpté comme une figure de proue : des lèvres charnelles qui devaient donner de doux baisers, une poitrine fière et généreuse, des hanches étroites, des jambes fines et souples, qui le fascinaient.

Sirena eut un haut-le-cœur. Les yeux de son cerbère brillaient d'un désir animal et tout son être dégageait une odeur fétide qui envahissait la pièce. La jeune femme se dit qu'elle ne pourrait plus affronter un nouvel assaut de cet homme.

— Finissez-en vite. Laissez des provisions sur la table pour ce midi. Le garçon t'amènera ensuite à ma cabine, mon second veillera à ce qu'il ne t'arrive rien. L'orage étant passé, mes hommes ont besoin de se divertir.

Sirena suivit des yeux le capitaine tandis qu'il sortait de la cuisine. Une haine féroce l'envahit. Mais voyant la mine abattue de Caleb, elle se hâta de le rassurer.

— Ne t'inquiète pas, nous allons bientôt passer à l'action. Blackheart ne peut plus me faire du mal, de toute façon. Tu verseras tous les somnifères dans les pots de café que tu porteras aux hommes. Dis-leur de venir se reposer sur le pont. Ajoute du rhum au café, ils en prendront plus volontiers. Et surtout, assure-toi qu'ils le boivent.

— Oui, vous pouvez compter sur moi, Señorita. Je... je dois vous emmener chez le capitaine. Je m'occuperai du repas. Il vaut mieux pour vous qu'il ne soit pas en colère.

— Caleb, tu es un véritable ami, le meilleur que j'ai jamais eu. Crois-tu pouvoir m'appeler Sirena ? J'en serais heureuse.

— Ami, dites-vous... alors que j'obéis à ce sauvage, répondit Caleb, le visage peiné.

— Il y a dans la vie des choses pires qu'un viol. Tout ira bien, je te l'assure ! La pensée que nous serons bientôt libres me donne la force nécessaire. Un jour, nous retrouverons ces hommes, mais le vent aura tourné pour eux ! Je te donne ma parole que nous aurons notre vengeance ! Crois-moi !

Le capitaine n'était pas encore arrivé dans la cabine lambrissée de chêne, garnie de quelques meubles. Le regard de Sirena tomba sur une chaise près de la fenêtre, qui avait dû être amenée là. C'était celle sur laquelle Isabel lisait ou récitait ses prières ! Sirena se détourna et ravala des larmes amères. « Je ne pleurerai pas ! Non ! » Son courage avait disparu. Les paroles de sa sœur le jour de sa mort résonnèrent dans sa tête. « Je sais que Dieu interviendra d'une manière ou d'une autre, et que ce mariage n'aura jamais lieu. » Isabel avait prononcé ces mots avec espoir et sérénité.

— Tu n'as pas menti, ma douce Isabel, murmura Sirena. Il s'est manifesté... et à présent, tu n'es plus là. Mais je te vengerai, sinon que j'aille en enfer ! Quand j'en aurai terminé avec ces sauvages sur mon bateau, je m'occuperai des autres à bord du brigantin. Et l'homme au crochet recevra un traitement spécial pour avoir si brutalement abusé de toi.

La vision de la longue entaille sur le corps de sa sœur dansa devant ses yeux, enracinant une détermination farouche. Sirena entendit soudain des pas lourds. La petite porte s'ouvrit brusquement. Le capitaine entra et verrouilla la serrure.

Il ne lui adressa pas un regard tandis qu'il se dirigeait vers la couchette. Il s'y assit pour enlever ses bottes. Son indifférence énerva Sirena bien plus que s'il l'eût aussitôt attaquée.

Elle resta debout près de la fenêtre, le cœur affolé en imaginant le supplice qui l'attendait. Quand il leva enfin les yeux sur elle, il était déjà torse nu. La jeune femme se rappela la première fois où elle l'avait aperçu, sur le pont de son navire, en ce jour fatal pour *La Rana*.

— Tu as l'air d'avoir peur, Señorita, grogna Blackheart. Je ne vais pas te faire de mal, alors pourquoi te terres-tu comme ça ?

— Vous osez demander pourquoi ? Après l'humiliation et la dégradation que vous m'avez fait subir, vous et vos hommes ?

— C'est du passé. Tu es à moi dorénavant, et mes hommes ne te feront plus rien.

Comme il s'approchait, Sirena recula pour échapper à ses grosses mains calleuses. Mais il l'empoigna et l'écrasa contre lui. Glissant sauvagement ses doigts dans la chevelure d'ébène de la jeune femme, il lui bascula la tête en arrière. Sa bouche humide dévora son cou. Sirena eut un mouvement de dégoût.

Bien qu'elle se débattît, il parvint à la faire tomber sur la couchette. Il la tenait à sa merci. Dans ses yeux luisait le vice. Sirena se blottit au fond du lit, guettant le moindre geste de son assaillant.

Dick Blackheart contempla sa proie : une délicieuse créature, aux grands yeux verts que rehaussait sa peau brune et chaude. Il se jeta sur elle. Mais ses caresses furent délicates, ses baisers retenus, comme s'il voulait séduire la jeune insoumise.

Il tentait de l'amadouer et d'éveiller son désir ! Sirena eut envie de cogner des poings. Avant, elle n'était qu'un exutoire pour son appétit sexuel. Et à présent, ce barbare pensait qu'elle se laisserait attendrir par ses vulgaires avances. Elle s'en sentit encore plus mortifiée. Elle allait lui montrer qu'elle n'était pas une catin.

— Enlevez vos sales pattes de là, l'Anglais ! Laissez-moi ! hurla-t-elle en le repoussant.

Blackheart en resta pantois. Sirena sauta sur ses pieds et jeta un regard sur la porte verrouillée. La situation semblait sans issue. Car même si elle réussissait à lui échapper, que ferait-elle ? Se précipiter dans les flots ? Mais qu'adviendrait-il de Caleb face à la colère de Blackheart ? Et puis, il y avait leur projet de reconquérir *La Rana*. Elle ne pouvait pas anéantir les espoirs du garçon, et les siens.

Ce moment d'indécision lui fut fatal. Le capitaine l'avait rattrapée. Mais si cet animal devait abuser d'elle, ce ne serait pas sans bagarre. Elle rua à l'aveuglette, lui griffant les joues. Il lui immobilisa les bras sur les côtés.

— Tu es encore bien vivace ! exulta Blackheart.

Il la força à s'étendre par terre et d'une main, il lui tint les poignets au-dessus d'elle. Sirena tempêta et gesticula de la tête pour essayer de le mordre. Il la frappa au visage. Elle se mit à saigner abondamment du nez et de la bouche.

Le pirate lui écarta les jambes avec son genou, tandis qu'il pétrissait ses seins, son ventre, ses cuisses. Un sourire salace fendit son visage bestial. Sirena lui envoya en pleine face un crachat mêlé de sang.

Blackheart la saisit à la gorge et serra à l'étouffer. Sirena suffoqua, chercha de l'air. Elle eut l'impression que ses poumons allaient éclater. Puis lentement ses forces diminuèrent et elle glissa dans une douce torpeur...

Au bout de quelques minutes, Sirena réalisa peu à peu que sa respiration redevenait normale. Elle cligna des paupières et aperçut Blackheart qui se servait une chope de bière. Il l'avala en poussant un grognement de satisfaction et tomba sur une chaise, à moitié endormi.

— Désormais, Señorita, lui dit-il d'un air bénin, tu m'appartiens !

— Vous pouvez me prendre jour et nuit, répliqua la jeune femme sur un ton qui exprimait son dégoût, je ne vous appartiendrai jamais. Jamais !

Sirena sortit de la cabine, meurtrie et les nerfs à vif. Une haine implacable l'obsédait. La vengeance était la seule chose qui lui importait à présent !

Elle remarqua le calme qui régnait à bord de *La Rana*. Caleb avait-il fait son travail ? Quant au capitaine, elle devait se débrouiller pour lui donner une tasse de café. Mais contre tout l'or du monde, elle ne retournerait pas dans cette cabine tant qu'il y serait. Et il ne fallait pas qu'il en sorte, au risque de trouver son équipage assoupi. Caleb devait s'occuper de lui rapidement.

Le soleil commençait à rayonner à travers les nuages. La mer était belle, fouettant avec grâce la coque du navire.

Sirena parcourut du regard le pont avant, où elle vit les marins presque endormis, étendus au sol ou perchés dans les mâts. Aucun ne fit un mouvement pour l'arrêter tandis qu'elle s'avançait à la recherche de Caleb. Elle l'appela, courut à travers les ponts, légèrement inquiète de ne pas le trouver. Il sortit soudain de la cabine de Blackheart, un pot de café à la main.

— Encore une tasse pour chacun, dit-il en lui lançant un clin d'œil, et *La Rana* sera de nouveau à vous, Sirena.

Caleb servit une autre tasse du bon café fumant aux pirates, alléchés par la chaleur et le rhum.

— Allez vous reposer un moment dans la cuisine, Sirena. Vous avez besoin de reprendre vos forces pour la suite.

— Je serais à l'article de la mort que je trouverais

quand même la force, répondit gravement celle-ci. Ne crains rien, mon enfant. Je serai vaillante.

Sa voix était pourtant faible et la jeune femme semblait fébrile.

— Sirena, vous avez de nouveau la fièvre. Avez-vous regardé votre bras ?

— Non, à vrai dire, j'ai peur. L'idée de perdre un bras m'effraie. Je ne pourrais pas continuer à vivre.

— Nous avons le temps de refaire votre pansement, pendant que la drogue agit.

— D'accord, mais dépêchons-nous ! Plus tôt *La Rana* sera à nous, mieux je me porterai.

Caleb partit chercher des bandages et des remèdes. Quand il enleva le pansement, tous deux hoquetèrent devant la blessure affreusement infectée.

— Il faut que je la draine, dit le garçon avec inquiétude.

— J'ai compris. Vas-y !

Sirena serra les dents au contact de la pointe du couteau. Elle laissa échapper un cri tandis que Caleb appuyait sur la plaie. Il répandit dessus un onguent nauséabond et des poudres cicatrisantes. Puis il enveloppa le bras d'un linge propre. Sirena, assise sur le pont, gémissait de douleur.

Il leur fallut plus d'une heure d'efforts pour hisser les hommes, à l'aide d'un palan et de cordes, dans les chaloupes du navire. Ils travaillèrent sans dire un mot. Sirena avait commencé par lui ordonner de jeter les pirates par-dessus bord.

— Mais Sirena, il y a plein de requins dans ces eaux. Ils vont mourir.

— Ils peuvent bien être mis en lambeaux. Tu crois que je m'en soucie ? Eh bien, non ! A la mer !

Caleb scruta le regard de Sirena et y lut le contraire de ce qu'elle disait.

— Sirena, je ferais n'importe quoi pour vous. Mais pas ça. C'est un meurtre ! Je les mets dans la chaloupe et le destin décidera de leur sort. Vous avez dit que le jour viendra où vous leur ferez payer. Tenez votre parole, s'il vous plaît !

— Tu as un cœur trop tendre, mon enfant. Fais ce que tu veux, soupira Sirena, tandis qu'elle s'adossait en vacillant contre le bastingage.

Dès que le dernier homme fut transbordé dans la chaloupe, le moussaillon lâcha les cordes et l'embarcation fila sur l'eau, à la dérive. Les voiles gonflées par le vent, *La Rana* s'éloigna.

Caleb s'approcha de Sirena, qui avait du mal à se tenir debout. Son visage était brûlant de fièvre. Le garçon fut pris de panique. L'état de la jeune femme l'inquiétait, mais il se demandait aussi ce qu'il ferait si elle mourait.

3

Pendant cinq jours et cinq nuits, Sirena délira. Ses dernières forces s'étaient épuisées quand elle avait aidé Caleb à se débarrasser des pirates. Depuis, elle gisait dans une sorte de sommeil comateux. Elle poussait de temps en temps des cris de douleur ou appelait d'une voix rauque Isabel. A d'autres moments, elle maudissait les Hollandais et tout ce qu'ils représentaient.

Caleb la veillait. Il pleurait parfois, ou bien se mettait en colère d'être si jeune et sans expérience. Un jour, il utilisa de l'eau de mer pour laver la blessure, croyant que les effets seraient bénéfiques. Le lendemain, la plaie était encore plus affreuse. Il appliquait sans cesse des compresses froides sur le front de la jeune femme, attendant que la fièvre tombe. Il était découragé. Sirena Cordez avait toujours semblé résister au mal, alors qu'en ce moment elle était si vulnérable. Caleb se sentait impuissant. Et il ne lui restait qu'un paquet de poudre vulnéraire.

Il fut temps de nettoyer de nouveau la blessure. Caleb redoutait de la voir. Quand il défit le bandage, il tourna la tête. Mais Dieu merci ! Il leva ses yeux pleins de larmes vers le ciel, d'un air reconnaissant. Une croûte se formait sur l'entaille et le pus avait disparu. Il répandit la poudre et changea le pansement.

Timidement, il étendit sa main sur le front de Sirena et comme il s'y attendait, la fièvre était passée. Une idée le saisit. Caleb alla chercher une cruche de rhum dans la cabine du capitaine Lopez.

Il passa une main sous la tête de la jeune femme et la souleva légèrement. Puis il lui versa doucement quelques gouttes du breuvage. Sirena se mit à tousser.

— Caleb, es-tu... en train de me tuer ? dit-elle, un faible sourire sur les lèvres.

Le garçon éclata de rire tant il était heureux. Elle avait repris conscience !

— C'est justement ce que j'essaie d'éviter, Sirena.

La jeune femme avait de nouveau plongé dans son sommeil et il ne sut si elle l'avait entendu. Elle dormit une grande partie de l'après-midi. A son réveil, Caleb lui apporta un plateau chargé d'un bol de soupe fumante et de pain noir.

— Alors, j'ai survécu... murmura-t-elle en fixant le jeune mousse. Pourquoi ne m'as-tu pas laissée mourir ? A quoi suis-je bonne désormais ?

— *La Rana* dérive au sud, je crois, fit le garçon, qui refusait d'écouter ce genre de propos. Je n'ai pas encore aperçu un seul bateau.

— Tant mieux. Pourquoi as-tu l'air soucieux ?

— Vous étiez très malade et vous avez raconté des choses étranges.

Caleb se tut, ne voulant pas donner suite à leur conversation.

Le garçon se montra tendre et prévenant pendant que Sirena recouvrait la santé. Quelques jours suivirent avant que Sirena le questionne une nouvelle fois sur ce qui le tracassait. Il lui parla de son délire mais ne répondit pas aux questions.

A la longue, la jeune femme se mit à lui parler d'elle et de sa sœur. Elle lui expliqua les raisons de ce voyage pour Java. Elle fit part à Caleb d'un plan qui avait germé dans son esprit au fur et à mesure de son récit.

— Caleb, Monsieur van der Rhys attend une fiancée... et je ne voudrais pas qu'il soit déçu. Je t'ai parlé de ce contrat de mariage concernant Isabel. Que dirais-tu... si je prenais sa place ?

Le garçon eut une moue incrédule.

— Ne prends pas cet air-là, dit Sirena en riant, contente de son idée. Regan van der Rhys, administrateur de la couronne hollandaise dans ces îles, est sans aucun doute le responsable de l'assaut de *La Rana*, j'y mettrais ma main à couper ! Il doit bien avoir une poignée de corsaires à sa solde, au moins pour protéger sa flotte. Et ceux-là ne répugnent certainement pas à attaquer des navires espagnols ou portugais — avec ou sans ses ordres. Une chose m'intrigue. Pourquoi n'a-t-il pas ordonné à ses bandits de laisser passer le bâtiment espagnol qui amenait sa future épouse ? Et cela me met en rage ! C'est lui l'assassin d'Isabel et d'Oncle Juan ! Je veux lui faire payer ce qu'il nous a fait !

— Mais comment allez-vous vous y prendre ? demanda Caleb, qui n'aimait pas voir son regard aussi farouche.

— Je ne sais pas... pas encore. Mais quand je serai sa femme, je trouverai le moyen. Le brigantin qui nous a capturés était de construction hollandaise, et sous gouverne de la Compagnie Hollandaise des Indes Orientales, je le parierais ! Je peux peut-être découvrir la façon de détruire l'empire hollandais dans ces eaux. Ruiner son commerce, briser son pouvoir... Son économie anéantie, la place sera libre pour les Espagnols ! dit Sirena avec un sourire plein de malice. Mais qu'en penses-tu, Caleb ? Es-tu prêt à me suivre dans cette petite aventure ? Nous dirons que tu es mon frère, ainsi, nous pourrons rester ensemble. Il nous suffit de concocter une histoire crédible pour ce Hollandais. Va vite me chercher les cartes, je veux voir si je peux nous repérer.

Le jeune garçon fut ravi de voir que Sirena avait repris goût à la vie, même si son projet était un peu fou.

— Je vous jure fidélité, capitaine Sirena. Je suivrai vos ordres à la lettre !

Il prononça son serment avec un tel sérieux que, pour la première fois depuis la capture de *La Rana*, Sirena éclata de rire.

Caleb lui rapporta les cartes de la cabine de Blackheart.

— Ce sont celles du capitaine Lopez et de votre

oncle. Mais celles-ci, qui sont sales, appartiennent, je crois, à ce monstre de pirate. Elles étaient à part.

— Eh ! Elles sont très détaillées. Elles indiquent les criques, les fonds, les récifs et les détroits aux alentours de Java, Bali et le sud de Sumatra ! s'exclama la jeune femme.

Elle montra à Caleb les îles sur la carte. Elle était reconnaissante à son père et à de Silva de lui avoir enseigné avec soin la géographie.

— C'est assez curieux. En général, les cartes des pirates sont plus simples. Ce genre-là est plutôt fait pour des marchands, pas pour les maraudeurs. Et regarde ces indications portées sur le côté et dans le bas ! C'est écrit en hollandais, pas en espagnol ! Je suis quasiment certaine que Blackheart et ses hommes travaillaient pour le compte de la Hollande. Et dans cette région, qui contrôle les navires hollandais, et à coup sûr les corsaires ? Monsieur van der Rhys, bien sûr !

Sirena se plongea dans l'étude des cartes, jusqu'à ce que la tête lui tourne.

— Attendons ce soir pour les lire avec les étoiles. Je crois que nous ne sommes pas loin de la côte sud de Java. Encore trois jours peut-être et nous arriverons à un port.

Caleb soupira. La lueur qu'il avait remarquée dans les yeux de Sirena, quand elle parla de van der Rhys, ne présageait rien de bon. Elle allait gagner la partie, Caleb était prêt à le jurer. Il le regrettait pour le Hollandais, mais pourtant si celui-ci était impliqué dans cette attaque, il ferait n'importe quoi pour aider Sirena.

Deux jours plus tard, la jeune femme avait retrouvé toute sa vitalité. Sa blessure était cicatrisée, elle avait enlevé le bandage.

— A cause du soleil, cela me démange, se plaignit-elle.

— C'est bon signe. Ça veut dire que vous guérissez.

— Comment sais-tu autant de choses sur la façon de soigner ?

— Je n'y connais rien, mais je suis en train d'apprendre !

Il prit à Sirena la soudaine envie de fouiller dans ses malles pour s'habiller correctement. La longue chemise en loques qu'elle portait depuis de nombreux jours lui rappelait de mauvais souvenirs. Elle ne trouva que des robes aux grandes jupes empesées et prit seulement une écharpe en soie pourpre pour s'en faire un bandeau autour de la tête. Ses longs cheveux ne voleraient plus sauvagement au vent. Elle changea aussi ses pantoufles contre des bottines de cuir souple qui arrivaient à mi-mollet.

Elle partit fouiner dans les affaires de l'Oncle Juan. Les pirates en avaient emporté, mais elle finit par tomber sur des chausses noires. Don Juan Cordez y Savar était un homme grand et mince. Pourtant, l'habit seyait à ses rondeurs féminines. Il était juste trop long et gênait Sirena dans sa marche. Elle le raccourcit à l'aide de son poignard mais le regretta après l'avoir mis : la culotte courte couvrait à peine ses hanches.

D'un geste de dégoût, elle jeta la vieille chemise et en revêtit une autre, de couleur rouge vif, à laquelle elle avait auparavant déchiré les poignets. Elle serra les pans du vêtement sous sa poitrine. Le bandeau noué, les bottines lacées, elle se précipita vers le miroir fixé derrière la porte de la cabine.

Sirena s'étudia avec étonnement. Une silhouette élancée, une chevelure d'ébène qui nimbait sa tête fière et cascadait sur ses épaules, des lèvres sensuelles, entrouvertes sur l'éclat de ses dents. Mais son étonnement était en fait admiratif. La jeune femme irradiait une grâce féline, sauvage et indomptable.

Son image lui plut. Elle ressemblait à une femme pirate.

Mais il manquait encore une chose. Elle courut prendre une ceinture de cuir noir dans la malle et la serra à la taille pour y glisser son poignard. Un nouveau coup d'œil dans le miroir la fit rire.

Pendant deux jours, Sirena se tint à la barre de *La Rana* et garda le même cap. Le soleil, le vent, la mer avaient ragaillardi la jeune femme.

Caleb vint sur le pont. Sa beauté juvénile frappa une fois encore son capitaine. Sa tignasse de cheveux noirs tombait sur son front pour souligner ses pétillants yeux de jais et ses longs cils. Le garçon était déjà solidement bâti, et il deviendrait grand et carré. Sa force de caractère avait permis à Sirena de surmonter son calvaire.

— Dès le lever du soleil, nous apercevrons l'île de Java, dit la jeune femme, qui lui sourit tendrement. Connais-tu notre histoire sur le bout des doigts ?

Caleb cligna de l'œil en signe d'affirmation. Il aimait la voir joyeuse et prête à affronter la vie avec fougue.

— Je sais ce qu'il faut raconter. Tous les hommes disparus en mer, le chargement jeté par-dessus bord pour alléger le navire. Vous êtes la fiancée de Monsieur van der Rhys et je suis votre frère. Heureusement que j'ai appris l'espagnol — et un peu de hollandais — quand j'ai navigué sur le *Lord Raleigh* et à bord des vaisseaux de votre père, ces derniers mois. Mes malles ont été perdues mais par chance, les vôtres ont été sauvées. Pas d'allusions aux pirates.

Depuis que Sirena avait imaginé son plan, elle lui avait si souvent répété cette histoire que Caleb l'avait résumée avec une pointe d'énervement.

— Parfait, Caleb. Et souviens-toi, notre oncle est mort lui aussi et nous sommes en deuil. Bien entendu, pas question de parler d'Isabel. Et van der Rhys ne doit pas se douter de ce que nous cherchons au sujet de nos assaillants.

— Je m'en souviendrai, Sirena, lui assura le garçon.

Celui-ci préférait mourir plutôt que d'abandonner la jeune femme. Il revit son regard sombre quand elle évoquait le Hollandais. Et il n'avait pas oublié le calme glacial avec lequel elle avait dit : « Le pouvoir est le nerf des gens comme ce van der Rhys ! Je le *conduirai à la ruine* et je le regarderai ramper ! Un homme brisé... »

La voix de Sirena le ramena à la réalité.

— Caleb, amène-moi les cartes ici. C'est stupide d'essayer de les lire à la lumière d'une lampe.

Le garçon savait qu'elle répugnait à aller dans la cabine que Blackheart avait occupée. Il partit les chercher. Puis ils s'installèrent près de la barre et firent le point de leur situation. Sirena estima qu'ils se trouvaient à quelques heures de la côte sud de Java. Elle rangea ensuite les cartes dans leurs pochettes en cuir.

— Sirena, j'ai aussi trouvé ceci dans la cabine, dit Caleb en lui tendant un étui cylindrique en peau, aux armoiries des Cordez. Je crois que Blackheart l'a volé dans les affaires de votre oncle.

Tandis qu'elle le prenait, Sirena se rappela une scène avec Oncle Juan. Elle l'avait vu cacher cet objet entre des piles de vêtements. Et lorsqu'elle l'avait questionné, il lui avait simplement répondu qu'il s'agissait d'un cadeau de mariage pour Monsieur van der Rhys.

Curieuse, elle tira la lanière de l'étui et en sortit une carte en peau de bête fine et grenue. La peau avait été tannée, elle était lisse et souple. D'après le style de la légende, inscrite sur un bord, Sirena jugea que cette carte avait plusieurs centaines d'années. Elle expliqua à Caleb que son oncle collectionnait les anciennes cartes maritimes et qu'il lui avait fait partager sa passion.

— Il s'agit d'une vieille carte des Indes, Caleb. Regarde, voici Bornéo, là la Nouvelle-Guinée, Sumatra, Java... On dirait qu'elles sont indiquées comme îles arabes ou peut-être même perses.

— Oui, l'interrompit Caleb, tout excité. Dans les îles, on parle de rois musulmans, de sultans, qui sillonnaient les mers. On dit qu'ils pillèrent le coin et tuèrent de nombreux indigènes, et qu'ils cherchaient des pierres précieuses et de l'or.

Comme Sirena finissait de dérouler la carte, un morceau de papier tomba par terre. Elle le ramassa et le lut. Il s'agissait d'un message de félicitations de l'alliance entre la famille Cordez et la famille van der

Rhys. C'était adressé à Monsieur van der Rhys. Sirena fronça les sourcils.

La carte fascinait Caleb. Sirena lui raconta ce qu'elle savait sur les premières explorations des Européens, notamment dans les îles de la Sonde. Dès 1525, les Hollandais suivirent les routes ouvertes par les Portugais vers les Indes et l'Orient. Quand ils arrivèrent sur les rivages marécageux des îles de la Sonde, les voies d'eau intérieures leur rappelèrent un paysage familier. Une espèce de « Hollande » tropicale. Les Hollandais comprirent qu'ils pouvaient livrer là une concurrence acharnée aux Portugais dans la conquête du commerce aux Indes. En 1583, il y avait juste quarante ans, les bourgeois d'Amsterdam créèrent l'ancêtre de la Compagnie Hollandaise des Indes Orientales, « la Compagnie des Provinces lointaines ». Ils équipèrent des navires armés, qui partirent au-delà du cap de Bonne-Espérance en direction du royaume des épices. Cependant, l'Espagne et le Portugal furent réunis sous une seule et même couronne par un mariage. Les Espagnols joignirent leurs forces à leurs alliés, envoyant aux Indes leur flotte ancrée dans la « capitale » des Philippines, Manille. Les Hollandais subirent un harcèlement forcené et bientôt, la présence des Espagnols dans ce territoire fut aussi importante que celle des Portugais. Ce n'est qu'au début de ce siècle que les Hollandais réussirent à régner de nouveau sur le commerce.

Caleb s'intéressait toujours à la vieille carte. Bien qu'elle ne fût pas aussi précise que les autres sur les indications de navigation, elle donnait des détails particuliers.

— Regardez ces dessins de volcan, Sirena ! Voyez, là, sur Sumatra ! Je les ai vus de mes propres yeux. Et là, sur Java ! J'en ai vu certains aussi, qui se détachaient dans le ciel comme des dieux en colère. Mais je n'imaginais pas qu'il y en ait autant !

— A ton avis, que représentent ces petits croquis près des îles ? demanda Sirena, intriguée.

— Eh bien, ce sont des arbres. Regardez ! Des canneliers ! Des lauriers ! fit Caleb en parcourant la carte du doigt. Noix de muscade, clous de girofle, poivre... gingembre, aloès ! Il y a ici indiqués chaque région et le trésor qui s'y trouve !

Ils se penchèrent encore quelque temps sur cette découverte. Quand ils eurent mal aux yeux et à la tête, à force de déchiffrer l'écriture ancienne, ils roulèrent la carte pour la ranger. Sirena remarqua alors au dos de la peau un croquis agrandi de Java. Caleb y jeta un coup d'œil et parut surpris.

— Que se passe-t-il, mon garçon ?

— Cette rivière, Sirena. Cette rivière pas loin de Batavia. C'est sûrement celle qui coule vers l'ouest de la ville, au-delà d'un des deux volcans qui sont à son embouchure...

— Et alors ?

— Examinez ces dessins représentant des bateaux sur la rivière. Cela m'intrigue. Les habitants de Java l'appellent la Rivière de la Mort parce qu'elle est impraticable. Son embouchure est large, mais les fonds sont traîtres. De plus, en amont, il y a des rapides. Seules les pirogues des indigènes vont et viennent dans ces eaux. Les marchands venant d'Europe n'osent même pas ancrer là. Bien entendu, ce n'est pas utile, car les chefs de tribu de Java font envoyer toutes leurs épices par porteurs à Batavia. Regardez encore, on dirait une crique, légèrement en amont... et celui qui a fait la carte a dessiné deux vaisseaux, qui semble-raient s'y être mis à l'abri !

Sirena avait les yeux rivés sur la carte. Caleb pour-suivit.

— J'ai vu la Rivière de la Mort quand je suis venu ici, il y a un an, à bord du *Lord Raleigh*. Nous avons acheté des épices aux Hollandais et aux Espagnols, à Batavia. Puis nous avons fait route vers l'ouest, en pas-sant devant la rivière et les volcans. On pouvait voir une cascade, légèrement en amont. C'est elle qui empê-che toute navigation dans ces parages.

Sirena ramassa la carte avec soin. Si celle-ci était juste... alors, dans des temps anciens, une éruption aurait pu bloquer l'entrée de la rivière et lui avait valu ce nom cruel. Mais il y avait peut-être un moyen de franchir ces bas-fonds. Cette crique présentait beaucoup d'intérêt...

Caleb vit le regard étincelant de la jeune femme et ne put s'empêcher de trembler. Néanmoins, quoi qu'elle entreprenne, il la suivrait. Il tiendrait sa promesse. Il comprit surtout que Regan van der Rhys ne recevrait jamais son présent.

4

A l'aube naissante, au-delà de la ligne d'horizon, se découpèrent les premières pentes de l'île de Java. Sirena resta bouche bée. Vert... vert... vert fut le seul mot qui lui vint à l'esprit pour décrire ce joyau dressé vers le ciel.

La Rana pénétra dans le détroit de la Sonde, qui séparait Java de la grande île voisine, Sumatra. Le navire se dirigea vers le rivage de Java et Sirena aperçut deux volcans qui semblaient assez proches. Un peu plus loin à l'est, elle distingua des mâts de vaisseaux et des maisons. Une ville sans doute. Sirena et Caleb réussirent à approcher la frégate de la Rivière de la Mort.

Ils observèrent la rivière, déchaînée par des remous écumants, se jeter dans la mer.

— Voyez, je vous l'avais dit, fit Caleb. Il n'y a aucun moyen de naviguer sur cette rivière. Même le courant est contre !

— Nous allons essayer, annonça calmement Sirena, tandis qu'elle regardait le hunier.

— Sirena, c'est impossible. On va être projetés contre les récifs !

La jeune femme ne prêta aucune attention à ses paroles. Elle avait déjà commencé la manœuvre d'approche de l'embouchure.

— Sirena, nous sommes seuls, lui fit remarquer Caleb, alarmé. Nous n'arriverons jamais à conduire *La Rana* dans ce courant.

— Je crois que si ! Regarde le drapeau sur le hunier. Vois-tu dans quelle direction il souffle ? Et maintenant, regarde devant. Nous avons un vent d'ouest. Il y a des rochers à l'embouchure, là, à droite. Mais de l'autre côté, regarde, on dirait un chenal. Nous allons remonter la rivière par ce passage, comme si nous étions en pleine mer.

Caleb comprit le plan de la jeune femme : le tour était jouable, pourtant il continua de protester.

— Mais une frégate a un trop fort tirant d'eau.

— Peut-être... murmura Sirena. Mais je te dis qu'on peut le faire !

Sirena attendit le consentement de Caleb, mais elle défendrait obstinément son idée jusqu'à le lui soutirer. Le garçon connaissait sa ténacité.

— Allons-y alors, dit-il en haussant les épaules. *Moi*, je n'ai rien à perdre et *vous*, vous n'avez que votre navire en jeu. Si vous acceptez de le perdre...

— Jamais ! Jamais je ne perdrai *La Rana* ! Et maintenant, s'il te plaît, va me chercher la carte. Il faut que je repère cette crique dans la rivière.

Comme ils se tenaient à l'entrée de la rivière, ils virent sur leur droite les eaux rugir sur les rochers noirs et mêler leur crête blanche à l'azur du ciel. Sirena ordonna au moussaillon d'abaisser toutes les voiles sauf l'artimon. Elle-même tirait sur la barre pour que le navire reste loin des récifs et suive le chenal.

La forte houle faisait danser *La Rana*, sa proue s'élevait fièrement et majestueusement par-dessus le ressac. Sirena retint sa respiration et ferma les yeux. Elle pria pour ne pas entendre le bruit de la coque de son cher navire se briser contre des rochers immergés.

Quelques minutes s'écoulèrent, le vent souleva *La Rana*, qui fila adroitement à travers le chenal en évitant le danger !

— On a réussi ! C'est gagné ! cria Caleb.

La jeune femme osa alors ouvrir les yeux. Le navire dépassa les rochers et grâce au vent dominant il tint son cap, malgré le courant rapide.

La rivière s'écoulait dans une basse vallée flanquée de deux pics escarpés, les volcans que Sirena avait vus sur la vieille carte. Dans le lointain, la jeune femme aperçut la cascade et les rapides dont Caleb lui avait parlé. Et soudain, sur sa gauche — en direction de Batavia — elle remarqua la grande crique aux eaux calmes et profondes. L'endroit était caché derrière les pentes du volcan situé à l'est.

Aidé par Caleb, Sirena fit tourner *La Rana* à angle droit pour entrer dans les eaux placides de la crique. Le paysage aux alentours se couvrait d'un feuillage vert émeraude et fleuri. Les gazouillis étranges des oiseaux égayaient le mystérieux silence. Lentement, *La Rana* se nicha au pied de la falaise. Ses deux marins jetèrent l'ancre.

Un port merveilleux ! Sirena et Caleb étaient heureux d'avoir vaincu la Rivière de la Mort et d'avoir trouvé ce havre pour *La Rana*. Pris d'une joie immense, ils sautèrent dans les bras l'un de l'autre.

— Viens, Caleb. On fait la course jusqu'à la plage !

La jeune femme plongea et nagea vers la rive. Au-delà s'étendait la jungle javanaise.

Sirena suivit la direction indiquée par Caleb et se retrouva sur une hauteur, d'où elle pouvait à peine voir le toit en tuiles de la maison de l'administrateur de la Compagnie des Indes Orientales, Monsieur van der Rhys. Le moussaillon lui avait affirmé que cette bâtisse était la plus belle de l'île — une grande maison à deux étages, construite à la mode portugaise, avec des murs épais pour protéger de la chaleur du soleil tropical. Le domaine comprenait des centaines d'hectares de canneliers et de giro-fliers. Mais la richesse de van der Rhys n'impressionna point Sirena. Celle-ci jaugea d'un coup d'œil la distance qui la séparait de la maison. Environ trois kilomètres, estima-t-elle. *La Rana* se trouvait ancrée à l'opposé.

— Caleb, il nous faut un équipage. Où pouvons-nous trouver des hommes ?

— Un équipage... mais pourquoi ?

— Pour mettre mon plan à exécution, bien sûr ! Réfléchis ! Où y a-t-il des marins ? Je veux des hommes solides et bons. Pas des vilains !

Caleb fut consterné du changement d'humeur de Sirena. Auparavant calme et rêveuse devant la végétation luxuriante, elle s'était soudain excitée et le feu de la vengeance avait une nouvelle fois embrasé son regard.

— Sirena, je connais quelques hommes, qui sont vaillants et braves. Ils habitent un village de pêcheurs, Teatoa. Nous l'avons longé avant de suivre la rivière. Le village se trouve à l'ouest de Batavia. Ils vivent de la pêche aujourd'hui, mais avant, ils étaient marins sur un des meilleurs vaisseaux de la flotte hollandaise !

— Des Hollandais ! Caleb, as-tu toute ta tête ? Des Hollandais sur *La Rana* ? Crois-tu qu'ils me seront vraiment utiles ? Ils ne tireront jamais sur leurs compatriotes !

— Travailler pour la Compagnie Hollandaise des Indes Orientales ne fait pas d'un homme un Hollandais. En fait, deux des marins auxquels je pense sont malais. Mais les autres sont hollandais. Et ils ont un certain ressentiment envers la Compagnie.

— Que veux-tu dire ?

— Retraite forcée. Ils ont été mis à la porte et reçoivent une pension ridicule. Ces hommes sont les survivants d'une peste qui a ravagé leur navire. On leur a interdit de retourner en Hollande... plus de patrie, plus de famille ! Ils sont devenus pêcheurs pour nourrir leur estomac. J'ai longuement discuté avec eux lorsque le *Lord Raleigh* a fait halte ici.

— Et tu penses qu'ils s'engageraient à bord de *La Rana* même s'ils savent que j'ai l'intention de m'attaquer aux Hollandais ?

— Oui, rien que pour se sentir à nouveau des êtres humains ! Pour être utiles et sentir la mer bouger sous leurs pieds.

Sirena pesa un instant les paroles de Caleb et le risque qu'elle prenait à révéler ses intentions et la cachette de *La Rana* à ces bannis.

— Bon, Caleb... tu dois m'amener ces hommes, dit Sirena d'une voix timide.

Caleb partit au village de pêcheurs en suivant un chemin à travers les collines. Pendant ce temps, Sirena s'affaira à bord de la frégate. Elle vérifia dans le moindre recoin du navire qu'il ne restait aucune trace de l'attaque des pirates. Elle se déciderait peut-être plus tard à mettre son nouvel équipage au courant de cette tragédie. Pour l'instant, elle préférait la garder secrète.

Devant l'ancienne cabine de Blackheart, elle hésita à rentrer. L'humiliation qu'elle y avait subie lui revint en mémoire. Mais chassant ses sombres pensées, elle ouvrit la porte et entra. Elle se dirigea aussitôt vers la fenêtre et enleva les lourdes tentures. La lumière jaillit dans la petite cabine et illumina des milliers de particules de poussière qui flottaient dans l'air.

Sirena se pinça le nez. Une odeur de renfermé, mêlée à celle de la bière aigre, régnait dans la pièce. Sirena essaya de ne pas penser à Isabel.

La jeune femme était absorbée par les cartes maritimes quand on frappa timidement à la porte de la cabine. Sirena releva la tête et dit d'entrer.

— Sirena, voici Jan, un des hommes dont je vous ai parlé.

La jeune femme se redressa de toute sa hauteur et lui tendit une main ferme.

— Je suis Sirena Cordez, capitaine de ce navire, dit-elle d'une voix posée, en le regardant droit dans les yeux.

— Jan Verhooch, Señorita, répondit l'homme, qui lui tendit sa solide poignée de main. Le gamin m'a parlé de vous et du bateau... que vous commandez. Excusez si j'ai l'air surpris ; je croyais connaître cette île, mais je dois bien avouer que j'ignorais cette crique. Comment avez-vous trouvé le chemin ?

— Je l'ai trouvé sur les conseils de rois anciens.

Sirena eut un petit rire. Elle ne souhaitait pas mentionner la vieille carte. L'homme comprit qu'il ne recevrait pas de réponse à sa question.

— Qu'attendez-vous de moi et des hommes du village ? demanda-t-il.

— Je cherche un équipage pour armer ce navire. Des hommes de confiance et loyaux, qui obéiront à mes ordres sans poser de questions.

— Vous exigez cela sans rien me dire d'autre ?

— J'ai besoin d'un équipage, répéta Sirena d'un ton sec.

— Je ne naviguerai pour aucun capitaine, homme ou femme, sur une simple histoire de confiance. Dites-moi ce que vous voulez et je vous donnerai ma décision. C'est une demande honnête.

C'était aussi l'avis de Sirena, qui se dit qu'elle devait lui dévoiler son projet. Et qu'il en était peut-être mieux ainsi.

— Très bien, Jan. Il y a plusieurs semaines, mon oncle, ma sœur, le jeune Caleb et moi-même étions à bord de ce navire, qui m'appartient. Nous nous approchions de Java, où nous emmenions ma sœur pour son mariage avec Monsieur van der Rhys, quand des pirates nous ont attaqués. Ma sœur a été violée et tuée — éventrée par un sauvage qui portait un crochet en guise de main. J'ai moi aussi subi leurs violences... dit-elle en baissant les yeux. Caleb m'a aidée et nous nous sommes échappés. Il me reste un souvenir de...

Sirena releva sa manche et découvrit la cicatrice sur son bras. Elle sourit devant la mine stupéfaite de Jan.

— Je vois que vous avez rarement vu de telles blessures.

— C'est vrai. Pas souvent.

— Je suis certaine que Monsieur van der Rhys est le coupable de ce qui est arrivé à notre famille. Le brigantin était d'origine hollandaise et commandé par un capitaine anglais. De plus, j'ai trouvé des cartes de marchands hollandais. Et maintenant, cet homme va me payer cher mon honneur perdu et ma famille disparue. Mon idée est de me faire passer pour ma sœur et d'épouser van der Rhys. Je mènerai deux vies : celle d'une femme prude, et celle d'une sorcière des mers. Je vais le ruiner comme il a ruiné ma vie. Et pour cela, j'ai besoin d'hommes sûrs... Quand nous aborderons un navire, vous pourrez garder la cargaison et la partager entre l'équipage. Je vous donnerai aussi une bonne solde. Mais vous devez me jurer fidélité et m'obéir comme si j'étais un homme. Le pouvez-vous ?

— Le gamin m'a dit que vous gouverniez cette frégate mieux qu'aucun homme, lui répondit Jan en la fixant de ses yeux bleus.

— Oui, Jan. C'est moi qui tiens le gouvernail. Il est plus sage de dire que je le fais... *aussi bien* qu'un homme. Je l'ai dirigée à travers l'embouchure de la rivière, que l'on appelle ici la Rivière de la Mort, selon Caleb. Cela vous aide peut-être à reconnaître mes compétences.

— Caleb me l'a déjà raconté. Très bien... Capitana, dit Jan avec une courbette. Je m'engage à bord de *La Rana*, et les marins que je vous amènerai aussi. Je vous jure en ce jour loyauté et fidélité, à vous et à vous seule.

— *La Rana* restera à cet endroit. Votre village se situe à l'ouest de la rivière et Batavia à l'est. Vous et vos hommes, vous pourrez venir ici facilement et sans être vus ou suspectés par les Hollandais ou les Espagnols de la ville. Vous devez équiper la frégate et vous tenir prêts à prendre la mer dès que je vous rejoindrai. Caleb portera un message au village pour vous prévenir. En attendant, j'ai un peu de travail pour vous... il faut la peindre en noir, les voiles aussi. Ah, il faut faire disparaître son nom, ajouta Sirena, la gorge nouée. Pour l'histoire du monde, *La Rana* gît au fond des océans. Préparez le navire et rentrez des provisions, car il se peut que l'on mette les voiles plus tôt que je ne le pense.

— Je me charge de tout ça.

— Une chose encore, Jan. Monsieur van der Rhys doit être informé de mon arrivée. Allez chez lui et racontez que vous étiez en train de pêcher avec d'autres, comme d'habitude et que par hasard, vous avez vu *La Rana*, abîmée par la tempête et immobilisée, près des côtes de Java. Le mauvais temps que nous avons essuyé ces derniers jours est chose courante par ici. Il vous croira lorsque vous direz que la frégate avait déjà presque coulé quand vous l'avez trouvée. En revanche, il pourra être surpris en apprenant qu'il n'y avait pas de rescapés, à part moi et Caleb, que vous lui présenterez comme mon frère ! Il en viendra certainement à la conclusion qu'un de ses maraudeurs, n'étant pas au courant de l'arrivée d'un certain navire espagnol, *par sa faute*, a assassiné l'équipage, épargnant uniquement sa fiancée et son frère. Une lettre l'a informé de la venue de sa future épouse, mais il ne sait rien de la sœur de celle-ci. Donc, nous sommes sauvés. Il supposera néanmoins que cette femme était accompagnée. Parlez-lui de l'Oncle Juan, en lui laissant croire que des pirates ont tué ce digne homme. Parce que je dois être en deuil ! Cela fait partie de mon plan. Pour finir, dites-lui que Señorita Cordez et son frère sont dans votre village et qu'ils arriveront chez lui, aujourd'hui, en fin de journée.

— C'est comme si c'était fait, affirma Jan en lui adressant un sourire conspirateur.

— Voudriez-vous un verre de vin avant de partir, Jan ? Nous devons boire à une longue et heureuse association, dit Sirena en versant du porto dans de jolis verres, qu'elle avait dénichés sous la couchette du capitaine Lopez.

— A la chute de Monsieur van der Rhys, cria Jan.

Les verres s'entrechoquèrent. Sirena se vit en train de trinquer avec son second et l'ironie de la situation l'amusa. Un Hollandais allait l'aider à anéantir un de ses compatriotes !

— A vous, Capitana !

Sirena remarqua le mot que Jan venait d'utiliser. Capitana ! Cela lui allait comme un gant. Elle l'adopta aussitôt. La Capitana conduirait son équipage à la destruction de leur ennemi commun, la Compagnie Hollandaise des Indes Orientales et Regan van der Rhys.

5

Regan van der Rhys marchait de long en large dans sa bibliothèque richement meublée. Il mâchonnait un cigare, qu'il écrasa subitement dans le cendrier en verre déjà plein, posé sur son bureau. Les mains croisées, il arpentait la pièce comme un lion en cage.

Ce mariage était la dernière chose au monde que Regan souhaitait : être marié ne correspondait pas à son mode de vie. Il venait d'apprendre l'arrivée de sa future épouse et l'événement qui s'était produit. Cela risquait de lui provoquer des ennuis. Et puis, la jeune femme était en deuil à cause de la perte de son oncle.

— Par Satan ! s'exclama Regan. C'est sans doute un de ces corsaires qui protègent ma flotte contre les Espagnols. Il a dû perdre la tête et attaquer le navire de cette Señorita ! J'aurais dû mieux leur expliquer à ces vauriens de boucaniers. Dieu merci, ils n'ont pas touché à la demoiselle et à son frère. Mais celle-ci peut me tenir responsable de la mort de son parent, et de fait je le suis. Faut-il encore qu'elle soit assez intelligente pour faire le lien...

Regan connaissait le deuil chez les femmes espagnoles. Elles portaient d'épaisses robes noires avec des cols étroits et fermés, et des manches longues et gonflées par des arceaux en crin ; une mantille en dentelle couvrait à demi leur visage ; elles roulaient entre leurs doigts crispés un chapelet de perles.

Il lui vint une idée. Reporter le mariage après la fin de la période de deuil serait peut-être une marque de

bienséance. Mais il l'oublia aussitôt. Les femmes euro-
péennes aimaient jaser ici. Elles décrétaient la mora-
lité sur cette île. Ce qu'elles faisaient en cachette
derrière les portes closes des boudoirs parfumés de
musc était une autre affaire. Regan savait qu'il devait
épouser cette femme endeuillée pour préserver sa
réputation. Personne ne croirait que Señorita Cordez
vivait sous son toit sans subir ses avances.

Sur le visage de Regan se dessina un sourire plein
de malice. Van der Rhys pensait aux commérages qui
agrémentaient les conversations dans tous les salons
des capitaines, marchands ou représentants d'État, du
détroit de la Sonde à la mer de Chine. Les hommes
l'avaient surnommé le débauché. Ils respectaient pourtant ses compétences de marin autant que celles de
séducteur, tant qu'il ne s'agissait pas de leur femme.
Regan se regarda dans le miroir, fixé au mur lambrissé
de cèdre. Il rit. La rumeur, même si elle était exagérée,
lui prêtait de nombreuses intrigues galantes. Certes,
l'homme était beau : grand, bronzé, avec des cheveux
blond cendré, impeccablement mis, qui ornaient un
visage agréable. Regan se dit qu'il devrait se sentir
flatté de ces bavardages à son sujet.

Ses pensées revinrent à sa fiancée. De quoi avait-elle
l'air ? Laide comme un pou sans doute, un épouvantail
maigrichon, réticente mais soumise à l'homme dans
son lit. Regan avait vu autour de lui les conséquences
désastreuses de telles unions. Il donnerait à cette fille
son nom et son toit mais n'en promettrait pas plus.
« Quel enfer ! » rugit Regan en frappant son poing dans
sa paume. Il irait prendre son plaisir là où il en avait
envie.

Un petit homme, aux yeux bridés et à la peau jaune,
vint chercher Sirena et Caleb au village dans un chariot à bagages. Ling Fu expliqua avec un hollandais
hésitant que son maître avait fait envoyer cette voiture
pour leur éviter les regards des curieux de la ville. Le
voyage à travers la jungle et les collines serait plus
long et plus pénible que s'ils avaient pris une pirogue

et longé la côte. Mais l'arrivée au port aurait attiré l'attention sur Señorita Cordez. Monsieur van der Rhys avait pensé qu'elle préférerait être tranquille pour mieux se remettre de sa tragédie.

Ling Fu traînait ses pieds nus dans la poussière et baissait les yeux pour s'excuser, tandis qu'il parlait.

Sirena eut une interprétation différente. Ce Monsieur van der Rhys ne voulait pas que d'autres voient sa fiancée avant que lui-même ait pu la juger. La première idée de la jeune femme fut de feindre la fatigue pour demander à voyager par bateau. Mais au fond d'elle, elle ne se sentait pas encore prête à affronter les gens et se résigna.

Les bagages furent chargés à l'arrière du chariot et Caleb grimpa derrière. Ling Fu occupant le seul siège, Sirena dut rejoindre le garçon et s'installer sur les malles.

Malgré une légère brise qui montait de la mer, la chaleur était suffocante. Le chariot s'ébranla sur la route poussiéreuse, sautant à chaque ornière. Plus ils pénétraient dans les terres, plus ils ressentaient l'humidité de l'air. Sirena eut soudain envie du vent frais qui agite les voiles, de la senteur marine, de l'univers de *La Rana*.

Elle regarda le village qui s'étendait au bord de l'eau. La plupart des toits étaient couverts de tuiles, d'autres étaient faits de chaume. Ces maisons semblaient avoir toujours été là, appartenant au paysage. Puis le hameau disparut de vue. Le soleil brûlait, les roues du chariot soulevaient une poussière rouge. Sirena commença à se sentir mal à l'aise. Ses cheveux collaient sur sa nuque, la sueur coulait dans son dos. Elle transpirait affreusement sous la lourde robe noire qu'elle avait trouvée dans le reste des affaires d'Isabel. Elle aurait préféré porter l'habit qu'elle s'était confectionné sur *La Rana*.

Caleb s'était endormi au fond du chariot. Toute la matinée, le pauvre enfant avait couru entre le village et le navire, à rendre service à Sirena et Jan. Il méritait ce repos avant d'affronter la suite de leur aventure avec Monsieur van der Rhys.

— Van der Rhys ! dit Sirena, un frisson lui courant dans le dos.

Elle allait rencontrer son ennemi !

Gretchen Lindenreich ajusta un corsage court et sans manches qui cachait à peine sa lourde poitrine. Son ventre était nu et une jupe aux couleurs vives, un sarong, habillait étroitement ses hanches. Comme la plupart des femmes de l'île, Gretchen avait adopté la tenue malaise pour ne pas souffrir de la chaleur. En fait, toute Européenne de bon sens restait chez elle et se rafraîchissait avec des eaux de toilette. Contrairement à celui des Javanaises, le costume en soie pure de Gretchen révélait outrageusement son corps.

La jeune femme aperçut un mouvement à travers la porte à moustiquaire qui conduisait au jardin. Elle s'avança et aussitôt une tache de soie orange se faufila derrière un buisson.

— C'est cette maudite Sudi ! jura Gretchen avec une moue hargneuse. Elle se moque bien que mes robes tombent en lambeaux !

Sous les tropiques, l'existence des femmes était empoisonnée par la préservation de leur garde-robe. L'humidité se glissait partout, même dans les plis des vêtements qu'elle pourrissait et abîmait. Il arriva plus d'une fois qu'une femme se trouve en public et que soudain la manche ou le corsage de sa robe se déchire. Gretchen pouvait s'acheter des robes bon marché fabriquées ici pour renouveler son armoire. Mais elle était très attachée à ses affaires et ne s'en séparait point. Elle n'en offrait aucune à ses « babo » ou servantes, selon la coutume. Et elle les protégeait de la moisissure. C'était la corvée de Sudi. Celle-ci sortait les robes et les déshabillés de leur toile protectrice et les repassait pour en ôter l'humidité. Sudi passait ses heures à chauffer les fers sur des braseros incandescents, qui rendaient étouffante l'atmosphère de la pièce close. Gretchen n'autorisait pas que la porte du jardin soit ouverte, car alors le travail de sa jeune servante ne servirait à rien.

L'apparition du sari orange de Sudi mit Gretchen en rage. On l'avait prévenue que ces filles hindoues devaient être strictement surveillées. Et Gretchen avait déjà attrapé cette enfant de quinze ans en train de s'échapper discrètement de son travail pour aller retrouver le jeune « djongo », le domestique des Daans.

Elle alla prendre sa cravache dans son boudoir et le souffle haletant, au comble de la colère, elle sortit dans la canicule, se jurant de trouver cette insoumise et son amoureux pour leur administrer une cinglante leçon.

Gretchen suivit le chemin jusqu'au bout du jardin. Elle maudit la chaleur qui, en quelques secondes, mouilla de sueur son dos et sa poitrine. Et avec un certain soulagement, elle remarqua les nuages noirs qui s'amoncelaient en cette fin de journée. La pluie orageuse allait rafraîchir l'atmosphère, même si elle chargeait l'air d'un peu plus d'humidité.

Arrivant près de la haie d'ifs qui séparait le jardin de la route, elle entendit un bruit de sabots de cheval et de roues cahotantes. Ce chemin allait à Batavia quand on venait de l'ouest et il était peu fréquenté. Gretchen pensa aussitôt à Regan, qui accompagnait souvent en ville ses chariots chargés de muscade et vérifiait leur chargement à bord de ses navires. La jeune femme sentit son cœur battre la chamade. Regan ne s'était pas manifesté depuis le soir où il lui avait annoncé la venue de sa fiancée. Mais Gretchen brûlait de l'envie de le revoir, ses mains étaient avides de son corps et sa bouche espérait ses baisers.

Elle scruta le chemin à travers les branchages et vit arriver le chariot. Elle retint son souffle. Ling Fu conduisait la voiture de van der Rhys, mais Regan ne semblait pas être avec lui. Peut-être suivait-il loin derrière pour ne pas être gêné par la poussière, se dit Gretchen. Un mouvement à l'arrière du chariot attira son attention. Sur une malle était perchée une silhouette, vêtue d'une imposante robe noire, qui essuyait son visage poussiéreux et auréolé de sueur. Sa chevelure d'ébène s'était libérée de son nœud et lui dégringolait dans le dos.

L'Espagnole de Regan ! Rien d'étonnant qu'il la fasse venir en chariot par ce chemin oublié, au lieu de l'amener en pirogue à travers les lagunes bercées par une brise fraîche. Il suffisait de voir son allure ! Un éclat de rire rauque déchira l'air.

Sirena sursauta. Depuis quand n'avait-elle pas entendu rire ou ri elle-même ? Elle avait cependant perçu une note méprisante dans ce rire-là. Était-ce ce qui l'avait fait frémir ?

Gretchen écarta l'épais feuillage et sans craindre les égratignures, elle passa la tête pour voir la mine de Sirena. Mais son rire s'étouffa dans sa gorge, elle grimaça. L'Espagnole ne semblait pas humiliée. Au contraire, elle affichait un air de grave majesté et un aplomb inébranlable. Sirena se redressa, pointant le menton. Elle défia Gretchen de ses grands yeux verts étincelants. Les deux femmes se fixèrent du regard jusqu'à ce que le chariot disparaisse dans un virage.

Gretchen rentra chez elle d'un pas lent, troublée par l'expression de Sirena. Mais revoyant la scène — la fiancée de Regan, couverte de poussière, ébouriffée et suant dans une robe ridicule sous ces latitudes —, elle s'en amusa. La jeune femme se dit que Regan ne tarderait pas à venir la retrouver, pour sa fraîcheur et sa blondeur. Car si l'Espagnole sentait aussi mauvais que son allure était sale, tous les parfums d'Orient ne feraient pas de miracle !

Son rire reprit de plus belle. Elle tituba jusqu'à son lit et s'écroula, s'abandonnant à un sentiment de joie hystérique.

Sirena frotta sa robe mais la poussière rougeâtre collait à l'étoffe. A ses oreilles résonnait le ricanement entendu juste avant, qui se mêla au souvenir des railleries des pirates. La haine envahit la jeune femme. Elle était venue à bout de ses assaillants sur *La Rana*, elle ferait aussi face à cette femme qui s'était ouvertement moquée d'elle avec cruauté.

L'équipage emprunta le chemin pavé qui menait au domaine van der Rhys.

Le bruit des roues heurtant les pavés réveilla Caleb. L'air encore endormi, il s'assit contre les malles. Son visage était rougi par la chaleur et ses yeux brillaient. Sirena lui passa tendrement la main dans les cheveux. Son cœur se serra brusquement. Au cours des dernières semaines, elle n'avait pas traité Caleb comme un enfant. Il avait assisté à des choses dont aucun enfant ne devrait être témoin. Il avait été son seul ami dans des moments douloureux. Elle s'était reposée sur son bon sens et sa force de caractère. Et Caleb avait fait preuve d'une grande générosité. Lorsqu'ils avaient mis au point leur plan, Sirena l'avait appelé « petit frère ». Elle se rendait compte à présent que ces deux mots n'étaient pas sans importance. Elle aimait ce garçon et qu'ils ne fussent pas du même sang ne changeait rien. Il était son frère.

Un fervent sentiment maternel naquit en elle. Sirena voulait le protéger, comme le jour où il avait été fouetté par Blackheart. Il avait été puni de vouloir coûte que coûte la soigner et l'aider à retrouver le goût de vivre. Et en remerciement de son dévouement, elle mettait sa vie en danger en l'impliquant dans ce complot contre van der Rhys. Sirena se demanda si elle ne devait pas avouer sa véritable identité et le sort d'Isabel et de son oncle. Elle pourrait ainsi demander l'assistance de Monsieur van der Rhys pour rentrer en Espagne avec Caleb, où elle lui offrirait une existence normale pour un jeune homme.

Sirena secoua la tête. A quoi pensait-elle ? Aller mendier un service à ce monstre de van der Rhys ? Elle avait oublié un instant qu'il était responsable de l'attaque de *La Rana* et de la tragédie qui avait suivi.

Le Hollandais avait peut-être même été l'auteur de cette capture. Il ne se souciait guère d'épouser une Espagnole, mais tant que celle-ci était en vie, son honneur le liait à ce contrat. La dot, des coffres de pièces d'or, était tentante. C'est pourquoi il avait ordonné d'arraisonner le navire en pleine mer et de tuer tous les passagers. D'un coup, il gagnait sa liberté et *La Rana* chargée d'or.

Van der Rhys avait dû ressentir un échec cuisant en apprenant qu'à bord du vaisseau naufragé, on avait retrouvé sains et saufs Señorita Cordez et son frère. *Vivants!* Sirena sourit en devinant la stupéfaction de cet assassin. Il devait se demander ce qui était arrivé à Blackheart et à son équipage, et pour quelle raison ils avaient failli à leur mission. Et comment les deux Cordez avaient-ils réussi à échapper à la mort?

Ce serait une grande joie pour Sirena de voir son visage blafard, aux traits de furet — comme la jeune femme imaginait tous les Hollandais —, se décomposer sous l'effet de la surprise.

La voiture ralentit quand ils arrivèrent devant l'entrée, une véranda haute de deux étages et montée sur des piliers blancs. On entrait dans la maison par une immense porte à deux battants, en acajou ouvré. Les extérieurs étaient soigneusement entretenus. Des jardiniers vaquaient à leurs tâches, taillant et désherbant les buissons colorés de fleurs. L'air respirait des senteurs d'épices et de plantes, des oiseaux sauvages s'appelaient les uns les autres dans un gazouillis rauque. L'ensemble de la bâtisse faisait montre de la fierté de son propriétaire. Du marbre rose, précieux matériau venant des montagnes de Chine, recouvrait les marches de l'escalier principal. En Europe, ce marbre servait à la sculpture d'onéreuses statues et à la fabrication de bijoux. Et ici à Java, un vil représentant de la Compagnie des Indes l'utilisait pour un escalier!

Caleb et Ling Fu aidèrent Sirena à descendre du chariot. Caleb voulut rejoindre le Chinois pour décharger les bagages mais Sirena le retint par le bras.

— Non, petit frère, murmura-t-elle, tu n'es plus un matelot. Tu es Caleb Cordez, l'héritier de l'empire naval Cordez. Souviens-toi de ne pas te mêler du travail des domestiques.

Le garçon rougit légèrement. A peine était-il arrivé chez les van der Rhys qu'il commettait presque un premier impair! Il se promit d'être plus attentif, bien que son nouveau rôle le mît mal à l'aise. Comment se comporte un fils de la noblesse ? se demanda-t-il secrètement. Sirena lui avait aussi demandé de la tutoyer. Dorénavant, il était son frère et devait être plus familier avec la jeune femme. Ces nouveautés tracassaient le garçon.

Poussant un soupir, Caleb s'approcha de Sirena, qui attendait à l'ombre de la véranda que quelqu'un vienne ouvrir. Elle avait donné un coup bref et timide contre la porte. Sans rien laisser paraître au garçon, Sirena était indignée de recevoir un accueil aussi peu aimable. Comme si elle n'était qu'un vulgaire colporteur ! Ces luxueuses portes allaient sans doute s'ouvrir sur une servante autoritaire, qui la dévisagerait de façon hautaine et lui signifierait que les mendiants et les marchands sont reçus à la porte de service.

Sirena allait frapper une seconde fois quand une jeune fille de dix-sept ans apparut sur le seuil, jetant des regards affolés sur les deux arrivants. Elle était toute tremblante. Puis reprenant ses esprits, la jeune servante tourna les talons et partit en courant dans le couloir.

— Mademoiselle est arrivée ! Mademoiselle est arrivée ! criait-elle.

Caleb et Sirena entendirent une agitation au fond du couloir, suivie d'un soufflet cinglant et de quelques sanglots.

Une femme déboucha dans le couloir. Elle avait une stature imposante et coiffait ses cheveux gris en une couronne de tresses sur la tête. Elle s'avança d'un pas alerte vers les visiteurs. Ses lèvres pincées exprimaient une certaine consternation.

— Bienvenue. Bienvenue, Mademoiselle, dit-elle en souriant. Entrez vous mettre à la fraîche, je vous en prie. Entrez ! Je suis Frau Holtz, l'intendante de Monsieur. Entrez ! répéta-t-elle avec un accent germanique prononcé.

Caleb et Sirena pénétrèrent dans le vestibule. Frau Holtz se dépêcha de refermer les portes à leur suite.

— Nous voulons absolument garder la fraîcheur à

l'intérieur, expliqua-t-elle comme si les deux jeunes gens étaient ignorants.

Tous les domestiques se tenaient rassemblés devant eux, la jeune servante en larmes à leurs côtés.

— Cette fille stupide sera renvoyée, Mademoiselle, dit Frau Holtz d'un ton sec. Par sa faute, vous êtes venue ici dans un chariot à bagages. Elle n'est même pas capable de délivrer un message correctement ! Ce n'est pas une arrivée digne de la nouvelle maîtresse de maison ! Une pirogue vous attendait à quai, à Batavia. Cette idiote, s'exclama-t-elle en pointant un doigt vers la jeune fille tremblante, confond tout. A l'heure actuelle, Monsieur van der Rhys est au port pour vous accueillir. Ah ! Ces fainéants de serviteurs ! Soyez sûre, Mademoiselle, que cette jeune personne sera renvoyée dès que Monsieur apprendra qu'elle est la cause de cette erreur.

Sirena regarda la jeune servante au teint basané et ressentit un élan de pitié. De plus, l'attitude tyrannique de Frau Holtz ne lui plaisait guère. Cette femme régentait visiblement la maison de van der Rhys depuis des années. Et l'intrusion d'une nouvelle « maîtresse » l'irritait.

— Je ne veux pas que cette fille soit renvoyée, répliqua Sirena par jeu pervers, plutôt que pour affirmer son autorité dans cette maison. Ce message n'aurait jamais dû être confié à une enfant, Frau Holtz. Vous auriez dû y veiller vous-même.

L'intendante chercha ses mots, mais Sirena poursuivit avant qu'elle trouve une réponse.

— J'aimerais être conduite à ma chambre. Mon frère aussi doit prendre ses quartiers. Il a besoin de vêtements propres. Il faudra d'ailleurs lui procurer une nouvelle garde-robe.

— *Ja*, Mademoiselle, je m'en occupe, répondit Frau Holtz en se dirigeant vers le grand escalier tournant.

— Ce n'est pas la peine, Frau Holtz. La fille, que vous trouvez si bête, peut le faire. Je crois que je vais la prendre à mon service. Je suis sûre qu'elle comprendra vite, si elle est mieux traitée !

Frau Holtz s'effaça pour laisser monter Sirena et Caleb. Tandis qu'ils étaient dans l'escalier, ils entendirent la voix glaciale de Frau Holtz.

— Ne reste pas là, Juli. Mademoiselle désire que tu sois sa servante. Alors, montre-lui sa chambre, et au jeune señor aussi. Pieter viendra dans un moment voir ce dont il a besoin.

Juli s'apprêtait à monter, retroussant le bas de son vêtement, qui ressemblait à un long sac, quand Frau Holtz s'adressa de nouveau à elle d'un ton plus amical.

— Juli, Mademoiselle a eu la gentillesse de pardonner ton erreur, qui lui a causé un grand désagrément. Tu dois lui être serviable et honnête.

Sirena se tourna vers elle et vit que ses yeux reflétaient la même douceur que sa voix. Juli sourit à l'intendante, le visage illuminé de joie. Sirena se repentit d'avoir mal jugé cette femme. Elle était à l'évidence juste avec ses servantes, malgré ses manières arrogantes. Ses gens le savaient et la respectaient pour cela. Les petits griefs qu'on lui lançait ne la touchaient point.

— Mademoiselle, il fait plus frais ici, dit Juli, en entrant avec Sirena dans la chambre.

Des tapisseries en soie recouvraient les murs. Leurs dessins brodés au fil d'or représentaient des grenades et des oiseaux au plumage flamboyant. Un tapis épais offrait un éventail de tons bleus, du plus clair à l'indigo. Les rideaux étaient taillés dans une fine gaze bleu pâle et filtraient dans la pièce une lumière feutrée.

— Voulez-vous prendre un bain ? demanda Juli.

— Oui, c'est exactement ce dont j'ai besoin. Mais avant, dis-moi où est la chambre de mon frère.

— A côté, je crois, Mademoiselle. A gauche. Je m'occupe de votre bain. Monsieur voudra vous rencontrer bientôt, fit Juli en baissant les yeux. Je l'ai ridiculisé devant sa future épouse, il sera dans une colère furibonde contre moi.

— Et il aura raison ! la sermonna Sirena. Mais je suis sûre que si tu promets d'être une bonne servante, il saura se montrer gentil. Maintenant, fais vite monter les baquets d'eau pour le bain !

— Oui, j'y cours. Ensuite, vous pourrez vous reposer. Monsieur veut dîner avec vous. Je l'ai entendu réclamer un repas très spécial !

On frappa à la porte et Sirena pâlit subitement. Si c'était Monsieur van der Rhys ! Elle ne pouvait pas le rencontrer maintenant !

Juli ouvrit prudemment la porte.

— Je venais voir si vous aviez besoin... dit Frau Holtz, qui s'engouffra aussitôt dans la pièce, alarmée par le visage livide de la jeune femme.

— Juli ! Vite ! Un linge froid sur le front de Mademoiselle ! Voilà, voilà. Asseyez-vous, jeune dame. Dépêche-toi, Juli !

Sirena reprit des couleurs grâce aux soins des deux femmes.

— Frau Holtz, quand Monsieur rentrera, vous lui expliquerez que je ne veux voir personne dans l'état où je suis. La tristesse m'accable et seul mon frère peut me rendre visite. Pendant plusieurs jours au moins, dit-elle d'un ton calme mais résolu.

L'intendante resta avec la nouvelle venue pendant l'installation des malles apportées par un des djongos. Deux autres revinrent avec Juli. Ils transportaient des urnes en étain emplies d'eau chaude. La jeune servante poussa un paravent chinois laqué, derrière lequel se trouvait un baquet en cuivre doré. Les domestiques préparèrent l'eau du bain à une température tiède, puis ils s'en allèrent.

— Frau Holtz, je veux un loquet à ma porte ! Débrouillez-vous pour que cela soit fait le plus vite possible. Personne n'entre ici sans ma permission ! Je suis en deuil. J'espère m'être fait comprendre ?

— Oui, répondirent en chœur les deux servantes.

Bien que Frau Holtz considérât les instructions de Sirena comme singulières, elle n'en dit rien. Il n'y a que Dieu pour comprendre les pratiques de ces Espagnols au teint olivâtre !

L'intendante attendit avec impatience le retour de Regan. Dès qu'il arriva, il lui ordonna de venir dans la bibliothèque. Il voulait la questionner au sujet de la señorita. Frau Holtz ferma discrètement les portes en teck et lui expliqua rapidement la méprise concernant l'arrivée de sa fiancée.

— Elle ne veut... recevoir personne, dit la domestique en levant les sourcils. Elle sait que vous souhaitez dîner avec elle, mais elle prétend être accablée de chagrin. Elle demande aussi qu'on installe un loquet à sa porte et que personne — personne — n'entre sans y être autorisé !

Regan se retint de sourire. Il lui plaisait que l'autoritaire Frau Holtz se sente pour une fois évincée. Cette femme, quelque peu âgée, s'enorgueillissait de ses prérogatives dans cette maison, acquises après de longues années de service chez les van der Rhys, père et fils.

Feignant la colère que Frau Holtz espérait de lui, il fronça les sourcils et prit une voix courroucée.

— Je vais aller lui parler immédiatement !

Il désirait surtout voir cette femme qui pouvait à ce point perturber l'inébranlable Frau Holtz !

Celle-ci lui lança un sourire satisfait et se retira. La regardant sortir, Regan remarqua que des mèches de cheveux s'échappaient de leurs tresses, d'ordinaire impeccablement mises. La rencontre avec sa future épouse l'intéressa encore plus. Car la dernière fois qu'il avait vu la domestique ainsi décoiffée, il était encore enfant et s'amusait à la faire enrager...

Regan traversa le vestibule et grimpa l'escalier en direction de l'appartement de la señorita. Il hésita quelques secondes sur le seuil, puis ouvrit grand la porte.

Sirena venait de sortir du bain. Elle était vêtue d'un léger déshabillé et avait sagement noué dans le dos ses lisses cheveux noirs. Quand il entra, elle fit volte-face et poussa un cri. Cette intrusion la mit hors d'elle. Elle faillit se laisser aller à sa colère, mais elle se contint.

Elle devait se comporter comme une jeune fille bien élevée, éplorée par la perte d'êtres chers. C'était d'ailleurs la vérité.

— J'ai averti Frau Holtz que je voulais rester seule. Je suis en deuil, fit Sirena d'une voix étouffée par les sanglots.

— Je venais vous souhaiter la bienvenue dans votre nouvelle maison, expliqua sèchement Regan, énervé par l'accueil de la jeune femme. Et je voulais aussi m'excuser de la méprise qui vous a coûté un voyage fort désagréable.

Regan imagina un instant la jeune aristocrate espagnole, ballottée dans le chariot à bagages et mordant la poussière du chemin. Il réprima un sourire et s'efforça de prendre un ton moins sévère.

— Depuis que Jan Verhooch m'a raconté comment ils vous avaient sauvés, votre frère et vous, et qu'ils vous avaient amenés à Batavia...

— J'accepte vos excuses, Monsieur... l'interrompit Sirena en se tournant vers les fenêtres qui donnaient sur les jardins.

Regan sentit que Sirena mentait un peu mais il n'insista pas. Pour l'instant, l'image de la jeune femme debout devant les fenêtres l'ébahissait. La lueur crépusculaire traçait les rondeurs de sa poitrine, l'ovale de son magnifique visage et sa fine silhouette. Il était un homme comblé. D'autres cherchaient toute leur vie une femme d'une telle beauté. Sa chatoyante chevelure d'ébène faisait ressortir la couleur brun doré de sa peau. Ses traits étaient joliment dessinés : des pommettes saillantes, des grands yeux aux longs cils, des lèvres sensuelles... Cette créature était exquise !

Regan van der Rhys avait l'habitude de soulever malgré lui la jalousie de ses amis. Il pensa aussitôt au privilège d'avoir une si belle épouse. Il possédait la plus opulente maison, les plantations les plus productives et détenait le poste suprême au sein de la Compagnie Hollandaise des Indes Orientales dans les îles. Et désormais, il avait la femme la plus ravissante de Java. Une Européenne, qui n'était pas une de ces « filles de la Compagnie » : des filles exploitées par la société, qui les envoyait en Orient pour assurer la continuité de la race blanche aux Indes. La plupart de ces filles sortaient d'un milieu pauvre, sauvées des caniveaux ou des ruelles des ports de Hollande. Elles recevaient une éducation formelle sur les convenances de la bourgeoisie, puis, comme n'importe quelle autre marchandise, elles étaient exportées aux îles pour épouser des représentants de la Couronne, des marchands, des propriétaires terriens ou bien des employés esseulés. En réalité, la Compagnie avait trouvé là un moyen de s'assurer d'un personnel heureux et servile. Peu de filles « honnêtes » avaient le courage d'abandonner famille et patrie pour aller vivre sur une île des tropiques et se lier à un homme qu'elles n'avaient jamais vu auparavant. C'est pourquoi le plan de la Compagnie fonctionnait si bien et avait fait réussir de nombreux mariages.

Si le *seul* critère pour prendre une épouse était qu'elle soit blanche, Regan aurait pu épouser Gretchen. Mais la réputation de cette dernière n'aurait pas accru son prestige.

L'idée de se marier ne réjouissait toujours pas Regan. Malgré tout, cette Espagnole promettait un avenir heureux et plaisant... Van der Rhys réalisa soudain sa bonne fortune.

Sirena remarqua le changement d'expression sur son visage. Se méprenant, elle s'imagina qu'il était surpris de voir qu'elle avait échappé aux mains cruelles des pirates. Elle laissa enfin ses yeux d'émeraude se poser sur Regan et l'examina. Il n'avait rien d'un barbare sur le retour d'âge, gras et blanchâtre. Devant elle se tenait un bel homme musclé, au teint hâlé et aux traits rudes, que soulignaient des cheveux aussi clairs que le reflet scintillant de la lune.

En revanche, la jeune femme fut irritée d'entendre Regan s'exprimer en espagnol, avec un profond accent du Nord.

— Nous allons régler notre affaire dès maintenant, dit-il avec un air amusé. Vous pourrez vivre tranquillement votre deuil. Nos pères respectifs ont arrangé cette union — un contrat que nous honorerons dès que possible.

Sirena baissa les yeux, ses pensées tourbillonnaient dans sa tête. Elle ne s'attendait pas à affronter un homme si beau et si viril. Il n'était pas du genre à supporter longtemps une épouse chaste, retranchée derrière son rosaire. Sirena leva la tête. Elle s'efforça de paraître calme, alors que son cœur battait fort.

— Je vous implore, Monsieur, de respecter mon année de deuil. J'ai de nombreuses prières à dire. Et je dois veiller sur mon petit frère...

— Notre mariage aura lieu dans un mois. Cela vous laisse largement le temps de vous remettre de cette tragédie. Vous verrez que, même si Java est loin des cours d'Europe, les convenances doivent être observées.

Une fugace lueur de crainte passa dans le regard de Sirena. Regan la mit sur le compte de son empressement à fixer une date pour la noce. En réalité, la jeune femme se retenait non sans mal de lui lancer un coup de poing et de lui demander quel rôle il avait joué dans cette « tragédie » dont il parlait avec légèreté.

— Señorita, ce délai vous semble court, se reprit Regan, cherchant à apaiser sa fiancée. Mais c'est pour votre bien et votre honneur. Je ne vous demanderai pas de partager ma couche tant que votre deuil ne sera pas terminé.

Comme il se montre magnanime, pensa Sirena avec dédain. Elle le remercia pourtant, d'une voix à peine audible et joignit ses mains qui tremblaient.

Mais que lui arrivait-il ? Elle n'avait jamais tremblé devant personne au monde, sauf devant son père — seulement quand elle était fautive et méritait son courroux. Le capitaine des pirates, avec son fouet, n'avait même pas réussi à l'effrayer.

Regan s'avança vers elle. Elle fut impressionnée par sa stature.

— Señorita... Je ne peux pas vous appeler indéfiniment Señorita Cordez, n'est-ce pas ?

— Oui, Monsieur. Vu notre future relation, cela serait absurde. Je m'appelle Sirena, dit-elle en le défiant du regard.

— Sirena. Ce nom vous va très bien. Doux, joli, serein... fit-il avec une flatterie galante.

Sirena allait exploser de rage. Elle l'injuria en silence : Espèce de goujat ! Fils de vipère ! *Hijo de puta* — fils de putain ! Il ne savait même pas que la femme qu'il aurait dû épouser s'appelait Isabel. *Elle*, elle méritait ces galants éloges !

— Regardez-moi ! lui demanda gentiment Regan, quand il vit que la jeune femme le fuyait à nouveau.

Sirena lui obéit. Elle aussi était grande, mais elle ne lui arrivait pourtant qu'à hauteur d'épaule. Levant la tête, elle remarqua combien le soleil avait tanné sa peau. Regan aimait-il la liberté des océans et les embruns salés qui fouettent le visage ? Sirena le sut en jetant un coup d'œil sur ses mains. Elles étaient calleuses, comme celles des hommes qui hissent les voiles et tiennent les gouvernails. Et si ces mains-là caressaient... Sirena rougit et se détourna.

Regan remarqua avec satisfaction l'émoi de la jeune femme et il en sourit. Il y avait quelque chose chez cette fille. Dans ses yeux ? Difficile à affirmer, elle semblait si timide et évitait de le regarder en face. Aurait-il offensé sa sensibilité ? Diable ! Il aimait les femmes avec de l'esprit et de la vivacité. Une femme qui répondrait à ses caresses. Bah ! Au lit, cette fille miaulerait sans doute après sa mère, comme un chaton abandonné. Il irait s'amuser ailleurs. L'Espagnole serait le joyau de sa maison et il lui rendrait les égards dus à une épouse. Il prendrait aussi son frère en charge.

Soudain, Regan attira le visage de Sirena entre ses mains. Son geste resta délicat. Sirena lui jeta un regard glacial, qui le rendit perplexe. Son expression moqueuse disparut. Quelque chose se passait en lui, tandis que la jeune femme continuait de le fixer effrontément. Regan céda le premier.

— J'espère que vous tiendrez votre parole, Monsieur. N'attendez pas que ce mariage soit consommé avant la fin de mon deuil.

Regan se cambra. Il l'avait jugée un peu trop vite. De la verve, elle en avait... Il se retrouva sans s'en être rendu compte dans le vestibule.

Sirena s'écroula sur le bord du lit, essayant de contrôler ses nerfs. Regan van der Rhys serait un redoutable adversaire, difficile à duper. Elle avait découvert une vive intelligence au fond de ses yeux bleu agate. Et sa mâchoire saillante dénonçait son entêtement. Sirena comprit la raison de son agitation. Cet homme dégageait un charme animal fort troublant...

Allait-il tenir sa promesse et ne pas exiger ses droits conjugaux ? Mais le souhaitait-elle vraiment ?

6

A travers un ciel pommelé, le soleil jetait ses rayons sur l'allée pavée où se promenait Sirena. Elle flânait dans les luxuriants jardins du domaine van der Rhys. D'un coup d'œil précis, elle évalua la distance entre la cachette de *La Rana* et l'arrière de la maison. La propriété de Regan s'étendait sur le flanc ouest de Batavia, à l'écart des autres habitations, comme il convenait au rang de l'administrateur de la Compagnie Hollandaise. Un splendide étalage de fleurs de toutes les couleurs attira son attention. Depuis sa fenêtre, elle avait vu les jardiniers indigènes travailler assidûment à l'entretien des massifs. La jungle sauvage avait été transformée par leurs soins en un paradis de couleurs et de parfums. Se penchant au-dessus d'une rangée de fleurs, elle en cueillit une rouge pourpre. Elle respira profondément mais la fleur n'exhalait aucun parfum.

— Celle-ci est particulière, Sirena. D'ailleurs, elle possède des qualités intéressantes, dit Regan, qui surprit la jeune femme.

Sirena se demanda s'il l'observait depuis longtemps.

— Je m'arrangerais volontiers pour vous en faire parvenir un bouquet dans votre chambre, mais je crains que cela ne soit possible. Il ne serait pas raisonnable d'éveiller la suspicion des domestiques, taquina Regan.

— Mais pourquoi ne puis-je pas en avoir chez moi ? Ces merveilleuses fleurs pourraient offenser quelqu'un ? lui demanda-t-elle avec curiosité.

— Offenser n'est pas le mot que j'emploierais. En vérité, à travers le monde, elles sont très prisées.

— Elles ressemblent à des pavots, fit-elle naïvement. Je les trouve... belles et j'en voudrais dans ma chambre. Je demanderai à un jardinier de m'en couper quelques-unes, déclara-t-elle fermement.

L'air consterné de Regan l'amusa. Il allait sans doute lui raconter de banales superstitions qui rendaient ces fleurs maléfiques.

— Puisque vous y tenez, j'y veillerai moi-même. En fait, il faudrait que je fasse tapisser vos murs de ces fleurs, et orner de guirlandes votre balcon. Je mettrai même des pétales dans votre vin. Partout où vous irez, vous recevrez des bouquets de ces fleurs pour vous saluer, tandis que les habitants de l'île se moqueront de vous, s'emporta Regan.

— Faites-le, Monsieur, répondit Sirena avec aplomb et ravie de sa colère subite. Le plus tôt sera le mieux.

Elle caressa langoureusement le cœur de la fleur. Regan fronça les sourcils.

— Vos désirs sont des ordres, dit-il en se hérissant. Mais avant, je dois vous faire part de quelque chose. Cette variété de fleurs, très spéciale, est utilisée par les indigènes pour une seule raison. Pour être plus explicite, les étamines et les graines sont réduites en une fine poudre. Les amants l'appliquent sur un endroit bien précis de leur anatomie.... la poudre accroît la dimension de leur membre et...

— Je vois, Monsieur, le coupa Sirena, qui était devenue blême et fixait des yeux les fleurs infâmes. Et vous en êtes toujours bien approvisionné.

En parlant, elle fit tomber des pétales, qu'elle écrasa rageusement en s'éloignant.

Le revirement de Sirena déconcerta Regan. Il n'avait pas eu l'intention de lui révéler cette histoire. Mais il n'avait pas pu s'en empêcher quand la jeune femme l'avait taquiné. « Suis-je stupide ! » murmura-t-il. Il se sentait comme un enfant attrapé en train de faire une bêtise.

— Je crois que tu as assez travaillé, aujourd'hui, annonça Sirena en souriant au jeune Caleb, qui avait l'air absent. Tu t'es bien débrouillé, petit frère. Mais ne sois pas si pressé. J'ai mis des années à apprendre ce que je t'enseigne à présent. La navigation, c'est un art. Il faut que tu le saches sur le bout des doigts. Une erreur peut être fatale. Mais je ne veux pas que tu te désespères, ajouta-t-elle en roulant les cartes avant de les glisser sous le lit. Prions pour que Frau Holtz ne prenne pas l'idée de venir nettoyer cette chambre. Il faut que je trouve une meilleure cachette pour ces cartes.

— Tu avais aussi promis de m'apprendre à manier l'épée, marmonna le garçon, qui raclait ses pieds sur le tapis.

— Oui, je l'ai dit... et je le ferai. Dès demain, tu auras ta première leçon. J'ai repéré un endroit à l'écart dans le jardin. Mais les leçons de navigation sont plus importantes, crois-moi. Patience, Caleb.

Depuis leur arrivée à Batavia, Sirena avait adopté le rôle de future maîtresse de maison et l'attitude d'une personne en deuil. Elle avait aussi adapté son mode de vie au climat. Caleb et la jeune femme ne connaissaient pas de répit. Durant les fraîches matinées, Sirena s'occupait de la garde-robe du garçon. La chaleur des après-midi et les orages quotidiens, qui duraient parfois des heures, la contraignaient à rester à l'intérieur. Elle se reposait ou dispensait des leçons à Caleb. L'atmosphère des soirées était lourde, mais se rafraîchissait la nuit, permettant ainsi de dormir. Sirena parlait peu mais semblait contente. Pourtant, intérieurement, elle luttait contre elle-même. Elle était impatiente de découvrir les activités marchandes de van der Rhys pour mettre sur pied sa vengeance.

— Oui, tu as raison, Sirena. Comme toujours. Mais je veux pouvoir te défendre. Il arrivera peut-être que tu aies besoin de mon aide.

— Petit frère, pourquoi ne vas-tu pas faire un tour, au port par exemple ? Les pluies ont cessé pour aujourd'hui. Tu peux peut-être récolter quelques informations qui nous seraient utiles.

— Je vais faire ce que je peux, Sirena.

— Je dois voir Frau Holtz pour régler quelques détails de la noce, dit amèrement Sirena. Je crains qu'elle me trouve peu enthousiaste à ce propos. Elle reste polie avec moi, mais je ne lui plais pas. Elle surveille avec jalousie sa place, elle a peur que j'usurpe son pouvoir. Quant à ce que je ressens pour elle... je la trouve trop autoritaire. « Ja ! On peut vous apporter votre petit déjeuner maintenant, Madame ! » fit Sirena en mimant l'intendante, ce qui provoqua le fou rire de Caleb. Vraiment ! Elle fait comme si dans cette maison tout découlait uniquement de son bon vouloir !

— Mais elle veut bien faire, Sirena. C'est seulement que la langue allemande sonne un peu dur.

— Quand nous sommes arrivés ici, je ne pouvais pas supporter sa façon de bredouiller l'espagnol. Je lui ai dit que j'avais appris plusieurs langues, dont l'allemand. Maintenant, elle me parle dans sa langue maternelle et je lui réponds comme elle...

— Oui, je sais, l'interrompit Caleb, secoué par le rire. Maintenant, elle roule de gros yeux quand elle entend ton terrible allemand !

— Pas seulement, dit Sirena en se joignant à l'hilarité du garçon, elle crie et articule chaque syllabe, comme si j'étais sourde ! Je crois qu'elle me prend pour une fille stupide, à qui elle va apprendre un allemand correct. Mais je dois avouer une chose, Caleb. Parfois, je fais exprès de mal prononcer un mot ou de mal l'employer, juste pour la faire tomber à la renverse !

A cet instant, on frappa à la porte. Sirena mit un doigt devant sa bouche en signe de silence.

— Va ouvrir la porte, Caleb. C'est sans doute Frau Holtz.

Le garçon y courut et fit une profonde révérence. Le nez baissé, il aperçut alors deux bottes reluisantes. Il se redressa, rouge de honte, et promena son regard de Sirena à Regan.

— Je suis venu voir Caleb, dit Regan d'un ton hautain.

Il se demanda si ces deux personnes au visage fermé étaient les mêmes qu'il avait entendues rire de bon cœur juste avant...

Sirena cilla des paupières et chercha son chapelet dans sa poche. Elle l'en sortit rapidement et le serra dans ses mains.

— Pourquoi, Sirena, vous jetez-vous sur cet objet chaque fois que je viens ? Suis-je si effrayant, que vous ayez besoin de prier ? fit Regan avec sarcasme, tandis qu'il réprimait sa colère.

— Non, répondit Sirena en détournant la tête. Mais je dois continuer mes prières. Si vous voulez m'excuser...

— Bien sûr. Cependant, je vous l'ai déjà dit, vous pouvez vous recueillir en privé et aussi souvent que vous le désirez. Mais cela ne doit pas vous empêcher de vous consacrer à votre vie mondaine, ici.

— N'avez-vous aucun respect pour les morts ? lança-t-elle en le fusillant du regard.

— Très peu, je le crains. C'est du passé. Les morts sont morts. A quoi servent toutes ces prières ? Le monde est fait pour les vivants. Et ce soir, vous ferez partie des vivants de *mon* monde. J'ai prévu un dîner, où viendront plusieurs de mes amis. Je veux vous présenter à eux. J'espère que Caleb et vous-même serez à ma table.

— Mais je suis en deuil.

— Vous portez le deuil dans cette pièce uniquement ! Il vous reste encore cinq heures pour prier. Je vous suggère de vous y mettre, mais ménagez-vous quand même pour cette soirée. Caleb vient avec moi, nous serons de retour avant la nuit.

Sirena plissa des yeux et le toisa. Caleb nota le méchant éclat de son regard, espérant qu'il avait échappé à Regan.

Van der Rhys resta un instant décontenancé. S'était-il trompé ou avait-il vraiment aperçu une drôle de lueur dans ces yeux verts ? Non, ce devait être un effet de lumière. Il fit signe à Caleb de le suivre et ils sortirent. Quand la porte se referma, Sirena jeta son rosaire sur le dessus-de-lit en tempêtant.

— Comment a-t-il osé ? Pour qui se prend-il ? Il m'a ordonné d'assister à son dîner ! Un ordre !

Sirena arpenta la pièce, en rage. Certes, elle lui obéirait... mais elle n'était pas forcée d'être agréable.

De nouveau, quelqu'un frappa à sa chambre. Frau Holtz, se dit-elle. Elle se précipita aussitôt au bord du lit et se mit à genoux, faisant semblant de prier.

— Entrez !

Frau Holtz eut une grimace en voyant la pose de la jeune femme. Celle-ci n'avait donc rien d'autre à faire. Croire en Dieu était chose louable, mais une telle obsession des prières lui donna envie de secouer cette bigote. Frau Holtz s'avança sans gêne vers les fenêtres et croisa les bras sur sa poitrine.

— Je suis venue pour discuter des derniers détails concernant votre noce, Mademoiselle.

— Frau Holtz, dit Sirena en levant la tête, je pense que je peux vous faire confiance. J'accepterai ce que vous et Monsieur déciderez.

— Mademoiselle, ce n'est pas si simple...

— Et puis-je savoir en quoi ? Monsieur semble être un homme autoritaire et sensé. On pensera qu'il a organisé cette cérémonie.

— En grande partie, il l'a fait. Il s'est occupé des invitations et il a veillé au logement des invités qui passeront la nuit ici, ceux qui vivent sur d'autres îles. Mais il reste encore des milliers de petites choses, balbutia l'intendante. Monsieur pensait que...

— Il se trompait, dit Sirena d'une voix lasse. Faites comme bon vous semblera. Je ne m'opposerai à aucune de vos décisions. Je suivrai les ordres de mon futur époux. Mais, fit-elle en pointant son index, je ne vous aiderai pas. Je suis en deuil. Est-ce compris ?

— Parfaitement, Mademoiselle, répondit Frau Holtz, qui s'apprêta à partir.

— Frau Holtz, autre chose... A mon arrivée, j'ai demandé qu'on mette un loquet à ma porte, ce qui n'a toujours pas été fait. En fait, je veux une serrure avec une seule clé, la mienne. Comme je vous l'ai dit, je ne veux aucune servante dans cette pièce, sauf si je leur demande de venir faire le ménage. Même Juli sait qu'elle ne doit pas me déranger, à moins que je la sonne. Je souhaite rester seule, seule ! Parfois, vous ne me verrez pas pendant plusieurs jours. C'est que je serai en retraite ici. Mon frère se joindra à moi durant ces longs moments.

— Et vos repas, Mademoiselle ?

— Vous laisserez les repas devant la porte. Nous mangerons si nous en ressentons le besoin. Sous aucun prétexte, n'essayez de rentrer dans ma chambre lorsque j'y suis en retraite. D'ailleurs, le reste du temps, j'aimerais être dérangée le moins possible. Veillez à ce que la serrure soit posée cet après-midi. Et chez mon frère aussi !

— Je n'ai jamais entendu cela ! *Aucune* pièce ne ferme dans cette maison !

— Eh bien, maintenant, vous l'avez entendu ! Laissez-moi, je vous prie. Allez préparer une noce somptueuse. Et ne regardez pas à la dépense, car je crois savoir que Monsieur est fort riche. Je ne veux pas d'un mariage ridicule.

Sirena se retint de sourire quand elle vit la face horrifiée de l'intendante.

— A présent, partez ! lui ordonna-t-elle en agitant son chapelet dans les airs. Il me reste de nombreuses prières à réciter. Vous m'avez mise en retard. Nous, les Espagnols, prions un certain nombre de fois, chaque jour... sinon, comment irions-nous au paradis ? Vous, les protestants, n'en voyez pas la raison. Je tremble pour votre âme. Nous ne nous reverrons certainement pas aux cieux.

Sirena se pencha sur ses mains jointes. Elle était sur le point d'éclater de rire et se retint jusqu'à ce que la porte claque. Elle avait hâte de voir quelle tournure prendraient ces festivités nuptiales, conduites par Frau Holtz.

Regan se trouvait avec Caleb à l'embarcadère. Il considéra le jeune garçon qui allait sous peu devenir son beau-frère. Caleb était calme et timide. Il le comprenait très bien : l'enfant débarquait dans un pays inconnu et vivait avec des gens singuliers... Mais Regan avait remarqué, non sans s'étonner, ses mains rugueuses : comme celles des marins. Curieusement aussi, Caleb et Sirena ne se ressemblaient guère, même s'ils avaient tous deux des cheveux noirs. Le garçon n'avait pas le type espagnol. Mais il n'aurait pas été correct de le questionner. Et Regan souhaitait qu'ils deviennent amis.

— Que penses-tu de mon nouveau navire ?

— Il est beau ! s'exclama Caleb, les yeux brillants. J'aimerais le conduire pour un voyage, un jour.

Regan le regarda avec suspicion. Le garçon avait parlé comme un matelot. Les jeunes gens de la noblesse auraient dit qu'ils aimeraient faire un voyage sur ce bateau...

— Cela peut s'arranger, lui répondit Regan. Au lendemain de mon mariage, il fera sa première sortie pour la Hollande, avec une riche cargaison d'épices et d'étoffes de soie. Pourrais-tu lui trouver un nom ?

— Oui, je vais y penser, Monsieur.

— Pourquoi ne m'appelles-tu pas Regan ? Tu seras bientôt mon beau-frère. Je t'appelle bien Caleb ; ce serait mieux s'il n'y avait pas de formalités entre nous, non ? Et puis, nous allons vivre ensemble au moins jusqu'à ton retour en Espagne.

Le jeune garçon semblait troublé et confus. Comprenant sa gêne, Regan poursuivit gentiment.

— Ne te force pas. Dès que tu te sentiras plus à l'aise avec moi, mon prénom te viendra naturellement au bout de la langue.

Caleb traduisit son soulagement par un sourire. Il avait de l'affection pour Regan. Parfois, il n'arrivait pas à le considérer comme un ennemi. S'il venait à l'appeler par son prénom, cela dénoterait une certaine amitié entre eux. Sirena se sentirait certainement trahie.

— Caleb, accompagne-moi au siège de la Compagnie. Je veux me changer. Cette chemise est trempée de sueur. Je dois assister à une réunion des employés cet après-midi. Dans mon bureau, il y a des maquettes de ma flotte et certaines des navires de mon père. Un indigène les a sculptées pour moi, et je t'assure que ce sont des chefs-d'œuvre.

Regan ôta sa chemise. Il faisait si chaud dans les bureaux de la Compagnie, qu'il resta torse nu. Caleb observait les modèles des bateaux, promenant amoureusement ses doigts dessus.

— Ils sont fabuleux ! Ce sculpteur est un artiste, s'émerveilla le garçon.

Regan s'avança vers lui en tenant une des maquettes.

— Celui-là appartenait à mon père : *Tita*, d'après le prénom de mon épouse. Nous sommes partis à son bord, *Tita*, mon fils et moi. Nous allions en Europe. C'était le premier voyage de ma femme. Elle était de Java, une princesse, fille d'un grand prêtre de Çiva. Alors que nous approchions du cap de Bonne-Espérance, dans l'océan Atlantique, des pirates ont attaqué le *Tita*, raconta Regan, qui ferma les yeux. J'ai vu ma femme mourir, et mon fils...

Il se tut. Caleb eut un regard compatissant.

— On m'a mis ensuite dans un canot. Avec de l'eau et de la nourriture. Je ne saurai jamais pourquoi j'ai échappé au massacre. Deux ou trois jours plus tard, un brigantin espagnol m'a découvert et on me hissa à bord. Mais le capitaine refusa de croire que le *Tita* appartenait à ma famille. Je ne savais même pas si le vaisseau voguait encore. J'ai insisté pour qu'on le recherche, mais il m'apprit alors qu'il l'avait vu en train de sombrer. Puis ce goujat m'accusa, à tort, d'être un des boucaniers hollandais qui pillaient à ce moment-là les bâtiments espagnols et portugais aux environs du cap. Je n'ai jamais revu mon fils. Je ne sais pas s'il est mort ou vivant. La dernière fois que je l'ai vu, il s'accrochait au gouvernail et hurlait comme un animal.

Regan était bouleversé. Il attendit d'être calmé pour poursuivre son récit.

— On m'a emmené en Espagne et je fus jeté en prison, comme un criminel. J'ai croupi dans un cachot pendant six longues années. Finalement, mon père réussit à me faire libérer, ce qui lui a coûté sa fortune. *Ton* père, Caleb, me fut d'une aide précieuse. Il a fait jouer son influence auprès de qui il fallait. Et je lui en suis très reconnaissant.

Il se détourna de Caleb, celui-ci échappa un cri d'horreur. Le dos musclé de Regan était zébré de cicatrices.

— Un souvenir des geôles espagnoles, dit cruellement Regan. Et ils disent que les Hollandais sont des barbares !

— Tous... tous les Espagnols ne sont pas des barbares, balbutia Caleb.

— Exact. Les Hollandais et les Germains non plus. Tu peux peut-être l'expliquer à ta sœur.

Regan s'habilla et alluma un cigare. Il s'assit sur le bord de son bureau, les jambes ballantes.

— Alors, jeune homme, dis-moi ce que tu penses de la Compagnie Hollandaise des Indes Orientales.

— C'est impressionnant ! J'ai beaucoup de respect, Monsieur, pour votre succès !

Regan nota le ton formel employé par Caleb mais n'y fit pas allusion.

— C'est un sacré travail, qui laisse peu de temps pour s'amuser. Et désormais, puisque je serai marié à ta sœur, j'aurai encore moins de temps. Travail, travail et travail ! plaisanta-t-il.

— Etes-vous riche, Monsieur ?

— D'après certains critères, je le crois. Mais il suffirait de quelques pillages de mes navires par des pirates pour me retrouver ruiné. Ma flotte est mon seul trésor. Mes plantations ne me serviraient à rien si je n'avais pas de bateaux pour transporter les épices en Hollande. Il faudrait que je loue des bateaux et le coût en serait élevé !

— Les pirates vous causent-ils beaucoup d'ennuis ?

— Non, si je peux les en empêcher. J'ai dépensé une petite fortune pour armer les navires.

Regan ne lui dévoila pas qu'il employait parfois des corsaires pour protéger ses propres vaisseaux et ceux de la Compagnie contre les Espagnols.

— Vous avez dépensé une fortune ? Mais je croyais que la Compagnie possédait les navires. Pourquoi ne paye-t-elle pas ?

— Elle le fait. Mais je parlais de ma flotte privée ! J'ai dû faire installer des canons, les plus gros fabriqués actuellement. Les expéditions maritimes sont de plus en plus précaires. Si on ne se défend pas contre ces fléaux des mers, on se retrouve vite sans rien du tout ! expliqua Regan, qui s'aperçut que le jour baissait. Je crois qu'il est l'heure que tu retournes auprès de ta sœur. Ses prières devraient être terminées, elle va se faire du souci à ton sujet, dit-il cyniquement.

Alors que Caleb allait partir, Regan le retint.

— Je t'ai dit combien ton père avait favorisé ma libération de prison. Je me sens toujours débiteur envers lui, bien que je ne l'aie jamais rencontré. C'est un immense plaisir pour moi de te connaître, toi, son fils, confia Regan en posant sa main sur l'épaule de Caleb. Crois-tu pouvoir trouver ton chemin tout seul ? Sinon, je demande à un employé de t'accompagner...

— Oui, je ne me perdrai pas. Je sais que vous avez une réunion maintenant.

— Nous avons passé un bon moment ensemble. J'en suis heureux. J'espère que cela se reproduira, dit Regan en serrant fortement la main du garçon dans la sienne. Va vite rassurer ta sœur à présent. Je te verrai au dîner.

A son retour, Caleb s'arrêta chez Sirena avant d'aller se préparer pour la soirée. Son cœur était bouleversé par des sentiments confus. A bord de *La Rana*, il avait une fois exprimé son doute sur la responsabilité de van der Rhys dans l'attaque du navire. De nouveau, il lui était difficile de croire qu'un homme, qui avait souffert d'une telle tragédie, puisse ordonner de faire massacrer des innocents. Caleb était perdu dans ses pensées quand Sirena le pria d'entrer.

— Comment s'est passée ta promenade, petit frère ? T'es-tu amusé ?

— Oui, Monsieur van der Rhys m'a montré son nouveau navire. Il veut que je lui trouve un nom. Il m'a aussi demandé de l'appeler par son prénom. Il a dit que ça n'était pas la peine d'être conventionnel. Mais je ne l'ai pas fait, s'empressa-t-il d'ajouter.

Il craignait la désapprobation de Sirena. Il lui avait donné sa parole et il ne la trahirait pas, en dépit de ses incertitudes au sujet de Regan. Caleb relata rapidement les événements de son après-midi.

— Sais-tu qu'il a été marié et qu'il a eu un enfant ?

— Oui. Père nous l'avait dit, répondit Sirena en masquant sa surprise. Tu aimes bien Regan van der Rhys, n'est-ce pas, Caleb ?

— Heu, oui, admit le garçon. Mais ne t'inquiète pas, je ne lui ai rien dit. Il trouve que je ne parle pas beaucoup et il apprécie cela chez un homme. Il prétend que les actes valent plus que les paroles.

Caleb lui raconta à voix feutrée l'emprisonnement de Regan, dont Sirena avait déjà eu quelque connaissance.

— Sirena, si tu avais vu son dos. Couvert de cicatrices, guéries mais encore vilaines.

— Il a été détenu et battu dans une prison espagnole et pourtant, il accepte d'épouser une fille de ce pays — en tout cas, il suit les instructions de son père... dit Sirena en faisant la moue. Si ses dires sont vrais, il doit poursuivre une vengeance contre les Espagnols. Comme moi contre les Hollandais.

— Il estimait beaucoup ton père, Sirena, pour l'avoir aidé à sortir de prison.

— Et en remerciement de sa gratitude, il lance sa vile troupe de bandits piller *La Rana* et assassiner Isabel et mon oncle ! vociféra Sirena, que cet individu écœurait.

La jeune femme lui tourna le dos et s'en alla près

des fenêtres qui s'ouvraient sur les jardins. Elle resta là un long moment, mélancolique.

— Il serait sage à présent de nous préparer, si nous voulons être à l'heure au dîner. Et je crois que cela serait préférable. J'ai horreur des arrivées pompeuses !

— Combien d'invités sont attendus ? demanda Caleb.

— Je ne sais pas et cela m'est égal à vrai dire.

Sirena s'aperçut de l'inquiétude de Caleb. Elle crut qu'il appréhendait la soirée et voulut le rassurer.

— Je sais que ce dîner sera pour toi une épreuve, Caleb. Mais tout se passera bien. A table, tu me regardes et tu fais comme moi. Tu as un grand sens de la politesse, tu ne peux pas te tromper. Si jamais tu te sentais perdu, prétexte que tu as un petit appétit. Les Hollandais ne sont que des sauvages. Les bonnes manières, je doute qu'ils les connaissent. Alors, calme-toi et profite de la soirée. Je commence à m'ennuyer ici, nous sommes enfermés depuis trop longtemps. J'ai voulu cet isolement, mais toutes ces prières me fatiguent !

Les dernières paroles de Sirena firent rire Caleb.

— Pourquoi te moques-tu de moi ? Je sais que c'est ma faute, mais tu verras, fit-elle en dodelinant de la tête. Lorsque nous passerons à l'action, nous ne connaîtrons pas de répit. Seulement la peur de se faire prendre.

— On ne se fera pas attraper, Sirena, tu as tout prévu. Ton plan fonctionnera parfaitement.

Des grondements dans le lointain firent cesser leur conversation. Le bruit ressembla tout d'abord à celui d'un canon. Puis, il se fit plus bruyant et persistant. Sirena et Caleb se pressèrent aux fenêtres, cherchant les colonnes de fumée noire des boulets tirés. Batavia serait-elle prise sous le feu de pirates hardis ? Ils observèrent l'horizon. Soudain, les globes en cristal des lampes se mirent à vibrer, émettant un joli tintement. Le visage crispé du garçon se détendit.

— C'est le feu de la montagne, soupira-t-il, content.

Un des volcans se manifeste pour sortir de son oubli.

A peine se taisait-il que la chanson du cristal cessa et le bruit diminua. Sirena était terrorisée. Elle n'avait pas bougé, les mains nouées, les lèvres contractées.

— Si tu as l'intention de rester sur cette île, il va falloir t'habituer aux colères des volcans. Ils ne grondent jamais pour rien. Parfois, le tremblement provoque des éboulements de pierres...

Sirena et Caleb pensèrent aussitôt à *La Rana* : sa cachette ! Si des blocs de pierre roulaient dans la Rivière de la Mort et s'amoncelaient à l'entrée de la crique, le navire serait bloqué — peut-être même écrasé. Caleb passa sa langue sur ses lèvres desséchées.

— Demain, après le départ de van der Rhys pour son office, prends un cheval et file voir l'état de *La Rana*, dit Sirena, espérant détourner les craintes du jeune homme. Ensuite, descends la rivière aussi loin que tu le peux, pour savoir si le chenal est bouché. Mais je ne crois pas.

— Oui, Sirena. Je serai heureux de revoir la frégate ! s'exclama le garçon, redevenu joyeux et confiant.

A l'évidence, Caleb ne se sentait pas à sa place dans cette maison bourgeoise, coincé dans ses chemises de lin et ses bottes neuves. Il désirait de tout son cœur se retrouver en pleine mer, sur le pont de *La Rana*, la mer grondant autour de lui.

Sirena pria le ciel de ne pas s'être trompée. Si les éboulis avaient enfermé *La Rana* dans les terres, il en était fini de sa vengeance. Elle préférait alors mourir.

Señorita Cordez était furieuse. Le soleil avait disparu et personne n'était venu poser la serrure qu'elle avait exigée. A cause de qui, l'intendante ou Regan van der Rhys ? Lui, sans doute, elle le parierait ! Frau Holtz transmettait les ordres qu'elle recevait. Mais visiblement, Sirena n'avait pas encore assez d'influence.

La jeune femme frappa à la porte de la bibliothèque et attendit patiemment. Regan vint ouvrir, tenant un verre en argent et un cigare entre les lèvres. Il eut un sourire narquois en voyant l'expression coléreuse de Sirena.

— Vous voyez, dit-il d'une voix empâtée, que l'on peut devenir amis. Comme c'est gentil à vous de me rendre visite... et sans votre rosaire, ajouta-t-il, ponctuant son ironie d'un grand geste dans les airs.

Sirena sentit son cœur s'emballer. Jamais encore elle n'avait regardé un homme qui dégageait une présence et une virilité si attirantes. Elle chassa cette pensée déplacée et revint à son problème.

— J'ai demandé une serrure pour ma chambre, une grosse serrure en fer, prononça-t-elle lentement pour bien se faire comprendre.

Regan fronça les sourcils et porta le verre à ses lèvres. Il en vida le contenu sans lâcher des yeux la jeune femme. Puis il tira une bouffée de tabac, crachant la fumée au visage de Sirena.

— Ce n'est pas une porte fermée qui m'empêchera de rentrer chez vous, si j'en ai envie bien sûr. Ce qui n'est pas le cas. Pas encore. Sachez-le.

Sirena fut piquée au vif mais n'en montra rien. Ses grands yeux verts si mystérieux devinrent aussi sombres que des eaux ténébreuses.

— Si quelqu'un pénètre dans mes appartements sans y être convié, je serai obligée...

Regan l'interrompit d'une voix moqueuse.

— Vous serez obligée d'attraper vos saintes perles et d'invoquer haut et fort un esprit magique qui ouvre les portes de l'Éternel et aspire... l'intrus. Chère Señorita, je vous le répète : ni serrures, ni prières ne seront un obstacle pour moi.

Regan serra les mains si fort qu'il fit éclater le verre, sous le regard effrayé de Sirena.

La jeune femme eut envie de hurler, de cracher, de griffer cet homme, qui osait croire que cette démonstration de force pouvait l'intimider !

— Je trouve amusant qu'une malheureuse porte fermée puisse vous faire ainsi rager. J'aurais cru qu'un homme de votre rang et de votre caractère serait au-dessus d'une telle offense. En aucun cas, Monsieur, il ne s'agit d'une atteinte à vos privilèges maritaux. Je ne veux aucune intrusion de votre part ou des serviteurs quand je prie ou fais retraite. Mais cette discussion ne nous mène nulle part. Faites poser cette serrure dès demain matin, lança froidement Sirena.

Lorsqu'elle ouvrit la porte pour sortir, Regan lui fit brusquement faire volte-face et la fusilla du regard. Sirena crut vaciller, troublée par la présence si proche de cet homme. Elle eut envie de sentir ses lèvres écraser sa bouche, elle ferma les yeux. Regan la poussa alors violemment à côté de lui. Il rit de son air hébété.

— Je gagne toujours, Señorita, dit-il avec un calme glacial, souvenez-vous-en.

Sirena, humiliée et furieuse, parvint à se contrôler. Elle lui répondit sur le même ton.

— Que se passe-t-il, Monsieur, si votre victoire ne vaut rien ?

— Eh bien, Señorita, je n'aurai rien gagné. Mais à certains moments, comme maintenant, cela a plus de prix. Vous aurez votre serrure dès demain, dit-il en lui faisant signe de partir. Nous devrions peut-être prier tous les deux pour l'utilité de cet engin.

7

Sirena retourna chez elle très agitée. Elle ouvrit violemment la porte de la garde-robe. Une image l'obsédait : elle se voyait prise au piège dans la chambre, au
milieu des débris de la porte défoncée, roulant entre
ses doigts les perles de son rosaire, tandis que Regan
s'avançait vers elle. Elle ferma les yeux pour chasser
cette vision et se remit à l'examen de sa penderie.

Frau Holtz avait commandé plusieurs robes pour
Sirena chez un couturier de la ville, qui s'était hâté de
les confectionner. Mais Sirena préféra ne pas les mettre. De plus, elle devait en choisir une à manches longues pour cacher la vilaine cicatrice de son bras. Elle
n'était pas encore prête à affronter les questions à ce
sujet.

Oh, que pouvait-elle bien trouver pour cette soirée
où elle était obligée de prendre part... ?

Elle aperçut la robe qu'elle avait récupérée en bon
état après le pillage des pirates. C'était son habit de
deuil après le décès de son père. Le décolleté, orné de
perles de jais, dévoilait son long cou et soulignait la
couleur ambrée de sa peau. La robe avait une taille
serrée qui mettait en valeur sa jolie poitrine et ses formes minces. Juli lui ferait la même coiffure qu'à son
arrivée chez van der Rhys. Sirena avait en effet adopté
un style classique : ses chatoyants cheveux noirs étroitement tirés en arrière et noués en chignon. Elle ajou-
terait un large peigne constellé de nacre, qui brillerait
sous la fine dentelle de sa mantille noire.

L'idée fantaisiste lui vint de porter son rosaire. Sirena se vit parée de cette flatteuse robe noire, la croix du rosaire pendant juste dans le vallon de sa poitrine. A chaque regard que Regan poserait sur elle, ce collier lui rappellerait qu'elle préférait Dieu.

Elle imagina Regan grinçant des dents et plissant des yeux. Il lui arracherait le rosaire du cou, et ses mains... ses mains seraient-elles capables de... ?

La scène de la bibliothèque lui revint en mémoire. « Je gagne toujours... » avait-il affirmé d'un ton qui lui avait donné des frissons dans le dos. Que craignait-elle ? La menace de Regan ou bien le déchaînement de sa passion ? Ou peut-être le troublant réveil de sa propre sensualité ?

Sirena secoua la tête pour éloigner ces pensées gênantes. Elle sonna pour appeler sa femme de chambre.

Juli, qui terminait de coiffer la jeune femme, vint ouvrir à Caleb. Sirena sourit en le voyant se débattre avec son plastron.

— Laisse-moi t'aider. Voilà, c'est mieux. Tu es absolument magnifique. Je serai fière de toi ce soir.

— Ces vêtements, ces accessoires ! Combien de fois vais-je devoir m'habiller ainsi ? se lamenta Caleb.

— Tu t'y habitueras. Et cela te va très bien. Monsieur sera impressionné.

— Tu es splendide, Sirena, la complimenta le garçon. C'est toi qui vas l'impressionner, pas moi !

Regan, accoudé sur la rampe au pied de l'escalier, s'apprêtait à allumer un cigare, quand il vit Caleb, suivi de Sirena, sur le palier. Il ne put cacher le trouble que l'apparition de Sirena, descendant majestueusement les marches, eut sur lui. Sirena crut même que son cigare allait tomber, tant il resta bouche bée, le regard admiratif.

Retrouvant son sang-froid, Regan souffla la bougie qu'il tenait dans les airs depuis une dizaine de secondes et qui lui brûlait les doigts. Il prit la main que

Sirena lui tendit, comme elle parvenait à la dernière marche.

— Vous êtes d'une beauté époustouflante, Señorita.

— Vous êtes très galant, Monsieur, répondit-elle en cillant des paupières.

Regan serra sa main un peu plus fort. Sirena sentit le feu lui monter aux joues. Elle ne pourrait résister à la force de cet homme...

— Il faut que vous m'appeliez Regan. Nos invités ne doivent pas s'imaginer qu'il existe encore tant de cérémonial entre nous, ironisa Regan.

Sirena eut une envie folle de le gifler.

— Merci... Regan, fit-elle en forçant un sourire béat. Qui sont nos invités ?

Regan nota qu'elle avait dit « nos invités ». Mais dans le regard d'émeraude de Sirena, il avait aussi remarqué un drôle d'éclat. Le même que chez Gretchen quand elle triomphait !

— Nous recevrons ce soir le Capitaine Anton Kloss et son épouse Helga, Señor Chaezar Alvarez, le représentant suprême du gouvernement espagnol aux Indes Orientales, et Frau Lindenreich, la veuve d'un capitaine de la Compagnie, elle est allemande. Une soirée intime, mais que vous trouverez agréable, j'en suis sûr.

— Je le pense aussi, Mons... Regan.

Sirena partit sans plus de façons vers le salon. Son indifférence laissa Regan perplexe. Cherchant quelque chose à dire, il s'adressa à Caleb.

— Et toi, jeune homme. Tu es impeccablement habillé ! J'ai peur que tu t'ennuies durant cet austère dîner, mais je veux que mes invités voient le merveilleux petit frère que je gagne en épousant une femme ravissante ! Dès demain, je te trouverai des amis de ton âge. Je veux que tu sois heureux dans ta nouvelle maison.

Sirena entendit les paroles de Regan. Si elle n'y faisait pas attention, il risquait de séduire le garçon.

— Plus tard, peut-être, Monsieur. Pour l'instant, je préfère la compagnie de ma sœur. Tant qu'elle ne sera pas remise de son malheur, au moins.

La réponse de Caleb plut à Sirena.

— Très bien, si c'est ce que tu veux, dit Regan. Je ne te forcerai jamais.

Un domestique, vêtu d'un large pantalon blanc et d'une tunique de la même couleur, s'avança, pieds nus, dans le vestibule, suivi d'un couple d'une cinquantaine d'années. Lui était grand et bien bâti. Elle était rondelette. Ils semblaient être des habitués de l'endroit. Regan fit les présentations. Sirena salua avec grâce.

— Señorita, appelez-moi Helga, fit la pétillante Madame Kloss. Regan, espèce de cachottier, vous ne nous aviez jamais avoué combien votre promise était belle. Java sera en effervescence ! Nous avons désormais deux beautés sur cette île. Frau Lindenreich devra surveiller sa rivale, car jusqu'à présent, elle n'a jamais été détrônée ! poursuivit-elle en adressant un clin d'œil à Sirena. Je ne crois pas qu'elle aimera être concurrencée.

— Si cette compétition était trop dure pour elle, je pourrais m'enlaidir, plaisanta Sirena.

Regan fronça les sourcils en entendant Helga rire de bon cœur à l'humour de sa fiancée. Sirena avait eu de l'esprit et Helga avait raison. Gretchen n'apprécierait aucunement. Regan se dit que la rencontre entre les deux jeunes femmes aurait été plus judicieuse *après* la noce. Mais il était trop tard. La voluptueuse veuve aux yeux noisette entra dans la pièce, le domestique courant derrière elle pour l'y introduire.

— Regan, comme tu es élégant ce soir ! J'en ai le souffle coupé, s'écria celle-ci avec un sourire aguichant, qui attendait en réponse un baiser.

Regan la maudit en silence et par respect pour sa future épouse, lui baisa la joue. Gretchen se colla alors contre lui, un bras autour de sa taille.

— Capitaine Kloss et Helga, quelle joie de vous voir. Et cette petite créature clouée sur sa chaise... ne me dites rien, Capitaine. (Elle lui lança une œillade sournoise.) C'est sûrement l'épouse de Regan... plus exactement, la future. Quelle discrète petite chose, Regan.

Présente-moi, voyons, lui demanda-t-elle, tandis qu'elle lui donnait un coup de coude dans les côtes.

— Señorita Cordez, Frau Lindenreich, dit-il d'une voix blanche.

Sirena se leva et salua d'un signe de tête.

— Est-ce qu'elle parle, Regan ? Ou lui as-tu déjà coupé la langue ?

Gretchen avait deviné que la jeune femme l'avait reconnue. Elle la défiait d'y faire allusion. Regan promena son regard entre les deux femmes, puis il s'arrêta sur le capitaine Kloss. L'ambiance était tendue.

Le capitaine lui fit comprendre qu'il n'était pas concerné. Deux femmes sublimes dans la même pièce ! Une erreur ! La soirée venait juste de débuter mais Regan aspirait déjà à parcourir les mers, bercé par le seul être sur qui il pouvait compter, son navire ! Les femmes. Bah ! des problèmes uniquement ! Regan n'allait d'ailleurs pas tarder à découvrir qu'elles seraient la cause de nombre de ses soucis.

— Eh bien, continua Gretchen, parle-t-elle, oui ou non ?

— Je parle quand on me parle, dit lentement Sirena en la dévisageant. Jusqu'à maintenant, vous avez ignoré ma présence. Adressez-vous à moi et je vous répondrai, en personne civilisée que je suis.

D'après le ton que Sirena avait employé, il ne fit aucun doute qu'elle la considérait comme une pauvre idiote. Le regard de Gretchen s'embrasa. Regan partit d'un rire gras et Caleb s'agita nerveusement. Helga, elle, arborait un franc sourire.

— Ma chère, fit Gretchen, qui s'était reprise, je plaisantais. Bien entendu, je sais que vous pouvez vous exprimer. Sinon, comment auriez-vous consenti à la proposition de mariage de Regan ? Car vous lui avez dit oui, n'est-ce pas ?

— Regan n'aurait pas accepté un refus.

Sirena pensa avec méchanceté l'avoir mouchée. C'était certainement la catin de Regan. Comment pourrait-il autrement tolérer une conduite aussi basse ? Même un borgne se serait aperçu des manières possessives de cette blonde ! Mais celle-là allait devoir se démener pour le garder !

Gretchen sembla avoir été blessée. Prévoyant sa riposte, le capitaine Kloss pressa sa femme d'intervenir. La vie était parfois ennuyeuse à Java. Madame Kloss aurait bien aimé voir l'Espagnole cingler Gretchen. Mais remarquant le regard implorant de son mari, elle s'interposa entre les deux femmes. Que des hommes, se montrant braves et valeureux lors des batailles, puissent fuir comme des poltrons devant une prise de bec de femmes l'étonnerait décidément toujours !

— Señorita Cordez, Anton et moi-même avons failli à nos devoirs, reconnut Helga. Veuillez accepter notre sympathie. Regan nous a parlé de votre récent malheur.

— Vous êtes tous deux très aimables, répondit Sirena avec un sourire d'une tristesse touchante.

La beauté de la jeune femme plaisait au capitaine Kloss. Celui-ci, au début de sa carrière, avait effectué d'innombrables voyages en Espagne. Il avait toujours considéré les femmes de ce pays comme des êtres mystérieux et leur discrétion servait de repoussoir à leur tempérament fougueux.

Regan était comblé, pensa le capitaine. Cette jeune fille venait d'un riche milieu. Elle avait l'air d'une madone et possédait un fort caractère.

— Pauvre Señorita, dit Gretchen. Je ne savais pas.

Regan lui conta succinctement l'histoire de Sirena. Tandis qu'il parlait, il la détailla du regard. Gretchen était étonnante ce soir-là. Elle s'était surpassée dans le choix de sa tenue : une robe jaune jonquille très vive, qui soulignait sa peau de lait et sa chevelure d'un blond vénitien.

— Je comprends alors ! glapit Gretchen.

— Comprendre quoi ? demanda Helga.

— Je comprends pourquoi elle est habillée comme un corbeau, bien sûr !

Sirena dut se faire violence pour ne pas se jeter sur

elle. Être insultée par la catin de Regan était intolérable. Elle lui aurait volontiers crevé les yeux !

— Je trouve que la robe de Sirena est des plus charmantes. Les oiseaux ont de splendides couleurs flamboyantes sur ces îles tropicales, répliqua Regan. Et quand une femme cherche à rivaliser avec la nature, elle tombe dans le faux éclat !

Sur le seuil de la porte, le domestique annonça Don Chaezar Alvarez. Sirena imagina Frau Holtz, qui faisait les cent pas, de la cuisine au salon, grondant et écartant les serviteurs en travers de son chemin. Le dernier invité, Alvarez, arrivait en retard. Le repas, que l'intendante avait spécialement fait préparer, devait être gâché.

Don Alvarez entra dans le salon, resplendissant dans une veste à basques en brocart rose sur une culotte grenat. Il portait en dessous un gilet aux fils d'argent, avec un jabot blanc. Ses vêtements colorés contrastaient avec le costume gris pâle de Regan. De plus petite taille que van der Rhys, Alvarez était un bel homme, avec une impériale noire et touffue. Un autre homme aurait pu paraître ridicule dans son habit. Mais lui le portait avec beaucoup de masculinité. Cet homme était un dandy, pas un bellâtre.

Regan fit rapidement les présentations. Sirena fut intriguée par le ton subitement hostile de son futur époux. S'il n'avait aucune sympathie pour cet Espagnol, pourquoi l'avoir convié à cette soirée privée ?

— Señorita, appelez-moi Chaezar, je vous en prie. Le cercle des fréquentations est trop restreint sur cette satanée île pour rester conventionnel, dit-il en lui baisant la main.

Il la gratifia d'un sourire courtois. Ses pétillantes prunelles de jais, surmontées de sourcils bien arqués, s'attardèrent un instant sur la jeune femme.

Sirena fut aussitôt sous le charme et saisie par sa grâce. Elle s'adressa à son compatriote en espagnol.

— Vous aussi pouvez m'appeler Sirena. Qu'il est agréable de rencontrer une personne de chez soi.

— Ce doit être insupportable pour vous. Il m'a fallu

du temps pour m'habituer à ces Hollandais qui assassinent notre douce langue avec leur accent guttural. Pour épargner mes pauvres oreilles, j'ai appris le hollandais. Et maintenant, ce sont eux qui souffrent !

Sirena rit gaiement. Regan, lui, eut l'air fâché. Elle n'en tint pas compte. Elle était à l'aise, en compagnie d'un homme plaisant et de sa patrie.

— Ce soir, Sirena, nous nous parlerons dans notre langue, annonça Chaezar, qui se tourna vers son hôte, dont il devinait le regard plein de mépris. Regan, vous avez une chance inouïe. Señorita Cordez est absolument ravissante, vous ne la méritez pas.

— Je vois que vous avez été conquis, Chaezar, répondit froidement Regan.

L'affrontement des deux hommes fit enrager Gretchen. Elle les compara dédaigneusement à des chiens autour d'un os. Un os si peu appétissant, maugréa-t-elle entre ses dents, tandis qu'elle jetait un coup d'œil à Sirena.

— Voyons, Regan, il y a d'autres invités ici, à qui tu dois prêter attention !

Chaezar fut surpris par l'intervention de la jeune veuve. La panthère était jalouse !

— Gretchen a raison, Regan. Prenez soin du capitaine et de Madame Kloss, et, bien entendu, de Gretchen. Quant à moi, je vais faire plus ample connaissance de ma ravissante compatriote et de son petit frère.

— Plus tard peut-être, Chaezar. Le dîner nous attend déjà depuis un certain temps. Mesdames et Messieurs, si vous voulez passer à table, proposa Regan, qui offrit son bras à Sirena.

Effleurant sa manche, la jeune femme perçut la tension de ses muscles, comme celle qu'elle avait pu lire sur son visage. Serait-il jaloux ? Elle se demanda jusqu'où il parviendrait à se contenir. La soirée risquait d'être finalement intéressante.

Un djongo ouvrit les portes de la salle à manger. Regan conduisit Sirena à sa place autour de la table éclairée par des chandelles.

Regan s'entretenait à mi-voix avec le capitaine Kloss, tandis que Chaezar et Sirena discutaient entre eux. Il ne restait à Gretchen qu'à converser avec Helga, ce qui l'agaçait. La virulente veuve affichait une moue boudeuse et ses yeux couraient de son amant aux deux Espagnols. Elle aurait mieux fait de rester chez elle puisqu'elle ne recevait pas l'attention de Regan ou de Chaezar. Pourquoi Regan m'a-t-il invitée ? se demandait-elle. Pour m'exhiber ou pour mettre mal à l'aise l'Espagnole, comme s'il regrettait sa décision ?

— Votre jeune frère, Caleb, et vous-même devez venir honorer ma *casa*, proposa Chaezar à Sirena. Venez dîner, je ferai préparer des mets espagnols divins.

— Ce sera avec plaisir, dit Sirena en arborant un sourire malicieux. Comptez-vous m'inviter avant ou après mon mariage ?

— Avant. Je pourrais peut-être vous inciter à changer d'avis. Vous n'y voyez pas d'inconvénient, n'est-ce pas, Regan ? Nous avons tant de choses à nous dire. Je n'ai pas eu une seule conversation intéressante depuis des mois. Nous ne parlons que de nos navires et de notre commerce. Pas vrai, Regan ? dit Chaezar, qui le fixa du regard.

— Parfaitement exact, répondit sèchement Regan.

Qu'est-ce qui l'avait donc poussé à inviter ce diabolique Espagnol ? Chaezar ne pouvait-il pas s'occuper de Gretchen ? Regan regrettait son manque de jugement. Il ne s'était pas douté que la si puritaine Sirena puisse se transformer en une attrayante hôtesse.

Sirena ouvrit grand ses oreilles quand elle entendit le capitaine Kloss faire allusion au *Batavia Queen*, un des vaisseaux de Regan.

— Je persiste, Regan. Il faut naviguer avec les cales pleines. Sinon, l'entreprise ne vaut pas la peine. Nous ne tirons aucun profit du temps passé en mer !

— Si seulement vous me laissiez finir, peut-être seriez-vous d'accord, dit Regan avec autorité. Bien entendu, nous devons faire le voyage aller avec une cargaison maximale. Je parle du retour : tous les deux voyages, vous rentrez avec les cales vides. Cela réduira le temps de trajet de moitié. D'après mes calculs, nous pourrons effectuer quatre traversées supplémentaires par an. En outre, nous exportons plus que nous importons. Alors, pourquoi n'êtes-vous pas de mon avis ? Chaezar travaille déjà ainsi, et c'est une réussite !

— Bah ! Une traversée à vide ! C'est une honte ! Votre père doit se retourner dans sa tombe s'il vous entend, Regan.

— Mon père aurait été le premier à suivre cette idée, et vous le savez. Il faut avancer avec son temps ! La Compagnie va approuver mon plan.

— Vous feriez mieux de vous occuper des pirates et de nous laisser, nous autres capitaines de navire, gouverner nos bateaux !

— Qu'attendez-vous de moi ? J'ai fait installer des canons et des armes lourdes, qui nous permettront de mieux nous défendre. (Regan reprit sa respiration et parla plus calmement.) Anton, vous m'obligez à dire quelque chose que j'aurais préféré ne jamais avoir à dire. Si vous ne suivez pas mon plan, je me verrai dans l'obligation de vous relever de vos fonctions. Je répugnerais à le faire, mais votre sort est entre vos mains.

— Vous me mettez en colère, Regan ! Je crois plutôt que vous essayez de me faire comprendre que je suis trop vieux pour diriger vos navires. Si je ne me trompe pas, eh bien, dites-le-moi franchement !

— Ce n'est pas du tout ce que je prétends, vous vous en doutez très bien ! Je veux seulement des cales vides tous les deux voyages de retour.

— Très bien, annonça le capitaine. Mais vous avez tort.

— Tort ! Regan n'a jamais tort ! Il me l'a confié lui-même à plus d'une occasion, coupa Gretchen.

Les yeux doux que Gretchen posa sur Regan indiquaient clairement la nature de ces occasions. Regan lui lança un regard furibond, auquel elle répondit par un sourire mignard.

Sirena se mordit les lèvres pour ne pas avouer ce

qu'elle pensait du plan de Regan. Elle jubilait en elle-même. Si seulement ils savaient ! *La Rana* serait bien-tôt prête et ils verraient avec quelle adresse les Hollandais voguaient en pleine mer.

Au fur et à mesure de la soirée, Chaezar devenait de plus en plus empressé auprès de Sirena. Caleb observait l'Espagnol qui amusait la jeune femme avec ses anecdotes et ses histoires héroïques dont il se vantait. Sirena riait et l'écoutait avec ravissement. De temps en temps, elle jetait un coup d'œil de l'autre côté de la table, où Regan se consumait d'une rancœur jalouse.

Gretchen tenta plusieurs fois d'entrer en conversation avec lui, mais sans succès. Son attention était concentrée sur la coquette Sirena.

Helga Kloss semblait s'amuser pleinement. Le récit des aventures de Chaezar, quand il était dans la Marine espagnole, était passionnant. De plus, Sirena avait des reparties fines et drôles. Helga avait aussi remarqué la colère contenue du maître de maison. Elle applaudissait secrètement cette ravissante jeune femme, qui pouvait inquiéter un homme si sûr de lui.

Le capitaine Kloss, quant à lui, soufflait comme un phoque. Cette soirée ridicule, qui n'amènerait que des ennuis, le rendait nerveux.

Helga profita d'un calme de la conversation pour faire une requête auprès de Gretchen.

— Frau Lindenreich, notre mission est de nouveau dans le besoin. Si vous aviez des robes ou des étoffes qui ne vous servent plus, je peux vous assurer qu'elles seront bienvenues. Plusieurs des jeunes filles s'apprêtent à nous quitter et à entrer au service d'une maison. Elles peuvent porter presque toutes les affaires dont vous nous feriez don. Chaussures, robes...

— Jamais ! s'exclama Gretchen avec une véhémence telle que tous les regards se tournèrent vers elle. J'imagine cela : ces petites orphelines pleurnichardes, dans une de mes toilettes ! En train de faire des cabrioles à travers l'île, mieux habillées que leurs maîtresses ! Vous avez perdu la tête, Helga, pour penser que je pouvais avoir une robe dans ma penderie convenant à une domestique !

— Je ne voulais pas dire cela... bredouilla Helga. C'est uniquement parce que nous en avons grand besoin. Les autres femmes se font une joie de participer...

— Je pensais prendre une autre fille à mon service pour aider Sudi, dit Gretchen, amusée par le désarroi d'Helga. Pourquoi ne m'envoyez-vous pas une de ces orphelines ? Je trouverai quelques minutes pour y jeter un œil.

Les lèvres d'Helga tremblèrent nerveusement. La *dernière* chose qu'elle ferait serait de placer une des filles de la mission chez Gretchen. La cruauté de cette Allemande envers ses serviteurs était connue sur Java. *Et* ses mœurs... Helga s'était dévouée corps et âme à cette mission des faubourgs de Batavia. Elle aimait ces enfants. La vie avait déjà été assez dure pour la plupart d'entre eux, sans les jeter dans un autre calvaire.

— Je suis désolée, Gretchen... mais toutes ont déjà trouvé une place. L'année prochaine, peut-être...

— Oui, bien sûr, et l'année prochaine, peut-être, j'aurai quelque chose à vous donner, se moqua Gretchen, qui savait parfaitement pour quelles raisons Helga ne voulait pas lui envoyer une jeune fille. Pauvre, pauvre Helga, reprit-elle. Elle s'épuise avec ces petits indigènes. Mais je suppose qu'il en est ainsi quand une femme a passé l'âge de mettre au monde un enfant. Non sans faute d'avoir essayé, n'est-ce pas, chère Helga ? S'ils avaient tous vécu, combien en *auriez*-vous, aujourd'hui ?

Sirena hoqueta, tant elle fut choquée. La vulgarité de cette Allemande était insupportable ! Cette femme était perverse ! Helga avait blêmi et ne trouvait plus ses mots.

— Madame Kloss, dit Sirena, prise de pitié. Je considère votre investissement dans cette mission comme des plus dignes. Je suis certaine que Frau Holtz et moi-même pourrons participer à cette cause charitable. Je lui en parlerai le plus tôt possible.

Helga lui lança un regard plein de gratitude en guise de remerciement, puis répondit avec enthousiasme aux questions de Sirena concernant la mission et ses pensionnaires. Elles ne manquèrent pas d'exclure Gretchen de leur conversation.

Les invités étaient sur le point de partir. Gretchen s'approcha de Regan et lui murmura quelques mots à l'oreille. Elle eut un air de triomphe en se retournant vers Sirena et la salua avec un de ses méchants regards narquois.

Sirena avait noté le léger signe de tête de Regan, adressé à Gretchen, signifiant qu'il la rejoindrait plus tard. Chaezar eut quelques paroles blessantes, accompagnées d'un sourire montrant que lui aussi avait compris. Humiliée, Sirena n'en laissa rien paraître.

— Les manières libertines de Regan changeront peut-être le jour où vous serez mari et femme. Il est parfois bon de fermer un œil sur des choses peu agréables, lui confia-t-il en se courbant pour baiser sa main.

Au regard glacial de Regan, Sirena opposa des yeux étincelants de rage. Faisant fi de l'expression de son hôte, Chaezar lui envoya une tape amicale dans le dos.

— Un délicieux dîner. Je vous rendrai la pareille après votre mariage. Votre fiancée est charmante, je vous envie. Señorita, dit-il en faisant une profonde révérence pour prendre congé.

Comme Regan fermait la porte, Sirena se campa derrière lui, écumante. Regan se retourna et lui parla sèchement.

— Caleb va vous raccompagner à votre chambre. Ce fut très généreux à vous de tenir compagnie à Señor Alvarez toute la soirée.

— Oui, Monsieur, il est très difficile d'oublier la courtoisie de mon pays. Je trouve Señor Alvarez... charmant. Mais dites-moi, Monsieur, est-ce que vous, Hollandais, prenez toujours des rendez-vous galants avec vos maîtresses en société et en présence de votre fiancée ? Je vous pose juste la question pour savoir comment me comporter à l'avenir, répliqua Sirena d'une voix sinistrement cajoleuse.

Caleb avala sa salive en voyant le visage décomposé de Regan.

— D'une certaine façon, je vous ai sentie désintéressée de mes faits et gestes ce soir. Vous étiez si franchement... grisée par un de nos invités.

— J'étais tout simplement polie avec un de vos invités, lui dit Sirena en le toisant. Vous devriez vous dépêcher, Monsieur, il n'est pas correct de faire attendre une dame.

Sirena pivota doucement et attrapa Caleb par le bras pour l'entraîner dans l'escalier.

— Vous vous êtes peut-être méprise, Sirena... reprit Regan, qui cherchait à s'expliquer, car il était possible que sa fiancée ait vraiment agi par politesse envers un compatriote.

— Je ne me suis pas méprise, Monsieur, je vous en prie, ne m'offensez pas plus en insinuant que je suis stupide.

Arrivé en haut de l'escalier, hors d'écoute de Regan, Caleb laissa parler son cœur.

— Tu es restée avec Señor Alvarez toute la soirée, sans vraiment faire attention aux autres invités. N'as-tu pas fait la même chose que ce que tu reproches à Monsieur ? demanda Caleb avec une mine embarrassée.

— Ah, petit frère, répondit Sirena dans un éclat de rire, qui fit tressaillir le garçon. Il semble que j'ai commis quelques oublis dans ton éducation. La navigation et l'escrime ne sont pas tout dans la vie. Il va falloir que je te parle des femmes, de ces « rusées de femmes ». C'est vrai, j'ai passé la soirée avec Alvarez, mais pour une seule raison : obtenir des informations qui pourraient nous aider. A cette fin, je devais être très attentive. Quant à Regan, il a agi tout autrement. Il a fixé un rendez-vous à sa catin sous mon nez ! Je trouve cela impardonnable !

— Tu l'as entendu lui dire ? demanda Caleb, qui prenait la défense de Regan.

— Je n'ai pas eu besoin de l'entendre, tout le monde s'en est rendu compte. Señor Alvarez me l'a même dit,

pour me prévenir. Une dame ne devrait jamais supporter cela. C'est passé, oublions-le pour l'instant. Fais-
moi confiance, je sais ce que je fais. Va te coucher
maintenant, petit frère. Demain, tu dois aller voir les
progrès du travail sur *La Rana*.

— Bonne nuit, Sirena.

Caleb se dirigea tristement vers sa chambre. Regan
faisait subir cela à Sirena ! Señor Alvarez embrassant
la main de Sirena dès qu'il en avait l'occasion ! Caleb
secoua la tête d'un air las. Il aimait Regan, mais pas
Señor Alvarez. Gretchen, il avait ressenti d'étranges
sensations quand il la regardait. Il n'avait jamais
entendu parler de ces « rusées de femmes ». Il fallait
que Sirena lui en apprenne plus là-dessus.

— J'aime bien Regan, murmura le jeune garçon.
J'aimerais lui ressembler quand je serai plus grand.
Regan a dit qu'il m'apprendrait. Est-ce qu'il me
parlera des hommes, et des « rusés d'hommes »,
s'il en existe ? Et cet Alvarez, quel genre d'homme
est-il ?

Sirena était couchée depuis longtemps mais ne trouvait toujours pas le sommeil. Elle guettait les pas de
Regan. Elle avait un goût amer dans la bouche, celui
des larmes qu'on refoule. Mais elle refusa d'admettre
ce chagrin.

Regan était d'une humeur massacrante. Il enfourcha
son cheval et piquant des deux, il partit à un galop
effréné. Le vent, qui lui cinglait les oreilles, l'excitait.
Il le poussait à des idées de meurtre. Chaezar ! Regan
chevauchait à un train d'enfer, obsédé par la pensée
de cette drôlesse d'Espagnole qu'il devait épouser et
qui avait roucoulé toute la soirée avec ce renard
d'Alvarez !

Regan prit la route qui grimpait dans les montagnes
puis fit demi-tour pour partir en direction de Batavia.
Il serra la bride en arrivant devant l'entrée pavée de
chez Gretchen. Il frappa violemment à la porte en acajou massif et attendit.

— C'est gentil d'être venu, Regan, dit Gretchen, qui

vint ouvrir. A quoi dois-je donc le plaisir de cette visite nocturne, bien que je m'en doute ? poursuivit-elle d'un ton espiègle.

— Que répondrais-tu si je disais que je me trouvais dans les environs et que j'ai décidé de venir te saluer ?

— Je répondrais que j'en suis ravie. Entre et installe-toi. Je vais chercher du vin pour fêter ta visite.

— Je n'ai pas envie de vin, gronda Regan.

— C'est ce que je pensais. Veux-tu discuter ?

— Ce n'est pas non plus ce dont j'ai envie. Après tout, je prendrai un verre de vin.

Le regard jubilant, Gretchen lui tendit une carafe de vin et attendit qu'il remplisse son verre.

— Je ne suis pas un invité, c'est ce que tu veux me faire comprendre ? demanda Regan.

— Quiconque vient me voir après minuit ne me rend pas une visite de politesse. Qu'y a-t-il, Regan ! Pourquoi es-tu ici ?

— Pour aucune raison, comme pour toutes les raisons du monde. Peut-être l'humeur du cheval. Sans savoir comment, je me suis retrouvé devant la porte, dit-il en vidant son verre d'un trait.

Il s'en servit aussitôt un deuxième, puis un troisième. Gretchen connaissait l'état d'âme de Regan quand il buvait ainsi. Il revivait la tragédie du *Tita* et maudissait le sort de vivre encore. Il était en train de se noyer dans ses pensées et dans le vin. Mais Gretchen avait d'autres projets...

Regan regarda la jeune femme par-dessus le verre qu'il tenait à ses lèvres. D'un bond, il se leva et s'approcha d'elle en titubant. Gretchen lui prit le bras.

— Je crois, dit-il en articulant lentement, que je devrais prendre l'air. La fraîcheur me donnera un coup de fouet.

Gretchen sourit en elle-même ; elle n'avait pas fait l'amour sous les étoiles depuis si longtemps. Elle accompagna Regan dans le jardin derrière la maison. Une odeur de jasmin parfumait la nuit.

— C'était une sage décision, Regan. Ta venue ici

sera notre petit secret. Nous allons nous allonger sur l'herbe et faire l'amour. C'est pourquoi tu es là, n'est-ce pas ?

Regan plissa des yeux et fixa Gretchen.

— Oui, c'est la raison même. Malheureusement, dit-il en riant, je n'ai pas amené le rosaire de Sirena comme tu me l'avais ordonné.

— Je suis forcée de te pardonner... pour cette fois, minauda la jeune femme. Je ne crois pas que nous en ayons besoin ce soir. Viens près de moi, Regan. Laisse-moi te faire l'amour comme je l'aurais fait si tu m'avais demandé d'être *ta* femme.

Gretchen se mit à le dévêtir lentement, effleurant son corps musclé. Puis elle fit glisser au sol son déshabillé. Regan essaya de l'empoigner mais la jeune femme lui échappa volontairement. Se caressant les seins, elle dansa devant lui avec des mouvements provocants. Ses grands yeux lançaient des appels à l'homme fasciné et excité.

Regan trébucha. Il se rattrapa à l'épaule de Gretchen, qu'il bloqua contre lui. Ses lèvres enfiévrées cherchèrent celles de sa maîtresse. Les deux amants tombèrent sur le tapis herbeux. Gretchen enroula ses jambes autour de lui. Leur désir menaçait d'exploser, tel un volcan en éruption.

Gretchen, dans un moment d'accalmie, amena le visage de Regan dans le val de sa poitrine.

— Pourquoi ne m'aimes-tu pas autant que je t'aime ? demanda-t-elle à voix basse.

Regan remua. Il respira sa peau douce et pourlécha les boutons rosis de ses seins, avant de s'étendre sur la jeune femme. Celle-ci gémit de bonheur, ondulant sous lui. Puis, en s'étirant, elle roula sur le côté et, la respiration haletante, elle se mit à genoux. Gretchen ne quitta pas Regan des yeux tandis que, dans un geste félin, elle se coula en lui. Regan gronda de plaisir et ses mains fouillèrent le corps de sa maîtresse, qui le chevauchait avec fougue. Elle le conduisit une fois encore vers les sommets du plaisir.

L'aube s'était levée et les oiseaux virevoltaient à travers la luxuriante verdure. Leurs cris aigus réveillèrent Regan, qui s'interrogea un instant : pourquoi était-il couché dans l'herbe humide, dévêtu ? Il aperçut la maison de Gretchen. Les souvenirs de sa fin de soirée affluèrent à son esprit. Il avait donc passé la nuit ici ! La vision de Sirena, habillée d'une chemise de nuit noire avec une capuche sur la tête, un rosaire dans une main, dansa devant ses yeux quelques secondes. Il éclata de rire.

8

Le soleil inondait de sa chaleur et de sa lumière la chambre de Sirena. Une douce brise agitait les rideaux. Sirena arpentait la pièce, soucieuse. Le lendemain était le jour de son mariage. Elle allait épouser Regan van der Rhys et elle n'avait pas d'autre issue.

Lors de nombreux dîners, Sirena avait été présentée aux personnes les plus importantes de Java et des îles environnantes. Des visages au nom oublié. Les hommes la considéraient comme une femme sublime, leurs épouses comme une femme charmante. « Regan est un homme heureux, en vérité ! » entendait-elle souvent dire. Certes, Sirena soignait ses tenues et son apparence, sans pour autant vouloir provoquer la jalousie des autres femmes, plus âgées ou moins jolies. De plus, elle ne se mêlait pas aux conversations sérieuses des hommes mais prenait part aux bavardages féminins.

Regan semblait approuver sa fiancée. Il était attentionné et élogieux, bien que Sirena ait parfois surpris des regards désapprobateurs quand elle portait son austère robe noire et sa mantille. Regan aurait préféré la voir vêtue de couleurs gaies et moins sagement coiffée. Néanmoins, au cours des dîners ou des parties de cartes du soir, il la contemplait souvent.

Lorsque Sirena sentait les yeux de Regan posés sur elle, ses sentiments devenaient confus et contradictoires. Madame Kloss, qui était fréquemment invitée, poussait un soupir heureux quand elle observait les deux jeunes gens. Pour Helga, il ne faisait aucun doute qu'ils étaient amoureux l'un de l'autre. Le regard brillant et les joues empourprées, elle le racontait à ses amies.

Lors de ces soirées, Caleb se retirait après le repas pour rejoindre sa chambre ou aller faire un tour dans le jardin de leurs hôtes. Sirena savait qu'en réalité il grimpait les collines et en profitait pour aller sur *La Rana*. Il restait parfois la nuit à bord, avec l'équipage. Caleb passait aussi beaucoup de son temps avec Regan, ce qui l'amenait à respecter cet homme de plus en plus. Ils s'entendaient parfaitement, mais Caleb restait réservé. Il devait prendre garde à ne pas dévoiler le secret de *La Rana* et de leur plan.

Sirena comprenait l'admiration et la tendresse que Caleb portait à Regan. Cet homme était attentif aux autres et pouvait être fort charmant. Sirena avait d'ailleurs apprécié sa compagnie. Elle aimait quand Regan racontait des histoires amusantes, ou encore quand ils se promenaient ensemble dans les rues affairées de Batavia, visitant les boutiques, ou allant prendre le thé chez des amis rencontrés en chemin.

A son arrivée chez van der Rhys, Sirena avait dû refouler l'image d'Isabel pour supporter la présence de Regan. Mais au fur et à mesure, son chagrin s'était amenuisé : *La Rana*, Isabel et Oncle Juan semblaient appartenir au passé. Pourtant, les souffrances qu'elle avait connues n'étaient pas si lointaines ! Les cris effrayants d'Isabel, la vision de l'Oncle Juan se battant jusqu'au bout pour défendre ses nièces et le navire, la punition au fouet de Caleb, et sa propre innocence salie... Sirena avait été choquée à tout jamais.

Désormais, plus personne ne la ferait souffrir ! Sirena avait mûri, elle était devenue une femme, qui saurait se faire respecter. Pourquoi les hommes régissaient-ils le monde ? Même le plus stupide d'entre eux valait plus qu'une femme ! Si le rôle des femmes était de rester sagement assises auprès de leur mari et de se plier à ses volontés, *elle*, Sirena, se révolterait contre cette injustice ! On ne tarderait pas à entendre parler de la reine des océans, rivalisant avec des hommes à la barre de son navire ! Un beau remue-ménage ! Dans les salons, la Capitana serait sur toutes les lèvres. Les dames, les yeux levés au ciel, jacasseraient méchamment sur cette effrontée. Mais celles qui avaient souffert des brutalités d'un homme l'encourageraient et la féliciteraient en silence. Sirena avait fait serment de se venger et elle avait l'intention de prouver que la virilité du muscle ne fait pas le guerrier !

Sirena se calma quelque peu et s'arrêta devant la penderie ouverte. Son regard tomba sur la robe de mariage. Elle ferma les yeux et toucha la fine soie blanche. Mon Dieu, moins que quiconque, elle avait le droit de porter cette couleur ! Elle examina la robe qu'elle avait jusqu'à présent évité de regarder.

— Oh misère ! Où sont les manches ? gémit-elle.

Furieusement, elle tourna la robe de tous les côtés. Pas de manches ! Mais pourquoi ne l'avait-elle pas noté plus tôt ? Elle courut à la porte et se battit avec la serrure pour ouvrir.

— Frau Holtz ! Frau Holtz ! appela-t-elle d'un cri strident.

Les domestiques avertirent l'intendante. Celle-ci marmonna son mécontentement mais monta à toute vitesse chez Sirena. Sur le palier, les appels tourmentés de Sirena la firent frissonner. Elle s'engouffra dans la chambre.

— Que se passe-t-il, Señorita ?

— Où sont les manches de ma robe de mariée ? Je vous l'avais spécifié quand vous êtes venue prendre mes mesures. Des manches !

Si Frau Holtz était soulagée qu'il ne soit rien arrivé de grave à Sirena, elle fut en revanche vexée du ton cinglant de la jeune femme.

— Señorita, c'est à cause du climat...

— Je veux des manches avant demain matin, menaça Sirena. Ou je reste ici à l'heure de la cérémonie. Est-ce clair ? Monsieur van der Rhys sera bien embarrassé, seul devant l'autel !

Frau Holtz se raidit et soutint le regard étincelant de sa jeune maîtresse.

— On ne peut pas faire revenir la couturière. Elle a quitté l'île.

— Allez la chercher !

— Je crains qu'il ne soit trop tard. Elle est partie sur un de ces îlots, et je n'ai pas pensé à lui demander où.

— Eh bien, Frau Holtz, je crois qu'il va falloir vous armer de fil et d'aiguille, et prendre cette robe avec vous.

— Mais Señorita, il n'y a pas de tissu ici. La couturière n'a apporté que la robe.

— Vous trouverez quelque chose.

Sirena décrocha la robe de la patère sur la porte et la jeta dans les bras de l'intendante, qui ne sembla guère apprécier.

— Très bien, Señorita. Que va dire Monsieur quand il apprendra cette histoire ?

« Qui s'en soucie ? » gronda la jeune femme entre ses dents. Frau Holtz, qui entendit, en resta bouche bée, les yeux exorbités.

Caleb se trouvait dans les bureaux de la Compagnie Hollandaise. Il était assis, le menton sur les genoux. Le mariage de Sirena avait lieu le lendemain. Si seulement il pouvait ne pas y assister. Les jours suivants seraient différents...

De toute façon, il était trop tard pour changer le cours du destin. Le garçon se laissa aller au fond du fauteuil et s'assoupit. Des voix le réveillèrent soudain. Il tendit l'oreille et reconnut Regan qui parlait.

— Où avez-vous obtenu cette information ?

— Du frère de Michel Rijsen, Jacob, qui est second sur le *Jewel of China*. Je l'ai rencontré à Sumbawa ; il venait juste d'arriver avec son navire, alors que je m'apprêtais à rentrer à Batavia. Jacob m'a dit que Michel, qui chargeait du bois de santal à Sumba, à l'est de Sumbawa, avait vu le *Tita* au port de Sumba. Le navire ne devait pas y rester longtemps. Michel, vous vous rappelez peut-être, était second à bord du *Tita*. Mais il avait attrapé la vérole la veille du triste voyage, et n'a pas pu embarquer.

— On charge aujourd'hui le *Java Queen*, qui doit partir pour Cape Town après-demain. Il devait transporter une cargaison importante, mais ordonnez aux hommes de décharger. Je vais prendre le *Java Queen* et aller à la reconquête du *Tita*. J'ai souvent pensé à son naufrage pendant ces huit dernières années. Ce maudit Espagnol m'a menti, ce fils de chien ! Le *Tita* a-t-il les cales pleines ?

— Oui, Regan. Pleines d'épices, de riz et de soie.

— Michel est-il bien certain qu'il s'agisse du *Tita* ? demanda Regan, surpris d'une telle nouvelle, alors qu'il croyait son navire au fond des océans.

— Oui, sans aucun doute. Michel a raconté à son frère que les initiales de votre fils étaient toujours gravées sur le gaillard. Voyez-vous, il a prétexté vouloir s'engager à bord. Il est donc monté sur le navire pour parler au capitaine. Il voulait être sûr de reconnaître le navire. Il a dit qu'il se souvenait quand vous aviez dit à votre fils qu'un jour, ce bateau serait à lui et que les initiales en seraient la preuve.

— C'est vrai, Frederick, dit Regan, dont le regard brillait au souvenir de ce passé heureux. Savez-vous qui est le commandant, et quel pavillon il arbore ?

— Non. Michel a dit à Jacob que le nouveau nom du navire était le *Wanderer*. Il doit faire route pour Cape Town dans, voyons... trois jours. Pensez-vous être capable de le rattraper et de le reprendre ?

— Enfin... après toutes ces années... murmura Regan d'une voix brisée. Merci d'être venu me faire part de cette nouvelle, Capitaine Daan.

— Nous sommes amis, Regan. Mais souvenez-vous que le *Tita* n'est jamais qu'un bateau. Le... l'enfant n'est pas à son bord.

— Oui, je sais !

Caleb perçut la douleur de Regan dans sa voix. Celui-ci marchait de long en large, sans jamais lever la tête, et écrasait ses poings l'un contre l'autre. Le jeune garçon s'en alla, incapable de supporter cette tension plus longtemps. Prostré, Regan ne s'aperçut même pas de son départ.

De retour à la maison, Caleb se précipita chez Sirena, les jambes flageolantes. Il lui rapporta avec empressement la conversation qu'il avait surprise.

— Qu'en penses-tu, Sirena ?

— Je crois que nous prendrons la mer en même temps que Regan. Je vais étudier sur la carte les îles situées à l'est. Au cas où nous aurions la malchance d'être poursuivis, quand nous arriverons à l'embouchure de la rivière, nous disparaîtrons à la pointe ouest de Java — comme si la mer nous avait engloutis. Caleb, je te sens angoissé. Mais œil pour œil, dent pour dent. Oui, je vais m'emparer du *Tita*, même si je sais ce que représente ce navire pour lui. Tu me l'as dit. Mais je n'ai pas oublié ce qu'Isabel signifiait pour moi. *Elle*, elle était en vie ! Le *Tita* est un navire ! C'est du bois, pas un être en chair et en os !

— Qu'est-ce que tu vas faire ?

— Demande-le-moi en temps voulu, pas maintenant, répondit Sirena en lui lançant un regard mutin.

Perdu dans ses pensées, Regan mâchouillait un cigare. Le choc provoqué par la nouvelle s'était dissipé. Il devait prendre son mal en patience et attendre le moment de partir en mer avec le *Java Queen*.

Il se souvint de cette époque joyeuse, où il vivait avec sa femme et son fils. L'espoir naquit à nouveau dans son cœur. Un Hollandais de son ancien équipage, ou bien un des maudits pirates espagnols qui capturèrent le navire, était peut-être encore en vie. Et celui-là pouvait savoir où se trouvait son fils...

Regan se doutait que Sirena tenait de son père quelques détails de son passé. Mais elle ne l'avait pourtant jamais questionné au sujet de son premier mariage. Au cours des dernières semaines, il avait pu observer cette femme calme et équilibrée. Elle plaisait à son cercle d'amis. Désirée par les hommes pour son charme, recherchée par leurs épouses pour son esprit, la jeune femme ne provoquait aucune jalousie. Sirena avait l'intelligence de ne pas jouer de sa beauté. Elle avait un tempérament impétueux et l'allure d'une dame.

A l'évocation de la jeune femme, Regan se prit à rêver de ses lèvres pétillantes de vie, de sa peau douce et chaude. Pourrait-il attendre que son deuil soit terminé avant de la posséder ? Il aimait être avec elle et se réjouissait chaque jour de sa présence. Il respecterait sa promesse, pour ne pas gâcher l'amitié qui naissait entre eux. Et la possibilité qu'elle lui appartienne entièrement.

Soudain, il sauta sur ses pieds et appela un domestique. Il griffonna un message pour Sirena. Il l'invitait à passer une soirée... intime.

Sirena avait choisi avec soin sa toilette. Elle n'avait encore jamais dîné en tête à tête avec Regan. Elle maîtrisait mal son excitation tandis qu'elle descendit l'escalier.

Regan attendait dans la salle à manger richement meublée. Il sortit une carafe de vin de Xeres d'un meuble laqué chinois, décoré de deux dragons noir et or qui crachaient du feu. Il se retourna en entendant Sirena entrer.

— Puis-je me joindre à vous, Regan ? demanda la jeune femme, qui ne put s'empêcher d'admirer la grâce féline avec laquelle Regan s'approcha.

— Vous êtes ravissante, comme d'habitude, dit-il en lui baisant la main.

— Et vous êtes un flatteur, comme d'habitude, murmura Sirena, troublée par la chaleur de ses lèvres.

Regan avait demandé que l'on installe leur table sous la véranda, protégée des moustiques par des rideaux de mousseline tendus. Des lampes à huile illuminaient les jardins, créant une atmosphère fantastique.

— Cela paraît irréel. Merci, Regan, c'est très joli, fit Sirena d'une voix émue.

Durant le dîner, que servit un djongo silencieux, Regan et Sirena parlèrent peu. Chacun semblait gêné et absorbé par ses réflexions. A la fin du repas, Regan demanda s'il pouvait fumer. Le silence leur était devenu un agréable compagnon. Sirena lui répondit par un profond soupir.

La jeune femme contemplait les jardins. La brise du soir soulevait sa mantille et dévoilait un ravissant profil. Regan se délectait de la voir de cette humeur tranquille.

— Sirena, je souhaiterais vous parler, dit gentiment Regan en lui effleurant la main.

Il lui conta en détail l'histoire du *Tita*. Sirena écouta avec attention, consciente que cet instant était douloureux pour Regan. Il survola l'épisode de sa détention en Espagne, sans doute pour que Sirena n'imagine pas qu'il veuille critiquer son pays. Il termina par la visite du capitaine Daan et l'information dont celui-ci lui avait fait part.

— Notre mariage a lieu demain, Sirena. Je vous ai expliqué tout cela pour vous justifier mon départ au lendemain de notre noce. Je dois aller voir ce navire et vérifier s'il s'agit bel et bien du *Tita*.

— Je comprends, Regan. Il faut que vous partiez.

Van der Rhys n'aperçut pas la lueur de triomphe qui scintilla au fond du doux regard émeraude. Sirena eut un petit sourire. Son plan fonctionnait parfaitement ! Ses manières aimables et son amitié avaient eu raison de lui. Après s'être autant dévoilé, Regan serait prêt à tout lui confier : ses routes de navigation, les heures de départ de ses vaisseaux richement chargés... Elle passerait bientôt à l'action !

— Regan, que ferez-vous lorsque vous trouverez ce navire ?

— Je sais que mon fils ne sera pas à bord, répondit-il, les traits crispés. Mais je prie pour que ce bâtard de pirate au crochet y soit !

La haine qui déforma son visage fit frémir Sirena.

— Qui est cet homme que vous détestez avec autant de rage ? Qu'a-t-il fait ?

— Cet homme est un assassin, grinça Regan. Il a fait souffrir ma femme, il l'a tuée avec son crochet !

Malgré la faible lueur des chandelles, Regan vit blêmir Sirena quand il fit allusion au pirate. Elle avait
une vive imagination! Son récit l'avait bouleversée.
Regan regretta d'avoir raconté ces sanglants épisodes
de sa vie.

En réalité, les souvenirs de cette nuit sur *La Rana*
s'étaient ravivés dans l'esprit de Sirena. La jeune
femme savait à présent qu'elle *devait* partir à la poursuite du *Wanderer*!

— Regan, vous ne pensez sans doute pas écumer les
mers et arrêter chaque navire pour chercher cette bête
immonde. Il se peut même que cet homme soit un de
vos matelots.

— C'est possible, Sirena. Les marins sont peu
bavards. Un monde fermé. Je ne peux en être certain.
Mais s'il est par ici, je le trouverai!

Sirena se sentit émue. Elle comprenait sa détermination et son amertume. Elle partageait aussi sa soif de
vengeance. Mais Regan ne connaîtrait pas la satisfaction d'une vengeance assouvie. Si quelqu'un devait
capturer ce maudit pirate, ce serait Sirena Cordez! Et
sans l'aide de l'homme qui était responsable de la mort
de sa sœur. Elle serait la meilleure!

9

Sirena admirait son allure dans le miroir. Frau Holtz avait fait un excellent travail de couture. Elle avait ajouté des manches doublées en organdi, qui s'arrêtaient au coude. Mais la vilaine cicatrice, encore rouge, était cachée. Sirena espérait qu'elle s'effacerait un jour.

Depuis plus d'une heure, des voitures amenaient les invités. La plupart étaient arrivés en pirogue, en remontant la lagune qui bordait la propriété de Regan à quelques centaines de mètres au nord. Des indigènes attendaient les dames au débarcadère avec des chaises à porteurs.

Le brouhaha des conversations s'était amplifié. Juli avertit Sirena que les musiciens étaient en train de se préparer à jouer. Caleb apparut discrètement sur le seuil de la chambre. Il avait l'air mal à l'aise, engoncé dans un costume blanc.

Ils se lancèrent un regard complice. Ils étaient pris au piège de leur vengeance et ne pouvaient pas reculer. Les dés étaient jetés. Sirena et Caleb semblaient savoir que personne ne serait vraiment vainqueur dans leur jeu.

Dans le salon, les musiciens attaquèrent un hymne nuptial. Sirena frémit. Le moment était venu. Elle se couvrit le visage de son voile transparent et s'avança pour prendre le bras de Caleb.

— Nous y voilà, petit frère. Es-tu avec moi ?

— Pour la vie, Sirena, répondit Caleb en la regardant avec adoration.

Les notes de musique résonnèrent aux oreilles de la jeune femme, tandis qu'ils descendaient l'escalier. La réalité lui semblait lointaine. Les invités attendaient silencieusement dans le long vestibule et dans le grand salon, qui avait été déménagé pour l'occasion. Certaines des femmes, vêtues de robes de couleurs gaies, étaient assises sur des bancs. D'énormes fleurs emplissaient la pièce et diffusaient leur senteur exotique.

Regan se tenait prêt à accueillir sa future épouse près des portes vitrées qui conduisaient aux jardins. Une ride barrait son front, trahissant sa nervosité. Il se tourna pour observer Sirena qui arrivait au bras de son frère. Dans ses yeux bleus dansait une expression fière et amusée.

Il est satisfait, il a gagné ! se dit Sirena, la colère lui montant au visage. Il a insisté pour que ce mariage se fasse très vite, sans écouter mes protestations. Mais réjouissez-vous tant que cela est possible, Monsieur van der Rhys. Votre victoire sera de courte durée !

Le père Miguel, le missionnaire de la communauté catholique de Batavia, se trouvait dehors, devant un kiosque au bout d'une allée. L'église en bois ouvragé avait malheureusement brûlé un mois plus tôt. Le père Miguel semblait contrarié. Certes, Regan lui avait promis qu'il élèverait ses futurs enfants dans la religion catholique. Mais le prêtre portugais connaissait le manque de pratique religieuse de Regan. Même pour un protestant, il n'était pas un bon fidèle. Le saint père s'inquiétait pour cette jeune señorita si dévouée à Dieu, qui épousait un impie.

Regan s'approcha du prêtre et observa l'arrivée solennelle de Sirena. Dans la luminosité de cette fin de journée, la jeune femme était éblouissante : le blanc soyeux de sa robe accentuait les reflets dorés de sa peau brune et le noir de sa chevelure. N'importe quel homme serait fier d'épouser une femme aussi belle, se dit-il.

Sirena vint se placer à droite de Regan et lui prit la main. Le père Miguel commença la cérémonie en latin, qu'il parlait avec un accent portugais très prononcé. Sirena se hasarda à regarder son époux. Elle se sentit toute petite et si vulnérable à son côté. Lui affichait un sérieux imperturbable.

Soudain, Sirena eut une bouffée de chaleur. Ses jambes se mirent à vaciller et sa main à trembler. Parviendrait-elle à supporter cette situation grotesque ? Pouvait-elle vraiment épouser ce bel homme ? Et jurer devant Dieu de l'honorer, de l'aimer, pour ensuite se déchaîner contre lui ? N'y avait-il pas un autre moyen de venger Isabel et Oncle Juan ?

Le temps n'était plus à de telles réflexions. Par la faute de cet homme-là, aucun autre ne voudrait d'elle, une femme souillée. Elle devait aller jusqu'au bout de sa décision. Pour Isabel, pour Oncle Juan, et pour elle-même ! finit-elle par admettre.

S'étant ressaisie, Sirena entendit le père Miguel dire : « ... devant Dieu et ses témoins, je vous déclare mari et femme. »

Tout au long de la soirée, Regan resta près de Sirena. Il fut plein d'égards envers la jeune femme et la présenta aux invités qu'elle ne connaissait pas encore. Regan donnait l'impression d'être un jeune marié ravi.

Sirena, en revanche, fut extrêmement tendue. Pour elle, la cérémonie et les festivités appartenaient à un univers irréel, dans lequel elle avait été projetée. Rien ne semblait l'émouvoir ou l'amuser. Pendant une danse, elle aperçut dans le miroir, au-dessus de la cheminée, une femme au bras de Regan. Elle la trouva jolie et gaie. Peut-être était-elle amoureuse de son partenaire, pensa-t-elle. Mais quand elle se reconnut, elle trébucha. Regan la soutint et lui proposa de s'asseoir, la croyant épuisée. Il partit chercher un verre d'eau fraîche.

En attendant son retour, Sirena surprit à nouveau son image dans le miroir. Celle d'un visage terne et triste. Où était donc cette fragile étincelle qui la rendait pétillante de vie ? Promenant son regard sur l'assistance, elle vit Regan en train de plaisanter avec un groupe d'invités. Il parlait avec de grands gestes et riait aux éclats. Cet homme-là lui avait volé sa flamme intérieure. Il l'avait obligée à jouer une comédie, où elle n'était pas elle-même. Et elle lui en voulait.

Sirena était montée se coucher. Les fenêtres ouvertes laissaient entrer une brise agréable, qui amenait des senteurs de plantes aromatiques. La jeune femme s'était esquivée une heure auparavant, alors que s'attardaient les derniers invités. Elle avait eu envie d'être seule. Dans l'escalier, elle s'était retournée sur Regan. Au même instant, il avait croisé son regard. Ils s'étaient dévisagés un long moment. Puis Sirena, haussant le menton, était repartie.

Quand elle arriva dans sa chambre, son cœur battait la chamade. Regan la désirait, ses yeux avaient trahi sa pensée. Il semblait regretter sa parole. Sirena revit le tendre sourire sur ses lèvres. Regan aurait-il l'intention de violer sa promesse ?

La jeune femme revêtit un déshabillé de satin et mit quelques gouttes de civette sur ses poignets. Le parfum capiteux l'enveloppa aussitôt.

Puis elle fit un chignon de sa chevelure, en faisant retomber quelques mèches sur son front et sa nuque. Sirena se trouva séduisante. Elle attendit.

Plus d'une fois, elle songea à ce qui allait arriver. Regan frapperait un coup léger à sa porte. Sirena l'autoriserait à entrer d'une voix timide. Il la dévorerait d'un regard brûlant, tandis qu'elle resterait immobile dans la faible lumière, qui dévoilait les contours de sa silhouette sous le léger vêtement lavande.

Puis il s'approcherait de la jeune femme, son désir attisé par le sensuel parfum. Il caresserait d'une main câline sa joue et son cou, où couraient des boucles noires. Dans un élan fougueux, il l'attirerait contre lui. Sa respiration deviendrait saccadée et il l'embrasserait avec passion. Enfin, relâchant son étreinte, il la supplierait du regard d'effacer sa promesse.

Sirena eut un sourire diabolique en imaginant le

désespoir de Regan. Il remarquerait l'émoi de la jeune femme, qui pourtant lui refuserait gentiment sa demande. Il rechignerait mais son honneur l'empêcherait de mendier son privilège d'époux.

Elle insisterait modestement pour qu'il s'en aille. La démarche hautaine, il quitterait la chambre, sa fierté piquée au vif. La nuit serait longue et sans sommeil pour lui... seul dans son lit.

Prise au jeu de son imagination, Sirena connut ses premières sensations de désir pour un homme. Hélas, cet homme était l'auteur de son malheur! Ironie du sort... Sirena se réprimanda, bien qu'elle n'arrivât pas à calmer le subit éveil de sa sexualité. La vision de cet homme séduisant surgit devant ses yeux, lui ôtant son souffle. Mais au souvenir de ses mains puissantes et de son regard glacial, elle retrouva sa détermination.

La jeune femme arpentait impatiemment la pièce. Elle entendit partir les derniers invités et Frau Holtz, aidée des djongos, verrouiller la maison. Elle attendit...

Après cette épuisante journée, Sirena aspirait à s'étendre dans son lit. Si elle laissait brûler la chandelle, Regan apercevrait le filet de lumière sous sa porte et penserait qu'elle ne dormait pas encore... Elle se glissa alors sous les draps avec une pose provocante. Elle attendit...

De temps en temps, Sirena sentait qu'elle s'endormait. Elle remuait pour se tenir éveillée. Elle attendit...

Soudain, un bruit dans le vestibule, puis dans l'escalier, attira son attention. Elle écouta les pas qui se rapprochèrent et s'arrêtèrent devant sa chambre. Le sang afflua à ses tempes, sa poitrine se souleva au rythme de sa respiration haletante. Elle retint son souffle.

Un pas, puis, un autre, puis...

Il repartit sans même avoir cherché à entrer! Pas de douces caresses, ni de baisers, ni le plaisir du refus!

Quelques minutes plus tard, Sirena entendit de nouveau un bruit de bottes passer devant sa porte, avant de descendre les marches. Puis les sabots d'un cheval résonnèrent dans l'allée centrale. Regan ! Il partait en direction de la ville, la route même qui passait devant la maison de Gretchen !

Sirena se raisonna en se raccrochant à la pensée que Regan voulait prendre la mer avec le *Java Queen* dès l'aube. Mais rien au monde ne pourrait convaincre la jeune femme qu'il ne ferait pas une halte chez cette blonde diablesse. Elle imaginait déjà l'air triomphant de l'Allemande. Regan venait se jeter dans ses bras le soir de sa lune de miel, pour s'enivrer jusqu'à plus soif de son corps.

La jeune mariée enfouit sa tête sous le drap et martela les oreillers de ses poings serrés. Elle venait d'essuyer un affront méprisant. Elle avait attendu son époux mais il n'était pas venu ! Il était parti rejoindre sa catin, sans même lui donner le droit de refuser ses avances !

Elle lui rappellerait cette offense, d'une manière ou d'une autre. Sans même chercher, une idée germa dans son esprit. Regan l'avait privée de la satisfaction de l'éconduire. Elle le priverait à son tour d'un objet qu'il désirait plus que tout... le *Tita*.

Regan avait senti le démon l'attraper. Il devait partir avant de commettre une regrettable bêtise.

Jamais il n'avait désiré une femme autant que Sirena. Remarquant de la lumière chez sa femme, il avait hésité à entrer. Mais à cause de l'heure tardive, il avait pensé que Sirena dormait depuis longtemps.

Regan ralentit le galop de sa monture. Il pouvait encore faire demi-tour et aller quérir son dû. Pourtant, le souhaitait-il vraiment ? Sirena avait exigé une serrure, elle avait dressé un obstacle contre lui, chez lui ! Ce jour-là, il avait perdu son sang-froid, échauffé par cette femme merveilleuse et désirable. Il avait écrasé un verre entre ses doigts pour lui montrer sa force. Mais ce geste stupide n'avait qu'envenimé la colère de Sirena. Il s'était comporté comme un parfait idiot. Plutôt que de laisser la victoire à la jeune femme, il l'avait forcée à lui concéder le point gagnant. Elle s'était rendue, vaincue par son étreinte. Mais Regan savait qu'il s'en était fallu de peu pour qu'il perde. « Je gagne toujours » avait-il dit pour cacher l'excitation que Sirena avait provoquée en lui. Le souvenir de son souffle si proche, de la douceur de sa bouche, était encore vivace et intense. Avec un surprenant aplomb, elle lui avait demandé ce qui arrivait quand sa victoire n'avait pas de valeur. Regan avait alors réfléchi. S'il réclamait les privilèges que lui octroyait son mariage, il ne gagnerait qu'une bataille, mais pas la guerre. Or, il ne voulait pas seulement posséder son corps, mais aussi son cœur.

Que lui avait fait cette délicieuse Espagnole ? Il avait une longue expérience des femmes. Lui, que n'intéressait habituellement que le plaisir, se souciait à présent de sa personnalité. Viendrait-elle à lui de son plein gré ?

Regan eut envie de boire un verre. Il éperonna son cheval et partit pour les bureaux de la Compagnie. Il ferait d'une bouteille de rhum la compagne de cette longue nuit.

Passant devant la maison de Gretchen, il aperçut de la lumière dans la chambre et instinctivement, il tourna dans l'allée. Sans prendre la peine de frapper, il entra. Gretchen l'accueillit, un verre dans chaque main.

— Tu es en retard, je t'attendais un peu plus tôt.

Regan eut un rire gras. Il but le vin d'un trait et attira la jeune femme contre lui. Ils jetèrent leur verre contre le mur. Regan s'empara des lèvres de sa maîtresse et lui arracha sa robe. Gretchen se cambra, ses seins tendus sous les caresses de Regan. Elle déshabilla son amant en geignant de plaisir. Puis, lui caressant le dos, elle ondula voluptueusement contre son corps nu.

Regan l'empoigna et la coucha sur le lit. Un petit cri de douleur monta dans la gorge de la jeune femme, tandis qu'il la pénétrait. Sa bouche brûlait des assauts féroces de Regan. « Aime-moi, Regan, aime-moi » le supplia-t-elle. Ses paroles s'étouffèrent dans une plainte heureuse, quand Regan s'abandonna en elle.

Gretchen gisait épuisée dans les bras de Regan. Elle lui mordillait le cou de baisers. « Dors », susurra la jeune femme. Regan s'endormit dans un profond soupir.

Il était venu la retrouver pendant sa nuit de noces. Pour quelle raison ? Est-ce que l'Espagnole l'aurait repoussé ? L'aimait-il, elle ? Assurément, sinon que ferait-il allongé à ses côtés ?

— Oh ! Regan, si tu savais combien je t'aime, murmura-t-elle. Cette nuit aurait dû être notre lune de miel, un moment inoubliable.

Regan remua nerveusement. Gretchen continua à parler doucement. Ce n'était peut-être pas leur nuit de noces... mais elle avait le pouvoir de graver à tout jamais ces instants dans leurs mémoires. Elle quitta le lit et se dirigea vers une commode dans un coin de la pièce. Jetant un coup d'œil par-dessus son épaule, elle en sortit une bourse.

Regan dormait à poings fermés, son visage semblait détendu. Gretchen s'éloigna sur la pointe des pieds à la cuisine. Elle versa une petite quantité de poudre dans un bol, ajouta de l'eau et mélangea la pâte avec un doigt. Revenant au bord du lit, elle s'agenouilla près de Regan et étala ce mélange sur le membre viril de son amant. Avant de reposer le récipient et de se laver les mains, elle en prit un peu pour l'appliquer sur son intimité.

La jeune femme se faufila dans le lit et rejeta les draps de satin. Pendant quelques instants, elle resta immobile, surveillant la paisible respiration de Regan. Elle avait du mal à calmer son envie. Que dirait-il lorsque ce serait fini ? Allait-il la détester ? Elle se retint de rire. Il serait tellement fou de désir, qu'il ne pourrait pas rentrer chez lui.

Décidant que l'attente avait assez duré, Gretchen se mit à caresser le corps de celui qu'elle aimait tant. Avec sa langue, elle titilla sa bouche endormie et s'étendit sur lui. Ses seins lourds effleurèrent son torse duveteux. Elle se pencha sur Regan et le força à répondre à ses baisers. Il résista à peine.

Regan ouvrit les yeux. Tous ses muscles étaient tendus. Il agrippa la jeune femme.

— Chienne, gémit-il, pourquoi as-tu fait cela ?

Gretchen s'agita pour lui échapper, voulant attiser son désir. Regan s'insinua sauvagement en elle et les deux amants, pris d'instincts bestiaux, donnèrent libre cours à leurs pulsions. Haletant, Regan renversa la jeune femme sur le dos.

— Viens, Regan, hurla Gretchen, les bras tendus vers lui, encore...

Regan plongea en elle. Son cœur s'emballait. Il ne trouvait pas le répit, sans cesse tourmenté par la violence de son ardeur.

Gretchen, les yeux enfiévrés, criait de plaisir, impatiente et gourmande.

Longtemps après, Regan reprit conscience. Son corps était douloureux, son bas-ventre le brûlait. Il fusilla Gretchen du regard. S'il avait eu assez de force à ce moment-là, il l'aurait étranglée.

Gretchen, par contre, semblait baigner dans la félicité.

— Regan, je ne savais pas... je te jure que... je supposais seulement... bredouilla-t-elle avec un sourire malicieux.

— Va au diable ! As-tu essayé de me tuer ?

— Seulement l'amour, roucoula l'infernale veuve. N'était-ce pas merveilleux ?

— Quelle heure est-il ? gronda Regan.

— L'aube va se lever.

Gretchen se mit à rire devant la mine effarée de Regan.

— Une nuit mémorable, ne crois-tu pas ? le provoqua Gretchen, qui rit de plus belle.

Van der Rhys serra les dents tandis qu'il se levait péniblement du lit.

— Comme tu as l'air viril, gloussa Gretchen qui le regardait s'habiller.

— Tu me paieras cela, lança-t-il froidement. Pas aujourd'hui, pas demain, mais un jour... tu as entendu ?

— Mais mon amour, c'est toi qui es venu ici, et le soir de ta nuit de noces. Je voulais seulement que tu te souviennes de cette nuit-là, expliqua-t-elle, le regard craintif.

— Je m'en souviendrai, dit Regan en sortant. Je m'en souviendrai !

Gretchen frissonna de peur. Ses derniers mots étaient inquiétants. Mais elle était pourtant sûre que cette expérience lui avait plu. Quelle performance, soupira-t-elle en tombant de sommeil. Une nuit mémorable.

10

Caleb et Sirena sortirent dans les jardins en escaladant silencieusement le treillage situé sous la fenêtre de la jeune femme. Quand ils touchèrent le sol, Sirena poussa un soupir de soulagement. Personne ne les avait vus. Juli avait mission de mettre le plateau des repas dans la chambre s'ils ne rentraient pas le jour même. La jeune servante avait d'abord été intriguée quand Sirena lui avait donné ses instructions. Elle avait regardé la clé que lui tendait sa maîtresse avec étonnement. Mais Juli aimait Sirena et ne lui poserait aucune question. Elle ne devait pas oublier de verrouiller la porte et surtout de ne jamais trop l'ouvrir pour permettre à quelqu'un de jeter un œil à l'intérieur. Frau Holtz ne devait pas voir la clé que Juli remettrait à Sirena à son retour...

« Madame ! » La jeune servante l'appelait désormais Madame. Sirena y réfléchit tandis qu'ils traversaient le domaine. Mademoiselle ou Señorita, et à présent elle était devenue Madame ou encore Maîtresse. Que Frau Holtz réalise cet avancement dans la hiérarchie de la maison !

Jan Verhooch attendait Caleb et Sirena à la grille ouest, avec les chevaux. Il accueillit sa « Capitana » d'un chaleureux sourire.

— Bonsoir Jan, murmura la jeune femme. Vous êtes là depuis longtemps ?

— Peu importe puisqu'il s'agit de reprendre la mer, Capitana ! déclara celui-ci avec un petit rire.

Caleb avait porté le message au marin deux heures auparavant. Sirena monta un bel étalon rouan, parqué depuis plusieurs jours avec d'autres près de la crique. Les chevaux étaient à disposition des deux jeunes gens à tout moment.

Jan menait la chevauchée car Sirena s'aventurait pour la première fois de nuit dans la jungle. Ils descendirent un chemin pentu jusqu'à la plage qui bordait la crique et ses falaises. Une seule lumière brillait sur le pont.

Peindre le navire en noir avait été une idée ingénieuse, car on arrivait à peine à le distinguer dans l'obscurité.

— Jan, murmura Sirena tandis qu'ils grimpaient l'échelle de coupée, dis à l'homme de garde d'aller en dessous, et à tous les autres hommes aussi. Ne remontez sur le pont qu'à mon signal, lorsque j'aurai passé le chenal. Je veux leur montrer comment je contourne les récifs à l'orée de l'océan et triomphe de la Rivière de la Mort !

Dans sa cabine, Sirena fouilla son coffre pour trouver les vêtements qu'elle avait arrangés. S'habiller de ces fripes lui donna une immense joie. Elle enfila la culotte courte tailladée et la chemise qu'elle noua sur son ventre. Sa gorge était nue. Puis elle enfila les bottes de cuir et replia les revers aux genoux. Le satin de sa peau brune luisait dans la pâle lueur de la lampe. Sirena trouva un long bandeau de plusieurs couleurs qu'elle attacha autour de sa tête, laissant pendre les bouts sur un côté. Tout à coup, elle éclata de rire en s'imaginant fièrement campée à la proue. Le choc risquait de tuer ses ennemis quand ils verraient qui gouvernait la frégate.

Elle déroula avec soin les cartes maritimes et les observa en détail. Satisfaite, Sirena se pencha sous la couchette, sortit son sabre d'abordage qu'elle fixa à sa taille et rassurée, elle partit à la rencontre du nouvel équipage.

Pour la première fois depuis de longues semaines,

Sirena se sentait en paix. Elle se tenait à la barre de son navire, la tête rejetée en arrière pour mieux respirer l'air marin qui lénifiait son corps. Elle était libre !

La frégate glissa hors de sa cachette et descendit la rivière sinueuse. Elle effleura les brisants avant d'entrer dans les eaux profondes. La mer était agitée et Sirena dut mettre toutes ses forces pour stabiliser le navire.

L'orage va éclater avant la fin de la journée, se dit-elle en remarquant le fort vent d'ouest, avec lequel elle devait jouer. Son excitation grandit. Elle allait se battre contre les éléments et gagner. Car elle serait toujours la meilleure. Même la mer ne pourrait la vaincre.

Sirena appela Jan pour qu'il prenne le gouvernail.

— Faites ce que je vous dis et il n'y aura pas de problèmes, lui cria-t-elle par-dessus le fracas des vagues.

Puis elle ramassa la corne qui était près de la barre pour avertir les marins.

— Tous sur le pont. Amenez les voiles !

Sirena rejoignit les hommes qui sortaient de l'entrepont. Des exclamations de surprise accueillirent la jeune femme. Instinctivement, elle porta la main à sa ceinture, sur le sabre. Elle détailla froidement chaque membre de l'équipage.

— Que disiez-vous ? Allez, parlez à présent. Je suis votre capitaine. Jetez un coup d'œil derrière vous et voyez ce que nous avons franchi. Les écueils de la Rivière de la Mort à son embouchure. Avez-vous la preuve de mon habileté, désormais ? Jan vous a certainement dit que j'étais une femme. Vous deviez à coup sûr douter de mes capacités. A partir de maintenant, vous me jurez fidélité, à moi et à mon navire. A personne d'autre. Si l'un d'entre vous refuse de m'obéir, il sera jeté aux requins. Je suis honnête avec vous. Soyez-le en retour. Vous aurez à manger et à boire. Les butins que nous prendrons seront à partager entre vous. Est-ce que quelqu'un n'est pas d'accord ?

Sirena se tenait campée devant les hommes, les mains sur les hanches, ses cheveux lâchés dans le dos.

— C'est bon, Capitana, lança une voix.

— Nous vous jurons fidélité, fit Jan. A la vie, à la mort.

Les autres acquiescèrent d'un signe de tête en la regardant audacieusement.

— Parfait. Autre chose. J'aimerais que vous me respectiez d'abord en tant que femme, ensuite, en tant que votre capitaine. Le premier qui s'approchera de moi se retrouvera vite à panser ses blessures !

Agile comme un félin, elle saisit son sabre. Elle s'approcha de l'homme qui se tenait près d'elle, et avec la pointe de la lame fit sauter le bouton de sa chemise. L'homme baissa les yeux sur le vêtement ouvert sur son torse. Quand il releva la tête, il avait une expression hargneuse.

— Votre nom, matelot, fit sèchement Sirena, qui avait reculé d'un pas pour le toiser.

— Wouter... Capitana.

L'homme la dévisagea avec insolence et concupiscence. Sirena respira profondément. Elle pressa la pointe de son sabre sur la gorge du marin et sourit.

— Il y a un instant, vos yeux brillaient d'une méprisable envie, il y avait de la méchanceté et de l'impertinence dans votre attitude ! Si jamais, prononça la jeune femme en détachant ses mots cinglants, je revoyais ce regard, je vous brûlerai les yeux. Compris ?

La salive s'écoula de la bouche du marin et goutta sur son torse. La pointe du sabre le menaçait toujours. Sirena se mit à rire et prestement, elle glissa son sabre contre la jambe de l'homme.

— C'est une bonne chose que vous ayez peur de moi, matelot. J'ai cru un moment que vous aviez la cervelle dans le pantalon. Ne commettez jamais cette erreur une seconde fois.

Le marin recula, la gorge serrée, et s'adossa contre le bastingage. Ses compagnons le transpercèrent de leurs regards.

— Ouais, Capitana, marmonna sans conviction le marin Wouter.

— L'affaire est close. Je ne donnerai qu'un seul avertissement. Qui est le cuisinier parmi vous ?

— C'est moi, répondit un vieil homme desséché, qui n'avait même plus une dent. J'connais mon chemin pour la cuisine.

— Et votre nom, cuisinier ? lui demanda Sirena avec un air amusé.

— Jacobus, Capitana.

— Vous êtes le seul homme, après mon second, Jan, autorisé à venir dans ma cabine. Quant aux autres, je considérerai cela comme un acte de mutinerie. Est-ce clair ? dit-elle en regardant Wouter.

— Oui, Capitana, répondirent en chœur les marins.

Sirena remarqua le mutisme de Wouter. Elle fronça les sourcils. Si elle devait en arriver au meurtre, elle le ferait. Il ne la gênerait point de tacher le pont de *La Rana* avec le sang de cet homme.

— Je vous ai déjà dit qu'un navire gagne du temps si ses cales sont vides, n'est-ce pas ? La vitesse, c'est ce qu'il y a de plus important.

— Oui, Capitana, je m'en souviens, dit Jan.

— A présent, je vais regarder les cartes et inscrire mes notes dans le journal de bord. Il n'y a d'ailleurs que vous et Caleb qui pouvez consulter ce journal.

Sirena examina attentivement les cartes maritimes. Son père lui avait appris à les lire. Elle-même avait transmis ce savoir à Caleb, qui promettait d'être un excellent navigateur. Si elle diminuait de voiles et restait au vent, elle pourrait l'emporter sur Regan. Même si elle suivait la côte sud de Java, elle arriverait avant lui. Regan avait certainement choisi le nord pour atteindre Sumba. Il ne restait plus qu'à espérer que le *Wanderer* n'ait pas quitté l'île. Car elle n'avait aucune idée de la route qu'il suivrait. L'avantage de la jeune femme sur Regan était sa frégate, qui ne craignait pas le mauvais temps. Pris dans une tempête, le *Java Queen* serait lourd à manœuvrer et avancerait lentement.

Sirena regarda le ciel ; le temps allait se gâter d'ici peu. La jeune femme sentit son cœur s'emballer à la pensée de rencontrer Regan aux commandes de son navire — peut-être après Bali, une belle île à la pointe est de Java, où Regan bifurquerait au sud. Que dirait-il en la voyant à bord de sa frégate ? Reconnaîtrait-il seulement son épouse ? Non, sans doute, puisqu'il n'était pas intéressé à partager sa couche avec elle. Il ne savait rien de sa femme !

A vrai dire, Sirena était vexée de ne pas avoir pu rappeler sa promesse à Regan. Celle de la laisser à ses prières jusqu'à la fin de son deuil ! La jeune femme rougit pourtant de ses préparatifs et de son attente, pendant sa nuit de noces... Elle aurait voulu voir naître le désir au fond de ses yeux bleus... et s'éteindre aussitôt, quand elle se serait refusée à lui. Une seconde, elle souhaita qu'il la reconnaisse. Pour pouvoir lui avouer son secret et ses sentiments troublés. Mais il s'était moqué d'elle et cela lui était insupportable. Elle pouvait aussi éviter de se confronter à Regan. Si elle était maligne, elle pouvait s'emparer du *Wanderer* et partir rapidement. Les instants ressemblent parfois à une éternité. Il fallait donc agir vite. Toujours la vitesse. Sirena se replongea dans les cartes, joyeuse.

Depuis deux jours, un fort vent d'ouest poussait *La Rana*, qui avait doublé Bali et s'approchait de Sumbawa, l'île voisine de Sumba.

— Navire en vue, cria-t-on du haut de la mâture.

— Bien, nous y sommes arrivés... J'avais raison, murmura Sirena. Ce sera une cinglante défaite pour Regan ! Quel est son pavillon, Caleb ? cria-t-elle.

— Aucun pavillon, et il serre les voiles !

— Très bien, Caleb, viens ici ! Tous les hommes sur le pont ! Quatre hommes pour monter dans les haubans, quatre autres dans les vergues. Ils couperont le capelage du *Wanderer*. Nous allons l'éperonner par l'arrière. Soyez vaillants et serrez les voiles. A mon signal, faites feu de l'avant tandis que je lance l'attaque. Ils n'auront pas le temps de changer de cap. A vos postes ! hurla la jeune femme. Caleb, hisse le drapeau rouge sur le mât de misaine. Dépêche-toi, Caleb. La surprise est notre meilleure alliée. On ne doit pas perdre une seconde !

Le garçon grimpa dans les haubans avec les autres et se suspendit dans le gréement. Sirena allait effectivement éperonner le *Wanderer*. Il ne pensait pas qu'elle aurait eu le cran de le faire. Les regards des hommes manifestaient le même sentiment. Mais Sirena était femme à passer aux actes. Ils n'avaient jamais rencontré plus adroit capitaine.

La proie était à sa merci. Sirena vit l'équipage du *Wanderer* se bousculer dans le plus bel affolement.

— A trois, feu ! ordonna Sirena. Un !... Deux !... Trois !

Une explosion assourdissante retentit quand le boulet de canon fracassa le pont du navire ennemi. L'éperon de la frégate transperça la coque. Des éclats de bois volèrent. Un bruit sourd fendit l'air. Des marins passèrent par-dessus bord, d'autres coururent chercher le canon.

— A l'abordage, cria Sirena. Vite, il va sombrer en moins d'une heure.

— Abaisse le drapeau, commanda Jan à un des hommes, armé d'un sabre.

Sirena se tenait à la proue de *La Rana* et regardait ses hommes qui se battaient pour conquérir le galion. Ce bateau était vieux, rongé par les vers. Et l'équipage ne valait guère mieux.

— Emparez-vous du navire ! N'en laissez aucun s'échapper !

Sirena saisit lestement la corde que lui lança Caleb du haut d'un mât, et bondit sur le galion.

— Combien y a-t-il d'hommes, Caleb ? demanda Sirena, qui reprenait son souffle.

— Une quarantaine environ, mais ils n'ont même pas le courage de lutter. La victoire est à nous !

— Descendez les chaloupes et qu'ils montent dedans. Ils dériveront en attendant qu'on vienne à leur secours. Mais avant, est-ce qu'il y a sur ce bateau un homme avec un crochet à la place d'une main ?

Les hommes du *Wanderer* la fixaient d'un air hébété.

Ils étaient stupéfiés par sa tenue et l'autorité qu'elle possédait sur son équipage. Personne ne répondit.

— Montrez-moi vos mains, tous ! ordonna Sirena en sortant son sabre du fourreau.

Elle le brandit rageusement dans les airs et observa les hommes qui, les uns après les autres, s'exécutaient.

— Il vaut mieux pour vous que cet homme ne se trouve pas à bord, les menaça-t-elle d'un ton glacial.

Soudain, Sirena émit un petit rire lugubre, qui hérissa Caleb. Les marins du galion étaient alignés contre le bastingage, le visage vert de peur. Sirena allait et venait devant eux en faisant claquer ses talons. Elle s'arrêta en face d'un homme grand et fort, qui se tenait à l'écart des autres. Considérant ses habits et son chapeau à cornes, elle en déduisit qu'il était le capitaine. Ils se toisèrent. Sirena eut une moue dégoûtée. L'homme sentait la sueur, son cœur battait vite et ses lèvres tremblaient.

— Vous êtes le capitaine, n'est-ce pas ? demanda Sirena. Répondez-moi ! cria-t-elle, comme celui-ci restait silencieux.

Il finit par hocher la tête.

— Pour qui navigue ce galion ? Qui est votre patron ? Répondez-moi, pourceau ! s'énerva Sirena en brandissant son sabre que le capitaine ne quittait pas des yeux. A qui appartient ce galion ?

Ses grands yeux verts étincelèrent dangereusement. Elle s'avança vers lui, mais il recula précipitamment, effrayé. Devant le regard incrédule de Sirena, il chancela et tomba à l'eau. Le cri du capitaine résonna à ses oreilles, malgré les hurlements du vent. Les hommes se penchèrent et murmurèrent quelques mots par-dessus les flots turbulents. « C'est fini pour lui... » « Qu'il disparaisse... ce lâche. »

Sirena n'eut pas le cœur à poursuivre son interrogatoire. Caleb lui annonça que la cargaison était transbordée dans les cales de la frégate.

— Aux chaloupes ! ordonna Sirena en espagnol, car la plupart des marins du *Wanderer* parlaient cette langue. Et à la mer, vite ! Le galion va être englouti. Mes hommes, à bord de la frégate !

Sirena sauta agilement d'un navire à l'autre.

— C'est fait, Jan, partons. Ce corsaire ne va pas tarder à rejoindre le fond des océans. Prenez le vent arrière, Jan, et filons en vitesse !

La frégate suivit une route vers l'ouest. Sirena observait la mer, debout à la proue, une main sur le manche de son sabre, l'autre accrochée aux cordages des voiles. Le vent déchaîné avait mis la mer en furie. La lutte contre le vent serait serrée. Ils allaient peut-être devoir changer de cap, vers le sud ou le nord, le temps que la tourmente diminue quelque peu.

Sirena aperçut les voiles avant que le cri retentisse dans les mâts.

— Navire en vue !

La jeune femme se tourna vers Caleb, qui se tenait près d'elle.

— Descends dans ma cabine, petit frère. Si c'est van der Rhys, il ne doit pas te voir. Et je prie pour qu'il ne reconnaisse pas sa timide Señorita !

Sirena s'était fardé les joues et les lèvres. Grâce à la tenue qu'elle portait et à son maquillage, Regan aurait du mal à l'identifier.

A contrecœur, Caleb lui obéit.

— Armez les canons, mais ne tirez que sur mon ordre. Jan, maintenez le cap droit devant. Ils viennent vers nous pour nous accoster, et s'ils ne virent pas de bord, nous éperonnerons ce navire comme nous l'avons fait avec le *Wanderer* !

Cheveux au vent et sourire aux lèvres, Sirena épiait le capitaine du vaisseau qui fonçait sur la frégate.

— Ne craignez rien, lança la jeune femme à Jan, qui suait à grosses gouttes. Ils nous donneront le salut. Sinon, nous suivrons mon idée. Ils sont en train de ferler les voiles, j'aperçois les hommes dans les haubans. C'est un brick. Il semble être trop chargé dans les hauts. Dans quelques minutes, nous allons nous retrouver bord à bord. Feu à mon signal seulement !

— Oui, Capitana ! lui répondit d'une seule voix

l'équipage, qui, excité par la conquête du galion, avait depuis lors une totale confiance en son jugement.

— Le capitaine se tient à l'avant de son navire, Capitana.

Regan van der Rhys regarda avec stupeur la femme qui se dressait à la proue de la frégate noire et fantomatique. Elle affichait un air de triomphe. Regan aperçut au loin un navire en train de s'enfoncer dans les profondeurs de l'océan. Il grimaça en voyant cette femme, si légèrement vêtue, qui le nargua d'une courbette.

Il la détailla du regard. Cette beauté ne pouvait être un ennemi. Elle était solidement plantée sur ses longues et fines jambes, sa main fièrement posée sur son sabre. Il remarqua une vilaine cicatrice le long de son bras. Ses lèvres sensuelles offraient un joli sourire, qui sublimait son beau visage. Regan était hypnotisé par cette apparition.

— Le butin revient aux vainqueurs, Capitaine! cria Sirena au maître du *Java Queen*.

— Uniquement parce que je laisse faire! hurla-t-il en retour.

Sirena rit, de ce rire sinistrement gai, qui hérissait Caleb.

— Jusqu'à notre prochaine rencontre, mystérieuse tigresse!

— Nous nous retrouverons... souvent... très souvent... lui répondit Sirena.

Elle fit volte-face pour ne pas perdre des yeux le capitaine du brick, qui doubla la frégate et se dirigea vers le *Wanderer*.

— Une femme pirate? firent de concert les hommes de Regan, effrayés.

— Elle a rattrapé le *Wanderer* et l'a anéanti.

— Elle a pris la cargaison, c'est sûr!

Regan souriait, perdu dans le rêve de cette magnifique silhouette au visage diaboliquement angélique! Il aurait sans aucun doute envoyé sa frégate par le fond d'un seul coup de canon et tué tout l'équipage. Mais il était d'une humeur charitable.

— Réduisez la voilure! ordonna Regan comme ils

arrivaient près du vaisseau naufragé. Des hommes dans les mâts. Tous à vos postes pour les manœuvres d'approche. Nous risquons d'être en mauvaise posture, hurla-t-il à son second qui barrait le brick.

Les flots agités faisaient tanguer les deux navires. Regan savait qu'il était dangereux d'aborder le *Tita*. Ils devaient agir avec rapidité. Ses hommes jetèrent des grappins sur le bastingage du galion, qui heurta violemment le *Java Queen*. Regan sauta à son bord et courut sur le pont, où étaient gravées les initiales de son fils. Ses yeux s'emplirent de larmes au souvenir du carnage et des hurlements de son enfant disparu.

Il reconnut le navire, aux lignes dessinées par son père et à son gréement. Une chose précieuse sombrait devant lui. Sans plus attendre, il regagna le *Java Queen* et ordonna à ses hommes de détacher le *Tita*...

Le navire était en train de disparaître à tout jamais. Regan pria que les souvenirs qu'il éveillait le soient aussi.

Sirena reprit le gouvernail. Fatigué, Jan lui céda volontiers sa place et partit vers le carré. Mais où allait-elle puiser la force de mener le navire à travers la tourmente ? se demanda-t-il. Elle n'était qu'une femme !

Caleb s'approcha de Sirena.

— Caleb, dis aux hommes de préparer le navire pour la traversée. Tu viendras me relever quand je serai épuisée. Dis-leur aussi de descendre, je ne veux voir personne sur le pont quand je suis aux commandes. Et qu'ils ne s'inquiètent pas, ajouta-t-elle avec un petit sourire, je leur promets de les conduire à bon port, sains et saufs.

— Oui, Sirena, j'y vais immédiatement, tonitrua Caleb pour couvrir les rugissements de la tempête.

Le vent mugissait dans les voiles repliées. Sirena essayait de rester nez au vent, sans jamais diriger la frégate au centre de la dépression. Arrivant de l'ouest, de grosses déferlantes aux crêtes écumantes balayaient le pont. Les embruns cinglaient son visage, tandis qu'elle luttait à la barre.

La jeune femme ne devait pas relâcher une seconde sa concentration. Les mains agrippées au timon, qui était presque aussi haut qu'elle, Sirena bravait la tempête. Un éclair illumina le ciel obscur, où couraient d'énormes nuages. La pluie menaçait de tomber à verse. Sirena avait entendu des histoires de timoniers morts noyés à la barre, sous une pluie torrentielle, sans même être frappés par une vague. La pluie pouvait ôter toute force à un homme, lui puisant peu à peu sa vigueur, comme un vampire vide de son sang sa victime. Elle pouvait fouetter un visage et l'empêcher de respirer. Le vent, devenu maître du navire, l'emmenait à sa destruction.

Redoutant le pire, Sirena attrapa un morceau de toile de voilure, dont elle déchira une longue bande. Elle s'attacha solidement à la barre. Si elle venait à mourir, elle mourrait à son poste, et ses hommes sauraient qu'elle avait fait son possible pour les sauver.

Le temps lui sembla une éternité, tandis que la tempête battait son plein. Aveuglée par la pluie diluvienne, Sirena gardait le cap du navire par instinct. Ses cheveux collaient à ses joues et s'enroulaient autour de son cou, comme des doigts étrangleurs. Les rafales du vent lacéraient son corps. Ses forces diminuaient, mais Sirena se raccrocha à l'envie féroce de vivre.

La jeune femme se sentit soudain majestueuse. Seule, elle défiait la nature en furie qui cherchait à la détruire. Elle sut à cet instant qu'elle allait vaincre. Elle était une « conquistadora » — une conquérante, une maîtresse des océans. Elle sortirait victorieuse de cette lutte. Rien ne la ferait échouer. Ni la pluie, ni la tempête, ni la mer. Ni même Dick Blackheart, ou le Crochu.

En pensant à Blackheart et à ses hommes, Sirena retrouva une nouvelle vigueur. Les roulements de l'orage grondèrent comme les coups de feu tirés par les pirates dans la mâture, les éclairs étincelèrent telles les épées qui s'entrechoquaient sur le pont de *La*

Rana. Les griffures de la pluie cinglante lui rappelèrent les doigts voraces des pirates, qui la souillaient vicieusement. Le lugubre mugissement du vent résonna aux oreilles de Sirena comme les cris terrorisés d'Isabel. Elle imagina dans les gros nuages noirs les formes des monstres qui se jetaient sur elle, avides de satisfaire leur envie.

Sirena se mordit les lèvres jusqu'au sang, elle le lécha. Du sang ! Comme celui de sa virginité perdue à bord de *La Rana* !

La frégate se soulevait au rythme des vagues, les mâts grinçaient. La jeune femme amenait le navire au fond de la lame puis le faisait remonter sur la crête. Le mouvement incessant lui donnait par moments des vertiges. Les pleurs de la jeune femme se mêlèrent à la pluie. Des larmes de joie, car Sirena se sentit à nouveau indomptable et invincible.

Caleb décida de monter sur le pont pour voir comment allait Sirena. Les hommes, qui étaient tous des marins éprouvés, émettaient des doutes sur leur Capitana. Comment aurait-elle suffisamment de force pour sauver le navire de cette tempête ? Wouter était le plus virulent de tous. Seul, le vieux Jacobus montrait une confiance totale en elle.

— Ce n'est pas une femme ordinaire, c'est une *vraie* femme ! Le démon l'habite. Elle a dit qu'on allait arriver vivants et entiers ? Elle n'a pas menti, ou bien je suis un marin d'eau douce !

Le vent plaquait le jeune garçon contre le bastingage de l'arrière-pont. Caleb devait solidement s'agripper aux cordages et au pied des mâts pour rejoindre Sirena à l'avant. Il la vit attachée à la barre. Elle était trempée jusqu'aux os.

— Je viens à la rescousse, lui cria Caleb.

Sans quitter des yeux l'horizon ourlé de crêtes blanches, Sirena acquiesça d'un signe de tête. Arrivant près de Sirena, Caleb empoigna le gouvernail et s'arrima lui aussi.

— Caleb, prends les commandes. Tu dois garder la

barre bien droite. Si la frégate vire de bord ou si elle vient en travers, c'en est fini de nous. Des tonnes d'eau déferleront sur le pont. La barre doit rester stable. En es-tu capable, Caleb ?

— Oui, Sirena, murmura-t-il entre ses dents serrées.

Il le ferait même s'il devait en mourir. Comment une femme avait pu rester trois heures sous cette tempête ? Il l'avait remplacée depuis quelques minutes à peine, et déjà ses bras lui faisaient atrocement mal.

Pendant près d'une heure, Caleb gouverna la frégate, aidé par les encouragements de Sirena, qui n'était pas partie se reposer.

— Là-bas, au loin, la mer est calme ! s'écria joyeusement la jeune femme. Ne t'avais-je pas dit qu'il n'y avait rien à craindre ? La tempête est passée !

Caleb massait ses membres endoloris et fit un effort pour sourire, tant il était exténué.

— Tu t'es bien débrouillé, petit frère, le complimenta Sirena en riant. Très bien même !

Heureux des éloges de la jeune femme, Caleb descendit au carré raconter aux hommes l'exploit de Sirena. Ils l'écoutèrent d'un air stupéfait. La fierté qu'ils éprouvaient pour leur Capitana grandit. Pour tous, sauf pour Wouter qui se tut. En lui montait l'envie furieuse de posséder cette sorcière.

Il leur fallut encore un jour de traversée en naviguant avec un vent nord-est pour rejoindre le détroit de la Sonde, puis de là, la Rivière de la Mort.

Sirena réfléchit à ce premier voyage qu'elle avait effectué comme capitaine. Elle était satisfaite car, sans aucun doute, elle avait parfaitement gouverné sa frégate. Ses matelots n'hésiteraient pas à prendre de nouveau la mer avec elle. Puis elle pensa à Regan, juché à la proue de son navire, dans la même pose qu'elle. Il avait une belle allure, les muscles bandés, le corps droit. Quand il lui avait souri, son cœur s'était mis à battre plus vite. Elle ressentait à chaque fois le même effet, depuis le jour où elle avait posé les yeux sur lui... Sirena avait remarqué que Regan semblait la désirer à ce moment précis. Ce regard la rendit folle de joie, mais brusquement son ivresse s'envola. Que penserait-il s'il savait que Sirena avait été violée par Dick Blackheart et que sa véritable fiancée n'était plus de ce monde ?

Wouter était sur le pont avant et observait Sirena en train de monter sur son étalon, aidé par Caleb qui calmait la bête. Le matelot se caressa l'entrejambe sans quitter des yeux, jusqu'à leur disparition dans la jungle, les trois cavaliers — la Capitana, Caleb et Jan.

Le vieux Jacobus lorgna Wouter et se souvint des paroles de Jan à son arrivée à bord de *La Rana*.

— Ne perds jamais de vue ce bâtard de Hollandais vicieux. Il ne doit pas s'approcher de la Capitana !

— Ni même *essayer* ! avait juré le vieil homme.

11

A l'abri d'un bosquet de muscadiers, Jan Verhooch souhaita une bonne nuit aux deux jeunes gens harassés mais joyeux. Sirena et Caleb laissèrent leur monture aux soins de Jan, qui repartit prévenir les hommes de rentrer dans leur village et d'attendre les ordres de leur Capitana. Pour le moment, ils devaient cacher une partie du butin dans la jungle, ou en laisser à bord de la frégate. Les villageois pourraient devenir soupçonneux... et Sirena ne voulait à aucun prix que ses activités s'ébruitent jusqu'à Batavia.

La profonde obscurité de la nuit empêchait quiconque de repérer les deux silhouettes en train de traverser le jardin en direction de l'arrière de la maison. Sirena et Caleb seraient bientôt dans la chambre, après avoir escaladé le treillage.

En rentrant, Sirena vit les plateaux des repas, qui traînaient dans la pièce. Juli avait parfaitement exécuté sa tâche, prouvant à Sirena qu'elle pouvait lui faire confiance.

— Frau Holtz va être surprise de nous voir réapparaître, après une si longue « retraite » ! fit Sirena en riant aux éclats.

Elle étreignit subitement Caleb contre sa poitrine.

— Nous avons réussi ! s'exclama-t-elle.

— Je me demande ce que s'imagine l'équipage, dit le garçon en se joignant à ses rires. Ils ne savent pas qui tu es, il n'y a que Jan qui connaisse la vérité.

— Ils le sauront quand je le déciderai. Il le faudra

bien un jour de toute façon, car nous allons prendre la mer très souvent, jusqu'à ce que je ruine Regan van der Rhys et que je déniche ce maudit pirate qui a assassiné ma sœur. Quand je l'aurai sous la main...!

D'un pas las, Caleb gagna sa chambre qui jouxtait celle de la jeune femme.

— Bonne nuit, Sirena, dit Caleb en se retournant. Dors bien, ma sœur!

Le lendemain matin, les premiers rayons de soleil réveillèrent Sirena, qui eut l'impression d'avoir dormi quelques minutes seulement. Elle n'avait pas pensé à tirer les rideaux! Peu de temps après, quelqu'un frappa pour signifier que le petit déjeuner l'attendait devant la porte.

Sirena sauta du lit, reposée et heureuse. Quelle ne fut pas la surprise de Frau Holtz de voir la jeune femme ouvrir la porte! Elle la fixa d'un regard incrédule. Ces Espagnoles! Elles pouvaient passer cinq jours enfermées à prier pour le salut d'un mort enterré depuis longtemps!

Frau Holtz lui tendit un message avec l'emblème de la couronne espagnole. Sirena retourna près de son lit, suivie de l'intendante qui portait le plateau du petit déjeuner. Elle décacheta la missive et fit si brusquement volte-face que Frau Holtz faillit tout renverser.

— Señor Alvarez m'invite à déjeuner, annonça Sirena.

L'intendante, étonnée, posa le plateau et s'en alla.

— Caleb, Caleb, viens ici, appela Sirena.

Un moment plus tard, le garçon arriva dans sa chemise de nuit, les yeux encore ensommeillés.

— Je vais être absente aujourd'hui. Je veux que tu travailles sur ces cartes, lui expliqua Sirena en les sortant de derrière la penderie, où elle les avait mises la veille. Étudie en particulier les fonds et les récifs qui se trouvent à l'embouchure de la Rivière de la Mort. Il faut que tu sois capable de naviguer dans le chenal comme je peux le faire. Regarde attentivement cette carte de la pointe ouest de Java et du détroit de la Sonde. Au fait, Caleb... que penses-tu de Don Chaezar Alvarez ? Tu l'as vu fréquemment ici, tu le connais un peu.

Le garçon ouvrit la bouche pour répondre mais la jeune femme enchaîna.

— Je le trouve charmant et plein de galanterie. Mais tous les Espagnols sont des hommes courtois. Ce n'est pas comme ces rustres de Hollandais. Il a des manières élégantes... une démarche majestueuse, il a bon goût pour choisir ses cigares. Pas comme Re... C'est un personnage charmant, répéta Sirena.

— Oui, Sirena, il est charmant.

Caleb ne voulut pas avouer sa préférence pour Regan. A l'inverse, Chaezar Alvarez incarnait pour lui le diable, avec sa moustache et son impériale impeccablement soignées. Que cachait-il derrière ? Une faiblesse de sa virilité ?

— Emporte-les dans ta chambre, dit Sirena en lui tendant les cartes. Mais fais attention que personne ne te voie. Souviens-toi que si tu sais naviguer, tu nous sauveras peut-être la vie.

Sur cette recommandation, Caleb laissa la jeune femme, qui s'apprêta pour son rendez-vous.

Sirena était assise dans la bibliothèque de Don Alvarez et sirotait un verre de vin doux.

— Puis-je vous dire combien vous êtes ravissante, ma chère Sirena ?

— Je vous y autorise, fit celle-ci d'un ton espiègle.

Chaezar caressa sa barbiche, ses yeux noirs pétillants de malice après la réponse de son invitée. Sirena admira l'allure distinguée de son hôte. Elle respira profondément. Cet homme était si... si masculin.

L'Espagnol souriait. Il avait remarqué le trouble de la jeune femme, qu'il trouvait d'une beauté stupéfiante. Ah, se dit-il, ces barbares du Nord ne peuvent pas apprécier une femme comme Sirena. Ces êtres libidineux ne connaissent que leurs fades laiderons, aussi froides et blanches que la banquise. Mais une femme comme Sirena, avec sa flamboyante chevelure d'ébène et sa nature chaleureuse du Sud, ne pouvait qu'exciter l'imagination d'un homme. Alvarez avait patiemment observé la nouvelle venue. Il était certain que derrière son masque de pruderie et de bonnes manières se cachait un tempérament fougueux. Cette pensée attisait son désir.

— Comment va Regan ? Toujours occupé, je parie !

— Pour être franche, je ne sais vraiment pas, répondit Sirena en buvant son vin avec délicatesse. Il s'est absenté ces cinq derniers jours... Où, je ne sais pas. Mais pourquoi cette question, Don Chaezar ?

Sirena prêta attention à la voix d'Alvarez. Elle était profonde, mais à la fois suave et apaisante. La jeune femme ne tarda pas à se sentir à l'aise dans cette maison. Entendre parler sa langue, si agréable à l'oreille, la détendait.

— Vous portez un prénom enchanteur, Sirena. Il me rappelle quelque chose d'exotique : la douceur des pétales d'une fleur rare, le bruissement des ailes d'un oiseau, la couleur chaude des mers du Sud...

— Quel poète, Monsieur ! Mais... vous ne devez pas oublier que je suis en deuil. Mon père, mon oncle... et je m'appelle Madame van der Rhys, murmura la jeune femme.

Elle imagina de quelle façon Regan pourrait décrire son prénom. Sa rudesse l'empêcherait d'y mettre de la poésie. Mais peu importait, elle se trouvait en compagnie de Chaezar, et non de Regan.

— Sirena, je vous ai demandé de venir ici pour une raison précise. Et j'irai droit au but. A quel royaume êtes-vous fidèle ? Je sais, ma question est ridicule, mais un Espagnol reste un Espagnol. Je dois l'entendre de votre bouche. Il n'y avait pas de plus loyal envers l'Espagne que votre père. Et le fait que vous ayez épousé un Hollandais ne change rien, n'est-ce pas ?

— Pourquoi... non, bredouilla Sirena, en se demandant où il voulait en venir.

— Je requiers votre aide. Comme... alliée... je crois

que nous pourrions conclure ensemble une bonne affaire, qui nous profiterait à tous deux.

— Poursuivez, Don Chaezar.

— Attendez, je voudrais vous dire autre chose. Je ne me serais jamais permis de vous inviter chez moi pour vous proposer cette alliance, si je ne connaissais pas la situation dans votre foyer. Je veux dire, s'empressa-t-il d'expliquer, qu'il est évident que votre mariage a été arrangé. Un mariage qu'aucun d'entre vous ne voulait. On m'a dit que vous faisiez chambre à part. Regan a... ses aventures disons... les domestiques parlent, vous savez. Je voudrais croire, et j'espère à vrai dire, que vous avez un peu d'amour pour cet homme. Si c'était le cas, il ne courrait pas après toutes les prostituées, de Java à Sumatra.

Misère du monde, murmura Sirena à part soi. Cet homme se rend-il compte de ce qu'il dit ? Il va finir par me proposer de me déflorer, puisqu'il suppose que je suis encore vierge.

Sirena trouva sa réflexion si ridicule qu'elle en sourit. Alvarez crut qu'elle l'invitait à poursuivre.

— Bien, je vous explique donc mon idée, ma chère. Je suis dans une situation des plus précaires. Comme vous le savez, je dirige le commerce des îles pour le compte de l'Espagne. Tout comme Regan le fait pour la Hollande. Depuis de nombreuses années, les Hollandais sont les plus forts. Je dois reprendre la première place. Car j'ai l'intention de rentrer dans notre pays avec les honneurs et en héros. Je pense partir bientôt. Je commence à m'ennuyer sur cette île, je me languis de la cour à Madrid. Et malheureusement, ma vie, ou ce que j'en ai fait jusqu'à présent, ne m'a apporté aucun prestige. Ni aucune gloire, si vous voulez... explicita Alvarez d'une voix doucereuse. Entre Regan et moi, il y a quelques rivalités. Nous reprenons à l'autre ce qu'il a conquis, nous nous causons un peu de tort. Que puis-je dire d'autre, fit Chaezar en haussant les épaules, à part que... vous pourriez peut-être glaner des renseignements sur les navires affrétés par Regan, les routes qu'ils suivront...

Sirena s'enfonça dans le fauteuil et écouta le murmure de ses paroles. Elle était en train d'entendre un discours qu'elle n'appréciait pas du tout. La compétition entre les deux hommes ne l'étonnait pas du tout, ni leurs manigances. Non. C'était autre chose qui la mettait en rage... et il lui était difficile de se contenir.

Sirena monta dans sa chambre pour se changer, puis elle se précipita chez Caleb. Elle l'observa un instant tandis qu'il écrivait sur son ardoise, entièrement concentré sur son travail. Elle dut l'appeler une seconde fois, car le garçon ne l'avait pas entendue entrer.

— Caleb, je veux que tu files à l'embarcadère. Il faut que tu découvres quand partent les prochains navires de Señor Alvarez, lui dit Sirena d'un ton ferme. Retiens toute information qui peut nous être utile. J'ai décidé que nous nous attaquerons à ses bateaux, pour le ruiner, *lui aussi!*

— Mais... je... Que s'est-il passé? Pourquoi cela?

— Pour différentes choses qui ne te concernent pas encore, petit frère. Tu peux peut-être tirer des renseignements des pêcheurs ou des enfants. C'est bientôt l'heure du dîner, alors dépêche-toi.

Caleb observa le regard émeraude de la jeune femme, dans lequel brillait de nouveau cette lueur inquiétante que le garçon avait remarquée durant ces jours affreux à bord de *La Rana*. Il en eut des frissons dans le dos et se demanda ce qui avait pu mettre Sirena dans cet état.

— Oui, Sirena. Mais si jamais je rencontre Monsieur van der Rhys, comment vais-je lui expliquer que je suis en train de poser des questions sur Alvarez?

— Tu lui raconteras que depuis que tu as remarqué que... que je m'intéressais à cet Espagnol, tu voulais en savoir plus sur lui et sur ses navires. Il vaut mieux lui laisser croire que tu es de son côté. Et que tu ne veux pas qu'une amitié naisse entre Don Chaezar et moi! dit-elle en éclatant de rire.

Sa récente conversation avec Chaezar l'avait rendue furieuse, mais l'avait aussi embarrassée. Regan avait-

il effectivement fait savoir que ce mariage le dérangeait ? Chaezar ne s'était pas gêné pour le lui répéter !
Et tout ce discours sur sa fidélité à la patrie, cette
alliance entre compatriotes... il avait cherché à l'utiliser comme une espionne, pour conspirer contre son
concurrent ! Sirena se jura de ne jamais tomber entre
les mains d'un homme qui se servirait de son corps
ou de son intelligence. Jamais elle ne serait un instrument. Et Chaezar découvrirait sans tarder que son gentil sourire et sa complaisance n'étaient qu'une feinte.

— Est-ce que tout ceci a... a quelque chose à voir
avec... les « rusées de femmes » ? osa demander Caleb.

Impatiente, Sirena lui répondit d'un signe de tête
affirmatif et jeta au garçon une petite bourse remplie
de pièces d'or.

— Tu en auras peut-être besoin pour délier les langues. Je reprends les cartes. Demain, nous nous pen-
cherons dessus tous les deux. Caleb, as-tu parlé à
Regan depuis qu'il est revenu ce matin ?

— Je l'ai croisé et il était d'une humeur massacrante. Il ne m'a pas dit un mot. Je suis resté un
moment dans la bibliothèque pour essayer d'apprendre des nouvelles, mais personne n'est venu. Je l'ai
entendu crier après Frau Holtz, il y a peu de temps.
Je crois qu'elle lui racontait quelque chose qu'il
n'avait pas du tout envie d'écouter. Je ne pouvais pas
comprendre tous les mots mais je sais qu'il était très
en colère.

Sirena s'assombrit. Elle resta un instant le regard
errant dans le vague. Elle savait ce qui tourmentait
Regan. Puis elle sourit ironiquement.

Caleb ressentit un certain malaise devant l'expression de Sirena. Il eut soudain peur pour l'Espagnol.
Qu'avait donc fait celui-ci pour que la jeune femme se
déchaîne contre lui ? Elle ne voulait pas lui dire. Oh,
il avait déjà tant de choses sur lesquelles réfléchir, que
sa tête en bourdonnait. Si seulement il pouvait partir
en mer et oublier toute cette affaire... ou intrigue,
comme disait Sirena, qui lui avait appris ce mot.

— Va vite, Caleb. A ton retour, rejoins-moi dans ma

chambre. Je vais prétexter un méchant mal de tête
me rendra incapable de dîner en bas avec Regan. Vi
me rapporter au plus vite ce que tu auras appris.

Revenue dans sa chambre, Sirena sonna sa jeune
servante. Elle demanda à Juli de lui apporter son
repas.

— Je sens que je vais tomber malade, expliqua
Sirena à la jeune fille, qui la regardait curieusement.
Une de ces maladies dont nous sommes très souvent
sujets, nous, les Espagnols. Et je ne voudrais pas con-
taminer quelqu'un. Car c'est une maladie virulente
quand elle est déclarée. Il serait d'ailleurs préférable
que tu laisses les repas sur le palier, comme les jours
précédents. Tu frappes légèrement à la porte. Si les
plateaux restent trop longtemps dehors, tu les rentres
dans la chambre. Si jamais j'étais toujours malade et
que je ne mangeais rien, tu descends les plateaux à la
cuisine. Je ne veux pas qu'ils s'entassent comme
l'autre fois. Tu m'as bien comprise, Juli ?

La jeune fille hocha la tête.

— Je ne me sens vraiment pas bien. Tu ferais mieux
de te dépêcher, dit Sirena d'une voix faible, portant
la main à son front.

Caleb rentra peu avant l'heure du dîner et courut
chez Sirena. Il se trouvait dans un état presque hystérique.

— Qu'y a-t-il ? S'est-il passé quelque chose de
grave ? demanda la jeune femme avec anxiété.

Caleb reprit sa respiration, il avait des difficultés à
s'exprimer.

— Oui et non, Sirena. Au port, on ne parle que de
la femme qui a coulé le *Wanderer*. Tout le monde
savait que Regan voulait s'emparer de ce galion. On
dit que la sorcière qui gouvernait le navire se moquait
de la cargaison. La seule chose qu'elle voulait, c'était
détruire le vaisseau. Regan est dans une colère folle.
L'Espagnol, lui, sourit et dit que les Hollandais vont
traverser une mauvaise passe. Les marins de Regan
racontent partout que, après avoir récupéré l'équipage

du galion, ils sont partis à la poursuite du navire à travers la tempête, qu'il avait un aspect mystérieux avec ses voiles noires. Ils ont aperçu les hauts des mâts au moment même où nous aurions disparu de la surface de la terre. Ils parlent de toi comme d'une vengeresse venue du ciel.

— Disparus de la surface de la terre ? C'est ce qu'ils disent ? s'écria Sirena, jubilante. C'est sans doute lorsque nous sommes entrés dans la Rivière !

— Le capitaine Kloss se vantait que Regan aurait pu te réduire à néant en quelques minutes s'il l'avait vraiment voulu. Mais on dit que Regan était de bonne humeur et surtout frappé par ta beauté.

— Jamais ! Regan a prétendu cela pour garder la face. Que dit-on d'autre ?

— L'Espagnol a envoyé deux navires il y a moins d'une heure pour Cape Town. Ils sont chargés. Un des galions est escorté.

— Que transporte-t-il ?

— De la soie et des épices, des clous de girofle surtout. Marchandise très précieuse à cette époque de l'année.

— Et Regan, quels sont ses projets ?

— Le *Java Queen* partira demain à l'aube. Les soutes seront pleines à ras bord. Cannelle, noix de muscade et girofle.

— Connais-tu sa destination ?

— Amsterdam. Ils feront escale à Enganno, sur l'île de Sumatra. Regan rejoindra alors Java en pirogue. Il veut voir le *Java Queen* hors des eaux où se cache la femme pirate. Et je l'ai entendu dire que son navire reviendrait à vide.

— Si la marée est bonne, dit Sirena en sortant les cartes, nous pourrons quitter la crique dans moins de deux heures. *La Rana* est légère et rapide. Nous pourrons rattraper les navires espagnols aux alentours du détroit de la Sonde. Ils doivent être lourds et avancer lentement. Cette fois, cap à l'ouest, petit frère ! Et après avoir détruit les Espagnols, nous attaquerons les Hollandais sur notre route de retour. Il ne faudra pas

perdre de temps. Si nous avons des vents favor‑
mon plan devrait parfaitement fonctionner.

Sirena glissa rapidement les cartes sous le lit comm‑
on frappait à sa porte.

— Qui est là ? demanda-t-elle.

— Votre souper, Madame, lui répondit Frau Holtz.

— Merci. Posez le plateau. Si j'ai le cœur à manger,
je le prendrai. Laissez-moi à présent, car je me sens
vraiment fatiguée.

— Très bien, Madame.

Frau Holtz grommela derrière la porte. Sirena lança
un coup d'œil complice à Caleb, qui lui sourit. La seule
pensée de partir en mer le rendait heureux. Sirena
finit par aller ouvrir.

— Frau Holtz, fit-elle en se tenant la tête comme si
elle était fiévreuse.

— *Ja*, Madame ?

— Je viens de discuter avec mon frère. Il pense que
nous devrions faire une autre retraite, dès maintenant.
Nous avons aussi décidé de jeûner, donc vous, ou Juli,
n'aurez pas besoin de nous apporter de repas. Le jeûne
fera le plus grand bien au mal qui vient de me prendre.
Mais ne vous inquiétez pas. J'ai déjà eu cette maladie
et après quelques jours sans manger j'étais guérie.
Mon frère pourra s'occuper de moi. Je voulais aussi
vous remercier pour la serrure qui a été installée à ma
porte. A propos, souvenez-vous que si vous frappez,
personne ne vous répondra. Nous n'échangeons pas
une parole quand nous sommes en retraite. Nos prières n'auraient plus de sens. Vous comprenez, Frau
Holtz ?

— *Ja*, Madame, dit l'intendante avec un air qui prou-
vait qu'elle ne comprendrait jamais la ferveur religieuse des Espagnols.

— Nous allons dîner, maintenant. Ce repas nous
donnera suffisamment de force jusqu'à la fin de notre
retraite. Que Dieu soit avec vous, soupira Sirena.

Frau Holtz tourna précipitamment les talons. « Quelles manières ! » murmura-t-elle en descendant à la cuisine. Mais après tout, de quoi se souciait-elle ? Si

Madame voulait rester des jours entiers enfermée et laisser la poussière ou l'humidité envahir sa chambre, et que Monsieur ne disait rien, pourquoi devrait-elle s'en préoccuper ? Quel drôle de mariage ! Elle pénétra dans la cuisine en poussant violemment la porte mais se retint de se plaindre à la cuisinière. Frau Holtz n'avait pas pour habitude de commérer sur ses patrons.

Incapable de garder le silence plus longtemps, l'intendante décida toutefois de mettre van der Rhys au courant. Dieu seul savait quelle allait être sa réaction en apprenant cette nouvelle !

Elle entra dans les appartements qu'occupait Regan, au premier étage.

— Madame... est entrée en... en retraite, expliqua-t-elle d'une voix hésitante à son maître. Elle ne veut aucune nourriture et a verrouillé la porte. Madame a dit aussi qu'elle ne répondrait pas si on venait frapper à sa porte. A-t-elle le droit de faire cela ?

— A-t-elle le droit de faire cela ? fit Regan en imitant la vieille femme. Bien sûr qu'elle a le droit ! Les Espagnols n'agissent pas comme nous. Si Madame souhaite passer son temps à se recueillir, nous ne l'en empêcherons pas. Où est le problème, Frau Holtz ?

— Eh bien... je... je croyais que vous... vous voudriez...

— Savoir ce qui se passe ? Chère Frau Holtz, dit posément Regan, cette retraite vous donnera moins de travail. Obéissez à la volonté de mon épouse et laissez-la à ses prières avec son frère. Nous n'avons pas la même religion, mais ce n'est pas une raison pour ne pas respecter leurs vœux. J'espère ne plus rien entendre à ce sujet.

— Mais Monsieur, je suis ennuyée à cause de cette serrure sur sa porte.

— Vous l'effrayez peut-être, Frau Holtz. Et c'est un moyen de vous tenir éloignée d'elle. N'y avez-vous pas pensé ?

— Croyez-vous que...

— Ne vous mêlez pas des affaires de ma femme, est-

ce clair ? dit Regan d'un ton qui n'admettait au[cune]
réplique.

— Oui, je comprends parfaitement. Merci, Mo[n]
sieur.

Regan regarda partir l'intendante en souriant. Elle
qui avait régné depuis tant d'années sur son royaume,
se sentait à présent dérangée.

Van der Rhys se demanda pourtant à qui était destinée cette serrure, à Frau Holtz ou bien à lui ? Mais
Sirena pouvait se rassurer, il avait d'autres chats à
fouetter. Il aurait la bonté de ne pas l'importuner. Et
qu'elle prie pour son âme. Et pour une traversée sans
encombre.

Allait-il rencontrer de nouveau cette sorcière des
mers, se demanda-t-il, le cœur tambourinant. Que
ferait-il si elle attaquait son navire ? Cette femme
extraordinaire habitait son esprit. Et son désir !

12

Caleb suivait les manœuvres de Sirena, à la barre de la frégate. Ils étaient en train de quitter la rivière. Il était inquiet.

— Il te reste quelques minutes avant que ce soit le jusant. Vas-tu y arriver ? lui demanda le garçon.

— Ne crains rien, petit frère, *La Rana* pénétrera en pleine mer sans aucun problème.

Anxieux, Caleb écrasa son poing dans une main. Les hommes dans les mâts redoutaient comme lui le passage des récifs. Mais le garçon faisait confiance à Sirena. Jusqu'à présent, elle n'avait jamais commis d'erreur.

Observant Caleb, Sirena eut de nouveau le sentiment qu'elle l'avait déjà vu auparavant, bien avant qu'il ne s'engage dans la flotte de Cordez à Cadix. Sa démarche lui semblait familière, son chaleureux regard l'obsédait.

— Caleb, l'interrogea-t-elle subitement, n'as-tu jamais voyagé à travers l'Espagne ?

— Je suis seulement allé à Cadix, Sirena. Pourquoi cette question ?

— C'est... il me semble te connaître, j'ai l'impression de t'avoir déjà rencontré il y a longtemps. Mais pas à Cadix, puisque nous habitions Séville.

— La seule fois que je suis venu en Espagne, c'est grâce à ton oncle, qui m'a sauvé. J'étais sur le *Lord Raleigh* et il a vu qu'on me fouettait à bord de ce navire anglais. Il m'a alors gentiment proposé de signer pour la société Cordez. Je n'avais jamais mis les pieds dans ton pays avant cela. Mais j'ai appris l'espagnol avec Carlos, le cuisinier du *Lord Raleigh.*

Caleb rejeta la tête en arrière et se mit à rire.

— Tu as l'air intrigué, Sirena. Je ne t'ai jamais vue dans cet état. Qu'est-ce qui t'étonne à mon sujet ?

Sirena eut des frissons. Ce rire ! La façon dont Caleb avait ri lui rappelait quelqu'un... Elle se força à rester concentrée sur la manœuvre de la frégate.

— La mer au loin, cria-t-elle aux marins. Nous n'avons pas une minute à perdre ! Larguez les voiles !

Un cri de joie et d'admiration retentit sur le pont quand ils eurent franchi l'embouchure. Sirena et Caleb se regardèrent en poussant un soupir de soulagement. Jan s'approcha de la jeune femme pour lui parler.

— Tout le monde va bien ? demanda-t-elle.

— Oui, Sirena. Le butin du galion était une belle prise. Les hommes en ont assez pour le restant de leur vie. Ils mènent une vie simple, ils n'ont besoin que de manger, et de boire de temps en temps ! Ils veulent seulement être considérés comme des hommes utiles, sauf... Wouter, murmura Jan. Cet homme me fait du souci. Il a toujours été en marge des autres, bien qu'il soit Hollandais et qu'il a lui aussi été rejeté du même équipage que nous autres. Je ne voudrais pas le garder, mais j'ai peur qu'il parle.

— Sa part de butin ne lui convient-elle pas ?

— C'est ce qu'il dit, mais Martin a surtout lu dans son regard que le mot « butin » n'avait pas le même sens pour lui. Ce n'est pas de la marchandise qu'il veut, c'est *vous,* Capitana, lui affirma Jan sans détour. Nous le surveillons tous, mais il devient chaque jour de plus en plus haineux.

— Je l'ai aussi remarqué, Jan. Et quand je suis obligée de le regarder, mes nerfs se crispent. Un de ces jours... Mais cela suffit ! Je ne veux pas d'hostilité entre les membres de l'équipage.

— Oui, Capitana. Tout se passera bien. Les hommes disent que vous êtes le meilleur capitaine qu'ils aient jamais connu. Vous passez presque pour une sorcière à leurs yeux, quand ils voient comment vous conduisez la frégate jusqu'à la mer !

Sirena le remercia humblement de son compliment, puis elle s'adressa à Caleb.

— Va te reposer un moment. Tu auras besoin de toutes tes forces d'ici peu.

Jan et le garçon quittèrent le pont. Sirena crispa ses mains sur la barre. Au moment de traverser le chenal, elle avait vécu un instant de peur. Malgré son expérience, Sirena n'arriverait pas à mener un navire dans cette étroite rivière sans l'aide de la marée. Si un jour les eaux de l'embouchure étaient basses... Mais pour l'heure, la question était de savoir si elle réussirait à attaquer et à détruire les deux vaisseaux espagnols. L'escorteur, armé de lourds canons, l'inquiétait quelque peu. La jeune femme pria pour que la nuit tombe rapidement.

De gros nuages ne tardèrent pas à obscurcir le ciel.

Parfait ! se dit Sirena. Un vaisseau noir. Une nuit noire. Elle regretta de ne pas avoir pu partir plus tôt... Où se trouvaient les navires espagnols ?

— Navire en vue ! entendit-elle soudain.

Sirena prit sa longue-vue. Elle distingua les galions dans un rayon de clair de lune qui se glissait entre deux nuages. Ils se trouvaient environ à cinq nœuds devant la frégate. Caleb arriva précipitamment à ses côtés.

— Doucement, petit frère. Le bruit porte au loin. Le brick vogue dans le sillon du second galion. Ne nous occupons pas du premier et désemparons ces deux-là. Le prestige d'Alvarez va subir quelques avanies ! Nous devons faire feu sur les deux navires en même temps. Il faut envoyer une bordée bien précise, car nous n'aurons pas de deuxième chance. Prions Dieu que le ciel ne se découvre pas avant que nous ayons pu tirer. Maintenant... silence absolu !

Caleb hocha la tête et courut donner les ordres aux marins. Il revint presque aussitôt.

— A cinq, sur ton signal, les canonniers feront feu,

chuchota Caleb. Pas de soucis, Sirena, ils feront mouche. Tous les hommes sont en place.

Quelques instants plus tard, un murmure circula de la Capitana à ses hommes. Sirena compta jusqu'à cinq et un gigantesque grondement emplit la nuit, tandis que les boulets atteignaient les cibles. Sirena regarda dans sa longue-vue et aperçut des hommes à la mer et d'autres se bousculer sur les ponts. Des râles et des cris d'effroi résonnèrent dans la nuit silencieuse. Tandis que *La Rana* s'approchait du galion abîmé, la lune inonda la mer de sa clarté. Le brick gîtait à tribord, ses hommes étaient appuyés au bastingage et se demandaient encore ce qui venait d'arriver.

— Caleb, prends le gouvernail et maintiens-le droit, lança Sirena, qui courut à la proue, son sabre à la main. Rendez-vous, cria-t-elle, et il n'y aura pas d'effusion de sang. Si vous demandez quartier, vous pourrez sauter dans les chaloupes !

— La femme pirate, hurla quelqu'un. Nous ne nous rendrons pas. Nous convoyons une cargaison de soie en Espagne, notre patrie.

— Les gens de chez vous ont besoin de nourriture, pas de soie, répondit Sirena. Ces précieuses étoffes ne profitent qu'aux marchands, qui deviennent encore plus gras qu'ils le sont. Je compte jusqu'à trois. Si vous ne vous rendez toujours pas, je vous envoie par le fond. Feu à trois.

Le canon rugit.

— Espèces d'idiots. Pourquoi ne m'avez-vous pas écoutée ? Je ne parlais pas en l'air. Vous avez eu votre chance.

Le galion commençait à sombrer. Sirena ordonna de faire feu sur les chaloupes. Ces hommes, qui étaient si fiers de servir des marchands, iraient rejoindre les requins ! Les marins du brick, des hommes de guerre chargés d'escorter le galion, demandèrent à se rendre.

— Dépêchez-vous, vous n'avez que quelques minutes, hurla Sirena.

Perchée sur le mât de beaupré, elle sauta prestement en s'accrochant au cordage et fila sur le gaillard.

— Y a-t-il parmi vous un homme avec un crochet en guise de main ? les interpella Sirena. Réfléchissez avant de répondre, ou vos chaloupes risqueraient de ne plus être utilisables et vous iriez nourrir les poissons !

— Cet homme n'est pas à bord. Et sur le galion non plus, répondit le capitaine d'un ton angoissé.

— Vous mentez ! siffla la jeune femme. Montrez-moi vos mains. Je vous coupe la langue si jamais vous m'avez trompée !

— Il n'y a pas de marin avec un crochet, la défia le capitaine. Vous avez ma parole !

— Avez-vous déjà entendu parler de cet individu ? N'oubliez pas mon châtiment si vous me mentez !

— Oui. On dit qu'il a tué la femme du Hollandais et qu'il lui aurait enlevé son fils. Cette histoire remonte à des années. Depuis, je n'ai plus jamais eu de ses nouvelles. Mais que lui voulez-vous ? se hasarda à demander le capitaine, devenu plus confiant.

— Cela me regarde, matelot ! Si vous avez la chance de rejoindre un port, faites savoir que je recherche le Crochu, comme van der Rhys. Je coulerai tous les navires que je rencontrerai sur les mers, jusqu'à ce que je mette la main sur lui. Qu'il se montre ou d'autres marins le tueront et me donneront son corps !

— Et si le Hollandais le trouve avant vous ?

— Alors, répondit Sirena en riant gaiement, je tuerai le Hollandais pour lui reprendre cet homme. Il m'appartient !

Le brusque silence à bord du brick fut la preuve que les hommes ne doutaient pas de la détermination de la jeune femme.

— Je suis d'une humeur charitable, partez avant que je ne change d'avis... comme les femmes ont tendance à le faire !

Les marins ne se firent pas prier. Ils mirent à l'eau les chaloupes et grimpèrent dedans. Ils s'éloignèrent en ramant à toute vitesse sans jeter un coup d'œil en arrière.

— Larguez les voiles et bordez au vent, cria Caleb depuis le timon.

— Ces chaloupes finiront par gagner un port. J'entends déjà les histoires qu'ils vont raconter, dit Sirena avec une lueur d'amusement au fond des yeux. Ils expliqueront certainement qu'ils tenaient la victoire mais qu'un coup du sort m'a finalement donné l'avantage.

Caleb l'interrogea du regard quand elle revint vers lui.

— Je suis certaine que ces racontars parviendront aux oreilles de Regan. Il sera au courant de ma détermination à parcourir ces océans jusqu'à ce que je trouve le Crochu ! Quant au Señor Alvarez, grimaça-t-elle, quand il apprendra le naufrage de deux de ses vaisseaux, il se mettra à tirer nerveusement sur sa barbiche si bien soignée...

Caleb rit aux larmes en s'imaginant la colère d'Alvarez.

— Est-ce que tu as toujours l'intention d'attaquer Regan ? lui demanda Caleb après s'être remis de son fou rire.

— Bien sûr ! fit Sirena, qui remarqua le triste sourire du garçon. Nous avons rendez-vous avec le Hollandais, non ? Je ne voudrais pas le décevoir ! Mais nous avons peut-être déjà doublé Enggano, on ne voit rien par cette nuit noire. Il faudra alors faire demi-tour et l'intercepter avant qu'il n'atteigne cette île : je veux attaquer le *Java Queen* tant que l'administrateur de la Compagnie Hollandaise est à son bord. Et mon plaisir sera encore plus grand de désemparer son propre navire plutôt que n'importe quel autre bâtiment hollandais !

Sirena chercha des yeux son second.

— Jan ! appela-t-elle. Venez prendre la barre. Caleb, tu ne dois pas te montrer, au cas où nous approcherions du *Java Queen*. Quant à moi, je vais me reposer sur le pont. Il n'y a pas d'air dans la cabine ! Ah, Jacobus ! Est-ce que ça va ?

— Très bien, Capitana. Il faut que je vous félicite sur votre façon de naviguer.

— Et moi, lui dit-elle en riant, sur votre cuisine !

Le vieux Hollandais la remercia d'un large sourire.

— Capitana, il y a quelques années, j'ai servi à bord d'un navire où il y avait un homme qui portait un crochet à la place d'une main. C'était un bandit, un véritable tueur. Et il faut que je vous dise quelque chose. Il avait une « main » sculptée par un artisan chinois. Le crochet se fixait sur un manchon qui se trouvait au centre de cette « main ». S'il met un gant, comme le font la plupart des marins pour se protéger quand ils travaillent dans le gréement, vous ne saurez pas qu'il a une main en bois. Je le sais, Capitana, parce que je l'ai vu par moi-même. J'vous raconte ça parce que ça semble très important pour vous, ce crochet. Quand vous cherchez cet individu, regardez bien que les hommes ne portent pas de gants.

— Merci, Jacobus, de me prévenir. Un jour, je vous rendrai cette faveur.

— Y'a pas besoin. Grâce à vous, je me sens encore utile et je suis en mer. J'demande rien de plus.

— Pourriez-vous savoir si le Hollandais est au courant de ce « détail » ?

— Monsieur van der Rhys ne sait sans doute rien. L'attaque du *Tita* s'est passée il y a huit ans, avant que ce bandit se fasse faire cette « main ». Ensuite, il a rarement montré son crochet. A moins qu'il fasse partie d'une bande de pirates maintenant !

Sirena se crispa en entendant les dernières paroles qui lui remirent en mémoire de douloureux souvenirs.

L'aube pointait sur la ligne d'horizon.

— Ce matin, préparez un petit déjeuner léger. Il ne faut pas que les hommes aient le ventre trop plein aujourd'hui, dit Sirena au cuisinier.

La jeune femme s'installa sur le pont pour un somme réparateur. Le soleil levant caressait son corps, tandis qu'une vive brise apaisait son esprit. Elle se sentit détendue, comme elle ne l'avait pas été depuis des jours.

— Il fait grand jour, murmura Caleb en secouant gentiment la jeune femme endormie. J'ai donné ordre de larguer les voiles et d'augmenter l'allure. Si tes calculs sont justes, nous devrions rencontrer le *Java Queen* avant midi.

Sirena se leva sans traîner.

— Je vais reprendre la barre jusqu'à ce qu'on le repère. Mais reste hors de vue, Caleb, c'est un ordre.

— Oui, Sirena.

Le jeune garçon eut pitié du Hollandais sans défiance. Certes, Sirena ne le tuerait pas. Mais il lui parut soudain si important qu'elle ne lui fasse aucun mal, qu'il eut envie de courir la supplier. Il n'en fit rien et combattit l'angoisse qui le tenaillait. La frégate fendait impétueusement les vagues sous la conduite de Sirena. Quand Caleb entendit le cri de la vigie, il tressaillit.

Sirena s'empara de la longue-vue pour vérifier qu'il s'agissait bien du *Java Queen*. Le navire croisait droit devant la route de la frégate.

— Ils nous ont repérés. Feu à l'avant et à l'arrière. Dépêchons !

Un effroyable vacarme déchira l'air. Sirena perdit l'équilibre sous le tangage de *La Rana*.

— Faites feu immédiatement ! ordonna-t-elle.

— Déjà fait, Capitana. Regardez, il bascule. Mais nous avons été touchés à la proue.

— Sommes-nous gravement endommagés ? s'écria Sirena, offensée que le Hollandais ait atteint son navire.

— On peut épontiller, Capitana. L'eau rentre un peu, il faudra aller lentement au retour.

— Nous ne pouvons pas nous arrêter maintenant. Nous approchons le détroit de la Sonde et si nous perdons du temps, nous ne prendrons pas la bonne marée. Après notre bataille contre le *Queen*, si nous ne pouvons pas pénétrer dans la rivière, la frégate sera à la merci de n'importe quel navire. En avant ! hurla-t-elle.

Sirena jeta de nouveau un coup d'œil dans sa lunette et vit des flammes rougeoyantes courir le long du navire.

— Le *Java Queen* ne pourra pas s'en sortir, Capitana, dit Jan avec un grand sourire, tandis qu'il venait prendre le timon. Il va sombrer avec la cargaison. Regardez ! Les hommes sautent dans les chaloupes !

— Je vois... fit Sirena d'une voix posée.

Elle guetta Regan qu'elle aperçut avec le capitaine. Il quitta son vaisseau le dernier. A peine fut-il dans la chaloupe qu'une gigantesque explosion retentit dans un bruit fracassant, tandis que s'élevaient des colonnes de fumée. La soute des munitions ! Regan se tenait debout dans la petite embarcation, une main au-dessus des yeux. Sirena devina qu'ils devaient étinceler de rage. Son brick, dont c'était le premier voyage pour Amsterdam, venait d'être coulé par la sorcière des mers ! Une humiliation certainement dure à supporter !

Sirena se souvint que sa frégate avait elle aussi subi des dégâts.

— Manœuvre en travers, cria-t-elle à Jan, en s'élançant vers la proue pour observer les dommages. Vous me le paierez, le Hollandais ! hurla-t-elle d'une voix rauque pour être entendue par-delà le crépitement des flammes qui ravageaient le *Java Queen*. Vous n'aurez plus jamais l'occasion de faire feu sur mon navire. Je vous livrerai une lutte sans pitié. Chacun de vos vaisseaux qui prendra la mer sera anéanti. Ma patience est cruellement éprouvée en ce moment, alors, répondez-moi immédiatement : y a-t-il un homme dans votre équipage, qui porte un crochet en guise de main ?

— S'il y en avait un, répliqua Regan, je l'aurais écorché vif depuis longtemps. Moi aussi, je cherche cet homme !

— Lequel d'entre nous va gagner, Capitaine ? lui demanda Sirena sur un ton moqueur. Je crois que ce sera moi ! Il paraît que vous le cherchez depuis de longues années. Vrai ou faux, le Hollandais ? le défia-t-elle en plantant son sabre dans le plancher du pont.

— Vrai, grogna Regan.

— Alors, vous feriez mieux d'abandonner. Il est à moi ! Que vos hommes me montrent leurs mains. Vite, ou je fais tirer le canon sur les chaloupes !

— Obéissez à la « dame », railla Regan.

Les marins du *Java Queen* levèrent leurs mains. Ils semblaient terrorisés.

— Toi, toi et toi, gronda Sirena, qui désigna les hommes avec sa lame. Enlevez vos gants et remontez les manches.

— Qu'est-ce que cela signifie ? questionna Regan en fronçant les sourcils.

— Désolée pour vous, Capitaine, de vous apprendre un petit secret. Le Crochu a probablement une fausse main, qu'il cache sous un gant. Qu'en dites-vous, à présent ? Vous aurez tout le temps d'y réfléchir, le temps d'arriver à Sumatra en barque !

Regan promena un regard sur son équipage qui ne proférait pas un seul mot, tapi dans les embarcations.

— Laissez-moi vous consoler de la perte de ce bateau, dit Sirena avec un petit rire. C'est dommage qu'il ne soit pas arrivé à destination, mais ne le prenez pas mal. Ce matin, à l'aube, j'ai envoyé au fond des mers deux navires espagnols, un galion et un brick. L'équipage du brick se trouve dans une situation semblable à la vôtre. Vous les croiserez peut-être en chemin. Vous aurez des choses à vous raconter. A notre prochaine rencontre, Capitaine, fit-elle avec une irrévérencieuse courbette.

Sirena remit son sabre dans son fourreau et s'élança à travers les cordages jusqu'au gaillard.

— Partons ! Larguez les voiles et filons à toute allure. Bon voyage, Capitaine ! lui cria Sirena.

Le rire qui ponctua le ton narquois de Sirena résonna aux oreilles de Regan.

— Chienne ! tempêta celui-ci, le regard étincelant.

— Chienne ? Mais il y a un instant, j'étais une « dame »... Les Hollandais sont-ils si versatiles ? Avant que j'en aie terminé avec vous, vous risquez d'être à court d'expressions pour me caractériser au plus juste.

Sirena accentua ses paroles en balayant l'air de son bras, ce qui exposa aux regards l'échancrure provocante de son corsage.

L'attention de Regan se porta sur sa poitrine. Sirena sourit avec un air de dégoût. Les hommes pouvaient ainsi se laisser tourner la tête pour un corps sublime, même quand ils étaient en train de perdre leur empire.

Regan se ressaisit et feignit de haïr la jolie sorcière des mers. Elle venait de détruire son navire, mais sa fierté masculine l'empêcha de se sentir complètement vaincu. Il réussit à garder une touche d'humour.

— Nous nous rencontrerons de nouveau, mais la prochaine fois, c'est *moi* qui vous aurai, fanfaronna-t-il.

Le rire de Sirena glissa sur l'eau, jusqu'à Regan. Inconsciemment, il se tendit, une soudaine colère l'envahit.

— M'avoir, dites-vous. Mais si vous *pouviez* m'avoir, à la minute même, que feriez-vous, le Hollandais ? Me susurrer des mots tendres, me caresser avec vos mains calleuses... dit-elle en frémissant. Et votre bouche, que feriez-vous avec votre bouche ? Me salir d'obscénités ou me séduire par vos baisers ? Où voudriez-vous m'embrasser ? Ici, sur la nuque, ou peut-être là, dans le creux de ma poitrine, à moins que vous ne préfériez mes lèvres ? l'excita-t-elle en passant un doigt frondeur sur sa bouche.

Troublé, Regan se détourna brusquement. Il la désirait, il la voulait tant qu'il eut envie de la tuer, parce qu'elle disait la vérité. Il se hérissa, elle riait et riait encore, et se moquait de *lui* !

Tandis que *La Rana* s'éloignait du *Java Queen* en détresse, Sirena fut prise de remords. Les rivages de Sumatra, à soixante ou soixante-dix miles, se devinaient au loin par les hautes montagnes qui bordaient la côte au sud-est. Sirena espéra que les deux chaloupes atteindraient l'île avec leurs occupants. Mais après tout, la mer était calme...

— Il faut épontiller rapidement ! ordonna-t-elle aux hommes, il y a trop d'eau qui pénètre. Bâtards ! hurla la jeune femme, en se retournant sur les embarcations qui dérivaient. Comment avez-vous réussi à toucher mon navire ? Jan, Caleb, est-ce que les canonniers se trouvaient à leur poste ?

178

— Oui, Capitana, répondit le vieil homme. Le *Queen* n'a eu le temps que de tirer une fois, et sans viser. Ils n'ont pu que nous apercevoir. Ce fut un coup de chance, je dirais, Capitana.

— Je ne veux plus jamais cela, grommela la jeune femme. A votre avis, combien de temps nous faut-il pour traverser le détroit et entrer dans la rivière avant que la marée change ?

— Nous avons une heure devant nous, Capitana, la rassura son second en lui souriant.

— Bien... nos hommes se sont parfaitement débrouillés aujourd'hui. Dès que la frégate est à l'abri dans la crique, que Jacobus apporte de la bière sur le pont. Nous allons fêter cette triomphante sortie.

Caleb prit le gouvernail, et les hommes s'activèrent à colmater la brèche de la proue. Sirena partit à sa cabine pour réprimer la tristesse qui s'emparait d'elle. Elle se jeta sur sa couchette et essaya de retrouver la joie en pensant à sa victoire. Mais un frisson de peur la parcourut. Ses deux rencontres en mer avec Regan lui avaient coûté. Regan n'avait jamais semblé la reconnaître. Cette fois pourtant, ils s'étaient affrontés de près. S'il faisait le rapprochement avec sa timide épouse, comment réagirait-il ? L'image de ses mains brunies et puissantes, se serrant autour de son cou, dansa devant les yeux de la jeune femme.

13

Caleb et Sirena furent de retour au petit matin dans la maison de van der Rhys.

— Va dans ta chambre, Caleb. Nous avons terminé notre retraite et notre jeûne à présent.

Le garçon s'éloigna d'un pas lourd, la tête enfoncée dans les épaules.

— Qu'est-ce que tu as, Caleb ? Quelque chose t'ennuie ? Dis-le-moi, cela te soulagera.

— C'est Regan dans la chaloupe. Que va-t-il lui arriver s'il y a une tempête ?

— Il n'y aura pas de tempête. Quel marin es-tu donc pour ne pas le savoir ?

— Un grain peut-être ?

— La chaloupe supportera un grain, et tu le sais aussi. Rassure-toi, petit frère. Demain, à la même heure, Regan sera chez lui. Il ne court aucun danger.

— Et à son retour, tu ne changeras pas d'attitude envers lui, marmonna Caleb.

— Tu as vu juste. Est-ce que cela t'ennuie ?

— Pas pour moi. Mais s'il cherchait à se venger sur toi ?

— Pourquoi sur moi ? Je suis sagement restée enfermée dans ma chambre. Va dormir, petit frère, nous sommes tous les deux fatigués. Demain est un autre jour.

Sirena ferma la porte à clé et s'endormit dès qu'elle fut dans son lit. Dans son rêve, un bel adonis, au teint doré, lui souriait avec un air frondeur...

Elle se réveilla en entendant frapper à sa porte.

— Qui est-ce ? demanda Sirena.

— Frau Holtz. Je vous apporte votre petit déjeuner, dit l'intendante, surprise d'obtenir une réponse.

Sirena se souvint que ses cheveux étaient encore collés par les embruns.

— Laissez le plateau, s'il vous plaît. Je souhaiterais prendre un bain tout d'abord. Qu'une des filles monte des seaux d'eau. Je déjeunerai ensuite.

— Très bien, Madame.

Frau Holtz descendit rapidement aux cuisines donner l'ordre à Juli de porter de l'eau chez sa maîtresse. La jeune fille arriva dans la chambre de Sirena en traînant deux seaux remplis. Elle dévisagea la jeune femme avec stupeur. Sa chevelure tombait en désordre dans son dos et des taches blanchâtres brillaient sur son visage. Juli eut l'impression que cette poussière blanche ressemblait à celle qu'ont les marins quand ils rentrent d'une traversée. Et comment ses cheveux avaient-ils pu s'emmêler ainsi si elle restait assise dans sa chambre ? Quelle était donc cette étrange maladie ? La jeune servante recula, effrayée. Les baquets s'entrechoquèrent.

— Il m'en faut plus ! Trouve quelqu'un pour t'aider. Et puis ces seaux sont trop lourds pour toi. J'en veux six de plus. Je veux laver mes cheveux.

— Six ? s'étonna Juli.

— Oui, je dois purifier mon corps si je ne veux pas être de nouveau infectée par cette maladie.

La jeune fille partit à toute vitesse chercher de l'aide, l'esprit bouleversé. Dans la cuisine, elle expliqua à la cuisinière ce qu'elle avait vu, sans savoir que Frau Holtz écoutait tranquillement.

— ... on aurait dit la poudre salée de la mer, ses cheveux étaient tout collés et en bataille. Ce devait être une maladie très grave. Qui peut m'aider à transporter d'autres seaux ? Madame dit que je suis trop petite, raconta Juli.

L'intendante s'était cachée derrière la porte qui

conduisait à la salle à manger pour surprendre le récit de sa servante. Elle interrompit le bavardage.

— Dis à un djongo de monter les seaux. Toi, tu restes ici. Tu peux commencer à éplucher les pommes de terre et couper le chou, lui ordonna Frau Holtz.

La tyrannique femme attendit le domestique devant la chambre de Sirena pour le questionner. Il ressortit avec les seaux vides.

— As-tu vu si elle avait des taches sur le visage ? lui demanda-t-elle malicieusement, dès qu'il eut fermé la porte.

— Oui, et j'ai entendu dire qu'elle souffrait d'une maladie espagnole rare, répondit le garçon, trop heureux de faire plaisir à l'intendante.

— Et ses cheveux étaient-ils en désordre ?

Il hocha la tête.

Frau Holtz se plongea dans une réflexion sérieuse. Il fallait qu'elle en parle au docteur lors de sa prochaine visite. Lui devait connaître cette drôle de maladie, si c'en était une !

Le temps passait et Regan n'était toujours pas réapparu. Tous les jours, Caleb allait au port pour avoir des nouvelles. Des bruits circulaient en ville. On savait que Regan van der Rhys devait quitter son navire à Enganno et rentrer aussitôt à Batavia. Les employés de Regan, qui travaillaient aux entrepôts sur le quai, manifestaient leur inquiétude. Caleb revenait à chaque fois voir Sirena avec de sombres pensées. La jeune femme réconfortait non sans peine le jeune garçon.

— Et as-tu eu des informations sur l'équipage espagnol ?

— Non, je n'ai pas osé demander parce que je ne voulais pas nous trahir. A ton avis, que s'est-il passé ?

— Je n'en ai pas la moindre idée. Mais ne t'inquiète pas, petit frère. La mer ne surprendra jamais quelqu'un comme Regan. J'imagine qu'il s'est mis à l'abri dans une crique et qu'il attend qu'un navire leur vienne en aide.

L'attitude confiante et calme de Sirena ne rassura pas le garçon.

— Je vois dans tes yeux que tu vas me demander pourquoi je ne pars pas le chercher avec *La Rana*, dit Sirena en souriant.

— Ne me tourmente pas, Sirena. Je n'aurais jamais pensé à une chose pareille.

— Donc, je n'ai pas besoin de te la refuser. Ne crains rien, Regan va revenir.

Deux jours après cette discussion, Caleb et Sirena entendirent en fin de matinée les sabots furieux d'un cheval marteler la cour pavée. Sirena regarda par la fenêtre et vit Regan descendre de sa monture. Caleb fut soulagé, son visage retrouva une expression de joie. Sirena sourit quand le garçon courut dans l'escalier.

Elle le suivit et distingua Regan dans l'encadrement de la porte d'entrée. Il avait une barbe d'une semaine et des yeux fixes qui semblaient sortir de leurs orbites. Ses vêtements étaient en lambeaux. Il a de l'allure, pensa Sirena, mais surtout l'allure d'un homme très en colère.

— Frau Holtz! hurla-t-il.

L'intendante arriva immédiatement, le regard affolé.

— Faites monter de l'eau et à manger dans mes appartements. Caleb, suis-moi, dit-il froidement au garçon. Il faut que tu fasses une commission pour moi. Avec votre permission, Sirena, ajouta-t-il sans davantage considérer son épouse.

Sirena hocha la tête pour acquiesçer et Caleb se précipita sur les pas de Regan.

— Que... que s'est-il passé, Monsieur, qui vous ait mis dans cet état? le questionna Caleb d'une voix chevrotante.

— Si je te le disais, je ne sais même pas si tu me croirais. Te souviens-tu de la promesse que je t'avais faite au sujet du *Java Queen*?

— Oui.

— La promesse ne tient plus. Le brick a été coulé par... il a sombré! Je ne vais pas t'ennuyer avec les détails, ils ne sont pas intéressants. Je veux que tu ailles en ville porter un message à certaines gens. Ils sont invités à un dîner ce soir. Nous devons célébrer la perte du *Java Queen* et de sa cargaison, lui expliqua-t-il d'un ton amer. J'ai le sentiment que ce navire est seulement la première victime de ma flotte.

— Qui... était-ce, des pirates ou quelques corsaires livrés à eux-mêmes ?

— Un pirate, comme je n'en ai jamais rencontré, répondit Regan avec une grimace. Je ne comprends pas ce qui s'est passé. Le *Java Queen* a été détruit, son chargement avec lui. Sans aucune raison. J'ai appris aussi que Chaezar Alvarez avait perdu deux navires... à cause du même pirate !

Des serviteurs interrompirent Regan en frappant à la porte. Ils apportèrent des seaux d'eau fumante qu'ils versèrent dans un tub au coin de la pièce.

— Allez en chercher deux fois plus, leur ordonna Regan. Caleb, va vite à mon office en ville. Tu y trouveras une liste sur le bureau. Préviens chaque personne inscrite sur cette liste de venir à cette soirée. Dis-leur aussi que je n'accepte aucun refus. Avant, préviens Frau Holtz que nous serons seize à table ce soir. Vois Sirena pour lui dire que je souhaite qu'elle prenne part à ce dîner et qu'elle agisse comme l'hôtesse de la maison. Fais-moi un rapport à ton retour.

Caleb sortit de la pièce en courant. Il partit chez Sirena pour l'informer. Un frisson lui parcourut l'échine quand il vit l'étrange sourire de Sirena se dessiner sur ses lèvres, au fur et à mesure du récit.

— Va vite faire ce qu'il t'a demandé. Je vais me charger de Frau Holtz et du dîner. *Moi aussi*, je veux un rapport dès que tu reviens, déclara Sirena d'une voix tranchante.

— Je viendrai aussitôt, Sirena.

Sirena trouva l'intendante dans le garde-manger.

— Ce soir, Frau Holtz, nous recevons seize invités à dîner. Je veux que la cuisinière prépare un repas complet. Et pas question de servir ce plat de chou aigre, dit sèchement la jeune femme. Je pensais à... du riz, correctement assaisonné, bien entendu, avec un poisson à la crème. Je vous laisse le choix des légumes. Et pour le dessert... des dattes et des figues au sirop, avec de la crème fouettée.

— Mais... Monsieur préfère le chou...

— Je viens de vous énoncer le menu. Veillez immédiatement à sa préparation. Et dorénavant, quand vous cuisinerez ce chou pour mon mari, n'en prévoyez ni pour mon frère, ni pour moi. En Espagne, on le donne aux cochons. Je viendrai dans un moment vérifier les préparatifs. Je n'aimerais pas avoir de désagréables surprises au dernier moment. Ah, faites servir un vin fruité, ajouta Sirena en quittant la pièce.

Frau Holtz, le visage congestionné, s'en alla aux cuisines et à contrecœur, donna les ordres de Sirena à la cuisinière.

— Madame... Madame a demandé qu'il y ait des épices et des herbes dans le riz.

— Eh bien, je le cuisinerai comme elle le veut, lui dit allégrement la cuisinière.

Mella, une Malaisienne, avait dû adapter sa façon de cuisiner à la traditionnelle et fade cuisine allemande. Pour ce dîner, grâce à la maîtresse de maison, elle avait l'occasion de montrer ses talents.

Sirena attendit patiemment Caleb dans sa chambre. Quand, au bout de quelques heures, il arriva, il rayonnait.

— C'est fait. Tout le monde viendra. Même Frau Lindenreich, qui était chez Señor Alvarez lorsque je suis arrivé. Elle a fait une telle moue qu'Alvarez a dit qu'il l'emmènerait.

— As-tu eu vent de rumeurs, au port ?

— Je n'ai rien entendu. Mais je n'avais pas le temps de poser des questions.

— Es-tu déjà passé voir Regan ? demanda Sirena d'une voix nonchalante.

— Je suis d'abord venu ici, Sirena. Mais il faut que j'aille lui faire un rapport à présent.

— Tu as bien fait ! Je vais aux cuisines voir com-

ment avancent les préparatifs du dîner. J'ai une surprise pour toi ce soir.

— Quoi donc ? s'écria le garçon, son regard illuminé
de curiosité.

— Il n'y aura pas cet horrible chou aigre.

— J'en suis bien content, soupira Caleb. Viande
bouillie, légumes bouillis, chou bouilli ! Pouah ! Aussi
infect que la nourriture sur le *Lord Raleigh* !

L'arrivée de Sirena aux cuisines fit événement. Les
domestiques s'arrêtèrent de travailler et la regardèrent avec un air inquiet.

— Continuez comme si je n'étais pas là, je viens
juste voir où vous en êtes.

La jeune femme huma l'odeur de chaque marmite
que remuait la cuisinière. Satisfaite, Sirena dodelina
de la tête en parcourant les cuisines.

— Comment avez-vous préparé le poisson ?
demanda-t-elle à Mella.

— J'ai moi-même enlevé les arêtes des filets. Et puis
j'ai mis des herbes, du beurre, et un peu de citron.

— J'en ai l'eau à la bouche, Mella. Merci d'avoir
suivi mes instructions.

— Madame, vous n'avez qu'à me dire ce que vous
voulez et je vous le fais. J'ai aussi mis de la cannelle
et des clous de girofle dans les fruits au sirop.

— Vous semblez avoir eu plaisir à préparer ce
repas, Mella. Vous préférez cette cuisine plutôt que
l'ordinaire, n'est-ce pas ? (La rondelette cuisinière eut
une moue complice.) Peut-être pourriez-vous nous
faire une cuisine spéciale, je veux dire pour mon frère
et moi. Si vous avez le temps... nous en serions ravis.

La cuisinière ne cacha pas sa joie. Elle se remit à
sa tâche en lançant un regard victorieux à Frau Holtz,
qui se tenait à l'entrée de l'office.

— Je vous ferai ce que vous désirez ! Dites à Frau
Holtz d'envoyer Juli le matin pour savoir ce dont vous
avez envie, et je vous préparerai vos plats.

Sirena la remercia d'un signe de tête et partit. La
cuisinière regarda l'intendante.

— Vous avez assez de travail, dit froidement celle-ci. Où pensez-vous trouver le temps de cuisiner des mets particuliers ? Oubliez ce qu'elle vous a dit et obéissez à mes ordres.

— Mais... Madame a...

— C'est *moi* qui donne les ordres dans cette cuisine ! Vous ferez ce que je vous dis, seulement ce que moi je vous dis. Est-ce compris ?

Sirena revint à ce moment dans la pièce. Elle dévisagea l'intendante, les yeux brillants de colère, les mains fermement posées sur les hanches.

— Comment osez-vous contrecarrer mes ordres ? *Je* suis la maîtresse de maison, non ? Vous ferez donc comme *je* l'ordonne. Et je vous ordonne de me suivre chez mon époux, où nous allons régler ce dilemme sur-le-champ. Mella, accompagnez-nous. Je veux que vous entendiez la réponse de mon mari.

A peine eut-elle parlé que Sirena le regretta. Le moment n'était pas le mieux choisi, car Regan devait être absorbé par la femme pirate ! Sirena arrangea sa mantille pour masquer son visage tendu et s'efforça de contenir sa colère envers l'intendante. Regan ne devait pas déceler de similitudes entre sa sainte épouse et la femme pirate enflammée.

Devant la porte du bureau de Regan, Sirena respira profondément et toussota pour s'éclaircir la voix. Avant de changer d'avis, elle frappa un léger coup contre la porte.

— Entrez !

— J'ai un problème, dit froidement Sirena. Je crains que vous soyez le seul à pouvoir le résoudre, Monsieur. Qui dirige cette maison, moi ou bien Frau Holtz ?

La jeune femme baissa humblement les yeux. Regan se leva et fronça les sourcils.

— Vous êtes la maîtresse de maison, bien entendu. Pourquoi cette question ?

— J'ai donné des ordres à la cuisinière et Frau Holtz s'y est aussitôt opposée.

— A quel propos ?

— Je lui ai demandé de cuisiner des plats particuliers pour mon frère et moi. Mais seulement si elle en avait le temps. Mella m'a répondu qu'elle serait heureuse de travailler pour nous.

Le regard de Regan trahissait son envie de s'évader de cette pièce.

— La cuisinière est d'accord, alors pourquoi venir m'en parler ?

Le cœur de Sirena se mit à battre fortement. Regan la considéra un instant avec une lueur d'admiration au coin des yeux. Mais il ne l'avait pas reconnue, à son grand soulagement.

— Nous sommes venues vous voir, poursuivit Sirena d'une voix plus sûre, parce que Frau Holtz a sommé la cuisinière de ne pas obéir à mes volontés. Je vous en prie, Monsieur, intervenez.

— Vous avez défié mon épouse. Pourquoi ? s'emporta-t-il. J'ai en ce moment d'autres problèmes à résoudre, que diable ! Allez-vous me répondre ?

— Je ne pensais pas que... il me semblait que la cuisinière était déjà très occupée avec la cuisine quotidienne, sans se surcharger.

— Et vous, qu'avez-vous à dire ? lança Regan à Mella. Est-ce que ce travail supplémentaire va vous déranger ?

La cuisinière secoua la tête et sourit.

— J'ai dit à Madame que je serais contente de cuisiner pour elle. Elle m'a d'ailleurs demandé si cela m'ennuyait. J'ai répondu que non.

— L'affaire est donc close. Vous préparerez ce que souhaite ma femme.

L'intendante et la cuisinière quittèrent la pièce, suivies de Sirena. Alors que celle-ci s'apprêtait à sortir, Regan l'interpella.

— J'ai entendu dire que les Espagnols remerciaient avec largesse la personne qui leur accordait une faveur.

Sirena ne dit rien et lui jeta un regard vide.

— Eh bien ?

— Une faveur, dites-vous, fit Sirena en haussant les sourcils. Je ne considère pas cela comme une faveur, Monsieur. Il aurait fallu expliquer à Frau Holtz que j'étais la maîtresse de maison et qu'elle devait m'obéir. Vous ne m'avez accordé aucune faveur. Et si vous n'aviez pas pris en considération ma requête, je me serais débrouillée pour être invitée ce soir avec mon frère chez Señor Alvarez.

— L'auriez-vous vraiment fait ?

— Parfaitement. Je ne veux pas de tension dans cette maison. Et c'est à vous de diriger vos domestiques, pas le contraire.

— Qu'est-ce que cela signifie ? s'écria Regan.

— Veuillez m'excuser. En Espagne, il en est tout autrement, murmura Sirena en courbant la tête. J'oublie souvent où je suis. Mais je me demande quelle impression cela laisse-t-il d'obéir à un ordre émanant d'un serviteur ? ne put s'empêcher d'ajouter la jeune femme.

— Vous ne verrez jamais ce genre de choses se produire dans cette maison, lui rétorqua vivement Regan tandis qu'elle refermait la porte.

Regan enrageait. Il sonna l'intendante pour la sermonner une fois de plus.

— Écoutez-moi attentivement, lui dit-il dès qu'elle l'eut rejoint. Je ne le répéterai plus jamais, Frau Holtz. Mon épouse règne dans cette maison, et à ce titre, vous lui obéirez. Je vous ai déjà dit que vous vous permettiez trop de libertés. La situation est différente depuis que je suis marié. Je ne veux pas être ennuyé par des broutilles concernant l'administration de cette maison. En cas de problème, adressez-vous à Madame. Je ne veux plus de ces enfantillages. Si cela devait se reproduire, vous seriez congédiée. Vous avez loyalement et efficacement servi ma famille durant de longues années, je ne tiens pas à devoir prendre cette décision. C'est terminé.

— Très bien, Monsieur.

— Je suis impatient de me mettre à table ! dit Caleb, qui venait d'entrer dans la chambre de Sirena.

Celle-ci terminait de s'apprêter pour la soirée. Elle avait choisi une robe noire, d'un style simple.

— Dis-moi, dans quel état d'esprit était Regan quand tu es allé le voir ? demanda la jeune femme.

— En colère, j'ai rarement vu quelqu'un d'une telle mauvaise humeur. Il ne m'a pas dit qui avait coulé le *Java Queen*. Mais je sais qu'il n'arrive pas à comprendre pourquoi il a perdu son navire et la cargaison. Il a ajouté qu'il avait le sentiment que cela se reproduirait. Il a aussi mentionné l'affaire de Señor Alvarez. Que va-t-il se passer pendant le dîner ? Pourquoi ces invitations de dernière minute ?

— Ce soir, la conversation tournera autour d'un seul sujet. En fait, j'en suis navrée pour Frau Lindenreich et les autres femmes ! Elles ne seront pas le centre d'intérêt, car les hommes ne parleront que des biens qu'ils ont perdus, et de ceux qu'ils pourraient perdre à l'avenir. Il va être difficile de rester sérieux, dit Sirena en riant. Surtout, fais attention de ne pas les reprendre sur des mensonges qu'ils pourraient dire.

Sirena descendit dans le salon lorsque les premiers invités arrivèrent. Des domestiques leur proposaient des verres de vin doux et des biscuits. Sirena s'installa à côté de la très loquace Helga. Elles discutèrent de la mission et des fonctions de la bonne Madame Kloss, et de la douceur du temps.

Après quelques instants, Sirena se rapprocha d'Helga pour la questionner discrètement.

— Pourquoi les hommes sont-ils d'une humeur terrible ce soir ? Mon mari ne me dit rien de son travail. Je suppose qu'ils parlent d'affaires.

— Je n'en sais rien. L'invitation, ou plutôt la convocation, se corrigea Helga, nous est parvenue cet après-midi. Quoi qu'il en soit, ce doit être d'une extrême importance. Regan ne convie jamais les gens au dernier moment, comme aujourd'hui. Mais j'aperçois aussi Frau Lindenreich. Cette soirée n'est peut-être qu'une réunion amicale après tout.

— Elle est l'invitée de Señor Alvarez. Puisqu'il n'est pas marié, il a trouvé une partenaire.

— Bien, bien, fit Helga qui lorgnait avec étonnement le profond décolleté de Gretchen, où plus d'une paire d'yeux venaient se perdre.

Sirena sentit des bouffées de rage lui échauffer le sang. De temps en temps, Gretchen la regardait avec un sourire affecté. Elle se considérait comme la plus ravissante dans sa robe rouge vermillon. Puis son regard passait telle une caresse sur Regan. Une seule pensée ôta à Sirena l'envie de gifler la veuve aguicheuse : celle du désir brûlant qui avait animé le visage de Regan lorsqu'il avait contemplé le corps élancé de la femme pirate !

On annonça le dîner. Sirena nota avec plaisir que la table était égayée de fleurs. Lorsque les djongos amenèrent le premier plat, des murmures élogieux parcoururent l'assemblée.

Sirena guetta Caleb, qui fut tout excité quand le serviteur emplit son assiette. La faim du jeune garçon la mit en joie. Après le consommé, on servit le poisson accompagné du riz. Les légumes constituaient le troisième plat et relevaient du choix de Frau Holtz. Celle-ci se tenait dans un coin de la pièce, surveillant son personnel. Soudain, les yeux de Sirena jetèrent des flammes. Du chou ! Comment avait-elle osé ?

— Veuillez m'excuser, il doit y avoir une erreur en cuisine, dit très calmement Sirena à ses invités. Ramenez ce plat et amenez d'autres légumes, ordonna-t-elle au domestique.

Regan vit Sirena qui cherchait du regard Frau Holtz. Il fut stupéfié de voir à quel point les deux femmes se haïssaient.

Intuitive, la cuisinière avait préparé un légumier de petits pois aux oignons, que l'on apporta sans tarder.

— Un excellent dîner ! conclut Chaezar avec un sourire.

Les invités se joignirent à son approbation. Regan aussi semblait en être satisfait.

Après le repas, les femmes se rassemblèrent dans un coin du salon, à l'écart des hommes. Caleb se joignit à eux sur un signe de Sirena.

La jeune femme gardait difficilement le fil de la conversation, car elle essayait de saisir des bribes de la discussion des hommes. Par moments, elle fixait Gretchen. Cette femme était belle et consciente des effets de sa beauté sur les gens. Gretchen sentit que Sirena l'observait. Elle lui fit face et l'interrogea.

— Vous plaisez-vous sur notre île à présent ?

— Je la trouve splendide, lui répondit gentiment l'Espagnole.

— Et nos hommes, Madame, que pensez-vous de ces virils Hollandais ? fit Gretchen en posant un regard possessif sur Regan.

Sirena réfléchit un instant, tous les visages étaient tournés vers elle.

— Je n'ai, en fait, pas eu le temps de rencontrer un de ces hommes... virils, dont vous parlez, excepté mon... mari. Je trouve cependant que Señor Alvarez est un être charmant, dit-elle d'une voix ronronnante.

— Je comprends alors que Señor Alvarez organise un bal dans quelques semaines, dit Helga en riant. Tous les habitants de l'île sont invités. Les marchands des îles avoisinantes viendront aussi.

— Je doute que ce bal ait lieu, annonça Gretchen.

— Pourquoi donc ? questionna Helga.

— Ne me dites pas que vous n'êtes pas au courant de ce qui est arrivé ! Chaezar m'en a parlé en chemin. Une femme pirate a pillé ses navires. Regan en a aussi été victime. Je ne crois pas que l'humeur sera au beau fixe pendant quelque temps. Ni que Chaezar pourra offrir une somptueuse soirée, vu la perte qu'il vient de subir.

— Que savez-vous encore ? l'interrogea Helga, curieuse.

— Chaezar a perdu un galion et un brick. Il n'était pas à bord. Mais Regan naviguait sur le *Java Queen*, quand il fut attaqué. Cette femme démoniaque a coulé les navires, deux tirs à l'avant et à l'arrière des bateaux. Et elle n'a pas pris la cargaison. Elle a raconté à Regan qu'elle cherchait un homme avec un crochet au lieu d'une main. Et qu'elle continuerait ainsi jusqu'à le trouver.

Sirena noua ses mains.

— Et les hommes, Frau Lindenreich, pourquoi ne se sont-ils pas défendus ? poursuivit Helga. Je trouve assez mystérieux qu'une femme puisse défaire nos valeureux marins.

— L'équipage de Chaezar lui aurait dit qu'ils n'avaient eu aucune chance. Le bateau pirate est aussi noir que la nuit. La coque, les voiles... Cette femme attaque sous couvert de l'obscurité. Et elle disparaît subitement, comme si les océans l'avaient engloutie, quand elle approche des Sœurs de Feu.

— Les Sœurs de Feu ? dit Sirena en plissant les yeux pour cacher l'excitation qui y brillait.

— C'est le nom que donnent les indigènes à deux volcans. Vous avez dû les apercevoir depuis les jardins. Leurs sommets rougeâtres se dressent comme une menace au-dessus de nos têtes.

Plusieurs femmes devinrent livides. Durant les dernières semaines, les secousses de la terre s'étaient amplifiées et il y avait eu des exhalaisons de gaz sulfureux. On n'aimait pas parler des volcans sur Java.

— Ne faites pas attention, Sirena, gloussa Helga. Personne sur l'île n'a souvenir que les Sœurs de Feu aient craché leur venin. Ce ne sont que des bruits stupides que font circuler les autochtones. Mais pourtant, maugréa-t-elle, on dirait que les épouses de « colonialistes autrement sensés » y croient ! (Elle lança un regard moqueur aux femmes effrayées.) Quelques secousses et des grêles de pierres incandescentes, voilà tout ce que nous avons connu. Mais nous n'avons jamais été dévastés par la lave, comme celle que jette Krakatoa, à la pointe sud de Sumatra, où il règne en dieu ! Et puis, nous, les Hollandais, autant que les Espagnols, sommes sacrément bornés ! A peine les Sœurs de Feu ont-elles fini de gronder, que nous nettoyons et réparons les dégâts. Mais assez parlé de ces terribles volcans ! Gretchen, qu'avez-vous d'autre à nous raconter sur cette aventurière ?

Gretchen, contrariée par l'interruption de son récit, fut heureuse de capter à nouveau l'attention.

— Après avoir coulé son navire, Regan vit la femme pirate mettre le cap sur le détroit. Elle laissa Regan et ses hommes monter dans les chaloupes. Malgré le coup que Regan tira dans la proue de son navire, elle réussit à partir. Regan dit qu'il n'a jamais vu une femme comme elle, et — elle baissa le ton — elle est presque nue, debout à la barre de son navire. Ses vêtements sont en loques, et sa poitrine est exposée à la vue de tous, ses jambes ne sont pas couvertes de jupes ! Un des hommes de Chaezar dit qu'elle a une grande cicatrice sur le bras. Une vilaine cicatrice, rouge et abominable !

— N'exagérez-vous pas quelque peu, Frau Lindenreich ? demanda Sirena, feignant de ne pas croire ses propos.

— Vous interrogerez les hommes quand ils nous rejoindront. Écoutez : ils ne parlent que d'elle. Chaezar dit que Regan est sous le charme de cette femme et qu'il lui a donné un surnom. La Sirène des Mers ! rapporta Gretchen d'un ton plein de malice et jetant à Sirena un regard hautain.

— Je n'ai jamais entendu cela ! Une femme ! Mais comment ne l'ont-ils pas encore attrapée ? s'étonna Helga.

— Elle est le démon en personne. La diablesse de la nuit !

— Et sait-on pourquoi elle recherche cet homme avec un crochet ?

Gretchen secoua la tête.

— Regan aussi veut cet homme. Comme nous le savons tous... dit-elle avec un air absent. Il considère que ce monstre a tué sa femme. Vous connaissez l'histoire du *Tita* et l'attachement de Regan à ce navire. Il y a plus d'une semaine, on le vit dans un port de l'île de Sumba. Regan est parti avec le *Java Queen* pour le reprendre. Mais en cours de route, il a rencontré la Sirène des Mers ! Elle a coulé le *Tita* sous ses yeux ! Qu'en dites-vous ?

Les femmes poussaient de petits rires étouffés ou hochaient gravement la tête. Mais dans leurs yeux se lisait la satisfaction de voir une simple femme provoquer de tels ravages.

— Je me demande pourquoi cette... Sirène des Mers, comme vous l'appelez, serait à la poursuite de l'homme au crochet ? La raison doit être importante pour elle, puisqu'elle attaque des innocents, fit Sirena à demi-voix.

— Qui sait ? Mais elle ne le trouvera jamais ! Regan n'y est pas arrivé et cela fait longtemps qu'il le cherche, leur confia Gretchen.

— A mon avis, Regan et Chaezar devraient joindre leurs efforts pour trouver cet homme, peut-être en mettant sa tête à prix. Quand ils l'auront attrapé, la Sirène des Mers abandonnera peut-être ses actions.

— Sirena, c'est très intelligent ce que vous dites là ! s'exclama Helga. Nous pourrions le soumettre à nos maris. Parfois, nous avons des idées qui ne leur viendraient jamais à l'esprit. Nous sommes plus fortes que ce qu'ils croient. Et la Sirène des Mers le prouve : cette femme pirate veut quelque chose et se bat comme un homme pour l'obtenir. J'aimerais voyager à bord de son navire !

— Et moi... j'aimerais être à ses côtés, dit Sirena avec un sourire. Je suis admirative devant une telle femme.

Les autres dames hésitèrent quelque peu avant d'approuver ses paroles d'un hochement de tête. Sauf Gretchen.

— Je n'en crois pas mes oreilles ! se gaussa-t-elle. Vous ! Parcourant les océans comme une vicieuse créature !

— Qu'est-ce qui vous fait penser que... cette femme est une catin ? demanda Sirena.

— Comment une femme ose-t-elle se comporter ainsi ? Elle ne se respecte pas !

— Vous êtes en train de tirer vos propres conclusions, Frau Lindenreich, rétorqua Sirena. Pour ma part, j'approuve son agressivité.

— Et est-ce que vous approuveriez sa vaillance si

votre mari la couchait dans son lit ? railla Gretchen en clignant des paupières.

Sirena tira timidement sa mantille sur son visage.

— Je... je peux imaginer qu'au cours de ces dernières années, seul ici, Monsieur van der Rhys s'est occupé de plusieurs « catins ». Ne croyez-vous pas, Frau Lindenreich ? dit calmement Sirena.

Le visage décomposé de Gretchen ne laissait rien présager de bon, mais l'arrivée de Regan empêcha toute repartie de la part de la veuve.

— Il est temps de prendre le café, annonça celui-ci.

— Cette discussion sur la Sirène des Mers m'a complètement desséché, déclara Anton Kloss à la cantonade.

— Mon cher, est-ce vrai ce qu'on dit sur cette aventurière ? le questionna son épouse.

— Hélas oui. Elle semble être déterminée à anéantir la flotte de la Hollande autant que celle de l'Espagne. N'importe quel navire ! Il n'y a là rien de comique ! reprocha le capitaine à sa femme qui souriait.

— Je voudrais, Messieurs, que vous prêtiez l'oreille à une idée que Sirena a émise, proposa Helga.

— Quoi donc ? fit Anton en lui lançant un regard sévère.

— Sirena disait que vous devriez tous vous unir pour rechercher le Crochu et offrir une récompense. C'est peut-être la seule chose que veut la Sirène des Mers. Ce bandit ! Si elle parvient à le capturer, elle cessera ses pillages et nous n'aurons plus à craindre pour nos navires.

Anton Kloss regarda Sirena avec une grande admiration.

— Nous avons déjà pris cette décision. Regan, comme vous le savez, est aussi à la recherche de cet homme. Nous nous sommes mis d'accord pour faire courir le bruit de sa capture prochaine. Nous enverrons des messagers dans toutes les îles aux alentours. Ils partiront dès demain à l'aube.

Sirena chercha Caleb des yeux et fut amusée de voir la pétillante lueur qui illuminait son visage.

— Que se passera-t-il quand vous l'aurez entre vos mains ? interrogea Gretchen d'une voix chevrotante. Vous le tuerez ou bien vous le remettrez à cette... Sirène ?

— Je le tuerai ! s'écria Regan.

— Mais Regan, interrompit Helga, la Sirène des Mers le veut. Si vous réussissez à l'attraper et qu'elle l'apprenne, elle tentera de se venger.

— Oui, que ferons-nous si cela arrive ? demanda Chaezar en caressant pensivement son impériale. Nous aurions encore plus d'ennuis. Je crois que nous devons décider de le donner à cette femme pirate, si jamais nous le trouvons.

— Hors de question ! C'est une affaire de rancune personnelle ! vociféra Regan.

— Mais mon ami, nous devons agir pour le bien de tous. Oubliez votre vengeance, voyons. Combien de navires pouvons-nous encore nous permettre de perdre ?

— Mais ce n'est qu'une femme ! Vous avez l'air de poules mouillées. Si mes hommes ou moi-même le capturons, je ne lui céderai le Crochu à aucun prix.

Sirena vit la peur envahir le regard de Gretchen, qui s'adressa à Regan d'une voix pourtant posée.

— C'est une erreur, Regan. Laissez-le à cette femme, vous aurez moins de sang sur la conscience. De plus, cet homme est peut-être mort, balayé par-dessus bord lors d'une tempête ou la gorge tranchée par un autre bandit. Avez-vous l'intention de passer le restant de votre vie à traquer un fantôme ?

— La question est très simple ! Jamais je ne permettrai à une femme de me dicter ce que je dois faire, s'emporta Regan. Je ne parle pas de vous, Madame, mais de cette femelle qui écume les mers !

— Même au sacrifice de votre flotte ? intervint Anton Kloss. D'après ce que je sais, cette femme a autant d'expérience que nos capitaines. Et je crains, si nous devons voter cette décision, que vous ne l'emportiez pas. Changez donc d'avis, mon ami.

— Jamais !

— Vous êtes ridicule, lui lança Alvarez d'un ton dédaigneux. Il ne s'agit pas de *votre* survie, mais de la nôtre, à nous tous. Êtes-vous aveugle à ce point ?

— Vous connaissez ma réponse. Faites ce qu'il vous plaira. Mais si je tombe sur cet homme le premier, je le tuerai !

— Et vous laisserez nos navires être anéantis !

— S'il faut en venir là, oui. Chacun pour soi !

— Bravo, murmura Sirena, qui prit timidement la parole. Regan, que feriez-vous si cette... cette Sirène des Mers apprenait votre choix ? Et qu'elle décide de prendre une double revanche ?

— Par exemple ?

— On dit qu'elle accorde la vie sauve aux hommes. Et si elle voulait user de représailles et tuer les marins ? Ce pourrait être une forme de vengeance. Je parle en tant que femme. Si cette femme pirate est allée aussi loin, rien au monde ne lui ôtera sa détermination à démasquer ce... ce fameux Crochu, hésita-t-elle, saisie de frissons. Peut-être devriez-vous y réfléchir ?

— Je partage votre avis, dit Helga en hochant la tête. Une femme qui en arrive à de telles extrémités ne se pliera jamais devant un homme.

— De même que je ne me plierai pas devant elle ! déclara Regan, toujours inflexible.

— Vous semblez vraiment résolu, Regan. On dirait presque que vous haïssez la Sirène des Mers, émit Don Alvarez d'une voix posée. Alors, comment se fait-il que vous ayez commandé une figure de proue à l'image de cette femme pirate ?

La remarque de l'Espagnol eut l'effet d'une douche froide. Un silence embarrassé gagna l'assemblée. Sirena parut choquée, mais au fond d'elle, elle jubilait. Elle arrangea sa mantille sur son visage. Gretchen devint rouge de colère et n'osa pas dire un mot. Helga et les autres femmes baissèrent la tête, fixant leur attention sur leurs genoux.

Regan ne voulait pas perdre la face. Il se dirigea à grands pas vers les fenêtres et regarda en direction de la véranda.

Les hommes se remirent à discuter entre eux quand les domestiques apportèrent le café. Ils se demandaient si Regan était épris de cette sauvageonne. Voulait-il vraiment revoir la Sirène des Mers ?

— Permettez-moi de vous présenter l'affaire différemment, reprit Chaezar Alvarez. Si la supposition de Madame van der Rhys venait à se réaliser, et que la Sirène des Mers ne désarmait pas, seriez-vous de notre côté ?

Regan parcourut du regard ses invités. L'hostilité de leurs visages lui déplut.

— Oui, acquiesça-t-il.

Sirena observa Gretchen qui eut l'air de se sentir enfin soulagée. Mais qu'avait-elle donc à redouter ?

14

Le lendemain matin, Gretchen se rendit à cheval chez Don Chaezar. Elle arriva tandis qu'il buvait tranquillement un café dans son cabinet de travail. Il se leva pour l'accueillir et lui proposa de prendre un petit déjeuner avec lui. La jeune femme refusa. Elle se laissa tomber d'un air las dans la causeuse, face aux fenêtres.

Chaezar comprit que Gretchen était venue lui rendre visite pour une raison précise. Il espéra qu'elle viendrait rapidement au fait. Les femmes nerveusement éprouvées — et Gretchen semblait être dans cet état — l'ennuyaient.

— Que pensez-vous de ce dîner d'hier soir ? demanda-t-il à Gretchen, qui semblait pensive.

— Cette soirée m'a fait beaucoup réfléchir, Chaezar. Que croyez-vous qu'il puisse arriver à présent ? dit-elle d'une voix tremblotante.

— Dieu seul le sait. Regan est devenu fou ! Je frémis en imaginant ce qui se passera s'il trouve notre ami au crochet. S'il le tue, je ne m'en plaindrai pas. Mais s'il lui laisse une chance de s'expliquer, le problème sera tout autre. Et dans ce cas, j'envisage de partir sous des cieux plus cléments. Et vous, Gretchen, où irez-vous ?

— A vous entendre, on croirait que Regan tient notre homme. Cela fait déjà si longtemps qu'il le cherche. Pourquoi pensez-vous qu'il le trouverait aujourd'hui ? Soyez réaliste, Chaezar !

— C'est que je le suis ! Auparavant, la tête de notre ami n'était pas mise à prix, et la Sirène des Mers n'était pas à ses trousses !

— La somme d'argent que nous lui avions donnée devait lui suffire pour le restant de ses jours, grinça Gretchen. Il avait promis de s'exiler sur une des petites îles — Bornéo ou les Célèbes — et de prendre sa retraite. Qu'est-ce qui l'a pris de naviguer à nouveau ?

— Cela ne sert à rien de se poser des questions. Nous devons le trouver nous-mêmes et le remettre à la Sirène des Mers. Autrement, Regan a une telle haine envers cet homme qu'il ne le cédera jamais à cette femme. Si j'étais à sa place, j'agirais de la même manière.

— Il doit bien exister un moyen de dénicher notre pirate ! Il faut en parler partout, et offrez votre propre récompense. Vous devez faire quelque chose ! vociféra Gretchen.

Elle poussait des petits cris aigus, l'angoisse déformait son ravissant visage.

— Pourquoi moi ? Depuis le début, je regrette que vous m'ayez entraîné dans cette affaire. Vous m'avez convaincu que Regan vous épouserait si son épouse Tita disparaissait. Vous avez eu trois années pour le séduire !

— Si j'avais eu ces *huit* années devant moi, je serais sa femme. Si votre Pedro Gomez ne s'était pas trompé, s'il n'avait pas récupéré Regan pour l'emmener croupir dans une prison espagnole... Votre stratagème a bien réussi ! Triste fin pour moi !

— Cette idée était une erreur, dit Chaezar avec un air de regret.

— Une erreur ? Vous en avez tiré un bénéfice conséquent. Comme si vous ne l'aviez pas prévu ! Lorsque Vincent van der Rhys a su plus tard que son fils était emprisonné, il vous a grassement payé. Et l'Espagne a reconquis quelques privilèges commerciaux dont les Hollandais l'avaient dépossédée depuis plusieurs années. Mais Chaezar, débita Gretchen d'une voix hachée, vous m'avez aidée une fois et vous devez encore m'aider ! Je devrais d'ailleurs dire *nous* aider ! Car si Regan van der Rhys apprend du Crochu ce qui est arrivé à son fils, et le rôle que nous avons joué dans cette histoire, il nous tuera tous les deux ! Tous les deux, vous m'entendez ?

— C'est là où vous vous trompez, ma chère. Regan ne pourra jamais rien prouver contre moi. Par contre, vous... votre cas est tout autre. Vous vouliez la mort de Tita... pour pouvoir épouser Regan. Et Regan croira à cette version. Même s'il comprend votre jalousie et votre haine, il ne vous le pardonnera jamais. Ce qu'il ne comprendra pas, c'est l'enfant ! Je vous ai dit que vous commettiez une bévue. Soi-disant que vous ne vouliez « aucun reste » de ce mariage et que le garçon devait aussi disparaître ! Le Crochu est revenu de Cape Town avec l'enfant et ensuite, qu'en avez-vous fait, Gretchen ? Je me lave les mains de ce qui s'est alors passé. Mais si vous voulez que je vous aide, vous devez me dire où...

— A Mindanao, aux Philippines — un territoire espagnol où ne vont pas les Hollandais — avoua Gretchen, qui se tut un instant. J'ai réfléchi, Chaezar, depuis la nuit dernière. Si nous allions là-bas ou si nous envoyions un navire, nous pourrions arriver à récupérer l'enfant et le ramener près d'ici. Nous expliquerions à Regan que nous avons entendu des rumeurs sur l'endroit où se trouvait son fils et il partirait le chercher. Regan, sous le choc du bonheur de son enfant retrouvé, pourrait oublier sa hargne envers le Crochu et le laisser à la Sirène des Mers...

— Et comment comptez-vous empêcher que Regan nous suspecte d'avoir d'une certaine manière pris part à l'enlèvement de son fils... et au meurtre de sa femme ?

— Un de vos corsaires peut raconter avoir « découvert » l'enfant — sans le ramener.

— Et quand l'enfant sera revenu, nous verrons s'il donne des détails sur sa capture, s'il parle de vous par exemple, car il vous a vue avec le Crochu avant qu'il soit « déporté » à Mindanao. Il doit avoir douze ans aujourd'hui, et c'était déjà un marmot de quatre ans fort éveillé !

Gretchen ne trouvait plus ses mots et tremblait.

— Une lettre pourrait informer Regan... une lettre anonyme, dit-elle en pinçant les lèvres.

— Pour la première fois, je vous vois réellement effrayée. Aimez-vous donc Regan à ce point ? Et vous craignez pour sa vie à cause de la Sirène des Mers, n'est-ce pas ?

— L'amour n'a rien à faire là-dedans, sanglota Gretchen.

— Regan est marié maintenant. Et je suis prêt à parier que d'ici peu, Sirena le rendra heureux. Et qu'ils auront de mignons bébés.

— Et elle deviendra grosse et laide ! cracha Gretchen.

— Quelle différence y aura-t-il ? Elle sera toujours son épouse !

— Je vous en prie, Chaezar. Il faut que vous veniez à mon secours.

— Et quelle sera ma récompense ? demanda l'Espagnol d'une voix suave, promenant son regard sur les seins lourds de la jeune femme.

— Dites-moi ce que vous désirez et vous l'aurez, murmura Gretchen.

Chaezar ne faisait rien sans rien. La jeune femme redoutait qu'il lui réclame certains de ses bijoux. Elle possédait quelques babioles, mais ses admirateurs l'avaient comblée de joyaux fort précieux. Gretchen fut soulagée de voir que l'Espagnol se contenterait d'une heure de plaisir.

Chaezar empoigna Gretchen avec rage et la conduisit dans sa chambre. La jeune femme le suivit sans protester. Elle était impatiente d'en terminer avec lui pour arriver à l'heure à son rendez-vous chez son tailleur.

Chaezar interpréta le consentement de Gretchen comme la preuve du désir qui l'animait elle aussi. Il ôta ses vêtements sans dire un mot. Dans ces moments-là, Chaezar ne parlait pas. Gretchen supposait qu'il se concentrait sur le rôle qu'il s'apprêtait à jouer.

La jeune femme connaissait les règles de ce jeu, auxquelles Chaezar tenait. Le visage impassible, elle attendit, debout au centre de la pièce. La transformation de Chaezar la stupéfiait à chaque fois. Gretchen avait déjà goûté aux charmes et à l'ardeur virile de cet homme. Mais, à d'autres moments, il préférait l'originalité.

Le fier et courtois Espagnol se transformait en serviteur avili, sacrifié à l'appétit cruel d'une maîtresse tyrannique, qu'il était impossible de satisfaire. Il en tremblait. Gretchen jouait sans mal ce rôle de despote.

Révérencieusement, il se mit à défaire les boutons de sa robe dans le dos. Il osait à peine effleurer sa peau tandis qu'il la déshabillait. Elle ne portait plus que son corset de satin, une culotte en dentelle froncée, des bas de soie noirs et ses chaussures à talon. Chaezar mordit soudain la jarretière et se rejeta en arrière, l'air terrorisé.

Gretchen savait sa réplique.

— Espèce de nigaud ! dit-elle sévèrement. Regarde comment tu as meurtri ta maîtresse !

Elle tendit sa jambe en montrant du doigt là où avait claqué la jarretière.

— Embrasse-la ! le somma-t-elle.

Chaezar tomba à genoux devant elle et pressa ses lèvres avec ardeur sur la blessure imaginaire. Remarquant l'excitation qui l'agitait, Gretchen se dit que la séance ne tarderait pas à prendre fin.

— Comprends-tu que ta maladresse doit être punie ? fit-elle avec autorité.

Chaezar rampa misérablement à ses pieds, lui embrassant les orteils, les chevilles. Il ressemblait à un animal pris de panique.

— Va chercher le fouet ! lui ordonna Gretchen tandis qu'il se blottissait contre elle et pleurnichait. Va me le chercher immédiatement !

Chaezar roula sur lui-même et se leva. Ses yeux de jais reflétaient son angoisse, ses lèvres tremblotaient. Personne n'aurait pu croire qu'il puisse devenir ce pitoyable esclave, soumis à un monstre. Seul, son membre viril avait gardé son honneur et témoignait de son furieux désir.

Sur le haut du placard, il prit un long fouet. Le manche en bois était sculpté. La forme représentait un sexe d'homme, avec deux opales au bout du manche. La lanière noire était faite de trois tresses de soie, elle cinglait la chair sans la taillader.

Humblement, Chaezar tendit le fouet à sa maîtresse. L'objet recevait de la part de Chaezar une adoration particulière, à laquelle aucune femme ne pourrait prétendre. Bien que le fouet la fascinât, Gretchen détestait ce qu'il représentait : son rival. Que cette lanière de soie puisse satisfaire l'ardeur de son partenaire était une insulte à sa féminité. Elle n'aimait pas Chaezar, elle se servait de lui. Mais Gretchen était consciente des passions qu'elle pouvait soulever et elle exigeait qu'un homme, n'importe quel homme, apprécie ses atouts.

La jeune femme prit le fouet et remarqua la lueur de folie qui dansait au fond des yeux de sa victime. Chaezar était prêt, une fièvre diabolique brûlait son corps. Ses muscles étaient tendus. Il tremblait et bavait, haletant.

Gretchen leva l'instrument de torture, puis le fit tournoyer au-dessus de sa tête. Chaezar retint sa respiration et regarda la jeune femme avec émerveillement, dans l'attente de sentir la lanière tressée. Il ne quittait pas le fouet des yeux. Enfin ! Les coups s'abattirent sur son dos, son torse. Encore et encore... Gretchen le fouetta sur les fesses et les cuisses, tandis qu'il gémissait de plaisir, transporté au paroxysme de l'extase.

Chaezar s'écroula, l'air lui manquait. Quand il fut calmé, il glissa sur le sol en direction de Gretchen. Des larmes de gratitude coulaient le long de ses joues. Comme un chien remerciant son maître, il appuya sa tête contre la jambe de Gretchen, des sanglots étouffaient sa voix.

A cet instant du jeu, la tyrannique maîtresse devenait la généreuse bienfaitrice. Elle lui caressa les cheveux et le serra contre elle pour apaiser sa douleur et atténuer son humiliation. Il la supplia enfin de lui pardonner en lui baisant avec ferveur les mains et les cuisses. Son visage était mouillé de larmes.

Gretchen l'aida à se lever et en le berçant, elle le conduisit à son lit. Comme une mère, la jeune femme lui essuya le visage, fredonna des mots tendres. Elle resterait avec lui jusqu'à ce que cessent ses pleurs. Puis il tomberait aussitôt endormi.

Si Gretchen ne répugnait pas à le fouetter, elle exécrait en revanche jouer la scène du pardon. Chaezar la dégoûtait quand il frottait sa bouche et ses joues humides sur elle.

Chaezar se détendit, il allait sombrer dans un profond sommeil. Ni l'un ni l'autre ne parleraient plus jamais de la discussion qu'ils avaient eue précédemment.

Gretchen partit. Elle devait absolument prendre un bain avant de se rendre chez son tailleur !

15

— Sirena, dit Caleb, qui semblait tourmenté, Regan et Don Chaezar Alvarez sont partis à la recherche du Crochu ! Pourquoi ne court-on pas après eux ?

— Souviens-toi de ce que je t'ai dit à propos des « rusées de femmes ». Regan et Chaezar espèrent croiser la Sirène des Mers sur leur route. Il faut toujours faire le contraire de ce qui est attendu. Le Crochu se sera caché dès qu'il aura entendu les bruits à son sujet. Et il patientera, comme nous. Mieux vaut avoir une longueur d'avance sur son adversaire. Cette fois, laissons-les se pourchasser. Ils naviguent sans savoir où aller. D'ici peu, ils seront désappointés, d'autant qu'ils perdront de l'argent, car les Hollandais et les Espagnols ont actuellement interrompu leur commerce. Je leur donne dix jours, puis ils rentreront à la maison, fous de rage. A temps pour la soirée de Chaezar, dit Sirena d'un ton léger et amusé.

— Il n'y aura peut-être pas de bal.

— Si. Les invitations sont arrivées aujourd'hui.

— Cela devrait être intéressant, non ? fit Caleb avec un grand sourire.

— Très intéressant, reprit la jeune femme.

Sirena et Caleb attendirent plusieurs jours le retour de Regan. Caleb allait quotidiennement au port mais il restait sans nouvelles. Le neuvième jour, alors qu'il était assis au bord de l'embarcadère, il aperçut la grand-voile. Excité, le garçon agita haut la main et courut au bout du quai. Il lui parut vivre une éternité avant que le navire jette l'ancre. Regan, les traits décomposés par son énervement, débarqua le premier.

— Pas un seul signe de la belle sorcière, ni de l'homme au crochet, Caleb. Cette fripouille doit avoir une oreille qui traîne et il s'est mis à l'abri. Ou il est parti pour un long voyage. Nous avons croisé un navire, plus petit que le nôtre. Les flibustiers ont fui à notre approche. Mais je leur ai envoyé des signaux de paix et nous les avons rejoints. Ils nous ont dit qu'ils avaient rencontré notre homme il y a quelques mois, mais depuis ils ne savaient rien. Ces bandits sont tous les mêmes. Pourtant, je crois qu'ils n'ont pas menti. La récompense est trop attirante. Nous avons aussi cherché dans les ports de Bornéo, de Bali, des Célèbes, sans résultat. Nous avons pensé aller jusqu'aux îles Moluques et en Nouvelle-Guinée, mais finalement nous avons remis ces voyages à plus tard.

— La Sirène des Mers a peut-être abandonné elle aussi ! osa Caleb.

Regan passa un bras autour des épaules du garçon, tandis qu'ils rentraient dans le bureau de la Compagnie Hollandaise.

— Je ne crois pas. Au contraire. Elle est au courant de notre expédition et à l'heure actuelle elle doit être en train de rire de notre stupidité. J'admets que ce voyage était ridicule. Elle a gagné, une fois de plus.

— Pourquoi aurait-elle « gagné » si elle ne vous a pas poursuivis ?

— Elle s'est moquée de nous tous ! dit Regan au moment où il refermait la porte de son bureau. Va me chercher un cigare, s'il te plaît.

Regan s'assit dans un grand fauteuil en cuir noir. Caleb regarda autour de lui puis se dirigea vers des étagères encombrées. Il fouilla des yeux la multitude d'objets avant de se pencher sur une boîte à cigares carrée et recouverte de peau. Mais il hésita et prit une petite boîte en bois, qu'il tendit à Regan.

— Comment sais-tu ce qu'il y a dans cette boîte ? grogna Regan avec une moue hargneuse.

Effrayé par le ton sévère de Regan, le garçon recula et serra l'objet contre lui.

— Mais... vous m'aviez demandé de... de vous amener un... un cigare.

— Oui. Mais comment se fait-il que tu saches où ils se trouvent ?

— Je... je ne sais pas. Je vous ai sans doute vu les prendre la dernière fois que j'étais ici avec vous. Est-ce que j'ai fait une bêtise ? Y a-t-il quelque chose dans cette boîte que je n'aurais pas dû voir ? Je suis désolé, Monsieur !

Remarquant la peur de l'enfant, Regan lui parla plus gentiment.

— Excuse-moi, Caleb, mais mon fils avait l'habitude de m'amener mes cigares. Je les rangeais normalement dans l'autre boîte, mais ce bout de chou de quatre ans ne pouvait pas les attraper. Alors, je les ai mis dans la boîte que tu as entre les mains. Quand tu t'es baissé sur cette étagère, ces souvenirs me sont revenus en mémoire. Je ne voulais pas te blesser... je crois que je suis resté en mer trop longtemps. Parfois, quand le passé remonte à la surface, je n'arrive pas à oublier.

— Vous avez beaucoup aimé votre fils, n'est-ce pas ?

— Énormément. Mais tu ferais mieux de rentrer. Nous nous verrons au dîner. Dis à ta sœur que je suis revenu sain et sauf — au cas où elle voudrait savoir.

— Je lui transmettrai, Monsieur, dit Caleb en fermant la porte derrière lui.

Regan arpenta la pièce, l'esprit troublé. Il était sûr de n'avoir jamais pris de cigare devant Caleb. De plus, il préférait fumer des manilles qu'il avait chez lui et de fait, il en emportait toujours quelques-uns. Il offrait les autres aux marchands qui lui rendaient visite. Sa tête s'embrouillait, de nombreuses questions l'assaillaient brusquement.

Des lanternes en papier chinois se balançaient au gré de la douce brise qui montait du port. De loin, il semblait que des centaines de lucioles dansaient au-dessus des buissons autour de la magnifique demeure de Don Chaezar. Elle était située au cœur de la ville, dans la somptueuse rue du Lion, et surpassait en beauté toutes les maisons de Batavia.

La musique du bal résonnait dans le jardin. Les invités saluaient la générosité de Chaezar en lui portant un toast. Tous étaient venus : les Espagnols, les Hollandais et même les Portugais. On comptait aussi des marchands français et anglais.

Sirena et Regan arrivèrent avec une heure de retard. Regan avait dû passer à son bureau pour une affaire de dernière minute. Ce contretemps avait agacé son humeur. Il s'était renfrogné ; le muscle de sa joue tressautait nerveusement et ses pupilles lançaient des flammes noires.

Peu avant de partir, Sirena s'inquiéta timidement de son changement d'attitude et lui proposa de rester avec lui s'il n'avait pas envie d'assister à cette soirée. Regan partit d'un éclat de rire.

— Rester à la maison ? s'exclama-t-il. Ah non ! J'irai, même si je dois ramper !

Perplexe, Sirena monta dans la voiture, suivie de Regan. Le voyage fut silencieux, Regan tirait rageusement sur son cigare.

A leur arrivée chez l'Espagnol, Regan attendit un instant sur le seuil de la salle de bal. Il scruta l'assemblée. Sirena comprit qu'il cherchait quelque chose... ou quelqu'un.

Gretchen traversa la pièce pour venir à la rencontre de Regan. Tous les invités se retournèrent sur son passage. Sirena remarqua alors la robe provocante que portait la veuve. Taillée dans une soie bleu lapis, la robe moulait son corps et révélait sa nudité en dessous. La fine étoffe modelait les courbes et les rondeurs de Gretchen. Des perles de cristal décoraient le corsage : deux auréoles sur la poitrine et un triangle sur le bas-ventre. Gretchen se mouvait avec grâce et dignité. Dans sa chevelure dorée étincelaient des pierres précieuses. Si les femmes étaient scandalisées, les hommes, eux, étaient ravis.

Un sourire moqueur fendit le visage de Regan. Son

regard n'échappa point à Sirena et les formes intimes de Gretchen semblaient lui être familières. Sirena se sentit fade et démodée à côté de sa rivale.

Don Chaezar sauva Sirena de cet instant pénible. Il baisa délicatement la main de la jeune femme. Puis il la prit par le bras et partit la présenter à certains marchands des îles voisines. Les visages se bousculèrent devant elle, les noms résonnèrent comme une cacophonie dans sa tête. Elle écumait de jalousie depuis que Regan avait posé les yeux sur Gretchen. Sirena luttait contre elle-même pour s'empêcher de se retourner afin d'observer les deux amants.

Chaezar avait organisé les festivités avec un soin extrême. La musique était joyeuse, les vins délicieux et une quantité de plats variés et alléchants garnissaient les tables. Lorsque Chaezar quitta la jeune femme pour aller demander à ses domestiques de servir du vin, Helga Kloss se hâta vers Sirena.

— Dites-moi le secret, lui dit-elle, les yeux brillants d'excitation. Don Chaezar vous a certainement dévoilé ce qu'est la surprise ! Il faut que vous me le disiez ! L'attente va me rendre folle sinon !

— Je n'ai pas la moindre idée de cette surprise, Madame, répondit Sirena en souriant. A moins que vous ne parliez de l'allure stupéfiante de Frau Lindenreich.

Helga Kloss blêmit une seconde, puis le rouge lui monta au visage quand elle comprit ce que voulait dire Sirena.

— Ah oui, vous aussi, vous l'avez remarquée ! Évidemment, gloussa-t-elle dans un petit rire nerveux. Le capitaine Kloss est tout simplement scandalisé ! Il ne sait pas où regarder quand elle se trouve en face de lui. Mais la surprise de la soirée n'est pas Frau Lindenreich. Chaezar n'arrête pas d'y faire allusion, vous n'avez pas entendu ?

Helga jeta un œil intrigué sur Sirena. Elle considérait la jeune femme comme une personne intelligente. Sur quoi avait-elle donc médité toute la soirée pour ne pas avoir surpris les bruits au sujet du « spectaculaire » secret de Don Chaezar ?

Après en avoir informé Sirena et lui avoir arraché la promesse de venir un jour prendre le thé à la mission, Helga partit à la recherche de son mari et abandonna sa jeune amie. La foule, la musique, les couleurs vives des robes et leurs frous-frous commencèrent à fatiguer Sirena. Elle chercha un endroit pour être seule et réfléchir. La véranda.

L'air frais de la nuit calma ses joues en feu. La musique lui parut plus douce au clair de lune.

Au bout de quelques instants, Sirena sentit une autre présence. Le vent porta à ses oreilles un rire de femme, venant de derrière les bosquets, près de la véranda. Elle s'apprêta à rentrer quand soudain, ce bruit lui sembla familier. Une intonation rauque mais enfantine, avec une pointe sarcastique... Gretchen !

Il lui revint subitement en mémoire le jour où elle était arrivée chez van der Rhys en chariot, vêtue de sa robe noire sous une chaleur torride, trempée de sueur. Et le rire moqueur et méprisant, avec lequel l'agressa à travers la haie cette femme, visiblement heureuse de la misérable condition de la nouvelle venue.

Haineuse, Sirena eut envie de frapper l'Allemande au visage jusqu'à ce que ses lèvres saignent.

Sans plus réfléchir, elle s'avança vers les bosquets et vit le tableau qu'elle imaginait : Regan et Gretchen tendrement enlacés.

Ils ne la remarquèrent pas. La rage monta en elle, lui faisant perdre la raison. Sous ses yeux révulsés, Regan embrassait Gretchen et lui caressait le bas du dos. Son autre main s'insinuait profondément dans l'encolure de sa robe.

En un mouvement, Sirena se jeta sur eux et les sépara. Elle attaqua Gretchen comme une tigresse.

— Puisque vous aimez vous exposer, Frau Lindenreich, siffla l'Espagnole, pourquoi vous embarrasser d'un morceau de tissu, quand vous êtes avec mon mari !

Elle agrippa le décolleté de la robe et tira d'un coup sec, la déchirant presque entièrement.

Gretchen se laissa surprendre par cet assaut. Poussant un juron, elle se précipita sur Sirena pour l'empoigner par les cheveux. La jeune femme esquiva le coup. Les deux femmes s'affrontaient telles deux chattes sauvages, chacune voulant détruire l'autre.

— Je voulais vous ôter pour quelque temps ce sourire narquois, poursuivit Sirena, et à présent, j'ai aussi envie de vous crever les yeux !

Sa voix était calme, mais la menace si forte que Regan en resta interdit. Il n'aurait jamais cru sa docile épouse capable d'autant de violence dans ses propos. Il s'avança entre les deux femmes, pour observer Sirena de plus près. Mais son geste fut mal interprété.

— En arrière, Regan ! Vous avez pris votre bon temps avec cette catin ! J'ai bien l'intention de m'amuser moi aussi ! cracha Sirena. Poussez-vous, ou je vous tuerai s'il le faut pour atteindre cette garce !

La peur s'empara de Gretchen, qui ne douta pas un instant de la détermination de Sirena. Lorsque la blonde séductrice vit Regan s'interposer, elle devint hystérique.

— Ma robe, se lamenta-t-elle. Regarde ce qu'elle a fait à ma robe ! Jamais on ne pourra l'arranger !

Elle se blottit contre Regan, comme pour lui demander sa protection. Quelque chose crissa sous ses pieds.

— Les perles ! Les perles ont été arrachées ! Regan, aide-moi à les retrouver, elles coûtent une fortune ! s'écria Gretchen, qui se mit à quatre pattes pour les chercher.

Ses seins s'échappèrent du corsage déchiré de sa robe, ses cheveux tombèrent en désordre sur ses épaules. Sirena eut une moue ironique. Regan aussi nota le ridicule de Gretchen. Il éclata de rire. Comme la jeune femme le fusillait du regard, il se tut.

Un bruit de pas se fit entendre. La silhouette de Chaezar apparut dans l'embrasure de la porte. La tension s'apaisa légèrement.

— Chaezar ! sanglota Gretchen, en se relevant. Voyez ce qu'elle a osé me faire !

— Je vois... Gretchen, dit calmement l'Espagnol. Et elle s'est bien débrouillée !

La veuve fut abasourdie par sa réflexion. Elle était sur le point de lui répliquer, quand elle remarqua les yeux admiratifs qu'il posait sur sa compatriote.

— Vous pouvez aller dans ma chambre, en sortant par la véranda, proposa Chaezar à Gretchen. Prenez un de mes peignoirs et repartez vous changer. Mon cabriolet vous attendra derrière la maison. Personne ne vous verra. Je suppose que vous ne souhaitez pas attirer l'attention dans cet état-là.

— Je ne m'en soucie guère !

— Mais *moi* si ! fit Chaezar d'un ton menaçant. Je ne vous permettrai pas de vous donner en spectacle chez moi !

Regan et Sirena furent surpris du pouvoir de Chaezar sur Gretchen, qui lui obéit aussitôt et sans rechigner.

Les deux hommes dévisagèrent Sirena avec un air ahuri. Ils se demandaient comment elle avait pu reprendre si vite son calme, après s'être emportée comme une furie.

— Oubliez cet incident, *querida*. Et profitez de la soirée, dit Chaezar, en adressant un merveilleux sourire à la jeune femme alors qu'il lui offrait poliment son bras.

Celui-ci s'était rendu compte que cette échauffourée avec Gretchen avait ravi Sirena.

— A présent, rentrons. Je vais enfin dévoiler ma surprise — mon « spectaculaire » secret, comme disent certains.

Les manières galantes de l'Espagnol déplurent à Regan. Celui-ci fronçait méchamment les sourcils. Une lueur d'inquiétude, qui n'échappa point à Sirena, traversa son regard à l'annonce de cette « surprise ».

— Oui, Alvarez, dit Regan, agacé. Je suis particulièrement intéressé. Allons-y, Sirena. Nous ne voudrions pas qu'il nous fasse attendre plus longtemps.

La jeune femme comprit que cette surprise était la cause de la mauvaise humeur de son époux. Regan semblait savoir ce dont il s'agissait. Elle était curieuse de voir la suite des événements.

Tous les regards se tournèrent vers eux à leur retour. Les musiciens avaient cessé de jouer. Les invités semblaient attendre quelque chose, rassemblés autour d'un objet couvert d'un voile, qui trônait au centre de la salle. Helga Kloss interpella Chaezar.

— Dépêchez-vous, mon ami ! Ce suspense me rend folle ! Mais je crois deviner ce que c'est, espèce de voyou. Vous avez fait venir une de ces statues de Grèce, n'est-ce pas ? Celles qui sont pratiquement nues... fit-elle en gloussant avec un rire gêné.

Le capitaine Kloss mit sans doute fin au ricanement de son épouse, car autour d'eux, les gens échangèrent des sourires amusés.

Chaezar s'approcha de l'objet. Il toussa pour s'éclaircir la voix.

— Comme vous le savez tous, depuis peu, les îles des Indes Orientales sont sous l'emprise du plus impitoyable maraudeur que nous ayons jamais connu ici. Certains d'entre nous ont eu l'occasion de croiser en mer cette fameuse femme pirate. Il y en a même un parmi nous qui s'est tant épris d'elle, qu'il a fait faire une statue à son image.

Regan se raidit brusquement. Sa main, posée sur le bras de Sirena, se crispa, alertant la jeune femme de la nervosité de son époux.

— Sans plus de cérémonie, mes chers amis, je vous présente la Sirène des Mers !

Chaezar tira légèrement sur un cordon de soie et le drap glissa au sol. Sur un socle s'élevait la figure de proue de Regan.

Des chuchotements et des cris d'admiration emplirent la pièce. La statue, presque de grandeur nature, était de toute beauté. Sirena l'observa et trouva une étrange similitude avec elle-même. La chevelure semblait voler au vent, dans le prolongement de son visage finement sculpté. Sur son buste était dessinée la chemise nouée sous les rondeurs d'une poitrine arrogante. Les mains se posaient sur des hanches pleines.

La statue représentait fidèlement le modèle original. Même son front était orné du tragique bandeau.

Sirena balaya la salle du regard, craignant que quelqu'un remarque la ressemblance. Elle s'arrêta sur Regan, qui étudiait l'œuvre qu'il avait commandée. La jeune femme se demanda fébrilement comment il avait pu se souvenir aussi précisément de la Sirène des Mers. Dans les yeux de Regan brûlait le même désir qu'elle avait vu lors de leur seconde rencontre en mer.

Les invités s'avancèrent autour de la statue, pour la détailler ou caresser le bois poli. L'angoisse au creux du ventre, Sirena s'éloigna. Elle prit un verre de vin et observa l'assemblée.

Puis elle se força à contempler l'ouvrage, pour que personne ne se doute de son trouble. Elle croisa à cet instant le regard de Chaezar. Ce qu'elle redoutait était arrivé : il l'avait identifiée. L'Espagnol fixait effectivement Sirena ; il avait l'air abasourdi.

Regan, se détournant de la figure de proue, surprit la mine consternée de Chaezar. Il posa à nouveau ses yeux sur la statue puis sur sa femme. Comme Chaezar. Les deux hommes s'affrontèrent du regard.

— Si votre intention, dit le Hollandais, était de me mettre mal à l'aise ce soir, vous avez échoué. La beauté de cette figure de proue dépasse de loin son caractère scandaleux ! Et nous verrons qui fera le malin demain, lorsque vous serez vous-même en train de la monter sur mon bateau... au bout de mon épée !

Chaezar s'humecta les lèvres. Il ne fallait pas prendre à la légère l'épée du Hollandais.

16

Plusieurs jours après le bal, peu avant minuit, Sirena se faufila chez Caleb et le secoua pour le réveiller. Tous les domestiques s'étaient retirés plus tôt que d'ordinaire. La jeune femme pensait qu'ils dormaient déjà.

— Habille-toi, petit frère, nous partons en mer, murmura-t-elle.

Caleb sauta aussitôt sur ses pieds et attrapa son pantalon.

— Je t'attends dans ma chambre. Hâte-toi. Après le dîner, je passais devant la porte de la cuisine, quand j'ai entendu Frau Holtz dire qu'un des bateaux de Regan prenait la mer tard ce soir. Il a certainement déjà mis les voiles, mais nous pouvons le rattraper, je crois. Allez, vite !

— Mais les hommes ! Je n'ai pas porté de message à Jan pour prévenir l'équipage.

— J'ai envoyé Ling Fu à Teatoa avec une missive scellée, il y a deux heures environ. Tu avais besoin de te reposer. Le vieux Chinois n'est pas homme à se demander le pourquoi et le comment des choses. Il doit être en train de dormir à présent. Quant aux hommes, ils ont eu le temps d'arriver à *La Rana*.

Quelques heures plus tard, les premiers signes du jour apparurent dans le ciel. Sirena se tenait à la barre, entourée de Caleb et de Jan.

— Nous ne devrions plus attendre très longtemps,

fit la jeune femme avec impatience. Jan, dites aux hommes de se mettre en place.

— Oui, Capitana.

— Vous prendrez le gouvernail, comme d'habitude, quand je m'adresserai à l'ennemi. Et toi, Caleb, ne reste pas sur le pont lorsque nous les approcherons. Un de ces marchands hollandais pourrait te reconnaître, car tu es connu à Batavia désormais, petit frère !

— Sirena, est-ce que tu... vas-tu laisser la vie sauve aux hommes cette fois ?

— Oui. Je ne ferai pas comme pour les Espagnols, à qui, n'oublie pas, j'avais donné un avertissement.

— Navire en vue ! entendit-on soudain.

— Jan, faites feu dès qu'il est à votre portée, cria Sirena. Un premier coup à l'arrière, puis un second à l'avant.

— Ils sont encore trop loin, lui répondit le vieil homme.

— C'est vrai. Un seul coup devrait réussir à les anéantir. Mais si nous les attaquons par surprise, nous pouvons leur en envoyer un autre avant qu'ils aient le temps de répliquer.

— Pourquoi une telle offensive ? demanda Caleb, inquiet.

— Parce que nous n'avons pas le couvert de l'obscurité.

Les tirs des canons firent tanguer *La Rana*.

— Parfait ! lança Sirena en regardant dans la longue-vue. La proue a été touchée. J'avais prévenu Monsieur van der Rhys que jamais plus un navire hollandais ne porterait un coup à ma frégate !

Un boulet tiré par l'ennemi explosa à bâbord sans heurter *La Rana*.

— Vois-tu, Caleb. Ils tirent, mais la panique leur fait oublier de viser ! Maintenant, cache-toi !

Jan vint relever Sirena à la barre, tandis qu'ils gagnaient le brigantin pris par les flammes.

— Si vous demandez quartier, je vous laisse grimper dans les chaloupes ! hurla la jeune femme pour être entendue par-dessus le vacarme.

— Quartier ! Quartier !

— Avez-vous vu la pièce lourde dont leur navire est équipé ? demanda Sirena à son second.

— Oui, mais ce canon ne leur a servi à rien, se moqua Jan.

— Si un de ses boulets nous avait atteints, nous ne serions pas là sur le pont. La frégate aurait été déchiquetée. Mais heureusement, ils se sont affolés.

Le brigantin commençait à s'enfoncer profondément à tribord. Dans peu de temps, il sombrerait dans les abîmes verdâtres.

— Eh, Hollandais ! cria la Capitana. Y a-t-il parmi vous un homme qui porte un crochet en guise de main ?

— Non, nous ne connaissons pas cet homme.

— Levez tous les mains et ôtez vos gants !

L'équipage en difficulté lui obéit immédiatement. Sirena les observa avec sa lunette et dodelina de la tête d'un air satisfait.

— Lorsque vous retournerez à Batavia, si vous y arrivez, les nargua-t-elle en riant, dites ceci à Monsieur van der Rhys : j'ai entendu dire qu'il refuserait de me remettre le Crochu s'il le trouvait avant moi. Un avertissement de ma part, un seul et unique avertissement : la prochaine fois que je capturerai un navire hollandais, malheur à celui qui m'annoncera que l'administrateur de la Compagnie Hollandaise n'a pas changé d'avis !

Sirena fixa des yeux les hommes du brigantin.

— Que transportez-vous aujourd'hui ? leur demanda-t-elle.

— Des clous de girofle, des noix de muscade et du poivre.

— Le prix des épices va augmenter en Europe, fit-elle avec un rire mélodieux.

Le capitaine, vêtu d'un uniforme impeccable, se tenait debout dans une des chaloupes. L'homme, franc et impétueux, adressa un poing menaçant à Sirena.

— Si la Compagnie Hollandaise est touchée par cette perte, les honneurs ne vous reviennent qu'en partie, Sirène des Mers! Il vous faudra remercier les Espagnols de leur aide!

— Qu'est-ce que vous voulez dire?

— Les indigènes racontent que l'on a caché des noix de muscade reproductrices quelque part sur Java. Les esclaves qui s'occupent de chauler les graines de muscade ont parlé. Il leur manque souvent des boisseaux de graines. Un Hollandais ne ferait jamais cela. Mais les Espagnols, bien sûr! Pour briser notre puissance commerciale dans ce domaine! Ces maudits renards veulent implanter des plantations près de notre Europe, c'est dans ce but, voilà tout!

Un cri retentit dans la mâture de *La Rana*, qui mit fin aux réflexions du capitaine hollandais.

— Que se passe-t-il? Un autre navire? demanda Sirena à la vigie.

— A un ou deux miles à bâbord, Capitana. D'après son allure, il est espagnol ou portugais.

— Larguez les voiles! ordonna la jeune femme. Je veux être dans son sillage.

Un quart d'heure plus tard, alors que les chaloupes du brigantin s'agitaient dans le lointain, ils avaient rejoint le navire espagnol. Sirena dévoila son intention à Jan.

— Ne tirez que si je l'ordonne. Nous ne ferons aucun mal à ce vaisseau. Il continuera sa route.

Sirena sourit de la mine étonnée de son second. Il est vrai qu'il était Hollandais.

— Et s'ils nous mitraillent, Capitana?

— Dans ce cas, nous les éperonnons. Mais sur mon ordre uniquement. Voyez-vous, Jan, ce sont des Espagnols, mais je ne les attaquerai pas. Pas après avoir coulé un navire de leurs concurrents. Van der Rhys sera aussitôt sur les pas de Don Chaezar, croyant que j'ai passé un marché avec l'Espagnol. Pendant ce temps, il ne s'occupera pas du Crochu.

Regardant par sa longue-vue, Sirena déchiffra le nom du vaisseau: le *Crimson Fire*. Elle prit une corne pour interpeller l'équipage, comme les navires se trouvaient à une certaine distance l'un de l'autre.

— Écoutez-moi, marins du *Crimson Fire*! Je vois que les canonniers sont à leur poste, sachez qui je suis : La Sirène des Mers! Un seul tir et vous êtes tous morts. Cependant... je vais me montrer aimable. Capitaine, fit-elle à l'homme barbu qui se trouvait près du timon, relevez vos canonniers et rangez vos armes. Et vous pourrez passer votre chemin. Eh bien, lui crita-t-elle après un moment d'attente. Aurai-je une réponse ?

A cet instant, un boulet déchira la voile du mât de misaine de la frégate. Aucun tir ne suivit. Sirena reprit sa longue-vue et fit signe à ses hommes de se placer aux canons.

Le capitaine espagnol affichait un sourire victorieux. Il ouvrait les hostilités et croyait anéantir rapidement la noire frégate. Mais il se méprenait sur l'art de son capitaine.

Une pluie de tirs s'abattit sur les ponts et le bastingage du *Crimson Fire*. *La Rana* fit demi-tour, échappant aux tirs ennemis, mais continua à faire feu. Sirena ordonna les manœuvres pour éperonner le brigantin espagnol.

Les deux navires se rapprochaient. Le capitaine du *Crimson* se précipita sur sa corne pour demander quartier.

— Nous nous rendons! dit-il en jetant son épée sur le pont. Nous nous rendons!

La Rana enregistrait quelques dégâts sans trop de gravité. Mais Sirena n'était pas d'humeur à épargner les Espagnols. Jan lui rappela cependant son plan de dresser van der Rhys contre Don Chaezar. Elle devait donc laisser partir sains et saufs les hommes du brigantin espagnol.

— Pourquoi éveiller les soupçons d'Alvarez sur une alliance avec les Hollandais ? argumenta Jan.

— Vous avez raison, Jan, lui répondit Sirena. Nous nous emparerons de la cargaison, cette fois. Les hommes se la partageront. Après avoir vérifié si le Crochu fait partie de l'équipage, nous abandonnerons les hommes dans les chaloupes. Ils rameront jusqu'à Java ! A moins qu'ils veuillent rentrer en Espagne ! plaisanta la jeune femme. Deux navires en un jour, alors que je n'en cherchais qu'un seul !

Les marins applaudirent leur vaillante Capitana.

Sirena se tenait sur le pont du navire capturé. Elle méditait, le sourire aux lèvres. Au loin, elle distingua les embarcations du *Crimson Fire*, qui filaient vers le détroit de la Sonde, dans le sillage des Hollandais. Quelle arrivée épique à Batavia, que ces quatre chaloupes de rescapés de la femme pirate... dans la nuit ou le lendemain matin !

L'équipage vida les soutes du brigantin espagnol. De la soie, des épices et des objets d'artisanat javanais. Ils découvrirent aussi des tonnelets de whisky de Java, qui rejoindraient les stocks de *La Rana*.

— Dépêchez-vous, Messieurs ! cria Sirena. Nous voulons atteindre la rivière avant midi, et la marée nous est favorable. De plus, nous devons doubler les naufragés avant qu'ils puissent nous voir pénétrer dans la Rivière de la Mort !

Elle allait quitter le navire quand un énorme ricanement résonna derrière elle. C'était Jacobus, le cuisinier.

— Qu'avez-vous donc trouvé là ?

— Un coffre intéressant, Capitana. Il était dans la cabine du capitaine et je... je viens de l'ouvrir avec mon couteau, lui expliqua le vieil homme en riant.

Soulevant le couvercle du coffre, il lui montra une myriade de pièces de monnaie étincelantes et de pierres précieuses.

La jeune femme glissa langoureusement ses doigts dans le trésor et mit quelques pierres précieuses dans sa poche.

— Venez voir, braves marins, le fabuleux trésor que Jacobus a déniché ! cria Sirena. Mais hâtez-vous, il faut partir. Il faut encore s'occuper du brigantin !

La belle frégate voguait sur la mer calme, laissant derrière elle le *Crimson Fire* qui sombrait. Sirena et Caleb discutaient à la barre.

— Sais-tu ce qu'il va se passer quand les chaloupes vont arriver à Batavia ? demanda Caleb.

— Don Chaezar Alvarez tapera rageusement du poing et van der Rhys tournera en rond dans son bureau comme un lion !

Caleb se mit à rire mais Sirena devint songeuse. Les renseignements étonnants du capitaine hollandais lui revinrent en mémoire. Que voulait-il dire avec ces « noix de muscade reproductrices » ?

Jacobus vint rompre le cours de ses pensées. Il lui apportait une tasse d'un bon café chaud.

— Jacobus, vous étiez sur le pont, n'est-ce pas, questionna Sirena, quand nous avons pris le navire hollandais ? (Le vieil homme hocha la tête.) A quoi faisait allusion le capitaine en parlant de ces noix de muscade et de ces Espagnols qui voudraient faire des plantations aux environs de l'Europe ?

Jacobus écarquilla les yeux. La jeune femme ne semblait pas connaître la plus stricte des lois aux Indes, et la seule qui soit vraiment le fondement du commerce entre Hollandais et Espagnols.

— Capitana, il est interdit de sortir des îles des noix de muscade qui sont fertiles. Tous les marchands d'Espagne ou de Hollande, même des étrangers qui viennent parfois ici, obéissent à ce règlement. Ce monopole du commerce des épices assure la fortune des deux pays. Nous ne voulons pas d'autres plantations aux Caraïbes ou en Afrique, dirigées par des Français, des Autrichiens, des Anglais, ou d'autres. Lorsque les noix mûres sont ramassées, des esclaves les trempent aussitôt dans un bain de lait de chaux pour les rendre infertiles. Ensuite, ils les nettoient bien sûr, pour qu'elles puissent être utilisées. Et les pauvres marins comme moi, raconta Jacobus, qui agita son index en signe d'avertissement, même si on n'a jamais eu entre les mains ce trésor-là, on est quand même souvent fouillé. Si quelqu'un se fait attraper en train de frauder, il peut s'attendre à la peine de mort !

Seule au timon de son navire, Sirena repensa aux paroles de Jacobus et du capitaine. S'il s'agissait réellement d'une manigance des Espagnols, lequel d'entre eux était capable de renier l'accord entre les deux nations et de dérober une importante quantité de graines fertiles ? Quelqu'un de pouvoir... les marchands, ou les marins, ont peu de contact avec les planteurs. Il leur serait difficile, à moins de pots-de-vin, d'organiser cette contrebande. Plus vraisemblable, un propriétaire terrien ou une personne qui traite directement avec les chefs de tribu. Quelqu'un comme Regan... ou Don Alvarez ! Sa personnalité vaniteuse, sa cupidité, son souhait de rentrer en Espagne avec honneur et richesse... tous ces détails assaillirent la jeune femme, qui se maudit d'accuser un fier Espagnol, un homme de sa race. Mais Don Chaezar transportait-il ces noix de muscade sur une île voisine, ou les cachait-il à Java, en attendant l'opportunité de s'enfuir en Espagne ? Comment les ferait-il pousser sur cette terre aride, inculte...

Le vent soulevait ses cheveux autour de son visage, la poussière des embruns lui picotait les yeux. Sirena, le cœur lourd, était absorbée dans ses réflexions. Elle n'entendit pas l'homme qui s'avançait derrière elle à pas feutrés. Un frisson d'angoisse lui parcourut soudain le dos. La frégate était bizarrement silencieuse. Il est vrai qu'elle avait dit à ses hommes de descendre au carré se rafraîchir. Sirena pensa les rejoindre. Elle se retourna et rencontra le regard vicieux de Wouter.

La jeune femme resta clouée sur place. La même terreur que lorsqu'elle était à la merci de Blackheart, l'envahit. Celle d'un animal pris au piège. Elle fit quelques pas en arrière. Wouter la traquait, il marcha sur elle, la forçant à reculer vers sa cabine. Sirena se reprit et pensa à s'emparer de son sabre. Malheur ! il était resté planté sur le pont. Elle devait absolument faire quelque chose. N'importe quoi ! A cet instant, Wouter la fit entrer de force dans la cabine et ferma la porte d'un coup de pied.

Sans prononcer un mot, le marin s'avança vers elle... Sirena tomba sur la couchette, le visage livide. Mon Dieu, cela ne pouvait pas recommencer !

Un cri strident à glacer le sang retentit dans l'étroite pièce, Caleb surgit à ce moment-là. Brandissant son épée avec assurance, le garçon ordonna à l'homme d'une voix ferme de libérer la jeune femme.

— Sors d'ici avant que je t'étripe, garnement, lui cria Wouter en dégainant son sabre. Cette lame ridicule ne me fait pas peur. Allez, fiche-moi le camp !

— En garde ! lança Caleb, mis hors de lui par la vision de Sirena apeurée.

Il fit un pas en avant et leva brusquement son épée sous le nez du marin. Celui-ci fut surpris par la force et la vivacité du garçon. Wouter attaqua d'un geste gauche, manquant son adversaire. Caleb bondit sur le côté et para le coup avec agilité.

Sirena comprit qu'elle devait appeler du renfort car le garçon n'avait pas l'habitude de se battre. Il serait vite fatigué. Les jambes flageolantes, elle sortit sur le pont et cria de toutes ses forces.

— Jan ! Jacobus ! A l'aide !

Les deux hommes se précipitèrent, accompagnés de Willem, un autre marin. Les autres suivirent en courant, l'arme à la main.

— Il faut sauver Caleb ! Il faut sauver mon frère ! hurla Sirena en agrippant le bras de Jan.

— On dirait qu'il mène le combat, dit le second en souriant. Ce bâtard de Wouter est complètement saoul, il ne voit pas devant lui ! D'une minute à l'autre, le gamin va s'en débarrasser !

— Non, non ! Vous devez vous interposer. Il est trop jeune pour avoir du sang sur les mains !

Jan jeta un regard amical sur la jeune femme. Il hocha la tête et attendit le moment opportun pour agir. Évitant les attaques, Caleb portait adroitement des bottes au marin ivre et finit par le toucher. Le garçon était vif et déterminé, excité peut-être par le sang des blessures de son rival.

— Finis-en, Caleb ! cria Jan. Laisse-le partir ou tue-le !

Celui-ci se tourna vers le vieil homme et perdit à cet instant l'avantage. Jan se glissa alors entre les deux assaillants, protégeant ainsi Caleb.

— Ouvre tes yeux de saoulard et bats-toi comme un homme, vociféra Jan, en chatouillant les jambes de Wouter avec son sabre. Personne sur ce navire n'a juré fidélité à la Capitana pour devenir un mutin. Tu mérites de mourir, comme la vermine !

Wouter, les yeux exorbités, fit virevolter son sabre sans parvenir à toucher Jan. Il recula contre le mur, sous les assauts du vieil homme. Celui-ci fit un pas en arrière et poussa une pointe, enfonçant son sabre dans les côtes du vil marin.

Un flot de sang jaillit. Wouter roula des yeux et s'écroula en avant, agrippant les pieds de Sirena.

— Vous n'êtes... que de... qu'une... femme, crachat-il, la bouche inondée de salive rougeâtre, tandis que son corps se convulsait dans un dernier soubresaut.

17

Sirena passait le temps en se promenant dans la propriété de van der Rhys ou en discutant avec Mella de sa succulente cuisine. Elle ressentait une affection grandissante pour la gentille Malaisienne, qui se plaisait désormais dans son travail.

Une question trottait dans la tête de la jeune femme et l'agaçait. Don Chaezar Alvarez était-il vraiment le chef de cette contrebande ? Cachait-il le fruit de ses vols sur Java ou bien les envoyait-il aux Indes, en Afrique, dans les Caraïbes ? Pour l'honneur de son pays, Sirena espérait que ce ne fût pas lui. Mais elle avait bien l'intention de découvrir la vérité, ne fût-ce que pour préserver le prestige de la couronne espagnole !

Un après-midi, Sirena se détendait à l'ombre d'un arbre très feuillu, et faisait de la couture. Elle repoussa son ouvrage, s'étira et contempla autour d'elle les magnifiques fleurs. Des jacquiers se balançaient avec grâce sous la brise légère qui venait de l'est. La pluie ne tarderait pas à tomber et la jeune femme allait devoir rentrer. Observant le rapide changement de couleur des gros nuages, elle aperçut Caleb qui passa en courant la grille d'entrée.

— Sirena ! haleta le garçon, à bout de souffle. J'ai une drôle de chose à te raconter ! Je... je suis allé me promener au... au port, balbutia-t-il.

— Parle lentement, Caleb, ou je ne vais rien comprendre, dit Sirena, impatiente d'apprendre l'histoire, qui avait, pensait-elle, un lien avec le mystère des noix de muscade.

— Voilà ! J'étais au bord de l'eau, étendu sous des palétuviers. Il n'y avait que quelques bateaux de pêche amarrés au bout du quai et personne autour. Je commençais à m'endormir quand... quand je l'ai entendu, lui et un autre homme.

— Lui qui, petit frère ?

— Señor Alvarez !

Caleb reprit sa respiration et se mit à genoux près de la jeune femme. Il se hâta de poursuivre son récit.

— J'ai entendu Señor Alvarez dire à un homme — et à sa façon de parler, c'était un bandit — de l'aider demain, à l'aube, à cacher dans un endroit plus sûr des noix de muscade. C'est vrai, Sirena. Dans un endroit plus sûr. L'autre homme était en colère et a dit au Señor qu'il ressemblait à « une vieille bonne femme acariâtre ». Et il a ajouté qu'il n'avait pas envie de se rompre le dos une *quatrième* fois. Il avait déjà transporté suffisamment ces lourds tonneaux et il en avait assez. Il a insulté Señor Alvarez et il lui a même dit que tout le trésor des Indes ne suffirait pas à le faire bouger.

— Qu'a répondu Chaezar à cela ?

— Señor Alvarez lui a affirmé que ce serait la dernière fois. Il a raconté qu'il serait bientôt prêt à partir dans son « royaume ». Je ne sais pas ce qu'il voulait dire par là, mais je sais où vont être transportés les tonneaux !

— Où ? s'écria vivement Sirena, qui espérait justement cette information.

— A la pointe sud-ouest de l'île, assez loin de la cachette où ils se trouvent actuellement, c'est-à-dire près de Teatoa, le village de notre équipage. Mais je pense, ajouta le garçon en fronçant les sourcils, que si... si nous voulons nous y rendre, ce serait mieux d'y aller à cheval, dit-il en interrogeant du regard Sirena, qui acquiesça. Alvarez a l'intention de prendre un canot à voile pour passer par les lagunes et la mer.

— Tu as raison, Caleb. Nous n'attaquerons pas ce petit bateau avec *La Rana*. Le risque est trop grand car il faudra naviguer près de la côte. On pourrait nous voir.

— Je me souviens, d'après les cartes que j'ai étudiées, que la crique où l'Espagnol va débarquer n'est pas grande, mais c'est la seule qui soit praticable sur cette partie de l'île. Les autres ont des récifs de coraux. Il est logique qu'il transporte sa marchandise par bateau. A travers l'île, ce serait dangereux et cela prendrait plus de temps. Et puis, les deux hommes risqueraient d'être repérés. Mais toi et moi, peut-être Jan et quelques hommes, nous pouvons nous déplacer sans éveiller trop de suspicion.

— Ce sera une nouvelle forme d'attaque de la Sirène des Mers. Oui, petit frère, allons-y à cheval ! Est-ce que Chaezar a précisé l'endroit où il veut stocker ces barriques ?

— Il a tout expliqué à son compagnon. Il lui a dit qu'il n'aurait pas à les transporter trop loin dans les terres et que son dos n'en souffrirait pas. C'est dans une grotte qui domine la crique. Lorsque la marchandise sera en sécurité, ils cacheront l'entrée avec des palétuviers.

— Bien joué, petit frère. L'opération est prévue pour quand, l'a-t-il dit ?

— Ce soir, minuit, Sirena.

— Crois-tu qu'il soit plus avisé de se mettre en route cette nuit et d'attendre près de la crique ou bien d'y aller demain soir, après qu'ils auront fait le transfert ?

— A mon avis, répondit Caleb avec une pointe d'excitation, il vaut mieux partir ce soir. Je m'ennuie de ne rien faire. Je ferais bien d'aller prévenir immédiatement Jan et Willem, pour qu'ils nous retrouvent avec les chevaux à l'endroit habituel.

Puis il revint sur son sujet favori, comme chaque fois qu'il se morfondait.

— Sirena, quand me donneras-tu une nouvelle leçon d'escrime ?

Depuis son duel contre Wouter, qu'il avait failli tuer, Caleb insistait pour s'exercer plus souvent à l'art de l'épée. Plus d'une fois, Sirena avait eu envie de lui avouer qu'elle avait ordonné à Jan d'intervenir dans ce combat. Comme un homme, le garçon avait défié Wouter pour défendre la jeune femme. Il s'était très bien battu, mais elle n'avait pas voulu qu'il devienne si jeune un meurtrier. Et Sirena se répétait souvent depuis cet incident que si Caleb avait trop confiance en lui-même, il pourrait ne plus être sur ses gardes et risquer sa vie.

Néanmoins, Caleb croyait qu'il manquait encore d'habileté et qu'il n'aurait pas réussi à mettre Wouter hors d'état de nuire. Cette idée l'obsédait et le vexait.

— Nous pourrions nous entraîner ce soir, Sirena. A mon retour du village !

— A notre retour de la crique, petit frère. Pas avant. Garde tes forces pour notre expédition. Et file à Teatoa !

Le garçon leva la tête vers le ciel, qui annonçait la pluie de chaque fin de journée. Sirena ramassa sa couture et se dirigea vers la maison.

Jan et Willem, au couvert d'un épais brouillard, amenèrent les chevaux à la lisière des jardins du domaine van der Rhys. Sirena porta un doigt à ses lèvres pour faire signe à Caleb de rester silencieux tandis qu'ils se rapprochaient des deux hommes. Tous les quatre partirent à travers l'immense plantation, puis grimpèrent les collines, en direction du sud de Batavia.

— Caleb a attentivement regardé les cartes, dit alors Sirena. Mais nous devons tous être vigilants pour ne pas nous perdre dans la jungle que nous allons rencontrer en descendant vers la côte sud de l'île. Caleb, dans combien de temps penses-tu que l'Espagnol et son complice vont arriver ?

— Leur canot est lourdement chargé. Mais le vent est fort. S'ils naviguent en ferlant à moitié la voile, ils devraient être à Rara Cove, c'est son nom, d'ici trois heures. Ils ont sans doute une ou deux heures d'avance sur nous. Mais... le brouillard peut les retarder s'il descend sur la mer.

— Oui, affirma Willem, qui se retourna vers la ville et la plantation. Regardez, on dirait des traînées de fumée qui s'en vont vers les rives.

Les cavaliers atteignirent les pics des basses montagnes qui séparaient le nord de l'île et Batavia de la côte sud, un territoire moins peuplé. Sirena décida de faire halte.

— J'ai apporté des fruits, du fromage et du vin. Nous allons nous reposer et manger.

Tandis qu'ils attachaient les bêtes, Caleb interrogea la jeune femme.

— Veux-tu attaquer l'Espagnol dès qu'il aura débarqué et détruire les noix de muscade ?

— C'est trop de questions à la fois, petit frère. Je n'entreprends rien. Bien que Jan et Willem soient avec nous, cela ne serait pas utile d'attaquer Alvarez. Quant aux noix de muscade, je crois avoir un plan intéressant. Nous allons cacher les tonneaux ailleurs ! Et laisser des traces qui lui feront croire qu'il a été volé ! Une belle surprise pour le représentant de la couronne d'Espagne lorsqu'il reviendra vérifier sa cachette, expliqua Sirena, qui s'adressa ensuite aux deux hommes. Nous avons du temps devant nous, nous allons dormir un peu. Est-ce que l'un d'entre vous peut monter la garde et nous réveiller ?

— Je le fais, Capitana, répondit Willem, si vous êtes d'accord. Jan a eu une journée chargée avec la pêche. Je parie qu'il a plus travaillé que moi... car je n'ai rien attrapé !

Sirena sourit et avala un dernier morceau de fromage avant de s'emmitoufler dans son manteau. L'air était vif sur les hauteurs. La brume dense et grisâtre qui les enveloppait lui donna un étrange sentiment de solitude, malgré la présence des hommes. Elle somnola par moments et une heure plus tard, Willem la secoua gentiment.

L'équipée repartit sur les pentes qui menaient vers le sud de Java.

Sirena et les trois hommes étaient tapis derrière un bosquet de palmiers et de palétuviers, à une vingtaine de mètres de la rive. Grâce à Caleb, ils étaient arrivés une demi-heure avant les deux bandits.

Soudain, un bruit de rames les mit en alerte. Ils n'avaient pas vu approcher le canot !

Ensuite, ils distinguèrent dans la brume le faisceau d'une lampe et entendirent le raclement du bateau sur le sable. Puis leur parvinrent les voix de deux hommes... des murmures, une respiration hachée, des jurons, et Don Chaezar qui ordonnait avec autorité à son compagnon d'accélérer la cadence. De temps en temps résonnait un bruit sourd, celui d'un tonneau qui était basculé de l'embarcation sur le sable, suivi du souffle haletant d'un homme qui le transportait. Sirena compta que ce manège se reproduisit vingt-cinq fois.

— Traître ! murmura-t-elle. Ce traître d'Alvarez... Il bafoue l'honneur de son pays pour sa fortune personnelle !

Soudain, les quatre observateurs purent saisir clairement la discussion sur la plage.

— Voilà... c'est le dernier. Un travail facile, n'est-ce pas ?

Le ton élégant de Don Chaezar hérissa Sirena.

— S'il m'avait suffi de débarquer ces tonneaux, peut-être ! Mais les trimbaler jusqu'à la grotte, à environ quarante mètres d'ici, c'est une autre histoire ! J'ai le dos en mille morceaux. Et je vous le dis, je veux le double de ce que vous m'avez promis !

— Je vous donne ce que mérite votre travail, ricana Alvarez. La cupidité est un défaut !

L'homme poussa un cri rauque et cracha.

— Je veux le double ou...

— José, l'interrompit Chaezar d'une voix suave, vous ne me laissez pas d'autre choix. Plus ou moins tard, j'y serais venu de toute façon.

— Mais je... je ne voulais pas... Non ! Non !

Les autres entendirent des pas précipités. Un long râle déchira le silence. Puis plus un bruit. Jan se leva mais Sirena le retint du bras.

La petite lumière jaune du canot dansa sur l'eau, les rames s'agitèrent autour de l'embarcation, qui s'éloigna. Quand Sirena fut certaine que l'Espagnol avait hissé la voile et quitté la crique, elle descendit sur la rive, suivie des hommes. Elle se dirigea vers l'endroit d'où avaient semblé venir les voix. Brusquement, trébuchant sur une masse inerte, Sirena tomba à genoux.

— Il est là ! Jan ! Willem ! cria la jeune femme, qui se pencha sur le malheureux. Pas un souffle de vie. Messieurs, pouvez-vous faire votre possible pour l'enterrer ?

— Sirena, fit Caleb, en posant sa main sur l'épaule de la jeune femme. Le brouillard est très dense ici ; mais dans les terres, il s'est levé. Dois-je aller chercher une nouvelle cachette pour les noix de muscade ?

— Oui, petit frère. Tu pourras nous repérer avec cette lampe à huile que j'ai emportée. Prends-la.

Pendant que les deux marins traînaient le corps dans les buissons, Sirena partit avec une autre lampe vers la grotte de Chaezar. Caleb disparut dans la jungle.

Le brouillard s'estompa et Sirena entrevit Caleb qui revenait, escaladant arbres et rochers.

— J'ai trouvé une autre grotte... pas très loin d'ici ! jubila le garçon.

— Nous avons donc du travail, Messieurs ! soupira Sirena. Mais avant, je veux éparpiller le contenu d'un des tonneaux dans la grotte, pour que Chaezar croie qu'il s'est fait voler.

— Vous n'allez pas soulever un tonneau, Capitana ! sourit Jan. Si j'ai mon mot à dire !

— Vous n'avez rien à dire, répondit-elle en plaisantant, tandis qu'elle se mettait à la tâche.

En quelques instants, les premiers tonneaux furent transportés en haut d'une pente, où s'entremêlaient des bambous. Derrière cet écran de tiges impénétrables se trouvait une petite grotte. Elle était si basse et si étroite que seul Caleb pouvait y pénétrer. Pendant près de deux heures, il fit rouler les tonneaux au fond de la cavité. Les autres devaient porter à deux les tonneaux, tant ils étaient lourds. Sirena aida activement ses marins.

— Maintenant, laissons Señor Alvarez méditer sur ce qu'est devenu son trésor ! s'exclama Sirena, comme Caleb finissait son travail. S'il veut des noix de muscade pour son « royaume », il devra recommencer. Et je doute qu'il se trouve un autre homme sur l'île à qui il voudra confier ce secret, désormais !

Le soleil pénétrait timidement la forêt que traversaient les cavaliers. Ils avançaient lentement, quand subitement leurs montures trépignèrent nerveusement.

— Là, là... tout doux, dit Sirena d'une voix calme. Qu'est-ce qui te dérange, ma belle jument ?

Elle lui caressa l'encolure, luisante de sueur, et lui parla tendrement pour l'apaiser.

Caleb, qui parvint à contrôler son cheval après un instant de peur, scruta les alentours, cherchant la cause de l'inquiétude des bêtes. Il échangea un regard avec Jan et Willem, puis partit en tête de la chevauchée.

Tandis que le groupe débouchait dans une clairière, ils stoppèrent, alarmés. Le soleil venait à peine de se lever que le ciel s'assombrissait déjà. Les rayons jaunâtres de l'astre plongeaient d'un air menaçant vers l'horizon. Une odeur de soufre leur monta au nez et leur brûla les narines. Sans aucun autre signe, la terre se mit à trembler, les arbres se balancèrent, comme si un vent invisible les agitait.

Les chevaux hennirent et, pris de panique, ils piaffèrent ou jetèrent les pattes avant en l'air.

— Les Sœurs de Feu ! cria Jan en sautant de sa monture, blanc de peur.

Ses compagnons l'imitèrent et tentèrent de rassurer les bêtes affolées. Dans le ciel noir s'élevaient des cailloux de cendre rougeoyante, qui se mirent à pleuvoir sur le groupe. Les volcans se trouvaient pourtant à plusieurs kilomètres de là.

Ils partirent en courant s'abriter sous un épais bosquet d'arbres à pain, tirant leurs chevaux derrière eux. De nouveau, les arbres bougèrent et des gaz sulfureux envahirent l'air.

— Capitana, connaissez-vous la légende des Sœurs de Feu ? lui demanda Willem.

Elle secoua la tête.

— D'après les indigènes, elles sont en colère contre une femme vaniteuse et pécheresse. Un jour, elles la détruiront, paraît-il.

— Ce que dit Willem est vrai, Capitana, confirma Jan. Tous les Javanais qui vivent près de notre village, et des volcans, le racontent. Récemment, bien que les Sœurs de Feu se soient tenues tranquilles, on disait qu'elles étaient sur le point de rendre leur jugement dernier, ajouta le vieil homme en pouffant de rire, comme s'il ne croyait pas l'histoire.

Sirena se demanda qui pouvait bien être cette femme vaniteuse et pécheresse...

18

— Sirena, tu n'es pas prête ? Regan nous attend au rez-de-chaussée, s'exclama Caleb, qui venait de s'engouffrer dans la chambre de la jeune femme.

Celle-ci était assise devant sa table de toilette et se préparait.

— Laisse-le attendre ! grommela-t-elle, tandis qu'elle tirait d'un geste agacé sur une mèche de cheveux échappée de son chignon.

Elle avait plusieurs fois arrangé sa mantille de dentelle et l'effet ne lui plaisait toujours pas. Caleb regarda Sirena, désarmé devant sa mauvaise humeur.

— Ce n'est pas à toi que j'en veux, Caleb. Mais je suis lasse de porter ces robes noires et de cacher mon visage derrière cette espèce de voile. Je suis toujours habillée de la même façon ! dit-elle en pensant aux tenues de couleurs vives de Gretchen. Et voilà que ce peigne ne veut pas rester en place ! Va dire à Regan que je n'irai pas à ce mariage. Dis-lui que j'ai un mal de tête atroce ! Raconte-lui ce que tu veux... mais je n'irai pas !

— Sirena, tu dois y aller. La fiancée est la fille d'un chef de tribu javanais, un homme très important. Regan est à la tête de la Compagnie Hollandaise des Indes Orientales. Et puisque tu es sa femme, ton absence serait considérée comme une offense par cet homme. Et tu serais la cause de nombreux problèmes : insulter un chef de tribu, c'est insulter tous les Javanais. Les domestiques refuseraient de travailler pour les van der Rhys, les marins, les pêcheurs aussi...

— Tu as gagné, Caleb. J'ai déjà provoqué suffisamment d'ennuis, n'est-ce pas ?... Tu pourrais au moins *prétendre* que tu ne voulais pas dire cela ! le provoqua-t-elle, comme il ne répondait pas. Très bien, va dire à Regan que j'arrive dans quelques instants. Puisqu'il n'y a rien à faire, j'irai à ce mariage habillée comme une nonne !

— Non ! Attends ! Je suis de retour dans une minute ! lui cria Caleb tandis qu'il quittait la pièce.

Caleb revint aussi vite qu'il était parti. Il tenait une poignée de camélias.

— Essaie de mettre ces fleurs, au lieu du peigne.

— Caleb, c'est exactement ce qu'il me fallait !

Sirena arrangea trois fleurs blanches sur sa chevelure d'ébène. Leur coloris égaya sa toilette. Puis elle plaça sa mantille. Les pétales des camélias resplendissaient sous la dentelle. Elle mit une fleur encore en bouton dans le vallon de ses seins.

— Voilà, qu'est-ce que tu en penses ?

Le regard admiratif de Caleb lui répondit avec éloquence.

— Tu es un génie, Caleb. Bon, ne reste pas là. Veux-tu nous mettre en retard ? dit Sirena en sortant en coup de vent.

La voiture roulait vers Djatumi, un petit village situé dans les montagnes, au sud-est de Batavia. Sirena était assise entre Caleb et Regan, qui lorgnait l'échancrure du corsage de la jeune femme. La délicate fleur blanche rehaussait l'étoffe soyeuse et la couleur ambrée de sa peau.

Sentant le regard de son époux, Sirena en fut troublée. Fâchée de cette émotion, elle eut envie d'arracher les camélias. Puis lui revint à l'esprit la façon dont Regan buvait des yeux la silhouette de Gretchen, lors du bal de Don Chaezar. Un sourire malicieux glissa sur les lèvres de la jeune femme. Regarder n'était pas toucher.

La route était cahoteuse et à chaque ornière sautaient les bagages qu'ils avaient dû emporter. En effet, la cérémonie de mariage n'aurait lieu que le lendemain de leur arrivée. Caleb avait expliqué à Sirena que, chez les Javanais, la veille du mariage était un jour aussi important que celui de la noce. La fiancée devait sacrifier à des rites et Sirena, en tant qu'épouse de Regan et invitée de marque, aurait le privilège d'assister à ces préparatifs solennels. La présence de Regan et Sirena, la nuit avant la cérémonie, était un honneur pour les futurs mariés.

La jeune femme réalisa brusquement le problème qui allait se poser, puisqu'ils ne dormaient pas chez eux. Elle jeta un œil en coin sur son époux. Celui-ci sembla deviner son embarras.

— Ne vous inquiétez pas, Sirena. Vous pourrez continuer vos prières, se moqua-t-il. La coutume veut que les hommes et les femmes soient séparés jusqu'à l'union des jeunes gens. Kalava, le chef de la tribu, aura fait préparer deux huttes pour nous.

Regan se mit à rire en voyant qu'il ne s'était pas trompé. Le pli soucieux qui ourlait le front de sa femme venait de disparaître.

— En réalité, dès que nous arriverons au village, les femmes vous emmèneront avec elles, et Caleb et moi irons chez le fiancé.

Le voyage dura plus d'une heure, à travers de verdoyantes collines. Puis au pied d'une immense montagne, dans une large clairière, apparut le petit village de Djatumi, décoré de guirlandes de fleurs. Sur la place, des femmes faisaient rôtir un ours sauvage au-dessus d'une fosse. D'autres, près du feu, cuisinaient des galettes de pain sur des pierres plates. Sirena ne vit aucun homme dans les alentours.

A l'arrivée de la voiture, elles cessèrent leur activité et coururent accueillir les invités, appelant les femmes qui se trouvaient dans les huttes. Regan sauta du cabriolet et offrit courtoisement son bras à Sirena pour l'aider à descendre. Celle-ci aperçut alors, par-dessus l'épaule de son mari, une adorable jeune fille noire se ruer hors d'une grande hutte. Plusieurs femmes la poursuivirent en poussant des cris aigus. Au moment où Regan se retourna, la fille se jeta joyeusement dans ses bras.

— Telaga! Comme tu as grandi! s'exclama-t-il.

Les femmes lancées après elle rejoignirent le groupe mais s'arrêtèrent à une distance respectueuse. Regan continua de discuter dans un dialecte javanais. Puis il salua une femme âgée, qui regardait la jeune fille avec une expression sévère. Sirena pensa que sa colère était feinte, car elle réprima un sourire en cachant sa bouche. Cette femme devait être la mère, fâchée que sa fille ait défié la tradition en se montrant à un homme avant son mariage. Mais Regan, avec ses manières charmantes, amadoua la vieille femme.

Regan présenta ensuite Sirena et Caleb selon le protocole. Des femmes emportèrent les malles de la jeune femme que Ling Fu venait de décharger. Les autres se rassemblèrent autour de Sirena, ravie d'entendre l'une d'entre elles lui parler en espagnol.

— Je suis Nalu, Madame, dit celle-ci avec une voix très mélodieuse. Telaga, la fiancée, est ma cousine. Excusez-la de s'être comportée ainsi, mais elle n'a pas pu s'empêcher. Monsieur van der Rhys est un ami de la famille depuis de longues années. Il l'a connue lorsqu'elle était enfant. Je parle bien l'espagnol, *si* ? Je resterai avec vous, Madame, ou voulez-vous que je vous appelle Señora?

Sirena hocha la tête. Elle détestait la sonorité du mot « Madame ».

— S'il vous plaît, venez avec moi, Señora.

Alors que son épouse s'apprêtait à suivre Nalu et les autres femmes, Regan s'approcha d'elle et fit une révérence.

— A demain, ma chère, dit-il.

Il enlaça Sirena et déposa un tendre baiser sur sa bouche. La jeune femme ne pouvait protester sans se rendre ridicule. Avant de la libérer, il cueillit le camélia entre ses seins et le caressa lentement, en lui lançant un regard sans équivoque.

Les Javanaises faillirent s'évanouir devant son geste

sensuel. Sirena sentit le feu lui monter aux joues. Un élan de colère la gagna. Comment avait-il osé profiter de la situation ? Elle aurait vraiment souhaité lui écorcher la face !

Avec une attitude composée, Sirena se tourna vers Caleb pour lui dire au revoir. Le garçon était rouge de honte.

Soudain, la jeune femme fut glacée jusqu'au sang. Un étrange sentiment la traversa. Son regard tomba sur Telaga, qui la fixait haineusement de ses pupilles noires. Sa mère remarqua aussi le visage contracté de son enfant, qu'elle éloigna rapidement, saluant avec précipitation Regan et Caleb.

Nalu n'avait pas non plus manqué de s'en rendre compte. Elle emmena Sirena vers les huttes.

— Je vous en prie, ne faites pas attention au comportement ingrat de ma cousine. C'est une enfant gâtée et têtue. Monsieur van der Rhys a été comme un... un oncle pour elle, depuis son enfance. Et elle s'est toujours imaginé qu'un jour, elle deviendrait sa femme. Même s'il ne lui a jamais laissé croire à cette idée-là... Monsieur a vraiment été... familier, s'empressa d'ajouter Nalu d'un ton gêné.

La gentille Javanaise conduisit Sirena vers deux huttes, situées à l'écart des autres.

— Notre chef, mon oncle, a fait construire ces huttes spécialement pour Madame et Monsieur. Vous savez certainement que les hommes et les femmes ne doivent pas se rencontrer avant la cérémonie. Je sais que cela doit coûter à Monsieur. Tout le monde a pu voir combien il vous aimait.

Comme Sirena ne répondait rien, Nalu eut peur de l'avoir vexée. Ces Européens avaient d'étranges manies concernant l'amour et le désir... Ils en parlaient du bout des lèvres, d'un air embarrassé, et restaient secrets. Les Javanais étaient beaucoup plus libérés sur ce sujet.

— La Señora a déjà assisté à un kawin, c'est-à-dire un mariage javanais ? Ne vous inquiétez pas, dit Nalu à Sirena, qui secouait la tête en guise de réponse, Nalu va tout vous expliquer.

La rondelette indigène arbora un chaleureux sourire, observant Sirena avec admiration. La jeune femme ne put que lui rendre ce signe d'affection. Elle était en train de s'attacher à Nalu.

— Il faut nous dépêcher, Señora. Vous devez enfiler ce misérable vêtement. Toutes les femmes portent cela lors de la grande réunion avant la noce.

Nalu lui tendit une sorte de cafetan taillé dans une étoffe de gaze fine. L'encolure et les manches étaient richement brodées. Ce travail était le plus fabuleux que Sirena ait jamais vu. Misérable, en effet ! Nalu l'aida à se changer. Sirena lui demanda de ranger sa robe, le temps de passer la tunique sans que la jeune fille aperçoive la cicatrice. Puis elle lâcha ses cheveux qui cascadèrent le long de son dos. Elle mit une couronne de fleurs sur sa tête. Enfin, elle chaussa les sandales en peau de veau, que portaient les indigènes.

— C'est un déshonneur pour la Señora d'être habillée comme une servante javanaise, soupira Nalu. Mais c'est la coutume. Les femmes qui assistent à la cérémonie doivent toutes avoir la même tenue.

Sirena nota cependant que l'on avait soigné la broderie de son cafetan, par respect pour son rang.

— Allons-y, Señora. C'est l'heure du « dilalar » et Telaga sera de mauvaise humeur si on la fait attendre.

Dans la clairière, à l'ombre des arbres, les femmes étaient assises en rond et semblaient effectivement attendre l'arrivée de Sirena. A son approche, elles l'accueillirent par des acclamations, puis reprirent une attitude solennelle.

Telaga était debout, sur une natte, au milieu du cercle. Au lieu de s'asseoir en tailleur sur un coussin posé au sol, comme les autres, Sirena se vit proposer une petite chaise recouverte de satin.

Telaga la fusilla du regard un long instant. Les femmes les plus âgées de l'assemblée se levèrent et entourèrent la jeune fille pour la déshabiller. Celle-ci resta nue sous les caresses du soleil. Sirena la trouva d'une beauté absolue ! Ses cheveux noirs de jais noués sur la tête offraient une nuque gracieuse, son corps était mince et souple. Ses seins, petits mais fermes, se dressaient joliment sur son buste. La jeune fille avait de longues jambes fuselées. Sa peau couleur miel brun soulignait ses grands yeux sombres.

D'une manière digne, Telaga s'allongea sur le ventre. Trois femmes commencèrent à masser son corps avec une poudre granuleuse. Pendant ce temps, les autres chantaient en frappant dans leurs mains. La mère de Telaga refoulait ses larmes, fière de cette première épreuve que subissait sa fille.

— La poudre utilisée s'appelle lalar, Señora, expliqua Nalu. Ce sont des feuilles de ketan et de temoe qui sont broyées ensemble.

Sirena remarqua l'effet abrasif de cette mixture, car la future mariée avait désormais la peau rougie. Quand elle fut retournée sur le dos, Sirena vit qu'elle se mordait les lèvres de douleur et avait les yeux humides. Mais visiblement sans cœur, les femmes la frottèrent avec cette poudre de la tête aux pieds. Puis elles l'aidèrent à se lever et à marcher jusqu'à un baquet d'eau. Telaga s'y assit pour enlever la saleté et apaiser sa peau irritée. Après l'avoir séchée, les femmes la raccompagnèrent sur la natte.

— A présent, elles vont la frictionner avec du bedak wida, poursuivit Nalu. Cela ne fait pas si mal, Señora. La poudre est très fine et elle sent bon.

La jeune indigène lui raconta que les recettes du lalar et du bedak wida étaient secrètes, et que chaque fille devait subir ce massage rituel. Consciencieusement, les femmes appliquèrent sur chaque parcelle du corps de Telaga ce mélange gras, qui avait une forte odeur, rappelant à Sirena celle des épices et des forêts.

Ensuite, la jeune fille se lava dans de l'eau fraîche et reprit sa place.

— Maintenant, c'est le moment où Telaga doit se montrer courageuse. Vous allez voir, Sirena. Si elle prononce un mot durant cette épreuve, sa mère sera obligée de la battre. Car si elle crie, cela signifie qu'elle n'est plus vierge.

Six femmes entourèrent avec cérémonial la jeune fille couchée sur le tapis de paille. La mère resta à l'extérieur du cercle des femmes accroupies et tenait une baguette de bois. Son visage était impassible. Le chant cessa subitement, l'atmosphère était tendue.

Les six matrones se mirent aussitôt à enlever les poils du corps de Telaga, qui devait montrer sa vertu en ne laissant échapper aucune plainte !

Lorsqu'elles eurent terminé les bras et les jambes, une palissade de feuillage dru fut élevée autour de la jeune fille pour protéger sa pudeur. Seule sa mère fut autorisée à assister à l'achèvement de cette séance d'épilation.

A la fin, on ôta la palissade et Telaga, nue, se redressa, le visage triomphant. Elle avait subi l'épreuve de la vierge avec succès ! Sa mère la contempla, pleine d'admiration.

Un autre bain, un autre massage avec des huiles... et le corps de Telaga brilla, frais et pur. Sa mère lui lava ensuite les cheveux avec du lait de coco. Elle les lui sécha au-dessus d'un feu aux senteurs douces pour parfumer sa chevelure. Le rituel s'acheva par l'application sur tout son corps d'un onguent exotique, appelé tapel. La future mariée luisait comme une statue de marbre poli.

— Comme elle est belle ! murmura Nalu, les yeux embués de larmes. Je me souviens de *ma* cérémonie pour mon mari... soupira-t-elle tristement.

Les chansons gaies du début devinrent des mélodies sensuelles, presque mélancoliques. Les tantes de Telaga commencèrent à gémir plaintivement. Elles pleuraient la jeunesse perdue de Telaga. Si elles étaient remplies de joie à la pensée de l'excitante nuit de noces de leur nièce, fin prête pour son époux, elles exprimaient leurs regrets de voir disparaître le temps de son insouciance. Bientôt viendraient la douleur de l'enfantement, les responsabilités de l'âge mûr et la détresse de la vieillesse...

La mère de Telaga s'avança vers sa fille et la vêtit

d'un fin cafetan orné de fleurs bleu pâle. La jeune fille se redressa avec grâce, l'allure fière, presque hautaine. Elle se savait belle ! On lui mit une couronne fleurie sur la tête et des bracelets de fleurs aux poignets et aux chevilles. Telaga était l'essence même de la féminité et du désir, choyée et préparée pour une nuit érotique.

Telaga posa son regard noir et insolent sur Sirena, qui comprit, avec cette infaillible intuition féminine, que la jeune fille brûlait de désir pour Regan. Elle voulait lui offrir la primeur des charmes de son corps. Sirena se demanda si la première femme de Regan, Tita, s'était elle aussi soumise à ce dur rituel. Est-ce que Regan l'avait trouvée encore plus désirable ?

Les femmes se rassemblèrent autour de la future mariée pour la féliciter, et on amena aussitôt des plateaux de nourriture. Elles savourèrent les mets délicieux. Sirena se régala de même, elle avait rarement mangé des plats épicés aussi fins.

Lorsque chaque convive fut rassasiée, les plateaux furent enlevés. Une vague d'excitation parcourut l'assemblée. La nuit était arrivée sans bruit et dans quelques heures, les hommes reviendraient au village. Les festivités des femmes prendraient alors fin. Nalu expliqua à Sirena que les femmes allaient offrir leurs cadeaux à la fiancée.

La jeune femme partit chercher dans sa hutte le présent que Regan lui avait remis. Sirena avait cependant ouvert le papier de riz qui l'enveloppait. Elle avait pu admirer le cadeau : une pièce de pure soie de Chine, d'un ton vert émeraude.

Quand Telaga sortit l'étoffe du papier, des clameurs d'émerveillement résonnèrent. Telaga sembla être impressionnée à son tour et sourit à Sirena en la remerciant. Puis, d'un geste prétentieux, elle se drapa dans l'étoffe. Elle afficha un air suffisant et satisfait.

Sirena fut conquise par la diversité et l'utilité des cadeaux que reçut la jeune fille : des objets de toute sorte pour son ménage, des nattes, des tissus, des sculptures de dieux javanais que chaque foyer doit posséder... La remise des présents prit un certain temps, qui parut une éternité à Sirena. Les femmes entourèrent à nouveau Telaga. Elles lui coupèrent des mèches de cheveux, qui furent distribuées à ses parentes.

— Celles qui ont reçu une mèche de cheveux, commenta Nalu, vont la mettre dans une coque de jeune noix de coco, qu'elles jetteront à la mer. Pour souhaiter à Telaga d'avoir de nombreux enfants, beaux et en bonne santé.

Telaga fut ensuite conduite à une hutte faite de palmes et de chaume, où elle entra seule. Sa mère, à cet instant, l'embrassa avec solennité et lui donna ses recommandations pour la nuit de noces. Des larmes jaillirent sur le visage de la vieille femme, tandis que les autres s'éloignaient.

— Telaga va méditer toute la nuit, dit Nalu. Elle va réfléchir à sa future vie d'épouse, assise au milieu des fleurs qui jonchent le sol de sa hutte. Elle aura pour seule compagnie Klapagading. C'est une jatte où sont déposées des bananes, des noix d'arec et deux noix de coco. Sur l'une est dessiné le dieu Ardjoneo, sur l'autre son épouse, la déesse Soembadja.

Soudain, de la forêt proche de Djatumi, des cris de fêtards rompirent le silence.

— Dépêchons-nous, Sirena, s'écria la jeune indigène, rentrez dans votre hutte ! Cela porte malheur à la fiancée si les hommes posent les yeux sur l'une de nous. Hâtons-nous !

Elles s'engouffrèrent dans la hutte de Sirena. A travers les feuilles de palmier, Nalu observa les hommes qui entrèrent bruyamment dans le village.

— Nalu, je croyais que ce serait une malédiction pour la future mariée si l'un des hommes voit une femme ! lui rappela Sirena.

— Oui, bien entendu, Señora, le pire des fléaux s'abattra sur leur union ! Telaga perdra ses cheveux, elle ne pourra pas avoir d'enfants, son époux aura une maîtresse qu'il amènera chez lui et Telaga devra prendre soin d'elle et la servir... des choses terribles! Le mauvais sort, Señora!

— Alors, pourquoi espionnes-tu les hommes?

— Il n'y a aucun danger si une femme voit un homme, Señora, répondit Nalu, d'après sa logique. Croyez-moi, toutes les femmes sont en train de regarder si leur mari a bu beaucoup de rhum. Si elles trouvent qu'il a exagéré, elles le harcèleront et lui rendront la vie impossible.

Sirena entendit son époux, qui chantait plus fort que ses compagnons. Regan se rapprochait de la hutte, Nalu se rendit compte que Sirena s'était crispée.

— Ne vous inquiétez pas, Señora. Le Monsieur ne viendra pas ici. Il connaît la coutume et il ne voudrait pas porter malheur à Telaga, chuchota la jeune fille. Il va dans sa hutte, qui est juste à côté de la vôtre. Votre frère va dormir avec les autres garçons du village.

Regan entra chez lui et continua de chantonner d'une voix rauque et pâteuse. Après quelques instants, il se tut.

— Le Monsieur va bien dormir cette nuit, comme les autres. Avec tout le rhum qu'ils ont dans le corps, ils n'ont pas envie d'une femme. Bonne nuit, Señora, à demain.

— Bonne nuit, Nalu, répondit poliment Sirena, qui ne pensait déjà plus qu'à Regan.

La jeune femme mit une chemise de nuit et s'étendit sur la natte, qui lui servait de lit. Elle abaissa le fin rideau placé au-dessus d'elle pour se protéger des moustiques. Fermant les yeux, elle imagina la jeune Telaga, assise dans sa hutte, face à la coupe de fruits, plutôt suggestive...

Sirena se réveilla dans la nuit, dérangée par l'atmosphère chaude et humide. Sa chemise lui collait à la peau. Un vent léger bruissait, agitant les feuilles des arbres. Mais l'air ne pénétrait pas dans la case. Elle enfila les sandales et se leva.

Faisant un pas au-dehors, la jeune femme aperçut

une faible lueur vers l'est, le soleil n'allait pas tarder à se lever. Sirena s'étira, la brise la rafraîchit. Un bruit de pas lui parvint soudain. Elle recula aussitôt contre la porte, se souvenant de la coutume à ne pas transgresser. Les pas furtifs se rapprochaient !

Un nuage passa devant la lune. Sirena distingua difficilement une silhouette, qui s'arrêta sur le seuil de la hutte voisine. On gratta contre la porte. Quelques instants plus tard, Regan vint ouvrir, une chandelle à la main.

A la lumière de la bougie, Sirena reconnut Telaga !

La jeune fille portait un sarong, taillé dans l'étoffe de soie qu'elle lui avait offerte. Son cadeau de mariage !

Sirena laissa échapper un petit cri d'effroi et s'avança d'un pas. Les deux autres, surpris d'être découverts, se tournèrent vers elle. Telaga lui jeta un regard de triomphe et sourit méchamment. Regan ne put retenir un rictus moqueur. La lueur de la chandelle amplifia le machiavélisme de ses traits.

La jeune femme resta immobile, pétrifiée, tandis que son époux attirait Telaga dans sa hutte. Rouge de honte, tremblante de colère, Sirena rentra et se jeta sur sa natte.

Elle ne dormit pas, attentive aux bruits qui pouvaient provenir de la case d'à côté. Elle imagina les caresses et les baisers de Regan. Seul le vent accompagna ses sanglots brisés, tandis que l'aube commençait à illuminer le village endormi.

19

Cela faisait déjà des mois que la Sirène des Mers ravageait les alentours des îles de la Sonde, à la recherche du Crochu. Elle n'épargnait ni les Hollandais, ni les Espagnols. A chaque victoire, son rire se dressait sur les crêtes des vagues. Les marins épargnés, dans leur chaloupe, en tremblaient de peur. On l'affubla de nombreux surnoms : la sorcière des mers, le démon des flots... Son équipage était de plus en plus fier de servir la Capitana. Ses hommes reconnaissaient son génie de la navigation, mais surtout, ils appréciaient sa bonté. Si le capitaine demandait quartier, Sirena ne détruisait pas les navires. Elle s'assurait seulement que le Crochu ne se trouvait pas à bord.

Un soir où le ciel était parsemé d'étoiles, Sirena et Caleb furent accueillis sur *La Rana* par de joyeuses acclamations. Le vieux Jacobus sembla particulièrement excité et content de la présence de la jeune femme.

— Capitana ! Capitana ! Venez voir ce qu'on a fait !

Willem en tête, une lanterne à la main, les hommes la conduisirent à la proue de la frégate. Le nom de la Sirène des Mers y était peint en lettres blanches. Caleb lui avait dit une fois que l'équipage superstitieux redoutait de naviguer sur un vaisseau sans nom. Or celui de *La Rana* avait disparu depuis que la coque avait été repeinte.

Sirena en fut émue et les hommes très heureux. Jan ouvrit un tonnelet de bière, Jacobus apporta du fromage. Ils passèrent la soirée à narrer des aventures et à chanter des chansons de marins. Sirena, qui avait toujours sa guitare dans sa cabine, joua quelques mélodies d'amour. Les vieux loups de mer racontèrent leur jeunesse à Amsterdam, Rotterdam, La Haye ou Delft. Ou dans d'autres contrées encore. Quelques-uns laissèrent couler des larmes sans retenue en écoutant la douce voix de Sirena et sa musique nostalgique.

Peu avant l'aube, ils rentrèrent au domaine van der Rhys. La soirée avait été tranquille et Sirena était pensive.

— Qu'est-ce qui t'ennuie, Sirena ? questionna Caleb. Jan chevauchait silencieusement.

— Nos fréquentes absences de la maison. As-tu remarqué de quelle façon Frau Holtz nous observe ?

— Oui, cette femme me rend nerveux. On dirait qu'elle veut jouer au chat et à la souris.

— Plutôt au rat et à la souris ! Je crois que notre alibi de retraite et de prières n'est plus crédible. Elle risque d'aller trouver Regan et là, les ennuis commenceront. J'ai bien peur qu'elle nous soupçonne de quitter la maison.

— Il faudrait peut-être lui donner une pension et qu'elle se retire dans une petite maison à elle, près de Batavia, proposa le garçon.

— Elle n'a rien fait qui justifie son renvoi. Et il me serait difficile de le faire admettre à Regan.

— Au moins, pendant que les hommes refont le nouveau gréement de la *Sirène des Mers*, nous serons forcés de rester chez nous !

— Oui, certes ! Mais nous trouverons une autre excuse, ne t'inquiète pas, petit frère.

Caleb et Jan sourirent.

— Quand je suis avec toi, Sirena, je me sens fort. Je sais que tu as toujours une solution, même si elle n'est pas facile.

Les deux jeunes gens arrivèrent devant le mur où s'étendait le treillage. Sirena leva les yeux vers la fenêtre de sa chambre.

— Je n'avais pas le souvenir qu'elle soit si haute, se lamenta-t-elle. Et toi ?

— A vrai dire, moi non plus. Chaque fois que nous revenons, j'ai l'impression qu'elle a monté et que le treillage s'est allongé. Toi d'abord, ma sœur. Je te suis.

Les deux noctambules étaient parvenus à mi-hauteur quand une ombre traversa le jardin, juste en dessous d'eux. Elle s'arrêta pour observer leur ascension. Puis elle s'en retourna vers l'entrée de la maison, dès qu'apparut une lueur dans la pièce.

Tous les jours, Caleb se rendait à la crique pour suivre la progression des travaux sur la *Sirène des Mers* et il faisait ensuite son compte rendu à Sirena.

— Assez de cette inaction, se dit un jour la jeune femme. Quelle vie je mène ? Si je ne partais pas en mer de temps en temps, je serais déjà devenue folle ! Je crois que je vais aller rendre une petite visite à Don Chaezar. Je me languis de discuter et d'entendre quelques flatteries... Ce bâtard ! Je pourrais peut-être même découvrir ce qu'il a en tête.

Elle descendait l'escalier quand Regan sortit de son bureau.

— Où allez-vous, Sirena ? la questionna celui-ci, le regard distant.

La jeune femme plissa des yeux et ajusta modestement sa mantille.

— Je... je pensais, mon époux, que je pourrais aller déjeuner chez votre ami Don Chaezar Alvarez. Mais... voudriez-vous vous joindre à moi ? Non ? dit-elle, puisqu'il ne répondait rien. Eh bien, je vous laisse à vos devoirs ou à vos loisirs.

— Un moment, Sirena ! l'interrompit Regan d'un ton sévère. Je ne le permets pas ! Vous êtes mon épouse, vous êtes toujours en deuil de votre oncle, et ce n'est pas la première fois que vous vous rendez chez Don Chaezar ! Vous êtes... en fait, vous me ridiculisez. On raconte en ville que... que je n'arrive pas à contrôler ma femme.

— Votre femme, le défia Sirena, si je peux oser prononcer ce mot. Sur le papier seulement.

Malgré le calme qu'elle affichait, Sirena sentit son estomac se serrer, comme lui revenait à l'esprit l'humiliation subie lors de sa nuit de noces. Regan, qui jusqu'alors faisait les cent pas dans le vestibule, resta figé sur place. Il la regarda avec curiosité. Cette Espagnole était étrange. Pourquoi lui lançait-elle ce trait, alors qu'elle-même désirait ne pas sceller cette union ? Ou bien était-elle amoureuse ?

— Ah, mon cher ami, poursuivit Sirena, qui avait remarqué son trouble. Est-ce que ces mêmes gens... qui considèrent que je me moque de vous... sont au courant de notre accord, qui s'éteint à la fin de mon deuil ?

— L'affaire est close. Si vous souhaitez vous rendre là-bas, un des serviteurs vous accompagnera.

— Je n'ai pas besoin de chaperon, Monsieur. Bien entendu, je serai discrète et je ne resterai pas long-temps. Mais je ne veux pas de duègne.

— *Moi*, je vous dis que vous irez accompagnée, répliqua sèchement Regan. Qu'avez-vous à ajouter ? J'ai du travail qui m'attend. Alors, décidez-vous avant que je ne perde patience.

— Très bien, envoyez Juli. Je dois obéir aux ordres de mon époux.

Regan comprit que Sirena était bien plus en colère qu'elle ne le laissait paraître.

Sirena et Juli partirent dans le cabriolet découvert en direction de la maison de Don Chaezar. Lorsqu'elles pénétrèrent dans l'allée bordée d'arbres, Sirena ordonna à Juli de l'attendre dans le jardin.

— Mais, Madame, Monsieur a dit que...

— Et moi je te demande de rester dehors. Tu pour-ras le rapporter à Monsieur à notre retour. Profite de cette merveilleuse vue sur le port, conclut Sirena tandis que le cabriolet s'arrêtait devant l'entrée.

Chaezar vint ouvrir en personne. Il fit une courbette et baisa la main de la jeune femme, les yeux levés sur elle.

— Vous êtes très galant, Chaezar. Je veux que vous

sachiez que je suis venue ici à mes risques. Regan m'a pour ainsi dire interdit de vous rendre visite.

— Vous êtes là, dit l'Espagnol en haussant les épaules. Et c'est la seule chose qui importe, n'est-ce pas ?

— Dites-moi, Chaezar... est-ce que l'Espagne vous manque ? demanda Sirena, en s'installant dans un confortable fauteuil.

— Les mots sont impuissants pour vous décrire la nostalgie qui m'accable. Un jour, d'ici peu, je retournerai dans mon pays.

— Nous sommes compatriotes, est-il vrai ? Je ne crois pas que je m'habituerai à cette maudite île. Chaezar, enchaîna la jeune femme, tandis que son hôte lui tendait un verre de vin qu'elle accepta, pourquoi n'aimez-vous pas Regan ?

— Pourquoi *devrais*-je l'aimer ? Je le déteste ! cracha Alvarez. Il fut un temps où l'Espagne et le Portugal étaient les maîtres de ces îles. Aujourd'hui, on parle des îles de la Sonde comme des Indes Orientales Hollandaises ! Le père de Regan fut en grande partie responsable de cette domination. Puis, pendant l'emprisonnement de Regan, il sembla que le pouvoir pouvait à nouveau changer de mains. Mais Regan revint... Et depuis, notre pays se fait mener par ces affreux barbares, ma chère, qui sont puissants et avides...

Chaezar se souvint que lui-même avait grandement contribué au retour du fils van der Rhys. Ce dernier s'était alors employé avec son père à reconquérir la première place dans le commerce des épices. Chaezar sourit cependant, en pensant à la petite fortune qu'il avait pu soutirer au père van der Rhys pour la libération de son fils. Ses finances s'étaient confortablement améliorées et l'Espagnol avait l'intention de s'enrichir encore. Si l'Espagne n'arrivait pas à triompher de la Hollande, lui, Don Chaezar Alvarez, vaincrait le Hollandais !

Sirena remarqua le sourire de Chaezar. Elle savait qu'il rêvait à son futur « royaume ». Cet homme fier n'était pas pauvre, sa demeure en était la preuve ! Il portait plus d'intérêt à sa richesse personnelle qu'à celle de sa patrie.

— Que puis-je faire... pour vous aider contre les Hollandais ? demanda Sirena.

Si Chaezar s'étonna de sa volonté à agir contre son époux, il ne manifesta aucunement sa surprise. Au contraire, il prit la jeune femme à contre-pied.

— Rien ! Seulement me promettre que vous me suivrez quand le moment sera venu pour moi de quitter les Indes ! lui répondit-il ardemment, en se jetant sur Sirena. *Querida*, dites-moi que vous viendrez, je vous offrirai le monde entier ! Dites-moi oui !

Pour toute réponse, Sirena le laissa effleurer sa bouche d'un bref baiser. Chaezar crut qu'elle acceptait sa proposition. Tandis que la jeune femme observait les tendres yeux noirs de l'Espagnol, le regard bleu d'acier de Regan dansa devant elle.

— Accordez-moi un peu de temps... pour y réfléchir. Je préfère prendre ma décision chez moi ! fit-elle en riant.

Chaezar caressa son impériale. Regan était aveugle ! Il n'y avait que cette explication pour qu'il n'ait pas remarqué le feu démoniaque qui agitait intérieurement cette femme, d'apparence si calme et posée. Comme il se languissait de devenir son amant !

— Que savez-vous de... de la Sirène des Mers ? demanda Chaezar, qui scruta attentivement le visage de la jeune femme.

— Presque rien. J'ai entendu parler d'elle, naturellement, mentit Sirena. On dit que c'est un capitaine fantastique. Elle navigue sur les océans comme une déesse. Elle vole et pille, raconte-t-on. Elle n'est sans doute ni espagnole, ni hollandaise, car elle s'attaque aux navires des deux pays. Est-il vrai que la marchandise transportée ne l'intéresse pas et qu'elle la jette par-dessus bord ? Et son rire ? Il paraît que son rire résonne au-delà des flots et qu'il fait trembler les équipages vaincus, à la dérive dans leurs chaloupes ! Je sais qu'elle a ensorcelé Regan. La figure de proue qu'il a fait sculpter démontre son obsession. Helga m'a aussi appris que vous aviez tenté avec mon époux de piéger cette sorcière, mais qu'elle a déjoué chacun de vos plans.

— Vous avez raison, affirma Chaezar avec un grand sourire. J'envie Regan. Cette figure de proue est d'une beauté stupéfiante, son nouveau navire en est magnifique, ajouta-t-il habilement, surveillant une quelconque réaction de la part de Sirena.

— Vous trouvez ? dit la jeune femme d'un ton neutre. Peut-être espère-t-il que la Sirène des Mers épargne son navire, si elle voit cette effigie qui lui ressemble tant ?

— C'est possible, dit Chaezar en riant. Personne ne peut savoir ce que pense Regan ! Ce dont je suis sûr, c'est que cette femme le hante. Je le vois dans ses yeux, comme chez d'autres hommes. Mais... j'espère ne pas vous avoir offensée, très chère.

— Pas le moins du monde. Souhaitons que cela lui porte bonheur. Je ne voudrais pas que mon mari soit déçu... Racontez-moi d'autres histoires sur la Sirène. Pourquoi parcourt-elle les mers ainsi ?

— Dieu seul le sait. Mais j'aimerais bien qu'elle travaille pour moi.

— L'avez-vous déjà rencontrée ?

— Non, mais on dit qu'elle est le portrait même de la maîtresse que tout homme souhaiterait coucher dans son lit. Et toutes les femmes voudraient ressembler à cette sauvage aventurière. Je vous parle en tant qu'homme, murmura-t-il, tirant sur sa barbiche. Je parie que nous voulons tous être celui qui la capturera. Mais c'est impossible. Cette femme est aussi dangereuse que les mers où elle sévit. Celui qui réussira à la dompter sera un homme, un vrai.

Sirena sourit discrètement.

— Je trouve cela très... très excitant, bien que... fit-elle en baissant les yeux avec une pudeur affectée, je ne le devrais en aucun cas !

— Désirez-vous un autre verre de vin, chère Sirena ?

— Non merci, je dois rentrer à présent, avant que Regan devienne fou furieux et qu'il arpente hargneusement la maison parce que je lui ai désobéi. J'ai eu envie aujourd'hui de sortir et de converser en espagnol. La façon dont Regan massacre notre langue me tourne les sangs.

— Ce fut un plaisir de vous recevoir ! N'hésitez pas à revenir, ma chère, quand l'ambiance de votre foyer devient insupportable. Ma maison vous sera toujours ouverte. Je risquerais même ma vie pour vous défendre, dit galamment Chaezar comme il la saluait. A notre prochaine rencontre !

Quand les deux femmes arrivèrent dans la cour du domaine van der Rhys, Sirena donna ses instructions à sa servante.

— Juli, dépêche-toi d'aller raconter à Monsieur ce qui s'est passé. Ne t'inquiète pas. S'il est en colère, ce sera contre moi. Tu ne crains rien.

La jeune fille hésita sur le seuil de la maison.

— Entre ! Obéis-moi, je te prie.

Au pied de l'escalier, Sirena se retourna vers Juli pour vérifier que celle-ci frappait à la porte du bureau de Regan.

— Ah, dis aussi à Monsieur que je ne veux pas être dérangée pour le restant de la journée. J'ai de nombreuses prières à réciter ! ajouta la jeune femme en souriant avec malice derrière sa mantille.

Tandis qu'elle montait dans sa chambre, Sirena se demanda combien de temps allait s'écouler avant que son mari, en rage, fasse irruption chez elle. Devinant qu'il ne tarderait pas, elle s'installa près du lit avec son rosaire et pria. Regan pénétra peu après dans la pièce, fulminant.

— Vous avez bravé mon ordre ! tempêta son époux. Vous m'avez défié !

Sirena resta silencieuse, la tête baissée et serrant son rosaire.

— Pourquoi êtes-vous entrée seule chez l'Espagnol ? Qu'avez-vous fait là-bas ? Répondez-moi, espèce d'idiote !

— Vous êtes un... un monstre, Monsieur. Lorsque vous m'adressez la parole, veuillez vous comporter en être civilisé. Nous ne sommes pas au douzième siècle, où les femmes devenaient l'esclave de l'homme qu'elles épousaient. A l'avenir, vous me *demanderez* de faire quelque chose, vous ne me l'*imposerez* point. Si vous me donnez des ordres, je me verrai forcée de... de les ignorer. Maintenant, je vous prie, laissez-moi à mes prières.

Sirena avait parlé sur un ton calme, détachant ses mots pour leur donner force. Regan parut interloqué. A qui croyait-elle avoir affaire ? A un saint, peut-être ?

— Souhaitez-vous ajouter autre chose, Monsieur ? demanda Sirena en levant les yeux sur lui.

— Je n'en ai pas besoin. Vous connaissez mes exigences — mes souhaits, en ce qui concerne Don Chaezar Alvarez. Il serait plus prudent que vous les respectiez. Autrement, vous me donnerez l'occasion de vous montrer que je peux être un monstre. En vous enfermant dans votre chambre !

— Je ne le ferais pas à votre place, Monsieur van der Rhys, lui lança Sirena avec un regard qui intrigua Regan. Parce que vous m'obligeriez dans ce cas à aller chercher refuge chez Don Alvarez. Chez lui, je ne serais pas traitée comme une de ces catins qui vous obéissent pour obtenir vos faveurs. Laissez-moi à mon devoir... si je trouve le temps, je prierai pour votre âme.

Regan lui arracha le rosaire et cassa la chaîne, avant de jeter les perles sur le sol.

— Vous vous conduisez comme un enfant, Monsieur. Un enfant capricieux, s'écria Sirena, qui pour la première fois lui répondait avec véhémence. Sortez d'ici ! Votre présence m'indispose ! Vous m'insultez, Monsieur !

Regan la considéra un instant, tourmenté par une incontrôlable furie. Il eut envie de lui déchirer ses vêtements et de l'attirer contre lui, de la coucher au creux du lit, là où elle se tenait à genoux.

— Votre désir m'écœure, hurla Sirena. Allez donc voir votre catin et laissez-moi !

Abasourdi par la colère de son épouse, qu'il n'avait encore jamais connue ainsi, Regan se dirigea vers la porte, son pas lourd résonnant sur le sol de marbre.

20

Plusieurs jours après la scène entre les deux époux, Caleb entra précipitamment chez Sirena.

— Sirena ! Sirena ! s'écria le garçon. Écoute-moi ! Je sors de l'antichambre, à côté de la bibliothèque, où Regan s'est enfermé avec Señor Alvarez. Il avait l'air en furie quand il a accueilli Alvarez, il y a quelques minutes !

Sirena suivit Caleb dans l'escalier à vive allure.

— Reste dans le vestibule et renvoie les domestiques qui pourraient passer par là, chuchota la jeune femme.

— Oui, Sirena, lui répondit Caleb, excité d'être complice.

Les mains sur la poitrine, Sirena tendit l'oreille contre la porte massive de la bibliothèque. Elle eut un sourire amusé, imaginant les deux hommes s'affrontant du regard. Chaezar était en train de parler d'une voix ample. Ses paroles lui parvinrent malgré l'épaisseur de la porte.

— Bon... venez-en au fait, Monsieur. Cependant, de quoi d'autre, à part de commerce, pourrions-nous discuter ?

— Très simple, il s'agit de ma femme. Je connais le libertin que vous êtes, Chaezar. Je veux que vous vous teniez à l'écart de mon épouse. Elle traverse une période difficile de sa vie et souhaite mener une vie pieuse. Je deviens la risée de Batavia, avec votre façon assidue de poursuivre ma femme, déclara Regan, qui s'éclaircit la voix. Elle est... évidemment... trop bien élevée pour vous dire que vous la dérangez. C'est à moi de le faire. Donc, que vous soyez son compatriote m'est indifférent, je vous préviens : restez loin d'elle à partir de maintenant !

Chaezar ne répondit pas immédiatement.

— Sirena... vous a-t-elle dit que je la « poursuivais » ? Parce que, d'un autre côté, elle fut très sensible à mes... attentions.

— Insinuez-vous que vous avez couché avec ma femme ? s'écria Regan.

— Monsieur, je vous en prie ! Nous... les Espagnols, ne sommes pas de la même race que vous ! Jamais un Espagnol ne salirait le nom d'une dame, d'autant plus d'une femme mariée. Et si c'était le cas, il le tairait. Mais rassurez-vous, mes attentions n'ont pas été si osées envers votre honnête Sirena. Pourtant, Regan, avec vos manières de débauché, en quoi vous concernent mes sentiments pour votre femme ? Vous qui avez ravagé les îles, de Sumatra à la Nouvelle-Guinée. Je parie, dit Chaezar en riant aux éclats, que vous avez couché avec toutes les femmes qui n'ont pas encore atteint l'âge de se servir d'une canne pour marcher ! Mais faites attention, Regan, car ces beautés noires excellent dans l'art d'empoisonner leurs amants, lorsqu'elles rencontrent une embûche sur leur chemin !

— Vous parlez de moi, Chaezar. Mais pardieu ! vous êtes toujours passé derrière moi pour prendre les restes !

Le ricanement de Chaezar retentit dans la pièce.

— Ce que vous dites est certes vrai, mais il y a une différence entre nous deux : je fais preuve de discrétion, je n'agis pas comme un taureau qui dévaste tout sur son passage. Nous, Espagnols, serions incapables de noircir la réputation d'une femme, qu'elle soit une dame du monde ou une catin !

La jeune femme entendit un juron, puis le bruit d'une chaise qui raclait le plancher. Son mari s'était certainement levé et devait arpenter la bibliothèque, sous le regard mesquin de Chaezar.

— Cet entretien a assez duré ! s'exclama Regan. Je réitère ma demande : laissez ma femme à la vie pieuse qu'elle veut mener !

— Je crois que la décision lui revient. En outre, cette adorable personne ne peut pas passer tout son temps près de son lit ! Si elle choisit de me faire une visite... Mais je suis de votre avis, cessons ce bavardage ! Vous devez régler vos problèmes conjugaux avec votre épouse. Je trouve, en plus, de très mauvais goût de parler d'une femme avec le mari de celle-ci.

Un nouveau bruit de chaise fit comprendre à Sirena que Chaezar s'était à son tour levé. Était-il prudent d'espionner plus longtemps !

— Il y a cependant une chose que je souhaiterais vous dire, avant de vous quitter, Regan. Votre navire se trouve fièrement orné d'une magnifique statue de la Sirène des Mers. Croyez-vous vraiment que cette charmante femme pirate, qui écume les mers depuis plusieurs mois, vous épargnera en voyant son effigie à la proue de votre vaisseau ? Mon ami, dit Chaezar en haussant les épaules, elle vous a ensorcelé. Ah, je vois dans vos yeux que je ne me suis pas trompé !

— Je ne l'ai pas fait dans ce but. Je désirais une figure de proue et la Sirène des Mers me semblait être la beauté idéale pour cela. N'imaginez rien de plus, Monsieur ! Mais je vous ai aussi fait venir pour vous parler d'affaires. Voudriez-vous vous rasseoir ?

— J'ai bien cru un instant que vous oublieriez de m'expliquer en détail ce à quoi vous avez fait allusion l'autre jour, en ville. Vous parliez d'un piège infaillible, auquel la Sirène des Mers ne pourrait pas échapper, et qu'elle hisserait même le drapeau blanc et demanderait grâce à genoux !

Regan lui détailla le fameux plan qu'il avait prévu, le dévoilant sans le savoir à Sirena. Il s'agissait de mettre en place une flotte de surveillance autour de la pointe ouest de Java, incluant le détroit de la Sonde et la côte de Batavia, où disparaissait souvent la femme pirate. Les deux hommes fourniraient chacun trois navires, dont les voiles seraient peintes en noir, comme la frégate de la Sirène. Ils resteraient postés une semaine.

— J'ai justement plusieurs de mes bateaux mis en carène, dit Don Chaezar. Je pourrais ainsi faire teindre les voiles et ils seront prêts à prendre la mer d'ici deux jours. Néanmoins, j'émets une condition à notre expédition commune : la Sirène des Mers ne sera ni blessée, ni tuée, mais son navire sera évidemment démonté et l'équipage pendu.

— Je n'ai pas le cran d'assassiner une femme, comme vous semblez le prétendre ! répliqua Regan. J'accepte votre condition, bien sûr.

— J'hésite à vous poser une question, Regan. Qui remportera la victoire ? Les Espagnols ou les Hollandais ?

Sirena retint sa respiration, attendant la réponse de son mari.

— Soyez franc, Chaezar. Vous me demandez à qui reviendra la Sirène, à vous ou à moi !

— Vous êtes un rustre, savez-vous, Regan ? Effectivement, c'est ce qui m'intéresse.

— Eh bien, à celui qui sera suffisamment fort pour la capturer. Je pense plutôt qu'elle sera à moi.

— Disons plus simplement que « au vainqueur revient le butin », non ? rétorqua Chaezar, qui s'apprêtait à partir.

Sirena, rapide et agile comme un félin, quitta l'antichambre et grimpa dans l'escalier. Elle jubilait intérieurement. Puis elle fit volte-face et redescendit les marches. Regan accompagna son invité à la porte. Sirena ne vit pas le paquet que Chaezar sortit de sa veste.

— Au fait, cher ami, dit le représentant de la couronne espagnole, il y a plusieurs mois, nous avions fait un pari : lequel du *Rotterdam* ou du *Sevilla* atteindrait Cape Town le premier. Vous vous souvenez, ils sont partis en même temps. Mais à cause de ce mécréant de capitaine du *Sevilla*, vous avez gagné. Je suis sûr que vous trouverez ceci plus précieux que la somme d'argent convenue auparavant.

L'Espagnol lui tendit le paquet et s'en alla.

Sirena poursuivit son chemin vers la cuisine, où elle fit mine de s'assurer de la préparation du repas, avant de remonter raconter à Caleb ce qu'elle venait d'apprendre.

— Ils vont attendre dans le détroit jusqu'à ce que leurs cheveux blanchissent, car jamais la Sirène des Mers ne tombera dans leur piège ! Regan et Chaezar s'imagineront l'un et l'autre qu'un espion a prévenu la femme pirate, et que cet homme fait partie du camp adverse. Chacun veut avoir la Sirène des Mers pour lui tout seul ! Les hommes sont décidément stupides. A part toi, Caleb ! s'empressa d'ajouter Sirena.

— Veux-tu dire par là que nous n'allons pas retourner en mer avant longtemps ?

— Exactement. Sauf si Regan renvoie la « flotte », comme il l'appelle, au port de Batavia, avec l'intention de reprendre la mer seul ! Je crois qu'il le fera, et dans ce cas nous le surprendrons lorsqu'il sera sur le retour avec ses navires. Je doute que l'expédition dure une semaine. Don Chaezar n'aura pas la patience requise. Et puis, comme les deux hommes croiront avoir été trahis, cela provoquera des discordes entre les équipages espagnols et hollandais.

— Tu ne feras pas de mal à Regan, n'est-ce pas, Sirena ? lui demanda Caleb, légèrement inquiet.

La jeune femme sourit. Le garçon avait décidément beaucoup d'admiration pour ce goujat de van der Rhys.

— Va dans ta chambre, petit frère, et reprends tes études. Nous discuterons plus tard.

Sirena ne « ferait pas de mal » à Regan, comme le souhaitait Caleb. Mais elle s'était juré de l'anéantir, et elle y parviendrait !

Elle s'étendit sur le couvre-lit de satin et laissa défiler ses pensées. Qu'attendait-elle de Regan, en réalité ? Peut-être qu'il lui fasse l'amour sur le pont de *La Rana*, au rythme des vagues frappant la coque de la frégate, tandis qu'elle se noierait dans ses yeux bleus et lui murmurerait des mots tendres. Oui... pour la première fois, Sirena admettait son désir.

La jeune femme se redressa brusquement, se reprochant cette envie : elle *devait* tuer cet homme, elle avait menti à Caleb ! Sa vengeance tenait toujours. Et si Regan n'était pas le meurtrier d'Isabel, il était au moins indirectement responsable de sa mort.

Des gouttes de sueur perlèrent sur son front. L'idée d'ôter la vie à Regan lui parut si horrible que Sirena se mit à trembler. Mais que lui arrivait-il ? Elle se leva et s'approcha des fenêtres. Elle fixa, l'air hagard, les bosquets de fleurs au-dehors. Un coup frappé contre la porte la tira de sa torpeur.

— Entrez ! fit-elle.

Regan s'avança dans la chambre, jetant un œil autour de lui. Sirena devint livide, son cœur martelait sa poitrine. Que lui voulait son époux ?

— Je viens de voir Señor Alvarez, dit Regan, ses yeux animés d'une malicieuse colère.

— Et comment va Cha... Señor Alvarez ? demanda Sirena, qui maîtrisa sa voix.

— Pour l'instant, il va bien. Cependant, il se peut que le temps se gâte pour lui, s'il ne met pas fin aux rumeurs qui circulent sur l'île. Et vos visites à cet homme alimentent ces racontars !

— Mais je suis allée seulement deux fois chez lui, affirma Sirena avec sang-froid.

— Ce sont deux fois de trop ! tempêta Regan. Je passe pour un idiot dans toute la ville. Pourquoi, l'autre nuit, Gretch...

Il se tut, mais le mal était fait. Sirena, hors d'elle, roula des yeux furibonds à son époux. Elle lui répondit pourtant d'un ton calme.

— Un « idiot » ? Mais bien avant mon arrivée, vous l'étiez déjà. Il est difficile de faire changer d'avis les gens, à moins, dit froidement Sirena, de devenir encore plus idiot. Et vous, Monsieur, vous vous débrouillez parfaitement. Vous n'avez pas besoin de mon aide ! D'ailleurs, pourquoi êtes-vous ici ?

Regan la fusilla du regard. Elle venait de l'insulter et lui, son époux, avait le droit de la fouetter pour cette impertinence; mais il n'en ferait rien. Cette jeune femme avait un étrange effet sur lui...

— Qu'est-ce qui vous fascine tant chez Don Chaezar Alvarez, ma chère? questionna Regan. Ne le niez pas, ajouta-t-il, comme Sirena baissait les yeux. Je le vois bien!

— Don Chaezar est un compatriote, je vous l'ai déjà dit. *Lui*... est un homme courtois, bien élevé. Il parle correctement ma langue. De plus, cet homme est galant. Connaissez-vous le sens de ce mot? le tourmenta la jeune femme.

Regan s'efforça de se contrôler, refrénant ses pulsions.

— Je vous laisse à vos prières. En réalité, c'est pour cette raison que je suis là. Je vous ai apporté un nouveau rosaire, dit-il en retirant de sa poche un collier de perles. Ce sont de véritables perles de culture, elles auront peut-être plus d'effet que ces billes de verre que vous utilisiez avant. Mais dites quelques prières pour moi, se moqua Regan. Nous, les païens, avons besoin de toute l'aide du monde!

Il jeta le rosaire sur le lit. Sirena s'avança, une curieuse expression traversa son regard quand elle prit l'objet.

— Où... où avez-vous eu ceci? balbutia la jeune femme, devenue blême.

— C'est le gain d'un pari, répondit Regan, qui avait noté le trouble de sa femme.

Il ne lui avoua pas qu'il le tenait des mains de Chaezar. Il quitta la chambre rapidement.

Mais à peine sorti, Regan se retourna sur la porte close.

Sirena n'avait pas reconnu avoir une liaison avec Alvarez. Plus Regan pensait à la possibilité de cette affaire, plus son esprit s'embrouillait. Malgré son deuil, malgré sa placidité, son épouse serait-elle capable de...? Regan bouillonnait de rage. Ce butor de Chaezar avait-il touché Sirena? Il frappa son poing contre le mur.

— Ce bâtard ! Je le tuerai ! s'écria-t-il violemment, imaginant le couple enlacé et geignant de plaisir.

Pris d'un élan de fureur, il se précipita dans la chambre de Sirena et claqua la porte derrière lui. La jeune femme se tenait près des fenêtres, serrant le collier de perles. Des larmes roulaient sur ses joues.

Sans considérer sa tristesse, Regan l'agressa de ses hurlements.

— Avez-vous couché avec Alvarez ? Oui ou non ? Je veux une réponse !

Puis il se dirigea vers elle, lui arracha le rosaire des mains et l'empoigna brutalement. Sirena respirait par saccades.

— Répondez-moi !

Elle n'en fit rien. Regan étreignit brusquement la jeune femme et l'embrassa avec fougue, écrasant ses douces lèvres. Il la tenait à sa merci.

Sirena sentit d'insistantes caresses exciter ses seins et n'offrit qu'une faible résistance.

Puis Regan la repoussa brutalement et lui jeta un regard narquois.

— Alvarez est peut-être un homme courtois, mais réussit-il comme moi à vous troubler ? lui lança-t-il avec une assurance inébranlable. Souvenez-vous, Madame, que notre mariage sera consommé à la fin de votre deuil. Et il ne reste que quelques mois, n'est-ce pas ?

Van der Rhys ricana. Sirena se tint droite, l'air ahuri, les yeux sombres. Sa tête bourdonnait. Elle tourna le dos à Regan et reprit son attitude religieuse, blessée au fond d'elle-même.

Voyant qu'elle battait en retraite, Regan eut envie de prendre la jeune femme dans ses bras, de la cajoler tendrement, de lui murmurer des mots affectueux. Cette adorable personne était venue pour lui uniquement, et de si loin...

Mais au lieu de cela, il partit en maugréant des insanités, qui n'échappèrent point à Sirena. Lorsqu'il fut sur le palier, il prit une profonde bouffée d'air, une douleur lui transperçait la poitrine. Il grinça des dents, se demandant quel étrange sentiment il ressentait. Il avait désiré Sirena... puis la Sirène des Mers... puis Sirena encore. Il en oubliait même Gretchen ! Il n'arrivait pas à comprendre que cette vierge en noir puisse le mener ! Lui, Regan van der Rhys, l'esclave d'aucune femme !

Cette constatation ne lui plut pas du tout. Il alluma un cigare et ferma les yeux devant le tourbillon bleuâtre qui s'éleva dans les airs.

Les deux jours qui suivirent furent épouvantables pour Regan. Il était en proie à une vive agitation. A peine venait-il de donner un ordre, qu'il changeait d'avis. Ses hommes commencèrent à le regarder comme s'il était devenu fou.

Ce jour-là, Regan arpentait son bureau tel un lion en cage, fumant cigare après cigare. La pensée d'une liaison entre Chaezar et sa femme l'obnubilait. Est-ce que Sirena frémissait pour ce pourceau ? Alvarez lui faisait-il l'amour avec douceur ou comme une brute ? Regan se sentit soudain capable de meurtre. Lorsque la Sirène des Mers serait captive — grâce à leur union —, il tuerait l'Espagnol. Sans pitié, il lui trancherait la gorge, comme on égorge un gibier sauvage. Regan donna un coup de pied dans une table en travers de son passage, tandis qu'il imaginait Sirena pleurant tout son soûl devant le corps mutilé de ce vilain. Il serra les dents pour réprimer l'atroce douleur qu'il éprouva.

Regan maudit sa bêtise un millier de fois. Il s'était toujours vanté d'être un homme de parole. Pourquoi diable avait-il fait cette promesse stupide, qu'il avait tant de mal à ne pas violer ? Il devait attendre que Sirena fasse le premier pas. Mais à cause de Don Chaezar Alvarez, elle ne viendrait peut-être jamais à lui, même lorsqu'elle en aurait terminé avec ses robes noires !

Les gémissements retenus de Sirena, le battement précipité de son cœur, tout lui revint en mémoire. Il ne pouvait se contenter de l'admirer sous son toit. Ou était-ce la punition d'une vie dissolue, de sa conduite de débauché, comme lui avait lancé quelqu'un ?

Regan souffrait. Dans son corps et dans son âme vivaient Sirena et la Sirène des Mers. Récemment, une nuit, il avait connu un fiasco avec une Javanaise, qu'il avait harcelée pendant des mois. La femme lui avait craché à la figure ! Et l'histoire faisait certainement déjà le tour de l'île !

21

La flotte affrétée par Regan et Chaezar avait quitté Batavia depuis une semaine. La vie de la cité semblait s'être arrêtée, sans ses navires et ses marins. Pourtant, une vague de peur parcourait les rues, on craignait le pire pour cette expédition.

Sirena ne partageait pas le moins du monde l'angoisse des habitants.

Elle faisait le tour de sa chambre, les poings serrés sur les hanches. D'une main crispée, elle tenait le chapelet de perles naturelles. Depuis que Regan lui avait donné ce collier, elle s'était maintes fois demandé comment ce monstre avait eu l'odieux affront, la cruauté même, de lui offrir le précieux rosaire d'Isabel. Son geste dépassait l'entendement ! Et désormais... désormais, elle n'avait pas d'autre choix que de mettre fin à la vie de Regan. Elle pria Dieu qu'il lui vienne en aide et Caleb de lui pardonner. Tous les doutes de la jeune femme avaient été balayés par ce chapelet. Regan était mêlé à l'attaque de *La Rana*.

Caleb cogna discrètement à la porte qui séparait leurs chambres.

— Entre ! lui répondit Sirena d'un ton amer.

Le garçon connaissait les raisons du tourment de la jeune femme. Depuis quelques jours, il était profondément triste. Il leva sur elle un regard embué de larmes.

— Caleb, la *Sirène des Mers* est-elle prête à prendre la mer ? questionna Sirena, sans prendre garde à l'état d'âme du garçon.

Celui-ci eut l'air interloqué. Dans la journée, il lui avait répété à trois reprises que l'équipage attendait sur la frégate.

— Il est temps d'y aller, Sirena, si nous voulons prendre la bonne marée. Tu ne voulais plus partir ?

— Si, bien sûr, soupira la jeune femme. Mais cette sortie ne me dit rien, à cause de ce que je suis obligée de faire. Tu sais à qui appartenait ce rosaire que je t'ai montré.

— Mais Regan a dit qu'il l'avait reçu suite à un pari gagné.

— Mon mari, qui ment comme un arracheur de dents, ne cherchait pas à me leurrer, mais à me défier, au contraire. Et mon jeune ami... cela prouve qu'il sait la vérité sur notre identité !

Sirena, les mains crispées sur le bastingage, observait les étoiles, le cœur chaviré. Les astres étaient si loin d'elle, mais pourtant si près par leur éclat. Isabel leur ressemblait ! Mais son étoile s'était éteinte.

— Capitana ? fit Jan, en lui effleurant l'épaule.

La jeune femme se tourna vers lui, revenue à la réalité de sa vie.

— Willem vient de redescendre de la falaise, lui rapporta son second. Il dit que le cinquième navire a dépassé l'entrée de la rivière. Remercions le bonhomme là-haut pour la bonne lune de ce soir, sinon, Willem n'aurait rien vu. Il croit que le vaisseau amiral, celui de Regan, devrait bientôt suivre.

— Bien, nous devons donc lever l'ancre et l'intercepter quand il longera l'embouchure. En outre, il fait nuit noire, et ni les navires ancrés à Batavia, ni ceux qui rentrent au port, ne pourront nous surprendre. Si Regan navigue trop près de la côte, nous le forcerons à filer en pleine mer. Notre bataille aura ainsi lieu sans témoins et sans obstacles !

A peine la frégate quittait-elle les eaux calmes de sa cachette, que Sirena sentit ses mains devenir moites. Allait-elle avoir la force de tuer van der Rhys ? Elle se raccrocha au souvenir de sa sœur. Se redressant de toute sa hauteur, agrippant fermement le timon, Sirena savait qu'elle ne faillirait pas à sa mission !

Elle observa les rochers menaçants, qui se dressaient à bâbord, tandis qu'elle conduisait avec habileté sa frégate vers la pleine mer. Comme à chaque fois, les hommes acclamèrent sa prouesse. La jeune femme leur fit transmettre par son second qu'ils devaient parler plus discrètement, car les flots pouvaient conduire le son de leur voix loin devant. Et elle voulait prendre Regan par surprise.

Soudain se détacha à l'horizon le vaisseau amiral, dont les mâts et les voiles étaient aussi noirs que les eaux troubles de la mer de Java.

— Jan, prenez la barre à présent, cria Sirena.

— Oui, Capitana. Voyez, ils ne vont pas vite, à six nœuds à peine, voiles à demi pliées. Un triste navire, qui rentre bredouille après une chasse de sept longs jours ! Les marins doivent être impatients de retrouver leur épouse.

— S'ils les retrouvent ! dit lugubrement Sirena.

Le sourire de Jan s'effaça sur le coup, Caleb avait lui aussi compris l'intention de la jeune femme.

— Le vaisseau est suffisamment éloigné des côtes, continua celle-ci. Personne ne nous verra, mais il faudra agir rapidement. Le temps nous est favorable : la brise nous pousse vers eux ! Caleb, cria-t-elle au garçon, file en dessous, dépêche-toi !

— Oui, Sirena. Bonne chance...

Il ravala difficilement ses larmes.

— Caleb, appela la jeune femme, radoucie. Viens près de moi. Si cela peut te consoler, je ne sais pas si ce que je vais faire est bien ou mal, aux yeux de Dieu et des hommes. La seule chose dont je suis sûre... c'est que je dois le faire, lui expliqua Sirena, serrant affectueusement le garçon. Bon, descends vite en dessous maintenant !

Puis la Capitana donna l'ordre de larguer les voiles. Elle fut immédiatement obéie. Ces Hollandais étaient de braves hommes, elle était satisfaite de son équipage. Aucun n'oserait contrevenir à ses ordres, même s'il n'était pas d'accord.

— Nous naviguons à une vitesse de huit nœuds, dans peu de temps nous allons les dépasser, l'informa Jan. Voyez, le voilà... directement dans l'axe de notre proue. Eh! s'écria soudain le second. Regardez! Ils nous saluent, et... bon Dieu! Ils s'enfuient, ils ont peur!

— Oui, Jan. Avec le reste de la flotte, ils se sentent puissants. Mais seuls, ils tremblent de couardise!

La *Sirène des Mers*, grâce à sa coque plus fine et plus légère, avait l'avantage de la poursuite sur le brigantin hollandais. La frégate le rattrapa rapidement.

L'éperon de la *Sirène* perfora la poupe du navire ennemi dans un grand fracas. Des cris et des jurons tonnèrent au milieu du vacarme, tandis que l'équipage de la frégate hurlait de joie.

— N'assaillez pas le brigantin, cria Sirena à ses hommes. Pas tout de suite, je veux parler au capitaine.

Regan, torse nu, se trouvait près de la dunette. Sirena grimpa avec agilité dans le gréement et l'observa. Elle entendit un de ses marins lui expliquer, hors d'haleine, la collision.

— Mais, Capitaine, il naviguait avec ses voiles noires... et la lune était cachée par des nuages jusqu'à maintenant!

Un coup de feu retentit et l'homme s'écroula, touché.

— Holà, Willem! Attendez mes ordres! dit Sirena, qui s'adressa ensuite à Regan. Venez ici, Capitaine, si vous voulez. Je ne ferai pas un pas sur votre vieille croûte, qui va sombrer dans moins d'une heure. Vous devenez gras et paresseux, comme tous les Hollandais. Si vous étiez plus vif, vous auriez pu me prendre de vitesse. Voyez autour de vous, votre seule chance de survie, c'est l'eau. Savez-vous nager, Capitaine?

Regan s'était avancé à la proue. Ses yeux mitraillaient la femme pirate. Elle avait donc choisi le camp des Espagnols! Sinon, pourquoi aurait-elle attendu pour l'attaquer tandis qu'il naviguait en solitaire? Bon

Dieu ! Et la lune se voilait, l'empêchant de vraiment distinguer la jeune femme ! Il partit soudain à rire.

— Que me voulez-vous ? Vous m'avez pratiquement ruiné, alors quoi de plus ? hurla Regan, tandis qu'il se régalait de la vision de son assaillante, si peu vêtue.

— Votre vie, Capitaine ! répondit-elle en zébrant l'air de son sabre. Et celle d'un homme qui porte un crochet en guise de main ! Apportez-moi cet homme et je vous épargnerai peut-être.

Regan ricana.

— Pourquoi tenez-vous à ce bandit ? Il n'est pas à bord de toute façon. Mais dites-moi pourquoi vous le cherchez.

— Le jour où il périra par mon épée, je vous enverrai un message qui vous l'expliquera. Mais pour l'instant, c'est mon affaire ! Sautez dans la chaloupe ou vous allez mourir. A vous de décider, Hollandais !

— Vous ne gagnerez pas la partie. Vous allez perdre beaucoup d'hommes. Rendez-vous, et je veillerai à la clémence de votre procès.

— Il me semble que vous avez fait une grave erreur, Hollandais, s'exclama-t-elle en riant cyniquement. Vous êtes le vaincu ! En moins de temps qu'il le faut pour le dire, je pourrais vous tuer. Et c'est moi qui dois me rendre ? Idiot !

— C'est faux, jolie demoiselle. Je crois que vous êtes ma prisonnière. Le galion, à l'arrière de votre frégate, est un des miens ; il était ancré près d'ici. C'est votre erreur, dit-il en s'inclinant profondément.

Sirena fit volte-face et aperçut les canons, dont les bouches jaillissaient des plats-bords. Elle était en mauvaise posture et devrait combattre, même si un échange de tirs à une si proche distance était dangereux pour la *Sirène*.

— Tous à vos postes, ordonna la jeune femme. A la vie ou à la mort ! Je vous aurais volontiers laissé partir, Capitaine, mais vous m'obligez à changer d'avis.

Sirena sauta sur le pont du brigantin et se campa devant Regan. Elle le fixa un instant, puis brandit son sabre pour le saluer avec effronterie. La douleur se réveilla dans son épaule, tandis que, de toute part, on engageait le fer, accompagnant les gestes de hurlements. Les hommes tombèrent comme des mouches sous une débandade de coups de feu. Sirena aperçut du coin de l'œil Jan, qui perdit son poignard au moment où son adversaire allait l'étriper. Rapide comme l'éclair, elle grimpa sur un tas de cordages. Elle décrivit un large cercle avec son sabre avant de l'abattre sur l'ennemi, qui perdit arme et bras. Jan leva les yeux sur la jeune femme et lui décocha un grand sourire.

— Merci, Capitana, un joli coup que celui-là. J'vous le revaudrai !

Les hommes de la frégate se battaient avec la même vaillance que leurs opposants, les premiers prenant l'avantage. Dans l'air montaient d'épaisses colonnes noires, qui dégageaient une odeur âcre. Le brigantin était en feu. Sirena se retourna subitement sur un marin qui s'élançait vers elle, déterminé à la fendre en deux. Elle esquiva le coup et dans son élan, le vilain s'écrasa contre le bastingage. A ce moment-là, un cri retentit par-dessus la bagarre. Sirena se frottait les yeux à cause de la fumée. Alertée par le cri de Jan, elle jeta un œil derrière elle et aperçut son assaillant qui voulait la frapper dans le dos.

— Blackheart ! hurla Sirena, qui leva son sabre pour le contrer. Jan, Jacobus, Willem ! J'ai un compte à régler avec cette bête damnée ! Branle-bas de combat et finissez-en !

— Pas la peine, Capitana. Les Hollandais ont demandé quartier.

Sans quitter le bandit des yeux, Sirena instruisit son équipage.

— Soignez les blessés, les leurs comme les nôtres. Et descendez les chaloupes, que les Hollandais s'y embarquent et disparaissent. Coulez les bateaux ! Et qu'aucun homme ne se mêle de ce que je vais faire. Willem, surveillez le capitaine van der Rhys.

Tous les regards étaient posés sur la jeune femme qui s'avança, le sabre pointé, vers l'Anglais.

— Alors, tu as voulu m'assassiner comme un lâche !
Dans le dos ! dit-elle en crachant à ses pieds. Je t'avais
prévenu qu'un jour nous nous retrouverions. L'heure
a sonné ! Je te donne une chance de te défendre, que
tu ne m'as pas laissée. En garde ! lui ordonna-t-elle
d'un ton sinistre.

Fléchissant les jambes, elle brandit son sabre, qui
retomba sur l'arme du pirate. L'homme recula, surpris
par la violence du choc. Il se reprit aussitôt et s'élança
droit devant lui. La jeune femme fit un pas de côté,
son sabre entamant vilainement le bras de son ennemi.
Le sang jaillit et Sirena rit du regard effrayé de sa victime.

— Quel effet cela te fait-il, Blackheart, de voir ton
bras déchiqueté ? Fais-y bien attention, avant que je te
le tranche.

Elle feinta une estocade sur la droite et le toucha à
l'épaule, lui brisant les os. L'équipage de la *Sirène des
Mers* acclama sa Capitana en chœur. Regan observait
le duel, bouche bée, impressionné par le talent de la
femme pirate. Où trouvait-elle la force de manier l'épée
comme un homme ? Ne donnant pas le temps à Blackheart de répliquer, Sirena fit glisser son arme le long
de la jambe du pirate, tailladant profondément la chair.
L'homme tomba à terre, dans une mare de sang.

— Je veux t'entendre me supplier, Blackheart !
Demande quartier et je te mets à l'eau.

— Jamais ! siffla le bandit.

— Il te reste une jambe, lui lança Sirena. Tu peux
encore te rendre. Sinon, je vais devoir te tuer.

— Jamais ! cracha l'homme, le visage décomposé
par la douleur.

L'homme se releva difficilement, s'aidant de son
sabre. Sirena recula.

— Il te reste quelques secondes pour te rendre, dit-
elle.

Blackheart lui jeta un regard haineux. Il lâcha son
sabre.

— Conduis-toi en homme et bats-toi, misérable !
vociféra la jeune femme.

Elle ramassa l'arme au sol et la lança à son adversaire.

— Je veux que tu sois armé quand je te tuerai. Personne ne pourra dire que tu ne pouvais pas te défendre !

Blackheart tituba, son sabre pendait dans sa main blessée.

— C'est ta dernière chance pour avoir la vie sauve. Demandes-tu ta grâce ? le menaça-t-elle, son arme levée.

En guise de réponse, l'homme lui cracha au visage et profitant d'une inattention de Sirena, il pointa son sabre vers elle.

Esquivant le coup, Sirena eut le réflexe d'attaquer et elle lui perfora le ventre. Blackheart s'effondra sur le pont, sans vie.

Une immense émotion envahit la jeune femme, elle venait d'assouvir une farouche vengeance. Elle tremblait et fixait les hommes avec des yeux étincelants.

— Je lui ai donné l'occasion de rester en vie. Il a choisi la mort. J'aurais pu me montrer moins patiente. Que j'aie raison ou non, j'assume mon geste.

En tant qu'homme, Regan comprenait parfaitement le sens de ces paroles. Sa rancune contre Blackheart l'avait sans doute atrocement rongée. A ce titre, elle aurait pu se montrer plus impitoyable. La jeune femme se tourna brusquement vers lui. Elle avait retrouvé son air arrogant.

— Soyez franc, Hollandais. Avez-vous déjà rencontré une femme telle que moi ? Vous aimeriez certainement que je vous appartienne. Ah, je vois, à votre regard, que j'ai marqué un point !

Hors de lui, Regan se libéra de ses geôliers et vint se camper devant Sirena.

— Venez-vous me défier ? Serait-ce une question d'honneur ?

— Oui, répondit fermement Regan.

Il avait manqué d'égard envers sa qualité de femme, mais après tout, la Sirène jurait et se battait mieux que la plupart des hommes. Il voulait l'affronter dans la ferveur du combat. Et après l'avoir domptée et séduite, il voulait l'affronter dans la ferveur du désir.

Sirena devina ses pensées, un frisson d'excitation parcourut son corps.

— Willem, donnez une arme au capitaine van der Rhys ! Ce duel n'a aucun sens, dit-elle à Regan d'une voix troublée.

Ce combat l'horrifia soudain. Son esprit s'affola, à la recherche d'une autre façon de se venger de lui. Elle ne pourrait porter un coup à cet homme. Sauf si elle y était acculée, pour sauver sa vie.

A la vitesse de la foudre, le sabre fendit l'air et ripa sur le torse de Regan, déchirant sa chemise. Des gouttes de sang perlèrent. Van der Rhys avait les yeux rivés sur la furieuse diablesse. Posément, il éleva son arme et recula, faisant tournoyer la lame avec élégance. Puis, un par un, il fit sauter les boutons de la chemise de Sirena. Ses seins s'offrirent avec fierté à leur soudaine liberté.

— Espèce de vil bâtard ! hurla Sirena.

Elle essaya de tenir les pans de sa chemise. Cette humiliation, devant les regards égrillards des marins, lui rappela l'épisode de *La Rana* et elle perdit la tête. La jeune femme se mit à frapper à l'aveuglette, jusqu'au moment où elle se rendit compte que ses mains saignaient. Regan faisait mouche avec son épée. Pleurant de rage, elle brandit son sabre et porta une vive estocade au bras de Regan.

— J'ai dit que je vous tuerai, et je le ferai ! vociféra Sirena. Je vous déteste !

Dans un nouvel assaut, sa lame entailla sévèrement la chair, là où le bras de son adversaire avait déjà été touché.

Regan ravala sa salive et fronça méchamment les sourcils. Cette maudite sorcière n'avait pas menti quant à sa détermination ! Mais pourtant, que signifiaient ces larmes sur ses joues ?

— Tuez-moi, dit calmement van der Rhys. J'abandonne. Mais regardez derrière vous. Vos hommes sont cernés, vous avez été attrapée ! La victoire ne vous revient pas, jolie Sirène des Mers. Vous avez peut-être remporté la première manche, mais pas la seconde : il vous reste encore à me tuer. Irez-vous jusque-là ?

Regan contempla un instant la jeune femme. Son agitation la rendait magnifique, sa poitrine se soulevant au rythme de sa respiration saccadée.

— La blessure que vous m'avez causée est la plus grave que j'ai jamais reçue, poursuivit Regan. Je serais prêt à me battre jusqu'à la mort. Est-ce cela que vous voulez ? Qu'un de nous meure, pour verser un peu plus de sang sur ces ponts ?

— Et si je vous libère, que se passera-t-il ensuite ? murmura Sirena en reculant de quelques pas.

— Mes hommes enfermeront votre équipage dans la soute et rentreront au port de Batavia.

— C'est votre marché ?

— Oui, plus d'effusion de sang.

— Vous mentez, siffla Sirena. Je ne vous crois pas.

— J'ai plusieurs défauts, certes, mais je ne suis pas un menteur. Vous avez ma parole. Et puis, si vous me tuez maintenant, mes hommes massacreront tout le monde. Décidez-vous, dit-il d'une voix grave, que je puisse m'occuper de mes blessés.

Les hommes, tournés vers elle, attendaient sa réaction, mais Sirena réfléchissait. Elle s'avança lentement et plongea ses yeux dans ceux de Regan. Puis, se glissant plus près de lui, elle agita son sabre et sourit.

— Je vous ai battu, Hollandais, reconnaissez-le. Avouez-le à vos hommes. Immédiatement ! Sinon, je vous passe par le fil de mon épée.

Regan rejeta la tête en arrière tant il rit lourdement. Son bras blessé pendait sans force.

— Écoutez tous, cria-t-il, la Sirène des Mers a gagné ce duel après un combat loyal. Que ses hommes soient mis dans la cale et emparez-vous du navire. Et une pinte de bière pour chacun.

— Un moment, dit Sirena, en pointant son sabre dans le dos du capitaine. Tout d'abord, soignez mes blessés. Quand leurs blessures seront pansées, qu'on serve une chope de bière à mon équipage. Compris, Capitaine ?

— *Ja*, vous avez entendu la... dame. Au travail, messieurs. Qui va s'occuper de mon bras ?

— Ne me regardez pas, Capitaine. Je risquerais d'aggraver votre mal si je l'examinais de trop près.

Regan prit sa réflexion avec beaucoup d'humour.

— Je vous crois, Sirène. Vous n'abandonnez jamais, n'est-ce pas ?

— Jamais ! Ce combat ne servait à rien. Vous aviez perdu avant. Vous avez vous-même provoqué votre blessure. Je n'ai pas de remords. Cela m'est bien égal si vous mourez ! Je ne vous aiderai pas.

— C'est une impasse donc ?

— Une impasse ? répondit Sirena en riant. A peine, Capitaine ! Vous êtes au bord de la faillite, vos marchandises gisent au fond des mers avec une dizaine de vos bâtiments. Vous êtes devant moi, blessé... à cause de moi. Et vous appelez cela une impasse ? Si peu !

La femme pirate rit de nouveau. La mélodie de son rire fit frémir Regan. Par le diable, cette créature n'était pas humaine. Viendrait-elle des ténèbres... ?

Caleb, tapi dans la mâture de la frégate, observa le duel entre Regan et Sirena. La brume épaisse, qui descendait peu à peu, accroissait son appréhension. Si l'un des deux venait à mourir, comment réagirait-il avec le survivant ? Absorbé dans ses pensées, Caleb ne se rendit pas compte que les hommes du brigantin avaient capturé la *Sirène des Mers* et son équipage.

Le temps sembla s'arrêter. Le garçon osait à peine respirer. Nerveusement, il enfonça son bonnet. Il s'en voulait de ne pas avoir remarqué la mauvaise tournure des événements. Il entendit Regan ordonner l'emprisonnement de ses camarades. Mais lorsque Sirena demanda de la bière pour ses hommes, le message de la jeune femme lui sauta aux oreilles ! Le garçon descendit de son poste d'observation et fila à pas de loup vers la cuisine. Dans un des placards, Martin avait caché une bouteille de laudanum.

Dissimulé derrière le bastingage du gaillard d'avant, Caleb se demandait comment il pourrait grimper à bord du navire ennemi sans que Regan le remarque. De grosses cordes retenaient la *Sirène des Mers* attachée au brigantin, et grinçaient, comme la mer agitait les deux navires.

L'intervention de Sirena favorisa les plans du garçon.

— Vous m'autorisez à aller me changer dans ma cabine, n'est-ce pas, Capitaine van der Rhys ? Je suppose que vous êtes un honnête homme, qui ne laisserait pas une femme presque nue en si nombreuse compagnie.

Caleb ne put saisir la réponse, mais Regan ne l'avait visiblement pas contredite. Il suivit des yeux Sirena, qui s'approcha du bastingage, à l'arrière du brigantin. Au moment où la danse des vagues rapprochait les deux navires, la jeune femme sauta sur le pont de la frégate, suivie de Regan. Tandis qu'ils se dirigeaient vers la cabine, Caleb entendit Sirena proposer à Regan de soigner sa blessure. Caleb sourit. Quelques instants plus tôt, elle ne voulait pas l'aider... Peut-être faisait-elle partie de ces « rusées de femmes ».

Dès qu'ils disparurent du pont, Caleb grimpa à bord du brigantin, le flacon de laudanum entre ses dents. Sirena occuperait assez longtemps le capitaine pour lui permettre de verser le somnifère dans la bière.

Sirena aperçut la silhouette de Caleb, tapi en boule contre la rambarde du gaillard d'avant. Elle lui faisait confiance, le garçon avait sans doute trouvé une riposte pour les sauver. Il ne tarderait pas à être sur le brigantin, distribuant avec les autres marins la chope de bière promise. Sirena devait retenir le capitaine van der Rhys pour donner champ libre à Caleb. Une épaisse couche de brouillard montait à l'horizon, qui cachait la lune.

Regan était tout près d'elle, elle sentait son souffle sur sa nuque. Sirena s'empressa d'ouvrir la porte de la cabine, se demandant si elle n'avait pas laissé traîner des signes de sa véritable identité. De toute façon, les hommes n'étaient pas malins : il suffisait qu'une femme change de rôle et d'allure, pour qu'ils soient incapables de la reconnaître !

Sirena s'avança à tâtons dans la pièce sombre, à la recherche d'une lampe posée sur la table. Elle la saisit mais feignant une maladresse, elle en fit tomber le verre. Elle murmura un juron, puis alluma une petite lampe, accrochée sur le mur du fond de la cabine. Il restait peu d'huile et la flamme vacillait faiblement, ce qui lui convint. Se dérobant au regard de Regan, Sirena sortit ensuite d'en dessous la couchette un coffret de médecine.

— Si vous vous approchiez, Capitaine, je pourrais bander votre blessure.

Van der Rhys semblait sur ses gardes. Il maintint la porte ouverte avec un tabouret et fouilla l'endroit des yeux, à la recherche d'armes cachées. Rien ne parut l'inquiéter. Il finit par venir près de Sirena, assise sur la couchette, en train de dérouler un bandage. Le crissement du verre sous le pas de Regan emplit étrangement la pièce, attirant l'attention de la jeune femme.

Le heurt sourd du brigantin contre la proue de *La Rana* fut le seul bruit qu'elle entendit ! Elle supposa avec joie que Caleb avait coupé les cordes qui reliaient les navires. La frégate dérivait certainement au gré des flots, s'éloignant du brigantin.

Sirena revint sur l'idée de changer sa chemise. L'attrait de sa poitrine, qui pouvait à tout instant échapper à la protection de l'étoffe, émoustillait sans doute Regan. Ainsi, il ne remarquait pas le calme autour de lui.

Tandis qu'avec précaution, elle appliquait un onguent et pansait la plaie du capitaine, elle sentit que celui-ci la dévisageait. La présence de cet homme commençait à l'émouvoir. Van der Rhys rompit le silence.

— Je parierais sur ma vie que, dans l'histoire de la navigation, jamais telle chose ne s'est encore produite, murmura Regan. Deux adversaires qui se battent en duel puis soignent mutuellement leurs blessures. Nous sommes peut-être tous deux moins cruels que ce que nous pensons. Vous avez une méchante cicatrice sur votre bras, Sirène, et elle paraît récente.

— Oui, grommela Sirena. Un souvenir de ce maudit Blackheart.

— Votre revanche est accomplie à présent, mais est-ce que sa mort vous rend heureuse ? demanda Regan sur un ton ironique.

Sirena se leva et lui tourna le dos. Elle crispa nerveusement ses mains sur le dossier d'une chaise.

— Heureuse ? J'en suis réjouie ! s'exclama-t-elle avec une telle haine, que le capitaine en eut la chair de poule. Sa mort me libère, je peux vivre en paix ! Je regrette seulement de ne pas lui avoir transpercé l'abdomen une vingtaine de fois ! Cet instant, je l'ai désiré, comme on désire impatiemment de l'eau fraîche quand on meurt de soif. Mais ce mufle ne m'a pas laissé ce plaisir ! Il a choisi de mourir en lâche et de me déposséder de ma victoire. Tuer un lâche n'a rien de glorieux.

Elle se raidit au fur et à mesure qu'elle parlait. La lueur de la lampe projeta contre le mur les fermes rondeurs de sa silhouette. Regan sentit une violente ardeur sourdre dans son ventre. Sa prophétie se réaliserait un jour, la Sirène des Mers honorerait sa couche. Il remarqua alors une tache noire sur la chemise de la jeune femme.

— Venez plus près ! Vous aussi avez besoin de cette pommade ! lui ordonna-t-il.

Elle se hérissa, manqua de faire volte-face et de déverser sa colère. Mais la fatigue l'avait vaincue, son corps réclamait une trêve. De plus, Caleb comptait sur elle pour réussir son plan. D'un pas las, elle rejoignit Regan sur la couchette. Il mouilla un linge dans le pot à eau, lui nettoya les mains avant de les masser avec l'onguent.

L'attitude sérieuse et préoccupée de Regan, tandis qu'il examinait ses plaies, fit rire Sirena. Il se crut soudain ridicule. Il eut l'impression d'être une vieille nourrice tendre, personnage qui manquait fort de virilité ! D'un ton bourru, il demanda à la jeune femme de se retourner.

La sévérité de Regan fit cesser son rire et elle lui obéit. Il la coucha brusquement sur le ventre et avant qu'elle puisse résister, il ôta la chemise maculée de sang.

Sirena étouffa un cri de protestation, elle se contorsionna pour se libérer de son emprise. Puis, fermant les yeux, elle mordit le couvre-lit et retint un sanglot. En silence, elle pria Dieu de ne pas être à nouveau violée !

— Tenez-vous tranquille, Sirène des Mers ! Je ne vous veux aucun mal. Vous avez été touchée dans le dos et le sang a séché. Je ne pouvais pas enlever votre chemise sans tirer un peu ! se justifia Regan, qui nettoya et soigna la plaie avec douceur, appliquant délicatement la pommade.

Peu à peu, la jeune femme se détendit et oublia sa hargne. La chaleureuse pression des mains de Regan apaisa son esprit et son corps. Les yeux mi-clos, elle vit la lueur de la lampe faiblir. La lumière devint opaque, probablement à cause du brouillard qui pénétrait par la porte ouverte. Sirena éprouva la sensation de plonger dans un rêve.

Regan maudit la lampe qui s'éteignait et se hâta de terminer. Il essuya ses mains sur la chemise sale, se leva et observa la Sirène des Mers.

Son menton dépassait de l'épaisse chevelure qui couvrait son visage. La jeune femme semblait délassée. Elle avait étendu les bras au-dessus de sa tête, les mains ouvertes. Sa ronde poitrine s'écrasait sous elle. Les courbes de son dos et de ses fesses, que prolongeaient de longues jambes fines, attisèrent le désir de Regan. Il songea aux chants mélodieux des sirènes. C'est d'après cette légende qu'il avait surnommé la sublime femme pirate. Lentement, il s'étendit près d'elle et déposa de légers baisers à la cambrure de son dos.

Sirena sortit de sa torpeur au contact de cette bouche hardie, plus chaude que l'air de la nuit. Se forçant à ouvrir les yeux, elle se rendit compte de l'obscurité qui baignait la cabine.

Elle soupira de bonheur, ravie par les attentions de l'homme couché contre elle, et dont l'imposante stature la rassurait. Regan repoussa les cheveux noirs au parfum de mer et fit courir ses lèvres sur la nuque et les épaules de la jeune femme. Le souffle de sa respiration pénétra chaque parcelle de son corps. Sirena entendit le grondement sourd et heureux qu'émit Regan.

Elle se tourna doucement sur le dos et emprisonna Regan dans le berceau de ses bras, offerte à ses caresses. Tandis qu'il passait une main dans sa chatoyante chevelure, il dévora ses lèvres d'ardents baisers. Elle fit descendre son visage vers le doux vallon de sa gorge, s'arquant voluptueusement contre le corps de l'homme. Sirena eut l'envie inextinguible de lui appartenir.

Il promena sa bouche fébrile de son cou à ses seins lourds. Elle gémit faiblement, du plus profond de son âme naissait le plaisir.

Alors qu'il voulait s'éloigner d'elle, Sirena s'accrocha à son bras et lui tendit ses lèvres enfiévrées, qui l'incitaient à perdre toute réserve. Elle-même laissa sa langue jouer avec impudence.

Regan s'évada de leur étreinte. Il s'amusa à effleurer les jambes de la Sirène, avant de faire lentement glisser sur ses hanches son vêtement. Complice, la jeune femme se cambra avec sensualité. Le regard de Regan pétillait de joie. Il se déshabilla hâtivement.

Sirena fut étourdie de désir. Ses sens tourbillonnèrent et s'envolèrent vers les précipices de la volupté, où elle se retrouvait désormais prisonnière. S'il l'avait rejointe lors de sa nuit de noces, elle savait qu'elle se serait ainsi abandonnée à lui. Il était en train de la conduire sur le chemin de l'amour charnel...

Elle répondit aux provocations amoureuses de son amant avec une fureur animale qu'elle n'avait encore jamais connue. Elle l'invitait impudiquement à éveiller sa sexualité. Tout son corps s'embrasa sous les incessantes chatteries. Dans le bonheur de ses nouvelles sensations, de furtives plaintes langoureuses lui échappèrent.

L'envoûtante Sirène des Mers avait conquis Regan, qui retardait l'ultime instant avant leur fusion, pour savourer encore les délices de son corps. Et le désir de la Sirène, qui égalait le sien.

Une enveloppe de brume voilait l'astre de la nuit. Regan discernait mal la jeune femme dans la cabine peu illuminée. L'odeur de sa peau de satin, ses lèvres au goût des embruns, la beauté parfaite de ses formes échauffaient sa passion. Sirena se donnait avec une tendre innocence. Ses mains devinrent plus osées, aventurières et implorantes. Regan était au comble de la jouissance.

— Prends-moi ! Viens ! gémit la jeune femme dans un baiser.

Puis ils s'assoupirent, amoureusement lovés dans les bras l'un de l'autre.

La clarté de l'aube naissante réveilla Sirena. La buée couvrait la fenêtre de la cabine, mais le soleil ne tarderait pas à réchauffer l'endroit. Regan dormait toujours auprès d'elle. Il était brûlant, la fièvre avait empourpré son visage. Ses lèvres étaient sèches.

La jeune femme regarda la blessure de Regan : le bandage avait une tache jaunâtre, où se mêlait du sang. Ses yeux se gonflèrent de larmes. « *Querido*, c'est moi qui vous ai fait cela ! » murmura-t-elle en embrassant le front du blessé. Avec effroi, elle se souvint que la lame qui avait entaillé le bras du capitaine était celle qui avait assassiné Blackheart. La plaie avait sans aucun doute été infectée par ce pouilleux.

Sirena quitta la couchette et s'habilla rapidement. Elle sortit au-dehors pour tenter d'apercevoir le brigantin. Au loin se découpa la silhouette du navire hollandais. Il approchait par le nord. La jeune femme fut prise d'angoisse. Qui le gouvernait, ses hommes ou ceux de Regan ?

Elle retourna près du malade. Appliquant un linge frais sur son front en sueur, elle pensa refaire le pansement. Mais son ignorance de la médecine la retint. Elle essaya d'analyser les sentiments qu'elle éprouvait pour cet homme, son mari devant la loi. Mais le flou subsistait.

Une seule certitude lui apparut : il était l'ennemi qu'elle avait par-dessus tout décidé de tuer. Quand avait-elle changé d'idée ? Serait-ce le comportement de Caleb, avant l'abordage ? Mais comment aurait-elle pu tuer celui... celui qu'elle aimait ! Son ennemi tant désiré !

— Ho là, *Sirène des Mers* !

La jeune femme reconnut le cri rauque de Jan. Caleb avait réussi ! Regan pourrait être soigné à bord de son navire par son équipage.

Tandis qu'on le transférait sur le brigantin, Sirena et Caleb restèrent dans la cuisine. La jeune femme n'avait pas la force de l'affronter en plein jour si jamais il se réveillait.

Jan, sur instruction de la Capitana, ordonna au second du brigantin de filer droit sur Batavia, s'il voulait revoir son capitaine en vie. Lorsque le navire se trouva hors de vue, les deux jeunes gens montèrent sur le pont. Sirena laissa la barre à Caleb et lui indiqua le cap à tenir pour conduire la frégate à l'embouchure de la Rivière de la Mort.

Elle se retira dans sa cabine. Affalée sur la couchette, l'esprit et le corps débordant d'émotions et de tourments, elle s'endormit et revit en songe la nuit passée avec Regan, pendant laquelle ils avaient atteint les cimes du plaisir.

— Nous sommes arrivés, Sirena, chuchota Caleb, qui secoua gentiment la jeune femme par l'épaule. Nous pouvons rejoindre la maison à la nuit tombante si nous chevauchons à vive allure.

Sirena se frotta les yeux.

— J'ai dormi un long moment, n'est-ce pas ?

— J'avais dit aux hommes de ne pas te déranger. On s'est bien débrouillés. On a lavé les ponts et les blessés ont été soignés. Pardonne-moi, Sirena, je crois que je suis encore un enfant. Mais j'ai eu si peur, que j'étais pétrifié comme une statue. Si j'avais été plus rapide, peut-être que rien ne serait arrivé, se reprocha le garçon. Est-ce que Regan va mourir ?

— Non, Caleb. La force de la vengeance qu'il a en lui l'aidera à rester en vie, comme pour moi. Ne crains rien, Caleb. Lorsque nous rentrerons au domaine, il y sera déjà, sous la bonne garde maternelle de Frau Holtz.

Tandis qu'elle le rassurait, Sirena s'en remit au Dieu qu'elle avait rejeté, le priant de sauver l'homme qu'elle désirait encore...

22

— Gretchen ! s'exclama Chaezar, surpris par l'arrivée matinale de la jeune femme dans son bureau.

Un sourire malicieux se dessina sur les lèvres de l'Espagnol. Apparemment, Gretchen avait passé une nuit solitaire, ce qui se produisait rarement et la mettait dans une humeur exécrable.

— Me permettez-vous de vous dire combien vous êtes ravissante ce matin, dit Chaezar tandis qu'il la contemplait sans vergogne.

Il n'avait pas vécu de moments privés avec Gretchen depuis longtemps et il pensa y remédier sous peu.

Le regard flatteur du bel homme apaisa la jeune femme, qui prit un air fat.

— Je vous le permets.

Elle était vêtue d'une robe taillée dans un tissu indien jaune pâle, parsemé d'arabesques bleues et vertes. Elle portait un large chapeau de paille, décoré de roses thé, qui protégeait son teint pâle.

— Que me vaut votre visite ? demanda Chaezar. Il est étonnant que vous soyez de sortie d'aussi bonne heure. Quelque chose ne va pas ?

— Tout va mal ! maugréa Gretchen.

Elle arpentait nerveusement la pièce. Brusquement, elle se tourna vers l'Espagnol et lança ses gants sur le bureau.

— Vous disiez obtenir bientôt une information au sujet de l'enfant. Il y a de cela des semaines ! tempêta Gretchen en frappant du pied.

— Voilà qui est fait, juste avant votre venue, dit calmement Chaezar, pas du tout perturbé par cet accès de colère. Je pensais venir chez vous dans la journée, un peu plus tard, pour ne pas troubler votre intimité.

Toute autre femme aurait été blessée par cette allusion, ou aurait au moins rougi de honte. Mais pas Gretchen. Les commentaires sur sa vie privée ne la touchaient pas, elle les appréciait plutôt.

— Ce que j'ai trouvé ne vous plaira guère. L'enfant est parti.

— Quoi ? hurla Gretchen. Parti ?

D'une voix blanche, Chaezar lui répéta ce qu'il avait appris.

— L'enfant était petit, à peine âgé de quatre ans, lorsque nous nous sommes arrangés pour « libérer » Regan de sa femme. Le Crochu, puisque tel est le sobriquet de notre ami ces temps-ci, a veillé à l'éducation de cet enfant, comme convenu. C'est pourquoi il l'a vendu à un riche chef de tribu Shintu. Celui-ci l'a acheté pour une de ses épouses, qui était stérile et désirait un enfant. Jusqu'à l'âge de six ans environ, il a été tendrement choyé. Puis a eu lieu une guerre tribale et il a été capturé comme esclave. Depuis, plus aucune trace, sauf que le chef Shintu est convaincu que l'enfant a été enrôlé de force au port de Banda, aux îles Banda. C'est la dernière piste.

— Oh, mon Dieu ! se lamenta l'Allemande. Qu'allons-nous faire à présent ?

— A part attendre, nous ne pouvons rien faire.

— Attendre ? Attendre quoi ? Que Regan découvre la vérité et qu'il nous tue ? Vous êtes fou à lier, Chaezar ! Vous vous êtes joué de moi depuis le début. Dès que le *Tita* largua les amarres, vous aviez l'intention de faire arrêter Regan. J'avais bien pensé que vous acceptiez mon idée avec trop de promptitude. En fait, vous vouliez vous débarrasser de Regan, en le jetant dans une prison espagnole, par exemple. Certes, vous avez fait tuer sa femme, mais uniquement pour que je me sente votre débitrice. Votre aide, espèce de mufle, était intéressée. La mort de Tita vous a servi, à vous plus qu'à moi. Mais le temps est venu pour nous d'expier... nos fautes. Vous me laisseriez volontiers être pendue à votre place. Mais Chaezar, vous ne vous en tirerez pas ainsi ! Si jamais Regan connaît le fin mot de cette machination, je lui raconterai ce que vous avez fait. Si je dois mourir, vous mourrez avec moi. Grand Dieu, pourquoi n'avez-vous pas placé l'enfant dans une mission ?

— Si ma mémoire est exacte, nous avions peu de temps à notre disposition. Quant à vos menaces, je m'en moque, Gretchen, répondit Chaezar en caressant tranquillement son impériale.

— Vous seriez capable de vendre votre mère pour une couronne d'or, ne dites pas le contraire, lui lança Gretchen avec mépris. Et « le Crochu », avez-vous du nouveau ? Si Regan met la main sur lui, il a la solution de l'énigme !

— Priez Dieu que la Sirène le trouve avant Regan, dit Chaezar d'une voix qui trahit son angoisse. Le bonhomme a dû être prévenu et il se sera caché. Sinon, nous en aurions entendu parler.

— Croyez-vous qu'il serait utile de faire des recherches dans les îles des alentours ?

— Cela peut valoir l'effort.

— Quand allez-vous envoyer quelqu'un sur ses traces ?

— Est-ce qu'aujourd'hui vous conviendrait ? plaisanta Chaezar avec un sourire narquois, en attirant Gretchen contre lui. En attendant, nous pourrions peut-être...

Ses paroles moururent dans le cou de la jeune femme.

Une vague de dégoût submergea Gretchen au point qu'elle crut ne pas arriver à se contrôler. Elle s'offrait une fois encore pour parvenir à ses fins. Si seulement Regan savait pourquoi elle se vendait ainsi, guidée par une seule envie : celle de le posséder.

Enflammé, Chaezar chercha l'intimité des lèvres chaudes de Gretchen. La jeune femme frémit. Elle se força malgré elle à répondre aux attouchements de

Chaezar, mais le désir finit par transporter son corps. Il lui suffit d'imaginer que Regan l'enlaçait. Ses doux gémissements vinrent s'échouer contre la bouche insistante de son amant.

— Pas ici, dit celui-ci d'une voix rauque, relâchant son étreinte. Les domestiques...

Il la conduisit, à demi réticente, à ses appartements.

Aussitôt entré, il ôta la robe de la jeune femme en la déchirant.

Gretchen, dont la pulsion était retombée, fronça les sourcils. Elle se retint de pester contre le saccage que sa nouvelle acquisition venait de subir. Si sa robe avait été victime de l'empressement de Regan, elle n'aurait pas été prise de colère. Peut-être même l'aurait-elle aidé, car pour lui elle était capable de n'importe quoi. Il n'avait qu'à lui dire une seule fois « J'ai besoin de toi, je te veux ! ». Et elle obéirait à tous ses ordres !

Chaezar, nu, se pressa contre la jeune femme, qui se tendit voracement. Il empoigna sa chevelure d'or et entortilla ses doigts dans quelques mèches, tandis qu'il léchait ses mamelons, soudain pareils à de fiers bourgeons. Lentement, vicieusement, il embrasa son corps velouté de ses caresses et de sa langue gourmande, jusqu'à l'entendre gémir de plaisir.

Gretchen se débattait dans le feu de la luxure, piégée par la frénésie de Chaezar. Troublée, elle revit la nuit où Regan et elle avait fait passionnément l'amour sous les étoiles. Une pression familière à l'antre de sa féminité attira un petit cri. Sur ses lèvres entrouvertes courut le nom de Regan.

Elle se sentit alors tomber à terre comme une masse. Chaezar braquait sur elle un regard noir.

— Je n'ai donc pas les primes faveurs de la catin de Regan, cracha-t-il.

Sa voix était posée, sa colère maîtrisée, ce qui ne rassura point Gretchen. Au contraire. Elle craignait cette humeur dangereusement calme plus que sa fureur. En prenant garde, elle se mit à genoux et le repoussa vivement. Elle n'avait pas envie d'être défigurée par un coup de pied.

Chaezar la souleva brutalement. Comme un animal sentant la mort approcher, elle se défendit. Elle cogna des pieds et des poings et le griffa jusqu'au sang.

— Vil bâtard ! Vous ne me tuerez pas ! siffla-t-elle.

Gretchen lui décocha un coup de pied à l'entre-jambe. A cet instant, il serra les cuisses et tous deux culbutèrent sur le sol. Elle tira férocement sur les poils couvrant son torse. Chaezar poussa un hurle-ment aigu.

Roulant sur l'Espagnol pour se dégager, Gretchen sentit avec surprise une bosse sous sa main. La peur céda place au dégoût. Elle comprit ce qui lui restait à faire pour fuir : amener Chaezar dans un heureux état de torpeur.

Elle le saisit aux épaules et l'obligea à s'étendre par terre. Fixant son regard brûlant, elle pinça ses tétons et agaça sa bouche. Puis elle s'installa sur lui et se balança d'avant en arrière avec nonchalance. Cédant à son propre plaisir, ses mouvements saccadés se firent plus pressants. Chaezar respirait profondément, pris de furieuses convulsions. L'Espagnol était perdu dans son monde de délires, inconscient.

Voyant l'occasion de partir, Gretchen se leva et enfila sa robe déchirée. Sans même jeter un coup d'œil derrière elle, elle quitta la pièce, où elle décida de ne jamais revenir.

23

Regan était arrivé alité, en proie au délire. A ses côtés se tenait Frau Holtz. Son visage avait une expression particulièrement austère, qui reflétait peine et compassion. Elle leva les yeux vers le docteur. Celui-ci manifestait une certaine inquiétude, n'osant se prononcer sur l'état du malade. Il fuit le regard inquisiteur de l'intendante et s'éclaircit la voix.

— L'os a été touché. La blessure est grave. Ce sera un miracle si la fièvre ne l'emporte pas. Regan deviendra fou s'il perd un bras. Il faut une personne pour le surveiller en permanence. Où est Madame van der Rhys ? Elle doit être mise au courant.

— Madame va bientôt arriver. Elle faisait retraite, et lorsqu'on a ramené Monsieur ici, elle demandait qu'on lui prépare un bain. Elle ne devrait pas tarder.

Frau Holtz réprouvait, d'après le ton de sa voix, l'attitude de sa maîtresse.

— Je ne peux pas l'attendre, Frau Holtz. La nuit est déjà tombée, et Madame Sankku, la femme de l'avoué, est sur le point d'accoucher. Suivez mes instructions, je reviendrai demain matin. Si la fièvre n'a pas baissé, je devrai l'amputer, dit le docteur avec une quasi-certitude. Dites à Madame de se hâter. Faites-lui comprendre le sérieux de la situation, car lorsque l'aube se lèvera, elle risque d'être veuve !

Prenant sa grosse sacoche de cuir noir, il suivit Frau Holtz, qui le raccompagna à l'entrée.

L'intendante grommelait entre ses dents tandis

qu'elle retournait auprès du malade. Entrouvrant la porte, elle vit avec satisfaction qu'il n'avait pas bougé. La poudre que le médecin lui avait administrée agissait bénéfiquement.

A cet instant arriva précipitamment Sirena. L'air revêche, la vieille domestique faisait mine de garder la chambre.

— Le docteur vient de partir. Il le visitera demain. Il croit devoir lui enlever le bras... s'il survit !

— Je veux le voir immédiatement ! s'écria Sirena dans un hoquet d'effroi.

— Le docteur a dit que je devais rester à son chevet et le soigner, l'avertit l'intendante, qui lui bloqua le passage.

— Je veillerai sur mon mari, Frau Holtz, et personne ne m'en empêchera ! Répétez-moi les instructions du docteur et je m'en chargerai. Pressez-vous à présent !

Jetant à la jeune femme un regard glacial, Frau Holtz la laissa entrer et lui transmit les ordres du médecin.

— Mais comment ferez-vous s'il faut changer le lit de Monsieur ?

— Mon frère m'aidera, Frau Holtz.

S'approchant de Regan, Sirena observa son visage dévoré par la fièvre. Elle serra les poings et réprima l'étrange agitation qui l'envahit. C'était elle la coupable ! Dans un élan incontrôlé, elle se jeta à genoux et effleura le front brûlant de Regan. Celui-ci semblait paisible, comme si la mort lui avait insufflé cette tranquillité. La blessure suppurait à travers le bandage. Ses yeux se brouillèrent de larmes. Elle devait lui venir en aide pour réparer sa faute !

Sirena releva la tête et toisa l'intendante.

— Dites à mon frère de me rejoindre, lorsque vous retournerez à la cuisine, ordonna-t-elle.

Sirena venait clairement de signifier son congé à Frau Holtz. L'intendante haussa le menton de manière arrogante. Quoi qu'elle eût envie de répondre, elle ne dit mot et obéit à Sirena. La tête haute, sa couronne de tresses soulignant son port royal, Frau Holtz se retira.

Regan s'agita de nouveau. La jeune femme tenta de le calmer avec des compresses fraîches et de le rassurer par de doux murmures. Caleb pénétra sans bruit dans la pièce. Il fut douloureusement ému quand il vit des larmes sur les joues de Sirena.

— Comment... Est-il très mal, Sirena ?

— Oui. Regarde son bras. Frau Holtz m'a donné les poudres que le docteur lui a laissées. Mais je n'y crois pas. Va dans ma chambre chercher celles qui sont dans mon coffret de médecine. Elles ressemblent à celles que tu as utilisées et qui ont sauvé mon bras. Prions Dieu qu'elles agissent de même.

— Mais... le docteur sait sans doute ce qui est bon.

— Pas de mais, Caleb. Nous devons prendre le risque. Lui-même n'a pas confiance en sa prescription, puisqu'il pense amputer Regan demain.

Regan se contorsionna et voulut parler. Sirena lui saisit aussitôt la main et susurra à son oreille quelques mots, qui le tranquillisèrent. Elle lui essuya la tête et le cou, trempés de sueur.

— C'est moi qui vous ai fait cela, Regan, mais je ne leur permettrai pas de vous couper le bras. Je ne vous laisserai pas mourir, vous avez ma parole, dit Sirena avec sérieux.

Regan ouvrit les yeux, il avait le regard vitreux. Il chercha à distinguer le visage de Sirena mais sa vue se brouilla. Cependant, la présence attentionnée de la jeune femme le réconfortait. Il cligna des paupières et se rendormit.

Peu après, Caleb revint, avec le coffret sous le bras.

— Sirena, l'odeur est pire que celle des soutes d'un navire ! Qu'est-ce que c'est ?

— C'est son bras, Caleb, qui est en train de pourrir, je suppose. C'est pourquoi le docteur voulait l'amputer. Nous devons réouvrir la plaie pour la nettoyer. Il va hurler aux mille diables et se débattre comme un fauve. Mais tu dois le tenir fermement. Il faut que tu t'assoies sur lui et que tu attaches son bras valide à un montant du lit. Crois-tu y arriver ?

— Je peux le faire, répondit Caleb avec une moue triste.

Sirena ôta vivement le bandage souillé tandis que Caleb installait le malade. Tous deux eurent le souffle coupé devant l'horreur de l'entaille putréfiée.

— Caleb, mon bras était-il dans cet état ?

— Il aurait pu le devenir, mais on l'a soigné avant. Quel genre de misérables emploie Regan sur son navire ? Pas un n'a été capable de s'occuper de sa blessure avant qu'ils rejoignent le port !

La jeune femme comprenait la colère de Caleb. Le garçon admirait Regan, il n'acceptait pas qu'on puisse ainsi le négliger.

Sirena s'arma de courage. Elle prit un couteau aiguisé dans son coffret et passa la lame à la flamme d'une chandelle qu'elle venait d'allumer. Sans hésiter, elle incisa d'un geste vif la plaie. Du sang et du pus jaillirent. Caleb, vigoureux pour son âge, maintenait Regan de toutes ses forces, lui plaquant les épaules au fond du lit. Le blessé gronda et injuria le monstre qui lui déchirait le bras. Dans ses divagations, il imaginait qu'il était attaqué par des requins. Caleb fut impressionné par cet homme courageux, qui se défendait contre la terre entière et refusait le destin maudit des marins : mourir déchiqueté par les démons de la mer !

— Il faut que je draine le pus. Tiens-le bien, Caleb, parce qu'il va gesticuler comme un fou.

Inspirant profondément, Sirena pressa les lèvres de la plaie. Regan hurla. Ses secousses firent reculer Sirena. Puis elle enleva le sang, à présent épuré du liquide jaunâtre. Elle répandit ensuite une grande quantité de poudre ocre sur la blessure, qu'elle couvrit d'un bandage.

Caleb et Sirena étaient si occupés par Regan qu'ils n'entendirent pas entrer Frau Holtz. Sirena fut soudain projetée en arrière du lit et frappée au visage.

— Sorcière ! s'écria l'intendante avec violence. Qu'est-ce que vous lui faites ?

Elle s'attaqua à Caleb et le fit basculer à terre.

Sirena riposta aussitôt en poussant l'intendante contre un mur.

— Êtes-vous folle ? vociféra la jeune femme. Monsieur est en train de lutter contre la mort. Quelle est la raison de ce comportement ?

— J'ai vu ce que vous lui avez fait, vous êtes une diablesse ! Regardez-le, on dirait qu'il est mort ! Je vais le raconter au docteur !

— Si j'écoutais les conseils de ce stupide docteur, je serais veuve dès demain matin. Maintenant, sortez d'ici et n'y revenez plus !

— Vous le regretterez, Madame ! cracha méchamment Frau Holtz, qui frottait son épaule endolorie.

— Peut-être, répliqua Sirena, mais je persiste ! Je ne veux plus vous voir dans cette chambre !

Caleb soupira de soulagement quand il entendit claquer la porte.

— On devait ressembler à une nuée de charognards sur un cadavre, dit-il. Je comprends ce qu'elle a pensé quand elle m'a vu à cheval sur Regan, pendant que tu tenais son bras, les mains tachées de sang !

Sirena esquissa un sourire en réalisant l'absurdité de la scène.

— Je suis d'accord avec toi, Caleb. Néanmoins, elle se prend un peu trop pour la reine !

Frau Holtz l'avait griffée à la joue, qui commençait à lui cuire.

Les deux jeunes gens organisèrent leur veille auprès de Regan. Caleb se mit dans un fauteuil, dans un coin de la pièce et s'endormit sous une couverture. Sirena s'assit près du lit, tenant la main de son époux.

De temps en temps, Regan geignait et se tournait dans les draps. Sirena l'apaisait de sa voix douce. Quand la douleur était trop intense, il cherchait sa main pour la serrer fortement. Sirena souffrait de voir son visage torturé par la fièvre. Elle enleva le pansement pour le changer, mais l'état de la blessure sembla avoir empiré. Elle leva craintivement une lampe au-dessus du bras. Mon Dieu ! Elle se précipita sur Caleb et le secoua.

— Vite ! Viens voir la plaie !

Caleb observa la jeune femme une seconde, saisi de peur.

— Ferme la porte à clé et viens m'aider ! Il va falloir être solide, petit frère. Il ne peut pas bouger son bras. Je vais ouvrir, dit-elle en serrant les dents. C'est la seule chance, son bras ne craint rien de pire.

Avant de changer d'idée, elle chauffa la fine lame d'un couteau avec une bougie. Regan se débattit vigoureusement, au comble du supplice. Caleb avait repris la même position pour l'empêcher de tomber.

— Terminé, Caleb. Mets des compresses sur son front pendant que je bande son bras. Tu peux le détacher du lit, je crois.

— Non, attendons que la fièvre ait disparu.

Sirena acquiesça.

— Est-ce qu'il va guérir ? demanda Caleb, inquiet.

— Nous pouvons seulement nous en remettre à Dieu. Retourne dormir pour l'instant.

Regan ne s'agita plus, sa respiration était pourtant irrégulière. Sirena tenait sa main. Par moments, elle s'assoupissait. Elle s'endormit paisiblement vers l'aube.

Regan ouvrit les yeux et tourna la tête vers la femme à son chevet. Son bras le lançait terriblement. Que lui était-il arrivé ? Où se trouvait-il ? Sa vue se troubla tandis qu'il essayait de reconnaître l'endroit. Ses yeux se posèrent à nouveau sur la femme endormie. Ses cheveux abandonnés à leur liberté. La Sirène des Mers ! L'avait-elle sauvé ? Elle se réveilla et se pencha sur lui. Il voulut crier mais il entendit au creux de son oreille un murmure incompréhensible. Une sensation lénifiante l'envahit. Une main douce caressa son visage tandis que des lèvres rafraîchissantes embrassaient son front, ses joues, sa bouche. Il plongea son regard dans deux océans vert émeraude. La Sirène des Mers avait-elle versé des larmes pour lui ? Il voulait parler, savoir ce qui s'était passé. Une bouche amoureuse l'en empêcha.

— Je suis désolée, je suis désolée, chuchota Sirena.

Je ne voulais pas en arriver là. J'aurais mieux fait de vous tuer.

La jeune femme ne put retenir ses larmes plus longtemps.

— Vous avez gagné, Sirène, dit Regan d'une voix rauque.

— Chut... il faut vous reposer pour recouvrer vos forces.

Regan sombra dans le rêve de la nuit vécue sur le vaisseau noir, dans le berceau des bras de la Sirène des Mers.

— Il est temps de changer le pansement. Je redoute de voir la plaie, petit frère. Le docteur va venir d'un moment à l'autre. Nous risquons quelques problèmes.

Sirena eut envie d'ôter le pansement en tirant d'un coup sec, mais une petite voix intérieure lui dit d'user de délicatesse.

— Regarde ! souffla-t-elle d'une voix émue. Une croûte est en train de se former.

Le garçon poussa un soupir de soulagement devant la cicatrice naissante. Heureuse, Sirena ferma les yeux.

— Et la fièvre ? s'angoissa Caleb.

— Il faut attendre qu'elle diminue d'elle-même. Nous ne pouvons que continuer à appliquer des linges frais et lui donner les médicaments.

— Je vais le surveiller, Sirena, si tu veux prendre un bain et te changer.

— Ne le quitte pas des yeux, petit frère. Je reviens le plus vite possible.

Sirena finissait de s'habiller quand Caleb fit irruption dans sa chambre.

— Le docteur dit qu'il veut l'amputer, et Regan est presque réveillé ! Dépêche-toi, Sirena !

— Quoi ! L'imbécile ! A-t-il examiné son bras ?

— Oui. Mais il dit que l'infection s'est propagée dans son corps et la fièvre dure à cause de cela. Je t'en prie, ne le laisse pas faire ! la supplia Caleb tandis qu'ils descendaient l'escalier en courant.

— Regardez votre époux, Madame, s'exclama le docteur dès que celle-ci fut près du lit. Voyez comme le poison de son bras ravage son corps! Et lui donne la fièvre!

— Sa blessure est en voie de guérison! Ouvrez grands les yeux, vieux charlatan! La blessure ne suppure plus, elle cicatrise même!

— Je suis le docteur de Monsieur van der Rhys depuis des années. Jamais mon diagnostic n'a été remis en question!

Regan, les yeux mi-clos, suivait le dialogue entre le médecin et la Sirène des Mers.

— Vous ne lui couperez pas le bras, dit froidement Sirena.

— Il le faut. Croyez-vous que cette idée me plaise? D'autant plus à un homme tel que Regan? Je vous le dis, c'est indispensable.

— Et je vous dis que non. La fièvre finira par le quitter. Mon mari a repris conscience. Pourquoi ne lui demandez-vous pas avant de prendre la décision?

— Mais il délire, il ne se rend pas compte de ce qui va se produire. C'est moi le docteur!

— Et moi, Monsieur le Docteur, je suis sa femme. Vous ne l'amputerez pas!

De quoi discutaient-ils? se demanda Regan. Pourquoi la Sirène disait-elle qu'elle était sa femme? Et cet idiot de docteur voulait lui enlever son bras? La Sirène s'y opposait, mais parce qu'elle voulait que continue sa souffrance... D'ailleurs, à quoi serait-il utile avec un seul bras?

Regan voulut les faire taire, mais sa bouche était sèche. Il devait garder son bras, ou bien mourir!

Sirena remarqua l'agitation de Regan. Elle se baissa vers lui.

— Ne craignez rien, je ne lui permettrai pas de vous toucher, murmura-t-elle d'une voix maternelle.

Rassuré, Regan s'endormit de nouveau.

— L'affaire est close. Je prendrai soin de mon époux. Lorsqu'il ira mieux, vous pourrez en débattre avec lui. D'ici là, je n'ai pas besoin de vos services.

Bonne journée, Monsieur. Caleb, veux-tu raccompagner le docteur ?

Lorsqu'elle fut seule, Sirena s'écroula sur une chaise. Entre colère et peur revenait la même question : avait-elle sauvé son bras pour que Regan parte plus rapidement dans un cercueil ?

S'imaginant ne jamais plus connaître ses caresses, peut-être son amour, elle se mit à pleurer à chaudes larmes...

24

Pour éviter que Regan obsède leurs esprits, Sirena et Caleb s'activaient dans la chambre du malade. Ils nettoyaient, aéraient la pièce, faisaient le lit ou bien changeaient les bouquets de fleurs. La fièvre était tombée depuis la veille. Regan avait à deux reprises retrouvé sa lucidité, avant de plonger dans un profond sommeil réparateur. Les deux jeunes infirmiers attendaient désormais un signe de son réveil.

Un froissement de draps attira Caleb près du lit.

— Comment allez-vous, Regan ? s'enquit le garçon, essayant de contenir sa joie.

Regan plissa les yeux pour éclaircir sa vision.

— Vous avez été très malade, Regan, mais vous êtes en train de guérir ! L'état de votre bras s'améliore de jour en jour et depuis hier vous n'avez plus de fièvre.

Le regard de Regan vagabonda à travers la pièce et se posa sur Sirena, assise sur une chaise, un rosaire à la main. Fatigué, Regan ferma les yeux. Pourquoi avait-il espéré voir la Sirène des Mers ? Avait-il été gravement blessé ?

— Depuis quand suis-je à la maison ? demanda-t-il d'une voix faible.

— Six jours, Regan, répondit Caleb. Sirena vous a soigné pendant tout ce temps.

Regan se rendit compte, à son plus grand bonheur, que le garçon l'avait appelé par son prénom. Il cligna des paupières et poussa un profond soupir.

Sirena fut soulagée de voir que Regan avait repris conscience. Elle se leva et s'approcha du lit.

— Nous, les Hollandais, sommes taillés dans du bois dur, murmura Regan.

— Il se peut, dit Sirena avec une pointe d'ironie. Mais ce sont peut-être mes prières qui vous ont sauvé. Souvenez-vous de vos paroles : ce chapelet de perles naturelles leur donnerait force. Je suis heureuse que vous soyez rétabli, Regan, ajouta-t-elle en inclinant légèrement la tête. Viens, Caleb, il a besoin de se reposer.

Regan recouvra rapidement la santé. Sirena remarqua aussi qu'il requérait de moins en moins ses services, alors qu'elle s'était occupée avec dévouement de ses affaires : transmettre des messages aux employés du bureau de la Compagnie, traiter les problèmes les plus urgents. Caleb lui avait raconté que Regan demandait chaque jour des nouvelles de la Sirène des Mers. Il s'était visiblement entiché de cette impitoyable piratesse, ce qui procurait un certain plaisir à Sirena. Elle s'appliqua cependant à masquer les ressemblances les plus évidentes entre elle et la Sirène. Elle avait définitivement adopté la rigoureuse coiffure du chignon sur la nuque et ses encombrantes robes noires, cette allure convenant à son attitude puritaine.

Lorsque Regan la dévisageait attentivement, Sirena baissait humblement la tête et sa mantille glissait sur ses joues, conférant un air mystérieux à son visage. Depuis son arrivée chez van der Rhys, elle avait d'ailleurs souvent expérimenté ce petit stratagème. Cependant, un frisson d'angoisse la traversait à chaque fois que Regan l'observait, tant elle craignait d'être découverte.

Regan, dont la blessure remontait à un mois, avait quitté la chambre depuis quelques jours et repris ses activités. Un après-midi, il avertit Sirena d'un dîner imprévu, que donnait Chaezar le soir même.

Sirena sourit à cette perspective, contente de sortir de la maison, après un long cantonnement au chevet de Regan. La soirée de Chaezar permettrait aussi à ses invités d'oublier les inquiétants grondements des Sœurs de Feu, qui duraient depuis plusieurs semaines. On parlait d'une éventuelle éruption et quelques familles avaient déjà quitté l'île, prétextant un besoin de changement. La vérité était que la plupart des habitants de Batavia étaient paniqués.

A l'heure convenue, Sirena rejoignit Regan dans le salon. Celui-ci lui lança un regard flatteur tandis qu'il lui offrait son bras pour l'accompagner au cabriolet. La jeune femme aurait pourtant souhaité porter une robe légère, aux vives couleurs, pour l'éblouir de sa véritable beauté.

— Quelle est la raison de ce dîner ? demanda Sirena, quand la voiture s'ébranla. Car il y en a certainement une...

— Ah, vous avez enfin compris que Chaezar ne fait rien sans intérêt.

— S'agit-il de la Sirène des Mers ? poursuivit la jeune femme, qui ne voulait pas débattre sur l'Espagnol.

— Oui, en effet. Elle doit être capturée et amenée à Batavia.

Le visage de Regan trahissait son envie de revoir la célèbre femme pirate.

— Comment comptez-vous y arriver ? Elle vous glisse toujours entre les doigts.

— Je n'en sais encore rien. Ce soir, nous déciderons du plan. Je ne comprends pas ses motifs. Elle aurait pu tous nous assassiner. Au lieu de cela, elle a laissé le brigantin regagner le port, parce que j'étais blessé et qu'il fallait un docteur. Si seulement je savais pourquoi elle pourchasse le Crochu, je pourrais peut-être mieux accepter ce chaos qu'elle a créé. Il y a une lueur dans ses yeux que je n'arrive pas à déterminer. Elle est possédée par la démoniaque fureur de dénicher le Crochu !

— Est-elle aussi belle qu'on le raconte ? le questionna Sirena en l'observant de biais.

— J'ai déjà vu beaucoup de femmes dans ma vie, répondit Regan, qui eut l'air de choisir ses mots. Mais la Sirène des Mers a quelque chose d'autre. Indomptable comme les flots où elle navigue, suffocante comme la chaleur tropicale, dangereuse comme la mousson. Sa beauté est un joyau rare. Le feu coule dans ses veines, l'amour court sur ses lèvres. Elle est unique !

Sirena sentit son cœur s'emballer. Regan avait parlé d'une voix chaude et troublée, le regard perdu au loin.

— Vous semblez épris d'elle, Regan, n'est-ce pas ?

Sirena l'invitait à continuer son rêve, oubliant que, pour lui, cette femme n'était pas Sirena.

Surpris, Regan se tourna vers elle.

— Vous êtes plutôt effrontée ! Étrange question d'une femme à son époux !

— Pas vraiment. Ce qui est étrange est que vous ne m'avez pas répondu !

L'arrivée chez Chaezar sauva Regan de son aveu.

Après un excellent dîner, Regan et Sirena, suivis de Gretchen et Chaezar, s'installèrent dans le salon. D'autres invités, des capitaines accompagnés de leur épouse, que Sirena reconnut vaguement, les rejoignirent. La pièce reflétait le goût particulier de Chaezar. Des tons bleu et jaune pâle dominaient l'ensemble. Des tables en teck et en ébène, des chaises dorées, aux pieds tournés, recouvertes de tissu damassé, rehaussaient le décor.

Gretchen était resplendissante, vêtue d'une robe décolletée en tulle argenté, avec une jupe d'un bleu scintillant. Comme lors du repas, elle manigança pour se placer à côté de Regan, prête à lui lancer de provocants sourires avec ses fossettes rieuses. Mais Sirena savait que Regan était hanté par la Sirène des Mers. En revanche, les regards compatissants que lui jetait Gretchen l'ulcéraient. Ses mains la démangeaient de lacérer la face de la blonde catin.

Chaezar s'avança au milieu de la pièce et leva le bras pour demander le silence.

— Madame Lindenreich a gentiment accepté de chanter pour nous ce soir. Nous discuterons plus tard de notre affaire. Gretchen, si vous voulez bien.

Simulant une soudaine timidité, Gretchen se laissa conduire par Chaezar jusqu'à l'épinette. Celui-ci s'assit pour en jouer. Ses doigts coururent sur les touches, attaquant une mélodie insolite mais agréable. Gretchen entonna une ballade en français, qui racontait un amour immortel entre une jolie fille des rues et un prince.

La jeune femme avait une riche voix de soprano, ample et claire. Sirena reconnut son talent. Personne ne disait mot. Tous les regards étaient concentrés sur la belle Gretchen, qui n'avait d'yeux que pour Regan.

Sirena s'imagina l'effet troublant qu'elle pouvait avoir sur son époux. Lentement, elle se retourna vers Regan. Il était confortablement affalé sur une chaise, les jambes déployées, un verre de cognac à la main. Un sourire en coin ornait sa bouche, tandis qu'il fixait l'aguichante veuve. Toute personne de l'assistance se sentait mise à l'écart par ces deux êtres. Gretchen lui avait-elle souvent chanté ses sensuelles mélopées dans leur intimité, lorsqu'ils étaient libres de s'y abandonner ?

Des messieurs remuèrent sur leur siège. Si avant le mariage de Regan, ils s'amusaient à se cogner les coudes et à sourire d'un air entendu des deux amants, la situation avait désormais changé. Cet insistant échange de regards entre Regan et Gretchen les mettait dans l'inconfort, notamment devant leurs épouses, qui allaient veiller à ne pas subir la même honte que cette pauvre Sirena. La vie risquait de devenir un enfer dans de nombreux foyers de Batavia.

Gretchen termina son récital, réjouie par les applaudissements et les compliments qu'elle reçut. Elle se tourna finalement vers Sirena, affichant un air glorieux.

— Vous avez une voix très agréable, dit celle-ci, véritablement honnête.

— Merci, répondit simplement Gretchen.

Puis elle chercha Regan, qui n'avait pas bougé, les yeux rivés sur son verre.

— Sirena, vous voudriez peut-être également nous

faire honneur ? demanda Chaezar, en s'approchant de la jeune femme.

— Oh non, j'en suis incapable, protesta-t-elle humblement, tandis que les invités l'y encourageaient.

Elle était sur le point de prétexter un mal de tête quand elle aperçut l'expression haineuse de Gretchen.

— J'aurai plaisir à jouer pour vous, finit par annoncer Sirena, avec un sourire à l'adresse de Chaezar.

L'Espagnol l'accompagna galamment au tabouret, près de l'épinette. La lueur de la lampe illuminait les traits fins de la jeune femme. Elle prit la guitare espagnole de Chaezar et fit vibrer les cordes, jouant un staccato pour vérifier l'accord des notes. Le public, attentif, la salua.

Sirena joua de nombreux morceaux de folklore. Les invités se mirent à frapper des pieds et des mains en cadence. La jeune femme marqua une pause, ils applaudirent. La tête penchée sur les cordes que ses doigts effleuraient, elle se concentra. Un silence envahit le salon. Soudain, une musique chargée d'émotion s'éleva dans les airs. Se plaçant devant la jeune femme, Chaezar mit un genou à terre et la dévora des yeux. Dès les premières notes, il avait reconnu le flamenco, cette musique qui nourrissait l'âme passionnée des Espagnols.

Peu à peu, la voix cristalline de Sirena emplit la pièce, elle chantait le flamenco avec ferveur. La sensualité de cette musique avait captivé l'auditoire. Chaezar était sous le charme, touché par le sens poignant des paroles. Tout en chantant, Sirena regardait son compatriote, qui semblait transporté à des lieues de là, reparti dans son Espagne.

Regan observa la scène. Intérieurement, il fulminait de rage. Pour qui se prenait cet Espagnol, agenouillé aux pieds de sa femme, comme un admirateur fanatique ? Et Sirena, habituellement si distante ! L'avait-elle trompé, en lui masquant sa véritable nature ? Était-elle aussi enflammée et romanesque que sa musique ? Regan haït Chaezar, devant qui se révélait Sirena.

Il avala d'un trait le fond de son verre et fronça les sourcils. Le cognac s'était réchauffé dans sa paume et lui procura une désagréable sensation. Ah, quelle soirée ! Trahi par ses amis, par sa femme et par l'alcool !

A la fin de sa chanson, Sirena releva la tête et chercha Regan. L'apercevant, elle comprit aussitôt le sentiment qui l'agitait. Chaezar et ses invités se rassemblèrent autour d'elle et lui firent leurs éloges, tous... sauf Regan.

La soirée se poursuivit et Sirena ne tarda pas à être agacée par la discussion, qui tournait uniquement autour de la Sirène des Mers. Elle croisait et décroisait les jambes sur sa chaise, nerveuse. Elle sentit une douloureuse tension dans ses reins. Son cœur se souleva en même temps que naissait un léger mal de tête. Au cours des semaines précédentes, elle avait souvent connu cet état, qu'elle expliqua par un manque d'air pur, puisqu'elle était restée auprès de Regan, alors alité. Si elle allait se rafraîchir, elle pourrait peut-être supporter la fin de soirée.

S'excusant, Sirena se dirigea vers un cabinet de toilette pour passer de l'eau de Cologne sur ses poignets et son cou. Tandis qu'elle lissait ses cheveux, Gretchen y entra à son tour.

— Vous l'avez fait exprès, n'est-ce pas ? siffla la blonde jeune femme.

— Fait quoi ?

— De m'humilier en grattant sur cet instrument ! Vous l'avez fait exprès ! Mais vous ne gagnerez pas, vous savez. Regan est à moi ! Depuis des années !

— Ah, je vois de quoi vous voulez parler. Vos chansons étaient un moyen de me provoquer. Il me coûte de devoir vous rappeler que Regan est mon mari. C'est à lui de choisir son épouse.

Sirena remarqua que son attitude placide irritait Gretchen.

— Il n'a jamais choisi de se marier avec vous, vous le savez. C'est un arrangement qui remonte à des années !

— Des contrats ont déjà été rompus pour des raisons bien plus banales. Si Regan vous avait vraiment désirée, il se serait débrouillé pour vous épouser. A présent, veuillez m'excuser, mais je trouve cette conversation de mauvais goût, fit Sirena en relevant ses jupes dans l'intention de partir.

— Je n'ai pas terminé! s'écria Gretchen, qui empoigna Sirena par le bras et la projeta en arrière.

— Ce geste était stupide, Gretchen. Si une dame était entrée ici, de quoi auriez-vous eu l'air ?

— Cela m'est complètement égal. J'ai autre chose à vous dire !

— Moi, je n'ai plus rien à vous dire.

— Vous êtes si calme, si confiante. Pourquoi donc ? Si j'avais un mari qui couche avec toutes les catins, d'ici à Cape Town, qu'elles soient blanches ou noires, je ne serais pas si fière.

— En quoi êtes-vous concernée ? Regan n'est pas votre époux.

— Il devrait l'être, mais à cause de vous...

— Je ne crois pas !

— Chienne !

Gretchen, haineuse, se jeta sur Sirena, qui perdit l'équilibre et heurta le mur. Elle se protégea aussitôt le visage contre les attaques de l'Allemande. Celle-ci lui griffa méchamment le bras et se prépara pour un nouvel assaut. Sirena chercha instinctivement son sabre. D'un geste brutal, elle écarta les mains de Gretchen et lui rendit la pareille. En la repoussant, elle lui agrippa les cheveux. Une poignée de sa crinière blonde lui resta dans la main. La porte s'ouvrit à ce moment-là sur Regan et Chaezar.

— Deux chattes en furie, dit l'hôte avec un large sourire. Qui a gagné ? Ah, Gretchen, ce n'est pas vous, dirait-on. Arrangez-vous, Mesdames, et retournons auprès des autres.

— Elle se débat comme une sorcière, cracha Gretchen. Regardez-la ! Elle a l'air d'une harpie !

Regan considéra son épouse. Comment avait-elle pu sortir vainqueur d'une lutte contre une panthère telle que Gretchen ? Son visage était livide, sa chevelure tout échevelée.

Regan passa le reste de la soirée à observer Sirena. Quelque chose en elle faisait palpiter son cœur à folle allure. Certes, il n'avait pas hésité à boire du délicieux cognac de Chaezar. Peut-être n'était-il pas non plus entièrement remis de sa maladie. Mais il ne pouvait s'empêcher d'imaginer le visage fermé et froid de son épouse sous les traits délicats et joyeux de la Sirène des Mers.

Lorsque Regan posait les yeux sur elle, Sirena sentait son estomac se nouer d'angoisse. Son époux semblait avoir percé le mystère de son identité.

La réception se termina aux alentours de minuit. Regan et Sirena partirent les derniers. Van der Rhys s'excusa poliment du comportement de son épouse.

— Personne ne doit s'excuser de ma conduite, l'interrompit vivement la jeune femme. Je n'ai fait que me défendre. Vos hommes se défendent contre la Sirène des Mers, je crois. Aurais-je dû laisser Gretchen m'arracher les yeux et la robe, comme elle s'y apprêtait ?

— Bien sûr que non ! dit Chaezar en s'inclinant. Vous n'aurez jamais à vous excuser de quoi que ce soit dans cette maison. Je réitère mon offre d'hospitalité. Venez déjeuner dans la semaine, si vous en avez l'autorisation, ajouta l'Espagnol en défiant Regan du regard.

— Vous avez décidé de ne pas prêter attention à mes avertissements, Chaezar, lança froidement Regan. Je ne veux pas vous insulter dans votre maison. Mais je vous ai déjà prévenu et je ne recommencerai pas. Madame est très occupée ces temps-ci.

— A quoi ? Je m'ennuie à mourir, avoua Sirena à Chaezar sur un ton désinvolte. Bientôt, vous apprendrez que Regan me promène en laisse...

Son rire cristallin s'envola dans la nuit. Regan retint sa respiration.

Le retour au domaine se fit dans un lourd silence, Regan bouillait de colère d'avoir ainsi été raillé. Si un jour, il avait la certitude qu'elle avait pris l'Espagnol pour amant, il la tuerait !

Dès qu'elle entra dans sa chambre, Sirena s'enferma. Elle ôta sa robe, puis enleva les épingles à cheveux. Un coup retentit à la porte. Serrant sa robe contre elle, elle s'approcha craintivement, espérant malgré toute attente que Juli venait pour la coiffer.

— Oui ?

— Ouvrez-moi, je veux vous parler.

— Je me prépare à me coucher, Regan, et je dois réciter mes prières, expliqua Sirena, qui maîtrisa son trouble.

— Si vous n'ouvrez pas, cette porte risque de tomber violemment ! Je compte jusqu'à cinq !

Sirena hoqueta. Mon Dieu, où étaient Caleb, Juli... quelqu'un ! Elle enfila sa robe et se débattit avec les boutons, qu'elle n'eut pas le temps de tous fermer. A quatre, elle se précipita pour ouvrir la porte.

Regan mesura la panique qui l'agitait. Pourquoi diable redoutait-elle son époux plus que ce mufle de Chaezar ? Excité par sa fureur et l'alcool, il franchit le seuil de la chambre et croisa les bras sur son large torse.

— La dernière fois que j'étais ici, Sirena, je vous ai posé une question et j'attends toujours la réponse. Je la veux maintenant !

Sirena prétexta ne pas s'en souvenir.

— Votre mémoire semble être très accommodante, comme celle de Chaezar. Il feint toujours l'ignorance quand je lui parle d'un problème.

— Regan, je ne sais pas à quoi vous faites allusion.

— L'Espagnol a-t-il été votre amant ? Ce soir, de nouveau, vous m'avez rendu ridicule, à jouer la coquette avec lui. Tout le monde l'a vu, Chaezar lui-même était aux anges. Je ne le tolère pas ! cria-t-il en s'avançant vers elle.

Apeurée, Sirena serra le corsage de sa robe, elle essaya de trouver le moyen de lui échapper.

— Répondez-moi, misérable ! Est-ce que Chaezar est votre amant ?

— Je ne vous répondrai pas, vous êtes saoul et vous ne savez pas ce que vous dites. Demain, vous aurez honte de votre conduite.

Le visage de Regan manifesta des signes d'incertitude. Qui était cette femme qui pouvait l'intimider comme un enfant ? Il l'attira brutalement contre lui.

— Je vous veux, murmura-t-il d'une voix pâteuse, ses lèvres cherchant celles de la jeune femme.

Sirena se débattit mais il la tenait dans ses bras puissants. Sans écouter ses protestations, il la souleva et la transporta sur le lit, en lui susurrant des mots indistincts. Il se mit à défaire les boutons de la robe.

— Je vous en prie, Regan, haleta Sirena, prise de vertige. Arrêtez-vous, ne faites pas cela ! Demain, nous ne supporterons plus de nous regarder !

Dans un moment d'oubli, Sirena se laissa aller aux émotions qui l'envahissaient. Elle se crut dans sa cabine, sur la *Sirène des Mers* entourée de brume. Elle se souvint alors de la cicatrice. Si jamais Regan la voyait, elle serait démasquée, son jeu terminé et perdu.

— Regan, il suffit ! s'écria la jeune femme en le repoussant.

Elle roula du lit pour le fuir. Regan ne dit rien, mais ses yeux parlaient à sa place. Elle était son épouse et il userait de ses droits maritaux.

Il s'approcha, titubant. S'il posait les mains sur elle, elle n'aurait jamais l'envie de lutter. Sirena recula, tâtonnant autour d'elle pour saisir une arme et écarter son ennemi. Sa main se referma sur une brosse à cheveux, au manche en argent.

— Pas un pas de plus, Regan ! le menaça-t-elle en levant la brosse.

Mais il avança, ôtant chemise et ceinture.

— Le diable vous emportera, espèce de crapule ! hurla-t-elle.

Regan s'avança, ses prunelles bleues étincelantes de désir.

— Vous n'êtes pas assez viril pour me séduire, alors vous pensez me violer ! Jamais ! Sale chien !

Regan s'avança encore.

La seule échappatoire pour Sirena était la porte. Regan s'en rendit compte. Gênée par ses longues jupes, elle trébucha mais se retint au bouton de porte.

D'un geste prompt, Regan lança sa ceinture autour du poignet de la jeune femme et la tira à lui. Une cruelle grimace déforma sa bouche. Il la traîna jusqu'au lit, auquel il l'attacha par un bras, avec le lasso confectionné en passant la sangle dans la boucle.

Essoufflée par ses efforts, Sirena était allongée sur le lit, guettant le prochain mouvement de Regan. Sans la quitter des yeux, il souleva le verre de la lampe de chevet et éteignit la flamme avec ses doigts.

Puis il s'approcha de Sirena, bloquant ses jambes batailleuses entre ses genoux. Nu, il s'affala sur elle et arracha sa robe. Malgré la résistance de la jeune femme, il fit courir ses mains sur son corps, ses doigts dans sa chevelure d'ébène, ses lèvres sur sa bouche close. De tout son poids, il l'écrasait sur le lit.

Les baisers effrénés de Regan couvraient son visage et sa gorge. Sirena sentit qu'elle ne leur restait pas indifférente. Elle ferma les yeux et, abandonnée à l'homme qui lui avait appris l'amour, elle imagina la senteur de la mer narguer ses narines.

Une vague de sensations troublantes inonda son corps. Elle s'arc-bouta contre son amant et répondit à ses caresses. A l'instant où elle crut mourir dans un tourbillon de désirs fous, elle l'entendit murmurer contre son oreille.

— Pas assez viril pour vous faire succomber ? Vraiment ?

Sirena pressa le visage de Regan contre le sien et dévora fougueusement ses lèvres.

25

Sirena sentit l'homme près d'elle s'étirer dans le lit. Il se leva et s'habilla avec des gestes lents, les yeux posés sur elle. La jeune femme, pour qui les souvenirs des heures passées étaient encore vivaces, se demanda s'il avait découvert son double jeu.

Même perdue dans les tourments de la chair, elle avait pris garde de ne pas dévoiler la preuve de son identité, sa cicatrice. Regan était ivre, d'alcool et de désir, il ne l'avait certainement pas remarquée.

Sirena eut un pincement au cœur quand il se dirigea vers la porte. Dans le faible rayon de lune qui pénétrait la pièce, il s'arrêta et se retourna sur elle. Sirena voulut crier, l'appeler pour qu'il revienne. Elle l'aurait bercé contre sa poitrine, en prodiguant des baisers de pardon.

Mais, calmant sa respiration, elle fit mine de dormir. Quand la porte se ferma, elle enfouit la tête sous les oreillers et pleura tout son soûl. Son corps se convulsait de ses pleurs déchirants.

Regan tendit l'oreille contre la porte pour s'assurer de ce qu'il avait cru percevoir. Il entra doucement et tressaillit en entendant les sanglots brisés. Il quitta l'endroit malgré lui. La peine sur les épaules, il partit dans son bureau. Il se servit généreusement un verre de rhum et regarda par les fenêtres. Un sentiment de colère et d'amertume, mêlé d'indignation, l'agitait. Au deuxième verre, son regard s'alluma d'un éclat meurtrier.

Caleb se réveilla brusquement, en nage, les cheveux ébouriffés. Tremblant de peur, il sauta du lit et se planta devant les fenêtres. Pourquoi avait-il fait ces rêves horribles ? Le dernier l'avait sorti de son sommeil, il en avait encore la chair de poule. Ils venaient de rentrer dans la crique, avec la *Sirène des Mers*, quand Sirena le héla pour lui montrer son bras. C'était en réalité celui de Regan, qui poussait sur son épaule et était ouvert jusqu'à l'os. Sirena lui demandait de l'aider à refermer la plaie en serrant avec son chapelet. Il avait hoqueté de frayeur devant les perles couvertes du pus qui s'écoulait de l'entaille. Un des marins hurla du haut des haubans que le Hollandais venait récupérer son bras. Caleb sursauta dans son lit à ce moment-là.

L'aube allait bientôt pointer. Caleb n'arrivait pas à se rendormir. Le gazouillis de son estomac le fit se décider. Il passerait prendre fromage et fruits aux cuisines, avant d'aller faire un tour au port.

Il enfila ses habits à toute vitesse, puis descendit l'escalier à pas feutrés. Dans le couloir sombre, il aperçut un faisceau de lumière passer sous la porte du bureau de Regan. Était-il en train de travailler, ou ne trouvait-il pas le sommeil ? Il eut envie de lui proposer de discuter. Caleb entra sur la pointe des pieds dans la pièce et s'arrêta net. Regan était étalé dans un fauteuil, derrière sa table de travail, et tenait une bouteille de rhum.

— Qu'est-ce que tu fais debout à cette heure-ci, Caleb ? lui demanda celui-ci en articulant difficilement ses mots.

— Je ne pouvais pas dormir. Il fait trop chaud et j'ai fait un cauchemar. J'avais l'intention de descendre au quai. J'ai faim aussi. Voulez-vous quelque chose à manger ? fit le garçon, qui considéra la bouteille.

— Ce n'est pas manger dont j'ai besoin. Assieds-toi et parle-moi.

— Vous avez un problème ? C'est par rapport à la Compagnie peut-être, parce que je vois tous ces papiers sur votre bureau.

— Il y en a, oui, répondit Regan en buvant une lampée de rhum. Vois-tu ce parchemin ?

— Oui. Qu'est-ce que c'est ?

— La copie de mon contrat de mariage avec ta sœur, expliqua-t-il tandis qu'il fouillait parmi le tas. C'est la première fois que j'y jette un œil. Je n'y ai jamais fait attention avant. Ce mariage, je n'en ai pas voulu.

Il se mit soudain à rire et agita dans les airs papiers et bouteille.

— Vois-tu ce contrat ? Je ne l'ai pas encore lu, à cause de cette damnée écriture espagnole ! Lis-moi ce qui est écrit !

Regan attendit que Caleb commence la lecture. Il voulait entendre les mots qui légitimeraient sa conduite de la veille, puisque ces mots certifiaient qu'il était l'époux de Sirena.

La peur prit Caleb au ventre. Il connaissait le contenu du contrat et le nom qui y était apposé.

— Lis-le ! dit Regan en lançant le papier sur le bureau.

Par maladresse, il renversa du rhum dessus. Il rit. Caleb ramassa le papier et le secoua.

— Je suis désolé, dit le garçon, mais c'est difficile de déchiffrer à cause de la tache.

— Débrouille-toi, gronda Regan, Lis-le-moi !

— Il est dit... que Sirena Elena Esthera Ramos y Cordez, lit Caleb, qui substitua le nom de Sirena à celui de sa sœur, fille aînée de Don Antonio Cordez Savars, est promise ce jour à Regan Pieter van der Rhys. Il est dit... que les parents des deux parties acceptent cette union, qui lie ces deux vénérées familles et qu'ils en sont honorés. Ensuite, il s'agit des arrangements financiers.

— C'est ce qui est dit ? demanda Regan, en riant grassement.

— Oui. Dois-je ranger le contrat ?

— Ne le range pas, jette-le ! Un jour, il sera remplacé par celui d'un divorce !

— Pourquoi feriez-vous ça ? s'inquiéta le garçon.

— Pourquoi ? Parce que je pourrais bien y venir, voilà pourquoi.

Regan essuya d'un geste hargneux son menton, où coulait du rhum. Son sentiment de culpabilité envers Sirena persistait, bien qu'il ait entendu de vive voix qu'elle était sa femme devant la loi.

— Tu as devant toi un homme brisé. Cette maudite Sirène est en train de me ruiner. J'ai perdu la face devant mes hommes, vaincu par une femme, qui m'a presque tué. Et... je ne suis même plus un homme de parole. Aujourd'hui, pour la première fois de ma vie, j'ai rompu une promesse.

— Ce n'est pas très grave, Regan. Le problème doit pouvoir s'arranger. Vous n'avez pas toute votre tête pour réfléchir, mais demain vous verrez les choses autrement.

— Quand un homme perd son honneur, il ne lui reste plus rien, dit van der Rhys entre deux hoquets.

Regan avait l'air véritablement malheureux, Caleb s'approcha de lui en un mouvement et s'agenouilla.

— Regan, qu'est-ce qui vous fait penser qu'il n'y a pas de solution ?

Le garçon avait envie de le réconforter, mais ne savait que faire ou dire.

— En parler me rend... Va me chercher une bouteille. Je ne veux pas parler de mon déshonneur.

Caleb déboucha la bouteille et la tendit à Regan, qui avala goulûment le liquide.

— Si vous laissiez aller vos pensées, cela irait mieux.

Le Hollandais regarda son jeune beau-frère et fronça les sourcils. Il tendit la main pour lui caresser les cheveux. L'attirant plus près de lui, il se mit à raconter d'une voix claire.

— Tu peux sans doute comprendre, tu es presque un homme. J'avais donné ma parole à ta sœur que notre union n'en serait une que par le nom. Cette nuit, j'ai abusé d'elle comme un fou. J'étais un animal. Et je suis partagé en deux. La Sirène des Mers a d'abord hanté mes pensées. Je la sens en moi, dans mon corps. Elle ne me quittera jamais. Et puis, aujourd'hui, il y a ta sœur — ma femme. Au fur et à mesure que les semaines passent, je me rends compte de choses en elle qui me plaisent. Peu à peu, elle m'envahit, plus que je ne le supposais. Je suis écartelé entre deux femmes.

— Mais la Sirène des Mers a voulu vous tuer ! Comment pouvez-vous l'aimer ? le questionna Caleb, essayant de lui faire oublier sa comparaison.

— Elle aurait pu mais ne l'a pas fait. Je crois que j'ai compris ce qui l'animait. Elle porte en elle le feu de la vengeance, comme moi. Je sais que je ne ressusciterai pas ma première femme. Et mon fils... je ne sais pas s'il est mort ou vivant. S'il est en vie, je ne peux qu'espérer que l'on prenne soin de lui et qu'il soit heureux. C'en est terminé de ma vengeance, pour toujours. La Sirène des Mers m'a appris cela. J'ai vu le mal que ce désir de revanche lui a fait, ce qu'il m'a fait. Un jour, elle trouvera sa proie et sera enfin en paix. Jusque-là, elle n'abandonnera pas. Je respecte sa détermination.

— Si vous l'attrapez, que lui ferez-vous ? osa demander Caleb.

— Je ne sais pas. Peut-être la tuerai-je, pour avoir l'esprit débarrassé d'elle. Cette femme ne pourra jamais m'appartenir. Elle est libre comme le vent et les océans. Je doute qu'il y ait un homme sur terre capable de l'apprivoiser et de la garder.

— Je crois que vous avez ce pouvoir, Regan. Vous pouvez la capturer et la rendre amoureuse.

— On ne peut pas tricher avec l'amour de quelqu'un. Et d'un autre côté, ta sœur est là. Elle est en train de me posséder comme la Sirène des Mers.

Caleb était calme, il ressentait une agréable sensation, tandis que Regan passait sa main sur sa petite tête brune, tout en parlant. Le garçon avait l'impression d'avoir un père.

— Qu'allez-vous faire maintenant ?

— Je vais dormir à présent. Et toi, mon garçon, va te restaurer et te promener. Mais avant que tu t'en ailles, je veux te faire un cadeau. Ouvre le tiroir du bureau. Ce qu'il y a dedans est pour toi.

Caleb s'exécuta et en sortit la maquette du *Tita*.

— Regan, vous voulez me la donner ? demanda le garçon, le regard pétillant de joie. Mais je ne peux pas l'accepter. C'est la seule chose qu'il vous reste de votre famille.

— C'est la raison pour laquelle je te la donne. Je n'ai pas besoin de me torturer tous les jours, à la regarder. As-tu entendu quand je t'ai dit que j'avais tiré un enseignement de la Sirène des Mers ? La vengeance n'a pas sa place dans notre monde. C'est fini. Le *Tita* est à toi. Que penses-tu de la sculpture sur la proue ?

Avec précaution, le garçon retourna le bateau. Il ouvrit des yeux ronds quand il la vit.

— C'est merveilleux. Est-ce votre femme ? C'est le même homme qui a sculpté la figure du *Java Queen*, n'est-ce pas ?

— Le même. Tita était la plus belle femme de l'île quand je l'ai épousée. La ressemblance est parfaite.

— Elle a l'air... on dirait quelqu'un que... murmura Caleb, qui secoua la tête, incapable de se souvenir. J'en prendrai soin. Merci, Regan.

— Pas besoin de me remercier, mon garçon. Je voulais que cela t'appartienne. J'espère qu'elle t'amènera du bonheur. Pour moi, elle n'a signifié que douleur et vengeance. Allez, file te remplir l'estomac. Je l'entends rugir.

Regan se tassa dans son fauteuil et massa ses tempes. Il avait besoin de dormir, il avait l'impression d'avoir le cerveau en feu. D'un grand geste, il rassembla les papiers éparpillés, qu'il glissa négligemment dans un coffre. A quoi bon les regarder à nouveau et se tourmenter encore ? Le garçon lui avait lu ce qu'il voulait entendre.

26

Chaezar s'appuya contre le dossier de la chaise et croisa les jambes, tenant un cigare entre ses doigts avec nonchalance. Il contemplait la jeune femme assise en face de lui.

— Votre beauté me laisse sans voix, dit-il suavement.

Sirena observait avec fascination les mouvements caressants de sa main sur sa barbiche. Était-il aussi sensuel avec une femme, se demanda-t-elle. Elle se renversa dans son fauteuil dans une pose alanguie.

— Je suis touchée par votre compliment, Chaezar. Mais n'est-il pas vrai que les Espagnols savent apprécier la beauté ?

Sirena se sentait étrangement détendue. Et si... belle devant Chaezar, qui arborait un sourire troublant. Était-ce le vin ? Elle se laissa bercer par les chaudes tonalités de sa langue maternelle. Un bel homme, un vin excellent... Une réflexion de Chaezar la tira de ses pensées perverses.

— Je vous ai désirée au premier regard que j'ai posé sur vous. Vous êtes la plus sublime des femmes que j'ai rencontrées. Ne me résistez pas, délicieuse créature. Je vous veux. Divorcez de Regan ! Je vous emmènerai dans un endroit magnifique, où nous vivrons dans la luxure et la richesse. Je vous chérirai comme un trésor rare.

Sirena fut sous le choc. Que devait-elle répondre ?

— Chaezar, voyons. Vous courtisez la femme d'un autre.

Elle ponctua sa réponse d'un gloussement et but une gorgée de vin. Ses paupières étaient lourdes. Elle secoua la tête avant de poursuivre d'une voix posée.

— Je vous trouve très... charmant. Lorsque nous discutons ensemble, je me sens à l'aise. J'apprécie l'amitié que vous m'avez offerte. Cependant, je ne crois pas que Regan sera prêt à m'accorder le divorce. Je sais parfaitement qu'il va s'amuser ailleurs. Mais il ne concevra certainement pas une séparation. Quant au badinage amoureux, je n'y suis pas insensible, dit-elle avec malice. Mais quand j'y serai disposée, s'empressa-t-elle d'ajouter en remarquant le regard libidineux de l'Espagnol.

— Je ne veux pas vous presser à prendre une décision que vous ne pourriez pas assumer.

Chaezar se leva et plongea ses ardentes prunelles noires dans celles de Sirena. La jeune femme sentit son cœur marteler sa poitrine. Elle cligna des yeux. Chaezar l'aida à se mettre debout, la soutenant d'un bras. Que lui arrivait-il ? Pourquoi était-elle si faible, et son esprit embrouillé ? Et quelle étrange façon avait Regan de la dévisager. Non, ce n'était pas Regan, mais Chaezar. Elle passa la langue sur ses lèvres desséchées, sa vue se troublait. Elle connut soudain une sensation inexplicable. Elle eut envie d'enlever ses habits et de se montrer nue à Regan. Aimerait-il son corps ? Mais... Regan n'avait pas le physique de l'homme qu'elle distinguait vaguement à côté d'elle. Et d'ailleurs, depuis quand parlait-il couramment l'espagnol ? Il avait peut-être voulu lui faire plaisir en apprenant sa langue. Non, ce n'était pas le genre de son époux. Que se passait-il ? Sirena eut alors l'impression d'être soulevée de terre et transportée hors du salon. Un souffle chaud courait sur sa nuque, des murmures se glissaient au creux de son oreille. Ses vêtements lui brûlaient le corps. Elle voulut les arracher. A cet instant, elle se rendit compte qu'elle se trouvait dans une pièce plongée dans une légère obscurité.

A son soulagement, il la déshabilla. Elle se débattit avec les boutons de sa robe, pressée d'être nue. Puis elle accueillit dans ses bras l'homme qui se tenait devant elle. Avec douceur, il la coucha sur le lit et la chevaucha aussitôt. A ses lentes caresses, elle répondit par des gémissements, qui s'intensifièrent au rythme des mains frénétiques qui se mirent à pétrir son corps. Son désir, jusqu'alors retenu, explosa. Elle se contorsionna sur le lit, impatiente...

Des rayons de lumière inondaient la chambre, réveillant peu à peu Sirena. Elle s'étira tandis qu'elle regardait autour d'elle. Où était-elle ? Ahurie, elle s'assit d'un bond dans le lit et examina à nouveau la pièce. Les souvenirs lui revinrent en mémoire. Réalisant sa nudité, elle tira le drap sur elle et poussa un cri d'effroi. Mon Dieu, avait-elle... ? Elle attrapa l'oreiller et y enfouit son visage. Le puzzle se reconstituait à présent. L'Espagnol... comment avait-il pu ? Et elle... ? Le vin ! Après avoir bu son verre, elle avait commencé à se sentir mal... le vin contenait certainement une drogue...

Des larmes brouillèrent sa vue quand elle pensa à sa conduite débauchée. Comment le Dieu miséricordieux avait-il laissé une telle chose se produire ? murmura-t-elle. Elle regarda son corps nu, qui l'avait trahie. Ses yeux émeraude étincelèrent soudain de haine. Les hommes se comportaient comme des animaux sauvages, guidés par leurs seules pulsions. Et ce Dieu l'avait-il mise sur terre pour éveiller sans cesse leur désir ? Après Regan, Chaezar, qui la droguait pour abuser d'elle... Elle fut prise de panique tandis qu'elle s'habillait. Qu'allaient penser les domestiques ? Quelle remarque lui lancerait Frau Holtz à son retour ? Elle devait s'être absentée un certain temps. Et ce vil Espagnol, qui avait disparu, sans doute pour lui éviter l'humiliation, comment allait-il la considérer par la suite ?

Dans sa précipitation à s'enfuir, Sirena s'égara et se retrouva dans une pièce où s'amoncelaient divers objets, soigneusement exposés. Les trésors de Chaezar. Malgré son empressement, Sirena s'arrêta devant le somptueux étalage. Connaissant le penchant du maître des lieux pour le luxe, elle ne s'étonna point de voir des rangées de verres en cristal, des figurines chinoises en jade finement sculptées, des services à thé ouvragés, qui venaient des Indes, ou encore des poteries décorées de pierres précieuses d'Afrique du Nord. Sirena imagina la tête de Chaezar, irrité de découvrir qu'il n'avait pas fermé sa caverne d'Ali Baba.

Alors que Sirena s'apprêtait à tourner les talons, un objet attira son attention. Abasourdie, hoquetant d'effroi, elle s'avança vers l'étagère basse où il était placé. Elle refusait de croire la réalité. Hypnotisée, elle prit l'objet et le tourna entre ses mains. Il s'agissait bel et bien du crucifix d'Isabel! Ses initiales étaient gravées sous le pied de la croix — I.T.C. : Isabel Theresa Cordez.

La conclusion s'imposa tragiquement à elle. Regan avait reçu le chapelet de perles naturelles lors d'un pari. Un pari avec Chaezar! C'était Chaezar, et non Regan, le meurtrier d'Isabel et de l'Oncle Juan!

Elle avait failli ôter la vie d'un innocent! Elle avait failli tuer Regan! Les infâmes bandits qui avaient attaqué *La Rana* étaient en vérité à la solde de Chaezar et avaient obéi à ses ordres. C'est pourquoi Regan avait été si surpris de la voir régler son compte à Dick Blackheart!

Grâce à Dieu, elle n'avait pas accompli sa vengeance. Et elle n'aurait plus à agir contre sa volonté : tuer l'homme qu'elle aimait. En aurait-elle été capable? Non! La mort de Regan aurait signifié sa propre mort, lui cria son cœur désespéré. Car sans équivoque, elle était amoureuse de lui! Follement!

La jeune femme regarda de nouveau le crucifix en or massif et en nacre. Elle eut envie de l'emporter, écœurée de le savoir dans cette maison, comme un des trophées de Chaezar. Il était pourtant hors de question d'attirer la suspicion de l'Espagnol. Elle devait avant tout décider de représailles contre ce méprisable individu.

D'un pas assuré, Sirena pénétra dans le vestibule de la maison de Regan et tomba nez à nez avec Frau Holtz. La vieille intendante ne manqua pas de remarquer l'étincelante lueur au fond de ses yeux verts et l'arrogance de son menton. La jeune femme ressemblait presque à une chatte comblée... Elle était partie depuis plus de quatre heures. Un déjeuner respectable durait en principe bien moins longtemps.

Le regard accusateur de la vieille femme n'échappa point à Sirena.

— Il fait une si belle journée que j'en ai profité pour aller au port voir le nouveau bateau de Monsieur. Vouliez-vous dire quelque chose, Frau Holtz ? Sinon, vous pouvez retourner vaquer à vos activités.

Une histoire inventée... Elle parierait jusqu'à son dernier sou que Sirena n'avait jamais été au port, ce jour-là ou n'importe quel autre jour. Quel genre de religion pratiquait cette Espagnole ? Des heures passées un rosaire à la main contre des heures passées seule chez l'Espagnol ! D'ici peu, elle ferait encore retraite dans sa chambre, pour prier on ne savait quel saint ! Que dirait Monsieur s'il était mis au courant de cette escapade ? Un sourire enjoliva l'austère visage de l'intendante, qui imagina le courroux du maître.

Sirena enleva rageusement sa robe et la jeta dans un coin. L'expression hostile de Frau Holtz dansa devant ses yeux. L'intendante semblait avoir percé le secret de son âme. Sirena frappa du pied. Comment avait-elle pu laisser l'Espagnol toucher son corps ? La drogue n'excusait rien. Chaezar allait-il la faire chanter par la suite ? Car son seul but était de ruiner Regan ! Elle avait été stupide ! Mais Chaezar payerait, qu'il soit son compatriote ou non ! Elle se campa devant les fenêtres, fixant le luxuriant jardin. Caleb irait aux quais glaner des renseignements sur les activités de l'Espagnol. Et elle trouverait le moyen de se venger, rien ne lui barrerait la route !

Son envie d'assassiner ce butor fut si forte que ses mains en tremblèrent. Elle les imaginait autour de son cou, serrant jusqu'à rendre son visage rouge d'asphyxie. Puis elle relâcherait sa pression, il chercherait de l'air, et de nouveau elle refermerait son étau, jusqu'à ce qu'éclatent ses poumons. Sirena se jeta sur le lit et déversa tout son chagrin.

— Où est Regan en ce moment ? demanda Sirena à Caleb, qui semblait préoccupé.

— Il est allé dans les îles intérieures pour affaires. Il sera absent pendant dix jours.

— Dix jours ! Et tu ne me l'as pas dit ! Pourquoi ?

— Il est parti ce matin seulement. Oh ! Sirena, non, s'il te plaît ! Laisse-le. Tu as fini par le ruiner. Cela suffit bien.

La jeune femme examina Caleb avec calme.

— Je comprends ce que tu ressens. Et je crois aussi que tu ne me racontes pas tout ce que Regan te confie. Mais d'accord, je t'ai dit que je comprenais. A présent, c'est au tour de l'Espagnol. Chaezar a quitté le port il y a deux jours avec une escorte de trois navires. Cette fois, puisque je n'ai pas d'idée quant à notre retour, nous prétexterons une visite chez un ami de mon père sur une autre île. Personne ne pourra le contester. Fais-le savoir à Frau Holtz. Et si elle te demande quand nous rentrerons, réponds-lui que nous reviendrons lorsque nous en aurons envie, ni plus, ni moins. Nous irons au port en voiture et nous la laisserons là-bas, par sûreté. De là, nous prendrons les chevaux pour rejoindre la *Sirène des Mers*. Nous partirons dès la nuit tombée. Et je te promets de n'attaquer aucun navire hollandais.

Les jours se succédèrent de façon identique. La *Sirène des Mers* attendait à l'abri d'une crique le passage d'un bateau. S'il naviguait sous pavillon espagnol, elle sortait de sa cachette et en un clin d'œil le réduisait à néant. L'équipage du navire défait se sauvait dans les chaloupes tandis que la frégate rentrait à son poste d'observation.

Le soir du dix-huitième jour, Sirena donna ordre de déployer les voiles et de faire route vers le détroit. Ils rentraient.

— Seize vaisseaux de la flotte espagnole au fond des mers. C'est un joli nombre, petit frère. Presque un par jour.

— Mais tu n'as toujours pas trouvé l'homme au crochet.

— Je l'aurai. C'est une question de temps.

— Nous n'allons pas tarder à gagner l'embouchure de la rivière, cria Jan.

— Navire en vue !

Sirena pivota et aperçut les deux mâts dans le soleil à son zénith.

— Quel pavillon bat-il ?

— Hollandais !

— Sois tranquille, Caleb. J'ai donné ma parole de ne pas m'en prendre à Regan. C'est l'Espagnol qui est responsable de notre malheur et de la mort d'Isabel et d'Oncle Juan. Poursuivons droit devant, toutes voiles dehors, ordonna-t-elle.

— Et s'ils font feu sur nous ? demanda craintivement le garçon.

— Une promesse est une promesse, pourtant, que veux-tu que je fasse ?

— Fuir !

— Je ne fuis jamais, devant aucun navire. J'ai dit que je n'attaquerai pas et je tiendrai parole. Tu ne m'as pas répondu. Que ferais-tu à ma place ? Réfléchis bien, petit frère. De ta réponse dépendent nos vies.

— Nous tirerons seulement si nous sommes attaqués, conclut Caleb en hochant la tête.

— Ils nous ont dans leur mire, annonça Jan. Je vois leur canon à bâbord.

Trois détonations successives déchirèrent l'air. Les ponts de la frégate volèrent en éclats.

— Feu ! cria Sirena.

Malheureusement, la *Sirène des Mers* avait été gravement touchée. Dans un effort désespéré, elle tenta d'échapper au brigantin hollandais. En vain. Celui-ci fonçait sur la frégate, où les flammes commençaient à se propager.

— Eh bien, nous nous rencontrons de nouveau, dit le capitaine van der Rhys, comme son navire abordait la *Sirène*.

La lueur de moquerie dans ses yeux bleus céda vite le pas à la tristesse.

Sirena le fixa intensément, espérant effacer sa peine. Mais elle se sentit impuissante, plus désarmée encore par l'amour qu'elle éprouvait pour cet homme que par une défaite. Elle était prisonnière de cet amour mais se garderait de le montrer. Une dernière fois, elle devait jouer son rôle de Sirène des Mers. Le regard narquois de Regan l'avait blessée plus profondément que la lame effilée d'une épée. Mais celui-ci ne savait rien de la turbulence de ses sentiments.

— Vous semblez avoir perdu le goût de la bataille, Capitaine van der Rhys. Je suis moi aussi fatiguée de ce massacre. J'étais sur le chemin du retour et je n'avais pas l'intention de vous attaquer. Nos deux navires ont sérieusement été atteints. Car votre brigantin n'est pas en meilleur état que ma frégate. S'ils ne sont pas vite réparés, ils sombreront dans quelques heures. Qu'en dites-vous ? Je peux continuer ma route avec mes hommes ou je peux me battre jusqu'à la disparition de l'un de nous. A vous de décider.

— Il n'y a aucune raison de combattre, Sirène des Mers. J'étais parti à la recherche du pirate au crochet. Je l'ai déniché sur une des petites îles. Il est à bord et je le ramène à Batavia pour qu'il soit jugé et condamné.

— Vous avez cet homme ? demanda Sirena, le regard aussi sombre que des flots tumultueux.

— Ce prisonnier est à moi.

— Il m'appartient, remettez-le-moi ! cria-t-elle, sa vengeance ayant balayé tout attendrissement. Cette fois, je ne vais pas me mettre à genoux devant vous !

— Aucun de nous n'est apte à juger cet individu. Laissons la justice faire son travail.

— Je suis son seul juge et je le condamnerai ! Je ne peux pas abandonner maintenant, après la chasse que j'ai menée. Donnez-moi cet homme. Si vous acceptez, je vous promets que vous n'entendrez plus jamais parler de moi.

Regan fronça les sourcils.

— Dites-moi pourquoi vous le voulez et j'en déciderai.

— Je ne vous dirai rien. J'avais l'avantage, mentit Sirena avec effronterie. Ce problème me concerne, moi seule. Si vous me laissez le Crochu, vous pourrez partir sains et saufs, vous et votre équipage. Si vous vous y opposez, cria-t-elle, je vous passe mon épée à travers le corps. Hâtez-vous de répondre, car je n'ai aucune patience aujourd'hui.

Les deux capitaines s'affrontaient du regard, Regan campé à l'arrière du navire, et Sirena, debout à la proue de la frégate. S'il lui livrait le pirate, elle relâcherait sans doute ses gardes. Il en profiterait pour l'attaquer et ramènerait ainsi à Batavia le Crochu et la Sirène des Mers.

— Alors ? cria Sirena.

Regan acquiesça d'un signe de tête. Il lança un ordre et le pirate fut amené près de lui.

— Donnez-lui un sabre et qu'il vienne ici, dit la jeune femme, jubilant de tenir sa proie à sa merci.

— Non, Capitaine ! Non ! Quartier ! Quartier ! hurla le Crochu.

— Comment ? éclata de rire Sirena. Pourquoi ce peureux beugle-t-il comme un veau, alors qu'il ne sait pas ce qui va lui arriver ?

La jeune femme se jucha d'un bond sur un coffre, tenant son sabre négligemment. Effrayé, le Crochu tenta de s'éloigner de Regan. Mais celui-ci l'empoigna et le poussa vers le bastingage, l'obligeant à sauter sur la frégate.

Sirena l'accueillit par la pointe de son sabre dirigée sur son ventre.

— Pas un geste ! Capitaine van der Rhys, vous feriez mieux d'ordonner de descendre les chaloupes et que vos hommes grimpent dedans, avant que j'oublie ma généreuse proposition. Et vous les suivez, bien entendu ! Autrement, ma menace tient toujours. Il est vrai que si votre navire était rapidement épontillé, il pourrait être sauvé. Mais je préfère le voir couler. Soyez brave. A une prochaine rencontre !

La jeune femme s'élança de son perchoir avec la rapidité d'une panthère et fit tournoyer son sabre au-dessus de sa tête. Le vent soulevait les cheveux raides et gras de l'homme terrorisé en face d'elle. Il leva son arme pour parer le coup.

Sirena frappait de tous côtés, sans répit. Le pirate se défendait vaillamment mais ne surpassait pas son adversaire. Cette femme était animée d'une haine implacable et maniait son sabre avec une adresse que Regan n'avait encore jamais vue. Elle se glissa sur la gauche et abaissa son arme, entaillant la botte du pirate jusqu'à ses orteils. Relevant vivement son bras, elle lui trancha l'oreille, qui roula sur le sol. Sirena l'embrocha sur sa lame et nargua l'homme avec son trophée.

— Tu saignes comme un cochon égorgé ! lui cria-t-elle. Ta tête est pleine de sang. Tu m'écœures. Finissons-en ! Ce jeu ne me plaît plus !

Le bruit du fer croisé reprit. Sirena portait de vives estocades, rassemblant ses forces dans cet ultime assaut. Une botte précise fit tomber le sabre du pirate. Traversant la manche de sa chemise avec son arme, Sirena épingla le Crochu contre un mur.

Il la fixa d'un regard apeuré. Puis ses yeux affolés appelèrent à l'aide les hommes autour de lui. Mais personne n'intervint.

— Pourquoi voulez-vous me tuer ? pleurnicha-t-il. Qu'est-ce que j'ai fait ? J'ai fait mon travail et j'ai pris mon argent.

— Et d'autres choses en même temps, dit Sirena d'un ton glacial. Je veux t'entendre prononcer le nom de celui qui t'a employé quand tu naviguais avec Blackheart ! Vous avez attaqué une frégate espagnole, *La Rana*, tué l'équipage et violé les femmes. Et toi, tu as massacré une de ces femmes, avec ton sale crochet. Tu l'as ouverte de la gorge au nombril. Tu t'en rappelles ? Le nom de cet homme ! Maintenant !

— Chaezar, Señor Chaezar Alvarez !

— Je le savais. Mais je le voulais de ta bouche !

— Que voulez-vous de moi ? gémit le pirate.

— Je veux que tu pries.

— Quoi ? Vous dites... ?

— Prie ! Je veux t'entendre prier !

— Je... je ne sais pas comment...

— Tu as intérêt à apprendre en vitesse. Je ne vais pas te le dire deux fois. Prie !

Sirena lui picota le bras avec son sabre tandis qu'il s'exécutait.

— Notre Père...

— Continue !

— Notre Père...

— Tu te répètes ! Dépêche-toi ! se fâcha Sirena, en portant une botte féroce.

L'homme se mit à saigner du bras.

— Notre Père, aidez-moi...

— Il ne semble pas t'écouter. Plus fort ! Où est ce Dieu que tu appelles ? Il ne répond peut-être que si l'appel est sincère. Essaie encore, à genoux cette fois ! Et clairement ! Je veux que tout le monde sur ce bateau entende tes prières ! s'écria-t-elle en frappant à nouveau sur la blessure du pirate, d'où ruissela du sang. Je veux que mes hommes entendent tes prières comme tes compagnons ont entendu les plaintes de ma sœur, quand tu l'as violée et assassinée !

— Dieu tout-puissant, geigna l'homme, aidez-moi, ne laissez pas cette sorcière me tuer ! A l'aide !

— Pour des raisons obscures, ce Dieu ne s'intéresse pas à toi, plaisanta cyniquement la jeune femme. Pourquoi, à ton avis ?

— Ne me tuez pas !

— C'est moi ton Dieu ! Supplie-moi !

Elle sortit de la poche de sa culotte son chapelet de perles. En un mouvement, elle le passa autour du cou du Crochu.

— J'attends !

— Mon Dieu, venez-moi en aide, l'implora-t-il.

— Oui, je vais te soulager de ce calvaire, comme tu as soulagé ma sœur.

Un méchant coup de sabre heurta l'épaule du malheureux. Le bruit de l'os qui se brisa sous la force de la lame résonna sur le pont.

— Prie ! lui ordonna la Capitana d'une voix lugubre.

— Marie, mère de Dieu...

Crac ! Le sabre s'était de nouveau élevé dans les airs.

Le visage de l'homme se convulsa de douleur quand Sirena frappa une troisième fois.

— Tuez-moi ! gronda l'homme. J'ai trop mal !

— Rendez-le à ses compatriotes. Jetez-le sur le brigantin.

Ses hommes le soulevèrent par les aisselles et le hissèrent sur le pont ennemi. Sirena n'oublierait pas de sitôt les atroces hurlements du Crochu. Il y eut soudain un vacarme infernal — Regan et ses hommes venaient d'envahir la frégate.

— Vous avez fait une seule erreur, ma belle Sirène, se moqua Regan. Vous étiez si occupée par votre vengeance, que vous avez cru que nous allions vous obéir... après le saccage de mon navire. Les rôles sont inversés maintenant !

D'une voix puissante, il donna ordre à son équipage d'enfermer les marins de la frégate dans les soutes. Sirena était sans défense.

— Retournez au bateau. Bouchez les brèches le mieux possible et attachez-le solidement, lança Regan à quelques marins. Vous avez moins d'une heure. Au travail, garçons ! Quant à nous, Sirène, allons discuter dans vos quartiers.

— Ne me touchez pas ou je vous tue ! cracha Sirena avec un regard de feu.

— Avec quoi ? C'est moi qui ai votre sabre.

Sirena suivit le capitaine dans sa cabine. Elle le défia devant la porte.

— Allons-nous recommencer votre jeu vicieux ? Allons-nous faire l'amour ici sur cette couchette, ou bien sur le pont, tel l'animal qui vous habite, pour que tout le monde nous voie ? Il faudra me violer, car jamais je ne me donnerai à vous de mon plein gré. Je suis arrivée à la fin de ma mission, je suis vide de tout sentiment. J'ai trouvé ce que je cherchais. Vous recevrez de l'argent, à votre banque, pour les dommages que vous avez subis par ma faute. Faites ce que vous avez à faire à présent.

Regan lui jeta son sabre. Elle caressa des yeux la fine lame, puis le mit dans son fourreau.

— Je vous ai dit que j'étais fatiguée de tout cela. Je ne me battrai plus.

— Les rôles ont changé, vous êtes à ma merci mais vous n'avez même plus envie de m'affronter ! remarqua Regan en riant grassement.

— Pensez ce qu'il vous plaît, je suis lasse. En ce moment, je me moque du viol ou de la mort.

Regan eut une mine renfrognée. Elle ne mentait pas. L'étincelle de malice qu'il y avait parfois dans ses yeux verts s'était transformée en une lueur sombre et morne...

— Et si je vous ramenais à Batavia !

— Eh bien, faites-le, ne proférez pas seulement des menaces en l'air. Combien de fois vais-je vous répéter que je rends les armes ? Vous êtes décidément idiots, vous et ceux de votre race !

Sirena s'assit sur la couchette, adossée au mur, les jambes allongées. Elle effleura le manche de son sabre. Regan fut subjugué par la vue de ses longues jambes fines et brunes. Il faillit en lâcher son épée. Puis il promena son regard sur les cuisses de la Sirène. Quand il leva la tête, Sirena empoigna le manche de l'épée et le désarma. Elle pointa la lame sur son nombril.

— Il serait prudent de rester calme, Capitaine van der Rhys, autrement, cette lame pourrait descendre le long de votre bas-ventre en un rien de temps. Je n'aurais aucun regret à vous châtrer. Maintenant, reculez lentement si vous voulez garder sur vous l'instrument de votre virilité. Obéissez, car je n'ai plus beaucoup de patience. Montez à l'échelle et dites à vos hommes de vous rejoindre sur le brigantin. Et si vous vous dépêchez, vous pouvez encore sauver votre navire.

— Mes hommes, tous à bord ! cria Regan.

Un silence accueillit son ordre. Un homme apparut, qui grimpa dans le gréement de la *Sirène* et sauta sur le brigantin, suivi par d'autres compagnons. Regan s'apprêta au départ.

Sirena rit de bon cœur.

— Au revoir, le Hollandais ! Souvenez-vous de ma promesse de vous dédommager de vos pertes ! Recevez mes excuses, dit-elle en faisant une révérence.

— Dites-moi une chose avant de partir. M'auriez-vous... ?

— Tranché le sexe ? Vous ne le saurez jamais, répondit-elle en redoublant ses éclats de rire. Vous êtes libre, le Hollandais, aussi libre que moi. Peut-être devrions-nous nous arrêter un instant et essayer de mener une vie normale.

Ils se narguèrent en se saluant de la pointe de leur sabre lorsque les deux navires se croisèrent. Des larmes de regret jaillirent dans les jolis yeux émeraude. Pour ce qui aurait pu arriver...

La Sirène des Mers venait de mourir à tout jamais.

27

Regan était assis dans son bureau de la Compagnie. Le visage bouleversé, il fixait le tiroir vide où s'était trouvée la maquette du *Tita*. Serait-il désormais le même homme ? La Sirène des Mers avait assouvi sa vengeance. Avait-il commis une erreur en lui livrant le Crochu ? Non, car il lui avait permis de retrouver la paix intérieure. Il n'oublierait jamais cette créature de son vivant.

D'autres problèmes occupaient à présent son esprit. Son fils. Son fils vivait quelque part. Il en avait la certitude après son voyage dans les îles. S'il le devait, il remuerait ciel et terre pour le trouver. Lorsqu'il avait mis la main sur le Crochu, ce malfrat avait dévoilé la vérité sans se faire prier, il lui avait aussi raconté ce qui était advenu de son fils. Regan s'en voulait de ne pas avoir soupçonné Gretchen et Chaezar, ces deux vils individus. Il les tuerait de ses propres mains !

Une réflexion rigoureuse s'imposait avant l'action. Il attaquerait l'Espagnol chez lui et le supprimerait. Et l'Allemande, cette chienne ! Elle serait écartelée et pendue sur le quai. Il la laisserait rôtir au soleil ! Ses divagations s'interrompirent quand on cogna à la porte. Un grand homme blond entra.

— Capitaine Dykstra, comment se passent les réparations du *Whispering Wind* ?

— Le galion sera prêt la semaine prochaine. Quelle est la vérité sur ce ragot qui circule en ville ? demanda le visiteur.

— Qu'avez-vous entendu dire ?

— Que vous aviez capturé le Crochu et vous l'avez laissé à la Sirène.

— Ce que vous avez entendu est tout à fait exact. Elle m'a donné sa parole de disparaître des mers.

— Et vous l'avez crue ? s'étonna le capitaine.

— Oui, je la crois.

— On raconte qu'elle s'est montrée d'une cruauté sans nom avec le Crochu.

— C'est vrai. Mais elle ne l'a pas tué, elle l'a fait mettre à bord du brigantin et mes hommes l'ont récupéré. Meurtri comme il est, il ne fera plus de mal.

— Chaezar Alvarez a quitté l'île, reprit le capitaine. Les spéculations vont bon train sur sa destination, mais la seule certitude est qu'il est parti pour deux mois au moins.

Quant à Frau Lindenreich, elle a suivi son dernier amant en date pour un voyage en Inde. L'homme est marchand. Il a promis de lui offrir les plus beaux tissus de soie d'Orient pour une nouvelle garde-robe.

L'humeur de van der Rhys s'assombrit.

— Vous disiez que Chaezar sera absent pendant deux mois, n'est-ce pas ? Qu'est-ce qui vous fait dire cela ?

— Je crois, personnellement, que Señor Alvarez va rencontrer ses supérieurs à Cape Town pour rendre compte de la baisse de son commerce et de ses pertes. Il aura du pain sur la planche.

Regan et Dykstra pénétrèrent dans l'antichambre d'un des plus réputés lupanars de Batavia.

— Clarice ! s'écria Regan d'une voix épaissie par l'alcool. Où diable te caches-tu ? Amène-toi par ici ! J'ai un nouveau client pour toi, dit-il en faisant tournoyer le rideau de perles de l'entrée. Et ne m'envoie pas une de tes laiderons. Je veux la meilleure qualité pour mon ami !

Énervé, il s'accrocha au rideau et tira fortement. Des centaines de perles rebondirent sur le sol. Il se mit à ricaner, vacillant sur ses jambes molles.

— J'ai toujours haï cette fichue babiole, chuchota-t-il à Dykstra. Cela me rappelle les chapelets de perles des bigotes.

Clarice se manifesta. Regan semblait être un habitué de l'endroit.

— Arrête de crier ! Ce que tu viens faire ici te regarde, mais je te crois assez bien élevé pour le garder secret. C'est un fait, ton argent m'a permis de m'enrichir, ragea-t-elle en balayant du pied les perles éparpillées. Et à l'avenir, considère mon mobilier comme le tien. J'en ai assez de tout changer après tes visites.

Regan éclata de rire à la raillerie de Clarice.

— Dykstra, mon vieil ami, expliqua Regan en tapotant l'épaule de son compagnon nerveux, je contribue à l'existence de cet « établissement ». Je suis son client le plus généreux. Ne crois rien de ce que dit Clarice. Elle ne pense qu'à encaisser ce que je dépense ici. Elle est pire que nous deux réunis.

Avec un sourire forcé sur son visage rondelet, Clarice s'empressa de leur servir du rhum dans des verres de cristal ornés de rubis. Regan pouvait mettre le feu à sa maison, elle s'en moquait. Il payait toujours avec prodigalité.

— Luanna n'est pas là en ce moment, dit Clarice. Mais j'ai deux filles nouvelles. Des pucelles, qui pourraient peut-être profiter de votre longue expérience...

Elle espéra avoir attisé le désir de Regan. Luanna, la favorite de Regan, commençait depuis quelque temps à se vanter de son privilège et n'était plus dans les bonnes grâces de la maquerelle. La jeune fille deviendrait peut-être raisonnable si elle s'apercevait qu'elle ne détenait plus l'exclusivité.

— Deux vierges ! hoqueta Regan. Je les prends toutes les deux. Heu... après réflexion, dit-il en remarquant la lueur d'intérêt dans les yeux de Dykstra, Clarice, donne-les à mon ami. Je paie ! Et qu'est-ce qui te reste ?

— Rien, elles sont déjà engagées avec d'autres.

— Eh bien, renvoie ces messieurs, fanfaronna van der Rhys. Je veux toutes tes filles.

Clarice calma son excitation, qui dérangeait plutôt son activité.

— Regan, pourquoi veux-tu briser ta réputation ? Dans l'état où tu es, tu ne ferais pas beaucoup d'effet à une seule, encore moins à sept. Je vais te trouver une chambre libre pour que tu te reposes quelques heures. Ensuite, je t'enverrai toutes celles que tu désires.

— J'attendrai Luanna, fit-il en plissant les sourcils avec une suspicion d'ivrogne.

Clarice fit venir les deux filles dans le salon. Elles étaient magnifiques, sans conteste : deux jouvencelles au corps souple et tendre, les hanches étroites, les jambes fluettes, des seins en pleine éclosion. Elles avaient une délicate peau caramel et les yeux en amande. Clarice les présenta au capitaine Dykstra, ignorant Regan. Avec frénésie, les deux jeunes nubiles se mirent à câliner et enlacer le pauvre capitaine en sueur.

Elles le conduisirent au second étage. Regan, au pied de l'escalier, apprécia leur déhanchement tandis qu'elles montaient l'escalier. Il vit l'une des filles couvrir d'une caresse l'entrejambe de Dykstra.

— Vierges comme je suis puceau, marmonna-t-il à l'adresse de Clarice.

Celle-ci haussa les épaules et le regarda d'un air conspirateur.

— Il ne verra pas la différence.

La réponse de Regan rembrunit la tenancière.

— Je paie pour une seule ! Allez, trouve-moi une chambre que j'évacue cet alcool et ensuite je m'occuperai de ton petit monde !

Luanna ressemblait à une poupée de porcelaine. Sa chevelure roulait dans son dos jusqu'à la taille. Elle avait une petite poitrine haute et ferme. Selon la tradition javanaise, son corps était glabre.

— Regan, susurra la jeune fille. Madame Clarice m'a dit que vous vouliez me voir.

Elle lui sourit béatement, l'éclat de ses dents soulignant ses lèvres charnues.

— Es-tu là depuis longtemps ? grogna Regan sans réellement s'en soucier.

Le mal de tête qui l'assaillait lui indiqua qu'il n'avait pas suffisamment dormi pour annihiler les effets du rhum.

Luanna se glissa dans le lit et se tortilla sensuellement dans ses bras. Elle embrassa sa bouche, mordilla ses lèvres. Regan recevait ses chatteries sans bouger, se forçant à s'intéresser aux atours de ce corps séduisant.

Luanna avait toujours suscité en lui un désir fou et il n'en était jamais rassasié. Cette fois, il n'éprouvait aucune envie pour ses charmes. Son corps était trop mince, ses seins n'étaient pas assez voluptueux. Son parfum musqué le dérangeait. Il recherchait une poitrine pulpeuse, des hanches rondes, la senteur de la mer. La Sirène ! Il brûlait ardemment pour cette créature, son Aphrodite !

Luanna lui prodigua de ferventes caresses et des baisers voraces, mais Regan restait de bois. Elle se pressa contre lui.

Soudain, elle s'assit d'un bond sur le lit, le regard assassin.

— En fait, ce n'est pas votre Luanna que vous attendiez, siffla la jeune fille. Comment osez-vous venir me voir dans cet état, fatigué d'avoir été avec une autre ?

Elle enrageait. Ses yeux mitraillaient celui qui l'avait trahie. Elle préférait le voir mort que dans les bras d'une autre catin. Si Regan accordait ses faveurs à une autre fille de la maison, elle perdrait sa position privilégiée, dont elle avait largement abusé, elle le savait. Clarice l'avait dorlotée, les autres l'avaient jalousée. Plutôt que remercier Regan de l'avoir honorée, elle le tuerait !

Un léger ronflement emplit la pièce devenue silencieuse. Luanna sauta du lit et s'empara du stylet qu'elle cachait dans un tiroir de la commode. Elle fondit sur Regan qui sursauta. Il roula sur lui-même et agrippa le bras armé. Luanna lâcha le stylet.

Les paroles de Chaezar résonnèrent dans sa tête : « Vous devez être prudent, Regan, car ces Javanaises excellent dans l'art du meurtre. » La prophétie de l'Espagnol avait failli se réaliser. Regan trembla de tout son long. Luanna se releva et s'attaqua à lui en le griffant. Il la repoussa contre le mur, attrapa ses habits et sortit en hâte.

— Dykstra, fils de chienne ! Il faut filer d'ici ! La vie vaut bien plus qu'une heure dans ce bordel ! beugla-t-il tandis qu'il dévalait l'escalier, ses affaires sous le bras.

Cet événement l'avait complètement dessaoulé. Il se précipita au-dehors, en passant devant Clarice qui riait aux larmes.

— Je vois que tu es pressé, Regan, lui cria-t-elle. Tu régleras la facture la prochaine fois !

Sirena menait une vie distraite et oisive. Le brusque départ de Chaezar avait mis ses projets en suspens. Pour parfaire sa vengeance, elle guettait son retour. En attendant, le temps s'écoulait...

Parfois, elle dînait avec Regan, mais ils ne conversaient guère. Entre eux flottait encore le fantôme de la nuit où Regan avait pénétré dans sa chambre.

Un après-midi, Caleb vint discuter avec la jeune fille.

— Qu'est-ce qui ne va pas, Sirena ? la questionna-t-il.

La découverte du Crochu remontait à six semaines. La jeune fille était depuis irascible et exigeante. L'inquiétude creusait des cernes sous ses yeux.

— Je crois que je vais devenir folle, Caleb. Et toi, es-tu heureux ?

— Assez, oui, confessa le garçon. Regan s'occupe de moi. Il veut m'emmener en voyage dans les îles. Il veut que je rencontre quelqu'un. Pourquoi, à ton avis ?

— Quand t'a-t-il averti de cela ?

— Après l'histoire du Crochu. Souviens-toi, Regan venait juste de rentrer des îles. Il m'a appelé dans son bureau pour me le dire. Son regard était si triste que j'ai compris qu'il souffrait à cause de son fils. Il m'a confié que l'enfant vivait encore et qu'il était décidé à le trouver. Cela se voit dans ses yeux. Il boit plus qu'il ne faut. Tu as dû remarquer son changement, Sirena.

— Je le vois si peu, comment pourrais-je m'en rendre compte ? répondit-elle sur un ton amer.

— Regan m'a demandé si la sculpture sur le modèle du *Tita* me rappelait une personne.

— Et alors ?

— Oui, mais je ne sais pas du tout qui. Je vais chercher le bateau pour te la montrer. Toi, tu reconnaîtras peut-être.

Caleb revint quelques minutes plus tard avec la somptueuse maquette.

— C'est un joli travail, s'extasia Sirena en prenant l'objet des mains du garçon. Celui qui a fait la sculpture est un véritable artiste.

— Regan a dit que c'est le portrait de sa femme Tita. Regarde la tête. On distingue même les cils. Elle est magnifique, pas vrai ?

Sirena caressa la figurine et examina le visage de Caleb. C'était assez invraisemblable. Néanmoins...

— Tita était une princesse des îles. J'imagine qu'elle avait des yeux noirs comme de l'encre.

— Marron, rectifia Caleb. Regan dit qu'ils étaient aussi attendrissants que ceux d'une colombe, ses cheveux chatoyants comme la soie, sa peau sucrée comme du miel.

— Elle devait être très belle, murmura Sirena d'une voix troublée.

— Que se passe-t-il, Sirena ? Tu sembles si triste.

— Ce n'est rien. La lassitude, sans doute.

— Est-ce que la sculpture te rappelle quelqu'un, comme à moi ?

— Oui, il y a quelque chose de familier. Dans les yeux, je crois. Qu'en penses-tu ?

— Je suis d'accord avec toi, c'est aussi ce que j'ai dit à Regan. Il m'a regardé et il a souri.

— Je vais y réfléchir. Je te le dirai si je trouve, dit Sirena en lui rendant la maquette.

Caleb s'en alla en sautillant, content.

Sirena s'assit, l'air soucieux. Tout tendait à croire que... Regan avait-il aussi noté la ressemblance ? Dans ce cas, leur couverture ne tenait plus. Soudain, une violente nausée la prit. Elle se plia en deux. Grand Dieu, le mal recommençait. De quoi souffrait-elle donc ? Elle écarquilla les yeux et hoqueta, la main devant la bouche pour s'empêcher de vomir. Oui, elle venait de comprendre. Faible et épuisée, elle s'étendit sur le lit. Des larmes glissèrent sur ses joues. Après tout ce qu'elle venait de traverser, elle n'avait pas envie de cet événement. Mon Dieu, faites que non, sanglota Sirena dans l'oreiller.

Regan ne la croirait jamais. Comment lui expliquerait-elle ? Elle l'aimait, sans doute possible. Elle l'aimait trop pour lui dire. Il fallait qu'elle parte, car d'ici peu, l'évidence de son état serait difficile à cacher. Frau Holtz la regardait déjà avec une suspicion inhabituelle. Elle devait agir. Mais Caleb ? Qu'était la meilleure chose pour Caleb ? Elle ne savait quelle décision prendre. Sa seule consolation fut la certitude que l'enfant était de Regan. Les symptômes avaient apparu bien avant l'après-midi passé chez Alvarez et bien après les événements de *La Rana*.

— Sirena, je pars aujourd'hui avec Regan pour le voyage dont je t'ai parlé. Je ne sais pas combien de temps nous serons absents. Est-ce que tu peux rester seule ?

— Bien sûr, pourquoi me poses-tu cette question ?

— Tu ne sembles pas en bonne santé. Tes yeux se creusent de plus en plus, comme si tu étais fatiguée. Qu'est-ce que je peux faire pour toi ?

— Je crois que personne n'est très reposé en ce moment ! Pas avec ces volcans qui ne cessent de gronder.

Les Sœurs de Feu avaient fréquemment manifesté leur présence ces derniers temps. De menaçantes secousses et des projections de cendres rouges avaient hanté la vie des habitants de l'île. Certains indigènes s'étaient enfuis des plantations la nuit, dans leurs pirogues. Les Européens, quant à eux, bornés, refusaient de prendre leurs menaces au sérieux. Ils restaient obstinément à Java, craignant de perdre les richesses qu'ils avaient accumulées.

— Quand pars-tu, Caleb ? demanda Sirena pour changer le sujet de la conversation.

— Dans l'après-midi. Regan a dit qu'il voulait être là pour le retour de Chaezar Alvarez. Il doit régler une affaire avec lui. Il accuse Chaezar et Frau Lindenreich de la disparition de son fils.

— Caleb, si pour une quelconque raison, je n'étais pas ici à ton retour, je veux que tu restes chez Regan. A partir de maintenant, cette maison est la tienne. Un jour, tu comprendras. Je te promets que la *Sirène des Mers* sera à toi, quand tu seras plus grand. Je te la ferai amener. C'est juré !

— Où vas-tu ? dit le garçon en lui prenant le bras, les yeux humides.

— Je ne sais pas vraiment. Mais tu dois me faire confiance et ne parler à personne de mon départ. Je ne peux plus rester ici. Pour Regan, il est préférable que je m'en aille. Et crois-moi quand je te dis que je ne lui ferai plus aucun mal.

— Tu vas prendre la *Sirène des Mers* ?

— Oui, je vais partir avec la frégate. Seule.

— Seule ! s'écria le garçon.

— Ta promesse, petit frère.

Caleb eut la gorge serrée mais il donna sa parole.

— Je veux aussi que tu saches une chose, dont je suis quasiment certaine. Je me sens obligée de te le dire avant de partir. Je pense que Regan partage mon doute. Tu as le droit de savoir, mais ne dis rien à Regan. Tu dois garder le secret jusqu'à ce que Regan t'en parle.

— Quel secret ?

— Rappelle-toi la sculpture sur la proue de la maquette du *Tita*. Tu disais qu'elle te faisait penser à quelqu'un, et moi aussi. (Sirena prit le garçon par les épaules et le regarda avec énormément d'affection.) Tita est ta mère et Regan est ton père. Je l'ai longtemps soupçonné. Si Regan t'emmène sur une de ces îles, c'est pour demander à une personne de lui donner des détails à ton sujet, si elle te reconnaît. Ne laisse pas Regan deviner que tu sais la vérité. Il pensera que c'est une ruse. Il doit s'en rendre compte par lui-même. S'il comprend que tu n'es pas mon frère, il comprendra aussitôt que je ne suis pas celle que je prétends. Saisis-tu pourquoi je dois partir ? Ne pleure pas, mon petit, tu vas enfin avoir un père qui t'aimera et te dorlotera. Regan a déjà un regard plein de tendresse quand il pose les yeux sur toi. Tu vas avoir une belle vie, riche et intéressante.

— Et toi, qu'est-ce qui va t'arriver ? voulut savoir Caleb, inquiet pour celle qui avait été son capitaine et sa sœur.

— Tout ira bien, tu ne dois pas te faire de souci pour moi. Tu garderas notre secret, n'est-ce pas ?

Caleb hocha tristement la tête.

— Je suis trop grand pour pleurer, bredouilla-t-il.

— Les gens ne sont jamais trop grands pour pleurer, le consola Sirena en le serrant sur sa poitrine. Il faut te dépêcher maintenant, il est près de midi. Ne te retourne pas, petit frère, franchis cette porte et cours rejoindre ton père. Tu resteras à jamais mon petit frère, murmura-t-elle pour elle-même quand la porte se referma derrière Caleb.

Elle laissa couler ses larmes.

Sirena promena son regard dans sa chambre et se força à sortir. Cette fois, elle ne partirait pas en cati-mini. Qui pouvait la questionner, en dehors de Frau Holtz ? Elle n'en avait cure. Elle prit l'escalier et franchit la porte principale.

Elle traversa la cour en direction des écuries. Ayant sellé sa jument, elle la monta et jeta ensuite un dernier coup d'œil sur la maison. La jeune femme se demanda qui la regretterait. Caleb, peut-être... mais il finirait par l'oublier. Elle éperonna la bête et à cet instant, une ombre noire sortit de l'allée. Ils faillirent se heurter.

— Chaezar ! Que venez-vous faire ici ? lui demanda froidement Sirena.

— Et vous, que faites-vous juchée sur cette fougueuse jument, par cette nuit ?

— Je m'ennuie, mentit la jeune femme. Regan est

absent. Il a emmené mon frère sur une des îles des environs cet après-midi.

— Sur une des îles intérieures ? s'enquit Chaezar avec une certaine angoisse, qui n'échappa point à Sirena.

— C'est cela.

— Est-il vrai qu'il a remis l'homme au crochet à la Sirène des Mers ?

— C'est exact. Venez-vous juste de rentrer, Chaezar ?

— Il y a à peine quelques heures. Je suis revenu dès que j'ai eu vent de cette nouvelle. Et vous me dites que Regan est parti dans ces petites îles. C'est étrange, il n'y va presque jamais.

Sirena savait que l'Espagnol cherchait à en apprendre plus.

— Vous faites erreur, Chaezar. Le mois dernier, il s'y est rendu chaque semaine.

La crainte qu'elle ressentit chez son compatriote lui procura un immense plaisir. Mais l'heure n'était pas à la discussion. Elle voulait partir.

— Si vous voulez bien m'excuser, je vais continuer ma balade. Je laisserai un message à Regan lui disant que vous êtes venu.

— Ce n'est pas nécessaire. Peut-être m'autorisez-vous à vous accompagner ? La soirée est trop belle pour la passer en solitaire.

— Votre dévouement est admirable, cependant, je préfère chevaucher seule. J'ai besoin de réfléchir à plusieurs choses. Je n'ai pas oublié notre dernière rencontre, Chaezar, et je ne l'oublierai jamais !

— Ah, ma douce colombe, que puis-je dire ? fit-il en levant les mains au ciel. Je suis un homme, vous êtes une femme ravissante. Je me suis égaré un moment, et puis-je ajouter que ce moment est inoubliable ?

Sirena rougit.

— Vous m'avez dupée ! Le vin était drogué et c'est vous qui y avez mis cette drogue. Vous savez parfaitement que je n'aurais jamais accouru dans votre lit autrement !

— Chère Sirena, vous ressemblez à une vierge effarouchée. Si je me souviens bien, vous étiez plutôt amoureuse de moi cet après-midi-là, et à ma grande surprise, vous avez montré une certaine expérience, malgré les rumeurs selon lesquelles votre époux n'a jamais consommé son mariage.

— Porc! l'insulta Sirena. Vous me désiriez avec l'arrière-pensée de ruiner Regan. En me séduisant, vous souhaitiez le briser et parvenir à vos fins. Je peux accepter une séduction honnête, mais pas cette liaison sournoise. Et je crois que Regan a une affaire à régler avec vous.

— Quelle genre de menace est-ce donc?

— Ce n'est pas une menace. Je ne sais pas ce qu'il est en train de faire, mais mon frère m'a dit que son présent voyage a un lien avec votre personne. Je n'en sais pas plus, dit Sirena en tirant sur ses rênes, dont s'était emparé Chaezar.

A cet instant, l'Espagnol la saisit par le poignet et le lui tordit pour qu'elle tombe de cheval. Sirena battit des jambes afin de se libérer. Reculant d'un pas, Chaezar, haineux, déchira la manche de son corsage. Le clair de lune lui révéla la cicatrice.

Sirena fit voler sa cravache dans les airs sous le nez de Chaezar. Effrayé, il se rejeta en arrière et du fait il permit à la jeune femme de fuir. Elle piqua des deux, le cœur battant.

A l'insu des deux Espagnols, une silhouette, haute et corpulente, les avait observés d'une fenêtre toute proche. Frau Holtz avait les traits figés. Pendant un temps, elle avait suspecté Sirena de cacher un terrible secret. Elle avait remarqué que, lorsque sa maîtresse disait faire retraite, la Sirène des Mers semait le chaos.

Juli lui avait parlé de l'incroyable maladie de Madame, qui laissait sur la peau et les cheveux une espèce de poussière blanchâtre. L'intendante avait aussi espionné la jeune femme et Caleb tandis qu'ils escaladaient le mur pour rentrer discrètement.

Dans le plus grand secret, Frau Holtz admirait la Sirène des Mers, et le triomphe de la femme pirate la mettait en joie. Comme toutes les femmes, elle avait souffert du pouvoir des hommes.

Pour une seule raison, l'intendante désapprouvait Sirena. Elle pensait que celle-ci déshonorait Regan avec un autre. Mais en voyant le visage hostile de la jeune femme, qui avait rusé pour échapper à l'Espagnol ahuri, Frau Holtz admit son mauvais jugement. Rapidement, elle compta les jours qui restaient avant le retour de Regan. Il fallait qu'elle parle à son maître. De plus, elle avait connaissance d'un autre secret — Sirena attendait un enfant de lui.

28

L'air frais du soir enveloppa Sirena tandis qu'elle filait à vive allure. Croyant entendre le martèlement de sabots de cheval derrière elle, elle amena sa monture au pas. Le silence l'entourait. Rassurée, elle continua sa route vers la *Sirène des Mers*.

Elle mit pied à terre et écouta attentivement les bruits à l'entour. Seuls, les cris des oiseaux nocturnes résonnaient près de la frégate, noir fantôme dans la nuit. Sirena frappa la croupe de sa jument, espérant qu'elle retrouve le chemin de la maison.

Sans bruit, elle grimpa à bord du navire, plongé dans une étrange atmosphère lugubre. Elle devait profiter de l'obscurité pour prendre la mer. Tandis qu'elle se courbait pour hisser une voile, elle se sentit dépourvue de forces. La sensation de nausée la reprit. Soudain, elle poussa un cri d'effroi quand son pied heurta une masse inerte.

— Qui va là ? lui répondit un grognement rauque.

— Jacobus ! Que faites-vous ici ? Vous m'avez fait peur.

— Je pensais que vous ne seriez pas fâchée si je dormais sur le pont. Plus j'deviens vieux, plus j'ai de drôles d'idées. Je n'arrive pas à dormir à terre. Et puis, je garde votre bateau. Vous m'en voulez pas ?

— Non, Jacobus, dit Sirena. Je retourne en Espagne. Je voudrais lever l'ancre avant minuit.

— Vous partez sans équipage ? Mais, Capitana, c'est de la folie ! Vous savez que votre tête est mise à prix ?

Vous n'avez aucune chance, seule en mer. Il me faut une heure pour rassembler les hommes.

— A combien s'élève la prime ?

— Une somme extraordinaire, fit le vieux marin avec un clin d'œil.

Prise de haut-le-cœur, Sirena courut au bastingage. Elle dut se tenir les côtes pour supporter son malaise.

— Et vous croyez pouvoir y arriver dans cet état ? Attendez-moi, Capitana. Je serai de retour dans une heure.

Sirena hocha faiblement la tête. Elle s'installa sur un tas de cordages et se plia en deux pour stopper son vertige. Jacobus avait raison. Comment avait-elle pu penser faire la traversée jusqu'en Espagne sans aide ? Ce voyage durerait des mois et elle n'avait même pas prévu de provisions. Quelle idiote elle était !

Ses pensées revinrent à Regan, ses yeux s'embuèrent de larmes. Il saurait bientôt l'entière vérité. Qu'allait-il faire ? Il serait sans doute si heureux d'avoir retrouvé son fils qu'il l'oublierait. Qui oublierait-il, la Sirène des Mers ou Sirena van der Rhys ? Peu importait à présent que Regan soit amoureux d'elle. Elle rentrait dans son pays natal, où elle pourrait soigner ses maux et donner naissance à l'enfant de Regan. Elle vivrait à l'écart du monde, dans son domaine, jusqu'à la fin de ses jours. Sirena remercia Dieu de la fortune qu'elle possédait, qui lui permettrait d'élever leur enfant. Leur enfant, le sien et celui de Regan.

Son malheur était-il le châtiment du Dieu auquel elle avait renoncé il y a si longtemps ? se demanda la jeune femme, secouée de sanglots. Sa vie serait faite de solitude et de luxe, mais l'amour n'y aurait pas sa place. Les jours s'étireraient les uns après les autres, n'apportant que leur poids douloureux. Serait-elle capable de survivre à l'amour qu'elle portait dans son cœur pour Regan ?

Jacobus revint et vit Sirena s'accrocher au cordage comme elle vacillait sur ses jambes.

— Jacobus, j'ai oublié de prendre des provisions. Et le voyage sera long.

— Nous en avons amené, Capitana. Allez vous reposer, nous pouvons gouverner la frégate. Jan prendra la barre. Avez-vous besoin d'aide ?

— Je crois bien que oui, Jacobus, répondit-elle en lui tendant la main.

Tandis que le vieil homme la conduisait à sa cabine, Sirena se dit qu'elle n'avait jamais accepté, ni même demandé auparavant, qu'on vienne à son secours.

— Hissez le pavillon espagnol, Jacobus. Je rentre chez moi !

— C'est fait, Capitana.

— Il serait prudent d'amarrer solidement la frégate avant que nous mettions les voiles. L'orage menace.

— Un bel orage avec ça, car j'ai remarqué l'autre jour que les eaux étaient plus chaudes que d'habitude.

— Je crains alors de savoir pourquoi.

— Ce n'est pas la peine d'avoir peur, Capitana. Toute ma vie, j'ai navigué dans ce coin et les volcans n'ont jamais rien craché.

— Il y a toujours un début, Jacobus. Jusqu'à présent, vous n'aviez pas remarqué des eaux aussi chaudes, n'est-ce pas ? Et je peux vous dire aussi que cette brume rougeâtre n'est pas normale. Jacobus, poursuivit-elle en serrant son maigre bras, nous allons d'abord à Batavia. J'ai promis d'annoncer publiquement ma disparition après la capture du Crochu. Sur le coup, je ne le pensais pas, mais aujourd'hui j'ai décidé de le faire. Direction Batavia, Jacobus. A propos, qui a offert cette récompense pour la Sirène ?

— Le capitaine van der Rhys. On raconte qu'il a emprunté énormément aux marchands et qu'il a vidé son coffre à la banque. Il a dit qu'il vous trouverait, d'une manière ou d'une autre.

— Qu'est-ce qui m'arrivera si je suis attrapée ?

— Eh bien, vous serez à lui et il décidera de votre sort.

L'image de son corps mutilé dansa devant ses yeux tandis qu'elle sombrait dans un sommeil agité.

Chaezar rentra chez lui dans une colère noire. Si Regan avait découvert la vérité, c'était par le Crochu, bien entendu. Ce bandit était un lâche. Gretchen avait été bien avisée de partir en voyage. S'il reportait la responsabilité de l'affaire sur l'Allemande, Regan le croirait-il ? Probablement non, car l'homme n'était pas stupide.

Chaezar se dit qu'il n'avait qu'un seul refuge. Le territoire de la Côte-de-l'Or, sur la côte de Guinée, en Afrique. Il y avait démarré une plantation de noix de muscade, grâce à la contrebande qu'il dirigeait depuis quelques années. Il espérait concurrencer à meilleur prix le commerce des Indes Orientales. La première récolte devait arriver. Elle ne serait pas conséquente mais lui permettrait d'ébranler les acquis commerciaux de la Compagnie Hollandaise des Indes Orientales. L'Espagnol avait fait construire une maison là-bas, où il pourrait échapper à Regan.

Le visage austère et déterminé, Frau Holtz attendait au bout du débarcadère en se protégeant les yeux des cendres fumantes qui tombaient de toutes parts. Elle souhaitait ardemment voir poindre au loin les voiles du navire de Regan. Mais que faisait-il ? Le temps était venu de lui révéler ce qu'elle savait : sa femme n'était autre que l'infâme Sirène des Mers et elle portait un enfant de lui. L'intendante blanchit en imaginant la tête de Regan quand elle lui apprendrait aussi que sa femme l'avait abandonné. Le sol trembla de plus belle. Frau Holtz fut prise d'un effroyable désespoir. Elle avait toujours redouté l'éruption des Sœurs de Feu — l'île entière allait brûler, et elle aussi !

Elle arpenta le quai d'un pas affolé, les bras croisés sur sa grosse poitrine. Au lieu de rester là indéfiniment, elle devait entreprendre quelque chose. Le ciel s'obscurcissait, parsemé des projections des volcans. Il devenait difficile de voir. L'intendante serra les dents, ne sachant que décider, puis se dirigea vers les locaux de la Compagnie.

Tout le monde était saisi de panique et cherchait à

se sauver. Dès qu'un navire quittait le port, les gens terrorisés assaillaient le suivant. Des hommes, des femmes et leurs enfants, leurs affaires amassées dans un sac, se ruaient vers le port pour grimper à bord des bateaux. D'autres levaient le nez en l'air et scrutaient le ciel avec un regard inquiet, mêlé d'incrédulité. L'éruption des volcans allait-elle vraiment se produire ? Frottant son bras nu touché par un débris incandescent, Frau Holtz ouvrit la porte de l'office, où régnait un vacarme épouvantable. Les employés et les marchands entassaient dans des sacoches papiers et registres, et rassemblaient leurs biens personnels. La vieille femme écouta la discussion hystérique qui se menait.

— Je vous dis que c'est une question d'heures, tempêta le capitaine Dykstra. Nous n'y échapperons pas. Il faut procéder à l'évacuation de l'île. Le problème est de savoir si nous y arriverons à temps.

— Les femmes et les enfants d'abord, dit calmement le capitaine Kloss. Au fait, l'un de vous a-t-il eu des nouvelles de Regan ?

— Je voudrais savoir si Monsieur van der Rhys est revenu, interrompit la domestique. Je suis Frau Holtz, son intendante, et je dois lui transmettre des messages d'une extrême importance. A Monsieur en personne.

— Nous ne l'avons pas vu. Pas depuis avant-hier, en tout cas. J'ai appris qu'il voulait seulement faire un aller retour avec le garçon. Il devrait arriver aujourd'hui. Mon Dieu, j'aimerais qu'il soit ici, pour son sens de l'organisation. Il vaudrait mieux pour vous, chère Madame, d'aller au quai et de monter sur un navire. Si je vois Regan, je lui dirai que vous souhaitez lui parler. Allez-y tant qu'il est encore temps !

— *Ja*, j'y vais, répondit Frau Holtz d'un air abattu.

Ces messieurs partageaient ce qu'elle ressentait. La catastrophe était imminente, Java était en danger. Elle avait fait son possible pour Regan.

Sirena donna ordre de lever l'ancre. Jacobus lui jeta un regard inquisiteur.

— Capitana, êtes-vous sûre de savoir ce que vous

faites ? La *Sirène des Mers* ne trouvera pas bon accueil à Batavia.

— Je m'en doute, Jacobus. Cependant, une promesse est une promesse. J'ai dit que j'afficherais l'avis de mon retrait dans les bureaux de la Compagnie Hollandaise des Indes et je tiendrai parole. Cette histoire sera terminée une bonne fois pour toutes.

— C'est un véritable déluge de pierres et de cendres ! cria Jacobus quand ils arrivèrent au port. Vous feriez mieux de vous dépêcher, Capitana. Il serait préférable d'être en pleine mer lorsque les Sœurs de Feu laisseront échapper leur lave et leurs roches rouges. Prions Dieu qu'il n'y ait pas un raz de marée, parce que nous périrons tous !

Sirena ne prêta guère attention à l'avertissement du marin. Elle sauta agilement sur le quai et manqua de heurter Frau Holtz. Pourquoi est-elle ici ? se demanda Sirena, qui s'éloigna en courant vers l'office de la Compagnie. Elle se précipita à l'intérieur, où des clameurs de stupéfaction l'accueillirent. Elle chercha des yeux un endroit où placarder son message, quand elle aperçut l'avis concernant la récompense pour la capture de la Sirène des Mers. « Morte ou vive ! » Elle blêmit. Son message accroché, elle fit volte-face et vit deux capitaines qui la fixaient avec défiance, une pile de papiers dans les mains. Elle porta aussitôt la main sur sa hanche.

— Je suis venue vous annoncer mon retrait, leur déclara Sirena sans se presser. Je vois que le moment n'est pas le mieux choisi. Pourtant, c'est une promesse à laquelle j'attache beaucoup d'honneur. La Sirène des Mers appartient désormais au passé.

Les faces burinées des deux hommes prirent une expression singulière. Elle n'osa pas leur tourner le dos. Indécise, elle recula, la main toujours posée sur le manche de son sabre. Personne ne tenta de la poursuivre, ni même ne commenta son intrusion.

Au-dehors, des femmes traînaient par la main des enfants en bas âge. Les malheureux pleurnichaient et se tapaient sur les bras quand ils recevaient des débris de cendres. Sirena remarqua elle-même sur sa peau des petites marques de brûlures. Jacobus avait raison, il fallait qu'ils gagnent la mer rapidement ! Elle devait penser à son enfant, à celui de Regan, et le protéger !

Elle courut vers le quai sans se soucier des gens qui s'arrêtaient devant cette femme presque nue, un sabre pendant à sa ceinture. Elle vit que Frau Holtz se tournait dans sa direction. Si elle laissait la pauvre femme ici, qu'adviendrait-il de son sort ?

— Frau Holtz, vous devez me suivre. Vous n'êtes plus en sécurité sur cette île. Partez-vous sur un autre bateau ? Ou bien attendez-vous quelqu'un ?

— Je... je dois parler à Monsieur van der Rhys. Je dois lui dire...

— Ce n'est pas le moment. Venez avec moi. Allez, nous n'avons plus beaucoup de temps.

Sirena essaya d'empoigner l'intendante mais fut jetée de côté.

— Jan ! Venez avec quelques hommes ! Vite ! cria la jeune femme.

Ses hommes accoururent immédiatement.

— Qu'y a-t-il, Capitana ? Que faut-il faire ?

— Conduisez cette femme à la frégate, même si vous devez l'emmener de force.

Willem et Jan la prirent chacun sous le bras. Ils luttèrent avec la domestique plutôt forte. Tout en jurant, ils finirent par l'amener à la passerelle d'accès à bord. Comme elle comprit qu'elle n'aurait pas le dessus, Frau Holtz finit par se laisser faire.

— Capitana, nous pourrions peut-être aider les gens à quitter l'île avec la *Sirène*. Qu'en pensez-vous ?

— Ce que j'en pense, Jacobus ? Je crois que ces ponts sont trop tachés de sang pour que ces braves gens acceptent de mettre un pied à bord de la frégate, dit-elle d'un ton sinistre. Je monte, mais vous pouvez leur demander. Que tous ceux qui le veulent viennent ! Essayez !

— D'accord, Capitana.

Sirena regarda autour d'elle. Un tapis noirâtre recouvrait les ponts. Des petits tas de cendres fumaient et une forte odeur de soufre flottait dans l'air.

La main au-dessus des yeux, elle attendit le retour de Jacobus, qui revint bredouille.

— Ils disent que c'est le bateau de la mort et qu'ils ne veulent pas être sauvés par le démon. En toute honnêteté, ce sont les hommes qui disent cela, Capitana. Les femmes et les enfants m'auraient volontiers suivi, mais les hommes ont dit qu'ils préparaient deux galions pour les emmener.

— C'est aussi bien, répondit Sirena d'un air maussade. Levons l'ancre et quittons cette île maudite avant qu'elle disparaisse sous la lave.

— Capitana, hésita le vieux marin, est-ce que l'avis de récompense est toujours accroché ?

Sirena partit d'un rire joyeux.

— Il gît sur le sol, déchiré par des pieds affolés et brûlé par les scories des volcans.

29

Gretchen Lindenreich fouilla les pièces, appelant ses gens en lançant d'affreux jurons. Ils l'avaient abandonnée, ces satanés indigènes. Esclaves ingrats ! Elle leur avait donné un toit, un travail honnête, elle les avait nourris, et ils ne l'en remerciaient point ! A travers ses fenêtres, elle vit tomber une pluie de cendres. La peur s'empara de la jeune femme. Jamais dans ses rêves les plus délirants elle n'avait imaginé que ce moment-là arriverait. Cet horrible volcan s'apprêtait à cracher le venin qu'il contenait dans ses entrailles.

Elle allait devoir ranger ses affaires dans les malles sans ces fichus domestiques. Sans même cette drôlesse de Sudi ! Et les malles, diable, où se trouvaient-elles ? Cette sacrée Sudi !

Gretchen était dans un état proche de l'hystérie. Elle ébouriffa frénétiquement son épaisse chevelure blonde, se demandant où étaient rangés les coffres. Contre le mur de la cuisine. Elle s'y rendit en courant, mais glissa et s'affala par terre. Maudissant Sudi et ses djongos, elle se releva. Après avoir traîné une malle jusqu'à sa chambre, elle souleva le couvercle et hurla. La moisissure s'y était insinuée. Gretchen chercha un chiffon pour en enlever les horribles taches noires, si menaçantes pour ses luxueux vêtements. Maugréant une fois encore contre Sudi, qui ne les avait pas nettoyées, malgré des coups de bâton, elle frotta et frotta. En vain.

Gretchen trouva une large serviette qu'elle étendit

dans le fond. Cela conviendrait pour l'immédiat. Lorsqu'elle arriverait à destination, où qu'elle fût, elle mettrait ses habits au vent. Et elle ferait aussitôt laver et aérer ses malles. C'était un miracle que la vermine ne se soit pas réfugiée à l'intérieur. Maudite Sudi !

Et Regan, où était-il ? Viendrait-il jusqu'à chez elle, en ce jour sinistre ? Quant à Chaezar, il devait se sauver sans même penser à elle. Que son âme aille au diable, qu'ils soient tous damnés ceux qui ne s'occupaient pas d'elle ! Si l'Espagnol n'avait pas tronqué son plan, elle serait l'épouse de Regan. Celui-ci serait en ce moment près d'elle pour l'aider à déménager ses affaires. Elle ne pardonnerait à personne ! Gretchen se prit la tête entre les mains et essaya de réfléchir à ce qu'elle devait faire.

Aller chez Regan ? Si elle arrivait chargée de ses malles, il ne pourrait pas la rejeter. Il était si fort qu'il pourrait les transporter au quai sur son dos et les embarquer sur un de ses navires. Mais s'il savait ? Plutôt que de lui rendre service, il la tuerait et l'enfermerait dans une de ses si précieuses malles.

— Oh, Regan, sois maudit ! Pourquoi ne m'as-tu pas épousée ? pleurnicha Gretchen.

Elle se mit ensuite à vider sa garde-robe. Elle emporterait tout, car cette Sudi risquait de revenir et de voler ce qui resterait. Elle examina chaque robe, à la recherche de traces de moisissures. Les champignons dans la malle, qui pourraient envahir les vêtements, l'inquiétaient. Des larmes lui vinrent au bord des yeux. Elle s'apitoya sur elle-même, brossant et pliant avec précaution chaque toilette. Elle était fatiguée. Il fallait que quelqu'un lui vienne en aide. La tête lui tournait, ses yeux étaient gonflés. Elle devait offrir un affreux spectacle.

Mais où se trouvaient donc tous ces hommes qui lui avaient juré leur amour dans ses bras ? Maintenant qu'elle avait besoin d'eux, aucun ne se manifestait. Ils restaient dans leur foyer, avec femme et enfants. Personne, pas une seule âme sur cette île, ne se souciait d'elle. Elle allait leur montrer à tous qu'elle était capable de se débrouiller seule. De grosses larmes roulèrent sur ses joues, qu'elle essuya méchamment d'un revers de bras.

Gretchen se secoua pour dégager ses cheveux qui se collaient sur son visage. L'atmosphère était suffocante. Elle ne se souvint pas qu'il ait déjà fait aussi chaud. Dans la maison commençait à pénétrer l'odeur de roussi des buissons en flammes. Elle toussa, respirant avec difficulté. Elle devait partir sans tarder.

Gretchen courut à nouveau à la cuisine et ramena un autre coffre, puis un autre. Elle ne s'embarrassa point à nettoyer l'intérieur des malles. Elle y enfouit les draps de son lit pour protéger ses robes, qu'elle rangea en tempêtant contre l'insupportable chaleur qui la mettait en nage.

Les coffres débordaient de vêtements mais il en restait encore dans l'armoire. Pleurant sur l'injustice de sa condition, elle attacha une robe à sa taille et en passa une autre autour du cou. Il faudrait prendre garde qu'elles ne tombent pas par terre ! Elle frappa brusquement du pied et se gifla le front.

Les bijoux ! Elle n'avait pas ramassé ses bijoux ! Se jetant sur un coffret, elle prit des poignées de pierres brillantes et les cacha dans un sac. Elle attacha les deux bouts des cordons qui le fermaient et le suspendit à son cou. Elle en remplit un autre avec des rubans et des fanfreluches dont elle aimait se parer. Le sac alla rejoindre le premier. En gémissant, elle traîna la plus lourde des malles dans la cour pavée, où ses domestiques ne lui avaient laissé qu'un chariot, utilisé pour le transport des marchandises. Quelqu'un avait attaché un vieux canasson à l'attelage et préféré l'abandonner là, contre les beaux chevaux de Gretchen et sa voiture couverte, qui protégeait des scories. Poussant et tirant l'énorme malle, elle appela en hurlant tous les saints de la terre. Après tant d'efforts, elle la coinça malencontreusement contre un bloc de pierre près du chariot. Comment allait-elle la charger ? Même un homme fort aurait des difficultés à la soulever.

Le seul moyen fut de vider la malle de son contenu.

Elle la hissa ensuite à bord. Elle empila les robes de façon désordonnée et se rendit compte que le couvercle ne fermait plus. Tapant du poing, elle cassa ses ongles longs et peints. Gretchen regarda le désastre, hypnotisée. Puis elle arracha la robe et la flanqua par terre d'un geste rageur, sur le sol couvert de poussière noire. Elle recommença son manège pour les autres malles.

Enfin, la jeune femme s'installa sur le siège du conducteur. La vieille bête, qui devait mener le chariot, avait peine à se tenir sur ses pattes. Ses flancs tressautaient, picotés par les projections incandescentes des volcans. L'animal s'affola quand Gretchen tira sur les rênes. Les émanations de soufre et l'étouffante chaleur lui avaient ôté toute résistance.

Gretchen s'interrogea une seconde sur ses chances d'arriver en ville avec cette vieille bête. Ses malles arriveraient au port, même si elle devait la frapper à chaque pas ! La vision de Chaezar lui traversa l'esprit — cette vieille croûte qui la suppliait de le battre ! S'il se tenait devant elle, il serait fouetté encore plus qu'il ne le désirait, ce damné !

Comme elle claquait les rênes, le cheval partit d'un pas traînant. Gretchen essuya nerveusement son visage ruisselant et gigota sur son siège. La sueur coulait dans son dos, entre ses seins. Irritée par la robe autour de son cou, elle tourna la tête à droite et à gauche. Mais il était hors de question d'abandonner une autre de ses toilettes. Jamais ! Plutôt souffrir !

Gretchen fut soudain déséquilibrée sans en comprendre la raison. Prise de convulsions, proche de l'hystérie, elle grinça des dents et tenta de se calmer. La terre trembla, Gretchen bascula. Du fond de son âme s'éleva un cri, qui s'enfla dans sa poitrine et jaillit dans un hurlement strident, presque inhumain.

La jeune femme fouetta cruellement l'animal qui broncha. Lorsqu'ils arrivèrent aux abords de la ville, il s'écroula raide mort au milieu de la route. Gretchen sauta du chariot.

— Relève-toi, espèce de tas de viande puante ! Debout, tu m'entends ? cria-t-elle.

Elle lui lança un coup de pied. Mais la bête ne bougeait plus. Gretchen vociférait.

— Il nous reste un bout de chemin, relève-toi immédiatement ou je prends le fouet !

Elle se mit à quatre pattes pour examiner la bête, espérant qu'un souffle de vie l'animait encore.

— Debout, vieille carcasse inutile ! cria-t-elle en tirant sur les oreilles de l'animal, tout en voulant se relever.

Soudain, ses mains moites glissèrent et Gretchen, abrutie, se retrouva sur les fesses, les jambes en l'air.

Elle grimpa sur le chariot et se démenant tant bien que mal, réussit à amener une malle près du bord. Elle la fit basculer. Le couvercle s'ouvrit et ses vêtements atterrirent malheureusement dans un tas de cendres. Furieuse, elle descendit, s'écorchant la jambe. Elle tempêta de voir son dernier bas de soie déchiré.

Gretchen s'aperçut qu'elle avait passé les portes de la ville ceinte. Elle n'avait rencontré personne sur cette route peu fréquentée.

Des débris de pierres rouges tombèrent sur elle. Gretchen regarda la ville en effervescence. Des femmes tiraient des enfants et se protégeaient des projectiles volcaniques avec des parasols. Horrifiée, elle en vit un prendre feu. Des domestiques — fidèles à leurs maîtres — aidaient à porter bébés et bagages. Au bord de la crise de nerfs, Gretchen traîna la malle sur quelques mètres avant de s'écrouler. Elle ne parviendrait jamais au port de cette façon. Elle déchira un pan de la robe qu'elle portait, le cœur serré, et l'attacha à la poignée de la malle. Elle essaya ensuite de la tirer avec cette corde improvisée. Mais deux pas plus loin, le tissu se déchira.

Folle de rage, elle secoua la tête pour se débarrasser des cailloux incandescents qui brûlaient sa peau. Elle pensa trouver de l'aide au port. Il y avait certainement là-bas des hommes solides, qui viendraient prendre ses malles. Elle les implorerait, offrirait son corps s'il le fallait.

Le premier qu'elle rencontra était un indigène qui tenait un enfant dans ses bras.

— Aidez-moi ! cria-t-elle. J'ai besoin de quelqu'un de fort comme vous pour transporter mes malles. Voyez, elles sont derrière nous, au milieu de la route.

N'obtenant aucune réponse, elle injuria l'homme et lui ordonna de poser l'enfant. Il lui lança un regard haineux, serra l'enfant contre son torse et poursuivit son chemin, la laissant jurer toute seule. Gretchen courut au bout de l'embarcadère, où des hommes aidaient les femmes et les enfants à monter dans des chaloupes pour aller rejoindre les galions.

— Il faut que vous m'aidiez, hurla-t-elle. Quelqu'un doit venir à mon secours. Que puis-je faire ?

Des visages durs et froids se tournèrent vers la jeune femme. Elle s'approcha d'un vieil homme occupé avec deux jeunes enfants.

— Aidez-moi, je vous en supplie. Ce ne sera pas long.

— Dès que j'aurai mis ces enfants en sécurité dans la chaloupe, lui répondit-il.

— Laissez donc ces enfants, leurs mères peuvent veiller sur eux ! Il ne me reste que mes malles ! Vous devez m'aider !

— On ne prend pas les bagages, seulement les enfants sur cette traversée. Vous devez abandonner vos affaires ici. Et sauver votre vie. Aidez-moi à faire grimper ces enfants à bord, ils sont orphelins. Personne ne peut prendre soin d'eux.

— Aider ces pleurnichards, après m'avoir dit que vous n'emporterez pas mes bagages ? Vous êtes complètement fou, vieillard !

Elle retourna vers le chariot, se frottant le corps pour enlever les cendres qui pleuvaient de plus belle. Elle trébucha et cassa un talon de chaussure. En claudiquant, elle arriva à ses malles, soupirant de soulagement qu'on ne lui ait rien volé. Pourquoi personne n'acceptait de venir à sa rescousse ? se demanda-t-elle.

Soudain, elle éclata de rire, un rire rauque et saccadé. Évidemment ! Elle n'était pas belle ! C'était pour cette raison que les gens la regardaient étrangement.

Elle allait changer de robe et se recoiffer. Après, tous les hommes se jetteraient à ses pieds pour l'aider.

Avec ses dernières forces, elle tira la plus grande malle à l'écart de la route. Elle l'ouvrit de façon révérencieuse. Laquelle choisir ? Toutes étaient si magnifiques, taillées pour elle uniquement. Faisant des grâces, elle finit par se décider pour une toilette de couleur lavande, brodée de fils d'or.

Touchée par une pierre chaude, Gretchen tressaillit. Elle s'activait à sortir la robe quand un bloc de cendres fumantes tomba sur la fine étoffe et l'enflamma. Plus elle tapotait sur la robe, plus les flammes se propageaient. Une flammèche atterrit dans ses cheveux. Dans sa terreur, elle agitait la robe d'une main et se frappait la tête de l'autre.

— Pas mes robes, je ne veux pas perdre mes robes !

Mais le feu en eut raison et commença à courir sur la jeune femme. Où était Regan, l'homme qui l'aimait, qui l'adorait ? Gretchen avait perdu la raison. Ses mains brûlaient tandis qu'elle luttait contre le feu. Deux hommes se rendirent compte de son malheur et se précipitèrent à son secours.

Gretchen fut transformée en un instant en torche vivante. Il était impossible de la reconnaître. Les hommes tentèrent en vain d'éteindre les flammes mais Gretchen les combattait.

— Mes robes, mes robes, sauvez mes robes ! s'écria-t-elle avant de s'effondrer sur le sol.

La jeune femme n'était plus qu'une masse de chair carbonisée. Ils l'entendirent murmurer dans un dernier souffle de vie.

— Plus jamais je ne serai belle.

Le brigantin filait à vive allure vers Java. Regan s'installa derrière son bureau dans sa cabine. Les pieds appuyés sur un coin du meuble, un cigare dans une main, il semblait complètement détendu. Pourtant, ses yeux étaient noirs de colère.

— De quoi... de quoi voulez-vous discuter ? demanda timidement Caleb.

— Nous savons tous les deux que le missionnaire t'a reconnu comme étant l'enfant que le Crochu lui avait laissé. Il a dit aussi qu'une femme blonde, avec un accent allemand, et un Espagnol lui avaient demandé des renseignements sur cet enfant. Sur toi. Tu es donc mon fils. Je crois que j'ai senti dans mon cœur que tu étais ce fils perdu dès que je t'ai vu. J'avais à l'époque d'autres problèmes, qui m'ont empêché d'y réfléchir. J'ai pris l'histoire de ma femme pour argent comptant. Maintenant, je suis parfaitement conscient de ce qui se passe autour de moi. Tu dois me dire ce que signifie cette intrigue. Nous nous occuperons de nos affaires plus tard. Pour l'instant, dis-moi la vérité.

Caleb ravala sa salive et se frotta les yeux. Les poings serrés, il raconta son histoire.

— Il y a deux ans, j'étais parti faire des courses aux alentours du port. J'ai été frappé à la tête, et lorsque je me suis réveillé, j'étais à bord d'un navire en pleine mer. Je suis resté un an sur ce bateau, jusqu'au jour où nous nous sommes arrêtés dans une ville. Ce jour-là, j'ai été fouetté pour ne pas avoir travaillé assez vite. Un très gentil monsieur, Señor Juan Cordez, a pris ma défense et m'a sauvé. Il m'a proposé de me ramener si je voulais servir à bord de son navire. J'ai accepté et nous sommes partis. Il a soigné mon dos. Je lui dois la vie. Nous étions à une semaine de Batavia quand notre frégate a été attaquée par des pirates. Leur navire battait pavillon hollandais. C'est pour cela que tout le monde a cru qu'il était à vous.

— Mes hommes n'ont jamais ordre d'attaquer des navires, dit fermement Regan.

— C'était le pavillon de la Compagnie Hollandaise des Indes Orientales, s'obstina Caleb. Nous avons vraiment pensé qu'il vous appartenait. Les brigands ont tué Señor Cordez, mon bienfaiteur, et ils ont violé et tué une des femmes. C'était le Crochu. Il l'a violée, même après qu'elle soit... je ne veux pas en parler, fit le garçon en secouant la tête.

— Tu dois en parler ! Dis-moi la suite !

— Il a ouvert la femme avec son crochet, une grande

entaille sur son corps. Ensuite, ils l'ont jetée par-
dessus bord. Elle s'appelait Isabel. Elle devait devenir
votre femme. Sa sœur m'a dit, et son oncle aussi, que
c'était une femme sainte, qui ne souhaitait qu'une vie
pieuse. Elle avait accepté ce mariage, pourtant elle
aurait préféré entrer au couvent. Sa sœur... Sirena,
s'est battue comme une lionne mais elle a perdu. Elle
a été sérieusement blessée, plus que vous. Vous portez
tous les deux la même cicatrice sur le bras. Ils... ils
l'ont violée chacun leur tour, les uns après les autres,
jour après jour. Elle est tombée malade, elle avait la
fièvre et voulait mourir. Mais le Seigneur ne lui a pas
permis de partir aussi facilement. Je me suis
débrouillé pour voler des poudres dans la cabine du
capitaine et j'ai fait de mon mieux pour la soigner. Elle
a failli mourir deux fois, mais Dieu l'a gardée en vie.
Dans son délire, elle disait des choses bizarres. Elle
disait qu'elle prendrait la place d'Isabel et qu'elle se
marierait avec vous, et...

— Termine mon garçon !

— Elle disait qu'elle voulait vous ruiner, comme
vous avez ruiné la vie de sa sœur et la sienne. Parce
qu'elle était déshonorée. Aucun homme ne voudrait
d'elle s'il savait ce qui lui était arrivé. Alors, nous
avons décidé que je passerais pour son frère. Le reste,
vous le connaissez. Sirena est la Sirène des Mers.

— Je sais.

— Vous le savez ? s'exclama Caleb, les yeux écar-
quillés.

— Je l'ai supposé pendant un certain temps, mais
j'en ai eu la certitude il y a seulement quelques
jours.

— Vous n'allez pas la tuer, hein ? l'implora le garçon. S'il vous plaît. Chaque fois qu'elle aurait pu vous
traverser de son sabre, elle vous a épargné. S'il vous
plaît, Père.

— Et l'Espagnol, que sais-tu là-dessus ?

— Elle le déteste. Elle se rendait à ces déjeuners
chez lui pour obtenir des informations sur la route de
ses navires. Elle a dit qu'il avait trahi l'Espagne. Et

si elle en avait eu l'occasion, elle l'aurait tué. C'est vous qu'elle aime.

— Est-ce qu'elle te l'a avoué, garçon ?

— Non, elle n'avait pas besoin. Je l'ai lu dans ses yeux. Elle m'a annoncé que vous étiez mon père avant de partir, mais que je devais vous laisser le découvrir vous-même.

— Partir ! s'écria Regan. Où est-elle partie ?

— Pour l'Espagne. Le jour où nous avons pris la mer. Elle a prévu de faire la traversée seule avec la frégate.

— Seule ! Mais c'est impossible !

— Sirena est capable de faire tout ce qu'elle a décidé, affirma Caleb.

— Vraiment ? gronda Regan. Tu sais tout sur cette femme.

— Oui, je la connais bien. Sans doute mieux que vous, et vous êtes son mari. Savez-vous qu'elle attend un enfant de vous, Père ?

— Quoi ?

— Sirena va avoir un enfant. J'ai entendu Frau Holtz poser différentes questions à Juli sur Sirena. Je sais déjà beaucoup de choses, Père, et j'ai bien compris de quoi elles parlaient. Et la dernière fois que je l'ai vue, ajouta-t-il d'un ton sinistre, elle n'était pas bien. J'ai remarqué qu'elle était fatiguée, même si elle ne voulait rien montrer. Ses yeux, il y avait tant de tristesse dans ses yeux que j'ai voulu venir vous le dire. Mais elle me l'avait interdit. Je lui ai juré fidélité. A elle et à son oncle, sur *La Rana*. Alors...

— Aveugle ! J'ai tout le temps été aveugle ! se réprimanda Regan en parlant d'une voix chevrotante.

— Vous devez la rattraper et l'obliger à faire demi-tour ! Dans son état, elle ne pourra jamais naviguer jusqu'en Espagne.

— Je croyais qu'elle pouvait faire n'importe quoi !

— Eh bien, presque tout, quand elle est en bonne santé. Mais si elle est malade, elle a besoin d'aide. Je vous en prie, Père, partez à sa recherche.

Regan attira le garçon contre lui.

— Nous devrions être heureux de nous retrouver et fêter cela. Mais au contraire, tu es en train de plaider pour la Sirène des Mers, et moi je me sens sacrément stupide. Sais-tu que j'ai offert une récompense pour sa capture... Mon Dieu, gémit Regan. Que va-t-il arriver si des pirates la trouvent et la tuent ? Idiot ! Bougre d'idiot ! s'insulta-t-il. Viens, nous partons à ses trousses.

Le garçon regarda son père, le visage tendu.

— Pourquoi ? lui demanda-t-il.

— Pourquoi quoi ?

— Pourquoi voulez-vous la retrouver ?

— Parce que tu as dit qu'elle était malade et qu'il fallait l'aider.

— Alors, si c'est la seule raison, je n'irai pas.

— Mais tu... qu'est-ce que tu attends de moi ? Il y a une minute, tu me suppliais de partir la chercher, et maintenant que je suis d'accord, tu refuses de me suivre.

— Je vous suivrai si vous me dites la vérité, la raison qui vous pousse à la retrouver.

— Je croyais que tu n'étais qu'un gamin de douze ans, mais tu réfléchis comme un homme, dit Regan en lui donnant une claque amicale dans le dos. Tu veux m'entendre dire que je suis amoureux d'elle, n'est-ce pas ? C'est vrai, mon fils, j'aime la Sirène des Mers et j'aime Sirena, ma femme. C'est heureux que je n'aie pas à faire de choix.

— Vous aimez la Sirène des Mers après ce qu'elle vous a fait ?

Regan hocha la tête.

— J'ai aperçu une étrange lueur dans ses yeux verts. La même que j'ai vue dans les yeux de ma femme. C'était la seule chose qu'elle ne pouvait pas masquer.

30

Ému, Regan observait Caleb, qui tenait la barre du brigantin. Un sentiment de fierté l'envahit. Il frémit en pensant qu'il aurait pu ne jamais retrouver son fils. C'était grâce à Sirena. Son cœur se serra, la jeune femme lui manquait. Avait-elle vraiment quitté l'île comme le disait Caleb ? La reverrait-il un jour ?

Le garçon s'était peut-être trompé au sujet de l'enfant. Il repoussa cette idée. Sirena était enceinte. Mais quand cela s'était-il produit ?

Un soir singulièrement sombre, le chuintement du vent dans les mâts, un voile de brume autour de la frégate, le roulis du navire silencieux... Le décor lui revint en mémoire, et la magnificence de Sirena cette nuit-là ! L'excitation de leur duel, les étincelles dans ses yeux émeraude, son sens du spectacle, sa victoire sur ce lâche de Blackheart. Regan comprenait à présent pourquoi elle devait tuer cet homme. Il aurait lui aussi agi de la même manière.

Cette femme était une énigme. Panthère hargneuse pour un instant, ange secourable peu après.

Des souvenirs distincts affluèrent à son esprit, si distincts qu'il vit apparaître la Sirène au milieu des embruns. Il sentit sa présence, entendit son rire résonner sur les flots. Ses mains brûlaient de toucher son corps satiné, aux formes voluptueuses. Il voulait enfouir son visage dans sa crinière d'ébène pour y respirer la douce senteur de la mer. Une soudaine chaleur éveilla sa virilité.

Son désir avait égalé le sien. Leurs corps s'étaient unis dans une parfaite et entière communion. Et ils avaient conçu son enfant. Leur enfant !

L'image de la Sirène des Mers se confondit avec celle de Sirena, femme réservée et distante. Elle qui avait passé plus d'un après-midi chez Chaezar Alvarez. Ses poils se hérissèrent à la pensée que l'enfant qu'elle portait pourrait être de l'Espagnol.

Regan se força à détourner les envies meurtrières qui le démangeaient. Il leva les yeux vers le ciel, espérant apercevoir des signes rassurants. Depuis l'arrivée de l'homme blanc à Java, les Sœurs de Feu n'étaient encore jamais entrées en éruption. Elles avaient seulement lancé leurs menaces grondantes. Mais l'air était chargé d'une odeur de soufre et il devenait de plus en plus difficile de respirer. Était-il prudent de retourner à Batavia ? Contre tout espoir, il souhaitait que Sirena soit au port, attendant d'embarquer sur un navire. Il *devait* s'en assurer.

De plus, il fallait prendre des provisions pour la longue traversée. Il expliquerait à Caleb qu'un tel voyage, qui risquait de ne pas être facile, devait se préparer. Certes, il pourrait partir immédiatement à la recherche de Sirena et gagner un temps précieux s'il la retrouvait. Mais il devait d'abord vérifier qu'elle avait quitté Java. Autrement, Frau Holtz et les autres domestiques veilleraient certainement à son évacuation. Regan savait qu'il pouvait compter sur l'intendante, mais Sirena l'écouterait-elle ?

— Nous perdons de la vitesse, Père, se lamenta Caleb. Le vent est tombé. Nous perdons du temps et...

— Et tu crois que je ne fais rien, c'est cela ?

— Je crois que nous devrions partir à la recherche de Sirena. Vous aviez promis, répondit le garçon sur un ton de reproche.

— Écoute-moi, fils. On ne peut pas prendre la mer sur un coup de tête. Regarde le ciel, les volcans peuvent se mettre en colère d'un moment à l'autre. Et si tu t'étais trompé, que Sirena n'ait pas suivi son idée, si elle était encore à la maison en train d'attendre ?

— Sirena fait ce qu'elle dit, répliqua le garçon, entêté. Elle est à bord de la frégate, seule, et elle a besoin d'aide, de votre aide.

A peine finissait-il de parler que Regan s'écria :

— Le ciel ! Regarde !

L'horizon se colorait de la rougeur des flammes et l'écho d'une explosion leur parvint aux oreilles.

— Mon Dieu, pourvu que tous aient pu quitter l'île, dit Caleb, attristé. Père, que se passera-t-il si Sirena est en mer et qu'il y a un raz de marée ?

— Je croyais qu'elle était meilleur marin que n'importe quel homme, lui rétorqua Regan en le fixant dans les yeux. Ce sont tes propres mots, non ?

— Oui, mais...

— Il n'y a pas de mais, Caleb. Est-elle, oui ou non, le meilleur marin qui puisse exister ?

— Oui ! s'écria Caleb avec un air de défi. Sirena peut faire n'importe quoi !

— Donc, il n'y a pas de problèmes, n'est-ce pas ?

— Mais cette fois, elle navigue seule. Si une déferlante la balaye par-dessus bord, ou si la frégate chavire...

— Je doute que se produise un raz de marée. Tu vas devoir me faire confiance à l'avenir, mon fils. Je fais ce que je pense être le mieux. Nous filons sur Batavia nous assurer qu'elle est partie. Nous sommes à six heures du port. D'autres personnes ont peut-être besoin de nous. Lorsque nous aurons vu où en est la situation, nous nous lancerons après Sirena.

— Père, vous aviez fait une promesse, vous me l'aviez promis, hurla Caleb. Sirena ne rompt jamais une promesse. Elle dit que l'honneur est le plus important. Vous, mon père et l'époux de Sirena, comment osez-vous ? Si vous le faites, je ne vous pardonnerai jamais, jusqu'à ma mort. Je la trouverai moi-même !

— Tu dois profondément aimer Sirena, dit Regan d'une voix calme, tandis qu'il regardait le garçon avec compassion.

— C'est grâce à Sirena que je vis encore aujourd'hui, c'est grâce à elle que je suis à côté de vous, sur ce pont, et que je vous appelle « père ». Sirena est la raison de tout cela. Je ne pourrai jamais vivre dans votre maison sans elle, même si vous êtes mon père. Je dois la retrouver. Je dois la revoir !

Une lueur de crainte traversa le regard de Regan. Le ton sur lequel avait parlé le garçon l'inquiéta. Sans aucun doute, Caleb était doté d'une détermination farouche. Il tiendrait donc sa promesse et ramènerait Sirena chez lui, même si l'enfant n'était pas de lui...

— Alors, poursuivit Caleb, quelle est votre décision, Pè...

Le mot s'étouffa dans un sanglot, il imagina le visage de Sirena.

— Je tiendrai parole. Dès que nous aurons la certitude qu'elle n'est pas sur l'île, nous mettrons le cap sur l'Espagne. D'accord ?

— D'accord !

Tenant négligemment un parapluie de côté, Helga Kloss descendait vers l'embarcadère, suivie d'une ribambelle d'enfants noirs qui riaient et chantaient.

Madame Kloss donnait le rythme de la marche en sautillant. Si sa voix était gaie, la peur lui nouait le ventre. Son visage rayonnait, mais en silence elle priait Dieu qu'il vienne à leur secours pour arriver aux navires.

Ces enfants, âgés de quelques mois à six ans, faisaient partie de la mission chrétienne de Batavia, où Helga dépensait une énorme partie de son temps comme bénévole.

Le malheur accablait la pauvre femme. La mission avait brûlé, le père Miguel et quelques enfants avaient péri dans l'incendie. Helga s'était retrouvée seule pour s'occuper des survivants.

Le quai n'était plus très loin, maintenant. Ils seraient bientôt hors de danger. Européens et indigènes, accouraient vers eux pour sauver ces orphelins. L'angoisse crispait leurs visages.

— Que Dieu vous garde ! criait Helga en pleurs. Que Dieu vous garde !

Les adultes saisirent les enfants dans leurs bras. Le quai trembla sous leurs pieds. Soudain, une grêle de roches rouges s'abattit sur eux, atteignant plusieurs personnes. Des enfants hurlèrent de douleur et de peur.

Helga sentit des brûlures dans son dos, mais sa détermination à mettre les enfants à l'abri effaça le mal. Ceux-ci furent rapidement installés dans les chaloupes, protégés des rejets des volcans par d'épaisses bâches. La joie jaillit dans le cœur d'Helga quand le dernier fut hissé dans une des embarcations.

Les gens s'entassèrent avec les enfants. Helga était sur le point de s'embarquer quand elle entendit des pleurs de détresse. Se retournant, elle aperçut derrière des caisses empilées une petite fille, de cinq ans à peine. Elle était pieds nus, la robe en lambeaux. Elle avait des cloques et des écorchures sur le corps.

Helga, les sens retournés, se précipita sur elle. Celui qui l'avait pris en protection avait dû concevoir un coup mortel. Helga serra la fillette contre sa poitrine et courut aux chaloupes.

Une explosion assourdissante déchira l'air. Helga eut le souffle coupé. Une pluie de pierres lui martela le corps et la tête. Elle fut jetée à terre, l'enfant étendue sous elle.

Des marins virent la scène et sautèrent des embarcations pour venir à leur rescousse. Injuriant les volcans, se couvrant la tête de leurs mains, ils arrivèrent au pas de course près des victimes.

L'un d'eux reçut une pierre au coin de l'œil. Il tomba à genoux, le sang ruissela. Un autre vint l'aider, tandis qu'un troisième attrapait la fillette en larmes.

Le regard épouvanté, celle-ci s'accrocha au cou d'Helga et refusa de lâcher prise.

— Chut, petite, lui murmura le marin pour la calmer, alors que des projectiles les heurtaient. Il n'y a plus rien à faire pour elle maintenant. Elle est partie rejoindre les anges.

La petite sembla comprendre. Elle déposa un tendre baiser sur la joue de la pauvre femme et se pelotonna dans les bras du marin.

Le capitaine Anton Kloss suivit en spectateur la destruction de Batavia. Il se trouvait sur le pont de son navire, à bord duquel il attendait sa femme. Il vit les bâtiments s'écrouler, les langues voraces du feu dévorer les arbres et les maisons, le ciel hurler sa colère.

Les tremblements de terre provoquaient d'énormes vagues écumantes, qui faisaient fortement tanguer le navire. Malgré la distance, le capitaine sentait la chaleur de l'incendie de la ville lui piquer le visage, lui asphyxier les poumons. Il appelait son épouse en silence.

Un terrifiant grondement attira son attention. A l'ouest, il aperçut les Sœurs de Feu qui fumaient et crachaient. L'horizon devint rouge, puis jaune, puis se couvrit d'une épaisse fumée blanche. Le rugissement des volcans s'éleva en crescendo.

La dernière chose que vit le capitaine fut l'explosion des Sœurs de Feu. Une lame de fond secoua le navire. Anton Kloss, assommé par une vague, fut projeté dans les flots du port de Batavia.

Un vent chaud gonflait les voiles du brigantin, qui bravait la mer agitée. Ils s'approchaient de Batavia. Le jour diminuait, un crépuscule rougeoyant envahit le ciel jaunâtre. Regan se tenait à la proue et observait l'île avec sa longue-vue. Java semblait être dévastée et déserte. Une angoisse l'oppressa. Si Sirena était morte, y survivrait-il ? Mais si elle vivait, pourrait-il accepter de vivre avec un enfant dont il n'était pas le père ? Ses tristes pensées furent vite interrompues.

— Terre ! Terre ! signala Caleb d'une voix anxieuse.

Le brigantin entra dans le port en ruine.

— Descendez les chaloupes, commanda Regan.

— Il ne reste plus rien, s'écria le garçon, parcourant du regard les digues et les entrepôts démolis.

— Les bureaux de la Compagnie, là-bas ! Regarde, mon fils.

Regan ordonna à ses hommes de fouiller la ville à la recherche des survivants. Il courut avec Caleb vers le bâtiment délabré.

— Voyez, Père, voici votre boîte à cigares, s'exclama Caleb, à peine rentré dans l'ancien bureau.

Regan jeta un œil autour de lui. Soulagé, il comprit que ses capitaines étaient venus ici et avaient tout emporté. Caleb se retourna pour lui tendre la boîte à cigares et heurta du pied un panneau de liège qui traînait par terre.

— Père, regardez ! Regardez ceci !

Regan ramassa avec la pointe de son poignard un papier accroché au panneau. Le garçon lut à voix haute ce qui était écrit : « Moi, surnommée Sirène des Mers, déclare disparaître des océans. Ma mission est terminée. J'ai obtenu ce que je cherchais. Je laisse désormais les Espagnols et les Hollandais à leur commerce. » Au bas du papier s'étalait un large S.

— J'avais raison, Père. C'était la dernière chose qu'elle avait à faire avant de quitter l'île. Ce message n'était pas là quand nous sommes partis. Je vous avais bien dit que Sirena n'oubliait jamais sa promesse.

Regan regarda le garçon droit dans les yeux.

— Oui, tu avais raison. Je vais dire à mes hommes de récupérer des provisions dans les caves et de les charger. Nous mettons les voiles immédiatement.

— Je vous remercie, Père, dit humblement Caleb.

A ses pieds, Regan remarqua une affiche presque calcinée : la récompense offerte pour la Sirène des Mers.

Regan n'avait pas l'esprit tranquille. Mille questions l'assaillaient sur son attitude, sur son amour pour Sirena. Il monta sur le brigantin. Il se reprochait ce qui était arrivé. Il se considérait même responsable de l'état actuel de Sirena. Si seulement il avait eu la présence d'esprit d'arrêter ce bâtard de Chaezar... Sirena était une femme unique. S'il l'avait écoutée... tout aurait peut-être été évité. Comment avait-elle pu tomber dans les bras de ce sournois ? L'Espagnol avait dû abuser d'elle et elle avait craint de le lui raconter, redoutant son courroux.

— Mon Dieu, aidez-moi, aidez-nous tous, murmura Regan.

— Père, nous sommes prêts ! lui cria Caleb.

— Eh bien, donne ordre de lever l'ancre !

31

Sirena était allongée sur sa couchette et pensait à Frau Holtz, qui dormait dans une cabine voisine, grâce à quelques gouttes de laudanum. Sirena se demanda si elle avait eu une bonne idée de l'embarquer. Lorsque l'intendante se réveillerait, elle voudrait sûrement sauter par-dessus bord et rejoindre le port de Batavia à la nage. Elle sourit en imaginant Frau Holtz au milieu des requins, les menaçant du doigt en criant : « *Ja*, je rentre chez moi, laissez-moi ! »

La jeune femme respirait avec difficulté. Un poids lui écrasait la poitrine. Tandis qu'elle se tournait sur sa couche, un bruit d'explosion retentit. Prise de panique, elle sortit de la cabine et grimpa l'échelle à toute vitesse pour gagner le pont.

— Dieu du ciel, qu'est-ce que c'est ? demanda-t-elle à Jan au gouvernail.

— Les Sœurs de Feu. Elles avaient prévenu, et maintenant elles prennent leur revanche. Elles déversent leur haine sur les villages et les plantations. Que Dieu vienne au secours de ceux qui sont encore sur l'île. J'ai plusieurs fois entendu parler de ces choses, mais j'aurais jamais cru les voir de mon vivant.

— De quoi... Comment...

— Capitana, les roches que projettent les volcans sont des boules de feu qui enflamment tout ce qu'elles touchent. Et ensuite, c'est la lave qui dévale les pentes et ensevelit tout sur son passage. Elle se refroidit avant d'atteindre la ville, mais pour les plantations c'en est fini, dit Jan d'un ton coléreux.

— Les enfants, les vieux... que va-t-il leur arriver ? s'écria Sirena avec angoisse.

Caleb et Regan ! Étaient-ils à l'abri au moins ? Elle aurait dû rester et attendre.

— Regardez autour de nous, Capitana. Aussi loin qu'il est possible de voir, il n'y a que des navires. Vous avez bien vu les hommes aider à évacuer l'île.

— Mais ils ont eu si peu de temps !

— C'est vrai. C'est trop tard maintenant. Quand la lave sera froide, les gens retourneront sur l'île et essaieront de reconstruire et d'y recommencer leur vie.

— Mais il faudra des années, s'apitoya la jeune femme.

— Oui, des années. De nombreuses années et encore plus pour que les arbres repoussent. Si jamais ils poussent... Cela dépendra des dégâts que la lave a commis et si elle a déposé une couche épaisse.

Sirena balança tristement la tête, étonnée de cet étrange événement. En fin de compte, elle avait sauvé Frau Holtz du danger.

— Jan, est-ce que l'air va rester encore longtemps aussi étouffant ?

— Jusqu'à ce que le vent tourne. Dans plusieurs jours peut-être. Allez en dessous, Capitana, c'est plus respirable. Je peux me débrouiller à la barre.

— Très bien, acquiesça la jeune femme. Je vais prendre des nouvelles de Frau Holtz.

Sirena se dirigea vers la cabine qu'avait occupée Caleb auparavant. Elle entra sans faire de bruit. Comme elle regardait la domestique endormie, elle sentit étrangement lui venir des larmes. Des boucles de cheveux argentés glissaient sur le front de l'intendante, sa peau était tachée de suie, elle ressemblait à une vieille. Sirena lui repoussa gentiment les mèches et essuya la saleté sur ses joues. Frau Holtz remua en maugréant dans sa barbe. Elle passa la main sur son visage, visiblement dérangée par les attentions de Sirena. La jeune femme allait partir quand elle ouvrit les yeux.

— Frau Holtz, c'est Sirena. Je venais voir comment

vous alliez. Essayez de dormir, vous semblez épuisée.

— *Ja*, répondit la femme d'une voix rauque. Je suis fatiguée et j'ai du mal à respirer. Qu'est-ce qui se passe ?

— Les Sœurs de Feu sont entrées en éruption il y a un instant. L'air est insoutenable sur le pont. Il vaut mieux rester ici et vous reposer. Je vais faire de même. Ne craignez rien, je vous ferai débarquer dès que Willem dira qu'il n'y a plus de danger.

— *Ja*, je n'aime ni l'eau, ni les bateaux. Je veux sentir le sol sous mes pieds et voir des maisons et des arbres autour de moi.

— Je comprends, Frau Holtz. Je suis désolée que mes hommes aient dû vous forcer à monter à bord. Voyez-vous, je ne pouvais pas vous abandonner... à la mort. Vous étiez sur le quai en train d'attendre quelque chose, je sais. Mais il régnait un tel désordre que je n'avais pas le choix.

— J'attendais Monsieur.

— Alors, il n'était pas sur l'île ? dit Sirena avec soulagement.

— Non, Madame. Il n'était pas rentré avec le garçon.

L'intendante osa un long regard sur l'accoutrement de Sirena et sa bouche se plissa en un rictus. Sirena sourit de son expression désapprobatrice.

— Je trouve que mon... ma tenue a une certaine allure et elle me permet de bouger à mon aise. Si vous le voulez, je peux vous en tailler une semblable, la taquina Sirena.

Au fond des yeux bleus de l'intendante pétilla une lueur de malice.

— *Ja*, Madame, et ce sera un drôle de spectacle ! Si j'étais plus jeune, pourquoi pas, et avec votre silhouette, sans aucun doute. Mais vu la réalité, je vais devoir garder sur le dos ces vieilles nippes, dit-elle en examinant sa robe de soie grise, sale et déchirée.

Sirena rit joyeusement.

— Dites-moi, Frau Holtz, depuis quand avez-vous compris ma... double vie ?

— Depuis le jour où j'ai remarqué la poussière blanche des embruns dans vos cheveux. Une maladie, assurément ! Vous avez réussi à tromper votre mari, mais vous ne pouviez pas me tromper !

— Vous le saviez et vous n'avez rien dit à Monsieur ? l'interrogea Sirena, une note d'incrédulité dans la voix.

— Oui... je ne suis pas la seule à connaître votre secret. Ne vous êtes-vous jamais demandée pourquoi le treillage sous votre fenêtre était si solide, ou encore la vigne après laquelle vous grimpiez ? Les nuits où vous étiez absente avec le garçon, Juli et moi l'attachions au treillage. Plus d'une fois. Caleb n'a pas les pieds aussi agiles que vous. Je vous ai souvent attendue dans la cour. J'ai même envoyé Juli faire le guet sur le haut de la colline. J'étais inquiète, car vous étiez partie depuis des semaines !

— Et vous avez continué à vous taire ? Je n'arrive pas à me l'expliquer, Frau Holtz.

— Eh bien... j'étais fière de vos exploits téméraires. Je vous applaudissais en silence, comme la plupart des femmes des îles.

— Je ne comprends pas, je croyais que les femmes souhaitaient me voir pendue. Et maintenant, vous me dites que vous étiez fière de moi. Pourquoi ?

— La famille van der Rhys m'a toujours bien traitée. Mais avant d'être chez eux, j'ai connu ma part de souffrance à cause des hommes. (L'intendante eut l'air de s'évader dans ses pensées, le regard lointain.) Toutes les femmes ont voulu, à un moment ou à un autre, se venger des injustices que l'homme commet à notre égard. Mais, Madame, un jour, les choses changeront ! s'exclama Frau Holtz sans plaisanter. La Sirène des Mers a représenté la femme des temps prochains. Comprenez-vous à présent pourquoi j'éprouve de la fierté pour vous ?

— Je... je crois, oui.

Sirena éclata subitement de rire et se pencha pour embrasser la vieille femme.

— Vous saviez depuis le début, s'étonna la jeune femme.

— *Ja*, fit l'intendante, affichant un sourire radieux.

— De ce fait, nous sommes complices, n'est-ce pas ?
Frau Holtz hocha la tête.

— Où irez-vous, Madame, lorsque vous m'aurez laissée sur une île ?

— Je rentre en Espagne. Je n'ai plus rien à faire ici.

— Et l'enfant que vous portez ?

— Vous le savez aussi ?

— J'ai assez d'années derrière moi, Madame, pour connaître beaucoup de choses de la vie. De plus, il y a ce regard dans vos yeux. Vous êtes enceinte de quatre mois. Avez-vous senti bouger le bébé ?

— Oui. Mais j'arriverai en Espagne avant la fin de ma grossesse. Je suis triste que vous ne veniez pas avec moi, déclara sincèrement Sirena.

Frau Holtz se leva et essaya de nettoyer sa robe. Puis elle posa une main affectueuse sur l'épaule de la jeune femme.

— C'est votre mari qui devrait être avec vous en un tel moment.

— Il ne peut pas en être ainsi, murmura Sirena, les yeux brillants.

L'intendante haussa les épaules en signe d'écœurement et maugréa quelques jurons sur la stupidité des hommes.

— Je crois que je vais faire une sieste. Je vous conseille de ne pas monter sur le pont avant que Willem nous appelle. Nous serons alors sortis de ce nuage de soufre.

— Très bien, Madame. Je vais voir ce que je peux faire pour arranger ma tenue. Dormez bien.

Brisé par la fatigue, Jan s'écroula sur le gouvernail. Il ressentait une vive brûlure aux yeux, à cause des exhalaisons sulfureuses. Une douleur dans la poitrine l'oppressait. Willem devait venir le relever. Mais s'il tardait encore, ils n'auraient plus qu'à jeter son corps sans vie par-dessus bord, se dit Jan. Le marin se força à ouvrir les yeux et tenta de se relever. Mais l'effort lui coûta ses dernières forces, il glissa dans une torpeur inconsciente. La barre vira d'un demi-tour et s'immobilisa, coincée par le corps lourd de Jan.

En dessous du pont, Sirena dormait, tandis que Frau Holtz, le nettoyage de sa robe achevé, s'apprêtait à s'étendre pour un somme. Willem et les quelques autres marins, qui s'inquiétèrent sur le coup de l'embardée du navire, continuèrent leur partie de cartes.

Pendant des heures, la frégate dériva à des miles de sa route. A l'ouest, dans son sillage, un galion et son escorte naviguaient sur les flots bouillonnants. L'équipage de la frégate sommeillait paisiblement quand l'épais rideau jaunâtre commença à se dissiper.

Chaezar Alvarez porta la longue-vue à ses yeux. Un sourire diabolique se dessina sur ses lèvres. Il savait qu'armé de patience il trouverait la frégate. Parfois, il fallait accepter l'attente. Le navire semblait désert, personne ne se trouvait au timon, ce qui expliquait qu'elle voguait tranquillement. Avec de la chance, il arriverait juste derrière la frégate et jetterait un grappin pour l'aborder par la poupe.

La victoire était à portée de main, il pouvait s'accorder le luxe de se détendre. Regan était anéanti ! Batavia avait disparu dans les flammes, il n'en restait que le mur d'enceinte. Les muscadiers étaient détruits à tout jamais. Il allait régner sur le commerce de la muscade. Il se sentit le maître des Sœurs de Feu, qui avaient obéi à son ordre de dévaster l'île pour servir ses desseins. Chaezar observa à nouveau la frégate. Dans quelques instants, la Sirène des Mers serait à lui. A lui seul ! Il l'emmènerait dans son royaume d'Afrique. Il y gouvernerait en monarque absolu, et elle serait sa sublime reine.

Depuis des mois, il connaissait la véritable identité de la femme pirate. Dick Blackheart était venu lui raconter la pitoyable histoire de sa défaite, dupé par une jeune femme espagnole, plutôt maligne. Tout concordait avec le conte de Sirena et du gamin, qu'elle disait son frère. Ils auraient été miraculeusement récupérés par des pêcheurs après une tempête. Chaezar avait accepté le récit de Sirena, comme tout le monde sur l'île. S'il avait dédit cette histoire, on aurait pu l'impliquer dans l'abordage de la frégate.

Après avoir fait dérober la figure de proue de Regan, pour confondre ce dernier lors de son bal, Chaezar l'avait examinée : la Sirène des Mers ressemblait trait pour trait à Sirena. Ce sot de van der Rhys, qui avait donné à la femme pirate un surnom semblable au prénom de sa femme, n'avait apparemment pas remarqué les similitudes entre la figure de proue et Sirena. Mais Chaezar, qui savait juger la beauté, était persuadé de la double identité de la jeune Espagnole.

Une preuve supplémentaire lui avait été apportée lorsqu'il avait surpris la lueur farouche dans les yeux de Sirena, quand elle se battit contre Gretchen. Chaezar avait souvent eu envie d'avouer à la jeune femme qu'il connaissait la vérité. Il avait aussi pensé qu'elle était elle-même sur le point de la lui révéler. La Sirène des Mers avait, par ses actes de piraterie, fragilisé sa position de dirigeant du commerce maritime de la Couronne. Pourtant, il n'avait rien dit. Il avait pris part aux tentatives de sa capture, organisées par Regan et les autres, sachant qu'elles seraient vaines.

Excité par ce jeu de chat et de souris, Chaezar voulait le jouer jusqu'à la fin. Sa fortune personnelle ne dépendait pas de son travail, mais de sa contrebande et d'un royaume en Afrique Occidentale.

Lorsqu'il avait découvert la perte de ses vingt-quatre tonneaux de noix de muscade fertiles, Chaezar avait d'autres soucis à l'esprit, qui l'empêchèrent de mener une enquête. Les investigations de Regan sur la disparition de son fils risquaient d'amener celui-ci à le démasquer, ainsi que Gretchen.

Le soir, où il avait rencontré Sirena dans le jardin du domaine van der Rhys, il était en réalité venu la chercher. Pour lui offrir la vie d'une reine ! Pour la sauver de Regan ! Mais la jeune femme ne lui avait montré que sa haine, fâchée de l'après-midi où il l'avait droguée pour goûter aux délices de sa féminité. Elle l'avait ensuite provoqué en mentionnant le voyage de Regan. Chaezar s'attendait à ce qu'il parte à la recherche de son fils, mais pas aussi rapidement.

Saisi de peur, Chaezar avait empoigné Sirena pour la forcer à le suivre. Dans leur lutte, la manche du corsage s'était déchirée. L'ultime preuve de ses déductions était alors apparue au clair de lune : l'horrible cicatrice sur son bras, dont lui avait parlé Blackheart !

Sirena Cordez van der Rhys était l'indomptable Sirène des Mers ! Chaezar grimpa à son bord après le dernier de ses hommes. Avec la Sirène des Mers, la prudence était de rigueur. Elle était peut-être en train de le guetter à l'abri d'un recoin, s'apprêtant à l'embrocher avec son sabre. Lorsque ses hommes eurent la situation en main, il leur ordonna d'amener la femme pirate.

Sirena, encore ensommeillée, écarquilla les yeux devant la brute qui l'attrapait par le bras.

— Mon capitaine vous attend sur le pont, tout de suite !

Sirena paniqua une minute, revivant le cauchemar de Blackheart.

— Enlevez vos sales pattes ! Qui êtes-vous ? Comment êtes-vous monté sur ce bateau ? Lâchez-moi, vous dis-je ! s'écria-t-elle.

En guise de réponse, elle fut entraînée, trébuchant et tombant, jusqu'à l'échelle qui accédait au pont.

— Chaezar ! Que faites-vous ici ? Qu'est-ce que ça veut dire ?

— Souhaitez-vous entendre un mensonge joliment brodé ou la vérité pure ? lui demanda-t-il en se courbant devant elle dans une profonde révérence.

— La vérité conviendrait mieux à la situation.

— J'ai l'intention de tuer votre équipage et de vous emmener dans mon royaume.

— Et si je ne veux pas y aller, que ferez-vous ?

— Vous n'avez pas le choix. Vous venez avec moi, c'est tout !

— Jamais ! hurla Sirena du fond du cœur. Je ne traverserai jamais ce pont avec vous, ni même ne resterai à vos côtés.

— Eh bien, je vous forcerai à regarder vos hommes être pendus et écartelés, les uns après les autres. Quand le sang inondera votre navire, vous considérerez à nouveau votre décision, je pense.

Sirena blêmit en entendant ces cruelles paroles. D'après son regard, l'Espagnol ne plaisantait pas.

— Pourquoi voulez-vous tuer mes hommes ? Ils ne vous ont rien fait !

— Là n'est pas la question. Je ne voudrais pas que cet « incident » soit colporté à travers les îles. Vous pouvez penser que je suis en train de m'enfuir. Voyez-vous, les gens parlent. Je ne peux pas me permettre de prendre ce risque.

— Vous êtes capable de tuer de sang-froid, sans raison ? Mais quel démon vous habite ?

— Suis-je si différent de vous, Sirène des Mers ?

— Je n'ai jamais tué pour le plaisir de tuer, vociféra Sirena. Vous avez l'esprit pervers, Chaezar. C'est vous qui méritez la mort, pas ces pauvres hommes. Je vous fais une proposition. Vous les laissez partir et je vous suis de mon plein gré. Parole de la Sirène des Mers !

Chaezar réfléchit. Mieux valait qu'elle vienne sans opposer de résistance.

— Votre parole qu'il n'y a aucune ruse là-dessous ?

— Ma parole.

— Parfait. Grimpez sur le galion. N'emportez rien avec vous. Compris ?

Sirena hocha la tête et sauta sur le pont ennemi. A cette minute, Frau Holtz, le regard terrorisé, émergea du dessous en tenant d'une main tremblante une espingole. En un éclair, elle fut dépossédée de son arme. Une pointe de sabre sur sa gorge tint en respect l'intendante en larmes.

— Suffit ! cria Sirena. Elle m'accompagne, laissez-la venir avec moi. Ce n'est pas une prière, Chaezar, c'est un ordre.

— Très bien... Je n'ai pas le courage de tuer une vieille femme. Qu'elle vous suive. Mais souvenez-vous que c'est une faveur de plus que je vous accorde, dont vous devrez me remercier. Dites à vos hommes de se tenir tranquilles, ou bien je vous transperce de cette épée ! *Comprende ?*

— Willem, vous avez entendu Señor Alvarez. Ne tentez pas de l'empêcher de poursuivre sa route. Il a promis de ne pas nous faire de mal. J'ai un service à vous demander.

Willem acquiesça d'un signe de tête, fixant des yeux la jeune femme.

— Veillez à la réparation de la frégate. Je veux qu'elle porte à nouveau son véritable nom sur la poupe, et qu'elle soit remise à mon petit frère. Le ferez-vous pour moi ?

— Oui, Capitana. Je vais m'en occuper.

Le marin porta la main à son front et salua la jeune femme. Il regarda s'éloigner la frégate.

Sirena se tourna vers Frau Holtz, elle avait les larmes aux yeux. Elle serra les dents pour ne pas montrer son émotion à Chaezar. Ne pouvant plus se contenir, Frau Holtz explosa.

— Vil païen, sale porc ! Damné à la naissance, damné jusqu'au jour où vous disparaîtrez ! Le Seigneur devrait vous avaler votre langue de barbare.

— Si vous ne vous taisez pas, chère Madame, c'est moi qui vais vous faire avaler votre langue.

Frau Holtz, le visage congestionné, fit une grimace.

— Que le diable vous arrache le cœur avec sa fourche ! murmura-t-elle sous cape.

— Conduisez les dames à leurs cabines et enfermez-les, ordonna Chaezar d'un ton rude. Le moment est venu de changer de cap et de nous diriger vers mon nouveau royaume !

32

Caleb affichait une mine morose, qui attrista Regan. L'idée qu'un enfant si jeune puisse ressentir de tels sentiments lui fit mal. Regan s'était rendu compte que les mots ne lui apportaient que peu de réconfort. Caleb n'avait qu'une idée en tête : trouver Sirena et la ramener à la maison.

— Nous n'allons pas assez vite, Père. A cette vitesse, nous ne rejoindrons jamais Sirena ! Vous pouvez sans doute faire quelque chose. Ne connaissez-vous pas des routes qui nous feraient gagner du temps ? Sirena dit toujours que si on veut véritablement résoudre un problème, on le peut. Et nous avons un problème. Que ferons-nous si nous ne la retrouvons pas ? s'écria le garçon d'une voix brisée.

— Je n'ai pas de pouvoir sur les vents, fils. Tu dois me faire confiance.

— Si Sirena ne veut pas qu'on la trouve, elle y réussira. Ni vous, ni l'Espagnol, ni même moi, ne serons capables de la trouver, affirma Caleb.

— Je t'ai dit que je traverserai les océans jusqu'à ce que je mette la main sur elle, que puis-je faire de plus ?

— Sirena ressemble à un animal blessé en ce moment, elle souffre à l'intérieur d'elle-même, pas seulement pour elle, mais pour le bébé aussi, dit Caleb en prenant un ton d'adulte. Et si elle avait accosté quelque part ? Elle se moque de tout, c'est bien ce qui m'inquiète. Elle a abandonné la partie, rien ne lui paraît important. J'ai vu l'éclat de ses yeux et je vous le dis, Père, elle n'a plus l'étincelle de vie en elle.

Les paroles de Caleb saisirent Regan. Il n'imaginait pas que cette femme si exaltée puisse perdre son énergie et sa détermination. Un frisson lui courut sur l'échine. Malgré le courage que montrait son père, Caleb vit la peur dans son regard lointain.

Après trois semaines de navigation infructueuse, Caleb atteignait un état de découragement affligeant. Il en voulait d'une certaine manière à son père. Regan avait les nerfs à cran, il ne pouvait qu'exprimer à son fils la compassion qu'il éprouvait pour lui.

— Navire en vue ! entendit-on soudain.

Caleb grimpa aussitôt au mât de hune, le visage plein d'espoir et de vie pour la première fois depuis longtemps.

Regan abaissa sa longue-vue, l'air pensif. C'était la *Sirène des Mers* et elle battait pavillon espagnol. De loin, elle semblait lourde, les soutes chargées. Il regarda à nouveau par sa lunette en entendant le cri de jubilation de l'enfant.

— C'est la *Sirène* ! hurla Caleb en descendant de la mâture. C'est Sirena, Père, c'est Sirena !

Regan pressentit pourtant quelque chose d'anormal. Il posa sa main sur l'épaule du garçon pour tenter de le calmer. Mais Caleb courait déjà à la poupe.

— Je vois Jacobus et Willem. Sirena n'est pas sur le pont, elle doit être dans sa cabine, s'écria-t-il, très excité.

Regan devina au loin les mines sinistres des deux hommes. Il ne s'était pas trompé. Il y avait un problème !

— Ho hé ! *Sirène des Mers* ! appela-t-il d'une voix tonitruante. Où est votre capitaine ?

— Ce navire n'a plus de capitaine, répondit Willem. Que voulez-vous ? Nous n'avons pas de marchandises.

— Qu'est-il arrivé à votre capitaine ? Je parle de la Sirène des Mers. Si vous me mentez, je vous coupe la langue.

— Willem, Jacobus, c'est moi, Caleb. Où est Sirena ? Expliquez à mon père, il ne lui veut aucun mal.

— Oui, mon garçon. Si je pouvais faire apparaître notre Capitana devant nous, je le ferais. Mais elle n'est plus à bord. Ce bâtard espagnol, Alvarez, nous a attaqués peu après l'éruption des volcans. Il l'a faite prisonnière, avec une femme que nous avons récupérée à Batavia, Frau Holtz. La Capitana a émis un dernier souhait quand elle a quitté la frégate. Elle nous a demandé de mouiller dans un port, de repeindre le navire et de hisser des voiles blanches. La frégate est pour son petit frère, a-t-elle dit. Nous avons donné notre parole. C'était la moindre des choses, car elle a sauvé nos têtes. L'Espagnol était prêt à nous tuer tous. Elle lui a dit qu'elle le suivrait s'il nous laissait la vie et nous permettait de faire route vers un port. Nous n'avons pas pu nous battre. Ils étaient trop nombreux et leur galion était lourdement armé, avec deux autres navires comme escorte.

— Où l'ont-ils emmenée, Willem ? demanda Caleb.

— Si j'savais, j'aurais poursuivi ce chacal puant, répondit l'homme en crachant par-dessus bord. Je dirais en Espagne, mais rien n'est sûr. J'ai entendu un des hommes grommeler qu'il n'y serait pas bien accueilli. Il se peut qu'il ait pris un autre cap. J'aimerais vous en dire plus, mais malheureusement, ils ne se sont pas attardés. Dès que Sirena est montée sur le galion, ils ont pris le large. Je ne croyais pas qu'il tiendrait parole, j'attendais de recevoir un coup de canon sur notre flanc à tout moment.

— Comment... comment allait Sirena ?

— Elle était... malade. La femme prendra soin d'elle. Voilà, c'est tout ce que je sais. Avec votre permission, Capitaine, nous allons continuer notre route pour la côte, où la frégate sera remise à neuf. Et la prochaine fois que tu la verras, gamin, elle portera son vrai nom. Elle t'appartient à présent, selon le désir de la Sirène des Mers.

Willem s'inclina avec respect et se dirigea vers Jan, pour le relever au gouvernail.

Les yeux embués de larmes, Caleb fixa son père.

— Jusqu'à la fin, elle aura pensé à moi. Maintenant,

comprenez-vous pourquoi je dois la retrouver ? Dites-moi, Père, connaissez-vous un capitaine qui donnerait sa vie contre celle de ses hommes ? Aucun, je parie, s'écria Caleb, la gorge nouée de sanglots. Aucun. Chacun pense à soi uniquement, aux dépens des autres. Mais Sirena n'est pas comme tout le monde.

La question de Caleb mit Regan mal à l'aise. Le garçon avait raison. Il n'y avait pas un seul homme dans son entourage capable de se sacrifier pour un autre. Regan serra ses mains sur le bastingage, un nouvel élan de volonté l'envahit.

— Et moi, dit-il d'une voix mortellement calme, je retrouverai ta... sœur. Tu me tiens peut-être pour responsable de beaucoup de choses, Caleb, mais je te prie de me croire. Je la retrouverai, pour toi et pour moi.

Caleb observa le visage malheureux de son père. Il lui prit tendrement le bras.

— Nous la retrouverons... ensemble.

— Vous devez sortir, Madame. Vous n'êtes pas montée sur le pont depuis des semaines. Il faut marcher et respirer l'air pur. Rester couchée ne vous fait pas le plus grand bien, et au bébé non plus. Je vous en prie, Madame, venez dehors avec moi. La brise est fraîche et la mer est joliment ridée.

— Je ne supporte pas la vue de ce diable d'Alvarez. J'ai envie de l'étrangler. S'il existait seulement un moyen de...

— Il n'en existe pas. Il faut vous enlever cette idée de la tête. Jour et nuit, il y a deux gardes devant cette porte. L'Espagnol sait que vous ne pouvez pas vous battre dans l'état où vous êtes.

— Dans l'état où je suis ! Je pourrais combattre le diable en personne dans l'état où je suis, si je pensais que cela me ferait du bien. Vous avez raison, Frau Holtz, il est vain que je rêve de défaire ce bâtard. Cependant, ajouta Sirena avec un air méchant, je ne serai pas toujours dans cet état.

— Madame, vous aurez alors un autre fardeau. Le bébé.

— Ah oui, le bébé. Vous vous en occuperez pendant que je ferai passer l'envie à cet Espagnol de séduire les jeunes femmes.

Frau Holtz ouvrit de grands yeux ronds devant le détachement avec lequel avait parlé la jeune femme. Elle était convaincue de la détermination de Sirena.

— Je pense que vous avez eu une bonne idée, Frau Holtz. Une petite balade va me ragaillardir. Nous y allons ?

Les deux femmes marchaient d'un pas tranquille sur le pont, les alizés ébouriffaient les cheveux de Sirena et rosissaient ses joues pâlottes.

— Il y a si longtemps, soupira Sirena en regardant l'horizon, appuyée au bastingage.

Elle frissonna d'émotion. Les eaux étaient d'un bleu limpide, un banc de poissons nageait à la surface, frétillant au bonheur de leur liberté. Sirena s'étira et rejoignit Frau Holtz.

— Ainsi, vous avez décidé de revenir à la civilisation, dit avec courtoisie Chaezar, qui venait de bondir à leurs côtés. Je peux pèut-être vous accompagner, c'est une si belle journée.

— Si vous faites un pas de plus, répondit Sirena en s'arrêtant, je redescends à ma cabine. Je refuse votre compagnie, maintenant et toujours, si vous avez envie de marcher, marchez seul. Je vous préviens, Chaezar, restez hors de ma vue.

— Très bien, Sirena, je ne souhaite nullement m'imposer.

— C'est une bonne chose que vous ayez compris la leçon. La dernière fois, ce fut dans des circonstances imprévisibles. Vous m'aviez droguée, mais au fond de moi, je pensais à Regan. Peu importe ce que vous croyez.

— Je suis un homme patient. Je prévois chaque détail avant d'agir. Mettez-vous cela en tête. Lorsque nous dormirons ensemble, la seule drogue qui coulera dans vos veines sera la passion et le désir.

Prenant congé d'un signe de tête, il recula et laissa passer Sirena, qui écumait de rage. Elle jeta à Frau Holtz un regard désemparé.

— J'ai eu du mal à garder mes mains tranquilles, dit froidement Sirena. Elles me démangeaient de lui serrer le cou, je l'aurais volontiers regardé agoniser.

L'intendante frémit. Elle mit son bras autour des épaules tremblantes de la jeune femme et lui parla d'une voix douce de la chaleur du temps et des embruns argentés qui couraient sur les flots. Elle espérait surtout lui faire oublier sa brève entrevue avec l'Espagnol.

Chaezar faisait les cent pas dans sa cabine. L'enfant qu'elle portait était le sien ! Son cœur le lui disait. Pourquoi persistait-elle à clamer que Regan était le père ? Leur mariage n'avait jamais été consommé, le fait était connu. Mais s'il lui plaisait de le croire, de se tromper elle-même, il l'y autorisait. A la naissance du bébé, la vérité serait dure à admettre pour Sirena. L'enfant aurait le teint olivâtre et les cheveux noirs. Quelle autre preuve pouvait-on désirer ? Il n'y avait aucune chance qu'elle mette au monde un enfant blond aux yeux bleus, il en était certain.

La rencontre de la *Sirène des Mers* remontait à deux mois. Depuis, Regan avait interrogé tous les équipages des bateaux qu'ils avaient croisés. Pas un n'avait aperçu l'Espagnol. Sans Caleb, il se serait désespéré. Mais chaque fois qu'il avait l'air abattu, le garçon était là pour le soutenir. Une force inouïe émanait de cet adolescent.

Le brigantin maintenait le cap sur l'Espagne et les jours se suivaient dans leur monotonie. Caleb devint irritable et provocant. Il s'excusait constamment de son comportement. Une crainte obséda Regan. Pour lui, la Sirène des Mers avait disparu du monde des vivants, c'était la seule explication.

Il leur restait deux jours de navigation avant d'arriver dans la ville de Chaezar.

— L'Espagnol m'a dit ce matin que nous nous

approchions de notre destination. Dès le coucher du soleil, nous serons à terre, annonça l'intendante.

— Tant mieux, Frau Holtz. Je vais bientôt accoucher. Je veux un lit avec des draps propres et un oreiller douillet. Savez-vous où nous allons accoster ?

— J'en sais autant que vous, Madame. Sur la côte nord-ouest de l'Afrique.

Sirena prit soudain la main de la vieille femme.

— Ne vous ai-je pas dit combien je vous suis reconnaissante d'être à mes côtés, Frau Holtz ? Je me demande ce que j'aurais fait sans vous. Je ne pourrai jamais vous en remercier.

— Pas besoin de remerciements.

Elles se serrèrent les mains. Émue, l'intendante se dégagea la première.

— Je dois rassembler les quelques affaires que nous avons. Nous serons prêtes lorsque Señor Alvarez donnera ordre de débarquer.

— Je crois que je vais rester allongée encore. La pensée d'être obligée de vivre sous le toit de ce monstre me donne des vertiges. Et mon enfant devra venir au monde chez lui !

Frau Holtz se mordit les lèvres. Elle était inutile, comme toutes les vieilles femmes. Est-ce que l'Espagnol allait faire surveiller sa maîtresse comme durant ces derniers mois passés sur le navire ? Elle dodelina de la tête, morose. Il ne prendrait pas le risque que la Sirène des Mers lui échappe. Quant à Monsieur van der Rhys, était-il lancé à sa recherche ou croyait-il qu'elle était morte sur l'île ?

Ses préparatifs achevés, Frau Holtz s'assit, attendant le signal de descendre à terre. De temps à autre, elle s'assoupissait, réveillée parfois par un bruit sur le pont ou les remuements de Sirena sur son étroite couchette.

On cogna fortement contre la porte. L'intendante poussa un heureux soupir. Elle serait d'ici peu sur la terre ferme, au milieu des arbres et des maisons.

Elle aida la jeune fille à se lever et à grimper à

l'échelle. Sirena se mouvait avec lenteur, gênée par son poids supplémentaire.

Les deux femmes se tenaient sur le pont lorsque le galion pénétra dans le port.

« Voici donc mon abri provisoire », pensa Sirena. Le mot « provisoire » ne faisait dans son esprit aucun doute.

Caleb et Regan débarquèrent dans le port de Barcelone. Après avoir ordonné à ses hommes de s'occuper du ravitaillement, il se rendit aux bureaux du capitaine du port.

Caleb avait remarqué le visage tendu de Regan. Il savait que son père croyait être sur le point de trouver Sirena et ce scélérat d'Alvarez. Quelques soirs auparavant, Regan s'était confié à lui.

— Parfois Caleb, je sens ce bâtard si près de moi que j'ai l'impression de respirer l'odeur de sa sueur et son haleine aillée !

C'était prendre ses désirs pour des réalités, se dit Caleb. Il avait la sensation que Sirena n'était plus aussi proche de lui que lorsqu'ils avaient quitté Java.

Le capitaine du port, un homme plein de dignité, offrit toute son hospitalité à Regan et Caleb. L'honneur était immense de recevoir le Hollandais qui, selon la rumeur, avait de grandes chances d'être nommé gouverneur de Java — un nouveau poste que les bourgeois de Hollande avaient estimé indispensable. Au cours du déjeuner, auquel ils furent conviés, Regan n'entama pas de discussion d'affaires, respectant la convenance espagnole. Il aborda la question de Don Chaezar Alvarez quand ils prirent le café.

Regan fut stupéfié par ce qu'il apprit de leur hôte.

— Êtes-vous certain de vos faits, Señor ? Je ne mets pas en doute votre parole. Mais Alvarez nous avait dépeint la si haute estime dans laquelle le tenaient ses supérieurs, ici en Espagne, que je n'imaginais pas qu'il puisse perdre leurs faveurs. Et vous venez de me dire que sa tête est mise à prix et que pendant des années, il a dirigé une contrebande de noix de muscade !

— C'est la triste vérité, Monsieur van der Rhys. Nous avons découvert cela récemment. Nous l'avons autorisé à rester aux Indes jusqu'à ce que nous puissions former et envoyer un homme compétent. S'il ne s'était pas enfui, il aurait dû être relevé de ses fonctions dans un mois.

— Votre homme a énormément de travail qui l'attend, dit Regan compatissant.

Il raconta rapidement la destruction de Batavia.

— *Via con Dios*, Monsieur. Mes encouragements seraient pure spéculation, actuellement. Le seul endroit où Alvarez peut espérer planter ses noix de muscade, c'est la côte africaine. Il serait peut-être sage d'oublier cette histoire pour l'instant. Alvarez finira par sortir la tête, comme font les tortues. Et à ce moment-là, vous l'attendrez avec un bâton.

— Merci de votre aide, Señor. Mais je ne peux pas abandonner maintenant !

De retour au navire, Regan se maudit des milliers de fois. Pourquoi n'avait-il pas pensé à la côte africaine ? Même s'il devait longer toute l'Afrique, il retrouverait Sirena.

— A quoi réfléchissez-vous, Père ? lui demanda Caleb, excité.

— Je crois que le vieux capitaine a raison. Alvarez est parti pour l'Afrique. Si seulement l'idée m'était venue plus tôt, nous aurions gagné un temps considérable. Je vais bientôt pouvoir tordre le cou à cette hyène, fit Regan en serrant les poings.

— Bientôt, Père, et bientôt Sirena sera avec nous.

— Oui !

33

Frau Holtz se reposait dans sa chambre, écoutant les gémissements qui provenaient de la pièce adjacente. Elle attendait que Sirena l'appelle. Connaissant la jeune femme, l'intendante se disait qu'elle préférerait rester seule le plus longtemps possible.

Pour la première fois depuis de nombreuses années, Frau Holtz se sentit inutile. N'ayant jamais eu d'enfant, elle craignait de ne pas pouvoir aider Sirena. C'est pourquoi elle avait requis les services d'une sage-femme. La femme n'était pas du goût de l'intendante. Noire comme l'ébène, la vieille indigène avait l'air d'une sorcière, avec sa tignasse drue de cheveux gris. Elle semblait stupide, molle et extrêmement sale. Son nom était imprononçable : Tsuna Muub, avait retenu Frau Holtz. Quoi qu'il en soit, sa maîtresse avait besoin d'elle et de son savoir.

Depuis leur arrivée dans cet endroit perdu de la terre, Frau Holtz avait pris grand soin de Sirena. Son bébé serait en bonne santé et robuste. L'intendante avait veillé à ce que la jeune femme mange correctement, qu'elle se maintienne en forme par de longues promenades quotidiennes ou des siestes à l'ombre des arbres. En dépit de ses constantes objections, Sirena se portait merveilleusement bien, grâce à l'attention sans relâche de Frau Holtz.

Les gémissements s'amplifièrent et l'intendante pressentit que le moment était venu de quérir la sage-femme. Elle descendit aux cuisines. Elle expliqua par gestes à la cuisinière que Sirena allait accoucher. La cuisinière lui sourit d'un air entendu et secoua son mari endormi, le chargeant de ramener Tsuna Muub. Puis, la petite femme noire mit de l'eau à chauffer dans de grosses bouilloires. Elle chantonnait une étrange mélodie. Frau Holtz remonta chez Sirena, prenant au passage une paire de draps propres à la lingerie.

— Frau Holtz, je suis contente que vous soyez réveillée. Je ne voulais pas vous déranger mais je crois que c'est pour maintenant, dit Sirena, essoufflée, les mains crispées sur son ventre rond.

Elle essuya son front d'un revers de main, la chaleur et la tension l'avaient mise en nage. En dépit de la douleur, elle s'efforça de sourire.

— J'ai envoyé chercher cette sorcière de Tsuna Muub. Que le Seigneur nous vienne en aide.

Sirena rit. Frau Holtz n'admettait pas de devoir faire appel à l'assistance d'une personne, d'autant plus d'une Africaine.

Quelques instants plus tard, la porte s'ouvrit et Tsuna Muub franchit le seuil avec autorité. Ses yeux noirs, bordés de jaune, examinèrent la chambre pour juger la situation. Frau Holtz se tint près de Sirena, comme si elle protégeait la jeune femme de cette vieille aux pieds nus, dont l'apparence ne lui inspirait pas confiance. La tunique qui couvrait sa maigre silhouette était décorée de dents humaines et de plumes d'oiseaux. Tsuna Muub s'approcha du lit et toisa Frau Holtz, lui signifiant de s'éloigner de la patiente.

Sirena émit un grognement, torturée par une contraction. Affolée et sentant qu'elle gênait, Frau Holtz se mit à l'écart en marmonnant entre ses dents.

Tsuna Muub rejeta le drap au pied du lit et pressa ses mains sur le ventre de la jeune femme. Parlant dans un langage que Frau Holtz appelait un baragouin, y joignant des gestes, la sage-femme fit comprendre à Sirena que l'enfant ne viendrait pas au monde dans l'immédiat. Puis Tsuna Muub, avec une force prodigieuse, assit la jeune femme et insista pour qu'elle se lève.

Frau Holtz, dans un élan maternel, protesta, bredouillant dans sa langue. Tsuna Muub, fière de son art, lui répondit dans son dialecte. Sirena dut les interrompre, car elles menaçaient de s'empoigner.

— Frau Holtz, Tsuna Muub! Arrêtez!

Pliée par une contraction, Sirena s'accrocha à un montant du lit. L'attention des deux femmes revint sur la future mère.

Tsuna Muub se précipita à côté d'elle et lui prit le bras, la conduisant à travers la pièce d'un pas rapide. Les contractions diminuèrent et Sirena eut un sourire de soulagement.

— Je crois que cette vieille sorcière connaît son affaire.

Le regard que posa Frau Holtz sur l'Africaine, quoique distant, s'illumina d'un certain respect.

Tout au long de l'après-midi, Sirena arpenta la chambre, s'appuyant sur Frau Holtz lorsque la douleur l'immobilisait.

Tsuna Muub avait rehaussé l'arrière du lit avec des piles de livres et changé les draps. Puis elle s'était lovée dans un fauteuil et donnait le rythme de la marche à Sirena, quand celle-ci souffrait atrocement. Entre deux spasmes, la jeune femme pouvait se reposer sur une chaise droite. Tsuna Muub fredonnait des mélodies, une expression de satisfaction et d'orgueil traçait le contour de sa bouche édentée.

Lorsque Sirena ne voulait pas se lever, la sagefemme insistait et l'empoignait pour la mettre debout.

La jeune femme réussit une fois à fléchir l'indigène et s'allongea, épuisée. Frau Holtz lui essuya le visage avec tendresse. Une longue et féroce contraction la cloua au fond du lit. Dès qu'elle le put, Sirena se leva, haletante, et expliqua à Frau Holtz que, même si elle refusait de l'admettre, Tsuna Muub avait raison. Marcher l'aidait à supporter l'épreuve.

Une demi-heure plus tard, les contractions se rapprochèrent et devinrent plus douloureuses. Tsuna Muub intima à Sirena de regagner son lit. Elle tâta et pressa doucement le ventre de la jeune femme. Sirena geignit longuement. La sage-femme commença à la préparer pour l'accouchement.

Frau Holtz s'approcha de Sirena et murmura à son oreille, comme par crainte d'être comprise par Tsuna Muub.

— Madame, si vous voulez, je peux demander du laudanum à Señor Alvarez. Quelques gouttes pourraient vous tranquilliser et vous aideraient à endurer la douleur.

— Non ! s'exclama Sirena. Je préfère mourir que lui demander quelque chose ! N'ayez plus jamais une telle idée, en aucun cas ! Promettez-le-moi !

Ces mots furent les plus cruels à prononcer pour Frau Holtz. Elle ressentait au fond d'elle les souffrances et l'anxiété de Sirena. Elle s'était attachée à la jeune femme.

— *Ja*, je vous le promets, Madame.

Tsuna Muub avait déchiré un morceau de drap et l'avait entortillé pour en faire une corde. Elle l'entoura autour du montant du lit et lia les extrémités en un solide nœud. Puis elle montra à Sirena son utilisation. Au début de chaque contraction, la jeune femme devait inspirer profondément et se soulever vers la tête du lit. Ensuite, elle devait se détendre en haletant.

— Comme un chien, Madame, dit Frau Holtz d'un air suspect. Cette sorcière veut que vous fassiez le chien !

— Ils n'ont pas autant de problèmes que les humains pour mettre au monde. J'essaierai sa méthode, elle a déjà fait preuve de son savoir, répondit Sirena. Frau Holtz, mon amie, si je crie, mettez votre main sur ma bouche ! Je vous en prie ! Il semble que Chaezar n'est pas au courant de ce qui se passe. Et je ne le veux pas. Donnez-moi votre parole par solidarité féminine. Je vous en prie !

Sirena hoqueta de douleur et tira sur la corde, puis

se relâcha, suivant à la lettre les indicatîns de Tsuna Muub. Son esprit s'embrouilla, assailli de questions. Si elle disparaissait, qu'adviendrait-il de l'enfant ? Et si elle perdait sa raison de vivre, le bébé, pourrait-elle supporter l'existence ?

Un cri aigu sortit de la gorge de Sirena, qui leva des yeux effrayés vers l'intendante.

— Votre promesse, souvenez-vous, la supplia-t-elle en agrippant la corde des deux mains.

Serrant les dents, elle tira de toutes ses forces pour soulever son corps lourd, réclamant l'aide du Seigneur dans un gémissement.

— Vous n'allez pas la toucher avec vos sales pattes ! s'exclama Frau Holtz, quand Tsuna Muub remonta la chemise de nuit de Sirena.

L'intendante donna une claque sur les mains de l'indigène et la repoussa. Ne comprenant pas, Tsuna Muub recommença. Frau Holtz, à bout de patience, empoigna la femme, l'emmena à la table de toilette et lui mima de se laver les mains.

Tsuna Muub hocha la tête, se rendant compte qu'elle devait s'exécuter pour calmer cette furie. Frau Holtz lui tendit un morceau de savon odorant, dont le parfum et la texture crémeuse semblèrent réjouir la sage-femme, tant elle prit son temps. Finalement, elle fit signe à l'intendante d'aller chercher de l'eau à la cuisine. Répugnant d'abord de laisser sa maîtresse avec cette sorcière, elle s'y résolut.

Quand elle revint avec un gros chaudron, Tsuna Muub faisait le tour de la chambre, chantant et agitant ses amulettes. Sirena prenait appui sur la corde, les yeux révulsés.

Tsuna Muub cessa soudain ses incantations et courut au chevet de la jeune femme. Elle lui montra qu'elle devait désormais pousser. Sirena le fit instinctivement. La nature œuvra. La jeune femme émit un grognement animal, arqua son corps, poussa, poussa encore. Elle se mordit les lèvres jusqu'au sang. Puis la douleur au creux de ses reins disparut. Sirena entendit l'éclat de rire de Frau Holtz. La vieille domestique tenait devant elle un bébé tout rouge, qui laissa échapper un cri vigoureux.

— Un garçon, Madame. C'est un beau garçon blond !

Souriant béatement, Sirena observa Frau Holtz qui lavait avec tendresse son fils. Avant de s'endormir, sa dernière pensée fut pour Caleb. Il avait un frère.

34

Pensif, Chaezar se tapotait la bouche. Il promenait son regard à travers la salle à manger somptueuse avec un air suffisant. Ce luxe était à lui, et à lui seul. A Sirena aussi, si elle le désirait. Un léger sourire orna ses lèvres tandis qu'il dévorait des yeux les assiettes en or. Il y avait des années qu'il s'était juré d'en posséder. Lors des dîners, les marchands seraient impressionnés par l'étalage de sa richesse. Quand ils verraient ses immenses plantations de muscadiers, ils le seraient bien plus encore et se hâteraient de le proclamer gouverneur de la côte. Ces paysans ne pourraient pas réfuter son autorité, charmés aussi par la grâce de Sirena, l'hôtesse de sa maison. Il deviendrait le maître absolu. Certains muscadiers étaient plantés depuis quatre ans. Dans quelques années, il contrôlerait l'ensemble du commerce de la muscade, assurément.

Avec des gestes lents et raffinés, il plia une serviette en triangle et la posa près du couteau, sur le bord de l'assiette. Il but une dernière gorgée de vin dans un verre frangé d'or avant d'aller rendre visite au nouveau venu dans son foyer. Chaezar avait attendu quelques jours que Sirena se remette de son accouchement. Il s'était retenu de demander une description du bébé. Mais au fond de lui, il savait qu'il aurait le teint mat et un duvet de cheveux noirs. Cependant, il en voulait désormais la confirmation.

Chaezar admira un dernier instant la table, richement dressée. Satisfait, il prit un cigare et sortit de la pièce.

La porte de la chambre de Sirena était entrebâillée. Chaezar s'arrêta net, prêt à frapper. Frau Holtz distingua sa silhouette contre le chambranle et vint vers lui.

— Que voulez-vous, Señor ?

— Je souhaiterais voir l'enfant. Soyez aimable de me laisser entrer.

— Madame se repose, Señor.

— Ce n'est pas la Señora que je viens voir, c'est le bébé. D'ailleurs, à l'avenir, veuillez dire Señora, et non Madame. Ce mot m'écorche les oreilles.

Frau Holtz inclina furtivement la tête et ouvrit la porte.

— Le bébé est dans le berceau, devant la fenêtre, dit-elle à voix basse.

Chaezar hésita quelques minutes, puis s'avança d'un pas lent. Il ne vit qu'un tas de dentelles et se pencha au-dessus du berceau, quand Frau Holtz se précipita vers lui. Elle repoussa les draps et une petite tête rose couronnée d'un duvet blond apparut. Le sourire aux lèvres, l'intendante observa Chaezar. La haine le submergea, ses pupilles de jais se transformèrent en véritables lance-flammes.

— Un beau garçon, n'est-ce pas, Señor ? Il sera solide et en bonne santé. Il grandit de jour en jour et donne beaucoup de bonheur à sa mère. C'est regrettable que son père ne soit pas là pour partager la joie de la maman, glissa habilement Frau Holtz.

Reprenant ses esprits, Chaezar hocha sèchement la tête et quitta la pièce en toute hâte. Dans le couloir, il laissa tomber le cigare qu'il avait nerveusement mâchouillé. Lentement, son pied le réduisit en bouillie. Il suffirait d'un coup de botte pour que cette petite tête blonde ressemble à ce cigare, se dit l'Espagnol.

Il avait donc été mal informé. Regan *avait* couché avec sa femme. Mais la situation n'était pas encore perdue. Si Regan apprenait la captivité de son épouse et de son enfant, il viendrait ici. Chaezar pourrait enfin se venger de celui qu'il détestait depuis toujours. S'il le fallait, il abuserait de Sirena sous les yeux de son mari, et il tuerait devant eux ce paquet de dentelles, qui dormait dans le berceau. Il devait sortir vainqueur ! Il avait trop longtemps subi la puissance et le prestige de Regan. Mais pas cette fois ! Plus jamais ! Il devait absolument faire parvenir un message à Batavia.

Jetant un méchant regard sur le cigare écrasé, il en sortit un autre de la poche de son pourpoint et partit vers son cabinet de travail.

— Madame, le Señor est finalement venu voir le bébé pendant que vous dormiez, dit Frau Holtz en souriant avec malice.

— Et qu'a-t-il dit à propos de mon fils ?

— Il n'a rien dit. Il avait les yeux d'un meurtrier. Il faut surveiller votre fils jour et nuit, il est en danger. Je n'ai jamais vu autant de haine chez un être humain. Dieu seul sait ce que l'Espagnol va faire. C'est un personnage vindicatif et odieux, Madame.

— Je le sais depuis des mois. Vous avez raison, Frau Holtz, il s'attendait à voir une tête brune. Le bébé ne doit jamais rester sans l'une de nous.

— Écoutez ses grognements, il veut manger encore.

Sirena sourit. L'enfant était plein de vigueur. Ses cris s'entendaient dans toute la maisonnée.

Frau Holtz ne quittait pas un instant Sirena, qui devenait de jour en jour plus fatiguée par le bébé qu'elle allaitait. Elle la poussait à se lever et à s'activer. La jeune femme savait que l'intendante agissait pour son bien, mais elle éprouvait une grande lassitude. De plus, la crainte s'installait dans chaque recoin de son âme et chaque parcelle de son corps. Elle redoutait les visites de Chaezar à la nursery. Il y venait fréquemment, sans prévenir, et restait figé devant l'enfant, le regard parfois vide, parfois hostile. Sirena sentait qu'il complotait sa mort, et surtout celle de son fils !

Un jour, l'Espagnol décida de parler à Sirena. La jeune femme terminait de donner le sein au bébé et s'apprêtait à le recoucher dans le berceau pour une sieste, quand brusquement, elle leva la tête. Elle vit alors Chaezar, appuyé contre la porte, en train d'observer la scène.

— J'ai demandé une nourrice, lui annonça-t-il.

— Vous avez fait quoi ? s'exclama Sirena en colère.

— J'ai demandé une nourrice, répéta Chaezar. Vous ressemblerez bientôt à une truie et cela m'insupporte. Dès que j'aurai trouvé une nourrice, vous lui laisserez l'enfant. En outre, il est temps de vous intéresser à vos devoirs. C'est la raison pour laquelle je vous ai amenée ici.

— Et quels sont ces... devoirs ? lui demanda froidement Sirena, les yeux étincelants de rage.

— Vous serez l'hôtesse de cette demeure et vous vous comporterez comme telle. Tout le monde croira que vous êtes ma femme. Vous opposer ne servira à rien. Voilà deux mois que l'enfant est né, il est en âge d'être sevré de sa mère. Vous aurez suffisamment d'activités sans avoir besoin d'un marmot dans vos jambes. Et puis, je n'ai pas envie de voir toutes les somptueuses robes que je vous ai achetées, souillées par des coulées de lait.

— Et si je refuse votre... offre ?

— Eh bien, ma chère, vous n'aurez plus jamais à vous occuper de l'enfant. Il serait donc plus sage de m'obéir. Pour finir, je crois que j'ai été assez patient, dit l'Espagnol avec un sourire cruel.

— Vous avez l'audace de me détenir prisonnière, de me faire passer pour votre femme, et sans doute direz-vous que vous êtes le père de cet enfant. Et vous voulez que je joue l'épouse amoureuse ? Votre stupidité m'étonne, Chaezar. Si je le pouvais, je vous tuerais à l'instant même. Comment pouvez-vous croire que j'accepterai cette comédie ?

— Oh, vous allez comprendre, j'en suis sûr. Après tout, nous portons tous deux un grand intérêt à cet enfant, n'est-ce pas ?

— *Hijo de puta*! Bâtard !

— Qu'est-ce qui vous arrive, ma douce ? dit Chaezar en considérant d'un regard vicieux la lourde poitrine de Sirena. Comment allez-vous prouver que vous n'êtes pas ma femme ?

— Je le sais, et cela me suffit. Vous ne ferez jamais de moi votre épouse.

— Comme je vous le disais, ma patience diminue. La vie de votre fils est en jeu, nous nous comprenons donc parfaitement. Ce soir, je donne un dîner privé. Il y aura une douzaine d'invités. Un des domestiques va vous apporter une robe et des bijoux. Par la suite, j'espère que vous vous montrerez une véritable épouse. Le dîner sera servi à la tombée du jour. Je vous attendrai une heure avant. Nous lèverons un verre à la santé de votre fils. A plus tard, *querida*.

— Frau Holtz, Frau Holtz, avez-vous entendu ? Avez-vous entendu ce qu'il m'a demandé ? Sale porc ! Et ce soir, après la soirée, il voudra coucher avec moi. Que dois-je faire ? s'écria-t-elle en pleurant. Si je ne lui obéis pas, un de ses gardes tuera le petit. Et vous aussi, Frau Holtz. Je n'ai pas le choix.

L'intendante la regarda avec pitié.

— Il y a longtemps, murmura Sirena, je m'étais jurée de ne plus jamais subir les assauts d'un homme. Je l'avais dit et je le maintiens. Je ne lui céderai pas. Jamais !

— Mais le...

— Je vais réfléchir. Il me reste quelques heures pour trouver une idée, dit Sirena d'un air confiant.

Regan et Caleb aperçurent les constructions. Le port était pourvu de plusieurs plates-formes encore neuves, le bois intact des pilotis démontrait sa récente création. Le long de la côte africaine florissaient de nombreuses villes côtières. A l'inverse des ports d'Europe et des Indes, ceux-là étaient rudimentaires.

Ici, pas de commerce d'épices, de soie ou de denrées. Les marchands se remplissaient les poches grâce à une nouvelle richesse : l'or noir, c'est-à-dire la traite des esclaves. La plus sordide et la plus obscène des marchandises jamais transportées dans les cales d'un navire.

Regan sauta à terre, Caleb le suivit. Une nuée d'enfants courut vers eux en riant joyeusement. Regan s'accroupit et accueillit dans ses bras un petit garçon noir comme l'ébène. Il lui parla lentement et fit des gestes pour se faire comprendre. Le gamin sourit timidement, prit la main du capitaine et l'entraîna vers un des bâtiments, au bout du ponton en bois. Il désigna un monsieur aux cheveux grisonnants et s'éloigna en sautillant, les autres enfants sur ses talons.

Très vite, Regan expliqua sa venue. Le vieil homme dodelina de la tête.

— Il y a un homme qui ressemble à celui que vous me décrivez. Je ne l'ai pas rencontré personnellement, il habite au sud de la ville. Il a fait construire une magnifique maison et on raconte qu'il est incroyablement riche. Il est venu avec sa femme et son fils. J'ai appris aujourd'hui qu'il donnait ce soir sa première réception. On dit qu'il se prend pour un roi. Je crains ne pas comprendre ce genre de propos. Nous présenter sa femme est une chose, mais se proclamer roi et reine est au-delà de mon entendement.

— Comment puis-je arriver à cette demeure ?

— Le mieux serait de prendre des chevaux. Je peux en mettre deux à votre disposition, si vous me les ramenez. Allez à la clairière, suivez la piste jusqu'à la lisière de la jungle. Ensuite, vous verrez un chemin à travers la végétation. Au bout, dans une clairière, vous tomberez sur une maison extravagante. C'est là que réside celui qui se dit roi.

Regan remercia l'homme pour son aide précieuse et partit à cheval, accompagné de Caleb.

— Père, est-ce que cela signifie la fin de notre voyage ? s'enquit le garçon. L'homme dont il a parlé, c'est Señor Alvarez, n'est-ce pas ?

— Personne, à part Alvarez, serait assez fou pour se désigner roi, répondit Regan sur un ton glacial.

— Alors, sa reine doit être Sirena ! s'écria Caleb, réjoui.

— Une reine des moins heureuses de l'être, grommela son père.

Il éperonna la bête. Si près du but, il ne voulait plus perdre une seconde. Caleb se tenait difficilement sur son cheval. La tête lui tournait tandis qu'il se cramponnait aux rênes.

Moins d'une heure plus tard s'éleva devant les cavaliers une immense bâtisse de trois étages. Le vieil homme n'avait pas menti, cette demeure ressemblait à un véritable palais. Ils s'arrêtèrent. Valait-il mieux continuer ou faire irruption pendant le dîner, au couvert de l'obscurité ? Jetant un regard sur le garçon, Regan descendit de cheval.

A peine eut-il touché le sol que de solides mains l'empoignèrent. Un coup d'œil sur le côté lui indiqua que Caleb se trouvait dans la même situation. Ainsi, ce monstre avait peur qu'il franchisse sa porte. Sinon, pourquoi aurait-il engagé ces gardes noirs qui le fixaient de leurs yeux menaçants ? Regan se débattit mais comprit rapidement que l'effort était inutile. Il cria à Caleb de cesser de lutter. Les deux géants les traînèrent à l'arrière de la maison. Celui qui tenait Caleb ramassa un énorme marteau et frappa un gong pendu à un arbre. Chaezar apparut immédiatement sur le seuil de la porte, un sourire diabolique aux lèvres.

— Voyez donc ! Vous avez décidé de me rendre une petite visite, ici, dans mon royaume. Je dois dire, Regan, que vos manières sont peu courtoises. Un honnête homme ne vient jamais sans être invité, dit Chaezar en claquant la langue pour marquer sa désapprobation.

— Les vôtres me donnent plutôt envie de vomir, espèce de bellâtre, lui répondit Regan. Je suis venu pour ma femme ! Ou devrais-je dire votre reine ?

Van der Rhys éclata soudainement de rire. Un rire qui crispa Chaezar.

— Sirena est-elle de son plein gré devenue votre reine ou bien l'avez-vous... ?

— Ou bien quoi, pauvre sot ? Elle s'est jetée à mes pieds quand je lui ai fait cette proposition. Mais pourquoi rester dehors, entrez et laissez-moi vous montrer comment un seigneur gouverne en son palais. Vous savez vous conduire correctement dans une maison, n'est-ce pas ? railla Chaezar.

— Dans la situation où je me trouve, je ne peux malheureusement pas vous étriper...

Un nouvel accès de rire, cruel et moqueur, mit l'Espagnol mal à l'aise. Celui-ci se retourna sur un des serviteurs qui attendait et lui parla à voix basse.

Sirena, le visage fermé, regarda Frau Holtz et tourna le bouton de porte au moment où deux serviteurs firent irruption dans la chambre. L'un poussa Sirena de côté et se rua sur le berceau pour s'emparer du nouveau-né. Hurlant de colère, Sirena se jeta sur l'homme et planta ses ongles dans son dos nu, tandis que Frau Holtz lui accrochait le bras. Le second garde courut à sa rescousse et projeta Sirena à l'autre bout de la pièce. Elle en resta étourdie. Frau Holtz gronda et donna des coups de pied à celui qui tenait l'enfant. Elle se retrouva brutalement allongée près de sa maîtresse, le souffle coupé. Sirena se mit à genoux, secouant la tête pour se ressaisir. La porte claqua derrière les deux hommes.

Sirena n'avait encore jamais éprouvé une telle violence. Elle se leva d'un bond et essaya de maîtriser son tremblement. Elle tuerait cet homme immonde de ses propres mains. En chancelant, elle aida Frau Holtz à se relever, avant de partir en courant dans le couloir. Où avaient-ils emmené son enfant ? Elle dévala quatre à quatre le grand escalier en colimaçon. Arrivée en bas, haletante, une vision inattendue accrocha son regard. Quatre géants noirs tenaient Regan et Caleb prisonniers. Puis elle détourna les yeux et vit son fils dans les bras du garde.

— Rendez-moi mon petit sur-le-champ ! vociféra la jeune femme.

— Retournez dans votre chambre, à moins que vous ne vouliez assister au meurtre de votre mari et de votre fils, lui lança froidement Chaezar.

Sirena recula pour échapper à la poigne de l'Espagnol. Elle regarda Regan. Dieu du ciel, que signifiait cette lueur dans ses yeux ? La mort, la haine, le désespoir, et... était-ce l'amour ? Sirena, troublée, se tourna vers Caleb et lui sourit.

— Petit frère, tu ne pouvais pas me laisser rentrer sans toi. Je suis désolée que tu me trouves dans cette maison étrange avec ce personnage étrange.

Sirena avait sciemment parlé d'un ton léger et affectueux. Elle fit un pas près du mur où étaient accrochées deux épées croisées, derrière Chaezar. Jetant un regard à Regan, elle vit qu'il avait compris. Puis aussitôt, elle se glissa près de l'Espagnol.

— Je suis sa reine, le saviez-vous, Regan ? dit-elle d'une voix doucereuse. Chaezar m'a désignée reine. Je dois prendre mes fonctions aujourd'hui. Ce soir, au dîner, à vrai dire. Chaezar, la réception serait-elle annulée, à cause de cet imprévu ?

Chaezar était dérouté par cette diversion de Sirena. Pourquoi les gardes ne l'avaient-ils pas ramenée dans sa chambre ? Il devait s'interposer car elle le gênait.

— Je me vois obligé de tuer Regan et son rejeton. Et puis son autre progéniture. Je ne pourrais pas vivre dans mon royaume avec le souvenir vivant de van der Rhys. Gardes, enlevez les langes du marmot, que le Hollandais voie l'enfant.

Regan tenta de se libérer de son geôlier, mais l'étreinte devenait plus ferme à chacun de ses mouvements.

Sirena l'observa. Il écarquilla les yeux d'incrédulité en se rendant compte qu'il était bel et bien le père de ce bébé à la peau laiteuse. Ce qu'il avait espéré devenait une réalité.

La jeune femme remarqua l'étincelle de doute se transformer en un éclat de joie devant la vérité qui s'imposait à lui. Il s'attendait à voir l'enfant de Chaezar, pas le sien ! Le visage de Regan à cet instant resterait gravé à tout jamais dans le cœur de Sirena.

Le regard voilé, Regan considéra la petite tête blonde. Puis il dévisagea Chaezar avec une expression hostile.

— Vous tueriez un innocent sans remords ? Mais quel genre de démon êtes-vous ? Vous êtes fou à lier, Alvarez ! Tuez-moi mais laissez la vie sauve aux deux enfants. Envoyez-les aux Indes, mes gens s'occuperont d'eux. Pour l'amour de Dieu, laissez-les partir !

Sirena se trouvait près des épées. Avec l'agilité d'un félin, elle en décrocha une et écarta Chaezar de son passage.

Elle fondit sur le garde qui tenait son fils et pointa son arme à l'entrejambe de l'homme, qui, s'il ne connaissait pas sa langue, réalisa le danger. Sur un signe de tête de la jeune femme, Frau Holtz fonça sur le garde. Elle attrapa le nourrisson avec une telle force qu'il se mit à pleurer.

— Chaezar, c'est vous contre moi, s'écria Sirena en brandissant son épée dans les airs. Faites comprendre à vos gardes de ne pas se mêler de ce duel. Sinon, vous ne pourrez plus jamais parler, à qui que ce soit.

Chaezar marmonna quelques sons gutturaux et ses hommes quittèrent la pièce sans bruit.

— Regan, Caleb, ne vous interposez pas, compris ? Même si je viens à perdre, ne faites pas un geste. Autrement, un coup de sabre s'abattra sur vous, comme ont reçu ceux qui se sont mis en travers de mon chemin.

Regan cligna des yeux pour manifester son acquiescement, mais il avait peur. Caleb, d'une confiance absolue, se retint d'applaudir. Il savait qu'elle remporterait la partie. Il était prêt à lui promettre ce qu'elle voulait.

Sirena recula. Gênée par sa longue robe, elle la déchira à hauteur des genoux.

— C'est un combat jusqu'à la mort, je suppose ? demanda Chaezar.

— Jusqu'à la mort. Choisissez, Chaezar : une mort propre ou une lente agonie ?

— L'agonie ! Avant que vous mouriez, je veux que vous ayez l'extrême plaisir de voir le sang de votre fils couler sur ce sol, puis celui de votre mari. Vous me supplierez alors de vous donner l'estocade, mais je vous laisserai mourir à petit feu dans la douleur.

Sirena lui jeta un regard qui le fit blêmir. Il plissa les yeux avant de s'emparer de l'autre épée pendue au mur.

— En garde ! cria Sirena.

Chaezar feinta sur la gauche en levant son arme, Sirena se glissa de côté. Elle pointa son épée dans le dos de l'Espagnol en virevoltant avec une grâce animale. Déployant une force prodigieuse, elle fit pivoter Chaezar et lui porta une série de bottes vives. L'Espagnol suait à grosses gouttes, essayant de parer les attaques. Il saignait abondamment sur les jambes. Sirena décrivit soudain un large cercle avec son épée et l'abaissa sur le torse de Chaezar. Haletante, elle fit un pas en arrière.

— Alors, dois-je vous achever maintenant ou préférez-vous toujours mourir en agonisant ? dit la jeune femme. Répondez-moi vite, j'ai très envie de voir votre sang ruisseler.

— Je vous l'ai dit, c'est moi qui veux vous voir pleurer sur la chair de votre fils !

Chaezar se jeta sur Sirena, lui entaillant le bras. Ripostant prestement, elle lui ouvrit la joue.

— Aucun de nous ne verra le sang de mon fils sur ce sol. Car ce sera le vôtre qui coulera. La pièce en sera inondée, fit-elle en zébrant de sa lame le torse de Chaezar. Vous avez déjà de sérieuses blessures. Regardez-vous... Roi... regardez rougir le marbre de votre château.

Chaezar ne parvenait pas à toucher la jeune femme, elle esquivait son épée, qu'il maniait avec lenteur. Sirena avait l'avantage. Elle profita de la fatigue de son adversaire, frappant d'estoc et de taille à toute volée. Chaezar sentit le fer pénétrer sa chair. Sirena feinta sur la droite mais glissa sur une petite flaque de sang et perdit l'équilibre. Caleb hurla quand l'Espagnol se jeta sur elle, l'épée menaçant sa gorge. Sirena roula sur elle-même et se releva d'un bond, les yeux étincelants de haine.

— Vous vouliez me trancher la gorge, peut-être ? s'écria-t-elle d'une voix stridente, tandis qu'elle épinglait Chaezar contre le mur. Votre dernière chance, Señor. Mourir sur-le-champ ou souffrir encore ?

— Un jour, vous m'aimerez, murmura-t-il, le regard brillant. Comme je vous aime.

Sirena ne comprit pas ce qui arriva ensuite. Chaezar réussit à se dégager et pointa sa lame sur sa poitrine. Le bébé poussa un cri aigu, Caleb hoqueta d'effroi. Sirena trébucha et dans son mouvement, son épée transperça le ventre de l'Espagnol.

La pièce s'emplit des hurlements de Chaezar, mêlés aux pleurs du nourrisson. Une mare de sang grandit aux pieds de la jeune femme. Chaezar la fixa de ses yeux hagards.

— Je vous ai déjà dit qu'une femme n'est pas un objet que l'on possède. C'est une créature de Dieu, libre de ses faits et gestes. Vous m'avez obligée à vous tuer. Vous auriez dû comprendre que mon épée était la faux de la vengeance. Vous avez choisi de mourir, Chaezar.

— Vous avez gagné, Sirène des Mers, prenez votre... fils et partez... partez chez vous.

Le sang écuma dans sa bouche et coula sur son menton. Il ferma les yeux. Sirena lâcha l'épée et s'effondra dans les bras de Regan.

35

Sirena retrouva aussitôt ses esprits en entendant les vagissements de l'enfant affamé. Elle vint vers lui les bras tendus.

— Donnez-moi mon fils, Frau Holtz, dit-elle d'une voix brisée.

— Oui, je voudrais voir l'enfant de plus près, intervint Regan.

— Non! répondit froidement Sirena, qui serra le bébé contre elle. C'est mon enfant! Il a faim et a besoin d'être changé. Cette excitation l'a dérangé.

Lentement, elle recula, au fur et à mesure que Regan s'avançait, déterminé à faire connaissance avec son fils.

L'expression abasourdie de Regan devant l'apparition de la petite tête blonde revint à la mémoire de Sirena. Il n'avait même pas eu la décence de masquer ses sentiments. Il ne lui avait pas fait confiance! Les hommes n'étaient que des mufles! Sirena tendit le bébé à Frau Holtz et récupéra prestement son épée.

— Je vous ai prévenu, Monsieur, que cette épée était aussi fulgurante que la foudre. Elle l'est toujours. Un pas de plus et vous irez retrouver Alvarez. A vous de réfléchir, le Hollandais.

— Vous voulez empêcher votre mari de voir le fruit de sa chair ? lui répondit Regan dans un rire agressif. C'est pour cette raison que vous voulez me tuer ?

— Cet enfant est à moi, il viendra en Espagne avec moi, tempêta Sirena.

— Votre enfant ! N'essayez pas de me faire croire que vous êtes une autre Vierge Marie ! ironisa Regan. C'est par une fantaisie de la nature que cet enfant est aussi le mien. Il aurait pu être celui de Chaezar.

— Goujat ! *Hijo de puta !* Sale porc ! cria Sirena à pleins poumons. Encore un pas et je vous tue. Poussez-vous !

— Pas tant que je n'aurai pas vu mon fils, dit calmement Regan en marchant vers elle.

Sirena le menaça de la pointe de l'épée. Surpris, il se figea et soutint son regard glacial.

— Cessez de vous comporter de façon stupide. Frau Holtz, donnez-moi le bébé, puisque sa mère ne veut pas que j'avance.

— Non ! Souvenez-vous, Frau Holtz, de notre discussion sur le bateau. Emmenez mon enfant à la nursery. Je vous rejoins sous peu et je le nourrirai.

— Et moi, je vous ordonne de m'amener le petit tout de suite. Vous risquez sinon de subir ma colère !

L'intendante regarda ses deux maîtres, puis baissa les yeux sur le bébé. Elle se raidit. Ce Monsieur van der Rhys, qui ne lui avait pas payé ses gages depuis des mois, la commandait encore. Pour qui se prenait-il ? La tête haute, les joues rosies, elle répliqua.

— Non, le bébé appartient à sa maman.

— Alors, vous aussi, elle vous a ensorcelée... Frau Holtz, est-ce trop demander de laisser un père voir son fils ?

— Oui ! coupa Sirena. Vous demandez trop. Vous étiez convaincu que l'Espagnol était le père. Puis maintenant, vous êtes convaincu que c'est vous. Et si je vous disais que son véritable père est le capitaine Dykstra, que répondriez-vous ? Parlez plus fort, je n'entends rien !

Frau Holtz se hâta de monter à la nursery. Regan sentit son cœur se serrer. Il eut envie d'attraper Sirena par les cheveux et de la secouer pour lui faire ravaler son orgueil. Elle ne gagnerait jamais cette partie. Il avait déjà perdu un fils pendant de trop longues années, il n'abandonnerait pas le second ! Il ne put se retenir de lui faire le reproche qui le torturait.

— Je n'ai pas oublié vos longs déjeuners chez Chaezar. Et l'éclat pétillant de vos yeux, quand vous reveniez. Sur l'île, on ne parlait que de votre liaison avec l'Espagnol. Vous avez couché avec ce bâtard ! Ou bien, niez-le immédiatement ! Je veux entendre votre aveu ! Plus fort, Sirena !

La position de la jeune femme était délicate. Elle ne voulait pas lui mentir, mais la réalité de cet après-midi où Chaezar avait abusé d'elle semblerait grotesque à Regan. Il ne la croirait pas.

Regan attendit la réponse qu'il redoutait. Le silence de Sirena, l'expression obtuse de son visage, lui glacèrent les sangs. Pourquoi espérait-il qu'elle démente son allégation, alors qu'il savait la vérité ? De toute façon, il était le père de l'enfant et entendait bien le prendre avec lui. Et Sirena aussi. La femme qui lui résisterait n'était pas encore de ce monde.

Finalement, haussant les épaules, il s'effaça du passage et sourit à Sirena pour lui montrer qu'il cédait. La jeune femme soupira secrètement. Si Regan avait cherché à s'emparer de l'enfant, elle l'aurait passé au fil de son épée. Même si auparavant elle avait réalisé qu'elle était incapable d'attenter à la vie de celui qu'elle aimait.

— Allez, et veillez sur votre fils, lui dit Regan sur un ton amical. Caleb et moi, nous allons nous occuper de faire préparer le dîner. On vous appellera. Dès demain, à l'aube, nous partirons pour Batavia, l'équipage a certainement terminé le ravitaillement du navire.

Sirena ne prit pas la peine de répondre. Elle n'avait pas l'intention de le suivre quelque part, encore moins à Batavia.

Regan donna une grande tape à Caleb dans le dos. Malgré tout, celui-ci ne crut pas à son humeur joviale. Son père était un lion blessé, qui affichait courage et fierté. Il avait cédé cette manche à Sirena, mais la loi lui était favorable. Que ferait Sirena face à la loi ? Elle ne pourrait quand même pas assassiner tout le monde avec sa satanée épée. Et à présent, elle était mère. Les mères n'agissaient pas ainsi...

Une image horrible passa devant les yeux de Caleb : Sirena se battait en duel et le bébé s'accrochait à sa jambe. Il hoqueta. Regan le regarda en fronçant les sourcils. Caleb se dit qu'il devait parler à Sirena pour qu'elle écoute Regan. Ces deux êtres étaient amoureux l'un de l'autre. Pourquoi la vie n'était-elle pas simple ? Sans cet Espagnol, il n'y aurait pas eu de problèmes. Caleb grimaça devant les traînées de sang sur le sol de marbre. Ce monstre avait mérité la mort.

— Je pense que tu veux voir ton petit frère. Je ne crois pas que Sirena s'y opposera. Vas-y, mon garçon, lui proposa gentiment Regan. Je vais m'occuper de... de faire nettoyer le sol et débarrasser le cadavre. Nous n'allons pas dîner parmi ces souvenirs.

Caleb partit avec entrain à travers la grande maison, à la recherche de Sirena et de son frère. Ne sachant où se trouvait la chambre, il appela Sirena de toutes ses forces.

Frau Holtz entrebâilla la porte et passa la tête au-dehors. Elle étira le cou à droite et à gauche, puis appela le garçon. Van der Rhys n'étant pas dans les parages, elle le fit entrer. Caleb entendit le verrou se fermer derrière lui.

— Mon petit frère, nous voilà de nouveau ensemble. Approche-toi, dit Sirena en l'accueillant dans ses bras.

Caleb se laissa embrasser affectueusement sans protester. Bien qu'il se sentît trop grand pour ces manifestations de tendresse maternelle, il autoriserait cette nouvelle maman à le serrer contre son cœur. Il ne pourrait jamais rien refuser à Sirena.

— Viens voir ton frère. Je crois qu'il a tes yeux. Qu'en pensez-vous, Frau Holtz ? Le petit Mikel a les yeux de Caleb, non ?

— *Ja*, et il a le menton de son père, et ses cheveux aussi. Il sera certainement grand comme son père, on peut déjà le deviner.

Sirena sourit malgré elle. La vieille domestique adorait cet enfant, elle donnerait sa vie pour le protéger.

Caleb se balançait d'un pied sur l'autre pendant que l'intendante repoussait les couvertures. Jetant un œil sur le petit visage surmonté de quelques poils blonds, il fronça les sourcils. Ils se disputaient pour cette chose assez insignifiante. Cependant, par politesse, il complimenta Sirena, qui se mit à rire.

— Je sais bien ce que tu penses. On dirait un petit cochon tout gras et tout fripé, c'est juste ?

— Je... je n'ai pas dit cela, bafouilla Caleb.

— Tu n'avais pas besoin, petit frère. Mais je t'ai appris à toujours dire la vérité. Bientôt, il sera un beau et vigoureux garçon, comme son frère. Tu sais, lorsque tu étais petit, tu lui ressemblais. Quand ils viennent de naître, tous les bébés sont comme cela.

Ému, Caleb eut un brusque serrement de gorge.

— Je lui apprendrai tout ce que je sais, dit-il.

— Ce ne sera malheureusement pas possible, Caleb. Je retourne en Espagne avec lui. Tu resteras avec ton père, à Batavia. Un jour, tu viendras en Espagne et tu lui rendras visite. Il doit en être ainsi, lui expliqua gentiment Sirena en voyant la détresse du garçon. Il y a longtemps, je t'en avais déjà parlé. Trop d'événements se sont passés pour que je continue à vivre avec Regan. Gretchen et Chaezar resteront toujours entre nous. Non, c'est impossible.

— Sirena, il faut que tu m'écoutes. Nous sommes allés en Espagne, puis jusqu'ici, pour te retrouver. Regan aura l'enfant, la loi est en sa faveur. Et tu le sais parfaitement. Comment peux-tu lui refuser de voir son fils ?

— Le droit de... peu importe. Cela ne fait rien. Cet enfant est à moi et je l'emmène en Espagne.

— Il est aussi à Regan, et lui dit qu'il l'emmène à Batavia. Il utilisera la loi s'il le faut. Je pense qu'il te tuerait si tu essayais de lui prendre son fils.

Sirena devint livide. Le garçon avait prononcé ces paroles avec une telle assurance que la peur courut dans ses veines.

— Il est à moi ! s'écria-t-elle.

— Et à Regan, répéta Caleb d'une voix sûre. Réfléchis à ce que je t'ai dit, Sirena. Regan ne pense plus avec son instinct d'homme. Ce bébé a un père.

Sirena et Frau Holtz suivirent des yeux l'adolescent qui quitta la chambre. Mikel s'endormait dans son berceau. Cet enfant avait un père, certes, mais un père qui n'était pas amoureux de sa mère.

Regan rencontra quelques difficultés à diriger le personnel de maison. Ce grand homme blond effrayait les domestiques, mais ils suivirent fidèlement ses instructions, qu'il leur indiqua par mimiques. Chaezar avait dû les terroriser pour se faire respecter.

Ils eurent tôt fait d'enlever le corps mutilé de leur ancien maître et de nettoyer l'escalier et le sol. Satisfait de voir ses ordres exécutés, Regan se rendit aux cuisines. Il expliqua que le dîner devait être servi à huit heures et envoya un messager prévenir les invités du décès de Chaezar. Puis il demanda qu'on prépare deux bains, pour le garçon et lui. Caleb partit chercher leurs habits propres dans les sacoches des selles.

Une heure plus tard, Regan frappa à la porte de la chambre de Sirena. Il attendit. La jeune femme vint lui ouvrir et l'autorisa à entrer. Elle lui montra du doigt le berceau en osier. Délicatement, il souleva les couvertures. Sirena, qui ne le quittait pas des yeux, l'entendit retenir son souffle. Elle sourit. Regan *allait* s'attribuer tout le mérite de ce magnifique bébé. Il le prit dans ses bras et le berça avec tendresse. Silencieuse, Sirena observa le regard de son époux, où se lisait l'amour qu'il portait à cet enfant. Regan leva la tête, ils se considérèrent un instant. Un instant de communion entre les deux êtres...

— Il s'appelle Mikel, dit Sirena.

— Mikel est un joli prénom, qui a de la force. J'approuve votre choix.

— Il a votre menton.

— Et la même charpente que vous ! ajouta Frau Holtz, toute pétillante.

— *Ja*, je vois, j'en suis heureux, affirma Regan en recouchant le bébé.

Il resta un moment à caresser la tête blonde du chérubin.

— Un fils est le plus beau cadeau qu'une femme puisse offrir à un homme, murmura-t-il comme s'il se parlait.

Sirena crut d'abord qu'il lui destinait ces paroles. Mais il quitta la pièce sans la regarder, ni même Frau Holtz. Il semblait être à d'autres lieues de là, peut-être dans le souvenir de la première fois où il vit Caleb. Un élan de pitié poignarda le cœur de Sirena. Elle se mordit la lèvre pour s'empêcher de lui crier de revenir.

Regan prit Caleb par les épaules et ils partirent à travers les luxuriants jardins qui entouraient l'immense demeure. Soudain, Regan écarquilla les yeux devant sa découverte. Dans la lumière crépusculaire lui apparurent des rangées de muscadiers, qui s'étendaient à perte de vue. L'ignoble individu ! Comment avait-il pu trahir ainsi son pays ? Il fallait détruire ces arbres.

Caleb comprit l'idée de son père.

— Père, qu'allez-vous faire ? Si nous partons demain à l'aube, comme vous l'avez prévu, vous n'aurez pas le temps de vous occuper de ces plantations.

— Après le dîner, j'y mettrai le feu. Ou bien, avec l'aide des domestiques, j'arracherai ces arbres un par un.

— Mais il y en a des milliers, fit remarquer Caleb, dubitatif. Et un si grand feu peut échapper à notre contrôle.

— Pas si nous prenons des précautions. Je vais réfléchir pendant que nous faisons le tour de ce... royaume. Dis-moi, mon garçon, as-tu déjà vu quelque chose de semblable ?

Caleb secoua la tête tandis qu'il se retournait sur la maison.

— C'est un véritable palais. Señor Alvarez a certainement dépensé une fortune pour sa construction.

A l'évocation de l'Espagnol, Caleb sentit son père se raidir. Il regretta aussitôt d'avoir parlé. Pour lui ôter cette sinistre pensée, il enchaîna avec le nouveau-né.

— Et vous, Père, trouvez-vous que mon frère ressemble à un cochon tout gras et ridé ?

Regan partit d'un rire plein d'allégresse.

— Maintenant que tu me le dis, effectivement. Mais tu l'as été, toi aussi. D'ici peu, il deviendra un beau gaillard, comme toi. Il s'appelle Mikel. Aimes-tu son prénom ?

Caleb le répéta plusieurs fois et rit.

— Oui, il me plaît. Mon frère Mikel.

— Tu auras tout le temps de faire connaissance avec le petit durant notre voyage de retour.

Caleb regarda son père avec étonnement.

— Vous savez beaucoup de choses sur les bébés, Père. Je croyais que les hommes laissaient cela aux femmes et aux nourrices.

— C'est vrai dans certains foyers. J'attache beaucoup d'importance à mes enfants. Un jour, tout ce qui m'appartient reviendra à mes fils. Il m'est souvent arrivé la nuit de te promener dans mes bras quand tu avais de la fièvre. Ta mère et moi, nous nous relayions auprès de toi pour te soigner. Jamais nous ne t'aurions abandonné aux mains d'une nourrice, raconta Regan, la voix emplie de tendresse.

— Est-ce que Sirena sait que vous êtes ce père-là ? Si vous lui expliquez, elle ne sera peut-être pas si désagréable avec vous. Elle dit que le bébé est le sien et qu'elle l'emmène en Espagne.

— Cet enfant a deux parents, il n'ira pas en Espagne, et sa mère non plus. Le bébé a besoin d'elle. Nous partons tous ensemble pour Batavia. Sirena n'a pas le choix. Il y a des lois qui régissent ce genre d'affaires. Et Sirena sait qu'elle doit m'obéir.

— Un compromis... proposa Caleb en hésitant.

— Il n'y aura aucun compromis. Elle vient avec nous.

— Elle vous tuera si vous essayez de lui prendre son bébé. Je l'ai vu dans ses yeux.

— Et je la tuerai si elle me l'enlève. Une impasse, qu'en dis-tu ?

— Un compromis, Père. C'est ma réponse.

Le cœur lourd, Caleb rentra les épaules quand Regan se tourna vivement vers lui.

— J'ai dit pas de compromis. Cet enfant est le mien !

— Il est aussi celui de Sirena, qui l'a mis au monde.

— Cet enfant est le mien, répéta Regan froidement.

Caleb repoussa de ses épaules la main de son père et fit un pas en arrière.

— Un bébé doit rester avec sa mère, déclara-t-il d'un air obstiné.

— Si nous en venons à cette décision, sur quel navire vas-tu repartir, fils ? Le mien ou celui de Sirena ?

Caleb serra les dents et les poings. Il croisa le regard glacial de son père. Il se crispa plus nerveusement encore.

Regan n'obtint pas de réponse mais il savait quel serait le choix de Caleb. Il soupira de désespoir. Le garçon ravala ses sanglots.

Pourquoi ne pouvaient-ils pas régler leurs problèmes et recommencer une nouvelle vie ? se demanda Caleb. Jamais il n'avait été aussi déchiré entre deux personnes. Et le bébé l'inquiétait. Il devait peut-être s'enfuir avec lui pour que Sirena et Regan réalisent leur stupidité. Il rentra d'un pas découragé vers la maison.

Regan se servit un généreux verre du vin de la cave de Chaezar et s'assit dans un sofa. Il avait besoin de faire le point !

En aucun cas, il n'accepterait d'être séparé de son second fils. Une promesse quelconque pourrait peut-être inciter Sirena à venir de son plein gré. Mais à part lui promettre son fils, il ne voyait rien d'autre. C'était le seul bien qu'il ne pouvait lui offrir.

D'une manière ou d'une autre, il devait lui tendre un piège. D'après Caleb, Sirena ne mentait jamais. C'est donc elle qui lui promettrait de ne pas enlever son fils. Las, il secoua la tête. Comment pouvait-il agir contre la femme qui portait son nom et était la mère de son fils ? Mais avait-elle oublié la nuit à bord de la frégate, ou dans sa chambre, quand il s'était bassement comporté ? Et lui, serait-il encore capable d'avoir envie d'elle, d'aimer son corps, sans que s'interpose la vision d'Alvarez ? Pourtant, il la désirait comme rien au monde ne suscitait en lui un désir aussi ardent. Il la voulait à ses côtés, avec ses enfants. Et il la comblerait d'un amour passionné et inouï. Pourquoi ne voyait-elle pas cela ? Pourquoi cette haine et ces tortures envers lui ? Parce que depuis son arrivée, elle n'avait aucun sentiment pour lui ! De plus, pourrait-il vivre sous le même toit sans l'approcher ? Jamais !

De rage, il se leva et tapa du poing sur la table. Il cria de douleur. Ce cri fut surtout l'exutoire de la douleur qui lui suppliciait le cœur. Qu'allait-il faire ? S'il ne prenait pas garde, il se retrouverait à baigner dans son sang, pendant que son épouse, ses deux fils, et cette maudite Frau Holtz, s'en iraient sur son navire. Mais Sirena n'était pas capable d'assassiner le père de son enfant. Ou se trompait-il ? Pour la première fois de son existence, Regan se sentit profondément seul. Ce sentiment ne lui plaisait pas du tout. Il avait envie de partager sa vie avec quelqu'un. Pas même avec Tita il n'avait éprouvé cette envie. Pourquoi Sirena provoquait-elle cet étrange effet sur lui ?

Agacé, il lança un coup de pied dans le sofa. S'il lui disait qu'il regrettait ses paroles blessantes, qu'il avait seulement voulu la mettre en colère, lui pardonnerait-elle ? L'irréparable était commis. Sirena avait de l'amour pour leur fils uniquement. Mais il lui ravirait cela aussi. Regan eut l'impression d'être perdu dans un tunnel obscur.

Il se servit un verre et le vida d'un trait. Puis un autre, et un autre. Lorsque Sirena descendit pour le dîner, Regan était éméché. Elle le regarda, attristée.

— Avez-vous préparé vos affaires pour notre départ, demain ? demanda-t-il d'une voix pâteuse.

Sirena ne dit rien et goûta le plat de poisson qu'on venait de servir.

— Répondez-moi, bon sang ! Je vous ai demandé si

vous étiez prête à partir, répéta Regan en articulant exagérément pour se faire comprendre.

Sirena continua de manger. Regan s'empara de la carafe de vin et la brandit en l'air.

— Alors, répondez ! Je ne parle pas aux murs ! Si vous ne vous méfiez pas, vous pourriez vous retrouver par terre, et moi couché sur vous.

Sirena lui sourit, consciente de l'effet qu'elle provoquait sur Regan. Elle avait soigné sa toilette. Elle avait d'abord pris un long bain très chaud, comme pour se purifier de Chaezar. Au lieu du rigoureux chignon, ses cheveux étaient lâchés et certaines mèches relevées par un peigne en coquillage sur le haut de sa tête.

Chaezar avait rempli les armoires de robes d'une beauté fabuleuse, taillées dans les tissus les plus luxueux. Une garde-robe qui convenait à une reine... Ce soir-là, Sirena était décidée à porter une de ces riches toilettes pour impressionner Regan. Il ne la connaissait que dans son habit de femme pirate ou dans sa tenue austère d'Espagnole pieuse

Regan était sous le charme de la jeune femme. Dans son regard émeraude scintillaient des paillettes jaune vif, pareilles à la teinte de la robe, qui donnait un reflet d'ivoire à sa peau. Le décolleté ajusté rendait plus voluptueuse sa belle poitrine.

— Ils seront prêts en même temps que vous, Monsieur, dit Sirena.

— Ils ! Qu'entendez-vous par ils ? Je vous ai demandé si vous, vous étiez prête. Quel est ce mystère ?

Regan reluquait avec une expression d'ivrogne la silhouette de Sirena. La jeune femme remarqua qu'il s'humectait les lèvres tandis qu'il essayait de la fixer dans les yeux.

— J'entends Frau Holtz et le bébé. Je suppose que Caleb est assez grand pour s'occuper de lui-même.

— Avez-vous préparé vos affaires ? brailla Regan en fracassant la carafe sur l'angle de la table.

— Je n'ai aucune raison de le faire. Je ne pars pas avec vous. Vous avez le droit d'exiger l'enfant. Moi aussi, je connais les lois. Frau Holtz est en train de rechercher une nourrice pour Mikel. Maintenant, si vous voulez bien m'excuser, dit Sirena, qui se leva de table.

Elle devait partir immédiatement, sinon, elle se mettrait à pleurer comme un enfant. L'enfant. Elle ne le reverrait sans doute plus. Elle avait pris une décision qui la hanterait toute sa vie : abandonner son fils à Regan.

— Comment cela ? Vous ne partez pas avec nous ? s'écria Regan, subitement dessaoulé.

Sirena cligna des paupières pour retenir les larmes qui coulaient déjà sur ses joues. Regan sentit son cœur s'emballer, il la regarda avec respect. Il ne l'avait jamais vue pleurer. La honte et la culpabilité l'envahirent.

— L'enfant a besoin de vous, Caleb a besoin de vous, dit Regan d'une voix troublée et radoucie. Ne voulez-vous pas reconsidérer votre choix et venir avec nous ?

Sirena étouffa un sanglot. Elle l'implora de ses yeux embués de lui dire que lui aussi avait besoin d'elle. Elle attendait qu'il prononce ces mots pour le suivre au bout de la terre. Elle n'osa pas le lui avouer et partit précipitamment, aveuglée par un flot de larmes.

Regan s'effondra sur une chaise et poussa quelques jurons. Qu'espérait-elle de lui ? Que signifiaient ces larmes ? Il se serait jeté dans ses bras si elle les lui avait tendus. Pourquoi ne pas lui avoir dit qu'il l'aimait ? Mais ces mots restaient coincés dans sa gorge...

Sirena courut jusqu'à sa chambre et se jeta sur le lit. Le chagrin secoua son corps, elle hurla à la mort. Son passé se glisserait toujours entre eux. Les pirates, Chaezar... Regan ne voulait pas l'aimer. Pour lui, leurs nuits d'amour n'avaient été en réalité que des moments d'égarement.

— Je l'aime ! sanglota la jeune femme. Je l'aime !

Frau Holtz entra discrètement dans la chambre et entendit Sirena. Depuis l'arrivée de Regan dans cette maison, elle avait douté de l'amour de la jeune femme pour son époux. Mais non, elle l'aimait vraiment. Frau Holtz prit tendrement Sirena dans ses bras et la réconforta.

— Ne retenez pas vos pleurs, Madame. Laissez-vous aller, dit-elle en lui caressant les cheveux.

Sirena pleura toutes les larmes de son corps. Puis enfin, elle leva les yeux vers l'intendante.

— Dites-moi, avez-vous trouvé une nourrice pour mon fils ?

Frau Holtz fit attention à sa réponse. Sirena ne devait pas découvrir qu'elle mentait.

— Je n'ai pas réussi à trouver quelqu'un qui accepte de quitter le pays. Les éventuelles nourrices ont une famille. J'ai fait de mon mieux, Madame. Je crains que vous ne deviez suivre le petit Mikel. Sans vous, il va mourir, dit sinistrement l'intendante.

— C'est impossible, Frau Holtz, qu'il n'existe pas une nourrice pour Mikel. Leur avez-vous proposé de l'argent ? Êtes-vous sûre d'avoir tout tenté ?

— Tout, Madame, j'ai tout essayé, répondit-elle d'un ton compatissant. Vous devez rentrer à Batavia.

— Je n'irai pas, vous m'avez comprise ? Plus je resterai avec mon enfant, plus il me sera déchirant de le quitter par la suite. Mon cœur est déjà brisé. Chaque jour qui passe enfonce la douleur.

— Vous irez, assura Frau Holtz. Vous avez fait des choses bien plus difficiles dans votre vie que celle-ci. Nous sommes en train de parler de votre fils, vous devez le suivre. Vous n'avez pas le choix !

La jeune femme acquiesça d'un signe de tête. Elle n'aperçut pas la lueur de joie qui dansa dans les yeux de Frau Holtz. Sirena se résignait à accompagner son fils, qu'elle remettrait aux soins de Regan et de Caleb lorsqu'il serait en âge d'être sevré. Sirena se sentit vide de tout sentiment. D'une certaine manière, elle venait de mourir.

L'aube projetait sa première lueur. Sirena allaitait son enfant. Elle regarda par la fenêtre et vit un gigantesque feu courir à travers les plantations de muscadiers. Si le vent tournait, la maison disparaîtrait dans les flammes. Regan avait décidé de détruire le royaume de Chaezar. Dans près d'une heure, elle partirait avec lui. Des larmes de tristesse embuèrent ses yeux. L'enfant poussa un heureux soupir. Ne devait-elle jamais connaître le bonheur, seulement une vie de tourments ? D'un pas traînant, elle reposa Mikel dans son berceau et se mit à préparer leurs affaires.

Quand ils quittèrent la demeure de Chaezar, la jeune femme ne jeta pas un seul regard en arrière. Caleb trottait à côté d'elle, la mine joviale. Il ne savait pas pour quelle raison elle avait changé d'avis, mais l'important était qu'elle vienne avec eux à Batavia. Le garçon était en vérité soulagé de n'avoir pas eu à prendre une décision qu'il aurait détestée. Jamais il ne pourrait vivre sans Sirena.

Regan affichait aussi un certain apaisement. Il avait envoyé chercher Frau Holtz et son fils et espéré entrevoir une dernière fois Sirena, priant qu'elle vienne au moins faire ses adieux à Caleb. Lorsque la jeune femme annonça qu'elle repartait à Java, il en resta un instant éberlué. Puis son regard s'illumina et il lui sourit. Le visage austère, Sirena passa devant lui en direction de la cour pavée. En aucune façon, elle n'aurait répondu à son sourire.

Les journées ensoleillées et les nuits étoilées furent un baume lénifiant pour le cœur de Sirena. Le voyage, qui devait durer trois mois, se déroulait sans incidents pour la jeune femme. Elle restait de longs moments sur le pont, au soleil, à côté de Mikel dans son berceau. L'air marin le fortifiait, il grandissait à vue d'œil. Pendant son temps libre, Caleb venait jouer avec le bébé. Il imitait le cri des animaux, gazouillait comme un oiseau ou rugissait comme un lion. Le petit Mikel riait et Caleb se tapait sur les cuisses dans la plus grande hilarité. Regan lui rendait régulièrement visite, chaque matin. Il s'amusait avec lui, en le couvant des yeux. Il le soulevait devant lui et faisait différentes mimiques. Mikel le regardait, impressionné et curieux.

Parfois, il fronçait les sourcils et poussait des cris stridents. Dans ces moments, Regan le tendait aussitôt à Sirena d'un air penaud. Ils ne disaient rien. Regan était heureux qu'elle soit à bord et se contentait de cette situation.

Un soir, une brume particulièrement dense se glissa autour du brigantin. Regan chercha Sirena sur les ponts. Il l'aida à regagner sa cabine. La jeune femme frémit en sentant sa main se poser sur son bras. Elle remarqua qu'il respirait avec précipitation. Cachant son inquiétude, il expliqua que, pour le bien de son fils, il ne voulait pas qu'elle tombe par-dessus bord, à cause du brouillard. Vexée, Sirena maudit Regan à part soi.

Regan précéda Sirena pour descendre l'échelle. Il la serra plus vigoureusement. Troublée par la chaleur qui l'envahit, Sirena manqua une marche et tomba contre lui en hurlant de peur. Regan eut soudain envie d'elle. Une envie irrésistible. Il enfouit sa main dans sa chevelure, approcha ses lèvres de son visage. La jeune femme céda à ses baisers. Puis il fit courir sa bouche humide sur sa gorge, ses seins. Sirena se cambra sous ses caresses. Elle ouvrit les yeux. Un voile opaque flottait autour d'eux. Ils étaient deux amants enlacés amoureusement, absents du monde, partis dans leur désir. Elle sentit l'humidité de l'air effleurer sa peau, tandis que Regan dégrafait son corsage et titillait ses bourgeons rosis. Il pressa ses lèvres contre les siennes. Ses baisers étourdirent de bonheur la jeune femme.

— J'ai décidé d'oublier votre liaison avec Chaezar, gémit Regan. Je sais que je suis le seul homme qui peut vous rendre heureuse.

Entortillant ses doigts dans ses mèches noires, il l'embrassa fougueusement. Sirena, déchirée par les griffes du plaisir, entendit ses paroles résonner dans un recoin de son esprit : *décidé... oublier... liaison... le seul...*

— Goujat ! hurla subitement Sirena, qui se libéra de son étreinte et dégringola de l'échelle. Animal vicieux ! *Hijo de puta !* Vous n'êtes qu'un tas de fumier !

Regan lui tendit les bras, une expression ahurie traversa son visage.

— Je vais vous faire passer votre vice. C'est mon épée qui va venir chatouiller un de ces soirs une partie de votre corps qui vous est chère ! poursuivit Sirena. Je vais même vous tuer, espèce de putois !

— Mais... qu'ai-je...

— Bâtard ! Vous ne pensez qu'avec votre sexe. Mais plus jamais je ne servirai à assouvir votre envie. Je souhaite que vous deveniez impuissant ! vociféra Sirena.

Regan ne comprenait pas la furie de la jeune femme. Amante passionnée l'instant précédent, elle menaçait désormais d'attenter à sa virilité. Qu'avait-il dit, qu'avait-il fait ?

Puisque cette femme mettait à exécution ce qu'elle disait, il s'enfermerait cette nuit.

36

Le soleil, boule de feu, s'évanouit à l'horizon, plongeant dans la mer. Regan dirigea le brigantin dans le port. Il aperçut les quais reconstruits en bois neuf. Ses capitaines avaient dû revenir et commencer la remise en état de la ville. Il ne restait que quelques arbres, qui ressemblaient à des spectres dans la lumière tombante. Les bureaux avaient été rebâtis. Mais il faudrait encore beaucoup d'efforts avant que le port retrouve son activité normale.

Regan se demanda combien de ses amis ne reverraient plus jamais les jacquiers se balancer sous la brise chaude des alizés. Ces pensées l'attristèrent. Un cri vigoureux détourna son attention. Il se tourna vers l'arrière du navire et vit Sirena qui tenait dans ses bras Mikel. Sa tristesse s'envola. Deux fils ! Que demander de mieux à la vie ? Il allait participer à la reconstruction de l'île, dans l'espoir que ses enfants l'aimeraient un jour autant que lui.

Sirena traversa le pont, murmurant des mots tendres à l'enfant. Il gigotait dans tous les sens pour regarder autour de lui. La jeune femme arborait un sourire épanoui, qui s'effaça dès que Regan marcha vers elle. Depuis l'événement de la nuit brumeuse, ils ne s'étaient pas adressé la parole.

— Nous sommes arrivés, fit brièvement Regan.

Sirena l'ignora et promena son regard par-dessus le quai, considérant l'ampleur des travaux déjà réalisés. La demeure de van der Rhys était-elle habitable ?

Lorsqu'ils y seraient installés, elle serait à la merci du maître des lieux, soumise à ses ordres. Sirena regarda avec amour son enfant et soupira. Dans quelques mois, il serait sevré. Elle aperçut Caleb en train d'abaisser une chaloupe pour les emmener à terre. Son cœur se serra. Elle profiterait de ce temps le mieux possible et se préparerait à quitter son enfant le moment venu. Elle couperait alors à jamais tout lien avec Java et ses habitants.

Quand elle débarqua, elle se rendit compte que la terre ferme ne lui avait pas manqué. Dans la chaleur et la poussière des rues s'affairaient des hommes et des enfants. Partout résonnaient les bruits des marteaux et des haches. A travers la reconstruction de la ville, ces gens rebâtissaient leur vie. Le soir tombait. Des torches s'allumaient pour que continue le travail. A ce rythme, l'île risquait de retrouver rapidement son allure d'antan.

— Regan ! Je croyais ne jamais vous revoir ici ! s'écria le capitaine Dykstra par-dessus le vacarme assourdissant. Nous avons un sacré travail à faire, voyez-vous. Votre maison est en assez bon état. Quelques réparations, cependant. Mais nous avançons maison après maison. Les bureaux sont intacts. La Compagnie peut réouvrir ses portes. A propos, j'ai une missive pour vous, de la part de l'administrateur principal. On vous demande d'aller en Hollande. Ce ne serait pas surprenant que vous soyez nommé gouverneur, dit le capitaine d'une voix enjouée.

Regan hocha la tête.

— Combien sont... ?

— Trop. Beaucoup trop. Les Medrics, tous les deux. Helga Kloss, pendant qu'elle aidait des enfants à évacuer l'île. Gretchen Lindenreich, mais on ne sait pas ce qui lui est arrivé. Et des vingtaines d'autres. Et vous saviez que l'Espagnol s'était enfui avant la tragédie ?

— Il est mort, dit froidement Regan. Faites-moi venir une voiture, Daan. Je vais emmener ma famille chez moi.

Le cœur de Sirena bondit de joie quand le capitaine

parla de la mort de Gretchen. La jeune femme se reprocha ce sentiment spontané. Gretchen serait vite remplacée par une autre catin des environs.

Une semaine ne s'était pas écoulée depuis leur retour à Java, que Regan annonça, un soir au dîner, son départ pour la Hollande dès le lendemain matin. Caleb devait rester pour veiller sur son petit frère. Il reviendrait le plus rapidement possible, mais son absence durerait cinq à six mois. Le ton froid et neutre employé par son époux fit pâlir Sirena, qui plongea le nez dans son assiette. Caleb sembla ignorer le différend qui existait entre eux deux. La mine renfrognée, Frau Holtz s'agita près de la porte à double battant de la cuisine. Son maître n'assumait pas son rôle de mari. Elle avait une forte envie de lui faire tâter le bout de sa botte. Était-il aveugle au point de ne pas remarquer le visage contrarié de la jeune femme ?

— Je voudrais vous parler en privé, dit Regan en se levant de table.

Sirena hocha la tête et le suivit dans la bibliothèque faiblement éclairée. Il lui indiqua un fauteuil et lui proposa un verre de vin. Sirena déclina les deux offres.

— Je veux votre promesse que vous ne quitterez pas l'île avant mon retour. Si vous me la refusez, je ferai poster des gardes autour de la maison.

Sirena, calme et silencieuse, attendit qu'il poursuive. Elle savait qu'il n'avait pas terminé.

— Lorsque je reviendrai, vous vous serez installée dans mon appartement. Frau Holtz prendra soin de Mikel. J'entends exercer mes droits d'époux. Et je ne veux pas de protestations, cette fois. M'avez-vous compris ?

Sirena lui sourit et jeta un coup d'œil par la fenêtre pour lui signifier l'intérêt qu'elle portait à ses requêtes.

— Caleb m'a affirmé que vous ne mentiez jamais, ni ne rompiez une promesse. Ne décevez pas le garçon. Votre promesse, Sirena.

Comment Caleb avait-il pu l'élever sur un tel piédestal ? Il devrait apprendre tôt ou tard qu'elle n'était pas si parfaite.

— Je ne vous promets rien du tout, Monsieur. Vous avez un droit sur Mikel, j'accepte la loi. Mais je ne vous appartiens pas. Je ferai donc ce que je veux.

— Nous sommes unis par le mariage !

— Bah, un morceau de papier ! D'ailleurs, relisez ce papier. Il dit qu'Isabel est votre épouse. Isabel et vous avez signé les contrats. Notre mariage n'est qu'une pure comédie. Quant à moi, je suis une femme déshonorée, comme votre catin, Gretchen. Ne me parlez pas de revendiquer vos droits. Car si vous y tenez, vous risquez d'être grandement surpris. Si je le voulais, je pourrais quitter sur-le-champ cette maison avec Mikel. Prouvez que nous sommes mari et femme ! Prouvez que cet enfant est le vôtre ! s'emporta Sirena, ses yeux lui décochant des flèches meurtrières. Mais je sais aussi que je ne gagnerai pas. Je n'ai pas envie de continuer à me battre. Mikel est à vous. Mais pas moi. Jamais. A personne. Même si nous étions mariés, vous ne me posséderiez point. Je ne suis pas un objet avec lequel on peut parader. Si vous n'avez plus rien à me dire, je retourne auprès de mon enfant, excusez-moi, auprès de votre enfant, dont je prends soin. Je ne suis que sa mère. Au revoir, Regan, et ne vous hâtez pas de revenir pour me faire plaisir.

Écumant de rage, Regan se précipita sur Sirena, qui se dirigeait vers la porte. Il lui agrippa le bras et la fit pivoter.

— Cela a assez duré ! Vous débarquez chez moi avec votre fausse histoire, vous me ridiculisez devant mes amis et mes employés. Vous semez la terreur sur les mers, détruisant navires et cargaisons. Vous avez l'audace de continuer à vivre sous mon toit dans le mensonge. Vous affichez votre liaison avec mon rival et partez en Afrique avec lui. Lorsque vous en avez assez, vous l'assassinez ! C'est le sort que vous me réservez ? Des hommes gisent au fond des mers à cause de vous. Vous ensorcelez mon fils aîné, qui vous considère comme une déesse. Vous me laissez vous faire l'amour, sur votre navire, ici, chez moi. Ah, je vois que vous êtes sur le point de protester. Souvenez-vous, ma chère, quand vous vous êtes abandonnée dans mes bras, avec autant de désir que moi. Que voulez-vous de moi ? lui demanda-t-il d'une voix brisée. Que je rampe à vos pieds, que je m'accroche à votre robe, pour vous retenir ? Dites-moi ce que vous attendez de moi.

La détresse de Regan fendit le cœur de la jeune femme. Mais si elle lui avouait son amour, il ne la croirait pas.

— L'amour, c'est s'offrir entièrement, dit calmement Sirena. Il est vrai que je vous ai permis de me faire l'amour, comme il est vrai que j'ai ressenti autant de plaisir que vous. Je me suis donnée avec passion. Comme je n'avais pas imaginé pouvoir aimer, pas après... après...

Sa gorge se serra, elle ne put trouver ses mots.

— Je ne sais pas quoi dire. Il existe sans doute un moyen de vous toucher. Que voulez-vous de moi ?

— Mon fils. Me donneriez-vous mon fils ? lui demanda Sirena, qui retint sa respiration dans l'attente de la réponse.

Regan dévisagea la jeune femme.

— Le faudrait-il pour que vous partagiez mon lit ?

— Croyez ce que vous voulez, dit Sirena avec un sourire. Je pourrais toujours vous tuer quand je le voudrais. Tel l'animal qui chasse sa proie dans la nuit. Je dirai à l'enfant que vous êtes mort, dans une bataille, glorieusement... s'il veut savoir.

Son rire sarcastique se répercuta contre les murs. Une déferlante de colère secoua Regan. Il assena une gifle cinglante à la jeune femme. Elle vit venir le coup mais resta imperturbable. Elle chancela, abrutie. Il l'avait frappée ! Sirena fit quelques pas en arrière en remuant la tête. Un court instant, avant de s'évanouir.

A son réveil, elle était allongée sur son lit, seule. Le bébé poussait des grognements et gigotait dans son berceau. Tout étourdie, elle se leva pour le prendre dans ses bras. La chaleur de l'enfant contre sa poitrine la détendit. Peu lui importait ce qui venait de se passer. Regan allait partir le lendemain et elle ne le reverrait plus.

Tandis qu'elle recouchait Mikel, des larmes lui vinrent aux yeux. Le temps guérirait ses blessures, le temps uniquement avait ce pouvoir-là. Pourquoi être triste ? Regan s'était pavané avec Gretchen et toutes les femmes de l'île. La pire des humiliations. Le sexe ! Existait-il autre chose au monde qui intéresse les hommes ?

Elle s'avança au balcon et observa Regan, qui traversait la cour. Il avait une allure menaçante. Lui ferait-il confiance durant son absence ? Certainement pas, mais il trouverait le moyen de lui imposer sa volonté. Des gardes surveilleraient la maison pour l'empêcher de fuir avec l'enfant. Pourrait-elle compter sur l'aide de Caleb ? Elle n'avait pas le droit de lui demander cela. Le temps de leur complicité était révolu pour toujours.

Regan s'immobilisa au milieu de la cour et regarda vers le balcon. Il fixa narquoisement la jeune femme, en tirant sur son cigare avec nervosité. Agacée, Sirena rentra dans la chambre et s'étendit sur son lit. Elle se sentait épuisée comme jamais. Ses paupières étaient lourdes. Dormir. Une douce brise, qui entrait par les fenêtres ouvertes, apaisa son esprit. Dormir pour échapper à la réalité.

Frau Holtz réveilla Sirena peu après le coucher du soleil et lui amena le nourrisson affamé. Elle lui apprit que van der Rhys venait de partir.

— Il est allé à son navire. Il était d'une humeur exécrable ! Il s'en va demain à l'aube pour la Hollande !

Sirena n'eut aucune réaction, l'intendante fronça les sourcils.

— Avec toutes les instructions qu'il a données, on pourrait remplir un livre, dit-elle amèrement. Il y a des gardes autour de la maison et de la frégate. Si vous tentez de prendre la mer avec le bateau, Monsieur a ordonné de le couler.

La jeune mère reposa doucement l'enfant endormi dans son lit et répondit finalement à Frau Holtz.

— Êtes-vous sûre de ce que vous m'annoncez ?

— Oui, Madame. Je crois même que Monsieur s'est débrouillé pour que j'entende les ordres qu'il a laissés au capitaine Dykstra. Vous êtes sa prisonnière !

Sirena se mordilla les lèvres. Les gardes finiraient par se lasser et relâcher leur surveillance. Elle aurait alors le champ libre. Regan aurait dû savoir que plus personne ne la retiendrait en captivité.

La maison se ressentit de l'absence de Regan. Caleb était calme et réservé. Habitué aux visites quotidiennes de son père, Mikel manifestait de l'excitation à ces moments-là. Frau Holtz, qu'irritaient des choses futiles, grommelait sans cesse. Quand elle vaquait à ses tâches, elle affichait une mine circonspecte. Sirena avait l'impression que tout le monde l'observait.

Au-dehors, des hommes robustes travaillaient à la réparation de la bâtisse. Mais Sirena ne s'y trompait pas. Dès qu'elle ferait un pas à l'extérieur, ils cesseraient tous leur besogne pour suivre chacun de ses mouvements.

Plusieurs semaines après le départ de Regan, Sirena prit le chemin des écuries avec l'intention de partir pour une longue promenade. Elle ne dormait pas bien et avait besoin de se dépenser. Elle décida de partir voir la frégate. Bien qu'elle n'aperçût pas de cavaliers derrière elle, Sirena entendit au loin résonner des sabots de cheval. Les hommes de Regan la poursuivraient au bout du monde s'il le fallait !

La jeune femme arrêta sa monture pour se délecter de la vue du navire, fraîchement repeint. En lettres blanches avait été écrit son nom : *La Rana*. A la brume, la frégate avait l'aspect d'un fantôme. Quand naviguerait-elle à nouveau et qui s'occuperait d'elle ? Regan, peut-être. Il apprécierait certainement sa maniabilité. La frégate attendait une main à son gouvernail, comme la jeune femme attendait les caresses de Regan, et un doux mot d'amour, pour revivre.

Des hommes se rassemblèrent sur le pont avant de la frégate, guettant la jeune femme. Regan n'avait décidément pas lésiné sur les efforts de surveillance.

Willem se détacha du groupe sans quitter des yeux la fine silhouette sur l'étalon. Il avait cru que Sirena viendrait plus tôt, sa gorge se noua. Comment le Hollandais pouvait-il la retenir prisonnière ? Il avait entendu Regan ordonner à ses gaillards d'empêcher sa femme de monter à bord. Sinon, ils signaient leur arrêt de mort.

Regan s'était aussi adressé à Willem et Jacobus, avant de partir en chaloupe vers son brigantin.

— Mon épouse veut que vous remettiez le navire en état. Si vous suivez mes ordres, vous pouvez rester là. Mais un faux mouvement, et vous aurez la tête tranchée.

Willem avait alors glissé quelque chose à l'oreille du vieux Jacobus et tous deux s'étaient mis à rire. Les hommes de Regan ne représenteraient pas un obstacle pour leur Capitana, si elle était résolue à prendre la mer. Ils avaient parié entre eux que ce jour arriverait bientôt. Ils n'en doutaient pas.

Aveuglée par l'éclat du soleil couchant, Sirena plissa les yeux. Étaient-ce Willem et Jacobus sur le pont ? Elle porta une main à son front et envoya un salut. Ils lui répondirent du même geste. Un sourire courut sur ses lèvres. Elle éperonna la bête. Willem et Jacobus l'avaient vue, c'était ce qu'elle souhaitait.

Sirena chevaucha au triple galop, le sang affluant à ses tempes. Regan avait eu la sagesse d'esprit de garder son équipage sur la frégate. Ce navire et ces hommes lui appartenaient. Il comprenait peut-être enfin. Dorénavant, elle devait intelligemment occuper ses journées. Mikel venait peu à peu au sevrage. Elle avait du temps de libre, mais pas pour l'oisiveté. Elle devait penser à sa propre existence. Sa nouvelle vie allait commencer dès le lendemain.

Dès l'aube, Sirena fut debout, habillée. Elle alla chercher un seau d'eau savonneuse et s'attela au nettoyage. A la consternation de Frau Holtz, elle n'arrêta que vers midi pour nourrir le bébé. Puis elle grignota quelques fruits, avant de partir à travers les jardins, sarclant et taillant les plates-bandes. Ensuite, elle ramassa des paniers de fruits et de légumes, qu'elle transporta dans la cuisine. Frau Holtz se précipita vers elle, mais le regard déterminé de sa maîtresse la stoppa dans son élan. Après le repas du soir, Sirena partit à cheval jusqu'aux quais, où elle pouvait contempler *La Rana*.

Sirena travaillait tous les jours avec acharnement. La destinée de son fils était liée à Regan. Elle se sentait le devoir de participer à sa construction avant de quitter Mikel. La jeune femme s'activait à la remise en état de la maison, des jardins et des champs. Ces travaux physiques lui avaient ôté toutes forces et elle tombait d'épuisement. Quand elle donnait le sein à son enfant, elle s'assoupissait parfois. Mais un souffle de vie l'agitait lorsqu'elle partait le soir voir sa frégate. A son retour, elle s'écroulait sur son lit et glissait dans un profond sommeil. L'inquiétude de Frau Holtz grandissait de jour en jour. Sirena maigrissait, son lait n'était plus assez riche. Ses joues se creusaient et des cernes soulignaient ses yeux.

Sirena rentrait vers la maison quand le palefrenier l'aborda et lui expliqua que son cheval ayant perdu un fer, il lui déconseillait de le prendre. Sirena l'en remercia et opta pour un tour dans les jardins. Mais les jolies fleurs et les gracieux jacquiers ne la distrayaient pas. Elle s'ennuyait. Tandis qu'elle refermait la grille, l'envie la prit de marcher dans les champs. Soudain, ses yeux pétillèrent et elle accéléra le pas. Elle traîna ses pieds dans la lave desséchée qui recouvrait le sol. La jeune femme se mit à genoux et gratta le sol avec ses mains, profondément, sous la couche noirâtre. Sa découverte l'excita, une idée jaillit dans son esprit. Elle changea d'endroit et creusa avec frénésie. Sirena se releva subitement, l'œil luisant. Elle seule avait le pouvoir d'assurer l'avenir de Mikel. Arriverait-elle à mettre son plan en action avant le retour de Regan ? Il le fallait !

Retournant en courant à la maison, elle partit en quête de Frau Holtz pour lui dévoiler son projet. La vieille intendante la regarda avec étonnement.

— Mais Madame, vous n'êtes qu'une femme, comment comptez-vous faire ? Vous allez vous tuer à la tâche. Laissez-moi au moins vous aider. Caleb peut prendre soin du petit. Ainsi, nous pouvons travailler du lever au coucher du soleil. Je suis avec vous. Il est temps que les hommes de cette île nous regardent autrement qu'avec de...

— Vous vouliez dire envie ? fit Sirena en riant.

— *Ja*, mais je pensais à vous, pas à moi. Il y a bien longtemps que je n'ai pas vu une lueur d'envie dans le regard d'un homme.

Joyeuse, Sirena frappa dans ses mains.

— Demandez qu'un chariot soit prêt dans la cour, demain, à la première heure. Nous reviendrons en fin d'après-midi. En fait, il nous faut deux chariots. Frau Holtz, vous devrez en conduire un.

L'intendante opina de la tête. Dans ses yeux brillait une étincelle belliqueuse. Sirena n'avait jamais vu la vieille femme aussi exaltée et savait qu'elle pouvait compter sur son aide. En tout cas, la contrebande de Chaezar allait servir son dessein. Et peut-être, dans le futur, Mikel et Caleb penseraient à elle, lorsque les muscadiers auraient poussé et donneraient de riches récoltes. Ces champs ne devaient pas rester en friche alors qu'elle avait la possibilité de faire renaître les plantations.

Ce soir-là, quand Sirena se coucha, elle s'endormit aussitôt. Un rêve la tourmenta toute la nuit : Regan chevauchait à travers les rangées d'arbres qu'elle avait plantés avec Frau Holtz. Il ne cessait de crier son nom. Au petit matin, à son réveil, Sirena sentit le goût salé des larmes sur ses lèvres.

La jeune femme choisit une tenue adéquate pour cette journée de dur labeur. Elle espéra que Frau Holtz y résisterait.

Chaque jour passé apportait sa dose de sueur et de fatigue. Les deux femmes trouvèrent peu à peu le rythme et les gestes de leur travail pour économiser leurs efforts. Lorsque le soleil descendait derrière la colline, les deux femmes s'en retournaient à la maison d'un pas lent, couvertes de poussière. La fin de la journée signifiait pour elles la fin proche de leur tâche.

— Il ne reste plus qu'un tonneau de noix de muscade, dit Frau Holtz. Nous aurons terminé au coucher du soleil.

— Je crois, Frau Holtz, que nous pouvons être fières de nous. Nous avons accompli un travail de titan. Il y a eu des moments où j'ai bien cru me briser les reins et les bras. Mais je vois à votre mine que vous êtes plus fatiguée que moi. Je n'aurais jamais dû vous laisser m'aider. S'il vous arrive quelque chose, je m'en voudrais toute ma vie.

— Ce serait inutile, Madame. Je l'ai fait pour vous et pour l'enfant. S'il fallait recommencer, eh bien, je recommencerais. Après un peu de repos, je serai en forme. Et vous ? Vous êtes si maigrichonne...

— Je n'en mourrai pas, Frau Holtz, ne vous inquiétez pas. Maintenant, je vais prendre un bain et faire une balade à cheval.

— Vous vous faites du mal ! dit sévèrement l'intendante. Pourquoi aller tous les jours voir votre bateau ? Vous avez prévu de quitter l'île quand le petit n'aura plus besoin d'être allaité, n'est-ce pas ? Je l'ai deviné depuis longtemps. C'est donc pour bientôt, ajouta-t-elle d'une voix triste.

En dépit de sa fatigue, elle se rendait régulièrement au quai pour se montrer à Willem et Jacobus. Chaque soir, ils la saluaient et elle leur répondait. Ce salut était devenu un rituel. Mais une fois, elle ne viendrait pas et ses hommes, qu'elle connaissait parfaitement, en déduiraient qu'ils devaient se préparer à prendre la mer, car Sirena aurait alors décidé de s'en aller.

Le temps passait mais les graines de muscade ne donnaient aucun signe de croissance. Sirena, qui examinait journellement les plantations, frôlait l'hystérie. La lave avait-elle rendu le sol stérile ? Ce travail exténuant n'aurait servi à rien ! Pourtant, les hommes que lui avait fournis le capitaine Dykstra étaient des planteurs de métier. Avait-elle été stupide de croire que les muscadiers pourraient à nouveau pousser ? Car les graines auraient déjà dû germer.

Une autre semaine s'écoula. Un jour, Frau Holtz, excitée comme un enfant, entra chez Sirena. Elle l'attrapa par le bras et l'entraîna au dehors, vers les champs. Avec un air de triomphe, elle lui montra du doigt une petite pousse verte qui dépassait du sol noir.

— L'avenir de votre fils ! s'écria l'intendante.

Le visage de Sirena s'orna d'un large sourire. La jeune femme promena son regard sur les rangées bien alignées. Des pousses sortaient de toutes parts.

37

Mikel avait grandi, Sirena ne le nourrissait plus au sein. Les muscadiers, hauts d'une trentaine de centimètres, croissaient rapidement grâce à la chaleur et aux pluies quotidiennes. Caleb rentra du port et annonça à Sirena qu'un navire, qui venait d'arriver, signalait Regan à deux jours de navigation de Batavia. La jeune femme tressaillit, un étau imaginaire lui serra la poitrine.

Ce soir-là, elle n'irait pas à son rendez-vous habituel avec Willem et Jacobus. Ils se tiendraient prêts pour le départ de la frégate. D'une voix blanche, vide d'émotion, Sirena demanda à l'intendante de préparer ses malles et de les faire envoyer au quai. Frau Holtz partit en colère s'exécuter.

Sirena se débattit avec sa conscience. Elle n'avait fait aucune promesse à Regan et elle était une femme libre. Elle laissait son fils aux soins de Regan et... Pourquoi réfléchissait-elle encore à ce qu'elle avait décidé ? Une autre existence l'attendait, ailleurs, où elle guérirait de son passé. Depuis de nombreux jours, Sirena sentait qu'elle n'avait plus goût à la vie. Frau Holtz ne cachait pas son souci, elle s'était pourtant retenue d'aborder une discussion avec la jeune femme. Sirena savait que la vieille femme était bien intentionnée et elle la respectait pour cela, mais elle assumerait son choix.

Un bruit étrange fit sursauter Sirena endormie. Elle vit Regan penché au-dessus du berceau. Se forçant à calmer sa respiration, elle attendit sans rien dire qu'il quitte la pièce. Son cœur battait la chamade. Elle sentit sa présence près de son lit mais ne bougea pas. Regan quitta la chambre aussi discrètement qu'il y était entré. La porte se referma. Sirena se blottit contre l'oreiller et sanglota.

Quand le soleil fut levé, Frau Holtz vint aider Sirena à s'habiller.

— Vos malles ont été chargées sur les chariots. Caleb dort encore. Il serait préférable de lui dire au revoir, non ?

— Je ne supporterai pas un autre adieu. Il comprendra. Le petit n'aura pas besoin de moi, surtout si vous veillez sur lui. Prendrez-vous soin de mon fils, Frau Holtz ? demanda Sirena, anxieuse.

— Comme s'il était le mien, répondit l'intendante d'une voix troublée.

— Regan est rentré, il faut donc que je parte. Je suis sûre qu'il est allé dormir après être venu s'assurer que le bébé et moi étions toujours là. C'est le moment ou jamais de partir. Je ne sais pas ce qui m'a retenue ici si longtemps. Je devrais être loin depuis des semaines.

L'intendante, elle, le savait. Sirena voulait revoir une dernière fois Regan sans oser se l'avouer.

— Maintenant, silence. Je ne veux pas de témoin de mon départ. Qu'en pensez-vous, Frau Holtz, par le treillage ou par la grande porte ? plaisanta Sirena pour tenter de faire rire la vieille femme.

Celle-ci haussa les épaules, l'heure n'était pas à l'humour.

— Ce sera par la grande porte, poursuivit Sirena. Personne n'a de raison de me retenir. Je suis libre comme l'air. Je n'appartiens à aucun homme. Au revoir, Frau Holtz. Je prierai pour votre âme. Veillez sur mon fils.

L'intendante ne put contenir sa colère.

— Quelles prières ? Je ne vous ai pas vue dire de prières depuis des lustres. Priez surtout pour le petit, qu'il survive sans vous !

— Il survivra.

Sirena descendit les escaliers et s'arrêta brusquement à la dernière marche. Regan se tenait au pied de l'escalier.

— Adieu Regan, dit la jeune femme avec calme. Je vous en prie, je voudrais passer. Votre fils vous attend dans la chambre.

Elle le contourna. Regan réprima son envie de crier. Mais de quel droit exiger qu'elle reste, alors qu'elle n'était pas sa femme devant la loi ? Il venait d'être nommé gouverneur de Java et avait éprouvé une certaine fierté de cette nomination. Il s'était dit que Sirena serait l'épouse idéale pour le seconder dans cette fonction. Et en fait, il se retrouvait seul et malheureux. Il implora Sirena du regard de lui donner un signe d'amour. Comment pouvait-il la laisser sortir de sa vie ?

Sirena crut que Regan entendait les palpitations de son cœur tant il battait fort. Elle espéra qu'il prononce les mots qui la feraient rester. Pourquoi se taisait-il ? Il la trouvait si repoussante qu'il lui tardait de la voir disparaître. Cette torture avait assez duré. Elle lança un dernier regard à Regan, qui le désorienta, et franchit la porte.

Regan poussa un long soupir de chagrin. Le soleil venait de quitter sa maison, sa raison de vivre venait de s'envoler. D'un pas traînant, il entra dans son bureau et se laissa tomber dans un fauteuil. Il eut envie de boire, de boire jusqu'à l'ivresse. Pour noyer ses pensées. A peine finissait-il son verre que Caleb fit irruption dans la pièce. La colère et la peur jaillissaient de ses yeux.

— Elle est partie ! Père, elle est partie ! Pourquoi ne l'avez-vous pas empêchée ? Elle a abandonné Mikel ! hurla le garçon. Elle ne m'a pas dit au revoir. Après ce qu'elle a fait pour vous, vous la laissez partir. Vous m'avez menti ! Vous disiez que vous l'aimiez. Pourquoi m'avoir menti ? l'accusa Caleb avec véhémence.

Frau Holtz, qui ne voulait pas être de reste, se précipita à son tour dans le bureau et renchérit sur Caleb.

— Et moi, que vais-je faire avec le petit ? Je suis

âgée. Je ne connais rien des bébés. Cet enfant a besoin d'une mère, il pleurniche déjà, dit-elle en tapotant les fesses du bébé.

Mikel se mit à crier d'une voix stridente. L'intendante le plaça aussitôt dans les bras de Regan. Délibérément, elle lui donna une autre tape.

— Vous êtes son père, occupez-vous de lui. Peut-être arriverez-vous à le convaincre qu'il n'a pas besoin de sa mère !

— Quelle est cette conspiration dressée contre moi ? s'emporta Regan. Restez tous les deux hors de ma vie privée pour l'instant !

— Bah ! s'exclama Frau Holtz en reniflant. Quelle vie privée ? Vous n'en avez plus, puisque Madame est partie.

— Vous m'avez trompé, hurla Caleb en pleurs. Je pars moi aussi. J'irai chez le capitaine Dykstra, s'il veut bien de moi. Vous avez dit être amoureux de Sirena, ce sont vos paroles. Père, n'est-ce pas vrai ?

Regan les considéra en se demandant pourquoi ils ne le laissaient pas en paix. N'avaient-ils pas compris que Sirena ne voulait pas de lui ?

— Je t'ai dit la vérité, Caleb. J'aime Sirena mais je ne peux pas la forcer à rester dans cette maison.

— Mais si vous l'aimez, pourquoi est-elle partie ? questionna Caleb d'un air perplexe.

Frau Holtz se redressa de toute sa hauteur et prit un ton impérieux.

— Parce qu'il a choisi de ne pas lui avouer son amour. Il croit que cela coule de source. C'est véritablement un homme, c'est-à-dire qu'il pense que Sirena *doit supposer* qu'il est épris d'elle !

— C'est sans doute ce qu'entend Sirena quand elle dit que les hommes pensent avec leur pulsion animale. Je ne croyais pas que vous fassiez partie de ceux-là, Père. Merci, Frau Holtz, de m'avoir éclairé sur ce sujet.

Regan étouffa un cri de colère.

— Quand avez-vous dit à Madame que vous l'aimiez ? tempêta Frau Holtz, qui sortit de ses gonds.

Quand lui avez-vous dit que vous ne pouviez pas vivre sans elle ? Que ses yeux étaient les plus beaux du monde et sa peau pareille à...

— Assez ! tonna Regan.

— Non, je n'ai pas terminé. Regardez au dehors et dites-moi ce que voient vos yeux, Monsieur.

Regan s'approcha des fenêtres et hoqueta de surprise. Des muscadiers, qui étaient en train de pousser !

— J'ai aidé Madame à planter ces arbres. Elle disait qu'elle voulait assurer l'avenir de son fils et de Caleb. C'est pour vous qu'elle les a plantés. Pour vous, Monsieur ! Quelle femme ferait cela pour un homme, sans l'aimer ? Quelle femme abandonnerait son enfant à un homme, si elle n'en était pas amoureuse ? Il faut que vous réfléchissiez, Monsieur. Quand un homme a envie d'une femme à ses côtés, il ne devrait pas craindre de le lui avouer. Si vous vous dépêchez, vous pouvez encore la rattraper !

Regan fixa des yeux la bouteille de rhum. Que connaissaient-ils à l'amour, ces deux-là, une vieille ronchon et un gamin à peine sorti des langes ! Il allait songer à tout cela... après avoir fini son rhum.

— Partez ! Hors d'ici ! s'écria Regan. Et prenez ce marmot qui ne sait que brailler !

— Que dois-je faire avec lui ? Sans sa mère, il est perdu, dit Frau Holtz en lui tapant sur les fesses.

L'enfant reprit ses hurlements de plus belle. Regan ordonna à Caleb d'aller jouer avec son frère. Le garçon refusa tout net et quitta la pièce en souriant. Les cris du bébé continuèrent à retentir dans la maison. Regan entendit finalement une porte claquer et le silence revint.

Regan se mit à boire avidement. Avaient-ils raison ? Les femmes étaient-elles stupides au point de vouloir entendre ces mots tendres ? Jamais il ne les avait prononcés et il n'allait pas commencer ! Pourtant, une voix intérieure le torturait, lui susurrait sans cesse ces trois mots d'amour. Sirena aurait dû comprendre qu'il l'aimait, après leurs rencontres passionnées... Pourquoi lui déclarer son sentiment ? Regan avala les dernières gorgées de rhum au goulot de la bouteille. Il en déboucha aussitôt une autre, qu'il posa lentement sur le bureau. Il se leva mais resta figé devant la bouteille. Deux possibilités : courir après Sirena ou continuer à s'enivrer. Mais la première possibilité signifiait qu'il devrait lui parler, lui avouer son amour, son cœur déchiré de la voir partir. Il devrait lui dire qu'il désirait vivre avec elle et avoir d'autres enfants. La vision des plantations de muscadiers voila ses yeux de larmes, les hurlements de son fils résonnèrent à ses oreilles. Quelle genre de femme était-elle ? Elle était... celle qu'il lui fallait. Il regarda la bouteille et la jeta par terre.

Regan enfourcha son cheval. Il eut du mal à se tenir en selle. Après avoir maudit son penchant pour l'alcool, son humeur n'avait pas changé. Il pesta alors contre Frau Holtz, cette vieille sorcière qui ne connaissait rien à l'amour. Puis il jura contre lui-même. A son arrivée au port, il avait relevé ses gardes, croyant leur surveillance inutile après son retour chez lui. Quel idiot il était ! N'apprendrait-il donc jamais à suivre son instinct ? Car il avait bien remarqué le sourire énigmatique entre Willem et Jacobus. Mais il avait cru qu'ils étaient heureux de voir enfin ses hommes quitter la frégate.

Regan chevaucha à une allure effrénée. Il essuya la sueur qui perlait sur son front. Si Sirena avait pris la mer, elle avait deux heures d'avance sur lui, d'autant que le vent lui était favorable. Avait-elle mis le cap sur l'Espagne, ou errait-elle sur les océans, jusqu'à ce qu'ils l'engloutissent dans leurs ténèbres ?

L'angoisse lui noua l'estomac. Sa gorge devint sèche. Il prit une profonde bouffée d'air. D'où venait ce sentiment ? Le dernier regard de Sirena... un regard sans vie. La mort ! Sirena n'était pas une femme à laisser son enfant, à lui ou n'importe qui d'autre. La vie n'avait plus d'importance pour la jeune femme. Il éperonna sa monture, le temps pressait.

Sirena monta à bord de la frégate et salua son équipage avec chaleur. Elle donna ordre de lever l'ancre avant de descendre dans sa cabine. Un dernier coup d'œil sur Batavia ne servait à rien. Elle ne voulait plus y revenir. Sa seule amie était désormais la mer, qui ne la trahirait jamais. Les souvenirs de son enfance, passée avec Isabel, se ravivèrent soudain. Ces jours-là avaient été des jours heureux. Mais depuis, elle n'avait connu que la vengeance, la haine et le chagrin.

Quelques heures plus tard, le vieux Jacobus entra à pas feutrés dans la cabine pour se rassurer sur l'état de sa Capitana. Il avait noté un certain changement chez la jeune femme. Elle était devenue l'ombre d'elle-même. Il avait envie de l'aider. Dans ses yeux, il avait vu la même lueur que dans le regard des marins qui partaient en mer pour ne jamais revenir. Se sentant inutile, il laissa dormir Sirena.

Peu après, la jeune femme s'agita nerveusement dans sa couchette. Elle finit par se réveiller. Pendant un instant, Sirena regarda autour d'elle, perdue. Elle se frotta les tempes pour apaiser un terrible mal de tête. Une chaleur étouffante régnait dans la cabine. Sirena rêva d'un bain froid mais elle se contenta de passer l'habit de la Sirène des Mers. Elle pourrait au moins respirer et bouger à son aise. Et les embruns lui procureraient la fraîcheur qu'elle recherchait.

Autour de minuit, Sirena vint remplacer Willem au gouvernail. L'air était lourd, oppressant. La tempête menaçait. Un éclair fendit soudain le voile de nuages noirs, suivi du fracas du tonnerre, qui brisa le silence. Les flots se déchaînèrent contre la coque de la frégate. Comme un feu d'artifice, les éclairs illuminèrent le ciel. Sirena crut apercevoir un navire dans leur sillage.

Jacobus entendit le premier un grappin accrocher le bastingage de *La Rana*. Il écarquilla les yeux en voyant Regan van der Rhys grimper seul sur la frégate. Celui-ci expliqua la raison de cet étrange abordage, le vieil homme lui sourit à pleines dents. Willem rejoignit Jacobus et ils hochèrent la tête de concert quand Regan leur demanda d'aller sur le brigantin.

Une forte houle soulevait les deux navires, retenus par des cordes qui dansaient allégrement. Les deux hommes sautèrent sur l'autre pont. Regan renvoya le grappin à Willem et trancha les cordes d'un coup de sabre.

Sirena luttait à la barre. Au bord de l'épuisement, elle allait s'écrouler, quand elle sentit une présence dans son dos.

— Willem ! cria-t-elle. Venez prendre le gouvernail. J'en ai assez !

— Aurais-je mal entendu ? lui répondit Regan. Vous en avez assez ?

— Regan ! hoqueta la jeune femme, ahurie. Comment... que faites-vous... Quittez ce navire ! hurla-t-elle. Qui vous a permis de monter à bord ? Où sont mes hommes ?

Sirena chercha son épée mais rien ne pendait à sa ceinture.

— Je crois que cette fois nous allons plutôt avoir un duel en paroles, ironisa Regan. J'ai à vous parler. Et vous devez m'écouter !

— Désormais, quoi que vous ayez à dire, je n'y accorderai aucun intérêt. Quittez mon navire !

— Vous m'écouterez, dussé-je vous attacher au timon. Je n'ai pas fait cette traversée pour rien.

— Très bien ! Alors, parlez et ensuite débarrassez-moi de votre présence !

Le ton de Sirena amusa Regan. Il adorait la voir fulminer et enrager comme une panthère, revendiquant son caractère de femme. Une femme avec qui un homme pouvait fonder un avenir. Elle était pour lui. Il l'avait su la première fois qu'elle lui était apparue à la proue de la frégate. Elle était son étoile !

— Avez-vous perdu votre langue ? se moqua-t-elle. Pourquoi me dévisagez-vous de cette façon ?

— De quelle façon ?

— Comme... comme...

— Comme quelqu'un qui vous aime ? Oui, je vous aime, d'un amour que je n'imaginais pas possible entre deux êtres, Sirena. J'ai besoin de vous pour exister, pour devenir un être entier. Chaezar, Gretchen appartiennent au passé.

— Non ! Ils sont toujours entre nous, fantômes bien vivants !

Regan fit un geste pour l'interrompre et lui dire qu'elle se trompait, qu'ensemble, ils ne connaîtraient plus jamais le tourment, ni la peine. Puisqu'il l'aimait.

— Non... laissez-moi continuer. Vous devez savoir, dit-elle d'une voix étranglée... Chaezar... Chaezar m'a séduite !

L'aveu était lâché. Sirena vit le visage de Regan se crisper de douleur. Il ne voulait pas entendre ces mots, elle l'avait blessé. Mais la vérité devait être le fondement de leur amour.

— Écoutez-moi, Regan. Les tentatives de Chaezar, pour m'attirer dans son lit, ses flatteries, ses jolies phrases ont toutes été vaines. Parce que j'étais déjà éprise de vous.

Regan leva les yeux vers elle, un signe de consolation détendit ses traits.

— Chaezar m'a aussi demandé sans détour de devenir sa maîtresse. Puisque ses plans ont échoué, il m'a droguée, lui révéla Sirena en le regardant franchement. Il a abusé de moi. Je croyais être dans vos bras, baiser vos lèvres. Ce n'est pas à Chaezar que je me donnais, mais à vous. A vous, Regan van der Rhys !

Un tendre sourire se dessina sur le visage de Regan. Il accueillit la jeune femme dans le berceau de ses bras. Sirena ne connut désir plus intense qu'à cet instant. Regan était prêt à l'aimer et à partager sa vie avec elle, sans autre considération. Il avait enterré le passé et était venu jusqu'à elle pour une raison. *Il l'aimait !*

— Sirena, la seule chose que je veux, c'est être avec vous. Pour toujours. Je vous ai aimée à la seconde où je vous ai rencontrée. J'ai aimé la Sirène des Mers, puis peu à peu j'ai aimé Sirena. Elles se sont ensuite confondues dans mon esprit. Je veux que vous portiez mon nom, je veux que vos rires et vos colères emplissent ma maison, je veux que vous soyez la mère de mes futurs enfants.

Regan s'inquiéta du regard insondable de la jeune femme, muette. Avait-il eu tort d'écouter Frau Holtz et Caleb ?

Sirena croyait vivre un rêve, bercée par les paroles qu'elle avait tant espérées. Pouvait-elle enfin prétendre au bonheur ? Elle devait sortir de cette douce torpeur. Sirena tenta de se dégager de l'étreinte de Regan. Mais la pression des mains qui la serrèrent contre son torse était bien réelle, fantastiquement réelle.

Le grain cessa subitement, les nuages se dissipèrent. Une lune ronde et argentée illumina les deux amants. Le passé s'était évanoui, emporté par la tourmente. Un véritable amour venait d'éclore. Les yeux dans les yeux, ils restèrent langoureusement enlacés.

Pris d'un élan passionné, Regan chercha tendrement les lèvres de Sirena. Enflammée, elle se pressa contre lui et lui offrit sa bouche chaude. Les caresses et les baisers de Regan insufflaient à nouveau la vie en elle. Elle connaissait enfin le bonheur.

Regan retira le bandeau rouge que portait Sirena et le lança en l'air. Il disparut au loin. Sirena sourit. Ses folles boucles de cheveux virevoltèrent de tous côtés.

— Pourquoi l'avez-vous enlevé ? demanda Sirena en partant d'un rire joyeux, qui courut sur les flots.

Regan cueillit tendrement son visage entre ses mains.

— Parce que la Sirène des Mers s'est désormais envolée de notre vie, murmura-t-il.

Amour et Destin

Quand l'amour donne aux femmes le choix de leur destin.

Les romans de la collection Amour et Destin présentent des femmes exceptionnelles qui découvrent dans l'amour le sens de leur vie. Elles vont jusqu'au bout de leur quête quel qu'en soit le prix et sont appelées à vivre de grands destins romanesques riches en émotions et en rebondissements.

Composition Eurotypo B-Embourg
Achevé d'imprimer en Europe (France)
par Brodard et Taupin à la Flèche (Sarthe)
le 21 juin 1993. 6105H-5
Dépôt légal juin 1993. ISBN 2-277-23492-3

Éditions J'ai lu
27, rue Cassette, 75006 Paris
Diffusion France et étranger : Flammarion

3492